Real Sitio

José Luis Sampedro

Real Sitio

(Los Círculos del Tiempo III)

Prólogo especial del autor

CÍRCULO DE LECTORES

ARANJUEZ, PRINCIPIO Y FIN

In my beginning is my end
East Coker, T. S. Eliot

Han pasado más de sesenta años pero revivo, como si fuese hoy, la magia de aquella mañana estival. Me veo recién bajado del tren, ante una estación rodeada de arboledas, inesperado oasis en el páramo manchego que veníamos atravesando desde el amanecer. Y después la escalada de sorpresas: la frondosa avenida, la vasta plaza con monumentales bancos de piedra, las dos alas del majestuoso palacio blanco y rosa, las elegantes arquerías circundantes... Todo tan distinto del Tánger de mi infancia –ciudad medio cosmopolita, medio marroquí– que llegué hasta mi nueva casa preguntándome si aquello no era un sueño. Así lo viví entonces: como mi entrada en Aranjuez cuando –más tarde lo sabría– era todo lo contrario: Aranjuez se adentraba en mí para no dejarme nunca. A mis trece años me recibía en su mundo.

¡El mundo de Aranjuez! He necesitado mi vida entera para hacerlo mío y entregarme a él del todo. No lo supe aquel día, claro está. Aranjuez no me invadió de golpe, sino regalándome poco a poco sus rincones, sus fontanas, sus costumbres. Pronto fui uno más entre sus gentes al disponer de mi *bici*, lo mismo que ellos: los labradores que volvían de sus huertas en bicicleta al atardecer, las muchachas de la fábrica de cintas, los empleados de la Azucarera y, por supuesto, mis amigos de la pandilla que me acogió y con quienes corría por la arbolada calle de la Reina o me alargaba hasta Chinchón o Colmenar de Oreja. Y Aranjuez se me fue revelando en el Parterre y el teatro dieciochesco, en la Casita del Labrador y en El Rana Verde, en las Islas Americanas y el mar de Ontígola, con sus placas de hielo bajo el pálido sol invernal, pasado ya el otoño con sus frondas encendidas en cobres y oros. Y, sobre todo, el Jardín del Príncipe, abierto sólo a pocos autorizados y, gracias a ello, inmenso y solitario corazón mágico, lleno para mí de pisadas furtivas, sombras transparentes, ecos de voces y de músicas pasadas...

Envuelto por esas revelaciones, por tantas adivinadas historias ¿cómo no soñar mientras vivía esa adolescencia en que se empieza a mirar a las muchachas? ¿Cómo no querer convertir mis sueños en palabras impresas, para que perdurasen? Fue así, bajo aquellas frondas donde, rebosante de vitales descubrimientos, sentí brotar por vez primera el ansia de entregarme a la escritura, de inventar e inventarme con ella. De ese modo si bien el hombre que soy nació en Barcelona, el escritor que también soy —a veces más que hombre— nació y maduró en aquel prodigioso mundo: la Villa y Real Sitio de Aranjuez.

Mundo cuya fortaleza me fue revelada cuando, a poco de mi llegada, el viento de la historia se llevó la monarquía y trajo la república, con lo que parecía una gran transformación. Ciertamente cambiaron en la Villa las cosas mudables, como los nombres de las calles o las autoridades, pero el Real Sitio asumió imperturbable la tolvanera, como había asumido siglo tras siglo tantos acontecimientos, desde que los caballeros de la Orden de Santiago, en sus avances durante la Reconquista, fundaron allí mismo una casa de reposo, que luego Felipe II incorporó a la Corona.

Empecé a estudiar en Madrid, pero cada semana y cada vacación volvía a mi centro. Me convertí en funcionario y me destinaron lejos, pero Aranjuez era ya mi país y lo siguió siendo durante los tres años de la guerra incivil. A su término me afinqué en Madrid, concluí una novela y después otra, logré publicar una tercera, preparaba una cuarta... Pero todo ese tiempo me sentía deudor de mi Villa y Real Sitio. Por eso empecé a contarla en cuartillas llenas de recuerdos transmutados y de ilusiones irrealizadas, cuyo escenario pretendía ser Aranjuez. Pretendía, pero sin lograrlo: el Real Sitio, su verdadero protagonista, se escapaba de las redes del escritor novel. Quedaba fuera el mundo cortesano, las luces del siglo XVIII, las intrigas galantes y palaciegas, las músicas de Scarlatti y de Boccherini, las cacerías reales... Sin ese momento cumbre de su historia Aranjuez se quedaba sin alma. Hube de desistir.

Hace cuarenta años archivé aquellas cuartillas. Pero aunque publiqué otras obras han sido cuarenta años repensando Aranjuez, ahondando en él, viviendo secretamente en mi Villa interior, indagando su esencia y su sentido, su claridad y sus sombras. Cuarenta años de obsesión, de activa peregrinación hacia mi propósito. Buscando libros, mapas, manuscritos, imágenes y otras fuentes acerca del perpetuo Real Sitio dieciochesco; a la vez que evocando memorias de la Villa de mi mocedad para enraizarla en aquel mundo cortesano.

Cuatro décadas de continuados esfuerzos hasta, por fin, retomar el proyecto y saldar mi deuda en tres años de apasionada escritura. Al Aranjuez que me hizo novelista logré al fin ofrecerle mi novela o, mejor, *su* novela: por algo se titula *Real Sitio*. Para mayor significación ese relato no sólo culmina mis sesenta años de peregrinaje sino también la trilogía *Los Círculos del Tiempo*, de la que el Círculo de Lectores ha publicado ya las dos primeras partes: *Octubre, Octubre* y *La vieja sirena*. Ahora edita, con su hermosa pulcritud habitual, que tanto agradezco, este mi homenaje a Aranjuez y así cierro mi propio círculo, pues retorno con mi más reciente novela al mágico mundo donde nací como autor. Siento mi vida cumplida.

Repito con el poeta: «En mi principio está mi fin».

José Luis Sampedro

A José Romero,
sesenta años después

Lo que es, ya fue;
lo que será, ya sucedió.

Eclesiastés, III, 15

I. TRES DE MARZO

1930: La campanilla

Toda la luz en un punto. Fulgor tan vibrante como un sonido. El pálido sol invernal converge en ese foco que lo acapara, oscurece el entorno, absorbe la atención, obsesivo, hipnótico...

Cruza arriba una nube y el fulgor se apaga, el foco se hace objeto visible: una campanilla de plata cuyo mango es una sirena finamente labrada, posando su cola en la cima. El mundo se reconstruye alrededor: la mesa isabelina con papeles, la pantalla de porcelana verde, el retrato del rey en la pared frontera... Y la voz, la voz que insiste... Marta vuelve de su obsesión y escucha:

—¿Le ocurre algo, señorita?... Le he preguntado si llegó esta mañana.

—Sí señor, perdone. En el tren, a eso de las diez.

—Ya, el de las nueve cincuenta —puntualiza el caballero. Cincuentón, delgado, perfil de pájaro con el pelo a raya tapando celosamente la calva. Lentes de pinza sujetos a la solapa con negro cordoncillo. Sonrisa a la vez cortés y de superioridad.

Marta se fija en el cuello de celuloide, mientras explica que el ómnibus de la estación la dejó en el Hotel Pastor. El caballero la mira con sorpresa mientras coge un papel y lo aproxima a sus ojos. Ella reconoce la carta en que la recomienda el conde de Aybar, Intendente General de la Real Casa y Patrimonio.

—Tiene usted muy buenas cualificaciones —afirma el caballero mirándola de nuevo—. Espero que el señor administrador acuerde admitirla.

A Marta el corazón le da un vuelco. Si aún no estaba decidido, ¿para qué la han hecho venir a Aranjuez? Se fuerza a no gritar que la enfermedad final de su madre agotó sus recursos, que vive desalentada por la reciente injusticia sufrida, que no quiere mendigar asilo en casa de un pariente lejano...

Su interlocutor la nota angustiada:

—No se inquiete, señorita. Prácticamente es cosa hecha, pero es decisión de don Miguel y ha estado ausente hasta ayer... Como suele telefonear a esta hora, ¿por qué no espera un momento en el jardín? El ujier le indicará la salida. Vaya, parece que marzo nos ofrece un buen día. Y no se preocupe.

¿Un buen día? Marta no lo ve así. No tiene ánimo para pasear y se sienta en un banco adosado a la pared del Palacio, en blanca piedra y ladrillo rosado. Aún hace frío, pero hay menos nubarrones. Ante ella se extiende el Parterre, donde verdean las borduras y algunos arbustos, mientras los árboles entretejen sus ramas desnudas en un encaje gris, salvo esa hilera verde de redondeadas copas y sobre todo, frente a ella, un altísimo gigante vegetal. Apuntado cono verde oscuro, tan sombrío que a su pie aún persiste una delgada capa de hielo. Más lejos, hacia la puerta, las estatuas de una fuente monumental, pero Marta no está en condiciones de admirarlas.

Sólo piensa en que pueda ser inútil este gasto del viaje... ¡Volver a Madrid otra vez derrotada, como tras las recientes oposiciones! ¿Oposiciones? ¡La plaza estaba dada, hasta el público alborotó al oír la votación!... La sostuvo en el trance su antigua profesora doña Clemencia, llevándosela a su casa, moviéndose incansable hasta conseguir la valiosa recomendación para organizar una biblioteca con fondos almacenados en el Palacio de Aranjuez... ¡Si esto también fracasase...!

¡Ah, el ujier! Vuelve al despacho, donde ahora se encuentra también, de pie junto a la mesa, una muchacha de cara redonda, pelo negro ondulado con flequillo sobre la frente y ojos castaños que se fijan en Marta, mientras sonríe mostrando sus pequeños y blanquísimos dientes.

El caballero anuncia en el acto la admisión de la candidata. Marta consigue reprimir unas lágrimas. Es presentada a Quina, la mecanógrafa, que la acompañará a la biblioteca. Escucha enhorabuenas, advertencias sobre horas de oficina y trámites formularios, pero apenas se entera pues no se ha repuesto aún de su congoja. Al fin consigue balbucear su gratitud, cuando ya la mano de la compañera se posa en su brazo guiándola hacia otra puerta. «Me llamo Joaquina –le dice al salir–, pero me quito el Joa que suena feo, ¿verdad?»

Cruzan una habitación con estanterías ocupadas por legajos y luego una sala con muebles antiguos almacenados de cualquier modo. Al fondo del corto pasillo entran por fin en la biblioteca con la llave que trae Quina y que deja puesta, advirtiendo a Marta que cierre siempre al acabar su trabajo y la entregue en la oficina.

Están en un gran salón rectangular con sus dos paredes más largas y la de enfrente cubiertas por estanterías de libros hasta el techo, cerradas en su parte baja. Sólo tiene esa puerta y dos ventanas grandes al jardín. Junto a la más próxima se encuentra una mesa dieciochesca y, encima, una elegante escribanía.

Quina no cesa de hablar informando a Marta sobre el trabajo. Advierte que habrá mucho polvo en los estantes, pero al menos ha mandado limpiar la mesa, el sillón y la silla.

–Estarás a gusto, ya verás. Pídeme lo que necesites. Don Celes se da importancia, pero es un buenazo... Por cierto, ¿paras en el Hotel? Es caro, te lo advierto. Siete leandras al día.

–Allí me llevó el ómnibus. Pero, desde luego, no puedo quedarme.

Quina sonríe. «Como si se alegrara», piensa Marta.

–La Fonda del Comercio es más barata. Viajantes y eso.

Ante el gesto de Marta suelta Quina la risa, dejando ver su encía superior entre los labios jugosos, muy pintados en arco de Cupido.

–Mira, chica, yo estoy de pensión completa con la señora Sole por nueve reales. No hay otro huésped y tiene un cuarto libre. Ella cose para fuera y la casa es de patio, sin lujos. Sólo tenemos ducha, el retrete está en el altillo y la fontanería hace ruido de tripas... ¡Te lo aviso!

Marta acepta. El precio es una solución, al menos transitoria. Más adelante verá.

—Me alegro —concluye Quina—. Y ahora te dejo. A la salida recogeremos tus cosas en el Hotel y te llevaré a la señora Sole... ¡Madre, cuánto libro! ¡Trabajo tienes!

Marta queda sola, envuelta en denso silencio, olor a cerrado y ante la triple pared de libros, que parecen escrutar a la intrusa. Se siente pequeña, desarmada. Atrás han quedado las aulas, esto es la profesión, su vida: ha traspasado algo más que una puerta. Algo como el espejo de Alicia, sí, y se siente absorbida, como la niña cayendo por el agujero.

Recuerda a su padre y reacciona con ánimo, con responsabilidad. Da un paso hacia la mesa. Pulida caoba de suave tacto. La escribanía es de plata bien labrada: con su tintero, salvadera, caja con obleas, campanilla y cañón para las plumas. Curioso: la plata brilla; ¿la habrán limpiado también? Más curioso aún, ¡sorprendente!, el tintero contiene tinta negra y espesa, en la salvadera hay arenilla y las dos plumas no son de adorno, sino de ave y talladas correctamente, como hoy ya no se hace... Sin embargo, le han dicho que la biblioteca lleva cerrada muchos años. Resulta inexplicable.

Cavilando en ello Marta se desplaza a lo largo de los estantes. Magníficas encuadernaciones con blasones reales estampados. Desorden, aunque cierta agrupación por temas o reinados. Las excavaciones de Pompeya encargadas por Carlos III en soberbias láminas, libros de caza y de artesanía —relojes, tallas— con las armas de Carlos IV, las *Cárceles* de Piranese, música, numismática, historia, sermonarios, equitación, esgrima... Ningún libro de este siglo, muy pocos posteriores a Isabel II. Entre los extranjeros uno cuyo título asombra a Marta: *De sodomia tractatus in quo exponitur nova de sodomia foeminarum a tribadismo distincta*, París, 1883, por Louis-Marie Sinistrari D'Ameno. Nombre ignorado por Marta, supone que un teólogo escribiendo para confesores casuistas.

Abre una hoja de la alta ventana e irrumpe un alegre rumor de agua a borbotones. Se sienta en el sillón y enciende la lámpara. Los cajones se deslizan al abrirse con la suavidad del mueble bien construido. Aunque los limpiaron, al fondo de uno de ellos aparece una guía de Viena, un Baedeker de 1893 encuadernado en terciopelo azul con un blasón germánico en oro. De entre sus hojas cae una esquela con una fecha de 1894 y una dirección en letra gótica, con anticuada caligrafía... Marta cavila no sabe cuánto rato, con ese tomito en su mano.

Se levanta del sillón y, al volverse, descubre en la pared a su espalda el retrato de un militar del XVIII, con rizada peluca blanca de oficial, el tricornio bajo el brazo y a la cintura la empuñadura de un sable. Parece mirar el paisaje descubierto por una ventana a su lado: altos riscos sobre el mar, que le recuerdan a Marta el cabo melillense de Tres Forcas. En el cristal de la ventana un blasón inspirado, al parecer, en el propio paisaje: tres agudos picachos negros sobre las aguas y en sus cimas sendas ramitas con hojas verdes. La serena bondad del rostro, con un punto de melancolía —más propio de su probable cincuentena que de su bélico uniforme— atrae vivamente a Marta, apaciguando sus cavilaciones. Ya no se siente sola, ya le resulta todo menos extraño. Ya no es una intrusa: ese caballero le da la bienvenida y estará ahí a diario, guardándole la espalda mientras ella trabaja.

La irrupción de Quina, siempre parlera, corta sus fantasías. Para su sorpresa ya es la una y cierran la oficina durante el mediodía. «Vamos, vamos, ya está bien para la primera mañana. ¡Afuera!»

Afuera una luz victoriosa. Dispersas las nubes, el sol hace vibrar no sólo aquella campanita sino el mundo entero. Se agradece su tibieza invernal, tan inesperada. El Parterre es otro. Pero ¿dónde corre el agua sonora si el río Tajo se ve embalsado en una vasta lámina verde, con el puente al fondo? «¡En las Castañuelas!», aclara rápida Quina, doblando con su amiga la esquina del Palacio. Allí el embalse rebosa sobre una pendiente de piedra labrada con resaltes a modo de grandes castañuelas tendidas, de modo que el agua parece trepar en vez de caer. El rumor y el movimiento son una delicia, pero Quina apremia a Marta: no quiere hacer esperar a la señora Sole.

Retroceden y pasan frente al verde gigante vegetal. Ahora Marta identifica a la araucaria, por entre cuyos ramajes se entremete el sol alegremente. La placa de hielo la absorbió la tierra y el árbol es un mensaje de nobleza vital, de certidumbre: un monumento a la esperanza. ¿Cuántos inviernos habrá vivido?

Los redondeados árboles con hojas de charolada superficie verde son magnolios como el que Marta conoce en el patio de la Universidad. Salen las muchachas a la glorieta de Rusiñol, pasan entre el pabelloncito de la Comisaría de Turismo y la embocadura del puente llamado de Barcas, continúan a lo largo de dos merenderos junto al río y llegan hasta el Hotel, cuyo magnífico acceso, con escalones de piedra en una sola pieza de tres metros cada uno, sorprendió por la mañana a Marta. En el zaguán no está el mismo portero sino un chico moreno de unos doce años, espigado y flaco, cara alargada con mejillas algo hundidas, pelo casi al rape, frente despejada, labios delgados y barbilla voluntariosa. Viste pantalón corto, dejando ver las rodillas huesudas, y calza alpargatas.

Quina besa al chico, a quien presenta como Agustín, que clava en Marta la mirada viva y profunda de sus ojos negros.

—A la señorita ya la vi esta mañana —dice el chico aludiendo a la viajera—, cuando dejó aquí la maleta y salió corriendo para Palacio.

—Pues ahora bájale su equipaje porque se viene a vivir con la señora Sole.

—¿De veras? —contesta Agustín alegre—. La maleta ya se la llevaré luego a la casa. Tengo el carretillo.

—Tendrá que abonar un día —interrumpe el portero de la mañana, apareciendo por una puerta lateral.

Agustín le ataja, con desprecio de adulto.

—¿Abonar, y ni pisó la escalera? ¡No quieres tú, si no sí!

Las muchachas se alejan. Agustín se queda mirando la nueva silueta, cuya falda negra ondula con ritmo al aire de la pisada. «¡Parece de cine! ¿De verdad se quedará en la casa?»

—Ya estamos —señala Quina después de un breve trecho por una calle muy ancha y recta, con casas bajas a ambos lados—. Tu hotel, Casa Sole: calle del Capitán esquina a la de Primavera. El Pastor es más lujoso, fue palacio de Godoy, el que se amotinó.

—Fue al revés —ríe Marta—. Se amotinaron contra él.

—Tú sabrás. Yo entonces no vivía aquí.

Entran directamente desde la calle a una habitación usada como salón, comedor, cuarto de estar y taller. Una gran mesa camilla, sillas de anea y de madera curvada, un espejo de cuerpo entero, un mueble entre aparador y armario, una máquina de coser, una cesta con ropas y telas, un par de oleografías en la pared, un almanaque de anuncio. A la máquina está sentada una mujer que se vuelve al oírlas, deja resbalar por su nariz los ovalados lentes de acero y mira sin ellos a Marta. Es delgada y, aun sentada, resulta alta. Cara flaca, boca grande de labios finos en gesto escéptico, magnífico pelo entrecano recogido en un moño y ojos color de ámbar que se clavan al mirar. Viste toda de negro, con falda larga que deja ver las medias de algodón y las también negras alpargatas, calzando unos pies grandes. Pasa de los cincuenta, pero se la advierte vigorosa, llena de nervio y voluntad.

Quina explica la situación con palabras en las que Marta nota cierta inseguridad ante la mujer, que escucha en silencio mientras observa a la recién llegada: de buena estatura como ella misma, piernas largas y pechos pequeños pero altos, cara oval de pómulos marcados, nariz fina con punta graciosamente respingada, pelo castaño y liso recogido atrás, largo cuello y ojos grandes y reflexivos, de color entre castaño y verde. Le agrada la muchacha pero vacila ante el buen gusto del vestido y la estampa toda de señorita.

—Sí, tengo libre el cuarto —dice al fin con una voz ronca, pero de inflexiones femeninas—. ¿Cree usted que le irá bien con nosotras? Ya lo está viendo: una casa de gente obrera.

—Yo también trabajo, señora —responde Marta suavemente.

—¿Lo ve? Me llama señora y yo no lo soy.

—Vamos —interviene Quina—, que yo también la llamo señora Sole. Mire, he traído a Marta porque la conozco... Ya sé, no me lo diga: que ayer no la conocía. Bueno, pues ya me cae bien. Es otra como yo y me oye decirlo y no se ofende —Marta sonríe—. Si puedo estar yo, igual ella... Con probar no se pierde nada. Para pelearnos ya habrá tiempo.

Concluye risueña. La mujer se muestra más acogedora:

—Dispense si la he ofendido, pero soy muy a las claras. Del Maestrazgo, de Cantavieja, gente bien dura. Si usted lo dice, puede que esté a gusto. Y si no, con marcharse tan amigos, se arremató... Bueno, y ya sabrá lo que necesito cobrarle.

Marta se muestra conforme y da las gracias.

—No se merecen. Sea usted la bienvenida.

La naturalidad con que lo dice no impide una resonancia casi señorial.

Se excusa por volver a su trabajo. Quina enseña a Marta la vivienda. Tras una puerta de cristales con cortinillas se entrevén dos camas, una ocupada por la madre de Soledad, que apenas puede levantarse. La cocina, un cuarto con trastos y útiles de plancha, la alcoba de Quina, la escalera al famoso altillo —«tenemos ducha y todo: medio tonel abajo y una regadera colgada encima»— y, por fin, la habitación libre, con una pequeña ventana por donde se ven, cercanos, los grandes plátanos de sombra de la calle de la Reina, ahora desnudos, y detrás los del Jardín del Príncipe. Está amueblada como la de Quina, con una cama sencilla, una ancha repisa que sirve de armario gracias a la tela estampada que tapa las perchas, un lavamanos, una mesita y una silla. Paredes blanqueadas y, en el alféizar, una lata con tierra.

—He plantado semillas de albahaca. ¡Verás cómo huele en el verano! Y si quieres un grillo, para el cante, Agustín te lo traerá.

Quina vuelve con Marta a la cocina y abre una puerta al gran patio común de manzana. Crece una olma en el medio y hay una fuente en una esquina. Los respectivos lavaderos están junto a la puerta de cada casa, bajo un tejadillo de chapa ondulada. En el terreno central juegan unos críos y en el ángulo al sol varias mujeres forman corro en sillitas bajas y hacen punto o calceta. Miran con curiosidad a Marta y va a iniciarse una conversación cuando, al oír a Agustín en el cuarto de estar, ambas muchachas acuden a recoger la maleta. Además, la señora Sole está ya disponiendo la mesa para el almuerzo.

MARTA

No me lo creo del todo, pero aquí estoy, es verdad, esta celda de monja, muy limpia, toda la casa, la cena «comida de pobres» según la señora Sole, qué mujer, qué fibra, pues más que suficiente, mamá no lograba tanto la pobre, ¡tan corta la pensión!, «¡si a tu padre no le hubiesen robado la laureada!», le dolía la injusticia, no el dinero, ¡pobrecilla, no alcanzó este momento!, cuando empiezo a ganar, mejoraría su vida, aquellos mitones, defender sus manos, tan esclavas del punto, los jerseys de encargo, calentándoselas bajo las faldas de la camilla, burlándose de sus guantes: «parecen de señorona con pretensiones pero es el frío, hijita, ¡los sabañones hacen tan feo!» presumía de manos, debieron de ser bonitas, con sus mitones murió, guardados los tengo, ¡y no me di cuenta! ¡sentada frente a ella y no lo noté! ni suspiró siquiera, nunca molestó a nadie, dobló la cabeza como un pajarito, no me contestó, ¡no me lo perdono! ahora pasearía por los jardines, ¡qué araucaria! ¿tendrá un siglo, siglo y medio? ¡qué envidia los árboles! ¿y si no me dejan fija? pero hay trabajo para rato, mucho tiempo la biblioteca abandonada, ¿quién escribe entonces?, pues alguien usa la escribanía, ya veremos, me va a ser utilísima, de ahí salen temas, documentaciones inéditas, ahí preparo mi tesis, mi época favorita, el XVIII, me instalaré mejor en cuanto cobre, falta un mes, ¡pagan atrasado!, necesito aquí una mesa más grande, quitaré el horrible cromo de almanaque, pobre gente, sin ofenderlas, trayendo cosas mías, pagando esta pensión ahorraré, ¡vaya suerte esta Quina! y doña Soledad, bueno, la señora Sole, llevando esto adelante como capitán de barco, su madre enferma, apenas se levanta, se la oye toser, jadear, la hija lo afronta todo, y aún regala comida a ese Agustín, qué avispado, qué alerta, así el chico puede asistir al colegio a la tarde, sin perder unos realillos que saca en el Hotel por la mañana, y Quina es la alegría, ha salido, «un amiguete que quiere camelarme» se disculpó, tiene un habla graciosa, y muy lista, mejor quedarme sola, digerir tantos sucesos, esto es otro mundo, vega inesperada, agujero en el tiempo, lo descubro a hora y pico de Madrid, ¿o acaso lo redescubro? de pronto esta tarde ese recuerdo imposible, al ver las Huérfanas de Infantería con la monja, hilera de hormigas, de tres en tres las chicas de uniforme, ¿vistas ya antes? ¿me traería mi padre muy pequeña? ¿a ver a la hija de un compañero?, es absurdo, no ocurrió nunca, donde sí me llevó fue a Tres Forcas, el cabo de Melilla, excursión a mis seis o siete años, farallones como en el retrato, idénticos, ¿quién será el personaje? papá hubiera sido igual a esa edad, le recuerdo ya con esa misma mirada, le identificaré, lo aclararé en los papeles amontonados en los bajos, ¿vivió alguna vez en Melilla? ¿tuvo allí algún mando? hubo ataques marroquíes varias veces, entonces sólo Melilla la Vieja, dentro de las murallas, el mundo de mi infancia, mar todo alrededor, mamá feliz aquellos años, salvo el miedo cuando papá salía de operaciones, ¡y ahora volvería a disfrutar! «Dios lo ha querido», diría ella, siempre la injusticia, ¡qué susto esta mañana, cuando todo en el aire! se me acabó el mundo, casi me desmayo, como antes con la campanilla iluminada, me hipnotizaba, pero verme rechazada era la catástrofe, lo vi todo negro, la recomendación papel mojado con el nuevo gobierno, Primo de Rivera derrocado, ¡qué cambios!, no veía el jardín, ¡tanto golpe tras golpe!, esta mañana en el límite, sin fuerzas, y de pronto sin problemas, la vida por delante, entra frío por la ventanita, lástima cerrarla, ese olor húmedo y vegetal, «la hierba crece de noche» ¿del Enrique V?, me envuelven los jardines, aquí por todas partes, al revés que el Retiro: árboles entre casas, no me duermo recordando, tantas cosas desde esta mañana, la sucia estación, humo y carbonilla, las tablas y el traqueteo del vagón, el campo desolado, Ciempozuelos con sus locos, de pronto el estrépito, el puente de hierro, el río verde, la estación, un acierto comprarme los zapatos, y no cortarme el pelo, recogido detrás hace más serio, creo haber dado buena impresión, necesito aquí un espejo, mañana estreno la ducha, igual se me cae encima la regadera, ¡Quina y sus divertidas explicaciones!, todo lo hace fácil, asombrada de que yo no haya visto a Josefina Baker, «¡mujer, viviendo en Madrid! ¡la Sacerdotisa del Charlestón, como la llama el periódico!», la ha visto en el cine, le apasiona «¿has visto ya el sonoro?», una tarabilla, sin parar mientras se arreglaba para salir, «al mozo le gusta esta falda, me doy la vuelta de golpe, se me revolea y ve las ligas: les atonta, chica», seguro que es decente pero es así, ya ha vuelto a casa y aún no son las once, ¡tengo que dormirme!, no me deja el cansancio, algo más: el desconcierto, ¿vivo realidad o sueño? esa biblioteca como un pozo, sólo libros y muebles pero algo más, esas plumas inverosímiles, cortadas y preparadas según recomienda Torío en su *Arte de escribir,* esa rara tinta, ese Baedeker, ¿a quién guiaría en Viena?, puedo buscar el blasón de su dueño, ¡qué más da! el retrato sí me importa, va a ser mi compañero, ¡qué exageración!, necesito dormir, ¿contar borregos? mamá me recomendaría rezar un rosario, basta de pensar, dejarlo para mañana, empieza mi vida, entré hoy en ella por la puerta de la biblioteca, entré y ocurrió algo, esa puerta una frontera, mi nueva vida es en el mundo antiguo, qué curioso, mi futuro en el pasado, pero no cavilar, no cavilar... ya se verá... mañana.

1807: La araucaria

El Aposentador Mayor del rey don Carlos IV, que Dios guarde, contempla una vez más el desolado paisaje a través de los cristales de su berlina, en ruta hacia el Real Sitio de Aranjuez. Tierras entre gris y ocre donde el cereal apenas verdea, retrasado en este principio de marzo. Menos árboles en aquel cerro de Valdemoro, quizás roído por las exigencias en leña de la Casa de Fogones. En cambio, de trecho en trecho, jóvenes olmos plantados a lo largo de la ruta por la Inspección de Caminos del Ingeniero Bethancourt. Lejanía de cerros gredosos con corros de bosque bajo nubes plomizas escamoteando el sol.

—¿Compraste la *Gazeta* en la librería de Castillo? —pregunta a su criado, que se la ofrece en el acto.

El viajero pasa rápidamente sobre un informe de Londres que muestra el «maquiavelismo del gabinete inglés». También sobre los anuncios: venta del *Catecismo* de Ripalda y de los *Gemidos de la Madre de Dios afligida*, del padre Teodoro Almeyda. Se detiene en las *Noticias del Exército Grande*:

«Llegadas que hubieron las avanzadas de Su Majestad Imperial ante la plaza de Kovsk, defendida por bizarras tropas del Mariscal Duque de Hassemberga, y alentadas éstas por el prometido socorro de sus aliados rusos, el ataque francés aseguraba ser costoso en pérdidas humanas y retrasos de tiempo para el ala derecha del Exército Grande. A dificultar ese socorro ruso concurrió la esclarecida visión estratégica de Su Majestad Imperial, con los felices resultados que aseguran las noticias recién llegadas de París. Por ellas sabemos...»

El viajero deja el periódico y exclama:

—¿Hasta dónde piensa llegar ese hombre?

—¿Quién, señor?

—Napoleón, ¡quién va a ser! No le basta lo que tiene: tronos para toda la familia. Su hermano José en el de Nápoles usurpado a nuestro infante don Fernando, Luis en el de Holanda, Elisa a punto de arrebatar Etruria a nuestra María Luisa, su hijastro Eugenio de virrey en Italia y el otro hermano, Jerónimo, ya casi monarca en Westfalia... Ahora avanza sobre Rusia tras atropellar a Prusia... ¿Quizás piensa en Constantinopla?... ¿Adónde va?

—Mientras no sea para acá, señor, no se me da nada.

Don Alonso Vázquez de Andrade envidia la tranquilidad de Roque, a su servicio desde que le asistía en la Real Armada, a bordo del *Habanero.* Cuarentón, pequeño de estatura y pantorrillas casi esqueléticas, el criado parecería vulgar si no fuera por su viva mirada, sus gestos de ardilla y la destreza de sus manos.

—¿Y si le diera por venir?

—Pues vería que los españoles tenemos sangre en las venas. Además, todavía no le ha hincado el diente a la Inglaterra, con los barquitos que viene preparando.

Roque siempre está informado. Bien le consta a Alonso, pero le sorprende ese conocimiento de los planes franceses para la invasión de las islas, adquirido sin duda por la vía de sus paisanos, los pescadores gallegos de alta mar.

—Ya no piensa en eso, Roque. Trafalgar le dejó sin los navíos necesarios.

La voz se tiñe de tristeza y Roque sabe por qué. En Trafalgar murió el único hijo de don Alonso, embarcado en el *Bahama,* a las órdenes de Alcalá Galiano. Hace año y medio de la batalla y su amo no se repone de la pérdida.

—Si hubiésemos amigado con los ingleses, en vez de con esos ateos de la Revolución...

—¿Con los ingleses, que sólo piensan en soliviantar nuestras Indias y acaban de atacarnos en Buenos Aires?

—Pues ni los unos ni los otros, digo yo. Godoy parece un mandado de Napoleón y eso no es de ley.

—No puede hacer otra cosa. Ya combatió a Francia en el noventa y tres, y trató con Inglaterra y hasta con Rusia... Aún se arriesgó todavía en octubre pasado, con aquella proclama patriótica, y hubo de tragársela cuando poco después Napoleón venció en Jena... Estamos entre el yunque y el martillo: Francia que quiere Europa, e Inglaterra, que quiere el mar y las Indias.

—Usía lo sabrá mejor. De todos modos ese choricero, con perdón...

—Ya estás otra vez contra el Príncipe de la Paz.

—¿No voy a estar, si el pueblo no puede vivir, con los precios subiendo y los tributos? Nada irá bien si quienes nos mandan se pelean entre ellos como perros y gatos. No se puede navegar con el timón a un rumbo y las velas a otro.

—Es verdad que hay facciones rivales en la Corte, pero no tanto.

—¡Si hasta dicen que a la pobre Princesa de Asturias, muerta no hace un año, le dieron un tósigo!

—¡Calumnias, Roque; no las repitas!... Aunque la Princesa informaba en secreto a los ingleses, por vía de su madre la reina de Nápoles, lo del veneno es falso. Estaba tísica, la pobre.

Para adelantar a una galera con pellejos de aceite la berlina se sale del camino y amaga un vuelco que el cochero evita diestramente. Alonso se lleva la mano a la cabeza para recolocarse la peluca, olvidando que viste de viaje.

—¿Va bien sujeta la maceta, Roque? ¡Si se malogra la planta le da un pasmo al Jardinero Mayor! No hay otra araucaria de Indias en toda España y la van a plantar en el Parterre.

Roque le asegura que va bien sujeta a la zaga, y Alonso le cree. Le ha visto estibar el equipaje cuando salieron de casa, en la calle del Tesoro, junto al convento de San Gil: el baúl de vaqueta, el cofre marinero de alcanfor compañero de todos sus embarques, el estuche con las dos pelucas, la sombrerera, la arqueta de documentos y el portabastones de cuero donde van también el espadín de gala y el sable de reglamento.

Cruzan o adelantan frecuentemente a vehículos, jinetes, arrieros y caminantes, que se multiplican en estas fechas previas a la llegada a Aranjuez de las Reales Personas. Ahora alcanzan a la diligencia bisemanal, que transporta en sus ocho asientos a «personas bien vestidas», según disponen las ordenanzas del servicio.

—Estos días va llena en todos los viajes —comenta Roque.

—Cazadores de bolsas y prebendas. Pretendientes, arbitristas, litigantes, abastecedores y otros ilusos buscadores de fortuna. ¡Qué pocos llegarán a lo alto de la cucaña y cogerán el premio!

—No todos logran que les empuje una reina, como el señor Godoy. En doce años ha pasado de Guardia de Corps a Príncipe y Generalísimo. Y ahora lo que faltaba: Gran Almirante, aunque nunca se haya mojado en la mar.

—Tú no puedes criticar a quienes se apoyan en mujeres, que mucho las cultivas —replica burlón Alonso, buen conocedor de los éxitos falderos de Roque, tan insospechables dado su aspecto—. Nadie puede negar los méritos de don Manuel; lo demás son calumnias. La reina tiene cincuenta y seis años, sin dientes y envejecida por catorce partos. Godoy, además de esposa, tiene a la señora Tudó y dicen que a otras. ¿Crees que Su Majestad está para pensar en amoríos?

—Serán hablillas pero don Fernando, el Príncipe de Asturias, se las cree. Por fuerza ha de mirar mal a su propia madre y odiar al favorito.

—A don Fernando le excitan ese odio quienes quieren medrar a su lado. Ahora es el marqués de Ayerbe, más que otros, desde el destierro del canónigo Escóiquiz. Pero qué voy a decirte, si estás más al tanto que yo de las intrigas cortesanas.

—Eso sí. Los de escaleras abajo vemos a los grandes más de cerca, y no sólo en los salones, como sus señorías. Nosotros les vestimos y les desnudamos, como quien dice... Hay dos palacios, señor, uno dentro del otro: el de los estrados y el de los corredores de servicio. Nuestra Casa de Oficios tiene su corte en esos pasadizos, con sus rangos y sus preeminencias. Las azafatas y las camaristas, los mozos de cuadra y los lacayos, el sangrador o los barberos, la lavadora de medias y la de blanco... Cada cual en su puesto con los ojos abiertos. Entre todos sabemos verdades desconocidas en la Casa de Caballeros.

—Yo sí las conozco, porque tú me las cuentas.

Ríen ambos. Alonso, en efecto, siempre escucha a Roque, a veces buen pronosticador de acontecimientos que acaban verificándose. Y como ambas Casas están contiguas en un solo edificio, el Aposentador ha instalado a Roque en una vivienda separada de la suya sólo por el muro medianero, en el que ha perforado un conducto por el que puede llamarle siempre que le necesita.

—Pues la verdad es que no le cuento a usía ni la mitad. ¡Muchos casos ocurren en la Corte que no son para ser creídos!

—Ahí y en todas partes, Roque. El mundo navega desnortado. Vamos a la deriva, empezando por los gobernantes. Jorge de Inglaterra está loco, el zar Alejandro es hijo de otro loco, la reina de Portugal una demente, Gustavo de Suecia una veleta, la reina de Nápoles hace locuras con su ministro: la llaman «Mesalina».

—¿Será que ese mal lo provocan las coronas?

—No sólo ellas; es general. La historia está dando un golpe de timón. Unos tiempos quedan atrás y otros asoman. Dios ha volcado el Gran Reloj de Arena poniendo arriba el abajo, como en la Francia.

—Eso lo barrunta el pueblo, sin decirlo tan bien dicho. Todos quieren cambiar, sin saber a qué ni cómo.

—¿Tú también?

—Yo no, ¿para qué? El pueblo siempre estará abajo. Pero busca el alivio de San Lorenzo: ya me han quemado bastante por aquí, abrásenme por otro lado. No, yo quiero durar como soy. Tengo el amparo de usía, una salud pasable, y mis apaños, con los que no hago mal a nadie y así...

El coche se ha detenido. Se oye saltar al cochero, para revisar las zapatas y verificar los tiros. Es mucha pendiente la Cuesta de la Reina y hay que asegurar la bajada.

Amo y criado se apean para estirar las piernas. Alonso se encasqueta el chambergo y se ciñe la capa frente al cierzo.

—Ahí abajo ya llegó el cambio —exclama ante la vista del valle del Jarama juntándose al del Tajo—. Era un mezquino pastizal y ahora es un vergel. Mira los liños de árboles en las nuevas avenidas, los plantíos a punto de verdear, el Parterre al pie del Palacio, la Casa del Labrador recién acabada... Y ésa es la entrada al vergel.

Alude al magnífico Puente Largo, sobre el Jarama, una doble línea blanca con su pretil de piedra de Colmenar. Al extremo, la casilla del Portazgo y la Guardia.

—Cuando Su Majestad llega a este alto, la comitiva siempre se detiene. Don Carlos contempla el Real Sitio como Moisés la Tierra Prometida.

El coche arranca despacio, cauteloso el cochero en las revueltas. Alonso abre un cartapacio y repasa documentos. La mayor parte refleja mezquindades. Porfías entre el Capellán de Palacio y el Párroco de Alpagés sobre gajes y jurisdicciones, o entre el Jardinero Mayor y el Gobernador; marinos de las Reales Falúas pretendiendo más estipendio que los caballistas de la Yeguada; alegaciones de mayor rango entre nobles ante el reparto de los aposentos; piques del Arquitecto Mayor Villanueva con González Velázquez, director de obras en la Casa del Labrador; necesidad de preparar cuadras para los seis camellos regalados por el Sultán de Marruecos; retraso del Embajador Masserano en enviar desde París los apliques allí encargados, como si no hubiera buenos broncistas españoles... Ante cierto documento interroga a Roque.

—¿Se dice algo por tu Patio acerca de la condesa de Valduerna? Al conde ya le conozco, desde que Godoy le trajo de Extremadura para introducirlo en la Casa del Príncipe de Asturias.

—Y en ella el conde se pasó a los fernandinos —comenta pícaro Roque—. Pero cambió de empleo, porque Escóiquiz sospechaba de él. Ahora está con don Pedro Cevallos en la Secretaría de Estado, dicen que adicto a Godoy otra vez, si es que acaso lo dejó.

—Todo eso lo sé. ¿Y la condesa?

—¿Doña Elvira? De ella no se dice nada.

—¡Buena señal! —y como Roque le mira socarrón, extrañado de ese interés, continúa—: Pregunto porque esa señora solicita una azafata de jornada, una moza del Real Sitio para cuidar de sus dos hijos... Y no será a ti a quien pida yo un nombre. ¡Buena sería tu candidata!

—¿Preguntará entonces usía a doña Malvina? —devuelve Roque la puya con una sonrisa que muestra la mella de un diente.

—¿Qué tienes que decir de la señora condesa de Brías? —ataja muy serio Alonso—. ¡Cuidado, Roque!

—Perdone, señor, no pienso maldades, ¡Dios me libre! En la Casa de Oficios la conocemos bien; la tenemos de vecina y con ello nos honramos. Es buena, sin altanerías y hace caridades a todos... pero no la entendemos. «La Volandera», la llamamos allí, con perdón. ¡Como lleva esa vida tan viajera!

Alonso sonríe sin querer. Es verdad que su amiga Malvina es la única persona de la nobleza aposentada en los Oficios por su propia voluntad. Roque continúa explicándose:

—No para en su casa. Anteayer, cuando traje al ama Gertrudis, acababa de regresar de otras tierras. Y esas galopadas, y ese apartamiento de la nobleza, aunque entra en Palacio cuando quiere, y hasta ese negro que le hace los recados... ¿estará siquiera bautizado?... Un familiar de la Santa Inquisición ha andado preguntando en el Patio sobre todo eso. Los más beatos se escandalizan.

—El Santo Oficio podrá inquirir, pero no encontrará culpa ninguna. Hace treinta años que la conozco, ya lo sabes, y rarezas tendrá, pero deshonestidades o herejías, de ningún modo. Y no ayudemos a la murmuración.

Alonso corta con eso el tema, pero la inquietud por Malvina la llevaba dentro aun sin que hablase Roque. En una reciente visita al Inquisidor General, para acordar aposentamiento de religiosos, le fueron dirigidas varias preguntas intencionadas acerca de la dama. Se propone advertir de ello a Malvina muy en serio.

La berlina acaba de atravesar la rotonda de las Doce Calles y pronto rueda sobre los tablones flotantes del Puente de Barcas. Contornean la verja del Parterre, a cuyo fondo se alza, roja y blanca, la fachada posterior de Palacio. Embocan luego la vasta plaza de San Antonio, dejan a la derecha la Casa de Oficios y al fin penetran bajo el arco de acceso al patio de Caballeros.

A una ventana interior se encuentra asomada la anciana Gertrudis, aguardando a su señor. Alonso la saluda con un gesto y, entregando el cartapacio a Roque, avanza hacia el portal de su casa. Al pie de la escalera le aguarda, tricornio en mano, su primer oficial, secretario y jefe accidental de la Furriera, don Simón de Lara, por si su señoría tuviese a bien disponer de él. Recibida esa cortesía y despedido el oficial, Alonso se sorprende al cruzarse en su escalera con una desconocida que le saluda ceremoniosa. Es una cincuentona entrada en carnes y muy compuesta, de cabeza erguida y busto saliente bien ceñido por la cotilla. Viste de basquiña, pero se mueve con aires de dama.

Alonso interroga a su ama de llaves, que desde lo alto de la escalera ha despedido a la visita.

—Tiene usía que conocerla, señor. Es doña Úrsula, de mi cofradía de San Antonio. Vive de una corta pensión y pretende una plaza de azafata de jornada para su sobrina, muchacha muy de fiar. Pero déjese ahora del asunto, descanse del viaje y luego almorzará.

Alonso despide a Roque y pasa a su cuarto con gesto de poco apetito, pensando que ya ha encontrado niñera para la condesa de Valduerna. Le gustaría encender una de sus pipas favoritas, la de espuma de mar o la de cerezo, pero no le queda tiempo para fumarla con sosiego. Hará un esfuerzo para comer algo, a fin de no disgustar a Gertrudis, preocupada como está desde hace días por el desánimo de su señor en los últimos tiempos.

Se quita la casaca y se deja caer en su viejo sillón. Tampoco tiene ganas de abrir el cartapacio y volver a toparse con semejante papeleo.

ALONSO

¡Tener que enredarme en esas mezquindades!... La Corte es una feria de intereses y vanidades, ¿es éste el centro de un reino donde no se pone el sol? a veces tengo noticia de actos nobles, gestos abnegados, pero los borra la codicia general... tiempo de tempestades... caen tronos y hasta cabezas, las coronas y las fronteras las cambia ese nefasto Napoleón casi cada mes... ¿hasta cuándo? ni él mismo lo sabe, adelante, adelante, abatir y levantar, frenesí por el cambio, y el pueblo a rastras, lo de San Lorenzo, el pícaro de Roque lo dijo bien: tostarse por el otro lado, a veces destruir por destruir, como arrasaron Sargadelos, mi primo Antonio creando allí riqueza con sus ferrerías modernas y los paisanos incendiándolas, los mismos que las defendieron tres años antes contra el desembarco inglés, locura y más locura, allí desistí de salvar nada, salvo mi propia alma, nueve años ya y el pueblo sigue quemando su futuro, como los nobles siguen arruinando famas y peleando entre sí, hasta las reinas en lenguas, ¡pobre María Antonieta! primero criticada por frívola, después por sencilla y por interesarse en el gobierno, ¡pobre Luis XVI poniéndose la escarapela tricolor en el Ayuntamiento, tres días después de la toma de la Bastilla! Malvina y yo lo vimos, todos ciegos, él y los revolucionarios que lo aclamaban, se creían a las puertas del paraíso y estaban incubando la guillotina, ni yo lo intuí tampoco, ¿acaso Malvina? ¡es tan diferente, tan imprevisible!... la Volandera: está bien, es verdad que vuela, pero ¿adónde? y ¿qué pájaro es? más de estos tiempos que yo, a veces parece ave de las revoluciones, de las tormentas, por su fuerza, su energía, un albatros, como el de aquella tempestad, la peor de mi vida marinera, ya pasado el estrecho del sur, por las costas chilenas, olas como montañas, capearlas a donde nos llevaran, cielo y agua confundidos, negro y gris, fosforescencias, nos dábamos por muertos y el albatros tranquilo, planeando en lo alto, toda su envergadura blanca aparecía y desaparecía entre los flecos de lluvia, esas aves no hacen nido, se posan en la mar, como Malvina, siempre en movimiento, ¿adónde? treinta años de amistad y no lo sé, al principio me creía sus explicaciones, ahora dudo, tanto viaje a París, y no por aventuras amorosas, no es mujer de galanes, nunca se preocupó de atraerlos, tampoco es provocativa, nunca me inspiró el deseo, amiga estimulante, sí, sabiduría y buen gusto, pero sólo compañera, admirable pero extraña, muy alerta en política pero, ¿con qué partido? no es de Fernando, ni de Napoleón o los ingleses, desde luego lealísima a la regente de Portugal, su Carlota Joaquina, y también a la madre, nuestra reina: tiene siempre acceso a su cámara, por eso afín a Godoy pero no como otros, no pretende favores, he tenido mil pruebas, ¿con qué fin se mueve? ni siquiera mejorar de aposento en la Casa de Caballeros, prefiere sus ventanas a la plaza y al Parterre, que entonces perdería... ¡«la Volandera»!, mote simpático pero peligroso, ¿qué buscará la Inquisición, qué denuncias habrá? ¿será por política? la Iglesia apoya a don Fernando contra Godoy, me inquieta aquella alusión del Inquisidor a la masonería, ¿será ella de la secta? dicen creer en Dios pero la Iglesia los condena, ¿admiten siquiera mujeres en las logias? no quiero saber de ellos, peligra el alma, la advertiré muy seriamente, que esté en guardia, no me hará caso, ¡es de una audacia! ¡tan segura! el huracán le da alas; a mí me las quebró ya, mi mundo no es del cambio, como mi pobre rey, ¡qué feliz viviría don Carlos de mero hidalgo! componer sus relojes, tocar su violín, cazar a diario para olvidarse de la corona, planta aquí jardines por nostalgia de Nápoles, su ventura, ¡qué soledad la suya! el hijo en contra, el pueblo con el hijo, la mujer a lo suyo, he hecho callar a Roque, pero Godoy y ella dan motivos, hasta dicen que los dos últimos príncipes no son hijos de... no puedo pensarlo, Godoy ama bien a su rey, cuando están juntos le veo más próximo a don Carlos que a ella, quizás la deseó antes y ahora menos, como en los matrimonios, ¡qué solos los tres en ese Palacio, rodeados de gente!, por don Carlos aguanto este oficio, afronto estos intereses ajenos que dan asco, por eso no vuelvo a mi Ortigueira, mi cuna y mis orillas, haría feliz a Gertrudis y me iría muriendo a gusto, pero no aguantaré mucho, la lealtad no exige más, en tres años tendré sesenta y me despediré, a vivir donde la verdad no cambia, la mar de Ortegal, la borona en leche, los hombres y las vacas, las barcas y los carvallos, eternos como siempre, como las araucarias tras la tempestad, en la costa chilena nos esperaban, reinas de la cordillera, nosotros seremos ceniza, nosotros, yo y hasta Napoleón, cuando la araucaria que he traído siga en el Parterre, los árboles gozan de muchas primaveras, ahí estará meciéndose en la brisa, como el albatros, a su sombra pasearán otros, sí, pero no mejores: no tengo esa ilusión, seguirán las guerras y los Trafalgares, para cambiar sin saber a qué, pudimos evitar aquella derrota, lo advirtieron Mazarredo y Gravina, los pocos que veían claro, yo también lo vi, como ellos, los navíos envejeciendo sin renovarse, por eso dejé la Armada; no quise ser cómplice, y en ese Trafalgar murió mi Martiño, ¡si hubiese vivido mi hijita Clara! nos dejó enseguida, ¿adivinó estas tristezas? ¿la previno su ángel?... dentro de tres años me voy al varadero, si es que aguanto tanto.

Gertrudis está aguardando para servir el almuerzo y eso obliga a Alonso a superar su desánimo. Del cofre saca una caja y, de ella, una campanita de plata cuyo mango es una bien labrada sirena sentada sobre su cola. El pequeño badajo está envuelto en un trozo de batista porque Alonso invoca ese sonido sagrado sólo en los debidos momentos.

Sonoros círculos de plata llenan el aire. El tintineo suscita, como un conjuro, pasitos vacilantes acercándose. La invisible presencia de un niño extendiendo sus manitas para jugar con ese sonajero.

—Martiño mío —murmura Alonso, cerrando los ojos.

Cuando sale de su cuarto la campanita queda sobre la mesa, junto a la ventana. En su plata, ya silenciosa, se concentra la luz apocada de este principio de marzo.

II. OCHO DE MARZO

1930: En la Villa

—¿De verdad no entra nadie en la biblioteca?

Marta repite la pregunta, casi impertinente, incrédula ante la negativa de don Celes que, a su vez, la mira incomodado.

—Sólo Dionisia para limpiar y es de confianza absoluta... ¿Qué pasa? ¿No me cree?

—Claro que sí. Pero han usado una pluma.

—¿Quién?... Figuraciones suyas. ¿Falta algo?

Sí, algo falta, pero todo es tan inexplicable que Marta prefiere no insistir. Don Celes descarta el asunto y se vuelve hacia el joven funcionario recién llegado a Aranjuez para fomentar el turismo. ¡Turismo!: don Celes lo desprecia. Una cosa son los doctos investigadores de nuestro glorioso pasado y otra la gente frívola que no sabe apreciarlo. No ignora que Su Majestad, el propio Alfonso XIII, se ha dignado interesarse por ese tema creando un Patronato Nacional, pero le engañaron. Es un error; peor, una traición: es de viles mercaderes vender nuestro tesoro más sagrado o exponerlo a la profanación de gentes vulgares. Por eso objeta a la propuesta de su interlocutor, que pretende complementar la actual visita turística a Palacio con la exhibición de trajes antiguos.

—Pero ¿qué tiene de malo un Museo del Traje? —argumenta el joven, conteniendo su irritación ante ese vejete, calvo vergonzante, que todavía usa cuello de celuloide y manguitos—. Me han dicho que en Palacio hay armarios con ropa de época.

—Fantasías, joven. Infundios de mal gusto. O interesados.

Marta mira asombrada a don Celes antes de volver a su trabajo. Por Quina sabe que, en efecto, existen esos vestidos en una de las habitaciones cerradas de la planta alta.

¿Cerradas? Si lo están como la biblioteca –piensa, caminando hacia ella– puede que también las visite alguien. Ciertamente han usado a deshora una de las plumas de oca. Incomprensible pues nadie escribe ahora con ellas, existiendo las de acero... Además, algo falta, sí. Los primeros días podía abrir, con las cuatro llaves disponibles, todos los bajos de los estantes; ahora no encuentra una de ellas y dos armarios no pueden ser abiertos. ¿Qué misterio es ése?

Marta contempla, como cada día, el apacible retrato del Caballero de Tres Forcas, cuya comprensiva mirada no le da ninguna respuesta. «Tú lo sabes, Capitán, sin duda los has visto. ¿Qué pasa aquí?» Pues Marta tutea al personaje que le dio la bienvenida a la biblioteca, y a quien llama «Capitán». Confía en él desde el primer momento, buscando en su memoria un parecido. «Amor a primera vista», piensa a veces, divertida.

Marta ocupa su sillón y suspira. Mira alrededor como esperando ver una pista, una señal, en ese recinto de otro tiempo, al que accede cada día cruzando la puerta fronteriza. Ahora ni siquiera está segura de que los libros apilados sobre su mesa se encuentren como los dejó. Vuelve a examinar la pluma. No hay duda: en su cañón se ha secado la tinta negra y espesa del tintero. Como para creer en duendes.

Se resigna a ignorar y se concentra en su trabajo. Obra de romanos que no sabe si acabará pero que le fascina. Rodeada por las estanterías se siente pececillo dorado y feliz en esa pecera libresca.

De pronto abre la puerta don Celestino. Marta se asombra de que se digne abandonar su puesto de mando para venir hasta ella, pero lo comprende cuando detrás aparece un caballero de traje oscuro y chaleco gris claro cruzado por una discreta cadena de reloj. Alto, cara en óvalo con sienes algo más anchas. Frente amplia y cabello gris, peinado con raya lateral. Ojos pardos tras los lentes con montura de plata. Bigote poblado y oscuro, bien cortado sobre los delgados labios. Mentón redondo y expresión grave, en ese momento animada por leve sonrisa.

«Don Ernesto Ribalta de Castro»: triple campanada en la mente de Marta, que se levanta sorprendida. ¿Cómo podía esperar la presencia del famoso historiador y futuro académico, del que fue alumna en la universidad y que formó parte de su tribunal de oposiciones otorgándole el único voto favorable?

—¡Vaya, vaya! —se distiende la sonrisa masculina ante el saludo de Marta—. ¿Conque la señorita Zaldívar es la bibliotecaria? ¡Buena adquisición para el Patrimonio; se lo garantizo yo, amigo Poveda! Fue alumna mía —añade, mientras con elegante modestia ataja las palabras de gratitud que Marta le dirige por aquel voto.

Don Celestino les deja y ellos se acercan a la mesa.

—¿Me permite? —curiosea el visitante el volumen allí abierto—. Ah, *El Censor* de, ¿a ver?... 1786. Su última etapa, vale la pena. Veo que además de saber historia tiene usted olfato. ¿Anda investigando algo?

—No señor, estoy empezando. Mientras clasifico leo de vez en cuando lo que me atrae, como esa buena crítica.

—No me extraña. Se cita siempre a Larra y se recuerda poco a Luis Cañuelo, creador de ese periódico. No escribía como Fígaro, pero fue un excelente cronista, en el difícil marco de su tiempo. Un buen tema de tesis ese Cañuelo; no olvide este consejo.

—¡Cómo olvidarlo, viniendo de usted! Pero me falta tiempo; hay muchísimo por ordenar.

—En los archivos están nuestros tesoros escondidos... ¿Va usted encontrando alguno?

Marta se quita importancia, pues no espera decir nada que le resulte nuevo al eminente investigador. Habla de algunas obras raras y de legajos relacionados con la Inquisición.

Don Ernesto se explaya sobre la decadencia del Santo Oficio a lo largo del siglo XVIII, aunque se recuperase algo tras la Revolución francesa, y solicita detalles. Marta sólo recuerda las sospechas sobre tres personajes moradores del Real Sitio: un fraile del convento de San Pascual que predicaba sermones incriminables, una vendedora de perfumes y afeites quizás gitana o judaizante y, sobre todo, una condesa de Brías, doña Malvina, noble viuda de origen portugués acusada de vivir casi como un hombre, con audacias impropias de su sexo y su rango. Siempre sola, recurriendo a veces a un criado mulato con vivienda aparte, gustaba entre otras rarezas de galopar por los campos montada impúdicamente a horcajadas. Viajaba con mucha frecuencia y sin motivo a Portugal, sospechándose que para pasar desde allí a la hereje y enemiga Inglaterra, pues hablaba el inglés perfectamente.

—No recuerdo más, salvo su costumbre sacrílega, según el clérigo encuestador: cuando iba a misa la dama llevaba mantilla blanca. Por lo visto eso era muy grave.

—No se ría: aquél era un mundo muy pacato. En 1808 el Infante don Antonio Pascual, gobernando en nombre de Fernando VII, dispuso que las obleas para cerrar las cartas se confeccionasen cuadradas y de color rojo, para no imitar sacrílegamente la redondez y la blancura de la Sagrada Hostia.

Marta ríe, feliz bajo la mirada cordial del profesor, que así la estimula y le sugiere un futuro profesional mejor. Oye a don Ernesto preguntarle si esa dama era efectivamente viuda. Marta no puede confirmarlo.

—Es que, con esos viajes y galopadas, podría tratarse de otro personaje interesante entre los ya conocidos por usar las ropas del sexo opuesto... Uno fue el abate Choisy, por ejemplo, que en la Francia del Rey Sol vestía de mujer y llamaba la atención en la Ópera con sus fabulosos peinados... Por cierto, a mi colega Saignac, que ha investigado al caballero d'Eon, podría interesarle esa portuguesa más que a mí.

—¿El caballero d'Eon no era un espía francés disfrazado de mujer?

—Más que disfrazarse: vivió muchos años como mujer. En mi libro sobre la emperatriz Catalina aludí a sus viajes a San Petersburgo en tiempos de la zarina Isabel, pero no era mi tema. En cambio, Saignac sospecha que Eon, desde Londres, seguía espiando para alguien, pues era manirroto y necesitaba dinero desde que la Revolución le privó de la pensión otorgada por Luis XVI... ¿Acaso viajó entonces a Portugal y España? Una hipótesis muy poco fiable, claro. Procuraré presentarle a Saignac si va usted algún día por Madrid.

—¡Ojalá encuentre algo para su amigo, don Ernesto! —exclama Marta entusiasmada—. ¡Y para usted! Pero una principiante...

—Piense primero en usted, Marta... ¿Puedo llamarla Marta?... Usted vale; lo demostró en las oposiciones. Publique algo, vaya eligiendo una tesis. Disponga de mí para orientarla, para publicar cuando tenga algo digno... No, no me crea generoso. Ya le pasaré luego la factura. Por ejemplo, esa señora tan vigilada por la Inquisición bien podría apoyar mi hipótesis de que los Osuna, Teba y demás nobles fernandinos provocadores del motín de Aranjuez estaban, a su vez, inspirados por la masonería inglesa, interesada en debilitar el poderío español en las Américas, para expandir allí libremente el comercio que habían perdido con la independencia de Estados Unidos... Es difícil documentar mis sospechas, porque la masonería actuaba muy en secreto, pero es seguro que Osuna dirigía un notable grupo anglófilo desde 1796; como el marqués de la Romana, curiosamente enviado con tropas en 1807 a Dinamarca para apoyar el bloqueo napoleónico. Y en Madrid, a pesar de estar suspendidas las relaciones diplomáticas con Londres desde 1804, seguía actuando un agente inglés llamado Frere.

—Ya leí su artículo con esa tesis, don Ernesto, y lo encontré muy original y brillante, como sus libros. Pero, perdóneme, no veo la conexión con esa dama.

—Ni yo la afirmo, querida amiga: sería una falta de rigor. Pero ya se acostumbrará a unir hilos, al parecer ajenos uno a otro, en el telar de la historia. Lo que afirmo es que esa condesa tan viajera, cuando pocas damas se desplazaban, indiferente ante la Iglesia y de costumbres audaces, capaz de vestir pantalones y montar a lo varonil, resulta ideal para actuar como agente y da motivos sobrados para la sospecha. Recuerde que en aquel tiempo la masonería estaba bien afincada en Inglaterra, empezando por el propio monarca, y que había logias femeninas, como en París la famosa llamada «La Candeur», con Hermanas de la más encopetada aristocracia.

—Ahora comprendo. Además, esa dama excita mi curiosidad. Buscaré su rastro en los papeles que maneje.

—Magnífico. Quizás encuentre material para una tesis: la Inquisición siempre interesa. Yo la ayudaré y, a cambio, aprovecharé lo que sea útil a mi hipótesis... Como ve, soy muy egoísta y pienso abusar.

La sonrisa y los ojos desmienten la amenaza. Don Ernesto eleva a Marta hasta el séptimo cielo, con esos horizontes y ese apoyo, mientras concluye:

—Bien, pues acabamos de firmar una alianza de cooperación investigadora... Ya somos cómplices, ¿verdad?

El profesor amaga un guiño. Marta estupefacta: ¡si hasta tiene sentido del humor!... El severo catedrático es un ser humano. No se comprende cómo en la Facultad tenía fama de ser un tipo raro y poco accesible.

Durante el almuerzo en Casa Sole, según la llama Quina, la excitada Marta comenta aquel voto favorable de don Ernesto, la importancia que supone ahora su apoyo, el interés de la conversación en la biblioteca, su suerte con lograr el empleo en Palacio... Quina la ataja:

—¡Para el carro, moza!: ¡ni que fuera un flechazo! No te irás a enamorar ahora de ese viejo con botines.

—No es viejo —replica amoscada Marta. Pero la interrumpe la voz cortante de Agustín que, como de costumbre, se sienta a la mesa con ellas.

—Es un Moriarty —sentencia—. Le conozco del Hotel. Ha venido otras veces.

Acusación tan inesperada las deja atónitas.

—¿Un qué?

—El enemigo de Sherlock Holmes. El malo.

Marta ríe. Pero ¿por qué Agustín lo ha dicho tan serio? ¿Por qué la mira con esos ojos de adulto?

Quina sale de estampía hacia la peluquera: es sábado y ha decidido aprovechar la tarde libre para hacerse la ondulación Marcel. «Te espero a las seis en el Teatro, para llevarte al circo», dice a Marta, dejándola extrañada, pues no hay feria en el pueblo.

Marta pasa a su cuarto con Agustín. El chico va a tomar las medidas de una estantería que su padre construirá para la muchacha a un precio casi de regalo. Agustín se detiene en la puerta de la habitación y la contempla con esos ojos que impresionan a Marta: sonrientes y melancólicos a la vez. Ella conoce ya por la señora

Sole la historia del padre, ebanista de composturas en el Patrimonio hasta que un armario le cayó encima fracturándole una pierna. La infección, mal curada, obligó a amputársela y le jubilaron con una pensión de mala muerte. Al cabo del tiempo su mujer le abandonó, huyendo de la miseria más que arrastrada por otro. Padre e hijo malviven con la pensión, las propinas del Hotel y lo que el hombre consigue poniendo marcos y vendiendo baratijas y novelas usadas en un puesto del mercadillo semanal.

Mientras toma medida, esos ojos rastrean la habitación, posan la mirada sobre la almohada o, con luz de ternura, sobre el retrato de la madre de Marta en la mesilla. Las manos se van a los libros: le fascinan, los abre reverente, sobre todo los de arte, pues Agustín tiene talento para el dibujo. Mientras tanto, habla a Marta de los jardines, su paraíso, donde le dejan entrar excepcionalmente —sólo las familias distinguidas tienen pase de acceso— por ser amigo del faisanero, «un cojo con gorrilla de visera que suele moverse por donde la Casa del Labrador, pues allí da de comer a los faisanes llamándolos con un silbato muy majo». También alude el chico al caballo del rey enterrado debajo de la Montaña Rusa, a la Mariblanca de la plazuela y a su historia, que Marta sospecha apócrifa, como otros mitos de los jardines.

—Ahora ya soy fijo en el Hotel, desde mayo me darán más sueldo —presume—. Tendré que llevar el gorro redondo de los botones en el cine... ¡Si alguno se ríe le parto la cara! Pero tres reales diarios y propinas valen la pena, ¿verdad usted?

Marta está a punto de preguntarle por qué llamó Moriarty al profesor —¡qué ocurrencia!— pero desiste. Vuelven ambos al comedor, donde Soledad está despidiendo a don Luis, el médico militar recién destinado al Colegio de Huérfanas de la Infantería, que trata a la señora Juana. No tiene cura, pero el doctor la visita gratis y la consuela con esperanzas, porque durante la guerra de Marruecos él asistió en Chafarinas al marido de Soledad, confinado político en las Islas. El preso mencionaba al doctor Sampedro en sus cartas y gracias a ello Soledad pudo identificar en el nuevo médico al que fue bienhechor de su marido. Oyéndoles hablar de aquellos tiempos en la Comandancia de Melilla, Marta menciona a su padre, por entonces destinado en el Regimiento de Cazadores. El doctor no recuerda haberle conocido pero la mera coincidencia local hace a Marta simpatizar con ese médico alto, bondadoso, con bigote y el pelo cortado a cepillo, que ya está en la puerta poniéndose su gabán negro con cuello de terciopelo.

Despedido el doctor, Soledad se sienta a su máquina de coser y Marta se ofrece por si puede ayudarla en algo.

—Te lo agradezco: ya veo que lo dices con el corazón. Estás contenta y quieres que yo lo esté. Bueno, pues ya lo has conseguido. —Y añade, al percibir la mirada de Marta—: ¿Te sorprende mi dedo agarrotado? Fue aquella bala de mala suerte, maña.

Hasta ahora no había notado Marta que el meñique izquierdo de Soledad está anquilosado, curvado hacia la palma.

—¿Una bala?

—Una bala y un mal médico. Huyendo de los guardias con mi marido en Barcelona, cuando la Semana Sangrienta. Tú no puedes recordarla; eres muy joven.

—La he estudiado. Es mi oficio.

—Tú estudias historia, sí, pero vivirla es otra cosa. Una bala de mosquetón me rompió un hueso del brazo. Hubo tantos heridos que nos curaron con prisas y me cortaron un tendón. Lo volvieron a coser pero mal, y así quedó mi dedo. Puede arreglarse, dicen, pero no vale el gasto. Como no es el del medio, no me priva de hacerle la peseta a quien me dé la gana... ¡Qué bruta soy!, ¿verdad?

Vuelve a su máquina, guiando el deslizamiento de las telas bajo la aguja mecánica. Marta rechaza la última exclamación y elogia a Soledad por sus bondades con Agustín. El chico lo merece, concluye Marta.

Soledad se encoge de hombros, casi displicente, mientras su voz es una explosión de ternura:

—¡Es el mocete más bueno del mundo!

Borbotón emotivo tan intenso, manando de esa roca humana, que Marta lo deja perdurar en el silencio y se aleja por la cocina hacia la puerta del patio. Ágora de vecinos, colmena de mujeres y críos que al principio le parecía una amenaza a su intimidad.

Ahora la divierten sus cambios según el juego de las horas y los días. Observa a las vecinas unos momentos. Cuando vuelve al comedor, Soledad ha concluido el trabajo y se arranca como si la hubiera estado esperando.

—El día que apareciste en este cuarto, déjame decírtelo, hija, no me gustaste un pelo. ¿Qué señoritinga me trae esta inocente de Quina, que se fía de cualquiera? ¡Venías tan mona! Hasta con tus guantes y tu cadenita al cuello con no sé qué medalla de Virgen, y tu vestido bien hecho, que de eso entiendo... Te lo digo ahora porque no eres una señoritinga, estoy segura. Aunque hayas nacido señorita, y no tienes por qué cambiar siendo como eres. Para mí otra como Quina y bien la quiero. Os habéis cogido ley las dos: me gusta.

—Quina es una gran chica. Sólo le falta un poco de...

—Yo lo diré: de mundo. Pues tú se lo darás.

—Lo coge ella. Es muy lista. ¡Y también me enseña a mí!

—¿Qué? Me interesa.

—A ser como ustedes. Como ella y como usted —recalca, mirando de frente a la mujer, que aparenta enfadarse.

—¡No digas tonteces! ¿Por qué has de hacerte como nosotras? Tú perteneces ahí, a la biblioteca esa, al Real Sitio. Nosotras somos de la Villa.

—Dos mundos, es verdad. Pero en la Villa se vive una vida más real, más verdadera... No sé cómo decirlo.

—¡Uy, verdadera! Ilusiones, hija. Hay mentira en todas partes. Y mala leche.

—Lo creo. Pero tampoco pertenezco tanto a la biblioteca. Antes de venir, sí; como si estudiar historia fuese todo. Ahora... pues no sé. Soy de los dos sitios; de en medio.

—Acabarás sabiéndolo, como yo, a fuerza de vivir con los ojos abiertos. Hice muchos oficios. De todos me echaban, aunque cumplía bien. Pero hablaba claro y me achacaban «ideas disolventes»; me llamaban mitinera. ¡Disolvente yo, que busco amigar a todos! Pero los de arriba no se dejan; no saben. Te acercas y se agarran a su bolsa no vayas a quitársela en un descuido, me cago en su alma.

Ante la manera en que Soledad se abre para ella Marta quiere mostrarle su solidaridad. Tira de la cadenita en su cuello y deja ver que no sólo lleva una medalla de la Virgen, sino también un simple disco metálico con un número grabado.

—La chapa de identificación de mi padre. Lo mataron en Marruecos.

—También mi Ramón llevaba un número.

La amargura de esa voz persiste en la memoria de Marta cuando, más tarde, camina hacia el Teatro a la cita con Quina. Apenas se ha asomado a la población en la semana escasa desde su llegada, por falta de tiempo entre arreglar sus cosas y volver un par de días a Madrid para traerlas. Uno de los jardineros del Parterre la saluda desde su bicicleta en la que, como tantos otros a esa hora, regresa de su huerto en la vega, con un taleguillo de legumbres sobre la rueda trasera. «Otro a caballo de estos dos mundos: entre el pueblo y el Palacio.» Marta percibe muy bien la diferencia. Entre las frondas del Príncipe o, sobre todo, en la Biblioteca, se respira otro aire. ¿Fantasías? ¿Deformación profesional de ver la historia en todo? Puede, pero también vivencia indiscutible.

¿Qué circo será ése? A Quina le gusta sorprender. «Es curioso que nos llevemos bien, con lo distintas que somos. Yo vivo como bailando un vals lento; ella un pasodoble, pero con mucho aire. Y no digo un charlestón, porque es muy castiza... O, como dice ella: tú eres la fina con liguero y yo la de las ligas colorás.»

Ha subido Marta por la calle de la Gobernación, a lo largo del Jardín de Isabel II, para salir casi frente al Teatro. Al llegar al cruce con la calle de San Antonio se detiene asombrada ante tantos grupos en animada charla, estorbando el paso a los pocos transeúntes. Los faroles urbanos, recién encendidos, más bien parecen alumbrar un salón que una vía pública. Suenan risotadas y de un grupo a otro se interpelan a gritos. Un par de vendedores de pipas, golosinas y chucherías para niños se mueven entre la gente.

Allí está ella, Quina, con su ondulación Marcel bien marcada, subida sobre los escalones de entrada al Teatro, para ver llegar a su amiga. Y agita la mano en un gesto que levanta más su falda y regocija a los mirones.

Cuando Marta sube hasta ella, Quina señala los grupos:

—Qué, ¿te gusta?... El Circo, mujer, es esto y la calle de Stuart por las tardes: ahora vamos. Pero primero una «chuleta de huerta». Te has retrasado y tengo un hambre...

Zigzagueando entre la gente, que la saluda mirando con curiosidad a Marta, llegan hasta el carrito camuflado de vieja locomotora donde el Desiderio asa sus patatas. Quina coquetea con el vendedor: «La quiero bien gorda, Desi, ya sabes». El viejo elige una hermosa, la abre, la espolvorea con sal y pimienta de un bote agujereado y la ofrece mientras pregunta, insinuante, si a la amiga también le gustan gordas. Cada una con su patata humeante se incorporan al ir y venir de la gente por la calle de Stuart, oficialmente llamada de Alfonso XIII. Suben hasta la plaza del Ayuntamiento, bajan hasta San Antonio, repiten la subida y la bajada por el centro de la calle, a estas horas sólo peatonal. Quina saluda a derecha e izquierda, se detiene un momento, presenta a su amiga de distinta manera según a quien habla: «Marta, la nueva bibliotecaria de Palacio», «Mi compañera Marta», «Marta, una amiga», «Marta, oye, una chavala cañón»... Marta admira esa habilidad y sonríe un poco aturdida. Más que un circo, la calle Stuart le resulta una mezcla de parque de atracciones y mercadillo. Quina se para ante los escaparates iluminados: la zapatería de Varón, la perfumería y regalos de la Pilarica, la confitería de Sagrario, la sastrería de López... De una acera a la opuesta, de un escaparate al próximo, como una ardilla en una rueda, ella sí todo un circo. «Las medias Du Barry dan muy buen resultado», «mira esa bici Quillet, con cien reales al mes la pagas en diez plazos», «ya ha puesto Varón los zapatos de primavera», «mira esa barra de labios, ¿verdad que es rojo chorizo», «pues anda que el abriguete que lleva ésa»... Se les unen dos chicos y siguen más arriba de la plaza, donde no hay nadie, porque «Cinco de frente andan mal entre la gente». Quina pone a Marta por las nubes y ésta replica que Quina es su maestra, pero ella desacredita todos los elogios de su amiga. Reconoce leer bastante, pero tontadas: *La huerfanita* y novelas rosas o por entregas que le trae Agustín del puesto de su padre. Los muchachos llevan sombrero y abrigos largos, con anchas solapas y trabilla, de moda el año pasado: se han puesto lo mejor. Uno de ellos, Feliciano, pretende a Quina, que le aprecia pero aún no quiere compromisos y se divierte haciéndole esperar. Al llegar a la vista de la plaza de toros dan la vuelta y se cruzan con tres jóvenes que pasean discutiendo algo y visten *plumas,* impermeables muy livianos recién lanzados. «Estudian en Madrid, sólo vienen en sábado y domingo —aclara Quina—, como si no fueran de aquí. Igual que los húsares del escuadrón.»

Se encuentran de nuevo entre la gente. Tras los ventanales del Casino ven sentados a los señores con cara de aburridos; en cambio más abajo, en el Café de la Unión, los jugadores de dominó gesticulan discutiendo y se adivinan los golpes secos de las fichas sobre el mármol de los veladores. Sus dos acompañantes las convidan a entrar, pero Quina se resiste y ellos entonces se despiden. Están poniendo en la esquina el cartel de una función de cante y baile y Marta comenta la buena voz de Quina, que vuelve a burlarse de sí misma: «Cosas de nada. Cuplés y lo de moda: *La rosa del azafrán,* lo de *Esta mañana mu tempranico...*». Marta piensa que Quina vale para artista, con su gracia y sus gestos y, sobre todo, su afición: no se pierde un solo número de *Films Selectos,* porque lo suyo —como ha dicho alguna vez— es el cine... Sigue envolviéndolas el río de gente, rumor de pisadas, risas clamorosas, palabras y palabras, saludos, llamadas... Marta no tiene costumbre. «No es un circo, es un tiovivo, unos caballitos, una rueda que gira y gira... Marea.» Dándose cuenta, Quina propone retirarse. Va siendo hora.

—Estás cansada —dice, cariñosa—. Igual te has aburrido.

Marta protesta: ¡al contrario! Ha sido demasiado. Llevaba tiempo retirada, después de licenciarse, con la oposición y la muerte de su madre... Quina sugiere volver por la Plazuela. Un rodeo, pero más tranquilo. Por los arcos desembocan junto a la iglesia de San Antonio.

El mundo da un vuelco. La neblina invernal llena el vasto espacio con cendales fluidos, con fantasmagorías misteriosas. Las Casas de Caballeros y de Oficios apenas se entrevén al otro lado. Menguante luna borrosa. El aire es frío, oloroso a verdores ocultos y humedad fluvial. El profundo silencio es roto por un ómnibus cuyo par de focos traza un garabato luminoso en la niebla.

—El último de la Estación —murmura Quina, y con eso parece que el final de algo se instala en el ánimo. Avanzan bajo las arquerías de la casa de Atarfe: resuenan sus pisadas como si a su lado caminase alguien invisible.

—¡Qué oscuridad! —murmura Marta, gozosa de recobrar su intimidad, tras el gentío. Pero Quina lo interpreta como temor.

—No tengas miedo, chica, no pasa nada... Aquí la gente es buena; no se propasan, no siendo algún borracho... ¿Te han tocado mucho el culo por la calle Stuart?

—¿A mí? ¡Nadie!

—¡No te escandalices!... Se ve que todavía das respeto... Pero eso no hace daño y ellos se creen más hombres, los pobres.

Emerge entre la niebla una figura lunar como flotando en el aire: la Mariblanca de la fuente. El olor vegetal llega con más fuerza desde el invisible Parterre.

Quina sigue hablando de los hombres, en confidencias de mujer a mujer, y Marta se siente ignorante frente a las experiencias de su amiga, que ha necesitado defenderse más de una vez.

—Ahí mismo, en ese quicio de la Casa de Infantes, se puso un tío muy pesado antes de Navidades. Venga a querer sobarme y yo a pararle. Estaba el tío bien caliente y de pronto se sacó la minga y me la puso en la mano...

Marta comprende ahora por qué llaman «mingas» a unos bollos alargados y rellenos de crema, pregonados cada mañana por la ambulante tía Minguera con una cesta llena.

—«¿Sólo esto?», le dije, «¿es que no tienes huevos?» Se creyó el amo; «aquí están, hermosa, tiéntalos bien, son tuyos». Y lo hice, chica. Se los estrujé con tanta fuerza que soltó un aullido y ya no tuvo manos más que para ponérselas en ellos... Ahí le dejé, doblado por la mitad. A mí no me desvirgan mientras yo no quiera —concluye Quina muerta de risa.

Bordean el Jardín de Isabel II. Ante el silencio de su amiga, Quina se disculpa, seria:

—¡Qué ordinaria soy!, ¿verdad?... Y no tengo vergüenza... Anda, dímelo... ¿A que tú no me lo contarías?

Marta se para y retiene a Quina del brazo, volviéndola frente a ella. Las alumbra un farol, ya en la esquina del jardín. Habla con vehemencia:

—Escúchame bien, Quina, porque no es eso. Yo te veo sana, sincera, sin hipocresías. Eso es lo que no tienes, hipocresía. Yo no te lo contaría porque nunca me han pasado esas cosas, porque no he llevado tu vida. Soy niña de colegio de monjas, como el de las huérfanas de aquí, hija de mamá, y hasta ahora nunca he tenido que trabajar, ni mezclarme con otros hombres que los compañeros de universidad. Te agradezco que me hables como lo has hecho, como amiga de verdad... Te diré más: si me hubiera pasado algo así tampoco hubiese sido capaz de contártelo antes de venir aquí. Pero ahora, con sólo tratarte estos días y vivir en tu casa, ¡claro que te lo diría!... ¡Ya ves si me enseñas! ¿Me crees?

Quina, impulsiva, la abraza. Ríe al separarse:

—¡Van a creer que nos estamos despidiendo! Pero... Es que me puedes, moza, es que me puedes.

Siguen por la glorieta hacia la casa. Al fondo las luces de El Rana Verde atraviesan la neblina y, más allá, se dibuja la mole del Hotel.

—No te creas, que yo he sido bien tonta —continúa Quina—. Leí en una novela que el señorito besaba a la niñera y como luego ésta tenía un hijo me pensé que con un beso en la boca nos quedábamos preñadas, ¡figúrate! ¡Pero espabilé pronto! ¡A la fuerza ahorcan!

Confidencial, resume su vida. Única hembra de siete hermanos en Peralejos de las Truchas, un pueblo del alto Tajo, esclava de todos. Su decisión de escapar a esa suerte, el maestre de río de la maderada que la recomendó a los Correcher, los de las maderas de Aranjuez, quienes la colocaron en el Patrimonio. Sus primeros meses como fregona, su observación del escribiente a la máquina, sus prácticas secretas con ella cuando aún no había llegado nadie al escritorio...

—Aprendí yo sola, ya ves. Lo malo era la ortografía, pero cogí un libro y me lo metí en la cabeza. Además, leyendo no se hacen faltas. Y un día que se fue el empleado, porque sacó plaza de maestro, me probaron y me quedé yo.

—¿Te parece poca hazaña?

—Bah, lo difícil es ser como tú: moverse, hablar, no soltar esas risotadas mías... Te envidio, de veras.

—No tienes por qué. Yo también aprendo de ti.

—Bueno, pues te envidio. Pero te quiero.

—Y yo. De verdad.

Soledad les abre la puerta antes de que Quina meta el llavín.

—¡Vaya juerga que se han corrido las señoritas! ¡Adentro, adentro! ¡Al palo del gallinero, y a dormir! A ver si sois del «Sábado, sabadete...».

SOLEDAD

¡Ya se lo hizo otra vez! ¡y le cambié la sábana esta tarde!... no, pues no huele, me cabreo con ella y luego me da pena, no es culpa suya el muelle flojo, ¡bien limpia fue la pobre toda su vida, pero al final...! ¡ay madre, madre!, menos mal que no se entera, a veces apenas nos entiende, sólo al Agustín tan cariñoso con ella, claro, también tiene enfermo en casa, le pinta monos para divertirla, como a una niña, más vale matarse, fácil y no se fastidia a nadie, Agustín es un ángel, ¡qué moler digo ángel, si no hay nada de eso!, se nos pegan los decires, es ya un hombrecete, feliz con sus tres reales cuando le explotan, a un mozo tendrían que pagarle dieciocho, ¡qué salidas más majas tiene! ¡eso del *Moriarty*, seguro que es gordo!, pero Marta encantada con su maestro, ¿qué las dan esos tíos?, otra Quina, fiándose de cualquiera, se hace ilusiones, eso de que nuestra vida es más real, ¡más jodida: eso es lo que es! se ve que no la ha padecido, tampoco la Quina del todo; ahora lo tienen más fácil, obreras, nosotras, las de mi tiempo, en el campo, esclava hasta de los míos, me escapé a la costura, mejor, pero de aprendiza, azacanada todo el día, recados, encargos, puñeteras señoras reclamando, y el señorito en la calle que te veía ir a entregar y te achuchaba y la maestra robándote... cuando ya la sentaban a una, diez horas de taller en la sillita, la espalda un dolor, los ojos escociendo, más jornal en sastrería pero ¡malditos chalecos de nunca acabar! pasar hilos, entretelar, hacer las carteras, pegarlas, padecer con las apuntaduras, el pasamán, poner las vistas, los forros, pegarlos, ojalar y por fin los botones: total once reales, ¡once puñaladas les dieran!... nunca pude tragar a un tío con chaleco, ¡ni en la boda se lo puso mi Ramón!... pensar en otra cosa, el sofocón me quita el sueño, en estas chicas, he tenido suerte, sorpresa de Marta faltando a misa el miércoles de Ceniza, cuando vivía su madre iba siempre; ahora distinto, tiene corazón, me enseñó la chapa de su padre, no tengo la de mi hijo; ni eso me quedó, el desastre de Annual, desaparecido, los generales cagados huyendo de los moros y los soldados a morir al sol, ¡eso era servir al rey con orgullo! ¡cabrones! aún me llegó después aquella carta suya tan alegre, el fruto de mi vida, la herencia de Ramón, mi Alejandro, como Germán sería, otro luchador ahora, ¿por dónde andará Germán? ¿le estarán persiguiendo? pero él es más listo, ¿cuándo vendrá a verme para hablarme de su madre? nos creían hermanas, sí, esta Marta tiene corazón: por eso le he soltado lo que pensaba, si no, reviento, se lleva bien con Quina; se le coge cariño, ¡cómo la mira Agustín!, cuando hablan de pinturas le sorbe las palabras, ella sabe lo que él no, pero ya lo sabrá, le harán sudar sangre, pero Agustín subirá, ese lastre del padre... ¡y cómo le quiere! ¡cómo habla el hijo de ese desgraciado!, que se gasta los dineros en vino y tabaco, maldita sea, «¡compréndalo!» me pide Agustín, con las estampas de Marta se emboba, son cuadros nuevos, no esos antiguos de las iglesias y de Palacio, para mí colorines, no se ve nada, pero a él le gustan... ¿quieres algo, madre?, no se ha despertado, según don Luis no tiene cura, buen médico y mejor hombre, ¡acordarse de mi Ramón, pasados casi veinte años! ¡qué alegría cuando le pregunté si él era el Sampedro de aquella carta! ¡qué abrazo le pegué! «su marido era el hombre más entero y de más corazón: le queríamos todos», ese dicho no se olvida, don Luis, ¡y encontrarnos aquí!, a veces la vida es buena, pocas, sí, entero y de corazón, le mataron por eso: quería con justicia el bien de todos, ¡y qué estampa!, nunca comprendí que se fijara en mí, en París recién casados, cuando aquella exposición, hasta las señoronas le miraban, yo de su brazo, orgullo y miedo: no se fuera con otra, ¡los mataba y me mataba!, nos quedamos sin ahorros, «Todo, todo; no podremos hacerlo otra vez», decía, ¡y qué verdad!, el mejor en lo suyo, ¡qué milagros con el estuco!, decoraba un palacete y me llevaba a verlo, hijo de rico hubiera sido arquitecto, lo que hubiera querido, ¡cómo dibujaba: me lo recuerda el Agustín! y aun hijo de pobre, si se hubiera vendido a los burgueses, pero la idea era sagrada, las mujeres le adivinaban, tan fino pero más hombre que nadie, yo las olía y me moría de celos, ¡aquellos días de la Semana Nuestra, cuando no podía parar en casa ni de noche! ¿dónde estará, con quién?, la que ellos llaman Semana Trágica del año nueve, cuando Barcelona se puso en pie, se morían de miedo los burgueses, lo pagamos caro, pero valió la pena, unos días, unas horas, ya no éramos ganado: teníamos dignidad, ¡los muy hijos de puta!

1807: Charles Geneviève d'Eon

En el saloncito de Malvina, que acaba de invitarle a sentarse, el Aposentador Mayor contempla al conde de Valduerna. Es un caballero de unos treinta años, vestido con una elegante levita verde más a la inglesa de lo usado en la Corte, pero con corbatín estrecho a la francesa. La dama explica la inesperada presencia del conde a Alonso, que hubiera preferido encontrarla a solas, pues tienen mucho que contarse dada la reciente ausencia de Malvina:

—La abuela del conde era portuguesa, como mi madre, y lejana parienta mía. Ahora él se ha molestado en traerme recado de una amiga londinense.

Valduerna se declara encantado de haber cumplido el encargo y muestra intención de retirarse pero Malvina le retiene e inicia una conversación solicitando noticias de Inglaterra. Alonso observa que ella se interesa sobre todo por noticias políticas y, una vez más en su larga amistad con la dama, sospecha que tanto viaje femenino tenga que ver con secretas actividades de información o comunicación política. Lo justificaría, en todo caso, su vinculación materna a Portugal —que, como país aliado de Inglaterra, está muy presionado por Napoleón— y el haber sido aya de la princesa española Carlota Joaquina, a la que acompañó luego a Lisboa como séquito cuando fue la infanta a casarse con el actual Príncipe Regente de Portugal.

Valduerna contesta a las preguntas con animación, comenta luego la opinión en Londres sobre la marcha del Grande Exército francés y, al interesarse la dama por la vida cotidiana inglesa, aborda un tema que le ha llamado la atención:

—Una muy curiosa costumbre es la manía londinense de apostar. Ahora, por ejemplo, se cruzan fuertes sumas sobre el verdadero sexo de cierta señorita d'Eon, una francesa residente en Londres a quienes algunos suponen varón.

Malvina y Alonso cambian sonrientes una expresiva mirada y la explican a Valduerna. Ambos se conocieron en París, en el otoño de 1777, precisamente cuando Carlos Genoveva d'Eon, hasta entonces capitán de dragones condecorado con la cruz de San Luis por su valor en el combate, fue obligado por orden de Luis XVI a «tomar el corsé», como se expresó entonces; es decir, a vestirse siempre según su sexo femenino, como había hecho ya en ciertas funciones de espionaje para el gobierno francés. Malvina y Alonso, invitados por el embajador español, asistieron en Versalles a la ceremonia y admiraron el espléndido vestido regalado por María Antonieta a la señorita, confeccionado por Rosa Bertin, modista de la reina y dictadora de la moda francesa desde su tienda Au Grand Mogol, en la calle Saint-Honoré.

—Pues en Londres —insiste Valduerna— algunos creen varón a esa dama que, además de su pasado militar, vive dando lecciones de esgrima frente a buenos espadachines, aunque una reciente herida ha mermado sus facultades. Y como ella se niega a revelar su verdadero sexo han intervenido los tribunales para dirimir las apuestas, declarándola mujer.

—Claro que era mujer —afirma Alonso—. A pesar de sus cuarenta años entonces, su garganta era blanca y tersa y no mostraba señales de haber tenido nunca barba. Resultaba atractiva y ni siquiera se apreciaba en sus brazos desnudos una musculatura de soldado. Además, su propia madre se felicitó de que volviera a vestirse según su verdadero sexo.

—Había cumplido ya los cincuenta —rectifica Malvina, que les ha oído en silencio—. Lo sé muy bien, pues llegué a tratarla.

«Otro aspecto de Malvina desconocido para mí», piensa Alonso, mientras la charla deriva hacia otros casos semejantes, como la monja alférez o las heroínas del teatro castellano vestidas de hombre por diversos motivos. Valduerna aprovecha una pausa para recordar al Aposentador la petición de una azafata formulada por su mujer y encarece que sea persona de la total confianza del propio don Alonso. Casi al mismo tiempo, Malvina propone el nombre de una tal Julia Mendoza que, para satisfacción de Alonso, resulta ser la sobrina de doña Úrsula, recomendada por Gertrudis. Aunque sólo tiene diecisiete años —explica Malvina—, la muchacha es digna de confianza por su buena conducta y hasta por su instrucción, pues sabe de letras.

Retirado Valduerna, Alonso y Malvina se preguntan por sus vidas respectivas desde su último encuentro. Alonso pide permiso para encender su pipa y obsequia a Malvina con una cajita de rapé. La dama acostumbra a tomarlo en público, dando un motivo más de escándalo. Aspira gustosa unos polvos y estornuda con placer, celebrando la calidad: no hay nada mejor para despejar la cabeza.

—Me extraña —bromea— que el rapé no esté también condenado por la Iglesia, como algo contra natura.

—Sería difícil —ríe Alonso—. El que acabo de ofrecerle lo he reservado para usted y es regalo del Reverendísimo Patriarca de las Indias e Inquisidor General don Ramón Josef de Arce... No será por el rapé por lo que se ocupe de usted el Santo Oficio, pero ándese con cuidado por otros motivos. Hay denuncias en su contra y aunque la Inquisición ahora no es la de antaño, después de la Revolución en Francia se ha vuelto más rigurosa.

—Ya sé que se critican mis inocentes gustos, como el de haber llevado un día mantilla blanca en misa... Lo de vivir sola, lo de mis galopadas por el campo... ¡a las que no pienso renunciar por nada del mundo! A mis cuatro años contrataron a mi padre para dirigir la Real Yeguada ahí en Soto Mayor, y ya me llevaba a cabalgar con él por estas tierras. ¿Qué pecado cometo, a quién ofendo?... ¡Ah, y lo de hablar inglés! ¡Como si no lo hubiese aprendido de mi padre que, como buen irlandés, odiaba a los ingleses!... Mis viajes, ¿son delito? O mi relación con Sara, esa pobre mujer, tachada de malas artes porque vende buenos perfumes y mejores remedios... Seguro que me ha denunciado, y también a ella, algún barbero sangrador temeroso de esa competencia curativa.

Por la puerta asoma la gata *Dalila*, inquietante como una pequeña pantera negra. Se restriega mimosa contra la falda de la dama mientras clava en Alonso la mirada de sus ojos esmeralda. Malvina la sube a su regazo y la acaricia, bromeando sobre la posibilidad de que la Inquisición considere al felino como un demonio familiar en figura gatuna.

El caballero contempla, mientras escucha, el alargado rostro femenino, cuyas cejas en arco dan a los ojos azabache una expresión inquisitiva. Los pómulos parecen atraer los labios delgados, curvándolos hacia arriba en una boca más bien burlona, entre el escepticismo y la sonrisa. El cabello oscuro, muy corto y al natural, siempre libre de pelucas y rizos, da a la cara un aspecto atrevido, como el del joven Napoleón en la famosa estampa del puente de Arcole. Ante esas caricias a *Dalila* y esa mirada apacible, ahora cuesta trabajo atribuir a la dama actividades clandestinas, pese a sus viajes o a sus secretos, como esa amistad con Eon que acaba de desvelar. Ante Alonso hay sólo una mujer bien plantada, a pesar de sus cincuenta años pasados, viviendo en su saloncito, donde, sin lujosos medios, ha logrado crear un ambiente cómodo. Una viuda de un matrimonio desgraciado y sin la bendición de los hijos, cuyo indigno esposo dilapidó el patrimonio en dos años de casado. Podrá tener gustos no convencionales, incluso aficiones más propias de un hombre, podrá exagerar su gusto por la libertad, pero eso no le quita su arte de vivir, tantas veces comprobado por Alonso en treinta años de amistad.

Treinta años, recuerda el caballero, desde aquella noche en que la conoció. Había ido a Francia a obtener información para Sargadelos sobre las modernas ferrerías y París era una fiesta, como si la gente adivinara que tanto desenfreno no podría durar mucho: como se dijo después, quien no lo conoció entonces no conocería ya nunca el placer de vivir. Sus informadores, para atraerse mejor a un futuro comprador, sugerían fáciles aventuras galantes mostrándole el famoso *Almanach des adresses des demoiselles de Paris,* donde todas las mujeres venales de las galerías del Palais Royal anunciaban sus especialidades y sus precios. Alonso sólo aceptó acudir con uno de ellos a un baile de máscaras en la Ópera. Y en él se presentaron a las dos de la madrugada —la hora de moda, aunque la danza comenzara a las doce— dejando sus espadas a la puerta, según disponían las ordenanzas. El baile estaba en su apogeo...

Rechazando a *Dalila* Malvina se levanta para ofrecer a Alonso un té que sabe preparar como nadie. Ambos lo prefieren al espeso chocolate español: ella por tradición paterna y él por haberse habituado en su vida marinera, sobre todo en sus viajes madereros por el Báltico, para los negocios de su primo Antonio en Sargadelos.

De pie aún resulta más esbelta la dama, favorecida por su vestido liso de poco vuelo, a rayas azules y blancas según la moda Directorio. Encima un caracó gris tórtola y un fichú de lino estampado en torno a su garganta. Los senos, altos pero apenas marcados, no necesitan ni de la cotilla española ni de los ligeros corsés, restaurados en Francia después de haber sido prohibidos en la época revolucionaria, y ni siquiera de las *brassières* en forma de banda. Un camafeo en una cinta al cuello y un simple anillo de sello, en jade verde, son las únicas joyas que ostenta.

Mientras ella desaparece hacia el interior de la vivienda, Alonso se explica todavía mejor las sospechas de los inquisidores al descubrir, sobre una cómoda, dos revistas de moda de fecha reciente, ambas parisinas y por tanto prohibidas en España: la *Revue du Suprême Bon Ton* y *Les Délices de Paris.* Ella afirma haber viajado tan sólo por Portugal hasta Estremoz, donde radican sus tierras, pero allí no ha podido comprarlas. ¿Por qué no reconoce haber llegado hasta Lisboa para hablar con su querida Carlota Joaquina, si es que no ha llegado incluso a embarcarse hasta Francia? Tiempo de sobra ha tenido y París siempre la atrajo como un imán, desde que vivió muy joven en casa de unos tíos. Sobran los motivos para suponerle otra vida en la sombra, aunque de eso a creerla enemiga de la religión va un abismo. «Seguro que llegó a París», se dice Alonso, volviendo a la evocación de aquella noche en que se conocieron en pleno torbellino de disfraces, risas, música, excitación de gentes ávidas de placer: danzaban en la pista, se asomaban o se escondían en los palcos, se empujaban e interpelaban, se formaban parejas y se deshacían. El acompañante de Alonso parecía conocer a todo el mundo a pesar de los disfraces y acababa de señalarle, como notorio invertido, a alguien vestido de *Capitano* de la Comedia Italiana, cuando una máscara femenina se lo llevó, dejando solo a Alonso. A poco el *Capitano* empezó a importunar, con gestos indecentes, a un joven de atractiva figura que, de pronto, se acercó a Alonso y le saludó en español como si se conocieran:

—He perdido a mi pareja y me encanta encontrarme con un compatriota, señor. Le he oído antes hablar en nuestro idioma.

Alonso contestó amistoso mientras el *Capitano*, desconcertado, decidía retirarse tras un gesto despectivo. El joven agradeció la acogida explicando que no temía al importuno, pero que prefería evitar un escándalo. Alonso hubiera deseado prolongar una conversación que empezaba a interesarle, pero el caballero se despidió por haber visto a su pareja y se alejó hacia una musa griega con una lira dorada en la mano. Alonso lamentó no haber llegado a intercambiar sus nombres, pero días después, al concurrir a la Embajada española para ir a presenciar en Versalles la puesta de mujer del caballero d'Eon, reconoció asombrado la voz de aquel joven en la boca de la condesa de Brías, también invitada. Ella confirmó riendo la identidad y celebró el reencuentro, explicando que efectivamente se había disfrazado de hombre.

Así nació la amistad con esa dama que aparece ahora con el servicio de té. Lo deja sobre el velador y la fragancia de la infusión perfuma el saloncito.

—Es usted única —alaba Alonso ante la calidad de la bebida.

—Soy como tantas, sólo que usted ha olvidado el placer de tener una compañera... ¿Por qué no se vuelve a casar?

—¿También usted? Ya me lo dicen todos, desde la reina a mi ama de llaves. Desde luego me gustaría gozar de un cariño femenino pero Dios no lo ha querido: se llevó a mi mujer. ¡Y si al menos me hubiese dejado a mi hijita!... Ahora ya no quiero cargar a nadie con mi vejez... Y usted, querida amiga, ¿cómo me da el consejo y no lo sigue?

Ella contesta con una brusquedad que, a veces, no logra controlar:

—Mi matrimonio fue un desastre, ya lo sabe. El conde era un vicioso que murió como el de mi amiga Marie Thérèse, princesa de

Lamballe, de lo que llamaban entonces una *galanterie;* contagiado por cierta *mademoiselle* de la Cour, a quien apodaban «Paladar de Oro» por habérselo puesto artificial a causa de una infección venérea. Recobré la libertad y decidí no volverla a perder. Un marido español no me dejaría galopar a solas con Silvano, ni viajar a mi gusto. Me tendría encerrada en casa, ¡y está el mundo tan interesante!

—¿Usted cree?

—¿Está ciego? Usted, tan sensible, ¿no ve amanecer otra época?

—Sí, lo veo, pero ese cambio sin horizonte me inquieta. Pensar que no lo viviré es un bálsamo para mí... Porque, ¿adónde vamos?, ¿usted lo sabe? Ni usted ni nadie.

—¿Qué importa eso? Me basta con saber lo principal, lo que soy y dónde estoy: viviendo en el presente. Lo demás no existe. El pasado sólo aparece mientras lo pienso ahora; el futuro acaba de empezar y vivirlo en el presente es estar viva de verdad, con la sangre encendida...

¿Lamenta ella haber dicho tanto y tan ajeno a una dama de sus años? Calla, vuelve a mostrarse ama de casa y ofrece unos pastelitos.

—Le gustarán. Me los manda la esposa del repostero mayor... Tengo buena vecindad en el Patio de Oficios, como ve.

Contemplando a Alonso, que fuma pensativo, añade:

—Esta luz tendida le favorece... ¿Por qué no se hace un buen retrato? Comprendo que Goya es muy caro, pero hay otros artistas excelentes.

Alonso contesta de buen humor:

—Si usted se retrata, yo también... No sé para quién, la verdad.

—Para nosotros; yo tampoco tengo a quien dejarlo... Bueno, a mi sobrina, la gobernanta camarista de la reina. Carolina Aldave, ya la conoce.

Entre nuevas tazas de té charlan un rato. Se hace necesario al fin encender las bujías y Alonso se despide, tranquilizado por el sosiego del saloncito y la cordura de las palabras femeninas, aun dentro de su audacia. Malvina le acompaña a la puerta y retrocede pensativa hacia su alcoba. Tira de un cordón y suena una campanilla en la planta baja, donde vive Silvano. Destapa un tubo y le responde la voz del mulato. Ella le encarga que, por medio de Sara, avise a Julia para que venga a verla al día siguiente. Le advierte además que él habrá de viajar a Madrid para llevar un pliego.

Se acomoda luego en su butaca y se dispone a leer la carta que le ha traído Valduerna. Antes de romper el sello lo examina con cuidado. Aparece en sus labios una astuta sonrisa acentuada a medida que lee, aunque en algún momento el ceño fruncido exprese preocupación.

MALVINA

La han abierto, claro, pero se nota en el sello, tengo experiencia, no importa, Valduerna no habrá descubierto nada, sólo se habla de trapos, ¡qué útiles las modas para escribirse en clave! otro que sospecha de mí, no me inquieta, en cambio esta carta cuenta su vida en Londres, ¡si lo hubiese él sabido mientras me la traía! Myrtille le siguió los pasos como le encargué en París, ¡magnífica discípula! ¡cómo la echo de menos! asegura que Valduerna no ha pasado a Francia, si traiciona a Godoy en favor del príncipe Fernando esta vez no lo ha mostrado, su viaje como yo me figuraba, Napoleón le aprieta los tornillos a Godoy, éste manda a Valduerna a tantear a los ingleses ¿ayudarían a España a resistir? lo deduciré de la actitud de Godoy, volverá a llamarme para llevar a París la respuesta a lo que le traje, dudo que Valduerna haya tenido éxito, los ingleses están a la espera de cómo termine el empuje del Ejército Grande, Myrtille opina como yo, Inglaterra no nos ayudará en serio y Napoleón ha decidido acabar con los Borbones de aquí después de los de Italia, y con los Braganza de Portugal, Carlota Joaquina piensa lo mismo, se lo escribe a su madre en la carta que me confió, Silvano la llevará a Madrid mañana, Napoleón ha descartado invadir Inglaterra, Trafalgar le dejó sin los barcos necesarios, ¡curiosos caminos los del destino! ¡Napoleón, apropiándose de Europa, es quien va a empujar el futuro hacia América! ¡qué nuevas perspectivas para el mundo! allí continuará la historia, pero Alonso como todos: no quiere ver que Europa es ya el pasado, teme al caos, al desorden, ¡pero es el pórtico a una nueva era! mejor futuro para las mujeres, tendremos más caminos, ¡qué lástima el pobre Alonso, tan limitado! y ahora, además, desencantado de todo, ¡si en su puesto estuviera una de las nuestras! íntimo de los reyes, solicitado por los más importantes, ¡qué posición la suya para saberlo todo y poder influir! por eso quiere Valduerna una azafata próxima al Aposentador, adiviné su juego al verle insistir en ello, espera sonsacar a la chica lo que oiga a Gertrudis o a Roque, pero Julia me informará a mí sobre Valduerna, esa muchacha promete, podrá ser de las nuestras, Sara también muy útil, pero sólo piensa en destruir, resulta divertido: Valduerna coloca un peón cercano a Alonso y así entra en su casa una persona mía, ventaja de las mujeres, los hombres nos desdeñan y se descuidan, no nos creen a su altura, Alonso ni sospecha mis actividades, le extrañan mis viajes, quizás me suponga amantes, no comprende ¡amantes yo, echarme un amo, ni que estuviese loca! o me supone de Godoy o de Fernando, ¡como si esas luchas de partido fuesen la batalla principal!... vio mis revistas, habrá adivinado mi viaje a París, ¿y qué? lo supondrá capricho, mi gusto de siempre, ni siquiera en la «toma del corsé» advirtió cómo me miraba Carlos Genoveva, cuando dejaba de ser Carlos para convertirse en Veva, ¡cómo lo celebraron las anandrinas! hicieron a d'Eon su ídolo, hasta entronizaron su busto en la residencia secreta, le creyeron el Adelantado, faro y guía de la mujer libre, ¡un fracaso! se apagó como fuegos artificiales, iba para Mesías y ni siquiera fue Bautista, cuando tomó el corsé ya se me había desinflado en Irlanda, por eso aquellas miradas suyas, al principio creí en él, nuestro comienzo en Sussex fue perfecto, encarnamos juntos el mito de la otra mitad pero de un modo nuevo, mejor que el amor de dos mujeres, nosotros estrenábamos la pareja del futuro, no tuvo agallas para mantenerse, no me seguía, se quedaba estancado en el placer, como las anandrinas, se gozaba en la transgresión ¡pero se trata de más: la libertad! para el mero placer no me hacía falta él, ¡qué lástima, tenía facultades, llegó a estar muy cerca!... al menos aprendí algo: no se puede contar con los hombres para nuestro futuro, sólo manejándolos, fácil porque están ciegos, como en política, no ven que el huracán napoleónico se desplaza a Portugal y España, vendrán sus soldados y nos echará al Océano, ¡hágase el milagro aunque lo haga el diablo! entonces empezará el futuro, vida nueva: otra era, Carlota ya lo entiende, se convencerá María Luisa, Europa naufraga, Napoleón no construye, sólo produce cadáveres, usar a todos para acelerar el cambio, a Fernando contra Godoy, burgueses contra nobleza, ilustrados contra obispos, todos ellos contra todos, ¡pero no quedarse ahí! preparar el después, el mañana, cruzar el Océano, los Braganza ya dispuestos, nuestros reyes se hacen viejos, Fernando destruirá a Godoy en cuanto reine y Napoleón no le apoyará, Godoy ya piensa en las Indias, ¡qué remedio! los demás anclados aquí, ciegos al porvenir, por eso hay que ayudarle, el único aprovechable, aunque sea como todos, embarcará a los reyes y allí nueva existencia, sociedad sobre otras bases, más justas, la mujer con igualdad y libertad, la mujer en fraternidad, ¡el grito de la Revolución! ¡al fin cumplido! empezar desde el principio, libres como en América del Norte, nueva vida.

III. DIECISIETE DE MARZO

1930: El señor de la noche

—Un gran patriota y ha muerto solo, abandonado, en el destierro. Las balas no pudieron con él ni en Cuba, ni en Filipinas, ni en Marruecos. Le ha derribado la envidia, la cobardía, la banca internacional.

Al llegar don Celestino a la oficina, y antes de entrar en su despacho, se ha detenido ante la puerta de Quina, donde ella comentaba con Teodoro, el ujier, y con Marta la noticia del día: la muerte en París, la víspera, del general Primo de Rivera, el ex dictador. Blandiendo el diario *ABC*, enrollado en su mano, don Celes ha pronunciado esas frases y se ha encerrado en su despacho.

Esas palabras y su evidente emoción han puesto una losa de asombro sobre los comentarios. Marta se dirige ya a la biblioteca cuando la llama don Celes para preguntarle por su trabajo. Ella le explica lo que viene haciendo y subraya la magnitud de la tarea. Para acelerarla pide se le permita trabajar también algunas tardes después de la hora de cierre.

—¿Cómo dice?... Perdone, pero el luctuoso acontecimiento me tiene tan impresionado que no la atendía... Su padre era militar y usted comprenderá mi dolor por la triste muerte del pacificador de Marruecos... ¿Me decía?

Marta repite su deseo de prolongar su jornada.

—¿En sus horas libres? ¿Voluntariamente? —exclama don Celestino como quien oye una herejía.

Marta le explica sus motivos —el gusto por el trabajo, la posibilidad de estudiar, el vacío del ocio— y el jefe acaba por ceder, disponiendo que Teodoro le facilite una llave de la entrada. Acepta a regañadientes, insistiendo en la responsabilidad de Marta y en la seguridad del Patrimonio.

A la hora del almuerzo también se comenta en la casa la muerte del ex dictador.

—Se lo ha ganado a pulso —exclama Soledad—. Esa gente vive para el poder; en cuanto lo pierden se muere. ¡Ya podía haber reventado antes! Pronto mi Germán podrá volver de Francia. Lo está deseando, aunque ha empezado allí a trabajar en el cine y está entusiasmado.

Marta ya sabe de Germán, hijo de la mejor amiga de Soledad.

—Ahora volverá a regir la Constitución —la anima Marta.

—No seas infeliz. Sigue arriba un general y con otro en Gobernación. No cambia nada; siempre mandan los mismos.

—¿Los militares?

—¡Quia, los capitalistas! Los militares sólo son los guardas de la finca. Les hablan del honor y de la patria y defienden el dinero ajeno a cambio de medallas, como perros fieles... Y mira quién es ministro de Educación: el duque de Alba, hinchado de tierras y de millones. ¿Qué crees que enseñarán a los niños? A ser borregos y a dejarse esquilar sin protestar.

La llegada de Agustín, cuyo retraso las extrañaba, corta esas reflexiones. El chico viene rebosando entusiasmo. Parece hasta más guapo, pues últimamente se peina con más cuidado y no lleva, como antes, los calcetines caídos.

—¡Mirad esto! —exclama enseñando un cuaderno de grueso papel y tapas duras—. ¡De Rusiñol, me lo ha regalado Rusiñol!

—¿Rusiñol? —se asombra Marta.

—¡He estado viéndole pintar!... En el cenador ese de cipreses junto a la Florera... Bueno, un día te lo enseño... ¡Y me ha dicho que pinte! ¡Me ha dicho que pinte!

—Pero come, muchacho —interrumpe Soledad sirviéndole sopa—. ¿Y tu bocadillo?

Agustín no sabe si se lo ha dejado en algún sitio o si se lo ha comido. A retazos cuenta su aventura. Estaba en el Hotel cuando llegaron dos señores de Madrid: ¡vaya coche! Uno era don Enrique Borrás, el actor; el otro un dibujante. Amigos de Rusiñol, querían verle. Pero había ido a pintar al Jardín del Príncipe en su automóvil porque tiene permiso especial del rey para entrar con él. Encargaron a Agustín que acompañara a los señores y encontraron a Rusiñol en la Florera... ¡Cómo pinta! Agustín estaba extasiado. Se quedó mirando a distancia. Le llevó agua para lavar pinceles a doña Luisa, la mujer de Rusiñol, que también es pintora, ¡más simpática! «¿No te aburres, chico?» «¡Aburrirme yo con la pintura!» Le hizo confesar que le gusta el dibujo, le invitó a copiar un jarrón de piedra de allí mismo, en el cuaderno, se lo enseñó al marido y a los otros señores...

—¿A que no os figuráis lo que ha pasado? —concluye—. ¡Les ha gustado y el Borrás me lo ha comprado! Ha arrancado la página, aquí lo veis, y se ha quedado con ella. ¡Un duro me ha dado, un duro!

—¡Qué tío! —exclama Quina.

Agustín exhibe la espléndida moneda de plata, cuya redondez llena casi la mano del chico con la efigie pelona de Alfonso XIII niño.

—Y lo mejor, lo mejor —Agustín casi no puede hablar— es que el señor Rusiñol, don Santiago, me ha dicho que pinte, que pinte mucho, que llegaré... ¡Son más buenos!

De pronto se asusta:

—¿Usted se lo cree, señora Sole, o lo habrán dicho porque soy un chico, por darme gusto? ¿No será una burla?

—¡Qué dices, hijo! —se arrebata Soledad, apretando al muchacho contra ella en un abrazo—. ¡Los artistas no son tan malos!

Quina y Marta aseguran a Agustín que tiene condiciones, Agustín escucha especialmente a Marta, que sabe de esas cosas, y sonríe feliz otra vez, olvidado de comer, embriagado por su aventura. Ella le deja saborear este encuentro que recordará toda su vida y sale a la calle pues, antes de ir a Palacio, quiere comprar un regalo para la madre de Soledad por su cumpleaños, pasado mañana. El mercadillo de los lunes suele prolongarse después de comer y hacia allí se dirige Marta. Pensaba en un camisón o algo práctico, pero en un puesto en el suelo, entre libros viejos y figurillas de barro, encuentra un par de radios de galena. Son de lo más sencillo: solamente el soporte y el mineral con una aguja que se mueve sobre ella hasta encontrar un punto sensible.

Sentado junto a sus mercancías se encuentra un hombre de mediana edad. Ojos enrojecidos, mejillas hundidas y manos flacas que se aprietan contra el cuerpo la pelliza con cuello de piel de conejo, tan raída como la gorrilla de visera.

—¿Se puede oír con esos aparatos?

—Comprando en tienda los auriculares se oye bien Madrid, sí señorita.

Mientras habla coge del suelo un par de muletas que Marta no había visto, y se levanta encajándolas en sus sobacos. Marta comprende entonces por qué el rostro le parecía familiar.

—Usted es el padre de Agustín, ¿verdad?

—Lorenzo, para servirla.

—¿Por qué se ha levantado? Lo siento.

—Porque es usted la señorita Marta.

La voz es mansa, como la mirada.

—¿Me ha conocido?

—¡A ver, con lo que habla de usted mi hijo! ¡Y la dibuja! Muy parecida, ahora que la veo.

—Me alegra conocerle. Ya le diría Agustín lo agradecida que le estoy por la estantería. Está muy bien terminada.

—Fui un buen oficial... ¡Y yo sí que he de agradecerle! Lo que ayuda a mi hijo, lo que le anima. Sólo ve por sus ojos.

—Es que Agustín es cariñoso. Muy listo y muy bueno.

—No me lo merezco —se quiebra la voz—. Sin él ya me habría yo tirado al río. Y ya ve, no lo hago y soy una carga para él.

—No diga eso; el chico le necesita.

El hombre la mira con ansias de creerla.

—No lo dude. El chico le quiere. ¿Qué haría él solo?

El hombre hace un gesto de duda. Marta le compra una de las radios, teniendo que convencerle para que le cobre. Luego mira las figuritas, imperfectas pero con graciosa originalidad.

—¿Cuánto vale ese burrito?

La voz del hombre se llena de dignidad:

—Para usted, nada... Las modela Agustín y se las cuece el de los ladrillos de la carretera de Andalucía... Si supiera que le he cobrado algo se enfadaría conmigo ¡y no sabe cómo me riñe a veces! ¡Como un padre! –ríe.

Marta acepta sin más resistencia. Todavía conversa unos momentos con el hombre, mientras éste recoge su género para retirarse. Ella camina calle de Stuart abajo hacia la casa para dejar guardada la radio. Después va hasta la oficina y reanuda su tarea. Horas más tarde, cuando los demás se marchan, se queda sola en Palacio por primera vez, dueña de su reino de los libros.

Resulta extraño asomarse al despachito de Quina y ver la *Underwood* tapada con su funda de hule; y, más aún, contemplar la mesa de don Celes perfectamente ordenada, con el plateado reflejo de la campanita, que a esta hora no recibe el sol y apenas destaca. Marta se acerca y la coge con cuidado. ¡Qué bien labrada la sirenita que la corona! Al moverla suena y difunde una impresión mágica. Marta la deja en su sitio con reverencia: no puede olvidar aquel deslumbramiento del primer día.

Avanza por el corredor y los salones vacíos, más sombríos que por las mañanas. El silencio es opaco, casi opresivo. Marta se siente como entrando en una pirámide egipcia. Vuelve al fin a su biblioteca. Con la luz del atardecer los libros apenas se distinguen y la pared más lejana se pierde en la penumbra, como si la caverna se prolongara indefinidamente.

Enciende su lámpara. El cono luminoso cae sobre la mesa y aún ahonda más la oscuridad en torno. Dejó algunos legajos preparados y ciertos volúmenes porque, aparte de avanzar en la catalogación, piensa aprovechar estas horas para sus investigaciones y para ofrecer a Ribalta algún hallazgo. Por mera curiosidad ha seleccionado la famosa obrita de Erasmo, *De civitate morum puerilium* y el no menos conocido texto de las Escuelas Cristianas *Las reglas del decoro y de la civilidad*, quizás usados ambos para instruir a los infantes de la Casa Real. Con destino a sus investigaciones tiene a mano la *Chrono-Historia de la Compañía de Jesús en la provincia de Toledo*, de 1710, época en que los jesuitas tenían influencia dentro del Santo Oficio, lo que le permitirá manejar mejor los expedientes de la Inquisición. Además ha encontrado la *Historia de*

Portugal, de Juan Cortada, con sucesos hasta 1839, para conocer el mundo al que viajaba la condesa de Brías, doña Malvina. Marta lee y toma notas abstraída como quien se hunde en un pozo, donde se pierde la noción del tiempo.

De repente percibe una presencia. ¿Una sombra se ha hecho más densa y respira a su lado? Se vuelve y se queda helada al ver junto a la pared un aparecido. El sobresalto la incrusta en su sillón. Es un hombre, viste capa y tricornio, que ensombrece su cara, porque levanta un farol encendido. En la otra mano esgrime un espadín desenvainado.

—¿Qué hace usted aquí? —La voz es seca y ronca, con saltos agudos. La mano del farol baja un tanto y Marta distingue la cara alargada, los ojos claros hundidos y obstinados, la nariz delgada y grande, los labios finos y pálidos, el mentón hacia delante, la prominente nuez de Adán. Un bigote canoso algo caído hacia los lados.

A Marta el corazón le galopa en el pecho, pero se atreve a levantar la vista. La luz del farol da de lleno en su rostro. Y entonces es el hombre quien da un paso atrás, asombrado, mirando intensamente la cara femenina.

—Soy la bibliotecaria... ¿Y usted quién es?

El hombre no contesta y ella se tranquiliza un poco al distinguir bajo la capa unos pantalones y una chaqueta corrientes. Ha dejado el farol sobre la mesa y el brazo del espadín decae hasta que la punta del acero toca el suelo. Su rostro sorprende a Marta: hay en él asombro y júbilo a la vez.

—¿Quién es usted? —repite Marta poniéndose en pie.

El hombre se acerca. Es alto; de cuerpo delgado y quijotesco. Parece tembloroso...

—No has cambiado apenas —murmura tan bajo que Marta no está segura de haber entendido la extraña frase. Y añade, más fuerte, con voz tierna, suspirante—: ¡Has llegado, al fin has llegado! No te esperaba ya... Aunque sabía...

Deja el espadín sobre la mesa y también el tricornio, mostrando su cabello blanco, abundante, suelto hacia atrás. Extiende las manos como para asir a Marta por los hombros —manos largas, huesudas, nerviosas— pero las retira. Da la vuelta a la mesa sin dejar de mirar a la muchacha y se sienta en la silla del otro lado como si las piernas le flaquearan.

—Lo sabía, lo sabía —repite el hombre—, pero... Y la misma voz, la inolvidable voz... Tenías que llegar... ¡Bettina! ¡Bettina!

—Perdone, usted me confunde. Me llamo Marta, Marta Zaldívar. ¿Y usted?

—¿Yo? —sonrisa entre triste y comprensiva—. ¿Acaso no lo sabes? Llámame como siempre.

—¿Cómo dice?

El hombre se levanta, rodea la mesa, se acerca a ella. Ahora implora con dignidad:

—¿Me permites?

Toma la mano de Marta, a quien el asombro impide reaccionar y la besa con elegancia.

—Sí, eres tú... No recuerdas, claro. Eres muy joven; no has tenido tiempo de recordar. De revivir, quiero decir. Para reencontrarte habrás de hundirte en ti. Acabas de empezar a vivir; te deslumbra todavía la luz del ahora. Ya recordarás que me llamabas Janos.

—¿Jano?

—No, no el dios de las dos caras... Aunque también, en cierto modo... Pero no soy dios. Solamente Janos. Juan en húngaro. Lo recordarás todo: Kátòvesz, tu madrina, ¡tu madrina, la emperatriz, nada menos!

Marta, desde su asombro, trata de situar a ese personaje en la realidad. Sólo se le ocurre algo posible, a pesar de tan culto lenguaje.

—¿Es usted el guarda nocturno?

—¡Qué joven eres!... Como entonces, claro... Soy el señor de la noche. —La voz salta de la ternura a la autoridad—. Si fuese un guarda ya me habrían jubilado y a mí no se me jubila. —Inclina la cabeza hacia ella y susurra, como trasmitiendo un secreto—. No es posible. Nunca.

Marta trata de llevarlo a lo inmediato. Acaricia las plumas que bordean el magnífico tricornio.

—Hermoso sombrero... Son de marabú, ¿no?

—Sigues entendiendo de estas cosas —sonríe—. ¿Te extraña el tricornio y la capa? Lo compré en París, en la rue Saint-Honoré, al sombrerero del rey. Lo uso en mi ronda porque desentona menos: por respeto a la casa. Y el espadín porque si he de matar, es más honroso... ¿Bibliotecaria? Pensé que a los de afuera no se les ocurriría nunca: No leen... Los libros son ángeles... ¡Sí, sí! Las páginas son alas, con ellos volamos y ellas te han traído... Entonces te quedarás aquí.

—Por ahora sí.

—Y después ya no importa... ¿Sabes latín, griego? ¡Además de alemán, por supuesto! ¿El húngaro?

—Los he estudiado. ¡El húngaro no!

—No lo recuerdas, comprendo... Todo llegará. Despacio, iremos despacio, pero llegará... Aquí tienes mucha labor... Me pregunto si a ellos les gustará.

—¿A quiénes?

—¡No supondrás que este palacio está vacío, que sólo estamos ahora tú y yo! ¿Con todos los que han vivido y muerto aquí? ¡Imposible!

—¿Usted los ve?

—Alguno he visto. Los veía más antes, cuando se encontraban aquí, con los suyos. Entonces a todos. Se fueron, pero algo dejan... Se siente, se oye. —Voz ensoñadora, mirada perdida...—. No te preocupes, acabarás percibiéndoles. Sólo hace falta aceptarlos: quien abre los brazos es abrazado. Los de afuera no son capaces de abrir los brazos. Encerrados en su mundo, como si no hubiera otro.

Habla con seguridad; afirma lo obvio. Marta se interesa cada vez más, quiere explorar mejor esos extraños recuerdos del personaje.

—¿A quién me dijo que le compró ese tricornio?

—Al sombrerero de Luis XVI que era socio de Léonard, el peluquero real. A mí me peinaba Davault, pero Léonard era único. Fue el que inventó la *coiffure à l'enfant* para María Antonieta, que perdía pelo tras el nacimiento de su segundo hijo.

—¡Pero de todo eso hace siglo y medio! ¿Peluquero de usted?

—¿Y qué? ¿Te extrañaría si te mencionase Barcelona, aunque estemos aquí? Igual puedo hablar de entonces en ahora.

—No es igual el espacio que el tiempo.

—Así hablan los de afuera... ¿Por qué no? Sólo hay un infinito; si hubiera varios no sería infinito. Y en él coexiste todo. Los eones subsisten, no se extinguen. Como ondas concéntricas en el agua: lo sabían ya en Alejandría. Los de afuera lo han olvidado, pero tú recordarás.

—¿Y Bettina?... ¿Le importa que le pregunte?

—Debes hacerlo, debes, aunque conviene ir despacio.

—¿Bettina también vivió en aquel París?

—En aquél no: entonces era Malvina. Se hizo Bettina después, en Viena, puesto que en París había sido imposible Yo era muy joven, demasiado... Hasta después no nos encontramos Bettina y yo. Es decir, nos desencontramos. Otro desencuentro, cuando ya parecía no haber obstáculos.

Una nube de tristeza envuelve la expresión y la voz. Marta enmudece por la sorpresa: esa Malvina ¿será la misma que ella quiere investigar? Le resultaría más fácil.

—Sí, un desencuentro —prosigue Janos—. Pero ya he aprendido y ahora que has llegado no volverá a ocurrir.

Marta querría preguntar por Malvina, pero es prematuro. Prefiere buscar antes más datos y, además, está cansada. El susto, la emoción y, sobre todo, el esfuerzo por entender lo incomprensible, por seguir a esa mente en sus vericuetos. Anuncia que ya es tarde, hora de regresar a su casa.

—Perdóname —se disculpa el personaje—, he insistido demasiado. Pero compréndelo: te esperaba sin esperarte; sabiendo y sin saber... No pude contenerme... ¡Tantos años...! La próxima vez será otra cosa.

Marta ataja sus disculpas y se alegra de su aparición. Está excitada, asombrada, llena de interés. Arregla sus notas.

—Si estudias documentos podré serte útil. Conozco esta biblioteca como nadie.

Marta lo agradece. Vacila un instante. Se acerca a la puerta, se decide y pregunta:

–¿Cómo entró usted?

–No por esa puerta, que es para los de afuera... Te enseñaré el secreto y lo guardarás: no es posible que Bettina me traicione... Ya sé, ya sé; todavía no recuerdas... Entretanto tutéame, como siempre: soy Janos.

Marta promete silencio. Él se acerca a la pared y oprime un relieve en la *boiserie.* Todo un panel gira como una puerta dejando ver el oscuro comienzo de un estrecho pasillo, hacia el cual dirige el personaje la luz de su farol.

–¿Ves? Los corredores de servicio; el otro palacio... ¿Me disculpas si no te acompaño por vuestro escritorio? Allí no voy nunca.

Marta no contesta, asombrada ante otra sorpresa. Al acercar el farol a la salida secreta, Janos proyecta luz sobre el ángulo inferior del retrato del Capitán, colgado junto a esa puerta. En la tela, así iluminada, distingue Marta la esquina de una mesa y sobre ella, invisible hasta ahora, la campanita con la sirena en posesión de don Celes. Superando la impresión por el hallazgo Marta se despide del personaje, que replica:

–No me digas adiós, sino ¡hasta pronto!

–Sí, hasta pronto.

–Janos, por favor –implora.

–Hasta pronto, Janos... Y ahora perdóname si cierro mi puerta con llave, como me han encargado.

–¡Un momento! Eso me recuerda... Toma, la llave de esos armarios que me llevé cuando no sabía quién eras.

Marta la recoge, sale y cierra. Recorre el trayecto oficinesco hasta la salida, donde vuelve a cerrar. Respira con placer el aire de la noche; su frialdad le devuelve lucidez: la necesita. Aspira los efluvios vegetales del Parterre. Una niebla húmeda se enreda en la fila de magnolios.

Asombro tras asombro, confusión, impresiones desordenadas, el aparecido, ¿cómo no grité, no huí aterrada? seguro que lo esperaba, algo encerraba esa biblioteca, no me sentí en peligro, ni ante el espadín desenvainado, al fin se explicaban los misterios, las plumas de ave usadas, las llaves perdidas, ésa es su mesa y yo sentándome a ella, pero no soy una intrusa, antes me lo parecía, los libros a veces acechándome, ahora él reconociéndome, surgen nuevos misterios, me hace pertenecer al Palacio, como esos «ellos», ¿los percibirá él de verdad? ¿acaso habitan fantasmas? ¡qué cosas se me ocurren en mi insomnio! a la salida la noche tan clara, el jardín tan sereno, nieblas en retirada, casi olor a primavera, el Palacio quedaba atrás, sus secretos, tantos, ¿es la suya mi Malvina? ¿y quién fue el Capitán? ¿cómo llegó a don Celes la campanilla? pero sobre todo él, Janos, ¿no lo habré soñado? ¿no será una fantasía inspirada por la biblioteca? cuenta cosas increíbles, da compasión esa mente trastornada, no es posible lo que dice, pero tampoco miente, y me ha reconocido, no a mí sino a Bettina, convencido, mi voz y mi estatura, ¿acaso también mis facciones? atónito al verme, años esperándome, su Bettina ¿o soy Malvina? ¿o acaso las dos? ¡qué suerte si esa Malvina fuese la mía! él me contaría su vida, la Inquisición, aunque piensa más bien en Bettina, por lo visto un siglo después, me pierdo en esa cronología, para él clarísima, errático a veces pero seguro, apasionado, hacerme recordar, ¿pero qué? ¿qué mujer fue Bettina? Hungría, su madrina, la de Bettina, ¿la emperatriz Isabel? ¿y ese topónimo húngaro? ¿qué historia es ésa? ¿llegará a contármela?... increíble aventura, había de sucederme en ese aire de la biblioteca, ante los corredores de la entrada secreta, ¡he de penetrar en ellos! él me los abrirá, otro Palacio escondido, de otros tiempos, subsiste sólo ahí, en el Real Sitio, la magia del pasado, ¿pasado o actual? Barcelona coexiste con Madrid, el ayer con el hoy, ¿cómo un mero guardián proclama tal filosofía? no puede ser un subalterno, habló de eones, ¿habrá leído a Plotino? ¡qué lenguaje! ¿quién es entonces? mañana he de saberlo, ha de ser real, ¿me habré dormido sobre los libros y he soñado?, no, es la verdad del Real Sitio, me ha sucedido a mí porque le pertenezco, creí aceptar sólo un empleo y me ha traído a otro mundo, una iniciación, una nueva vida, no seré Bettina, pero sí otra Marta, ¡cuántas dimensiones la vida!, las vidas: son dos mundos, también entro en la Villa, el pueblo, cada uno en su verdad, diferente y verdadera, el patriota de don Celes es el tirano de la señora Sole, la milicia adorada por mi padre es despreciable para ella, papá vivía de esas palabras, sus verdades: honor, deber, sacrificio, y mamá con sabañones porque la vida de mi padre sólo valió setenta y nueve pesetas de pensión, ni siquiera los doce reales diarios, ¿y cómo quejarme, viendo al padre de Agustín? menos aún le dan por su invalidez, ruina, carga, pesadumbre, «Agustín me riñe como un padre» más: como una madre, Agustín se hace madre, ¡qué necesitado de ternura! se apoyan uno en otro como bueyes uncidos, como la señora Sole y Agustín, ayudándose a vivir, como yo y mamá, Lorenzo da compasión pero a la señora Sole le irrita, le reprocha el tabaco, no se quita de fumar y le hace daño, y le cuesta dinero, «son colillas que cojo...», mentira, la señora Sole le riñe y el hombre llora y pide perdón, pero vuelve y además bebe, sacrifica a su hijo, ¿qué va a hacer el desgraciado?, sus ojos legañosos, enrojecidos, un guiñapo, el mundo de la Villa también tiene alegrías, Agustín hoy feliz, ¡qué contento me dio! duda de su talento, sigue adelante... Ahora caigo, Rusiñol llegó a Madrid hace poco para la reposición de su comedia, escrita con Martínez Sierra, el que escribía para la Bárcena y dicen que la autora es su mujer, María Lejárraga, Borrás y el dibujante... ¡Luis Bagaría, claro! los tres buenos amigos, Lorenzo se hunde, Agustín emerge, lleno de vida, ¡qué sensible! esos ojos ¡cómo miran! no de niño, un fulgor interno, sedientos de todo, la fuerza de la Villa, como Janos la del Palacio, yo entre lo popular y lo mágico, entre el hoy y el ayer, esa puerta secreta, la frontera, esta noche más que nunca, la biblioteca sagrada caverna, latía un silencio encendido, un instante se ahuecaba el vacío, al siguiente se llenaba de espíritu, tenía que surgir Janos, aparición necesaria, todo convergiendo en él, lo pronuncia Yanos, pero es también el dios de las dos caras, él lo ha reconocido, ¡un guardián sabiendo mitología! e historia con su París bajo Luis XVI, ese peluquero, ese peinado para la reina perdiendo pelo... comprobaré esos datos, pero serán ciertos, seguro, Janos es verdad... ¡yo buscando papeles para don Ernesto y encuentro nada menos que un testigo viviente!... pero ¿qué estoy diciendo? ¡desvarío! si eso es imposible, habría de ser inmortal, o reencarnado, un Cagliostro, y si no lo es ¿cómo sabe esas cosas? detalles inusitados ¿o es algo más que un guardián? ¿habrá antecedentes suyos en el archivo de personal? ¿conoceré su historia con Bettina? esos desencuentros, «era demasiado joven», ¿y Malvina? ¿cómo enlazar esas historias? ¿estará el secreto en los armarios que él cerró? ¿se llevó la llave por eso? ahora me la ha dado, confía en mí, trataré de saber, y quién es el Capitán, esa campanilla antes no vista, como si no hubiera estado en el cuadro hasta esta noche, otra vez desvarío, ¿acaso le conoció Janos? ¡pero no puede ser! vuelve a obsesionarme esa sirena de plata, como en mi primer día, ¿qué me está ocurriendo? ¿a qué mundo he venido? y sin poder dormirme, no es ella sino el Capitán quien tiene algo para mí, algo sentí ya a mi llegada, a primera vista, su mirada, melancólica pero ilusionada, una luz de bondad, y Tres Forcas al fondo, ¿estuvo él en Melilla como yo? él antes y yo más tarde, para Janos es lo mismo, dan ganas de creerle, pero ser razonable, dormir, ¿quién duerme en este caos? ¿con el tiempo desvertebrado? ¿cómo estar en calma entre el misterio y la luz? ¿en la Villa y en Palacio? más hondo aún: el otro palacio, ¿qué me espera en esos corredores? ¿no es bastante secreto el de la biblioteca? ¿estoy despierta o ya sueño?

1807: Como un ave al posarse

«¡Qué de males no sufre la infeliz Patria! Patriotismo, patriotismo, ¿dónde estás? ¡Ay, que sólo nos ha quedado de ti el nombre; sólo eres un fantasma aéreo en el mundo!»

La sonora voz hace vibrar la nave de la iglesia de San Antonio. Además el predicador maneja bien los brazos y sabe impresionar con calculadas pausas.

«¡El oro es la deidad única a quienes todos inciensan; el poder el solo Mecenas; el favor el árbitro de los premios; el lujo el administrador de las riquezas; todo es corrupción y abandono general! Preséntase por desgracia sobre la tierra el genio del mal, un Alejandro, a cuya ambición parece corta la conquista de todo el mundo... ¡Tal es el decaído estado de la casa Patria!»

El Aposentador Mayor escucha asombrado el sermón, tan ajeno a la próxima festividad de San José. ¿Quién será ese padre Luis de Zúñiga venido para predicar? ¿Con qué intención menciona a ese Alejandro, en una clara alusión al emperador francés?

«Pero aún hará Dios surgir mil bravos Macabeos que, rugiendo cual leones, desbaraten al impío Serón y a sus malas artes. ¡Aún tiene España Josées que la salven, Gedeones que la defiendan y Salomones que edifiquen de nuevo!»

Los fieles, en su mayoría mujeres, están desconcertados, sin captar el mensaje político. Sólo Gertrudis, más al día por escuchar a su amo y a Roque, dirige una significativa mirada a Alonso. A su lado se encuentra la señora que bajaba la escalera cuando el Aposentador llegó al Real Sitio días atrás, acompañada por una joven, cuyo agraciado perfil y rubios cabellos, sobresaliendo de la mantilla, aparecen a la vista de Alonso cuando ella mueve la cabeza. Sus ojos se han dirigido al otro lado de la nave, donde el Aposentador distingue a un joven moreno y bien plantado, vestido como los oficiales de la Furriera de Palacio.

Más tarde, mientras doña Úrsula se dirige a comulgar, una mujer se acerca a la joven y le susurra unas palabras, retirándose enseguida. Alonso se sorprende porque se trata de Sara, la vendedora de perfumes y remedios cuya eficacia le encarecía Malvina días atrás.

Acabada la misa, Alonso se apresura a llegar a su escritorio, donde le esperan cuestiones de última hora ante la próxima llegada de la Corte. Afortunadamente se resolvió ayer el problema planteado por el nuevo embajador francés, señor Francisco de Beauharnais, que se quejó de no haberse respetado en los aposentamientos la primacía de Francia sobre todas las demás embajadas, después de la Nunciatura. Por si fuera poco, anoche no han dejado dormir al Aposentador los instaladores, en la plaza de Parejas, de lo necesario para el aerostato, cuya elevación a la vista de Sus Majestades está prevista para los próximos días. El artefacto será tripulado por un antiguo ayudante del famoso capitán Lunardi, que en 1793 realizó la primera ascensión en Madrid, y la maniobra de llenar de gas el globo a la vista del público es comentada por todo el Real Sitio.

Al llegar al despacho se encuentra con que su oficial, don Simón de Lara, está afrontando un nuevo incidente, planteado por la rivalidad entre los teatros madrileños: la compañía del Príncipe, dirigida por Manuel Martínez y la de la Cruz, con Eusebio Rivera. Éste es quien, reforzado por algunas primeras partes de su compañía, ha acudido a protestar de la prioridad otorgada a su rival para ocupar el nuevo coliseo del Real Sitio y ofrecer en él, o en las reales falúas o jardines, tonadillas y espectáculos ligeros. Alonso interviene con toda su autoridad para afirmar que tal ha sido el deseo del Intendente de Palacio y que, de todas maneras, también el teatro de la Cruz tendrá luego su oportunidad en las mismas condiciones. El director, intercalando en su habla giros italianos para demostrar que su categoría artística se acerca a la de la ópera más de lo que haría suponer su acento andaluz, insiste en su reclamación, pero la dama principal, que es la famosa Mari-Juana *La Gallarda*, interviene con más habilidad y acaba consiguiendo alguna concesión para dejar a su compañía satisfecha.

Entretanto, Gertrudis ha llevado a sus dos amigas a tomar el chocolate en su casa a la salida de misa y allí se encuentran sentadas en torno al brasero, mantenido con el suministro de ascuas traídas de la Casa de Fogones. La anfitriona termina de dar vueltas entre las palmas de sus manos al batidor de madera cuyo mango sobresale de la perforada tapa de la chocolatera y vierte el oloroso líquido en las jícaras de Talavera.

—¡Exquisito! ¡Justo en su punto! Aprende, niña —exclama doña Úrsula—. Si no está bien espeso parece un caldo.

La conversación se encauza hacia la agitación en el Real Sitio por la inmediata llegada de los Reyes. Ya se han instalado algunos altos dignatarios, como el Montero Mayor que, con el Armero y el segundo Caballerizo, ha visitado los sotos y dispuesto lo necesario para que don Carlos no se pierda un solo día de caza. Al otro extremo de la escala social, arriban también los pescadores en aguas revueltas: pícaros, funambuleros, tahúres, cortabolsas y engañadores del común.

—Y otros aún peores —comenta doña Úrsula—. Esos que leen papeles de la Francia y soliviantan a las buenas gentes... Mi difunto, amanuense de la Real Intendencia, abominaba esos libelos... ¡Quieren la soberanía del pueblo, figúrese, habiendo reyes puestos por Dios para nuestro bien!

Julia apenas la escucha. Sigue sorprendida por el sermón, tan poco eclesiástico, e intuye que significa algo incomprensible para ella. Lo comentará a doña Malvina, que sabrá ver claro.

—¡Niña! ¿No pruebas siquiera estos picatostes tan ricos?... Últimamente pareces otra: no atiendes a nada, y menos a mis buenos consejos. ¿Querrá usted creer, doña Gertrudis de mi alma, que eso de ser azafata es empeño suyo? No necesita trabajar y hasta no le corresponde, que de familia hidalga es por los cuatro costados, pero...

—Trabajar no infama desde la pragmática de 1783 —ataja súbitamente la muchacha.

—¿Lo ve usted? Me interrumpe con descaro, y hasta quiere saber de leyes... Ésas son las cosas que te mete en la cabeza la dichosa doña Malvina, que seguro es medio hereje y nadie sabe cómo vive... Más te valiera escuchar los consejos de mi prima, la ecónoma del convento de las Góngoras.

—Doña Malvina no es hereje y vive honestamente.

—¡Calla y no repliques cuando hablan personas de respeto! Como sigas así se van a acabar las clases de francés que se ha empeñado en darte la doña Malvina. ¡Si hubiera sabido que la ibas a admirar tanto no te hubiese dejado acompañarme cuando iba a repasarle los vestidos a su casa! Porque así empezaron esas enseñanzas, doña Gertrudis, y ahora soy yo quien ha de acompañarla a ella; no va a ir sola por esas calles una joven honesta. ¡Ay señor, qué cruz! Yo desviviéndome por colocarte bien y tú empeñada en deshacer mi obra. ¿Qué sería de ti si Dios me llamase a su seno?

—Aún ha de vivir usted muchos años, doña Úrsula.

—Nuestra vida está en las divinas manos. Di, ¿qué harías?

—Lo que quiero hacer: trabajar.

—Azafata de jornada. ¡Bah! ¿Y el resto del año?

—Cantar, bordar, coser...

—¡Cantar, qué disparate!... Bien que tienes linda voz, pero eso es para cómicas, sin entierro en sagrado. Casarse es el estado de una mujer; ya tienes edad de pensar en ello y hasta pretendiente... ¡Sí señora! —Se vuelve hacia Gertrudis—. El hijo del Repostero Mayor, ese vecino de la doña Malvina, un partido muy digno para esta muchacha, por desgracia sin dote. La mira con buenos ojos, la madre me ha hecho indicaciones, pero ella... ¡prefiere colocarse de azafata!

—Es un necio, tía. Y grosero.

—¿Qué esperas, un príncipe? Tus lecturas se te suben a la cabeza. Prohibidas deberían estar.

—Leer no es pecado.

—Según y cómo. Con esas fantasías los libros te dan ideas falsas.

—También enseñan a pensar.

—¿Pensar? ¿Para qué necesita pensar una mujer decente? ¡Con

el catecismo y las cuatro reglas nos sobra! Lo demás es exponerse a la tentación, como a ti te pasa... En fin, con tu pan te lo comas, pero en un sofoco de estos me pierdes. Y vámonos, que oigo el cambio de guardia y don Alonso nos estará esperando para conocerte y decirnos tu empleo, ¿no es así, doña Gertrudis?

Tras una cortés despedida, con nuevos elogios al chocolate, tía y sobrina se retiran para dirigirse al escritorio del Aposentador Mayor situado en el piso bajo de Palacio. Durante el breve trayecto la tía continúa, mucho más ásperamente, los reproches a su sobrina.

—... Te lo repito, vas por mal camino. No lo quise decir delante de doña Gertrudis, pero no creas que no me he dado cuenta. En la iglesia estaba ese mocito, ese hampón.

—¿Qué mocito?

—¿Qué mocito? ¡Niña, tengo yo muchos años y he visto mucho mundo para que tú me puedas engañar! El que ya nos hemos cruzado un par de veces. El que estaba en San Antonio pegado a la pilastra.

—Ni sé quién es ni en mi vida he hablado con él.

—¡Por supuesto que no! ¡Ya me encargo yo de eso! Pero es un menestral, no hay más que verle y tú no te vas a dar de barato... Aún estoy por no dejarte ser azafata... ¡Si no fuera porque lo hemos pedido ya a don Alonso y sería un agravio...! ¡Ah!, ¿y qué te decía en secreto esa Sara?

La llegada al escritorio interrumpe los reproches. No esperan mucho. Pronto las introducen en la salita adjunta al despacho del Aposentador, que sale a recibirlas.

Mientras cambian unas primeras cortesías, don Alonso dirige su mirada de una a otra mujer asombrado por la diferencia entre ambas. Doña Úrsula es una señora robusta, con pecho prominente, cara redonda, papada, boca pequeña, pelo negro gracias al tinte, y ojos con relampagueos de astucia. Viste con la tela gruesa y la amplitud de falda algo pasadas de moda, lleva guantes y conserva puesta la mantilla de misa. En cambio, la hija de su hermana es rubia, sencillamente peinada, cara ovalada, labios carnales, un hoyuelo en la barbilla, cejas en arco y ojos azules que en pocos instantes han expresado sucesivamente respeto, curiosidad, interés y sosiego. La piel es muy blanca, los pechos marcados, altos y firmes, el estrecho talle continúa en unas caderas redondeadas. Ha dejado caer la mantilla sobre sus hombros. Viste más al día, la falda pálidamente azul con florecitas estampadas tiene poco vuelo y arranca de un corpiño blanco del que emerge el delicado cuello. Doña Úrsula se ha dejado caer en la butaca, pero ella se ha sentado en una suave secuencia de movimientos, como un ave al posarse, con gestos de una gracia angulosa, como la de un potrillo. Alonso se recrea en el frescor de esa juventud.

Doña Úrsula termina sus explicaciones y Alonso les anuncia que Julia dispone de una plaza, gracias a las referencias ofrecidas, y a las buenas ausencias que de ella ha hecho su amiga doña Malvina. Al decir esto mira a Julia, que sonríe complacida, y pregunta a la muchacha sus preferencias, pues cabe elegir entre varios peticionarios.

—Hay casas donde cuidar personas de edad, como la del marqués de Higena, que tiene a su suegra impedida. Otras con niños, como los condes de Valduerna... En fin, ustedes dirán.

—Los niños dan mucha guerra —sentencia la tía— y en cambio...

Julia la interrumpe:

—Me gustan los niños.

A Alonso le llama la atención esa voz tajante, decidida. La tía disimula mal su enojo.

—Quienes bien te quieren estamos decidiendo lo mejor para ti —afirma abanicándose.

—Pero el señor me ha preguntado —surge la réplica, ahora suave.

«El potrillo sabe lo que quiere», piensa encantado Alonso mientras interviene:

—Cierto, y no me parece que su tía de usted se oponga... Sea: los condes de Valduerna. Total, sólo son los meses de jornada, no es un compromiso de por vida. Y doña Malvina me asegura que esa casa le gustará. Esa señora se interesa mucho por usted; será que lo merece.

Los ojos azules se iluminan al contestar:

—Doña Malvina es muy buena. Aprendo mucho de ella.

—¿Qué le enseña? —inquiere curioso Alonso, mientras doña Úrsula adopta una expresión negativa.

—Francés y otras cosas... En fin, a ser como ella.

La mirada es clara y profunda, la voz muy convencida. «Nada menos que eso», piensa Alonso con admiración. La muchacha está muy por encima de sus diecisiete años.

—Ya ve, señor mío. Demasiadas fantasías... Para ser como ella, niña, hace falta un título de nobleza y tú no lo tienes, aunque vengas de buena sangre. ¿Cree usía que es bueno alentar vanas ilusiones?

—Se puede ser como doña Malvina en muchas cosas que no exigen título —responde Alonso, mereciendo una mirada agradecida de la muchacha.

La tía guarda silencio. El Aposentador llama al escribiente y firma la nota de presentación ante los condes, entregándola a Julia, a pesar de que doña Úrsula ha extendido la mano. Se cambian cortesías de despedida y, al levantarse, Alonso vuelve a admirar la gracia juvenil de Julia quien, desde la salida, aún le dirige una mirada de gratitud.

El trayecto hasta la Casa de Caballeros es corto y la tía lo recorre con Julia a un paso vivo, guardando enfurruñado silencio. Suben las escaleras que conducen al aposento de los Valduerna y tiran del cordón de la campanilla. Les abre una doncella que, una vez oídas, las invita a sentarse en el banco del reducido vestíbulo, provisto de un largo almohadón carmesí y con las armas de la casa talladas en el respaldo de nogal. Poco después son introducidas las dos en el saloncito, donde las recibe la condesa doña Elvira, dama trigueña de unos veinticinco años, que agrada enseguida a Julia por su gracioso acento andaluz y por sus maneras abiertas. No es una hermosura, pero tiene buena figura y un rostro simpático, redondeado, con los ojos oscuros y vivos, a veces relampagueantes. Formula unas cuantas preguntas para informarse y, tras llegar a un acuerdo sobre el ajuste, sale un momento y vuelve con una niña en brazos y un avispado chiquillo de la mano.

—Se llama Pedrito, como su padre, y ésta Blanquita, como mi

madre. Cinco y tres años. No son malos, pero a veces dan guerra, como todos los críos... Eres más joven de lo que yo pensaba, Julia, pero vienes muy bien recomendada y me inspiras confianza.

Mientras habla se compone un mechón rebelde, desprendido de su peinado alto, muy a la moda. El rostro está hermoseado con discretos cosméticos.

—Cuidaré bien a los niños, ya lo verá usía —asegura Julia.

Doña Úrsula corrobora la buena voluntad de su sobrina y se retira dejándola en la casa. Por orden de la condesa su doncella, Narcisa, conduce a Julia al cuarto que va a ocupar: apenas un recinto capaz para una cama estrecha, una percha y una mesilla, con luz del patio por una claraboya alta. Para otras ese cuarto parecería un calabozo; para ella es refugio de su libertad y se le ensancha el pecho como si se hubiese quitado un corsé de hierro. Nadie andará cerca tratando de adivinar sus pensamientos y menos aún de censurarlos.

Se le pasa la tarde cuidando a los niños sin ninguna dificultad. No ha parado ni un momento pero advierte satisfecha a la señora —se ha asomado un par de veces al cuarto donde juegan— y la doncella y la cocinera son jóvenes. Han simpatizado ya y le han confirmado que los amos son buenos, aunque aquí se trabaja más que en la casona de Madrid, donde hay más servidumbre.

Antes de la cena aún se produce otro episodio de su vida independiente: doña Elvira le encarga llevar un billete de invitación al aposento de la marquesa de Montealegre.

—No necesitas salir ni a la calle, porque está al otro lado, cruzando el patio.

¡Menuda aventura, caminar sola, aunque sea dentro del cuadrado recinto! En lo alto flotan unas nubes blancas. Un pájaro vuela tranquilo y Julia se siente libre como él... De pronto se echa atrás, alarmada. Como si obedeciera a un conjuro, el mozo de la iglesia de San Antonio surge por entre los pilares de la arquería y la aborda sonriente:

—No te asustes, prenda... No creas que te seguía. Salgo de ahí; ya ves si tengo suerte.

Julia baja los ojos e intenta avanzar, pero él la ataja.

—No tengas tanta prisa. ¿No ves que este encuentro está de Dios?

—Déjeme pasar, por favor.

—No temas; yo te quiero bien y...

—¡No me toque!

—No, pero escucha. Necesito hablarte. Llevo días deseándolo. ¡Por ti haría lo que fuera!

—Déjeme, déjeme —repite Julia, pensando cómo esquivarle.

—¡Hasta volar, volaría, si tú me lo pidieses! Mira...

Del portal sale una criada que llama al mozo:

—¡Eh, joven!... Menos mal que le alcanzo. Se ha dejado el reloj que hay que componer, aquí lo tiene. Dice la señora marquesa que...

Julia aprovecha para adelantarse, interrumpirla, entregarle el billete de su señora y huir a toda prisa porque no espera respuesta. Atrás queda el contrariado mozo, oyendo las explicaciones de la criada.

«Entonces es relojero —piensa Julia—. Un buen oficio... ¡Y dice que volaría!»

Con una honda sonrisa Julia vuela también sobre el empedrado del patio. Más pájaro que antes, volando alto.

ALONSO

Cuesta trabajo creerlo pero Roque siempre enterado, esa Casa de Oficios más mentidero que las gradas de San Felipe en Madrid, se ignora el pasado de doña Úrsula, le da mala espina pues se conoce el de todos, injusto juzgar mal porque no hay pruebas; pero algo se esconde, piensan, y a veces percibí astucia en sus ojos, el difunto marido un pobre hombre; ella le manejaba, le engañaba, dicen, pero no saben, ¿y qué? no es tan raro, ahora se desvive por casar a la muchacha, le falla la vista, no podrá bordar y la pensión es pequeña, a la caza del reposterillo, que ronda a la chica, Julia no le hace caso, aunque no tiene otros pretendientes, aun siendo bonita, no por nada malo, de ella no corren hablillas, ¡qué van a correr, tan niña! la encuentran diferente, retrae además por ser tan leída, para Roque también es defecto... ¿bonita? más bien atractiva, ¡qué gracia tan natural! dulzura de los ojos, aunque mirando a la tía eran más duros, ¡cómo me agradecieron mi apoyo! no tenía por qué: dije lo que pienso, hice lo debido, tan natural su elegancia: la mantilla caída sobre los hombros como un *fichu* de gasa, ¡aquellos de París! gesto de hombros reteniéndola cuando resbalaba, delicia: así pliegan las alas las gaviotas... igual otras mozas son como ella, pero yo sólo veo damas de corte, lunares postizos, mañas aprendidas, esta Julia rejuvenece; arroyo en prado florido, ¿en eso piensa Malvina cuando pretende que me case?, pero esto es ya imposible y una dama no es esto, ni tampoco una hija, la mía tendría veintiséis años ahora, y me habría dado nietos, cachorrillos adorables, como ella... bonito nombre: Julia, delicado sonido pero firmeza, una magnolia el rostro sobre ese cuello, independiente frente a la tía, rechazando esa boda, aunque con diecisiete años muchas ya casadas, y si no se casa, ¿qué?, según Gertrudis canta como un ángel, tonadillera, Dios no lo permita, ni *prima donna*, ¡qué vida la de cómica!, ¡insoportable esa Gallarda! cedí porque no siguiera adulándome, acercándome su pechuga, ¡qué perfumazo el escote! ¡cuánto riesgo acecha a las jóvenes! no se da uno cuenta, incluso de azafata: cada primavera dan a luz algunas mozas de la jornada anterior, los amos, la tropa, cualquiera con labia y sin escrúpulos, no pienso en Valduerna, le critican su ambigüedad política, le atribuyen aficiones galantes pero así muchos, no me perdonaría haberla colocado mal, ponerla en peligro, no soy responsable de ella, pero esos ojos... ¡tan cándidos, dan ganas de protegerlos! no por mí, por ellos mismos, que dure su dulzura, ampararlos del llanto, y esa gracia natural, como salvar una paloma, un árbol, la araucaria, ya plantada frente a Palacio, que alcance sus alturas como sus hermanas chilenas, ¡si no la troncha un asalto, motines como en la Francia! ¡no lo permita Dios! ¡cuánta inseguridad! comprendo el deseo de cambios, pero temo las revoluciones, ¿por qué Julia ha de trabajar y la condesa no? esos privilegios, por el mero azar de la cuna, eso reclama cambios, tiene razón Malvina, entramos en nuevos tiempos, el hombre se atreve a volar, ¡dichoso aerostato y qué nochecita me dieron los obreros! la *Gazeta* llena de progresos, no sólo informa sobre el Grande Exército, también la quina de las Indias acabando con las tercianas, la vacuna inglesa contra la viruela, algo bueno tiene Gran Bretaña, ahora su parlamento contra la esclavitud, ¡qué iniquidad aquel barco negrero que abordamos! pero ¿podrán las grandes haciendas subsistir sin esclavos? ¡que se transformen ellas! en la mar no hay esclavos, el mar la libertad, los galeotes criminales juzgados, por eso era mi mundo, pero la marina decayendo, no era lo que fue, incluso otra bandera desde el ochenta y cinco, no sirvió de nada, a peor, yo también declinando, como la Armada, mal ha ido a quienes no la dejaron, hasta Mazarredo, salvó a Cádiz en el noventa y siete y ahora sin mando, sólo por haber sido firme frente a Napoleón en Brest, no hay nada que hacer, hice bien en retirarme, de todo, allá Malvina, tesonera en sus manejos, los que sean, no la envidio... ¿tendrá razón doña Úrsula temiendo su influjo sobre Julia? ¿es bueno despertar esperanzas frustrantes? Malvina tiene medios, puede ser independiente, vivir como le plazca, pero ¿Julia? tanto ilustrarse y leer ¿no la hará al final más desgraciada? ¿para qué saber francés en su ambiente? eso la aleja de los suyos, por eso sin pretendientes pese a su encanto, y aún peor si Malvina la enreda en política, no es cosa de mujeres... ¿sería de intriga el recadito de Sara en la iglesia? Julia asintió con la cabeza y no podía ser celestineo, en ella impensable, es que hoy todo son enredos, hasta ese predicador, fernandino clarísimo, su Alejandro es Napoleón, el impío Serón es Godoy, el José salvador es el príncipe de Asturias, los Macabeos sus partidarios, ya hasta lo sagrado es arma política, un sermón tan instrumento como una muchacha, Julia puede caer en la trampa, quiere «ser como Malvina», entonces aprenderá a disimular, perderá su natural, y menos mal si conserva como Malvina un corazón sensible y un buen juicio, pero ya sin su encanto tan espontáneo, ¡triste pensamiento! rodeada de peligros y tan sola en su inocencia, su tía no la protege, sólo la vende en boda de conveniencia, infeliz Julia, la tía por un lado a colocarla, por otro a merced de cualquier seductor, ¡con tal de que no arriesgue su alma! no la llevará a eso Malvina, no creo a pesar de las sospechas de la Inquisición... pero Julia sola entre todos, con esos ojos claros, con esa gracia intacta, me quita el sueño pensarlo, me acuerdo de mi hija más que nunca, sería como ella...

IV. DIECIOCHO DE MARZO

1930: La fuerza de Narciso

—¡Muchacha, mira dónde pisas! Vas dormida.

Marta ha tropezado tontamente, camino de la oficina.

—Tardé mucho en coger el sueño, Quina.

—El duende, ¿verdad? ¡Ni que te hubiese dado un bebedizo!

Anoche contó Marta la aparición, en la biblioteca, del extraño personaje. No dijo nada de Bettina, considerándolo un secreto de Janos, pero no ha dejado de pensar en él.

—Ya verás como es el guarda. Ahora nos enteraremos. ¡Ni que fuese el fantasma de la Ópera! No sé cómo no te desmayaste de miedo.

Mientras llega don Celes discuten ambas el asunto, en el despachito de Quina con el ujier y la limpiadora.

—Es Juan, el guarda de noche —confirma Teodoro—. Un tío muy raro. Casi no le conocemos; no se le ve. Lleva en Palacio más años que nadie; lo menos desde la Reina Regente. Duerme arriba, en uno de los cuartos vacíos.

—Por lo menos vendrá a cobrar, digo yo —interviene Quina.

—No. Su sobre lo recoge la panadera.

Dionisia, la limpiadora, alude a la panadera de la calle de la Florida, detrás de San Antonio. Ella recibe la paga de Juan, le compra alimentos y lo que necesita y se lo lleva todo muy temprano, cuando abren para amasar y él todavía ronda por Palacio.

—También dicen que es pariente del rey —añade Teodoro— y que lo colocaron ahí porque se escapó de un convento. ¡Cualquier señorito bala perdida!

—Ni para Navidades se junta con nosotros —insiste Dionisia—

cuando en Reyes regalan Sus Majestades los juguetes para los niños... ¿Es feo, señorita?

—De feo, nada. Viejo sí y flaco, pero no feo —aclara Marta, recordando lo interesante de esa personalidad.

Don Celes llega y añade algunos datos.

—Es incluso más antiguo que yo. Cuando me hice cargo de la secretaría le pasé un recado para conocerle, pero no vino, alegando no abandonar su puesto. Miré su expediente personal para sancionarle, pero era muy singular, sin datos de procedencia ni contrata. Sólo una nota muy tajante, de puño y letra del señor Mayordomo Mayor de doña María Cristina, que en paz descanse, advirtiendo que Juan Fernández, sin más, de cuarenta años de edad, ocuparía ese empleo vitalicio, sin que pudiera ser removido más que por juez y delito probado o por orden de Su Majestad... Y ahí sigue ese caso anómalo. Yo he querido regularizar esa situación pero siempre me han atajado de arriba.

Don Celes se lleva su disgusto al despacho y Marta pasa a su biblioteca, donde encuentra todo como lo dejó. Le parece que ha vivido un sueño.

Allí trabaja a media mañana cuando entra don Ernesto acompañado de un desconocido. Le es presentado como Remy Saignac, hispanista profesor de la Universidad de Toulouse, invitado por la Casa de Velázquez para dar unas conferencias. Aprovecha su estancia para recoger datos sobre los emigrados franceses en España durante la Revolución. Es más joven que Ernesto, delgado y ágil, moreno, con elegante bigote y ojos vivos, y viste una impecable chaqueta inglesa. «Tengo sangre vasca y bearnesa, soy pirenaico», aclara cuando Marta elogia su buen castellano.

Comentan el artículo que está leyendo Marta en el *Semanario Económico* del primero de mayo de 1766, con curiosos datos sobre preparación y teñido de pelucas, y luego Ernesto saca a Marta de su cueva, como él dice, y se van los tres, previo permiso de don Celes. Ante la puerta sorprende a Marta un moderno Renault descapotable.

—Observe, amiga Marta —subraya Ernesto—, cómo viven los profesores franceses. ¡Y nosotros en tren y en segunda!

—No exagere; soy un caso atípico. Soltero y con las rentas de unas tierras cerca de Foix, puedo satisfacer mi afición al automóvil. Por lo demás, mi vida es bien sencilla.

—Ya se le complicará. Con ese coche se hacen muchas conquistas.

A Marta le asombra esa frase de don Ernesto. En cambio le encanta la respuesta:

—Con ese coche, amigo mío, conquisto la libertad. Me muevo como quiero y no dependo de horarios.

Ernesto se dispone a guiarles en la visita a la Casa del Labrador. No le faltaba razón en cuanto a las conquistas porque, sentada junto al conductor, que se ha calado unas gafas deportivas y una gorra de visera, Marta experimenta sensaciones vagamente voluptuosas. El cómodo asiento, el olor a cuero todavía nuevo, el ajuste de la portezuela, los brillantes cromados y la lujosa madera en el salpicadero la instalan en un ambiente desacostumbrado. Frente a Saignac, en tres indicadores de no sabe qué, ve oscilar, nerviosas, unas agujas. Una de ellas marca cincuenta, sesenta, setenta... El vehículo parecería deslizarse si no se oyese el rasguido de los neumáticos sobre el asfalto. Lo más excitante es el viento en la cara. Ernesto, detrás, lleva la mano sobre el sombrero para sujetárselo; a Marta le hace feliz el alboroto de sus cabellos. Lo vive como una transgresión. Sí, es la libertad. Alza la mirada y las altas copas de los árboles en la calle de la Reina huyen veloces, con sus primeras hojitas. Cierra los ojos y siente la caricia ventosa, suave y brutal a un tiempo. Los abre y mira a su izquierda al joven profesor: la boca una sonrisa, la nariz una proa, la corbata de pajarita estremeciéndose en el aire como una mariposa posada en su cuello. El sol crea entre los ramajes un juego de luces.

—¿Va usted bien? —pregunta Saignac.

—¡De cine! —canta Marta.

El francés la mira y acentúa su sonrisa.

—¡Cuidado! Es ahí mismo, a la izquierda —advierte Ernesto.

—Seguiremos un poco más, para la señorita. ¿Le parece?

Marta le mira encantada y el ronquido del motor se acentúa, el coche parece dar un brinco, la aguja marca noventa. Pasan un puente sobre el Tajo, adelantan a un carretero que se asusta. Su blasfemia no les alcanza. A un lado y otro llanos campos labrados, en alguno apuntando el verde. Hay jirones de neblina como un vaho de la tierra satisfecha. A la derecha, sobre un cerro, el castillo de Ontígola. Corren bajo la alta campana celeste, envueltos en la claridad de la mañana... Marta seguiría eternamente así.

Saignac se detiene al fin, da la vuelta y regresa más despacio, dejando el coche ante la verja de la Casa del Labrador, que blanquea entre los árboles. Se apean y es notorio el alivio del silencioso Ernesto. A Marta le choca la quietud del suelo. Sí, era la libertad, vivir sin lazos.

La Casa del Labrador, que Marta no había visitado aún, la deja sorprendida pues, por el nombre, había imaginado un pequeño pabellón y se encuentra ante un palacete de recreo con dos alas encuadrando un patio de acceso. Cada sala tiene sus preciosidades, destacadas por las atinadas indicaciones de Ernesto, que a veces corrige en voz baja al guía oficial: los paisajes bordados en la seda de las paredes del salón de baile no fueron obra de la reina y sus damas. La máxima broma del recinto es haber acumulado la riqueza —aplicaciones de oro y platino sobre las cuatro paredes— justamente en el retrete que, bajo terciopelo rojo y en un nicho como un trono, dispone del asiento perforado apto para las expansiones corporales más íntimas. Marta, contemplando las cuatro pinturas alusivas al acto en cuestión, imagina el ufano servilismo de los cortesanos admitidos al real desahogo y recuerda el complicado rito del *petit lever du Roi* en la alcoba de Luis XIV.

Vuelven al coche, apeándose en el merendero El Rana Verde, junto al puente colgante. Eligen una mesa a la orilla del río. El sol entibia dulcemente el aire y, atravesando ramajes, dibuja sombras movedizas sobre el agua, opaco espejo verde-gris donde afloran súbitos remolinos. Una rata de agua se desplaza veloz entre los juncos de la orilla.

Tras encargar el menú preguntan a Marta si se va aclimatando. Ella expone su impresión de esa mágica encrucijada de mundos que es Aranjuez: el Palacio y las casas reales conservando el espíritu del XVIII con los jardines donde reinan los dioses en mármol, y la Villa habitada por gente viva y actual. De noche ese pueblo duerme, mientras el Palacio vacío se llena de sombras y rumores y los jardines se vuelven misteriosos.

Marta acaba dándoles la prueba de esa conjunción mágica: la aparición del Guardián. Describe al personaje, repite sus palabras sobre el París de Luis XVI. También, como Aranjuez, pertenece a varios mundos con quién sabe cuántas vidas...

—¿No será el *Judío errante*, por casualidad? —La amable ironía de Ernesto ataja el entusiasmo de Marta—. Vamos, vamos, usted es una universitaria seria. Todo eso son fantasías de un mitómano, afectado mentalmente por su larga soledad.

—Nada de mitómano: razona muy bien. Ya sé que no pudo existir en aquel París, pero lo vive subjetivamente, con asombrosa riqueza de datos. Lo sabrá por sus lecturas, claro, aunque conoce detalles increíbles, pero así es como los actores viven su papel. Y él los supera, porque se lo cree de verdad.

—Por eso es un mitómano.

Saignac se alinea con Marta:

—Alguna razón tiene la señorita. Vivimos nuestras creencias más que la realidad: nuestra concepción del mundo, nuestra fe, nuestras imaginaciones... ¿Acaso sabemos algo cierto de la realidad objetiva? Sólo nuestras percepciones, pero ¿qué hay más allá?

—Comprendo sus reparos, don Ernesto —se justifica Marta—, pero a mí ese hombre me fascina. ¡Si usted le oyese hablar con una seguridad tan natural! ¡Cuánto me gustaría sentirme igualmente viva en otro tiempo! Mejor que conocerlo por legajos. Me admira, le envidio... y también me llena de compasión.

—Por ese camino sería usted una mala historiadora. Yo le deseo y le pronostico un futuro más científico. Rigor, rigor ante todo, amiga mía... Y volviendo a los hechos: lo más curioso para mí es el extraño expediente personal de ese sujeto. ¿Cuál sería su pasado? ¿Le ha dicho algo?

Marta habla del Baedeker con una dirección vienesa y de la Bettina austro-húngara, aunque callando el supuesto parecido que a ella le atribuye Janos.

—Ah, eso es una pista. ¿Y se dice que es lejano pariente del rey?... Creo recordar algo... Lo aclararé.

—¿Me informará usted? —inquiere Marta, pensando que si conociese su historia comprendería mejor al personaje.

—¡Naturalmente!

La comida les impone pausas. Saignac aborda el tema de la situación política española. ¿Les ha llegado la crisis bursátil de Nueva York? Porque ya repercute en Centroeuropa.

—No, la peseta está en crisis por causas internas —explica Ribalta—. Las exposiciones de Sevilla y Barcelona no han servido para apuntalar la monarquía sino para descabalar el presupuesto. La inevitable caída de Primo de Rivera ha creado un vacío muy delicado hasta que reconstruyamos los órganos constitucionales. Las fuerzas antidinásticas se mueven mucho... Ahora mismo el rey va a visitar las Hurdes, una comarca casi en la Edad Media, pero ese hombre flaco, de infancia enfermiza junto a las faldas maternas y luego de afanes militaristas, para compensar, me da más lástima que otra cosa.

—¿Cree usted que caerá la monarquía?

—Es posible, pero no lo creo probable. Los republicanos parecen muchos, porque se agitan en las grandes ciudades y áreas industriales, pero el nuevo gobierno ha anunciado ya elecciones y en ellas votará también toda una España rural apegada a la tradición. Con los caciques manejando bien esa España, Alfonso XIII se sostendrá, a pesar de sus errores.

Saignac no opina lo mismo. Los intelectuales están en contra, Unamuno y otros volverán del destierro y en cuanto se suprima la censura la propaganda republicana será muy intensa. El poder es débil frente a ellos. Para confirmarlo evoca la reciente conferencia del socialista Indalecio Prieto en el Ateneo, bajo la presidencia del doctor Marañón, en la que al pedir responsabilidades por el desastre de Annual acusó directamente al rey. Como estaba presente un delegado gubernativo, Prieto salió a la calle pensando que iba a ser detenido, e incluso se sentó en la terraza de un café para facilitarlo. El policía le siguió y consultó por teléfono con sus jefes, pero no se atrevieron a detenerle.

—Además —concluye— hay que pensar en el contexto: crisis económica a la vista, tensiones políticas entre las dos amenazas del fascismo y el comunismo...

Ernesto arguye y Marta les escucha atenta. Está descubriendo una realidad española que desconoce, por su concentración en los estudios y el limitado círculo en que vivía junto a su madre. Piensa en la señora Sole: ¿replicaría a esos señores, bien vestidos y comidos, que no han mencionado a gentes como ella?

Saignac se vuelve hacia Marta, preguntándole por su trabajo. ¿Aparecen cosas interesantes?

—Seguro, pero aún me muevo a ciegas. Sólo llevo quince días: hoy justamente se cumplen. Para usted, don Ernesto, sigo tras esas pesquisas inquisitoriales, pero no tengo nada nuevo.

—En ese campo busque también sobre la masonería; ya conoce mi tesis. La masonería vino a España desde Inglaterra y combatiría a un Godoy entregado a Napoleón.

—¿Para dar el poder a un Fernando VII confiado en los franceses? —discrepa Saignac.

—Sí, pero más torpe que el Príncipe de la Paz. Además entre los fernandinos algunos eran anglófilos.

—No sé, no sé. Me inclino ante su autoridad, profesor... Pero ahora importan más los trabajos de la señorita.

Marta se siente halagada; no tiene costumbre de esos homenajes, y menciona otros legajos donde le ha parecido ver minutas de un tratado, posiblemente el de Fontainebleau.

—¿El de 1807? —aclara Ernesto—. Si saliese algo nuevo...

—¿Y para mí, no está dispuesta a buscar?

Marta, sonriendo, se vuelve hacia Saignac.

—¿Para su estudio sobre los realistas franceses o para su hipótesis sobre el caballero d'Eon?

—*Touché:* el caballero es mi manía y esa dama portuguesa de comportamientos casi varoniles me llama la atención. ¿Vivía en Aranjuez o viajaba? Porque si residía aquí no cabe pensar siquiera que fuese Eon. ¿Qué edad tenía?

Marta no tiene aún esos datos. Aprovecha la presencia de Saignac para preguntarle lo que más le intriga del caballero:

—¿Por qué se empezó a vestir de mujer?

—Es difícil saberlo. Probablemente varias causas. Influencia materna en su infancia, ventajas para el espionaje y, desde luego, constitución biológica. Quizás homosexualidad, aunque yo no lo creo. Lo único seguro es su sexo masculino, a pesar de creerle mujer los tribunales ingleses. La autopsia en Londres fue categórica.

—¿Y qué iba a hacer en Aranjuez, suponiendo que fuese esa dama? —objeta burlón Ernesto.

—Participar en las intrigas políticas, como toda su vida. Quizás con los masones a quienes usted aludía.

—Lo que no entiendo yo como mujer —cuestiona Marta— es qué ventajas le proporcionaba el vestido femenino. Una dama tenía entonces poca libertad de movimientos.

—Pero era menos atacable y mejor sonsacadora por parecer inofensiva —replica Saignac—. Se subestima la importancia de las mujeres. Algunas mandaron mucho, como usted mismo ha estudiado, profesor: Catalina de Rusia, Isabel de Valois. «Mujeres fuertes», las llama la Biblia... Y no hablemos de las combativas en la época revolucionaria: La Méricourt, Paulina León, Olimpia de Gouges, Clara Lacombe a la que llamaban «La rosa roja». O las amantes de los poderosos, influyendo en sus decisiones. Española fue Teresa Cabarrús, lanzando a Tallien contra el Terror y provocando con ello la muerte de Robespierre y el Thermidor... Por cierto, profesor, siempre me ha sorprendido que en su estudio sobre Rusia no se ocupara usted algo más de Eon. No olvido que al llegar él allí reinaba aún la zarina Isabel, pero Catalina era ya Gran Duquesa desde hacía diez años.

Ernesto, algo desdeñoso, explica que su tema era el reinado de Catalina y que Eon no representó gran cosa; da a entender que el caballero le parece sólo una curiosidad. Pero ya en los postres la conversación divaga. Se pasa de las «mujeres fuertes» al feminismo actual, a la mujer en la universidad, al posible futuro de Marta, a la agitación entre los estudiantes y otra vez a la situación española. El lugar en que están y los temas tratados inspiran a Saignac una pregunta:

—¿Estaremos en un momento paralelo al de 1808? ¿Se pasará también ahora de un antiguo régimen a otro?

—La pregunta es interesante y hay circunstancias comparables —responde Ribalta—. El siglo XX ha empezado en realidad tras la Gran Guerra; hasta 1914 se prolongó el XIX. Análogamente, el XIX empezó con las guerras napoleónicas y sus consecuencias. Pero ahora el escenario no es Europa sino el mundo, con Estados Unidos saliendo de América y con los problemas coloniales... Es difícil contestar, pero no creo que aquí se produzca un motín como en 1808, ni que Alfonso XIII sea un Carlos IV... La república acabará llegando, como en otros países, pero no tan pronto.

La tarde apenas está empezando y Ernesto propone un paseo por la zona más próxima del Jardín del Príncipe, cuya puerta del embarcadero está próxima. Pasean gozando la suavidad del aire, el tibio sol, los olores vegetales de la primavera naciente. Las primeras hojas, pequeñas y delicadas, forman una exquisita nube verde en el ramaje de algunos árboles. Entre arbustos desnudos destaca el vivo amarillo de las *forsythias*. Llegan hasta la plaza de los jarrones y, dejando a la izquierda el embarcadero con su muralla y garita en miniatura, se acercan a la fuente de Narciso. La contemplan en silencio: cuatro titanes de piedra sostienen una gran taza sobre la cual Narciso, abiertos los brazos, admira extasiado su imagen en el agua. Su perro, al lado, le contempla inmóvil entre atributos de caza.

—Hermosa —comenta Marta—. Me gusta más que el Narciso tradicional, demasiado delicado. Éste es fuerte; casi un coloso.

Ernesto la mira con atención.

—Un coloso... —murmura—. ¡Qué visión más exacta!

Marta, a su vez, le mira extrañada, pero no hay más comentarios. Retornan despacio hacia el restaurante.

—Véngase con nosotros a Madrid —propone Saignac a Marta—. Mañana la vuelvo a traer, es un paseo.

Ella se excusa sonriendo, en el fondo agradecida. Suben ellos dos al coche y Marta les ve alejarse, doblando a la derecha por el puente. Queda sola frente a la entrada del Parterre. Una embriaguez de bienestar la retiene inmóvil; no quiere quebrar el encanto del día. Divisa el Palacio al fondo del jardín y se le ocurre el pensamiento de que allá, en una de esas muchas habitaciones desconocidas, Janos quizás duerme. O acaso se ha despertado ya y piensa en esa Bettina que cree haber recobrado. Un asomo de melancolía enriquece y ahonda las sensaciones de Marta.

ERNESTO

Un loco, no se puede conducir así, en la cuesta de la Reina casi nos salimos de la curva, se reía, me tuvo en vilo hasta volver a casa, ¿era intencionado? le molesta que me respete Marta, que me admire, ¿cree que con su coche y con su chaqueta inglesa se va a llevar a todas de calle? en sus cartas era más serio, planeaba bien su trabajo, pero no comprende España, no percibe la realidad política, claro que a Marta le encantaba el coche, a todas, ya lo dice Alfredo: «desengáñese, don Ernesto: el perfume más apreciado es el olor de la gasolina», galanteándola sin disimulo, flirteando, como dicen ahora los pollos, ¡recién presentados y delante de mí!, le gusta Marta, le miraba las piernas, desde luego bonitas, ¿cómo no lo advertí en las clases? aplicadísima tomando apuntes, ¡eran tantas! ¿qué más da? lo mejor de ella es su cerebro, su sensatez, nada frívola, a pesar de su embeleso en el coche, era otra cosa, se le veía, una embriaguez, expediente impecable, y la historia familiar adivinable en su petición de beca, no perderá la cabeza por francés más o menos, no tomaba en serio los galanteos, le resbalaban, está a otra cosa, ¡qué bien ha captado la esencia de Aranjuez! encrucijada múltiple: un acierto, y sólo en quince días, convivencia de espacios y tiempos, interpenetración, impresionable porque es joven, aún se la puede moldear, si lo merece, su entusiasmo por el guarda mera reacción juvenil, pobre hombre, alocado por las lecturas, me informaré para dejarlo a su nivel, lo aclarará la prensa de entonces, recogería lo de un pariente real huido de convento, lo encargaré a Alfredo, bien poco trabajo le doy como auxiliar de la cátedra, y me suena lo de Bettina, hubo cierta boda aristocrática de una Elisabeth austríaca, el *Baedeker* vienés apunta a ello, quizás

Civantes recuerde: su padre sería entonces gentilhombre, si no es todo invención del pobre guarda, como la fantasía de Saignac sobre Eon, no comprende nada, reprocharme que no he estudiado el caso: me da risa, ¡si él supiera!, ningún biógrafo ha calado en Eon, ni Buchan-Telfer, ni las supuestas memorias de Gaillardet, ni Homberg ni los demás, y menos Havelock-Ellis, definiendo el «eonismo» como inversión estético-sexual, ¿inversión? ¡ninguna, en absoluto! ¿homosexual? ¡qué tontería! ¿travestido? pero hay géneros, ¿impotente? también hay clases... de los temas prohibidos sólo se sabe viviéndolos, sangrando en carne propia, o ardiendo, el mito de Narciso revela mucho más que esos libros, no sospecharon que les llevé a mi santuario, esa fuente mi centro en Aranjuez, ¡asombrosa Marta! intuición prodigiosa: «fuerte, un coloso», insospechable en una muchacha ignorante de la vida, ¿o no tan ignorante? no creo, por lo que sé de ella, sí, tú lo has comprendido, mujer: la fuerza de Narciso, por encima de los titanes, magnificación del sexo, por eso no halla pareja a su altura, se repliega sobre sí mismo, viste a la mujer sobre su propio cuerpo, la encuentra en él mismo, así se completa, es él y ella consigo, coexistiendo, ¡obvio si no fuera tabú! la grandeza de Eon fue proclamarlo, vivirlo a la luz, gritarlo, bravo guerrero ostentosamente mujer, no andrógino, eso es otra cosa, ¿cómo lo descubriría?, su madre vistiéndole con falditas, era entonces el uso, y también mucho más tarde, como a mí, basta abrir el álbum, ¡álbumes de mamá, mi biografía! fotos, recortes de prensa, meticulosa, mi crecimiento, estudios, oposiciones, éxitos, ahí estoy, cinco años, Ernestina, papá se «hartó de mariconadas»; metió tijera en mis bucles, casi lo último que hizo, sin entenderla se me grabó la frase, decisiva: horror a esas mariconadas, ¿qué serían?, ¿y cómo ser querido sin ellas?, el primero en la clase, el niño bueno... todo era poco, no lo niegues, mamá, lo muestras en tu retrato, ése, el grande, hecho para «dejármelo», sólo el busto, ¿por qué casi de espaldas, volviendo la cara hacia el objetivo?, «lo más bonito mío, hijo, mis hombros y mi cuello», falsa explicación, era desdén, volverme la espalda, ¡cuántas veces te oí condenarme! «dichosas las madres con hijas para su vejez; los hijos se van con otra», ¡cuántos años para darme cuenta! cuando me dejaste y encontré otra era tarde, fue la que pude hallar y no siempre con éxito, a mi fallo quería consolarme: «eso le pasa a muchos», ¿y cómo lo sabía? no lo pregunté nunca, ahora ha encontrado a otro: supongo que ése le responde... casi mejor, no es tan necesaria, mero complemento para fuera, me envidiaban, simulando escandalizarse, Alfredo lo divulgó, claro, «el profesor va a ver a su amiguita», risitas pícaras, más prestigio, como mi esgrima en el casino, deporte de caballeros, el maestro Isidrín es tan bueno como Afrodisio... ahora necesito una boda, con alguna comprensiva, por conveniencia, Guiomar Civantes perfecta, hija única, aunque decaídos el problema no es la dote, con su padre, el duque, mi sillón académico seguro, pero ¿comprenderá... y aceptará? nadie lo sabría nunca, por supuesto, la aristocracia no quiere escándalos, es ya mayor y poco atractiva ¿por eso no se ha casado? convendría saberlo, y beata, eso ayudaría, el padre lo desea, se insinúa... pero me ligaría a los monárquicos, no son tiempos de comprometerse, la pelota en el tejado, puede caer republicana, no lo dije así a Saignac, no hay que crear el suceso, tampoco ser vocal para la Junta del Ateneo, ni con los unos ni con los otros, andar con pies de plomo, estar a verlas venir: las elecciones... y Guiomar no es la única mujer, ¡esa Marta calando a Narciso, intuyéndolo! ¿qué lleva dentro esa muchacha? además es atractiva, demasiado joven, pero casos hay, y no parece tener pretendientes, ni desearlos, para ella, huérfana de apoyos, sería yo una promoción, social y universitaria, podría compensarla, ¿será una mujer fuerte? ¿quién sabe? hay que tratarla más... ¡mira que si ella te destrona, mamá! un cambio de régimen, como aquí, ¡mira que si lo resolviese todo! ahí te quedas, esta noche salgo, una copa en Pidoux, ya sé que no te agradaba.

1807: En el Real Sitio

—Este año se retrasan. El año pasado llegaron antes.

—¡Qué se van a retrasar! Es que eres una impaciente.

—¡Pero mira el sol! Ya está encima de la torre del reloj.

El hombre hace un gesto dejándola por imposible y levanta la bota para echar un trago de vino. «No se puede razonar con las mujeres», piensa él. «Los hombres no se enteran de nada», piensa ella, arreglándose la pañoleta con un gesto de coquetería, porque un sujeto de buen ver la está mirando.

Ambos están sentados en el suelo, con una merienda por delante, como tantos otros grupos, algunos con niños, que se han reunido desde el mediodía junto al Puente de Barcas, para ver la llegada de los Reyes. Hay hortelanos del barrio de Alpagés, desde donde todavía se acercan algunos por la calle del Príncipe, y palafreneros de las Reales Caballerizas, y obreras de la Casa de la Seda, y artesanos de junto a San Pascual y los alrededores de la Plaza de Toros, y sirvientes o empleados de Palacio, y guardias españoles y walones que, francos de servicio, se pasean con sus vistosos uniformes y compadecen a sus compañeros formando fila a los lados del camino, mientras buscan galanteos entre las mozas.

A ambos lados del río, por la glorieta y junto a la verja del Parterre, se han instalado puestos de tortas, paloduz, rosquillas y otras golosinas, de vinos y refrescos, de juguetillos artesanales, de baratijas. Entre los grupos se mueven, pregonando sus mercancías, buhoneros de cajón al cuello, vendedores de pliegos y coplas, aguadoras de botijo a la cintura y, solapadamente, algún pícaro amante de las bolsas ajenas o algún tahúr de baraja pronta. Un abate y varios hidalgos se han dignado acudir y se pasean entre la animada plebe. En los balcones y ventanas de los palacios de Osuna y del Príncipe de la Paz se asoman muchas cabezas. Pero es en las galerías exteriores de las Casas de Oficios y de Caballeros donde se concentran las personas de calidad, con empleos y dignidades en Palacio, llegadas anticipadamente para preparar el acomodo de la Corte.

El buen tiempo favorece la alegría general porque se presiente la primavera. Unos cuantos días secos han convertido en suelo firme los lodos dejados por las lluvias de semanas atrás. Hoy el sol centellea en las bayonetas caladas que presentan los guardias cubriendo la carrera.

—No pueden tardar mucho —afirma en otro grupo un majo de chaquetilla, que es amolador en la calle del Rey—. Hace mucho rato ya que don Manuel de Andrade y don Gil María Crespo pasaron a caballo hacia el Puente Largo, donde esperarán a los reyes.

—¿Quiénes? —pregunta un oyente despistado.

—¿Es que no es usted de aquí? El gobernador y el alcalde, buen hombre.

—También pasó para allá el Aposentador Mayor —añade la mujer del majo, tras pegar un mordisco a una rosquilla.

—¿Cómo sabes tú que lo era?

—¡Moler!, porque con él iba el Roque, su criado. Ése de las zancas flacas.

El sol, aunque todavía en alto, empieza ya a inclinarse del lado de Palacio, más allá del Parterre.

—¡Ya vienen! —grita un chiquillo desde el otro lado del río, señalando con el dedo a la avenida que llega al Puente desde la glorieta de las Doce Calles.

Todos se ponen en pie, polarizados hacia más allá del Tajo, como limaduras de hierro en el campo de un imán. Llega de lejos un vibrante sonido metálico.

—¡Las trompetas de Corps! ¡Ya están ahí! —grita alguien.

—¡Qué va! ¡Son los clarineros de las Reales Caballerizas! —precisa un palafrenero de las mismas.

La gente se agolpa tras las filas de guardias walonas que cubren la carrera. Aparecen los batidores, con su gallardete y sus vistosos uniformes. Los primeros caballos pisan el puente y, desde ese momento, las tres barcas que lo sustentan, con sus barandillas de hierro y los husillos que permiten adaptarlas a las crecidas del río, no cesarán de oscilar bajo el movible peso de caballos y carruajes. Alguna vez las monturas se extrañan a la vista del agua y a sus jinetes les cuesta trabajo dominarlas.

Ahora sí son las trompetas de los Guardias de Corps. El pueblo del Real Sitio conoce muy bien esos uniformes: casaca y calzón azul; cuello de casaca y chupa de color encarnado; botones y bandolera de plata.

—¡Son de la compañía española! —exclama uno que se las daba de enterado. En el acto le corrige otro:

—¡Son de la flamenca, mozo! ¿No ves los cuadretes amarillos de la bandolera? La española los gasta rojos.

Un poco achispados por el vino, ambos supuestos expertos continúan la discusión entre el tumulto de comentarios, mientras empiezan a pasar grandes coches de viaje entre los jinetes, pues los de paseo llegaron anticipadamente para desplazarse por el Real Sitio y para las cacerías del rey. La gente, habituada a ver a los cortesanos, identifica a los mayordomos de semana, las camaristas de la reina, los gentileshombres de cámara.

—¡El marqués de Valparaíso! —señala un guarda walón a la moza cuya cintura tiene discretamente ceñida con el brazo—. Es el capitán de la compañía española.

Se acerca un gran coche rodeado de guardias a caballo, con un gentilhombre a un lado y un caballerizo al otro. Los rumores crecen en intensidad:

—Los reyes —gritan muchos.

—Y los Infantes —aclaran otros, refiriéndose a don Carlos María Isidro y al pequeño Francisco de Paula, sentados enfrente de sus padres, de espaldas a la marcha.

—En medio está María Luisa.

—¡No, que es doña María Isabel! María Luisa es la reina de Etruria.

Al paso del carruaje suenan vítores y aclamaciones, contestadas por los reyes con benévolos gestos. Detrás del coche cabalga el Aposentador Mayor, con la blanca peluca bien ajustada bajo el tricornio, su bordada casaca de terciopelo verde, su banda al pecho, su espadín de empuñadura dorada y sus calzones de raso blanco. Su mirada distingue una figura de natural elegancia: Julia con los dos niños a su lado, «¿Ser como Malvina?», piensa pero no puede imaginarse a la muchacha vestida de hombre, como aquella noche parisina. ¡Es tan femenina, tan delicada! Sonríe pensando que tampoco logra ver a Malvina cuidando de dos niños. Extrañamente, la idea le complace.

El siguiente coche va ocupado por otros dos infantes; ambos hermanos del rey: don Fernando, desposeído por Napoleón de su reino de Nápoles, y don Antonio Pascual. La berlina siguiente la ocupa la reina regente de Etruria, Infanta María Luisa, con su pequeño hijo Carlos Luis. Siguen dos coches de respeto por si algún incidente pudiese obligar a un cambio.

—¿Y ése? —pregunta alguien, al ver entrar otro carruaje en el puente.

—Será el Príncipe de Asturias, don Fernando. ¿No ves que el cochero y el palafrenero llevan medias rojas?

Pero ese distintivo reservado a la Casa Real ha sido recientemente extendido por el rey a otra persona, como aclara uno de los hidalgos entre el público.

—También las lleva ahora la servidumbre del señor Príncipe de la Paz.

—Dirá usted el choricero —replica airado un majo y el hidalgo se ve metido en una reyerta que ahogan los gritos de la gente.

Ahora no todo son vítores, aunque algunos se escuchan al principio. Al paso del favorito surgen también gritos hostiles, denuestos, silbidos e incluso desplantes de alguna maja, aunque otros admiran en silencio la figura imperturbable del personaje. La guardia personal de Godoy vuelve a rodear el coche apenas traspasa el puente, dispuesta a reprimir cualquier desacato, pero ya el interés de la gente se ha desplazado hacia el carruaje siguiente, también llevado por cochero con medias rojas.

—¡Ése sí que es el Príncipe! ¡El bueno, el de Asturias!

Las aclamaciones son unánimes y don Fernando baja el cristal para saludar al público, que sintió con él el luto sufrido el pasado año en el Real Sitio al morir su esposa.

Las aclamaciones se convierten en general entusiasmo al advertir el público que frente al Príncipe y a su gentilhombre Ayerbe se sientan el Gobernador del Real Sitio y su Alcalde Mayor, que fueron a esperar el cortejo hasta el Puente Largo. Esa deferencia de don Fernando hacia las autoridades locales se interpreta como una prueba más de su cariño al pueblo y de la generosa condición del futuro rey, en contraste con la reservada actitud de Godoy. Los vítores persisten aun después de haber pasado el carruaje, y algunas mozas, con un entusiasmo que les vale la reprimenda de sus familiares o cortejos, lanzan besos al aire hacia esa cabeza de espesas cejas y gran nariz.

Entre el público se encuentra, como suele en tales ocasiones, la vendedora de remedios y cosméticos que surte a Malvina. Sara es una mujer próxima a la cuarentena bien llevada, de pelo negro muy lustroso, frente ancha, ojos oscuros con sombra de ojeras, nariz algo aguileña y boca grande que, al sonreír, muestra cierta separación entre los incisivos superiores. Tiene buena estatura y la piel morena. Su expresión está alerta bajo modales humildes. Viste como artesana pero su pañoleta está guarnecida de fino encaje. Ha observado con vivo interés el episodio y se propone informar rápidamente a Malvina, persuadida de que la supuesta postergación de don Fernando ha sido calculada por éste y que el abucheo a Godoy fue preparado. «Astutos consejeros tiene el Príncipe de Asturias», piensa.

Los primeros coches han tomado desde la glorieta distintas direcciones según sus ocupantes, sea hacia Palacio y las Casas de Infantes y Caballeros, sea al palacio de Godoy o a las residencias ya construidas por algunos magnates. Pero el desfile continúa: la gente reconoce al primer caballerizo, marqués de Sotomayor, a los duques de Frías y del Infantado, a las damas de la reina y de su hija, marquesas de Perijáa y de Montealegre... Pero como las encuentran con frecuencia por las calles del Real Sitio y en las fiestas públicas durante la jornada, no prestan ya mayor atención. En cambio surgen vivos comentarios para otros viajeros en coches más modestos, porque aunque se trata de servidores subalternos, tienen influencia y están más cercanos al pueblo: Claudio Vilat, peluquero del rey; Pedro García, el mejor peinador de pelucas; la encajera de la reina y sus dos lavanderas: la de medias y la de ropa. Los numerosos amigos de esos servidores de Palacio les saludan abiertamente y la gente les mira con simpatía, pues raro es quien no les debe algún pequeño favor.

El sol ya se ha ocultado tras la torre del reloj de Palacio cuando pasan los últimos jinetes y van regresando quienes cruzaron el río hacia las Doce Calles. Julia, que había traído a los niños para que vieran el espectáculo, no puede impedir la insistente proximidad de ese mozo que la abordó días pasados en el Patio de Caballeros. Aunque procura parecer distante y no mirarle, siente clavados en ella unos ojos ávidos sobre unos delgados labios curvados con majeza. Se siente incómoda desde que el mozo, aprovechando que el chiquillo estuvo a punto de caerse y que él lo recogió y lo condujo hasta la muchacha, se ha sentado a su lado con naturalidad. Pero a la vez le halaga la compañía, porque es un tributo a ella y no a un mero apéndice de su tía; es un regalo de su libertad. La mirada viril, sin embargo, la desazona y no se atreve a devolverla.

—Pues sí, me llamo Lucas, para servirla. ¿Quiere saber algo más?

Mientras habla, el mozo hace carantoñas a la pequeña, en los brazos de Julia.

—¿Por qué he de quererlo? —dice Julia, con un cierto desplante que se desmorona en cuanto añade—: Ya sé que es usted relojero.

—Me alegro que le interese —recoge el mozo, con la sonrisa más socarrona aún—. Pertenezco a la Furriera de Palacio. Pero relojero de sala, no de torre, que ésos son como herreros, según dice nuestro jefe, don Gabino. Aprendí con un buen maestro, un cura.

—¿Un cura? —pica ya, intrigada, Julia sin poderlo evitar—. ¿Un cura relojero?

—Vaya, y de los mejores. Don Francisco Xavier Méndez Neira, el cura relojero de Ladrido. Nunca habrá oído nombrar ese pueblo, seguro... Claro –continúa ante el mudo asentimiento–, bien pequeño es, comarca de Ortigueira, donde yo nací. Cuatro años hace que murió y yo víneme a la Corte. Aquí es donde se medra y no en aquellas tierras muy hermosas, pero que sólo dan fatigas... Sí, soy relojero y hasta he hablado con el rey.

Los ojos de la muchacha le miran, incrédulos. No puede imaginar que ese mozo sea tan personaje.

–¿Con don Carlos? –formula Pedrito la pregunta que ella no se atreve a dirigir.

–El mismo. Baja a veces al taller, entiende bastante de relojes. Tiene buenas manos y fuertes. Dobla varillas gruesas, y se ríe, se ríe mucho con nosotros... ¿Y a ti, rapaz, te gustan los relojes?... Mira éste.

El mozo saca de la faltriquera una magnífica saboneta. Levanta la tapa de esmalte y aparece la esfera, adornada con dos zafiros. Aprieta un resorte y suena, como tañido por campanitas de cristal, el estribillo de una conocida pastorela.

El asombro de Julia sube de punto. El niño se apodera del reloj y lo aproxima a sus oídos, intentando que repita la música.

–Mi madre tiene uno mejor. Toca más tiempo.

–Seguro –admite bondadoso Lucas–. Y tú tendrás otro en cuanto seas mayor... Y a usted, ¿le gusta?

–Esas cosas no son para mí –refuta Julia.

–¿Por qué no? ¿Por qué no? –repite, más brillantes los ojos–. ¿No somos todos hijos de Dios, según dicen? Pues bien puede usted tener reloj. Éste no es mío, no crea, sino del conde de Oñate, que me lo dejó a componer. Pero llegaré a tener uno y más de uno, como hay sol. Y usted se lo merece, más que muchas. Mire, colgado así, una joya.

Extiende el brazo para acercar el reloj al busto femenino. Julia, asustada por la mirada más que por el gesto, rechaza esa mano y se pone en pie tan bruscamente que la niña se queja.

–No se asuste, prenda.

–Me voy, es tarde. Dame la mano, Pedrito... ¡Pedrito!

–¡Yo quiero oírlo otra vez!

Ha de soportar Julia, bajo esa mirada viril y esa sonrisa, que el reloj repita su cantilena en el oído del niño, mientras el hombre murmura, a su espalda:

—De mí no tenga miedo. Un buen querer no es desgracia... Acabará conociéndome.

Julia echa a andar con los niños. Su turbación le impediría responder aunque quisiera.

Entretanto, los reyes se encuentran ya en sus habitaciones. Mientras el servicio distribuye en las alcobas y vestidores el voluminoso equipaje, el rey recibe en su cámara al Aposentador, con quien siempre le gusta conversar.

—Todo muy bien, Alonso —felicita don Carlos tras acoger el respetuoso saludo.

El rey está sentado ante su nuevo escritorio: magnífico mueble con cierre de persiana, en caoba y limoncillo, cuya superficie acaricia con mano de entendido. Lleva peluca a su estilo habitual, corta y enrollada a los lados. Alonso advierte rastros de cansancio en el rostro redondo, de labios finos y gruesa nariz. El aposentador considera un rasgo de confianza que don Carlos le reciba sin casaca y reprime un suspiro: él no podrá ya moverse sin peluca ni banda en lo que dure la real jornada.

—Hermoso escritorio, Alonso. Bien labrado. Lo ha hecho Hartzenbusch, supongo.

—No, señor. Es obra de Pablo Palencia.

—¿Ese joven? Va a resultar tan bueno como su abuelo... Hay muchachos valiosos. Mira este reloj, es curioso. Ruso, me llegó descompuesto pero llevo una semana observándolo y va en punto. Lo arregló un oficial nuevo de nuestro taller, un chico gallego muy despierto. Aprendió en su tierra con un cura relojero. Mira, fíjate.

El rey se da cuenta de que, a pesar de prestar atención, don Alonso nada advierte de especial en el mecanismo mostrado al abrir la tapa. Don Carlos sonríe tolerante y guarda el reloj.

—Bueno, cuéntame, ¿qué hay de nuevo en esas obras?

—Todo a su tiempo, señor. Tan sólo pendientes los últimos detalles en el salón de platino. Como los encargamos a París...

—Ya recuerdo. Se empeñó Villanueva... A ver si acabamos la

obra y Fernando está más contento. Yo no sé qué quiere; su madre y yo le damos cuanto apetece. Y el propio Manuel, el Príncipe de la Paz quiero decir, nos anima en su favor. Aunque a veces se equivoca; no ha debido meter su coche en el viaje delante del del príncipe.

Don Alonso se atreve a repetir lo que ha oído:

—¿No lo pidió así el propio don Fernando?

Roque le ha contado, muy ufano de la astucia principesca, que don Fernando ha querido con ello hacerse la víctima y halagar al pueblo en las personas de las autoridades locales.

—Eso me dijo Manuel cuando se lo reproché, pero mi hijo lo niega y está quejoso... Tiene malos consejeros. Fernando es bueno, pero ellos... Ese Escóiquiz; la gente no le quiere y yo tampoco; por eso le mandé desterrado. Cuando le vi me dije: tiene ojos juntos y cerdunos, como de cochino de monte... Pero ya ves, fue el mismo Manuel quien propuso a ese canónigo para profesor de Fernando, ¡quién nos lo iba a decir!... Te hablo así porque eres leal y guardas los secretos, no los aprovechas.

—Su Majestad es muy bondadoso conmigo. Le aseguro que...

—Lo sé, lo sé... Pero siéntate.

—Señor...

—Siéntate, estoy más cómodo con tu cabeza a mi altura.

Guarda silencio un momento y continúa:

—¡Los hijos!... Tú sufres por haber perdido el tuyo y lo comprendo, pero ¡cuántos cuidados dan!... Ya me ves. Fernando siempre descontento. María Luisa a punto de perder su trono de Etruria, ¡con lo que le costó a la madre salvar algo de su casa de Parma!, lo mismo que mi hermano ha perdido Nápoles. Y Carlota Joaquina, en Lisboa, escribiéndonos sus temores de una invasión francesa... La reina está muy disgustada, no hace más que hablarme de Carlota. La pobre, además, como sufre tanto por sus dientes, ya sabes... Es penosa la vejez.

Don Alonso está al tanto de las sucesivas dentaduras postizas que la reina ensaya para comodidad y no parecer más vieja. Esos dientes la obligan a comer con la sola compañía de Godoy y eso la entristece.

—Pero Vuestra Majestad no es viejo —se apresura sincero el Aposentador ante ese hombre vigoroso, a pesar de acercarse a los sesenta, que le mira con sus ojos azules—. Su salud es envidiable.

—No me puedo quejar, gracias a Dios, aunque ya no soy el de antes. Claro que no bebo ni fumo, ni de humo ni de polvo. Comer sí, como mucho, pero lo gasto. Las cacerías, Alonso, las cacerías. A diario, como mi difunto padre, que gloria haya... Es lo único en que Aranjuez está por debajo de San Ildefonso; aquello es más montuno, las piezas más bravas... ¡Pero esto será tan hermoso!

Don Carlos se levanta y Alonso le imita, aunque vuelve a sentarse ante una señal imperiosa del rey, que se acerca al balcón y contempla abajo los jardines, el Puente de Barcas, los liños de árboles recién plantados en la calle del Príncipe y, a lo lejos, los cerros grisáceos bajo el crepúsculo. El rey sueña con Nápoles.

Su Majestad se vuelve:

—¿Cómo podéis vivir en los barcos? Cuéntame.

Don Alonso evoca la vida a bordo, tan regulada por el reloj como la del propio monarca, con el cambio de guardia a las cuatro, las comidas a mediodía y a las cinco, la cámara de oficiales, el dormir siempre vestidos...

—Las comidas, ¿qué comidas? Porque en nuestro viaje desde Nápoles fueron infames, y eso que hasta faisán nos ofrecieron.

Alonso reconoce la monotonía de las raciones: tocino los domingos, martes y jueves; carne salada los lunes, miércoles y sábados y bacalao los viernes, siempre con galleta, que puede durar más de un año... Pollos en gallinero, pero para los enfermos. Y fruta mientras la haya.

—Llevan vida dura mis marinos, sí; se lo merecen todo... Por cierto, tú nunca me has pedido nada: ni una cruz, ni un título, ni para tus amigos. ¿Deseas algo?

Alonso piensa que sería el momento de hablar de su retiro, pero se ha fijado ya una fecha y no quiere entristecer al rey.

—No necesito nada, señor, y vivo contento con serviros. Me sobra con lo que tengo.

El rey le mira con aprecio:

—A veces hablas como yo hablaría, por eso nos entendemos. ¿Cuánto tiempo llevas en mi casa?

—Voy con el siglo, señor. Entré en 1800 como Aposentador Ayudante.

—¡Aún eran buenos tiempos para España!, sí, recuerdo que te estrenaste de Aposentador Mayor al año siguiente, con nuestro viaje a Badajoz por el gran triunfo de Manuel en la guerra portuguesa: ¡hermosa ocasión!... Y luego, con las bodas de Fernando en Barcelona, meses después, el porvenir parecía de rosa... Pero ese hombre se coronó emperador, ¡atreviéndose a llevar a París al Santo Padre!, y desde entonces se ha ido nublando todo... Hágase la voluntad del Señor... ¡Qué tiempos nos ha tocado vivir! La Europa, toda revuelta, los pueblos alborotados... Cuéntame, ¿qué dice la gente, tú que hablas más con ella?

Alonso no tiene tiempo de contestar a la embarazosa pregunta porque la reina, ya arreglada, irrumpe en la cámara. Alonso se levanta y le dirige una reverencia pero ella, con gesto irritado, le ordena sentarse.

—¿Has visto, Carlos? ¡Qué insolencia! ¡No se puede consentir!

Alza los brazos, todavía hermosos para su edad, con tres abortos y catorce hijos, como si apelase al cielo. El rey se levanta, incómodo. También Alonso, que saluda y pide la venia para retirarse.

—¡Quédate, Alonso, quédate, y me darás la razón! Tú puedes oírme... —Se vuelve hacia el rey—. ¡Ese abucheo en nuestra presencia! ¡Qué chusma! ¡Ofender a Manuel con todo lo que hace por España!

—Bueno, siempre hay algún descontento. No ha sido tan grave.

—¿Que no? ¡Sólo les ha faltado tirar piedras!... Se empieza por esos desacatos y se acaba...

No concluye porque piensa en Francia, en los reyes guillotinados. Pero continúa:

—Todo lo mueve esa camarilla de nuestro hijo, que no se da cuenta de adónde le llevan... Hemos de atajar esos modos, Carlos. ¡Con energía! —El cutis se le pone verdoso con la ira.

—Hablaré con Manuel. Verás como no le da tanta importancia.

—¡Porque es como tú; no ve maldad en nadie! Y no esperes a despachar con él. Ahora mismo la guardia, arrestar a los culpables. Porque eso estaba preparado, Carlos, esos silbidos y esos mueras... ¿No es verdad, Alonso?

El Aposentador coincide con la reina en su indignación, pero se atreve a sugerir que unos arrestos sin tener pruebas patentes agravarían el incidente. El rey le mira con simpatía y Alonso aprovecha para pedir la venia y retirarse. La reina se la concede esta vez, volviéndose hacia su esposo para seguir quejándose de Fernando y sus consejeros.

Satisfecho de haberse quitado de en medio, Alonso se dirige a las habitaciones del Príncipe de Asturias para no enojar al heredero de la corona con una ausencia que le haría parecer hostil. Es introducido de inmediato en la cámara, donde el príncipe se está haciendo colocar el corbatín. La casaca bordada está en manos de otro criado, a punto de vestir con ella a Su Alteza. Varios cortesanos comentan el suceso con voces triunfantes.

—¡Ah, Alonso, te esperaba! Sabía que no te retrasarías.

El tono revela que ya le estaba echando en falta y pensando en incluirle entre sus adversarios. Alonso se inclina ante ese personaje de pobladas cejas, negro pelo con flequillo sobre la frente, nariz gruesa caída hacia la boca de curva escéptica y cuerpo recio sostenido sobre gruesas pantorrillas.

—El tiempo imprescindible, Alteza, para presentar mis respetos a Sus Majestades. Sea Vuestra Alteza bienvenida al Real Sitio y le suplico se digne hacerme saber si es de su gusto el acomodo.

—Claro, claro. Pero has de disponer enseguida habitaciones para Ayerbe —indica dirigiéndose a uno de los nobles que le acompañan.

—Así se hará, Alteza. El señor marqués tendrá mis noticias antes de una hora.

Un adulador se acerca al príncipe.

—¡Magnífica idea, señor, y grata al pueblo, la de honrar al alcalde en vuestro coche!

—¿Verdad? ¡Pobre palurdo!... Ayerbe le traía atosigado a preguntas acerca del Real Sitio y el infeliz no acertaba a pronunciar palabra.

—El pueblo ha mostrado su lealtad a Vuestra Alteza —encomia otra voz.

—¡Ah, sí, el pueblo! En él debemos apoyarnos los que le regimos.

Las cabezas se inclinan en asentimiento. Alonso siente cada vez mayor tristeza. El príncipe se contempla en el espejo:

—¿Ha llegado ya el vihuelista? —pregunta don Fernando y, sin esperar respuesta, ordena—: ¡Que entre a alegrarnos con unos toques! Mejor celebrar esta jornada con su música que luego con las italianadas de mi madre en el comedor, ¿verdad, amigos?

Alonso aprovecha el sesgo de la reunión para pedir licencia y dirigirse a cumplir la orden recibida.

JULIA

Imposible dormir, está presente, un sofoco, se me grabó su estampa, ¡si no es tan especial! ¿qué tiene? imposible olvidar su mirada, me cala por dentro, asusta y cautiva, dicen que así las serpientes a los pajarillos, su sonrisa, a la vez se burla y halaga, «¡guárdate de los hombres!» insiste mi confesor, pero también dice paparruchas, me las hace ver doña Malvina, una cosa es la religión, ¡no permita Dios que me aparte de ella! y otra esos preceptos de los curas, si todas nos guardáramos se acabaría la gente, sin la pareja no hay hijos, ¡qué inocentona era yo! doña Malvina me ilustra también sobre la pareja, ¿por qué callan esas cosas? ¿para que no pensemos?, «nos quieren ignorantes» me dice ella, no se me borra su figura, ese hombre no puede ser malo, ha trabajado con un sacerdote, ¡le habla al mismo rey!, no llega a eso cualquiera, ha de ser bueno, ¡cómo impresiona! ¿se me notará?, Narcisa, la doncella, me preguntó «¿te ocurre algo, muchacha?», le mentí negando, esto no me ha pasado nunca, este pensamiento fijo, este nombre grabado, ¡y qué bien suena Lucas! ¡Lucas!, relojero de sala, ha de ser mucho mérito, y se ha fijado en mí, ¿por qué? ¿qué tengo yo?

o acaso no se ha fijado, sería casualidad, fue a ver la llegada de los reyes y recogió a Pedrito, pero no un azar, ayer en el Patio de Caballeros no lo fue, se me acercó adrede, ¿pensará en mí ahora? a lo mejor en su cama, como yo, ¿o no como yo? ¿y si no duerme solo?... pensar en otra cosa, Pedrito se caerá cien veces, se encarama en todo lo que ve, pero es cariñoso, Blanquita más parada, natural, no descansan, me tienen esclava todo el día, bendita esclavitud, mi libertad la goza, a salvo en mi celda, nadie me estorba, leer cuanto quiera, Narcisa me da cabos de vela, es catalana, hoy se me cae el libro, me ciega su recuerdo, emborrona las letras, *Juanita o la inclusera generosa,* se ve que es de mentira, ya no me gustan esas novelas, hablan como el confesor, mejores los libros de doña Malvina, prefiero pensar ahora, durante el día me mandan desde que amanece, pero este rato es mío, no rezonga mi tía, siempre preguntando, alabando al hijo del repostero, loca por casarme, eso sí es la esclavitud, doña Malvina me previene, «no te encadenes», no es la única en pensarlo, el otro día en el salón, estaban de tertulia, se oía desde donde los niños, un tal Caparrós lo ha escrito, o Caparrús, hace falta el divorcio, me explicó Narcisa lo que es, deshacer la boda, Narcisa sí quiere casarse, «esas cadenas no son de hierro: si luego te gusta otro pues te apañas con él», reía diciéndolo, antes me hubiera escandalizado, en este mundo es corriente, ¡y sólo llevo unos días!, pero es otro mundo, el de los ricos, ¡qué cosas se cuentan en la cocina! de la mujer del uno con el otro, lo raro es que no pase más, la señora tiene su cortejo, como todas, no tenerlo hace de menos, es de buena educación, la que a los pobres nos falta, es medio cura, el señor abate Retamar, de negro con capa corta, las medias también negras y un baberito, desde por la mañana con ella, toma ya el chocolate en su alcoba, la cocinera se ríe de mi asombro, «¡es un juego, tonta! ¡no hacen nada! ¡si se enredaran lo ocultarían!», entre Narcisa y el abate la preparan, toda la mañana, para el peinado una hora, los papillotes, pasar la tenacilla, formar el casco, dividir el pelo, batirlo, las lazadas, no se acaba nunca, y los días de baile el peluquero a la tarde, ¡cuántas cosas necesita! flores, alfilerón para el despunte, bata o baquero, pendientes, sofocante o collar, brial, sortijas, escofieta, pañuelo blanco y de narices, polvos, pomadas, aceites, guantes, cosméticos y un armario de vestidos y zapatos, en Madrid qué sé yo cuántos criados, tantos compromisos, la tertulia de una, chocolate de la otra, la novena, el paseo, el baile, la tonadilla, merienda campestre, ya tiene programa para días, ¡ah, y el globo aerostático! será cosa de ver, ¡qué mareo!, ¿cómo pueden vivir así? ellos pensarán cómo puedo vivir yo, nosotros los pobres, si me oyera la tía me echaría en cara nuestro rango, su monserga de la hidalguía, de mucho nos sirve, yo azafata y ella bordando para fuera, porque la pensión de mi padre no la he visto nunca, si la cobra no sé dónde, ¿era siquiera militar? no he visto un recuerdo, ni cartas a mi madre, ni un documento, ¡cómo saberlo!, pregunto y no contesta, «para qué recordar tristezas», también le he preguntado por aquellos hombres, visitaban la casa antes de venirnos al Real Sitio tras la boda de mi tía, se enfada «era uno solo, mi pretendiente», me manda callar, pero eran varios, diferentes, aunque era muy niña estoy segura, a veces desde mi camita les oía, antes la creía pero ahora cavilo y viendo este mundo todo es posible, un remolino, difícil saber dónde se está, qué se es, cuál es la verdad, pero en mi celda lo sé, la verdad es lo que siento, este recuerdo ardiente, esos ojos y esa boca, recuerdo en libertad, se la debo a don Alonso, me mira con bondad, doña Malvina también le quiere, «aunque es demasiado bueno, poco luchador y hay que luchar, pero tiene dignidad y corazón, sobre todo: no entra en el juego», le pregunté si don Alonso había sido jugador, se echó a reír, «el juego es esto, niña: el torbellino del mundo, Alonso se queda fuera y en eso acierta, algo es algo, no conformarse, pero no basta, hay que estar ahí, luchar para cambiarlo, además se goza, aventura de la vida», no entiendo pero me convence, algo dentro le da la razón, ella sí que es libre, lo ha sido siempre, sus galopadas por los sotos siendo niña todavía, sus estancias en París, hasta en querer salvar al rey francés estuvo metida, no por él sino por la reina, todas ellas querían salvarla, le pregunté quiénes eran esas «ellas», me ha prometido decírmelo, más adelante, ¡qué buena maestra! el francés con ella es fácil, lo sabe hacer todo, siempre me sorprende, en su alcoba esas espuelas, ¿qué hacen allí? «un recuerdo», lo dijo misteriosa, algún caballero, por supuesto, ¡ha vivido ella tanto!, se adivina, y no se cansa, aún quiere saber más, me ha encargado que averigüe todo lo de esta casa, la condesa, a quiénes ve, qué amigas, adónde va, si tiene un «apasionado» como los llaman, un querido, no el abate desde luego, también cosas del conde, cómo enterarme, acude a la Secretaría de Estado, lo cuenta el lacayo, en Madrid va a otros sitios, no dice cuáles, me gusta servir a doña Malvina, ella insiste «tienes que informarte, o conoces el mundo o te arrollan, hay que pasar por todo para dejarlo atrás, para seguir adelante, yo te ayudaré pero tú eres tu mejor ayuda, se trata de nuestra libertad», ella libre como nadie jamás, admirable, la única persona que me importa, bueno y Lucas, pero de otra manera, se adueña de mí el recuerdo, me pierdo en confusión, entre interés, temor, desasosiego, imposible dormirme, aun pensando otra cosa le estoy viendo, qué obsesión, pero no me quita libertad: nadie me obliga, es un vivir más fuerte, como encendida siempre, es mi libertad, amor o lo que sea, no como en la *Juanita*, es verdadero, contárselo a doña Malvina, me lo aclarará, pero me dará igual, esto es un poderío, la sangre en arrebato, este insomnio...

V. DOS DE ABRIL

1930: El abanico

«¿Se me caería ayer sin darme cuenta al recoger los legajos?», piensa Marta al ver un papel sobre su mesa. Pero al mirarlo descubre una nota dirigida a ella:

«Tu inquietud me ha conmovido. ¿Vas sintiendo ser quien eres? Espérame como yo te he esperado. Tu devoto, Janos.»

El papel es antiguo, de tina; la caligrafía, de época. Nadie diría que se escribió... ¿cuándo? Marta sólo se ausentó un momento a despedir a sus compañeros, que terminaban la jornada; es miércoles y desde el viernes no ha podido quedarse por las tardes. Días antes había dejado una nota al guardián, que no había vuelto a aparecérsele, por si estaba enfermo. ¿Cuándo ha dejado él este escrito? ¿Acudirá hoy? Echa de menos un gran espejo en este salón ahora biblioteca; le gustaría estar mejor vestida. Pero ¿qué debería llevar?

Se concentra en su tarea. Toma del estante varios volúmenes, les quita el polvo y prepara fichas. El primero es la *Noticia histórica de las minas de plata de Guadalcanal,* «presentada a don Fernando VII por su fiel vasallo y capellán Tomás González». El índice recoge extraordinarios sucesos durante los sólo once años que tardó en agotarse el entonces llamado «Potosí español». Más le interesan a Marta dos volúmenes relativos a Aranjuez: la *Descripción histórica,* por Juan Antonio Álvarez de Quindos y el *Tratado de las flores,* por Claudio y Esteban Boutelou, Jardinero Mayor del Real Sitio, libros ambos de 1804. Marta los ficha y los deja aparte, no está ahora para lecturas; sólo piensa, con impaciencia, en la anunciada llegada de Janos. Pasea por la estancia, se fija en los bronces de la lámpara, se detiene en la ventana y contempla las ramas donde, tras los cristales, verdean las hojas nuevas. Y más allá las nubes, el cielo ya de un gris crepuscular. Se levanta, se vuelve hacia la pared a su espalda. El Capitán sigue ahí, con sus ojos bondadosos pero impasibles, entre ella y los farallones de su horizonte marino. La incertidumbre...

Esta vez oye los pasos. ¿O más bien los adivina por otro sentido interior que no es el oído? El leve ruido del pestillo y ya está vuelta hacia la puerta secreta que se abre con lentitud y deja paso al esperado. Ahora no le sorprenden la capa ni el tricornio, pero sí las medias blancas y los zapatos de hebilla. Él no le da tiempo a preguntar:

—Vamos, deja esos libros. Hoy estás invitada. ¿No has visto mi nota? Iré delante para alumbrarte.

Ha dejado la puerta abierta y se adentra en el corredor, llevando el farol en su mano izquierda. Marta le sigue, observando la punta del espadín bajo la capa. El estrecho pasillo de servicio, a veces bifurcado o cruzándose con otro, forma recodos para adaptarse a las habitaciones. Pasan ante varias puertas y el arranque de una escalera de caracol. Llegan a otra, cuya subida emprende el hombre. Marta sigue a esas medias blancas y esos zapatos cortesanos. En el piso principal, nuevo recorrido por pasillos hasta otra escalera. Suben otro piso y se encuentran frente a una puerta. Su guía la abre y la deja pasar.

Marta se queda sin palabras ante un saloncito amueblado con femenino encanto. Paredes enteladas con damasco rameado de pequeñas flores sobre fondo malva, de la misma calidad que las sedas de las habitaciones de Palacio abiertas al público. Dos candelabros sobre la elegante chimenea completan la luz ofrecida por el que arde en la graciosa mesa de caoba. Dos butacas de peineta y dos sillas acompañan a un pequeño sofá con respaldo y brazo a un solo lado, curvado a la manera del que ocupa madame Recamier en su famoso retrato. En un rincón un pequeño secreter. Contra un lienzo de pared las talladas puertas de un gran armario empotrado. Un retrato de mujer en otra pared y dos cuadritos de género. En el hogar arde un tronco sobre unas brasas. Sobre la mesita auxiliar un servicio de té y unas galletas.

Marta, aún muda por la sorpresa, se vuelve a su acompañante, que, ya sin tricornio, se está quitando la capa con elegante gesto. Lo que descubre aumenta su incrédulo asombro, al ver al guardián con impecable vestido de época, desde los zapatos a la blanca peluca. Ha dejado el farol en el pasillo, ha cerrado la puerta, y sonríe a Marta. Calzones de raso gris, chupa amarilla con rameados florales, corbatín blanco en torno al cuello y una levita a la inglesa de terciopelo malva.

«¿Quién es ese hombre?», se pregunta Marta. No es el del otro día ni, mucho menos, el subalterno Juan Fernández de quien le ha hablado don Celes. Tiene la misma voz, los ojos claros, la nariz prominente, los labios finos, las mejillas hundidas. Pero algo le diferencia y no es sólo la ropa, que cualquiera podría vestir, sino las maneras, la apuesta seguridad, la elegancia del gesto, la señorial cortesanía.

—¿Te extraña? —pregunta el caballero—. ¿No te dice nada este lugar?... Entretanto, espero que te agrade y aceptes lo poco que puedo ofrecerte. Siempre te gustó el té y éste es regio. Como las galletas inglesas.

Le señala el diván y él se sienta en uno de los sillones sin causarle embarazo el espadín, que coloca a su lado como si lo hubiera hecho así toda la vida. Marta se sienta mientras se le atropellan en el asombro los pensamientos. Se explica las ropas antiguas, puesto que algunas se conservan en palacio, pero ¿y los zapatos tan nuevos?, ¿y las galletas o el té?, ¿y el fuego?, ¿y las bujías que, junto a la cazoleta donde se insertan, dejan ver en color morado la adornada cifra «C IV» bajo la corona real? Mira a su alrededor buscando algo y ya no puede contener la pregunta:

—¿Aquí es donde usted vive?

El caballero, negligentemente reclinado contra el respaldo, sonríe antes de contestar:

—¡Cómo voy a vivir yo aquí! Este gabinete fue de la camarista de servicio. Bajando la escalera llegaba al vestidor de la reina directamente... Pero en este momento sí, vivo aquí; vivimos aquí. ¿O acaso no estamos viviendo?

Marta acaba de reparar en las violetas. Frescas, olorosas, en exquisito bol de porcelana. Son de hoy, de ahora, no importa de qué hoy. Cierra los ojos al olerlas y el presente se reduce al perfume, todo en ese perfume.

—¿Y su traje? —pregunta luego.

—No podría estar aquí con otro. —Al ver que Marta se mira el suyo continúa—: Tú también vestirás así porque tú perteneces a este mundo. Ellos también lo saben.

—¿Ellos?

—Los de siempre... Ya lo irás comprendiendo, cuando recuerdes. El tiempo no se agota en los relojes; está sobre ellos. No les obedece: sería como creer que la fiebre la crean los termómetros... Los relojes marcan un solo tiempo y ¡hay tantos a la vez!

—¿A la vez?

—Sí, casi nadie lo sabe: tiempos que coexisten. Yo tardé en comprenderlo, pero eso me salvó. Sí, puesto que por fin estás aquí conmigo... —se anima—. ¿Qué más pruebas quieres, si estás viviendo esa coexistencia? Tú, con tus vestidos que mirabas extrañada hace un momento y yo con los míos en este gabinete: a la vez. ¿No coexisten los espacios? Ya te lo expliqué el otro día. ¿Por qué no los muchos círculos del tiempo?

—El tiempo no es el espacio —se atreve a objetar Marta, aunque le duela enfrentarse a tanta convicción.

—Uno y otro son meras manifestaciones de lo Absoluto, abarcante del todo. El tiempo es la eternidad en movimiento, la carne de esa eternidad que engloba todos los tiempos... Y la prueba eres tú, volviendo. Y yo, ya preparado...

Su voz se hace a la vez soñadora y ardiente. Marta decide no replicar, dejarle en su ser.

—En todo caso, gracias por esta recepción. Sólo el haber estado aquí, con usted, el haber visto esto, es tan... tan... Nunca lo hubiera soñado y lo estoy viviendo.

—¿Usted? Hace mucho tiempo que nos conocemos.

—Pues contigo, quien seas.

—Janos —le recuerda con voz suavemente dolorida—. Me va a costar trabajo, pero recordarás. Yo no puedo ir a ti mientras no recuerdes, compréndelo... Pero no me agradezcas nada. Para mí esto es tan extraordinario como para ti. Yo también me pregunto si estaré soñando, a pesar de que contaba con tu regreso. ¡Tenías que volver, ineluctable! Pero has tardado tanto... la tercera vez.

La mirada de Marta es una muda pregunta.

—Los grandes advenimientos tienen siempre un anunciador, un Bautista. Primero fue un destiempo y no pudo ser. Luego fue un desencuentro: ¡si yo hubiera decidido antes lo que al fin decidí!... Ahora, tenías que llegar y aquí estás. Todavía no del todo, pero estás. Acabarás volviendo a tus vestidos, a tu piano.

Marta se sobresalta. ¿Cómo puede este caballero saber la historia de su piano? Cuando papá vivía siempre deseó que su hija llegase a tocar, como la madre, que había renunciado a ser concertista al casarse con él. ¡Cuánto sacrificio costó el instrumento! Al final, para tener que dejarlo ella también. Ahora no podría tocar ni lo que ya interpretaba hace años... Cae en la cuenta de que Janos habla de otra mujer, de otro piano. Confusiones en su mente. Mira las manos del caballero e intuye:

—Tú sí que tocas. Con esas manos...

Janos se sobresalta, se descompone, se pone a la defensiva. Descruza las piernas, agita las manos ante sí como ante una invisible amenaza. Casi grita, turbado:

—No, nunca... Lo juré... El Guarnerius jamás...

¿Qué fantasma han evocado en esa mente las palabras de Marta? Pero él ya se calma y sonríe, primero forzado, luego ya dueño de sí:

—Quise decir aquel violín... Aunque sí, ahora que lo pienso, ya es distinto... Cuando el reencuentro podré volver a él...

Marta contempla, asombrada, cómo Janos ha pasado desde la alarma a la esperanza.

—Ese Guarnerius sonaba, suena, prodigiosamente... Perteneció a Boccherini... un músico especial. También lo tocó alguna vez el rey.

«¿Qué rey? –piensa Marta–. ¿Cuándo estamos, en qué tiempo?»

–¿Sabes que estuvieron a punto de poner el nombre de Boccherini a una calle del Real Sitio cuando el músico murió, en 1805? No sé por qué desistieron...

En su recobrada calma el caballero se levanta, arregla el fuego, despabila una bujía. Suena un maullido inesperado, Marta se alarma.

–Es *Casanova,* no te preocupes, el amo de estos tejados... ¿Ves?

Arañan la puerta por fuera y Janos abre lo suficiente para dejar pasar a un espléndido animal, un gato negro que contempla a Marta insistente, inmóvil, con las dos rayas esmeralda de sus pupilas, antes de dirigirse hacia la chimenea y tumbarse indolente junto al fuego.

–Pero permíteme ofrecerte una taza de té, antes de que se enfríe. Ya se ha hecho.

Desde la mesita auxiliar, donde maneja el servicio de porcelana, ve que Marta se acerca a las violetas.

–¿Te gustan? Las primeras del jardín. Nadie las ha visto aún, pero el olor me las descubre, hasta de noche...

Saborean el té, Marta alaba al gato, tan lustroso.

–No te extrañe, no faltan ratones en el vacío Palacio... Además ahora han pasado los meses de sus aventuras... Pero, es curioso: no ataca nunca al ratoncito de arriba, *Parsifal,* mi compañero de celda. Incluso juegan juntos...

Marta disfruta del ambiente elegante y distendido, instalada ya en él. Alaba la exquisita fragancia y el sabor del té.

–Es té para Su Majestad la reina. Lo renuevan para ella aunque nunca viene. No es de este círculo... Uno de los pocos placeres que conservo. ¡Qué difícil era conseguir un buen té en el nuevo París!

Como Marta pregunta por el sentido de esa expresión, Janos indica que se refiere al de después de la Bastilla. Antes lo traían los barcos de Pondichery y de Madras, cuando la moda llegó de Inglaterra, lo mismo que las levitas o redingotes. Pero el bloqueo inglés cortó ese comercio.

Como observa que a Marta le encanta la evocación, el caballero se explaya sobre el París que vivió: el de Luis XVI y el nuevo. Ella le escucha con la sensación de conocer el Antiguo Régimen por un testigo. No sólo los grandes acontecimientos conocidos, sino los detalles cotidianos. Oye hablar de la primera mano ortopédica, tan admirada entonces, de la máquina elevadora de Marly, de los bailes públicos, del rey recibiendo a los embajadores y quedándose totalmente desnudo mientras se cambiaba de camisa, de los ojos gris ceniza de la Pompadour, de las luchas de animales, de la etiqueta prescrita para saludar a una princesa real, del pabelloncito en el jardín de las Tullerías donde se leían gacetas pagando un cuarto... Y en contraste, el París revolucionario del gorro rojo y las chaquetas que llamaban carmañolas. El tricolor se imponía hasta en los abanicos y, sobre todo, en las escarapelas, que se llevaban en cualquier sitio, desde los zapatos al peinado. Se puso de moda la *négligé à la patriote* y las antiguas maneras tenían que refugiarse en los salones supervivientes, como el decorado en azul de madame de Genlis o en las cenas de los martes de madame Necker.

En una pausa Janos coge una cajita de concha de la mesita y ofrece:

—No recuerdo si tomas rapé, discúlpame.

—No he tomado nunca.

—¡Ah, no te lo pierdas! Fumar es feo y nocivo: no puede sentar bien el humo en el cuerpo, pero el rapé descarga la cabeza de fluxiones.

El caballero le enseña a aspirarlo. Marta siente el fuerte picor, la sacudida al estornudar. Se siente tan capturada por el ambiente que tiene una reacción hacia lo que considera la realidad en medio de este sueño:

—¿Has oído hablar de Juan Fernández?

El caballero la mira con reproche:

—Claro, jubilado hace tiempo. Dios sabe dónde andará, si no ha muerto.

Marta no se rinde:

—¿Y del caballero d'Eon?

Ahora la mirada es de extrañeza.

—Le conocí, naturalmente. Entonces era un personaje. ¿Te interesa?

Se explaya en detalles que Marta no ha oído a Saignac, además de confirmar los ya conocidos. Y concluye asombrando más aún al citar a Malvina como presente en la famosa ceremonia en que d'Eon «tomó el hábito» de mujer oficialmente.

—¿De qué conocías a Malvina?

—Era prima mía. Vivió en mi casa, nos la enviaron cuando murió su padre. Llegó en el sesenta y dos, lo recuerdo muy bien, con trece años. Nos sorprendió a todos, sobre todo a mis hermanas mayores. Mis padres nos decían que España era un país de frailes atrasados y esperábamos una pazguata. ¡Qué sorpresa! ¡Era vivaracha y decidida como una parisina! A mis once años me deslumbró. Cuando se volvió a España nos escribimos... Fui a verla a Aranjuez más de una vez con ilusión pero me quitó las esperanzas... Acabé resignándome. Un destiempo dentro del mismo círculo: sólo pudo ser la anunciadora... ¿Vas recordando?

Marta lamenta defraudar el ansia de Janos.

—Es que he leído que la persiguió la Inquisición...

—¡Ah, eso! Sí, después, cuando volvió al rigor religioso de España. Un fraile se dedicó a denunciarla. Estuvo en Aranjuez predicando, un furibundo reaccionario, Fray Luis de Zúñiga.

—¿Y qué sucedió? —pregunta Marta, que aún no ha encontrado papeles sobre el dictamen final del Santo Oficio.

—Ella se les escapó de las manos —ríe el caballero—. Se fue con su Carlota Joaquina y salió de la jurisdicción inquisitorial... ¡Malvina! Era una mujer superior a su época, fuera de su tiempo. Pretendía cambiar el mundo, una revolución aún más honda que la francesa... Mírala: ese abanico que despliega se lo regalé yo.

Señala el retrato que domina una de las paredes: el de una dama de unos cincuenta años, delgada, de rostro alargado, cejas en arco, labios finos... Marta no se había imaginado así a la dama denunciada a la Inquisición.

—Es muy atractiva —comenta.

—Claro. Tú con esa edad... El retrato está aquí porque este gabinete fue de su sobrina, doña Carolina de Aldave, camarista de la reina María Luisa... ¿Te gusta el abanico?

—Es precioso.

—Se puede sacar del cuadro.

Marta le mira incrédula, pero Janos cumple el ofrecimiento. Sonríe divertido mientras abre una gaveta del escritorio y extrae el mismo abanico pintado en el retrato. Ceremonioso, lo ofrece a la atónita Marta.

—Tómalo. Vuelve a tus manos de pleno derecho. Puedes llevártelo.

Marta se niega. ¿Qué haría con él? Creerían que había robado esa pieza de museo.

—Pues déjalo aquí. Pero es tuyo. Manéjalo.

Marta juega con el abanico. Su perfecta construcción le hace abrirse y cerrarse suavemente, con un delicioso rasguido sonoro, despidiendo un suave aroma a palo de rosa y a tela antigua. En el país aparece pintada, con gusto exquisito, la carrera de Atalanta tras de su astuto y enamorado pretendiente.

Al abanicarse, la desplegada Atalanta le oculta a Marta, con su vaivén, el vestido moderno, que la incomodaba por desentonar con el ambiente.

—¡Lo manejas como siempre!... Su destino era tu mano desde que por primera vez te lo regalé... Otra prueba más a mi favor, para que recuerdes... Desde que volví el primer día a verte en la biblioteca supe que no me engañaba; cuanto más cavilo más seguro estoy... Esta vez es la tercera, el encuentro definitivo y no puedo perderte... ¡No puedo perderte!

Los ojos claros brillan en sus cuencas como zafiros ardientes.

—Verte y reconocerte fue todo uno; un relámpago, un faro en la noche... Luego no me atrevía a creerlo; tenía miedo de engañarme. Pero he repasado los signos, he calculado los tiempos: es tu nuevo advenimiento. Me lo debía el destino, después de tan larga preparación. He consagrado estos días a fundar mi seguridad, a crecer en ella.

La palabra es apasionada, vibra con ardorosa fe. Marta teme alentar esas ilusiones y hace un esfuerzo para no ceder al sortilegio, aunque le duele desencantarle. Con mansa firmeza pregunta:

—¿Cómo puedes estar tan seguro?

—Todo lo confirma —sonríe el creyente—. Tu voz, tus gestos, ¡hasta abanicándote!, tu mirada inconfundible... Mira, mírate ¡y recuerda!

Sobre el secreter hay un marco de plata encerrando una vieja fotografía. Marta ve en ella una joven pareja en un jardín, contra el fondo de un palacio neogótico. El hombre viste uniforme de marino y, a su lado, la elegante muchacha luce la moda de hace cuarenta años. La alta estatura y los rasgos de la cara permiten reconocer a Janos, pero el gracioso sombrerito de capota de la muchacha oculta sus rasgos en la sombra. Marta está a punto de decirlo cuando ya Janos le presenta otra fotografía con sólo el rostro femenino. Y Marta, asombrada, reconoce ahora que bien podría pasar por ella misma, vestida de época.

—¿Te das cuenta? ¿Te reconoces? ¿No recuerdas Kátòvesz?

Hay ansia en la voz. Marta niega y alega que puede ser casual el parecido. Además, ella no tiene ese lunar que añade gracia a la expresiva fotografía. El caballero ríe.

—Claro, como que es postizo. Horas después asistíamos a un baile de disfraces donde Bettina iba como la Lespinasse, la amada del marqués de Mora en París. El lunar es un *grain d'amour*... Cuando te vistas te podrás igualar poniéndote otro. En cambio, tenía otro lunar de verdad, muy atractivo, que sólo se le veía en traje de noche con los descotes de entonces. ¿Qué me dices ahora?

Eso sí la impresiona pues Janos no puede saber que Marta tiene un lunar en el hombro derecho. Sin percibir la asombrada emoción de ella, el caballero continúa:

—Yo había ido a verla, en 1895. Estábamos seguros entonces de nuestro futuro. Pero el destino se puso en contra. Razones de Estado, intereses de grandes familias... Hasta la Regente, doña María Cristina, siempre a mi favor y por quien conocí a Bettina en España, cambió de bando e impuso su voluntad. Estuve dispuesto a un duelo y lo atajaron mandándome a mi torpedero.

Nos doblegaron; yo no adopté entonces la decisión que tomé tres años después... ¿No te dice nada esta fotografía, este escenario?...

En su lucha contra el olvido el caballero evoca la Viena de Francisco José; mejor dicho, de la emperatriz Isabel. Pues Bettina era su ahijada.

—Amaba los caballos: era lo único en que no coincidíamos, porque lo mío eran los barcos. Adoraba Hungría, como su modelo Sisí; por eso me llamaba Janos. —La evocación, llena de detalles vividos, enlaza la Viena finisecular con el París de un siglo antes—. Podrían escribirse las vidas paralelas, a lo Plutarco, de Isabel y María Antonieta. Una llegando a Austria, la otra saliendo de ella para morir violentamente. Como acabó también Sisí.

Otra vez en la noche mágica escucha Marta a un testigo presencial de la historia; a ratos inclinándose hacia ella persuasivo, para despertar los recuerdos en la mente femenina y abrir la puerta que lleve a Marta hacia Bettina... Al final, aunque no alcanza la respuesta esperada, no por eso se desanima: su fe es inquebrantable. Sonriente, observa la tardía hora en el reloj de la chimenea, se excusa de haberla retenido tanto tiempo. Confía en otros encuentros.

—Cuando tú recuerdes —acaba asegurando— yo no seré así: como no lo fui con Bettina. Por eso estoy tranquilo. Al saltar cambiaré, no será la primera vez. Lo que ha de llegar ya ha llegado en los círculos del tiempo.

Así es su certidumbre. Marta no tiene palabras y se ha hecho mucho más tarde que otros días. Se pregunta qué estarán pensando la señora Sole y Quina, esperándola... Devuelve el abanico —«queda en depósito, es tuyo», insiste Janos— y mira hacia la puerta. *Casanova,* imperturbable, sigue ronroneando junto al fuego.

—Saldrás por otro camino —aclara Janos, mientras la guía con el farol por pasillos diferentes, hasta llegar a una puertecilla, forrada de chapa, a la que llama la poterna. Y aclara—: Es la que yo uso para salir al jardín.

Queda al norte de Palacio, cerca de las Castañuelas, medio oculta por los evónimos circundantes. El caballero la acompaña hasta la puerta del jardín que mira al sur y por la que entra cada mañana Marta. Pasan junto a la araucaria, Marta se detiene recordando el día de su llegada, ¡quién le iba a decir!

—Magnífico árbol, ¿verdad? —susurra Janos—. Tiene un siglo y cuarto.

Marta se estremece y sigue andando. Se pregunta qué pensaría quien la viese ahora con ese caballero de otro tiempo. Como si adivinara su pensamiento Janos la tranquiliza:

—No suele pasar nadie y, además, están acostumbrados. Me toman por el guardián, que tiene fama de raro... —ríe—. Es uno de mis placeres, este jardín para mí solo.

Sí, el jardín en la noche es otro. Envuelve a Marta en misteriosas sombras que de día son árboles y arbustos, en aromas diferentes y más húmedos, en voces susurrantes del viento y de las frondas sobre el rumor del río, cayendo por la presa y cantando el bajo continuo del concierto nocturno: graznidos, aleteos, saltos predatorios, chasquidos de ramajes, correteos furtivos... Innumerables vidas.

Janos abre la cancela con una llave escondida en un hueco del muro. «De ese modo le abastecen de madrugada», supone Marta. Perfecto cortesano, besa su mano y queda dentro tras volver a cerrar, mientras ella se aleja hacia su casa.

MARTA

Si abro los ojos ¿qué verán: 1800 o 1930? mejor no abrirlos, así estoy en ambos, esta celda es de los dos tiempos, en la frontera, podrían ser del XVIII las camas y las paredes, pero no los libros ni los vestidos, no son de allí, de donde estuve esta noche, el tiempo es como el espacio, dice Janos, parece mentira pero así fue, coexistíamos en el gabinete, su espadín y mi falda corta, también en el Parterre, ahora yo aquí y él allí, como Aranjuez y Viena, permanece en 1900, ¿será ése su tiempo?, pero son todos, también ahora y el París revolucionario, daban las diez cuando asomé por la Glorieta de Rusiñol, la señora Sole y Quina esperándome, entre preocupadas y curiosas, ¡si supieran de dónde venía yo! ni sospecharlo, Quina bromeaba, «¿tanto te gusta el duende?», la señora Sole callaba, ¡qué mirar esa mujer! como si adivinara, pero no lo imaginan, regresar de otro tiempo, de otro espacio, no lo creerían, «¡trucos del Juan Fernández!» diría Quina, pero no es Juan Fernández sino Janos, no lo revelaré, sólo se entiende viviéndolo, como yo, ¿vivido o soñado? ¿le sueño acaso? ¿me sueña él a mí? no me lo esperaba al llegar, en la biblioteca los libros tranquilos, por una vez no al acecho, así estallan las vorágines, en medio de la calma, ¡tan extraordinario! ¡tan de otro mundo! increíbles detalles, me explico su vestido, los hay así en Palacio, pero esos zapatos tan nuevos, el cuero se resquebraja en siglo y medio, si son actuales ¿de dónde salen? y todo, las bujías, el té, los pastelitos, era en el XVIII, al principio me chocaba mi vestido, mis rodillas asomando, el abanico fue definitivo, pasó a ser mi horizonte, ocultaba lo discordante, todo fue natural, ¿por qué no? si Janos es verdad todo es posible, yo era ella, quien sea, Malvina, pero ¿qué he de recordar? me esfuerzo y no lo consigo, pero el parecido es cierto, ¿y cómo sabe mi lunar en el hombro? no ha podido vérmelo, debo tener muy hondos esos recuerdos, ¡cómo puedo pensar eso! ¡si nací en 1906! ese hombre me contagia, ¿y cómo recuerda él aquel París de Luis XVI? sus datos se confirman, ¡claro que habrá leído mucho en estos libros! pero ofrece detalles asombrosos, la Historia de entonces no los recogía, era de monarcas y batallas, no descendían a lo callejero, él sí lo hace: el pabellón de lectura en las Tullerías, la mano ortopédica, resulta inexplicable, y más sus recuerdos de la Revolución, claro que hay libros, panfletos, memorias ¡pero no estarán aquí! los libros franceses fueron prohibidos, claro que había contrabando, ciertos ilustrados los recibían, ¡pero no en Palacio! es para creer en la reencarnación, y esos círculos, sus ideas sobre el tiempo, me rebasan, otra visión, no pueden contarse a nadie, me tendrían por loca, pero son hechos, y ahora ese retrato, Malvina con su abanico, tan elegante y serena, ¿qué podría ver en ella la Inquisición? por fuerza una doble vida, ya de niña impetuosa y aventurera, y Janos viéndome como ella a mis cincuenta, ¡ojalá con tanto estilo!, pero no me parezco tanto, en cambio a Bettina sí, innegable, las fotografías lo demuestran, ¿cómo, entonces, no recuerdo?... fantaseo, desvarío, no puedo ser ellas dos, ni siquiera una, ni él tampoco haber vivido esas dos épocas, seguro sueño despierta, mejor dormir ¡qué más quisiera yo! esto quita el sueño a cualquiera ¿o acaso es ahora cuando sueño y antes cuando estaba despierta? y ¿cómo sabía de mi piano? pero no hablaba del mío sino del de Bettina, me hizo identificarme con ella, quiere despertar mi memoria, ¡está archiconvencido! no es un farsante, ni un momento inseguro, ¡qué naturalidad! «vi pasar a María Antonieta, iba en la carroza con la princesa de Lamballe», para él es la verdad, hoy no estaba en Viena sino en París cien años antes, no puedo contarlo a nadie, se burlarían, únicamente a Agustín, es artista y sensible, en sus ojos cabe lo mágico, pero lo contaría ¿o no? mejor reservármelo, para todos Janos un perturbado, es que vive en su mundo, feliz en su esperanza, «recordarás, es el destino», me apenará defraudarle, ¿cómo acabará esto? es fascinante, si yo acabase recordando ¡aventura en el tiempo! ¿la habrá vivido alguien antes? pero no puede ser, ¿y entonces cómo se explica él? he de preguntarle más, el motín de 1808, la vida de Malvina, ella existió sin duda, su retrato, el legajo de la Inquisición, seguiré averiguando, ¿y cómo sabe tanto del caballero d'Eon? un torrente de datos, pero no sirven para una tesis, ¿cómo decir al tribunal «lo sé de viva voz por un testigo»? me juzgarían loca, pero no lo estoy, ni sueño despierta, ¿quién me lo iba a decir cuando llegué? no fue a Palacio sino al siglo XVIII, todo mágico, hasta ese gato clavándome su mirada, ¡qué vida la de Janos! debe de haber sufrido mucho para trastornarse tanto, a ver si don Ernesto descubre su historia, el desgraciado destiempo con Bettina, me conmueve, merecería que yo recordase, pero es imposible, y aunque yo fuese Malvina o Bettina, ¿qué podría ocurrir? ¿qué espera? ha dicho «seré de otra manera», ¿acaso sueña con recobrar su juventud? otro imposible, pero él está seguro, necesito saber, salir de esta confusión, no paro de dar vueltas, con el cuerpo y la mente, dormir, dormir... ¿dormir? ¡si ya estoy soñando!... no, viviendo, ¡qué aventura! a caballo entre dos épocas...

1807: El globo de fuego

Aranjuez es verdadero Real Sitio desde que llegó la Corte. En los jardines del Rey y de la Primavera, así como por los nuevos plantíos hacia la Casa del Labrador, todos ellos cerrados a la plebe, los cortesanos recorren las avenidas y los senderos antes desiertos. Elegantes damas y caballeros se saludan ceremoniosos o se agrupan aquí y allá luciendo el ingenio o urdiendo intrigas amorosas o políticas. Bullen los rumores sobre nombramientos o aventuras eróticas y la atención se dirige hacia los posibles acontecimientos, pues enterarse a tiempo puede permitir un empujón hacia arriba en la feria de los privilegios. En los bancos de piedra bajo los tilos que rodean la fuente del Niño de la Espina, donde dan su perfume las primeras lilas, algunos cortesanos comentan los temas de más actualidad: hasta dónde piensa llevar Napoleón su Grande Exército, qué instrucciones habrá traído de Francia el nuevo embajador imperial, a cuánto alcanzará la venta de bienes eclesiásticos para financiar los pagos por vales reales, e incluso el tema de ese *Mammouth* cuyo esqueleto —según acaba de publicar la *Gazeta*— ha sido hallado a orillas del río Mississippi, dando pie a que algunos peligrosos descreídos pongan en duda las Sagradas Escrituras.

Por las calles de la población el cambio todavía es mayor, así como por los Patios de Caballeros y de Oficios y por la vasta plaza entre el Palacio y los cuarteles de Guardias españolas y walonas. Van y vienen los servidores de la Corte y de los grandes señores, se cruzan birlochos y faetones, carrozas y jinetes, se apresuran mensajeros, pasan piquetes militares camino del relevo o de algún servicio, se han multiplicado los vendedores ambulantes y los puestos callejeros. En ese mundo de escaleras abajo las preocupaciones son otras: si vendrá por fin a cantar al teatro la tonadillera que ahora encandila a Madrid, si el Príncipe de Asturias presidirá la excepcional corrida benéfica de toros de San Fernando, si torearán estos o aquellos lidiadores, si el Príncipe de la Paz ha reanudado en Madrid sus audiencias de los miércoles, especiales para las damas –justificadas por sus seguidores como una deferencia al bello sexo, pero interpretadas de otro modo por los maliciosos–, si es peligroso vacunarse contra la viruela, si la reciente traducción de la novela *Pablo y Virginia* es moral o escandalosamente impía y, ahora mismo, si ascenderá en el aire el aerostato anunciado hace días y ya montado frente a Palacio, tal como lo discuten en la plaza de Parejas cuatro artesanos, en torno a una bota de Noblejas y una ensalada de bacalao.

–¡Te digo que ese globo no sube, hombre!

–¿Y por qué no va a subir si han volado otros?

–Porque éste no es de fuego, para que te enteres. Los otros suben porque llevan fuego abajo y el fuego, por su natural, tira siempre al cielo: ya se ve en las llamas y el humo... Pero este globo es de gas: mira los barriles y las máquinas traídas para prepararlo... ¡Si fuera de fuego como el de Lunardi, que lo vi yo soltar en Madrid, en la plaza de la Armería, ya estaría en el aire!

–Éste es de gas porque sube más alto, so mulo. Ayer nos lo leía en la *Gazeta* nuestro maestro de taller.

–Pues yo te digo que no sube.

La discusión se desarrolla justo en la esquina de la Casa de Oficios. Cuatro varas más arriba se asoma doña Malvina al pretil de su terraza, divertida con la controversia pero extrañada de que no haya llegado aún su amigo Alonso, a quien ha invitado a presenciar la ascensión. El Aposentador se está retrasando por la dificultad de atravesar el hormiguero humano que, desde la llegada de los reyes, llena la plaza de San Antonio. Criados, labriegos, fregonas, buhoneros, mendigos, saltimbanquis, recaderos, mozos de cuerda, viejos ociosos, chiquillos, algún fraile de San Pascual limosneando y mozas con sus parejas componen un fondo popular en el que destacan los coloridos y fantasías de los uniformes. Azul fuerte sobre chupa escarlata con bicornio y polainas de las Guardias walonas, alto gorro de piel de oso de los granaderos en las Guardias españolas, faldones azules del capote de un Guardia de Corps mostrando al moverse el forro carmesí y los cuadretes morados de la bandolera que le identifican como miembro de la Compañía Americana y, sobresaliendo entre todos, el penacho del *kolpak* de un húsar que se desplaza procurando no enganchar en la gente su típico sable curvo. El Aposentador casi ha atravesado esa muchedumbre cuando está a punto de tropezar con otro brillante uniforme: el de un Guardia del Almirante, de la compañía de húsares que Godoy se organizó para su servicio al alcanzar ese reciente nombramiento. Al fin consigue salir de la plaza y embocar la arquería del Patio de Oficios.

Cuando llega al aposento de su amiga y se instala junto a ella en otro silloncito sacado a la terraza, la discusión de los cuatro artesanos continúa, las frases ahora más violentas y apasionadas.

—¡No sube!... ¡Y puede que ni aun consiga hincharlo el gas ese! Con el rato que llevan en ello y todavía está caído por el suelo y más flojo que las tetas de tu Eulalia.

—¡Oye, sin faltar! ¡A ver si te has creído que están como tu bragueta!

Antes de que la cosa acabe en reyerta interviene otro de los amigos:

—Se acabó la porfía. ¿Quién se apuesta a que sube? Va la cena de los cuatro.

—¡Yo a que no sube!

—Ajustado. En la botillería de Felisa, que esa valenciana guisa como nadie.

—Mira, ahí anda su chico... ¡Eh, muchacho, ven!

Las voces bajan de tono, mientras hacen el encargo. En la terraza, los dos amigos contemplan la afluencia de gente a la plaza, para presenciar la sorprendente hazaña del hombre por las nubes. Sopla un aire propicio, trayendo del cercano Parterre un perfume suavemente primaveral. Se asegura que los reyes se asomarán a los balcones de Palacio cuando llegue el momento.

El argumento del fuego y su naturaleza ascendente ha hecho

sonreír a don Alonso al contárselo Malvina. La señora ha entrado en su casa y ha vuelto a salir con su servicio de té. Al otro lado de la valla con madreselvas, que separa su terraza de la inmediata, se oyen animadas voces en la vivienda del Repostero Mayor.

—El primer globo Montgolfier le hubiera gustado a ese partidario del fuego —comenta Malvina después de que han oído al chico de la valenciana salir corriendo, para que su madre prepare las chuletas de cordero—. Yo llegué a ver, pocos días después, el primero con hombre a bordo. El anterior sólo llevaba una cabra y no sé si algún otro animal.

—Fue en el ochenta y tres, ¿verdad?... Usted iba a París mucho más que yo.

—Sí, bastante... Vaya, parece que se va inflando.

Alonso mira el aerostato tendido en el suelo, bajo la red sujeta por numerosos sacos de arena, y comprende las comparaciones recién oídas, porque el globo a medio inflar, esforzándose por crecer, resulta obsceno. Sonríe ante el cambio dado por Malvina a la conversación.

Bebe un sorbo de té, deja la taza en el platillo.

—¡Qué misteriosa es usted, Malvina!

Ella responde burlona:

—¿Por qué lo dice?

—No lo niegue: tanto ir y venir... La última escapada, la de estos días, ¿qué necesidad tiene de esas incomodidades? Y aquellos viajes a París cuando, por lo que usted me ha contado, su empleo en Palacio era educar aquí a la Infanta Carlota Joaquina.

—Bueno, soy muy curiosa. Me gusta ver mundo. Y tengo amigos en París a quienes quiero. En cuanto al último viaje, me fue preciso ir a Lisboa. Una entrañable amiga estaba muy enferma. Mejoró, gracias a Dios.

—Nada, respeto sus secretos... El caso es que siempre que fui a París, allí estaba usted. Cuando nos vimos por primera vez; cuando, años después, volví y casi presenciamos la toma de la Bastilla...

La dama sonríe entre inocente y pícara.

—Y luego en el noventa y uno, cuando la fundición de Sargadelos estaba ya aprobada y mi primo y yo buscábamos asesores técnicos en Europa... También nos la encontramos, claro.

—Exacto. En casa de Teresita Cabarrús, yo siempre la llamaré así. Ya no vivía ella en el campo, sino en la *rue Paradis.* ¿Recuerda?

—¡No voy a recordar!... ¡Qué gente visitaba aquella casa! Beaumarchais, Lafayette convertido en el ídolo de París, Necker, Danton, ¡qué sé yo! Mirabeau fue otro habitual, aquel león picado de viruelas, pero había muerto poco antes... Hasta el famoso doctor Guillotin, que acababa de ver estrenada su máquina de matar.

—¡No me hable de la guillotina! —ataja violenta Malvina.

Alonso sabe que más de un amigo de la dama perdió la cabeza bajo la cuchilla del doctor. Y ella no es de quienes se sienten morbosamente excitados por la violencia, como aquella dama de tiempos de Luis XV, gozada por Casanova mientras estaba asomada a una ventana presenciando la ejecución en la rueda del regicida Damiens.

Ambos amigos callan y atienden al espectáculo de la plaza, donde el gentío apenas cabe de pie. Malvina percibe entre los curiosos a Sara, siempre activa de un lado para otro y cambiando palabras con muchos. Alonso cree ver, sin estar del todo seguro, al mozo que en la iglesia miraba a Julia. Ésta, en cambio, no aparece, pero sí los condes de Valduerna con sus dos hijos, en un balcón de Palacio. Roque y Silvano andan por la plaza; y también su oficial Simón de Lara y otros muchos más o menos conocidos. Todo el Real Sitio ha acudido a presenciar la proeza: en la plaza el pueblo; en los balcones la gente de calidad y en las ventanas bajas la servidumbre. Quizás se encuentre Julia en alguna de ellas, con sus compañeras de servicio.

—Ahora se fumaría usted con gusto una buena pipa —sugiere Malvina.

—¡Imposible! Está rigurosamente prohibido. Lo anunció el pregonero y abajo en la calle hay un cartel contra lo de «tomar tabaco de humo ni prender fuego con ningún objeto». El gas del globo es inflamable... Vea, vea allí a un guardia español reprimiendo a un distraído que no se había enterado.

—Pues entonces le ofrezco de su excelente rapé. Aún me queda.

El globo ya ha crecido y su curvatura hecha de tiras de tafetán azul y blanco, asoma sobre las cabezas. Los operarios han desplazado los sacos de arena para que la red permita la hinchazón y la máquina del gas parece ahora funcionar a la perfección. El aeronauta, que se había movido dando órdenes y vigilando la maniobra, considera ya innecesaria su presencia y, cruzando el círculo de guardias que contiene a la multitud, se retira hacia la Casa de Fogones. Los rumores crecen en intensidad.

Desde la terraza de al lado llegan ráfagas de conversación hasta los dos amigos. Una voz masculina y algo cascada interpreta ese alejamiento del navegante, anunciando que irá a cambiarse de traje para estar más presentable cuando llegue el momento y haya de ascender a la vista de Sus Majestades. Una joven voz femenina se ríe de esa necesidad protocolaria y es reprendida por otra voz varonil, también añosa:

—Se empieza por burlarse de las buenas maneras y se pierde el respeto a lo más sagrado; hasta a la Naturaleza y a los mandatos divinos... A mí no me gusta nada eso de los globos; es un contradiós. Si el Señor hubiese querido que los hombres volásemos nos hubiera creado con alas. Y ahora queremos nosotros enmendar su infinita sabiduría.

—Pero abuelo, son adelantos de las luces. Ahora...

Ante el silencio, Alonso supone que alguien ha atajado con un gesto lo que prometía ser una impertinencia juvenil.

En la plaza se agita la gente; algo ocurre. Dando la vuelta a la esquina de Palacio asoma un acólito y, tras él, el segundo capellán, con alba y estola. Le abren camino respetuosamente, y el sacerdote avanza hacia el corro de guardias, que también se abre para dejarle pasar.

—Va a bendecir el globo, Malvina... Pero ¿por qué no es el párroco de Alpajés, que siempre se está quejando de que le quitan atribuciones?

La dama contesta bajando la voz y en tono risueño:

—El párroco, según me han dicho, es como el caballero de aquí al lado: está contra los globos y no ha querido bendecirlo. Predicó que volar era cosa de brujas con su escoba.

—Ahí tiene, otro ejemplo más —comenta Alonso—. Ese globo es un símbolo; pertenece al futuro. Estamos asistiendo al tránsito de una época a otra; salvando el foso entre quienes no quieren volar y quienes aspiran a lograrlo... A donde quiera que miremos, asistimos a cambios. Como en París, ¿recuerda? Sólo que allí, ¡con qué rapidez!, ¡con qué violencia!

—Vertiginosa, sí... Notaría usted una diferencia enorme en dos años, desde la toma de la Bastilla hasta el noventa y uno.

—La calle era otra, nada más llegar. Se acabaron los calzones de los hombres y las faldas anchísimas, aquellos *paniers* de las mujeres...

—La revolución era alargar el pantalón y acortar las chupas convirtiéndolas en chalecos, o en los *caracós* —ríe Malvina.

—Y el cambio de los colores: todo era tricolor, desaparecieron aquellos matices, el marrón pulga, el ala de mosca...

—¡Se había llevado el color *caca Delfín*! —ríe Malvina.

—Y tantas escarapelas, en el sombrero, en el pecho, en las bandas... ¡Ah, y los gorros frigios!... Sí, era otro París. Me gustaba menos.

—No lo dirá por los cafés. Se multiplicaron y estuvimos en más de uno.

—¡Ah, sí, excelentes! ¡Y bien llenos de vida!... ¿Recuerda el Café Mécanique, donde salía el líquido por el pie hueco del velador? Todavía me pregunto cómo lo hacían... El teatro, en cambio, era un desastre. ¡Qué obras más lamentables! Qué extraño, que con nobles ideas se puedan escribir tales vulgaridades...

—¿Y los precios? ¡Qué salto en unos meses!

—Y los asignados, el papel moneda... Bueno, aquí también tenemos ya papel, los vales reales... Quién sabe si alguna vez existirán ricos sólo en papel, desapareciendo el oro y la plata... Aunque me parece demasiado fantástico.

—¿Por qué? Ahí tiene usted el globo. ¡Cosa más ilusoria que volar no se concibe!

El globo, movidos de nuevo los sacos de arena y ahuecada la

red, está casi del todo inflado. Se hace un súbito silencio entre la gente y el aire trae hasta la terraza los latines del sacerdote bendiciendo el aerostato. Se le ve sacar el hisopo del acetre y lanzar el agua bendita hacia delante. Se santigua y, acompañado de su acólito, regresa hacia Palacio.

—El mundo avanza. Ahora vamos a ver volar a un hombre. Y volará la mujer, no lo dude.

Alonso detecta un chispazo de entusiasmo en esas palabras:

—¡Cómo voy a dudar, después de haber visto a las hembras en París! ¡Me río yo de nuestras majas bravías!, los cambios de que hablamos, en la mujer más que en nada... ¿Cómo se llamaba aquella que llevaba sable al cinto y estuvo en la toma de la Bastilla?... ¿Y la otra que propuso crear una milicia femenina?... Pero ¿quién va a acordarse? ¡Eran tantas!

—Théroigne de Méricourt y Paulina León, que valía mucho más. La Méricourt vive todavía, en un asilo.

Alonso mira con asombro a la dama, no sólo por las precisiones sino por el tono de voz. Hasta en la postura, sin haberse movido, parece resplandecer una cierta autoridad secreta. El hombre, sin darse cuenta, resulta sumiso al responder:

—Sí, eran valientes.

Es consciente de su rendición y reacciona, también sin querer:

—A veces, crueles.

Pero la tensión sólo dura un instante. Malvina vuelve a ser una dama exquisita atendiendo a su huésped.

—Es verdad... ¿No le parecían... no sé, marimachos?

—No, ¿por qué? En aquella exasperación revolucionaria...

—Otra de sus cualidades, Alonso: su comprensión. Y, tratándose de mujeres, más. Sin embargo, y eso es lo mejor, usted no es mujeriego.

—Me alegra merecer su buena opinión.

—Le gusta hacerse valer, ¿eh? —sonríe ella, golpeándole ligeramente con el abanico.

—Ah, no estoy ya para eso. Es que usted estimula... Uno desea... estar a su altura, si fuese posible. Usted inspira... no sé qué sentimiento... Reverencia, y no sólo por mujer. Por su visión, por su fuerza, su vitalidad... Es usted capaz de mover el mundo.

—Sólo colaboro —ríe ella, con su voz grave.

Un pensamiento súbito, nunca concebido antes, ilumina la mente de Alonso.

—Aquel junio del noventa y uno, el gran acontecimiento, el golpe de teatro... ¡Usted conocía la huida intentada por Luis XVI, que sorprendió a todo el mundo!

Ahora es ella quien mira a su amigo inquisitiva:

—¿Cómo se le ocurre decir eso?

—No sé, de pronto... Usted era amiga de la princesa de Lamballe.

—Mucho. Pero ella no conocía el plan.

—¿Y en cambio usted sí?

Tras un breve silencio la dama se decide.

—Ahora ya no importa y usted merece saberlo, aunque no quiero divulgarlo... Sí, yo estaba en el secreto; la pobre Marie-Thérèse no; luego le dolió muchísimo que la reina no se lo hubiera comunicado.

Alonso se admira.

—¿Tan amiga era usted de María Antonieta?

—No lo supe directamente por ella... Fue más complicado. La reina tenía unas amigas especiales, que formaban parte de una cierta asociación secreta femenina... ¿No cayó nunca en sus manos alguno de los libelos sobre las anandrinas?... No, claro, usted siempre iba a París por pocos días y sólo para cosas de hombres.

«¿Hay desdén en esa frase?», se pregunta Alonso.

—Yo pertenecí un tiempo a esas anandrinas —prosigue Malvina—, aunque ellas tenían otros intereses, no iban a lo esencial de nuestro problema.

No hay desdén ya en esa voz, sino dolorida nostalgia, antes de proseguir:

—Ellas me anticiparon la fuga con todo detalle, incluso la participación del conde de Fersen, enamorado de la reina hasta jugarse la vida... Parece que le estoy viendo: el cabello hacia atrás con un rulo a cada lado, la levita de grandes solapas y un corbatín pues, como extranjero, no vestía a la moda revolucionaria.

El silencio se llena de reminiscencias. Ella recuerda y Alonso imagina conociendo, como todos, el desastroso final de aquella fuga, con los reyes disfrazados y Fersen haciendo de cochero. Malvina se da aire abriendo un abanico que llama la atención de Alonso.

—¿Le gusta? —dice Malvina, mostrándoselo.

—La pintura del país es una maravilla.

—Atalanta vencida en la carrera por Meleagro, que le arroja manzanas de oro para que ella se detenga a recogerlas... El oro, el poder, haciendo caer en la trampa a la mujer; como siempre. Además, este abanico tiene historia.

Ante la atención de Alonso y contenta de poder pasar a otro tema, prosigue Malvina:

—Cuando murió mi padre... mi madre ya había muerto, mis parientes me enviaron a París a casa de una tía materna, casada con un financiero francés. Yo tenía trece años y allí pasé dos que fueron decisivos: me hice una mujer distinta de la que me hubiera hecho en España, gracias a las enseñanzas de una prima seis años mayor que yo. El menor de sus hermanos, Jean d'Orbans, a quien usted conoce, era tan delicado e inteligente como decidida y sensual era mi prima... Fui su primer amor y eso es hermoso. Primero en silencio, una adoración conmovedora, que a mí aún me parecía infantil, abiertos ya mis ojos a muchas cosas gracias a su hermana. Años después, luego de mi viudez, me declaró su amor, pero para entonces yo había decidido no volver a encadenarme jamás a ningún hombre... No perdió las esperanzas, siguió escribiéndome. Escapó de París durante el Terror, pero volvió después para hacerse cargo de los negocios paternos. Ahora, gracias a sus viajes a España y a sus cartas sigo la actualidad de ese París que es mi verdadera patria... Pues bien, fue Jean quien me regaló este abanico.

De pronto los rumores y gritos crecen en la plaza. Rompe a tocar la banda de las guardias españolas. El globo ya se yergue inflado por completo, sujeto a tierra sólo por maromas. Aumenta el clamor al advertirse la aparición, en la plaza, del príncipe don Fernando, vestido con sencillez: casaca azul lisa y tricornio gris, acompañado por un gentilhombre de su cámara y un capitán de Corps, sin más escolta. La multitud le vitorea y se aparta a su paso con respeto. El príncipe saluda a un lado y a otro con la sonrisa en los labios bajo la gruesa nariz, mientras avanza hacia el aerostato donde el piloto, ya cambiada su ropa de faena por calzón y casaca, se inclina profundamente. Trata de besar la mano del príncipe, pero éste lo impide, abrazándole y el pueblo se entusiasma. Calmado un poco el tumulto, suenan nuevos vítores y Alonso ve asomarse a un balcón de Palacio a don Carlos y doña María Luisa saludando a la multitud. Junto a ellos el Príncipe de la Paz y detrás, cabezas de cortesanos. Unos miran a los reyes, otros al Príncipe de Asturias en la plaza, el griterío se hace estruendoso y apenas se oye a la banda de música. Suena algún grito contra Godoy, pero se pierde en el tumulto general. Vuelve poco a poco la calma y la atención se desvía hacia el aeronauta: ha llegado el momento de la verdad. El héroe del aire vuelve a saludar al príncipe y se sube a la barquilla por la escala dispuesta para ello. Desde allí saluda de nuevo alrededor, recibiendo los aplausos, y pronuncia unas palabras que no se oyen desde la terraza, pero que con seguridad son de homenaje a Su Alteza, porque el príncipe se quita el tricornio en un saludo... Cuaja un profundo silencio, el aeronauta da órdenes acompañadas de gestos, los operarios van soltando las maromas... El globo se balancea, da un pequeño salto, queda sólo una amarra... ¡Por fin se alza sobre el suelo!

Estallan de nuevo los clamores y la música, el globo tiene ya la barquilla por encima de las cabezas y entonces... ¡lo inesperado! En la corta escala de la barquilla se ve sujeto a un hombre, un tripulante imprevisto... El globo está ya demasiado alto para que pueda saltar sin peligro y el hombre trepa lo suficiente para entrar en la barquilla. Gesticulan en ella los dos ocupantes, el aeronauta con visible indignación, el intruso disculpándose... Pero la gente vitorea porque ha visto que es uno del pueblo, el entusiasmo es tremendo, saltan por el aire gorras y chambergos como queriendo alcanzar el globo que, con sus dos tripulantes a bordo, se va haciendo pequeño, llevado por el viento sobre el jardín real, el Tajo, el camino de Madrid, el jardín de la Primavera, hacia el nordeste...

Desde la reja en la que, como suponía Alonso, presenciaba el espectáculo, Julia ha reconocido en el acto al polizón asaltante del globo. Es Lucas, y el corazón golpea desaforado en su pecho. «¡Está volando por mí! ¡Me lo dijo, me lo dijo! –se repite mentalmente–, ¡y ahora se me puede matar!»... Un sentimiento desconocido, mezcla de mortal congoja y desatado orgullo, la arrebata y la obliga a retirarse a solas para ocultar sus lágrimas.

Entretanto, el príncipe se aleja entre renovadas aclamaciones, los reyes desaparecen del balcón, los guardias forman pelotón para volver a su cuartel, la banda de música termina y también emprende la marcha. Pero la gente no se mueve y alegres merendolas suceden a la emoción del acontecimiento con su sorpresa final. Los rumores vuelven a su nivel normal, pero al pie de la terraza los discutidores con la cena apostada hablan ya casi a gritos, enardecidos por el vino. Alonso y Malvina, que han comentado el inesperado embarque, sin que él esté seguro de haber reconocido al atrevido, contemplan el movimiento de la plaza asomándose al pretil.

–Alonso ¿no es aquél su criado Roque con una escarapela en el sombrero?

–Sí que es, pero lo que lleva es una rosa prendida.

–Claro, de la moza a la que acompaña cogida por la cintura. ¿Su amiga?

–Huy, ésa será la de esta tarde... Roque tiene mucho partido. Confieso que no me lo explico, con esas piernas de palillo y el diente mellado que le afea la sonrisa... Ha de ser su labia, ¡no le falta!

–Pues con eso sobra, amigo mío... Y me pareció una escarapela. Entre mi ya gastada vista y que hablábamos hace un momento de aquel París...

Un chiquillo llega corriendo hacia los borrachines apostantes con un saco en la mano.

–¡Tío Lesmes, tío Lesmes! Dice mi madre que vea lo que

traigo y si le gusta mejor que las chuletas para la cena de esta noche.

Llega hasta los hombres y deja el saco en el suelo. El interpelado mete la mano y saca una cabeza que eleva en triunfo cuanto le permite su brazo y de la que desde la terraza sólo se distingue el sanguinolento corte del cuello.

Alonso no logra verla apenas, ni percibe el regocijo de los hombres ante la cabeza de cordero, porque la dama ha exhalado un gemido y se ha desplomado inerte sobre el pretil. El caballero la retiene alarmado, la lleva hasta el sillón que ella ocupaba, y se asusta aún más ante los ojos cerrados, el frío de las manos, la palidez intensa... No sabe qué hacer, no está hecho a desmayos femeninos. Desabrocha el cerrado cuello, pero no se atreve a seguir, al menos ella respira... Está a punto de pedir ayuda al repostero de la terraza vecina cuando Malvina entreabre los ojos e intenta una sonrisa.

—No es nada, no es nada... Se me pasará.

—Voy a acostarla —decide Alonso, ya más tranquilo.

La coge en brazos: es un leve peso no obstante su estatura más que mediana. Entra en la casa, cruza la salita y, por primera vez, penetra en la alcoba. La tiende sobre la colcha verde de la cama con dosel y arregla la almohada bajo su cabeza, preguntándole si puede hacer algo más.

—Nada, gracias, ya ha pasado —sonríe ella, mientras el color vuelve a su rostro poco a poco—, lo siento... ¡Darme a mí vapores como a esas alfeñiques de la Corte! ¡Me avergüenzo!

Alonso ve un chal de Indias y lo extiende sobre el cuerpo femenino.

—¿Quiere algo? ¿Agua, algún cordial? ¿Llamo a un médico?

—No, nada, gracias... Sólo descansar... Se ve que no valgo tanto como aquellas revolucionarias.

Alonso sabe muy bien que eso no es cierto. Ya está tranquilo, pero se inquieta una vez más de que la dama viva sola. Decide acompañarla un rato y se sienta en la butaquita, después de encender una bujía en la palmatoria de la mesilla de noche, de donde la retira a un ángulo para que la luz no moleste a la dama, que ahora ya respira tranquila, con los ojos cerrados.

El caballero contempla esa alcoba en penumbra. Le sorprende la austera sencillez de la decoración. Destaca la cama portuguesa, con tallas recargadas, y el armario no muy ancho, pero de bastante fondo. Al lado de la ventana, en este momento cerrada, no aparece la esperable coqueta sino un escritorio; Malvina no es amiga de afeites. Algo más extraña al Aposentador: la falta de imágenes religiosas. No hay en la cabecera de la cama, ni tampoco una benditera... «¿Será protestante?», se pregunta alarmado, recordando la pesquisa inquisitorial contra su amiga. Más raro todavía es ver algo tan inesperado como ese par de espuelas colgadas en la pared, sobre una placa forrada de terciopelo granate. Cierto que ella monta a caballo con frecuencia, pero no se trata de espolines, ni acicates de amazona, sino espuelas de caballería y hasta cree distinguir —no se atreve a acercarse— la cifra «L XV» en la plaquita de la cadena sobre el empeine.

Piensa en la incongruencia de que esa intrépida amazona sea quien se acaba de desmayar ante una inofensiva cabeza de cordero... ¿Qué ha creído ver en ella? Habían hablado de la guillotina y había atajado el tema... ¿Habrá perdido decapitado a alguien muy querido, quizás algún amor secreto? Eso explicaría la falta de hombres en su vida después de su marido y también algunas crípticas alusiones deslizadas hoy en la conversación. ¿O vería alguna vez muy de cerca la cabeza cortada de una de esas amigas especiales? Alonso recuerda que precisamente la princesa de Lamballe murió despedazada por las turbas y su cabeza fue paseada en una pica ante las rejas de la Conserjería, donde ya estaba presa la reina... ¿será algo así?

Sin hallar respuestas, Alonso deja vagar su imaginación mientras contempla la figura inmóvil de la mujer, dormida al parecer y respirando con normalidad. Debería acostarla, a ella le convendría, pero sería preciso desnudarla, aflojar el vestido, los zapatos... Rechaza la idea; mejor será esperar un poco y, si no hay novedad, traer a Gertrudis para que la atienda e incluso pase la noche con ella.

¿Se habrá fijado en las espuelas? ¿qué pensará?... deliciosa languidez, aquí arrebujada, pasado el sobresalto, ¡qué extraño desmayo! a mí no me dan vapores, no soy una damisela, pero aquel día en la calle, los presos llevados a la guillotina, más de uno conocido, la gente empujando, apiñados, olores a sudor, ¡qué gritos! ¡qué canciones! el bárbaro *Ça ira*, chirrido de la carreta, en ella Bertier de Sauvigny, ex gobernador de París, pálido, tambaleado por el traqueteo, de pronto le enfrentaron una cabeza clavada en una pica, un energúmeno la enarbolaba, la del suegro de Bertier, Foullon, el energúmeno acercaba el macabro despojo a Bertier, «¡besa a papá!» le gritaba, ¿ha sido ese recuerdo? ¿por eso mi desmayo? pero la sangre no me asustó nunca, fue que ese despojo me cogió en otro mundo, me hizo bajar de golpe, yo estaba en el futuro, cuando volaremos entre nubes, la era del aerostato, por eso me excedí en mis confidencias, tenía baja la guardia, ¿por qué revelé lo de la fuga? pero no dije todo ¿por qué hablé de anandrinas? se me escapó, no importa, hasta me divierte imaginar a Alonso caviloso, no adivinará nunca, demasiado para él, no sospechará mi verdadera vida, mi secreto reino de las mujeres, un reino clandestino pero activo, la otra cara de la luna, se os escapa, tú sólo ves a una viuda retirada, no puedes sospechar mis conexiones con la logia femenina, La Candeur, cualquier camino es bueno para el cambio, no puedes adivinar nada, sólo te extrañan mis excentricidades, ¡si supieras la historia de las espuelas! fueron de Eon, el capitán de dragones, dominado por mí en Sussex, después del encuentro en Londres, orillas del Ouse, dulces colinas, loca galopada aquella tarde, la posada sin gente, mi triunfo, y el suyo en su deseada rendición, su noche nupcial, me ofrendó sus espuelas en prenda, porque yo su jinete, logrando su ansia de siempre, la que le vistió de hembra, aquella noche se quitó la máscara, no el disfraz, sino la de su carne, la de hombre o mujer que nos obligan a llevar, sin respeto a lo que por dentro somos, a la verdad íntima, aquella noche suprema libertad, gozo de las conductas deseadas, cambiamos los papeles, transgresión, apoteosis, desnudados del cuerpo obligatorio, gozando los deseos, conquisté sus espuelas para siempre, en Grecia símbolo de las mujeres públicas, las dispensadoras del placer, ¡pero no fue capaz de persistir!, no pudo seguir a mi altura, ése fue mi desengaño, hubiéramos sido ejemplo vivo, precursores, la nueva pareja humana, Adán siendo Eva y Eva Adán, liberados de dogmas, ¡ah, si hubiera perseverado! pero se desinfló, no he vuelto a contar con los hombres, si él no fue capaz no podrá serlo nadie, los masones sólo aliados, no compañeros, no supo convertirse en Veva para siempre, ¡qué emoción llamarle Veva! ya era Genoveva en el bautismo, pero hombre al fin, incapaz de la gran libertad, esclavo de sus reglas, sus prisiones escritas, ellos no dan más de sí, ni alguien tan cabal como Alonso, nunca comprendería esas espuelas, ni siquiera mis amigas especiales, para ellos antinatura cuando todo lo viviente es natural, hasta los llamados monstruos, pero los hombres codificando la natura, estará cavilando sobre mis anandrinas, el propio nombre las define, claro que no ignora el safismo, pero no pasa del sexo, no ve más allá, como mi prima iniciadora, salvando a una ingenua provinciana, pero el sexo no es todo, sólo un escalón, la meta es la libertad, romper el orden impuesto, ir hacia un mundo libre, al sexo como un juego mutuo, no el dominio patriarcal, abrazados, no enfrentados, sexos elegidos, andróginos ambivalentes, ¡gran cambio, nueva era!, arriba quien está debajo, después a igual altura, ¡jamás inteligible para Alonso! para ninguno de ellos, los masones y rosacruces quieren libertad pero dentro de esta sociedad, utilizan a las mujeres para sus fines, contra eso lucha mi grupo y vamos avanzando, ahí están esas espuelas, yo me sentía ante el aerostato en esa nueva era, y me asaltó el despojo sangriento, no fue el susto sino el contraste, pero ya pasó, adelante, por nuestra libertad, mi pobre madre, yo la creí feliz, adorando a mi padre como yo, su hermana en París me desengañó, vivió tiranizada, si él era así, ¿qué serían los demás?, despreciables, como el marido que me impusieron, se acabaron para siempre, al menos debo a mi padre las galopadas por Soto Mayor, las armas, el coraje, acaso él hubiese preferido un hijo, al fin he llegado a serlo sin lo malo del hombre, y le debo sus libros, mis maestros, Locke y todos los otros, supuso que no los comprendería, la niña no cogió los conceptos pero sí el nuevo espíritu, el ocaso de los dogmas, fue así fácil mi transgresión con Veva, en Sussex el apogeo, preparó la tarea, me hizo capaz de progresar, de convertir a otras, Myrtille la primera, querida Myrtille, me continuará, y las conversas y las futuras como Julia, prometedora muchacha, mejor las de abajo que las reinas, Carlota Joaquina otro desengaño, el poder las desarma, pero están las mías, mis viajes organizándolas, hacia el futuro nacido en Sussex, noches prometedoras, juntos en nuestros abismos, en nuestras cimas, con nuestros cuerpos reinventados, no los recibidos, si Veva retrocedió nosotras continuaremos, sin ellos, qué decadencia la suya, le asustó verse mujer, sus afanes los de todos, el oro y el poder, todo lo más el placer estatuido, ahora me encontraba yo en la nueva era y me recordaron la guillotina, pero eso no me asusta, sigo viendo el aerostato en lo alto, dominando las nubes, bajo un sol inocultable, me llaman «Volandera» y es verdad, volar hacia otra edad, blanco y azul el globo, colores de anandrinas, aún subirán más alto las mujeres, hacia la libertad total, la verdadera dignidad, la culminación humana, más que humana, transformaremos a los hombres, volveremos a crearlos, como en el principio de los tiempos.

VI. VEINTIDÓS DE ABRIL

1930: El sueño del profesor

Marta abre los ojos y le sorprenden los ruidos y el traqueteo. Está en el tren, sobre las duras tablas de un asiento de tercera. Enfrente Agustín la mira risueño.

—¡Me he dormido!

—Un poquejo.

—Perdona, te aburrirías.

—¡Qué va! La miraba.

¡Cómo lo dice! Marta, impresionada, supera su modorra. El chico se ha quedado serio. Ella le mira a su vez, sonriendo, para disimular sus pensamientos.

Anoche durmió poco; la sobremesa fue larga. La víspera Marta había cobrado al fin su primer sueldo, y lo celebró en la casa llevando un poco de jamón y una botella de champán barato. Para Quina el champán es el colmo del lujo; lo sabe por sus novelas, es «de cine».

—Lo mejor es el picoteo en las narices —le dijo a Marta, besándola—. Si fueras hombre, ahora hacías conmigo lo que quisieras. Yo, a las tanguistas, las disculpo.

Hasta Soledad acabó riéndose, y la señora Juana bebió el culín de un vaso. Después de la cena, algo achispadas, se fueron las dos jóvenes al cuarto de Marta y charlaron largo tiempo. Marta, embriagada sobre todo por su primer sueldo, no recuerda casi nada de esas confidencias, más espumosas que el champán. Sólo le quedan reminiscencias. Ante el último número de *Estampa,* referencia favorita de Quina, comentaron las fotos del concurso para elegir Miss Europa, en el que resultó seleccionada la griega, aunque era mucho más guapa nuestra Pepita Samper. «Si hasta yo tengo mejores piernas, ¡mira!», exclamó Quina y se levantó la falda hasta la cintura. Luego se rieron porque la revista recordaba que la Miss Europa del año anterior, *mademoiselle* Simon, renunció a la prueba final en Atlanta porque era preciso desfilar en *maillot.* «¡Habrá tonta! –exclamó Quina–. ¡Si llego a ser yo enseño hasta el culo!»

El recuerdo provoca una sonrisa en los labios de Marta y, sintiéndose observada por Agustín, le mira. El chico se ha vestido con lo mejor de su pobreza. Un jersey verde tejido por la señora Sole y un pantalón negro. Los calcetines bien estirados y unas sandalias recién limpias en vez de las alpargatas. El pelo muy repeinado, aunque domar del todo esos remolinos es imposible. Hasta Frutos, factor de la estación y amigo de Lorenzo, se ha asombrado al ver a Agustín cuando tomaron el tren.

Marta se alegra de su expansión nocturna y de la alegría de Quina, que en los últimos días estaba algo dolida porque, al quedarse más tarde en la biblioteca, Marta ha dejado los divertidos paseos por el «circo» de la calle de Stuart con «la tonta de Quina», según la expresión de ésta. Se declara celosa del duende, que le priva de su amiga, aunque Marta le dedica los fines de semana y es siempre cariñosa. Por eso ha venido bien esa «noche loca».

El campo está más lucido que hace mes y medio, cuando Marta inició su aventura en Palacio. Por la ventanilla desfilan los trigales nacientes y el primer verdor en los escasos árboles. El cielo es de un azul luminoso, como fondo a unas nubes de blancas redondeces. Marta tiene hoy permiso para unas gestiones en Madrid y lleva a Agustín a ver el Museo del Prado, como le prometió. Pregunta ahora al chico por sus lecturas:

–Tebeos, Nick Carter, Winnetou... Lo que apaño. Y novelas de las que tiene mi padre para el puesto. Me gustó mucho una de un inglés, un chico que se llama Oliverio Twist, pero acaba con demasiada fantasía: todo se arregla sin hacer nada él.

Su afición, aparte del dibujo, es el cine. Entra gratis porque hace de lazarillo de Jacinto, el pianista ciego, y le advierte cuando se pone la película emocionante para que toque algo en el piano.

—Le digo si va de amor o de pelea, y según eso, él toca una música que pegue con la cinta... Ahora está preocupado porque han inventado un cine sonoro, pero el jefe le ha dicho que seguirá tocando al empezar, y en el descanso.

Marta mira las manos del chico, mañosas, expresivas. Ha montado un soporte para la galena de la señora Juana y ha conseguido mejorar la audición, aunque a veces la onda se escapa.

Se acercan a la gran ciudad, entre montones de escorias, barracas aisladas, huertecillos supervivientes y talleres del ferrocarril. Les acoge, entre humos, la vasta techumbre curva de la estación del Mediodía. Salen entre la gente, desoyendo a los que preguntan si se desea fonda y a los que ofrecen un taxi. Marta se mete con el chico en el Metro y se extraña de que Agustín no se sorprenda, siendo la primera vez que lo usa.

—Ya sabía yo que era así —dice el muchacho con cierta superioridad.

Se apean en Tribunal, pues van a la cercana calle de Apodaca donde tiene su oficina el habilitado de clases pasivas que llevaba la pensión de la madre de Marta y ha gestionado ahora la de orfandad. Sabe que le darán 57,60 pesetas mensuales que, aun siendo poco, ampliarán de forma sensible las 212,35 netas de su sueldo, descontados timbres e impuestos. Pero Marta se lleva una grata sorpresa, pues no esperaba los atrasos acumulados durante la tramitación y ascienden a casi quinientas pesetas. Las cobra exultante y a la salida anuncia a Agustín, tan contento como ella, que ese día se piensa dar la gran vida.

Pero ya en el museo, Marta comprende que el gran día va a ser en realidad para Agustín. Apenas entrados en la rotonda, la *Dama de Elche* le fascina. Se queda mudo, adorante. Se mueve alrededor, con lentitud, adueñándose de cada detalle. Marta le acompaña en silencio y, como en cierto momento parece distanciarse, el muchacho la coge de la mano con fuerza. El gesto dice a Marta más que muchas palabras, pues nunca Agustín se ha atrevido a tocarla primero.

La muchacha acaba diciéndole que hay más cosas que ver. El chico la mira volviendo a la tierra:

—¿Es una diosa?

Marta le dice de la escultura lo poco que se supone. Agustín se resigna a continuar pero sus manos, más de una vez movidas hacia la estatua en ansias de tocarla, moldean en el aire los ornamentos circulares que ese rostro enigmático lleva a cada lado.

El éxtasis continúa a la izquierda, con los italianos; y a la derecha, con los flamencos. Patinir le retiene, pero sobre todo El Bosco. Se acerca cuanto puede, se pone de puntillas para ver bien los detalles. Cuando Marta le pregunta si le gusta, asiente vigorosamente con la cabeza y exclama, muy seguro de su juicio:

—Es como una historieta del TBO. Pero ¡jolín, qué tío!

No tienen tiempo para seguir de sala en sala y Marta se lo lleva, galería central adelante —con el chico yéndosele los ojos a un lado y a otro— hasta los dos grandes: Goya y Velázquez. «Volveremos», repite ella cada vez que Agustín se retrasa y tira de su mano, como un perrillo retenido ante un olor sugestivo.

Consiguen dos sitios en el banco frente a la *Familia de Carlos IV.* Agustín se extasía pero, de pronto, en medio de su admiración florece una sonrisa.

—¿Cómo lo haría? —exclama.

—¿Qué quieres decir?

—El Goya ese, ¡vaya cojones!... ¡Perdone, señorita! —se corrige, compungido.

Marta ríe, confirmando su frase:

—No te apures, Agustín, porque es verdad. Los tenía bien puestos... Pero ¿por qué?

—Bueno, él estaba allí de pintor, un mandao... Tendría que decir «Sus Majestades, esto, Sus Majestades lo otro»... Y va y los pinta que no parecen reyes. Esa gente no son reyes.

—Los pintó como eran.

—Ahí está la cosa. ¿Cómo se dejaron pintar así?

—Porque él también era un rey, Agustín. El mejor pintor del mundo entonces, y lo sabía. Se le tenía que notar.

El chico la observa, asimilando la respuesta, metiéndola bien en su corazón. Sus ojos ya no miran, sino resplandecen, como si dentro hubiera estallado un incendio. Sonrisa de felicidad.

Marta le anuncia otro rey: Velázquez. Durante el corto trayecto entre las salas Agustín vuelve a reír.

—¿Sabe lo que dice la señora Sole, señorita? Que por muy alto que esté un trono el rey siempre se sienta sobre su culo. Como nos sentamos todos.

—La señora Sole tiene mucha razón.

Sí, Velázquez es otro rey para el chico. A Marta le sorprende que *Las Meninas* y otros cuadros de asunto no retengan tanto a Agustín, aun admirándolos, como el retrato de Baltasar Carlos.

—¿Ve usted? ¡Ése sí que era un príncipe!

Marta se asombra pero cree comprenderlo porque es el retrato de un niño: todavía no ha aflorado la deformación del trono y Agustín lo nota.

—Es hora de comer —anuncia Marta, algo cansada, por la noche anterior.

Agustín, al saber que no cierran, propone quedarse él, pero ella alega su «Ya volveremos, te lo prometo». El chico frunce el ceño y ella añade: «Perdóname, pero es mejor verlo poco a poco». Ante esa humildad Agustín se derrite y se disculpa.

Marta, con la euforia de sus quinientas pesetas en el bolsillo, se llevaría al chico a un restaurante de calidad, pero no quiere verle inhibido y elige uno gallego con buena pinta, de la cercana calle de las Huertas. Por el camino nota a Agustín incómodo y le supone enfadado por sacarle del museo, pero es otra cosa. A la entrada, Agustín la retiene y le dice en voz baja que quiere mear.

—¡Y yo también, Agustín! —concede Marta, riendo. Con lo que, antes de sentarse, pasan por la instalación, simplemente decente para Marta, pero lujosa para Agustín, que aprovecha para arreglarse el pelo ante el espejo y estirarse los calcetines. A la salida sólo comenta:

—¡Vaya jabón de olor!

La comida muestra a Marta, en otro plano, la inteligencia natural del chico, que no se atreve a pedir platos desconocidos —aunque sí a preguntar por ellos—, pero que disfruta con sus huevos fritos con morcilla y su filete con patatas. Prueba además una ostra de Marta y, sobre todo, se vuelca eligiendo el postre de la casa, con flan, helado, fruta en almíbar y «de todo», como dice él. Marta no termina su queso y Agustín lo envuelve en la servilleta de papel para llevárselo a su padre.

—¿También café? —se asombra cuando Marta se lo encarga.

Deciden, prudentes, no tomar licores, y vuelven al museo. A las cinco menos cuarto Marta le deja al pie de la subida al vagón. Le dice adiós pero el chico, impulsivo, la abraza. Su cabeza queda a la altura del cuello femenino y Marta siente el rebelde pelo en su mejilla.

Marta ha participado en cierto modo de las emociones de Agustín y se siente feliz de habérselas proporcionado pero cuando se sienta en el Metro, camino de Sol, se nota profundamente aliviada del compromiso, y respira a pleno pulmón su libertad. Le desaparece el cansancio y al salir, por el quiosco central del Metro, lanza una mirada alrededor tomando posesión de la gran plaza bulliciosa. «Ésta es la mía —piensa—, por primera vez en mi vida.» La idea le asombra pero es cierta: es dueña de su voluntad, de su dinero, y hasta de su capricho.

Se va a comprar cosas, se va a comprar cosas. Por de pronto un abrigo. El suyo tiene tres años y ha sufrido ya una vuelta para reformarlo. Ahora empiezan, después de Semana Santa, saldos de ropa invernal por fin de temporada: ¡Adelante! Le parece oír un clarín de batalla.

Montera arriba, Hortaleza, retorno por Fuencarral, Gran Vía hacia Callao, vuelta a Sol por Preciados y de nuevo a la Gran Vía por Carmen doblando hacia la Red de San Luis. Tiendas y tiendas, más tiendas que nunca, pero es que no solía mirar los escaparates porque no podía permitirse gastos. Hace compras y entra en el Café del Norte, Montera esquina a Gran Vía, para tomarse un café con leche y un suizo, y descansar un poco. Sólo hay otra mujer en el recinto y los hombres la miran, pero ella hoy es capaz de enfrentarse al mundo entero. Sin embargo no se entretiene; en cuanto termina coge sus paquetes y baja hacia Cibeles. En Alcalá tomará un tranvía que la dejará en la esquina de General Pardiñas donde tiene su piso interior, el que habitó con su madre.

Pero en la esquina de Peligros, la detiene un caballero quitándose el elegante sombrero gris, y despojándose de un guante para darle la mano, mientras cuelga el bastón de su brazo doblado. Marta reconoce al profesor Ribalta, muy efusivo en el saludo, felicitándose de la inesperada casualidad. La muchacha, tras arreglárselas con sus paquetes, estrecha esa mano, que retiene la suya unos instantes.

—¡Cómo podía yo esperar, amiga Marta! Un encuentro, además oportunísimo, pues tengo noticias para usted de ese guardián de Palacio... ¿Dispone de un momento para sentarnos en un sitio adecuado?... O mejor, si de verdad es hoy mi día de suerte como parece, ¿me haría el honor de una cena tranquila, para conversar de tantas cosas?

Marta vacila, se disculpa, no está vestida, en el fondo le da apuro la invitación. Por otra parte, hoy es el día de su libertad, la solicitud de Ernesto la halaga, la curiosidad por esos datos la arrastra... Acaba aceptando y queda para más tarde a fin de arreglarse un poco, pero el profesor no la deja irse sola.

—Iba un momento a tirar florete al Casino, pero renuncio a gusto, ¡no faltaba más! La acompañaré a su casa.

Así es como ella se ve, sentada con el profesor, en uno de esos taxis Citroën con la trasera en punta y sólo un óvalo acristalado en la cerrada capota que, según dicen, los hace tan aptos para paseos clandestinos. «Si mis compañeros me viesen ahora con el catedrático», piensa mientras el coche rueda y Ernesto, a decorosa distancia en el asiento, comenta pequeñeces de la vida madrileña.

Hora y media después Marta se apea de otro taxi en la calle de Alcalá, a la puerta del Casino de Madrid. En el zaguán mismo está esperándola un impecable Ernesto, que la contempla con visible aprobación. Marta celebra haberse dejado llevar por sus entusiasmos del día y haberse comprado en un saldo su primer traje de noche: una sencilla túnica recta de crespón de China, como un terciopelo muy fino, en dos tonos de verde pálido, con el talle bajo a la moda y un estrecho echarpe del mismo tejido, sujeto al hombro izquierdo. La falta de mangas deja a la vista su lunar del hombro, y ella se sorprende como si lo viese por primera vez. La falda es sólo un poco más larga de lo habitual y, afortunadamente, también se compró unos zapatos adecuados. Abrigada con la capa de su madre y con el collar de perlitas que heredó, tiene la seguridad, ante la mirada de Ernesto, de que al menos no desentona.

Marta se deslumbra en el suntuoso vestíbulo, formando un patio interior con magnífica escalera, y admira las pinturas y esculturas modernas. En el ascensor, como un interior de carroza dieciochesca, suben al restaurante y al poco tiempo, mientras escuchan la música de un trío, ya ha encargado su anfitrión unos platos apetitosos aunque sin pretensiones. Cambian unas primeras frases pero Marta se siente ansiosa por saber de Janos. Ernesto resume con precisión lo que, junto con Alfredo, su ayudante, ha encontrado en la prensa de la época:

—Fue un caso bastante comentado, aunque desde Palacio se evitó en lo posible el sensacionalismo periodístico. Juan Dóriga y Vega de Artaza, segundón de una familia aristocrática y oficial de marina, conoció en Madrid, en 1892, a una joven archiduquesa austríaca invitada un verano a España por la Reina Regente. Fue un amor inmediato, vivido de forma muy discreta, por el alto rango de Bettina, en Aranjuez y San Sebastián. Meses después, el marino, a quien ella llamaba Janos, aprovechó un permiso para ir a Viena y al palacio húngaro de Kátòvesz, de la madre de Bettina. Allí continuó el idilio: galoparon felices por la llanura, pues ella amaba los caballos tanto como su admirada emperatriz Elizabeth. Pero el marino hubo de regresar. Se hubieran casado a no ser por la pasión que ella despertó en un gran señor magiar, cuyo apoyo era muy valioso para Francisco José en las siempre difíciles relaciones austrohúngaras. Bettina se resistió a la boda cuanto pudo; Dóriga intentó incluso un duelo contra el pretendiente, pero la razón de Estado triunfó. El desesperado marino pidió un destino en Filipinas, donde posiblemente buscó la muerte, pues se distinguió por su heroísmo, al mando de una cañonera, contra los feroces piratas de Joló, recibiendo heridas de las que acabó convaleciendo en España. Así hubiera terminado la historia si, a fines de 1897, no hubiera muerto de repente el marido de Bettina. Dóriga se enteró, escribió a su amada y acordaron para la primavera un discreto encuentro en Suiza. Entretanto estalló nuestra guerra contra Estados Unidos y el marino pertenecía a la escuadra del almirante Cervera, pero en su desesperación desertó y partió para Suiza confiado, según declaró luego, en incorporarse donde la escuadra tocara puerto para carbonear. Nueva tragedia: el coche de ella volcó en Suiza, resultó herida de gravedad y él sólo llegó a tiempo de acompañarla unas semanas en el hospital hasta que murió. En ésas perdimos la escuadra, empezó a negociarse la paz... Dóriga volvió a España, indiferente a todo y, aunque compareció ante el Consejo de Guerra, su heroísmo en Filipinas logró dejar la condena en la pérdida de la carrera. Se retiró a la casona familiar en la montaña, luego entró en un convento, se salió... y acabó en el Real Patrimonio, donde sigue ahora... Ésa es la novelesca historia de ese pobre hombre.

Marta agradece los tristes datos, pero rechaza la conclusión del profesor: Janos no es ningún pobre hombre. Se reserva su juicio y en cambio tiene algo que ofrecer:

—Ya tengo la minuta rubricada del Tratado de Fontainebleau en 1807. Lo curioso es que la he compulsado con el texto reproducido en la historia de Gómez de Arteche y aparecen variaciones. No sé qué pensar.

—Puede ser un error o puede delatar rectificaciones de última hora. ¿Son notables?

—Sí. Afectan a la participación española en la invasión francesa de Portugal.

El profesor reflexiona:

—Quizás no tenga importancia, pero también podría aportar algo nuevo sobre un pacto que se trató de mantener muy secreto... Podría usted tener ahí un buen tema de tesis.

—Por de pronto, yo pongo esos datos a la disposición de usted, que los utilizará mejor.

—De ninguna manera, no puedo consentirlo. El descubrimiento es suyo. Yo la aconsejaré en lo que haga falta y además estoy pensando en usted para ayudarme en cierto trabajo.

Marta apenas se atreve a creerlo, duda de si será capaz, pero el profesor se vuelca en elogios. Se trata de colaborar en el asesoramiento histórico para una película sobre el Dos de Mayo, inspirada en el *Episodio* de Galdós. Tarea, por supuesto, remunerada, aunque modestamente, y sin perjuicio de seguir pensando en la Universidad: con alguna publicación y su expediente Marta llegará con facilidad a Ayudante de Cátedra. Ella se siente conmovida, como en una nube, envuelta en tanto afecto y consideración, recibiendo las atenciones de un hombre conocido, foco de muchas miradas, en ese salón de alto y decorado techo, con lámparas deslumbrantes y un servicio de lujo. Lo que oye, además, le abre ventanas insospechadas: ahora Ernesto le está confiando su creciente interés por la aplicación de las ideas de Freud a la investigación histórica:

—En cuanto pueda, asómese a Freud: ha revolucionado la psicología. Hoy no se puede analizar sin él a un personaje. No es que vayamos a caer en las novelaciones de un Emil Ludwig o un Stefan Zweig sino, al contrario, penetrar más hondamente. Yo lo estoy teniendo en cuenta para comprender a Isabel de Valois, esa reina dominante y a la vez tan vulnerable...

Marta sabe que esa biografía es bastante esperada, y que cuando aparezca, a pesar de los enemigos de don Ernesto, será difícil impedirle ocupar la primera vacante en la Academia de la Historia.

Una alusión a la ambigüedad de ciertos caracteres lleva a Marta a disculparse por no tener nuevos datos sobre Eon, por quien se interesa Saignac. La expresión entusiasmada de Ernesto se torna desdeñosa:

—No se preocupe por Remy. Es muy francés: muy superficial. De simpatía fácil, pero nada sólido. Siempre en busca del *cherchez la femme* y esas cosas.

El gesto de la mano subraya la descalificación. Marta no tiene una impresión tan desfavorable.

—Sí, me parece que el profesor Saignac está obsesionado y ve a Eon por todas partes.

—Ni siquiera Eon es tan importante como para estudiarlo —ratifica Ernesto, que cambia de conversación revelando una faceta de su personalidad inesperada para Marta: la afición a algo tan moderno como el cine. Por eso le han propuesto la asesoría histórica que ha mencionado.

—Es sin duda el arte del siglo XX, con todas sus dinámicas posibilidades. A la letra del pasado añadiremos desde ahora la imagen en movimiento, la vida. La imagen, amiga mía: nueva diosa. Va a condicionar nuestra visión del mundo y, para los historiadores, figúrese qué perspectivas: ver los acontecimientos tal como fueron, contemplar a las grandes figuras en momentos decisivos. Y oírlas, no sólo con el gramófono, sino accionando, gracias al cine sonoro. ¿Ha visto usted el *Acorazado Potemkin,* de ese genio que es Eisenstein? Una lección para todo historiador, con lo bueno y lo peligroso del cine. Su eficacia para revelar plásticamente lo esencial, pero también para tergiversarlo. Porque un camarógrafo capitalista haría un *Potemkin* del todo distinto: con buenos oficiales elevados a mártires y marineros asesinos incapaces de gobernar el barco... Y en cuanto a los aspectos artísticos, ¿ha visto usted *Amanecer* de Murnau?

Marta confiesa que sabe muy poco de cine. Se disculpa por las exigencias de sus estudios y admira aún más a Ernesto por ser tan receptivo hacia algo que para muchos colegas es un mero espectáculo, casi pueril.

—Póngase al día cuando pueda, amiga mía... —Hace una pausa—. Esta noche aún podríamos ver alguna buena película...

Marta se excusa porque al día siguiente ha de tomar el tren muy temprano para llegar a su oficina a las nueve. Se desvive por no herirle con la negativa y Ernesto, comprensivo, la tranquiliza. Durante un breve silencio Marta se deja encantar por lo que toca el *cello.* Ernesto lo advierte.

—La romanza en fa, de Rubinstein. ¿Le gusta la música?

—Mucho. Mi madre era buena pianista y yo empecé a estudiar piano pero tuve que dejarlo.

Termina la velada; bajan al zaguán. Mientras aguardan un taxi ella ve enfrente el letrero del famoso fotógrafo Kaulak, retratista de la Casa Real.

—¿Sabe usted que Kaulak ya fotografió a Mata Hari en 1908? —explica el profesor—. Ese hombre, además de artista, también es historia.

La referencia añade un toque de intriga internacional que colma para Marta el embrujo de la velada. El profesor le abre la puerta del taxi y se introduce luego para acompañarla. Durante el trayecto, confinada con él en el oscuro recinto de la capota echada, con el taxista separado al otro lado de un cristal, Marta es muy consciente de cómo Ernesto infiltra intimidad en la más impecable y respetuosa cortesía.

Tantas emociones son demasiado para su día de libertad. Casi da un suspiro de alivio cuando tras la apertura del portal por el sereno y remontar la escalera con la candelilla que éste le ofrece, llega a entrar en su piso. Al encender la luz amarillenta, la deprime esa realidad del pasillo estrecho, con el viejo perchero y la pared necesitada de pintura. «¿He podido vivir aquí tantos años?» Hasta la planta en el macetero deja caer sus hojas sin esperanza. Siente un movimiento de rechazo.

Pero le basta asomarse a la alcoba de su madre, tal como ella la dejó al morir, para que la emoción le rebose en el pecho. Tantos años de abnegación materna, de convivencia entre dos mujeres, de ilusiones y tristezas comunes, se apoderan de ella y la reinstalan en su pasado. El suyo, sí, al que no puede ni quiere renunciar. Pasado sobre el que va a seguir edificando su vida.

Pasa por el baño, se cepilla el pelo, se quita el ligero *rouge* de los labios y los polvos de las mejillas... Ya en su alcoba empieza a desnudarse, después de mirarse un rato en la luna del armario, para contemplar esa Marta desconocida que aún no cree del todo en su traje de noche... Lo cuelga de una percha y abajo sobresale de todos los demás vestidos: otra novedad. Las demás prendas tienen cada una su sitio, su manera usual de ser plegada, salvo esa larga túnica. La guardaría ella sola en otro armario, si lo tuviera, colgada de frente, como una vestidura en un relicario... Luego, ya con el camisón puesto, vuelve a mirarse. Ahora sí, no cabe duda. Ahora es Marta, ya no es Martita.

Se da cuenta, una vez en la cama y apagada la luz, de que se está despidiendo de esta casa, de aquella etapa. Ya le han confirmado, a la vista de su trabajo, que continuará en el Patrimonio y entonces no tendrá sentido mantener alquilado este piso. Conservará sólo esos recuerdos que guardaba su madre: fotografías del padre, la medalla militar que le concedieron —sin duda avergonzados de haberle dado a su jefe la inmerecida laureada– por aquella acción que él resolvió con su arrojo, el sable, las alhajitas de su madre, más fotografías familiares, la caja de costura... De pronto se le ocurre un pensamiento sin precedentes: ¿disfrutó su madre de la vida? Cierto que en una fotografía puede vérsela toda iluminada por una sonrisa, al lado de su padre, en Biarritz unos días durante el viaje de novios –único lujo en tantos años– cuando él estaba destinado en San Sebastián. Cierto también que jamás le oyó una queja. Pero tampoco realizó ninguna ilusión, ni aun la de ver a Marta convertida en la pianista que ella no pudo ser.

Sí, se está despidiendo y, para sorpresa suya, sin nostalgia. Ocupan su mente mucho más, no sólo el día libre y la noche encantada sino el mundo del Real Sitio con sus dos ambientes. En el de la Villa, y en contraste con la opulencia del Casino, Marta evoca a la vez a Soledad con la dignidad de su pobreza, y a Quina, que se ríe de la riqueza tanto como de la lucha social porque lo suyo es la vida, gozada tal como viene. Y en el mundo de Palacio porque allí vela ahora quien vivió la dramática historia que acaban de revelarle, con esa pasión que le llevó al heroísmo, a la deserción, al claustro, y al desvarío... ¿Desvarío? Esa historia le aclara a Marta la foto de la pareja ante el neogótico castillo, el nombre de Janos, las referencias vienesas. Pero ¿y el París de Luis XVI, tan vívido en la memoria o en la mente de ese hombre? Lo aprendido esta noche por Marta no aclara el misterio, como ha afirmado don Ernesto, sino que lo ahonda y consolida. El Real Sitio encierra fuertes verdades –la de la señora Sole: injusticia, pan, lucha, fraternidad– más sólidas e indestructibles que las imágenes, y las rivalidades universitarias. Y la verdad vivida por Janos, su convicción absoluta, permitiendo creer en lo inverosímil, sean reencarnación o inmortalidad esos círculos del tiempo en que él se apoya... Y así, con el Real Sitio haciéndose su nueva patria, Marta cae en los brazos del sueño.

Mientras tanto, el profesor ha dejado el taxi en Cibeles y sube hacia Gran Vía por la acera del Ministerio de la Guerra bajo el famoso «pinar de las de Gómez»: cuatro o cinco pinos allí plantados. No consigue apartar de la cabeza la melodía de Rubinstein que tanto ha impresionado a Marta... Han cenado pronto, aún tendría tiempo de ver a Celia Gámez en la revista del Eslava, cuyo lujo y elegancia ha llamado la atención, pero no está para decisiones. Sólo divagar, escucharse por dentro, como él dice.

Entra en Pidoux y en el acto se arrepiente, pero se acerca a la barra y pide su copa de coñac: le gusta ese aroma a cuero o madera. Enciende uno de los cigarrillos que le emboquilla la portera de su casa con picadura de dos ochenta. Tres profesionales de postín, habituales del elegante local, le dedican sus miradas pues saben que Rosita, otras veces requerida por el profesor, tiene ahora un fijo que le ha puesto un pisito. Ernesto se siente incómodo; le parece que esas miradas tienen algo de compasivo –«¿les habrá contado detalles la Rosita?»– y apura su copa de un trago, volviendo a la calle.

Se cruza con dos guardias de seguridad; llevan tercerola. El momento político es delicado; nadie sabe a qué atenerse. El profesor evoca su cena semanas atrás con un grupo de amigos, para recordar aquella detención colectiva sufrida cuando se resistieron a la clausura del Ateneo por la policía de Primo de Rivera. Discutieron el horizonte nacional en la sobremesa sin llegar a ver claro, a pesar de que entre ellos los había bien situados en uno u otro bando –monárquicos y republicanos– y por tanto bien informados. Allí recordaron divertidos su llegada desde el Ateneo, debidamente conducidos, a la Dirección General de Seguridad en la calle de Victor Hugo, y la actitud entre chulesca y paternalista del subcomisario que les tomó declaración, recomendando a aquellos señoritos «que en vez de meterse en líos fueran a divertirse a un cabaret; ahí al lado tienen el Casablanca».

Ribalta recuerda que tras la cena siguieron el consejo y fueron a tomar unos *cocktails* con las tanguistas en cuestión. Una de las mujeres resultó atractiva y removió ligeramente su sensualidad pero, como tantas otras veces, se sintió inseguro y prefirió marcharse solo, después de dejar al cerillero una nota por continental para Rosita, citándose con ella al día siguiente... El encuentro fue un fracaso total: «Amor, ¿estás pensando en otra?... Tócame, aquí tienes mis carnes... ¿Quieres que...?».

Fue la última vez que la vio. Luego comprendió que quien estaba ya pensando en el otro era ella... En el fondo se alegró; con esas mujeres no resolvería nada. Vive un momento delicado, y no sólo en política; se encuentra en una encrucijada decisiva para su futuro. Si Guiomar fuese como Marta... porque no es la mujer para su problema. Además le vincularía a la Corona y si llega la República... Fincas del duque confiscables; su influencia palaciega anulada...

Ante su portal va a sacar la llave pero el sereno corre a abrirle, con un saludo servil. Le da una «carabela» plateada, que alegra el rostro del funcionario municipal. Oprime el botón de la luz y empieza a subir la escalera.

ERNESTO

Algo, no sé qué, me ha despertado sin despertarme y me veo colgado de una cuerda que cruza el patio, sin haber dejado mi cama, me sujeto sobre el vacío, las manos se me van cansando pero no tengo sensación de peligro, aunque sí el deseo de acabar con esa absurda situación, debajo de mí se ahonda el hueco formado por las paredes del patio, sórdido cañón hundiéndose en oscuro abismo, todo alrededor ventanas veraniegas: abiertas, luces encendidas, gentes que preparan la cena o ya la tienen puesta sobre mesas con mantelillos a cuadros, llantos de niños soñolientos, gritos maternos, discusiones conyugales, carcajadas, anuncios por la radio: estridores de la vida cotidiana, pero yo continúo ahí, colgado de la cuerda sin salir de la cama, despierto sin estarlo...

Ahora sí estoy despierto, del todo, escapado de ese sueño, todavía mi respiración alterada: en los últimos tiempos al despertar siempre palpitaciones cardiacas, no me ocurría cuando subíamos a la sierra con Giner, y no es la emoción, ¡ojalá lo fuese! ¿cuándo tengo yo emociones? ni me acuerdo, esa muchacha hará carrera, tiene olfato de historiadora, sabe bastante para recién licenciada, si yo la guío adquirirá rigor, eso que le falta a tanto pedantón, pechos más bien pequeños pero bien puestos, hermosas piernas, ya se fijó Saignac, alta para mujer, pómulos marcados, boca que se hace grande cuando quiere, ¡fantasías!, sólo interés profesional, ha de hacer la tesis cuanto antes, la necesito como Auxiliar, Alfredo sólo me sirve para gestiones, nada de investigar, no escarmienta, parece mentira, llevarse al merendero de Perdices a la mujer de Manzanares, tan deseada y tan intachable, ¿cómo se las arregla? ¿de verdad es tan fácil? ¿tan seguro está de funcionar siempre? ¿cómo será Marta en la cama?, ni ella lo sabe todavía, claro, Guiomar fría, seguro, por eso no se ha casado, quiso ser monja, su altivez es frialdad, puede que resultase lo mejor para mí, pero no, necesito una excitante, no la ficción profesional sino verdad, ¿cómo saberlo?, según Alfredo bailando, es categórico, «me echo un baile con una y ya sé si traga; se nota en todo: el arrimarse, el cargar la suerte, hasta en el aliento... ¡como los toreros entienden a los toros, vaya!», o al revés, porque Alfredo es el toro, en la dehesa, dichoso pero vegetativo, nada es humano sin el cerebro, esa chica lo tiene, ¡cómo acierta a veces!, su frase de esta noche, tan clavada como la melodía de la romanza, me hizo daño: «Saignac ve a Eon por todas partes», no es Saignac sino yo, desde que me tropecé con Eon al estudiar Rusia, yo, el severo catedrático, cuarenta años y roído de dudas, ¿y si fuese a una academia de baile? una en la calle del Carmen, el precio que se paga por la capacidad intelectual, pero las neurosis se curan, todo es entenderlas, descifrarlas, el secreto de Freud, ¡si hubiese aquí algún buen analista!, se curan, fisiológicamente no tengo problemas, lo compruebo yo solo cuando quiero, es frente a ellas, la dichosa infancia, mi madre y sus hermanas, las llamaban las Tres Gracias, para mí las Tres Parcas, la educación clerical, superarla, por eso una pareja entusiasta, entregada, deseosa, no hacen falta los trucos de la Rosita, podían sacar chispa, pero a veces contraproducentes, no es cuestión de técnica sino de ánimo, ¿cómo funcionaba Eon? ¡cuidado que he buscado datos! ¿qué emociones las suyas? no las del invertido ¿simple travestido? nadie sabe que tuviese amantes, ni hombres ni mujeres, lo de la zarina es una leyenda romántica, entonces ¿nada?, me resisto a creerlo, ¿maduración tardía? no habría sido el único, se descuida el sexo y se repliega, pero ahí sigue, latente, provocante, ¡encontrar alguna capaz y resuelta! entonces la seguridad, pisar fuerte, de verdad, no sólo dar la imagen, ¡qué carrera después!, con mi nuevo libro la Academia, un salto al extranjero, nadie es profeta en su patria, salir de ese charco de ranas, esa Universidad cateta, sus odiosos personajillos, pontificando y caciqueando, ¡a volar! no necesitaría al duque, un futuro independiente, recuperar los años perdidos, los de tantos fracasos inducidos, el salto de Narciso pero hacia la vida, su fuerza, Merino en el colegio entendió el camino, catorce años y triunfante, regaló unas medias a la criada de su madre, de seda de verdad, se las puso él mismo, con sus propias manos, «¡qué muslos, se lo he visto todo, está en el bote!», pero tampoco es eso, desequilibrio a la inversa, la clave: equilibrarse, intelecto y sensualidad, el siglo de la Farnesio, reconstruirme para crear, plenitud, ¿qué significa mi sueño? ¡si pudiese consultarlo con alguien!, colgando sobre el vacío mientras los otros viven alrededor, está llena de vida esa muchacha, ya está amaneciendo, he de cogerla ahora, también alborea, aún no ha salido del cascarón, antes de que descubra demasiado, de que la engañe cualquiera, hemos de vernos más, colaborar para esa película, el Dos de Mayo, le ha gustado la idea, a ver si les entra el cine a esos carcamales del Centro de Estudios Históricos, el verdadero, no filmar sólo folclore, el arte que interpreta, que revela, el futuro es de la imagen, la veré con frecuencia, jugaré bien mis cartas, no me faltan, mi prestigio, aún estoy a tiempo, la juventud que me robaron, mi madre y sus hermanas, encima decían sacrificarse por mí, según ellas me lo daban todo, y no sabían ni hacer un buen café, casi nadie sabe, me está fallando la cafetera italiana, me compraré otra, imposible trabajar sin eso, pero hecho como yo sé, como es debido...

1807: El Príncipe de la Paz

Al día siguiente de ascender el globo, cuyos tripulantes fueron recogidos cerca de Chinchón sin daño alguno, entraron unas lluvias que vinieron bien a los jardines, pero que estorbaron al rey salir de caza. Los habituales paseantes del Real Sitio se replegaron en sus respectivos cuartos, entreteniéndose con cortejos y discreteos, haciendo música o divirtiéndose con las combinaciones nuevas de lotería casera anunciadas en la *Gazeta* de manera «clara y fácil para la inteligencia de las señoras mugeres». Alonso aprovechó para reuniones administrativas y en una de ellas, examinando proyectos con Boutelhou, el Jardinero Mayor, fue informado acerca del naranjo impúdico.

Resulta que en el invernadero de la Isla crece un naranjo con la curiosa particularidad de presentar, en sus esféricos frutos, una pequeña protuberancia cilíndrica con forma parecida a la del miembro viril. Uno de los trabajadores lo comunicó al párroco de Alpajés y el cura informó al Santo Oficio y a sus superiores por si la escandalosa obscenidad se debiera a maquinaciones satánicas. El obispo de Cuenca ha oficiado hace poco al señor de Andrade, gobernador del Real Sitio, exigiendo la tala del naranjo pues, aunque la Iglesia no se ha pronunciado aún sobre la naturaleza del fenómeno, en estos tiempos de apatía y descreimiento es menester cortar de raíz todo motivo de escándalo. El Jardinero Mayor, que aprecia muchísimo ese raro ejemplar, se niega a la tala, al menos mientras el caso no haya sido estudiado por don Francisco Antonio Zea, director del Real Jardín Botánico. Don Alonso teme comience así una de esas casuísticas querellas con la autoridad eclesiástica que tanto tiempo le quitan para otras tareas.

Ajena a esos trascendentales problemas, Julia ha aprovechado el primer día de sol para sacar a los niños, cuyo prolongado encierro tiene ya fatigados a los padres, hartos de aguantarlos en el aposento. En los jardines se notan los beneficios de la lluvia. Las lilas esparcen su perfume, los amarantos apuntan ya su cresta de gallo color de fuego y brotan flores en la rosaleda mientras todavía huele a violetas en algún bancal. Antes de llegar al Parterre, Pedro y Blanquita admiran por la calle al elefante, que regocija a los transeúntes conducido por su guardián y escoltado por dos guardias españoles, haciendo sonar las campanillas colgadas de su gualdrapa carmesí.

Dentro de un rato correrán las fuentes ya instaladas, ofreciendo a los pequeños otra de sus distracciones, pero antes de llegar aparece por la plaza de San Antonio el relojero volador: ese Lucas que, desde su atrevido embarque en el aerostato, se asoma con más frecuencia a la imaginación de la muchacha. «Volaré por ti», le dijo a Julia cuando la abordó por primera vez, y lo ha cumplido. «Por mí», se ha repetido la muchacha desde entonces, a veces creyéndolo y a veces dudando. Debe esas emociones a su nueva libertad; sin gozarla no hubiera podido abordarla ese mozo de dominante mirada; nunca hubiera ella pensado que le podían ocurrir casos como los de las novelas. Su tía, por supuesto, no sabe nada y, por primera vez en su vida, Julia ha ocultado al confesor esa persistente conmoción de su espíritu. Aunque, en realidad, no hay nada que confesar, se dice a sí misma. Sólo palabras de un desconocido, a las que no dio pie; anuncio de ese volar que aún no está segura fuese por ella. Por tanto no ocultó nada al sacerdote, si bien no le comunicó esa idea aleteando dentro de su alma mientras, arrodillada frente a la rejilla del confesionario, desgranaba pecadillos sin trascendencia.

Y ahora él se acerca. Julia podría apresurarse hacia el Parterre, donde los plebeyos no tienen acceso, pero como decretado por el destino, los niños se retrasan, entretenidos por los juegos de otros chiquillos. Julia ha de esperarles: «estaba de Dios», piensa sin querer. Viéndole llegar le parece que el mozo camina de otro modo desde que la vio: ha erguido la cabeza, pisa y bracea con más soltura.

—¿Qué te dije? —inicia él abruptamente tras los naturales saludos, mirándola como sabe—. Que volaría y volé.

Suena tajante. Ella balbucea:

—Sería bonito... En lo alto, digo yo.

—Como los pájaros. Se ve lo que desde abajo no vemos.

—¿Y no da miedo? ¿No lo menea el viento?

—Un poco, pero da gusto. Al principio el del globo se enfadó, pero luego le ayudé y todo. Ya entiendo esa máquina; podría volar yo solo.

Julia le contempla en silencio, subyugada por tanta osadía.

—Lo hice por ti, te lo avisé. Yo voy siempre a lo mío; lo que decido lo hago y lo remato. Y lo mío eres tú, ya lo sabes. Has nacido para mí, ¿te enteras?

El hombre retiene un momento la mano femenina. Pero ella sale de su encanto, la retira y se echa hacia atrás, aunque sus ojos quedan prendidos de la mirada varonil. Al sentirse enrojecer aumenta su confusión.

Pedrito se acerca y, recordando al mozo, pregunta por aquel bonito reloj.

—Hoy no lo traje, rapaz; no sabía que te iba a ver... Pero siempre llevo alguno. Toma, mira éste.

Saca otra saboneta de la faltriquera y la pone en manos del muchacho. Blanquita acude a ver la maravilla y la disputa a su hermano. Julia se alarma.

—¡Devolved eso, pronto!

—No corre prisa, Julia.

Oír su nombre en esos labios la azora, pero insiste:

—No les deje el reloj; lo pueden romper.

—¿Verdad que no, rapaz?... Si lo rompen, yo me valgo para componerlo. No se me resisten. Ni los relojes ni nada... Y ahora no tengo prisa. Vosotros tampoco tenéisla, ¿verdad?

Los chicos ni contestan, entusiasmados con el reloj, cuyas dos tapas abren y cierran, acercándoselo a los oídos para escuchar el tictac. Julia habla porque le resulta más violento el silencio, bajo esa mirada que se pasea sobre sus vestidos, de la frente a los pies, regodeándose con su cuerpo. La idea la ruboriza más aún.

—¿Cómo sabe mi nombre?

—Porque me importas, Julia. Y es un nombre muy dulce, como tú.

—¡No me diga esas cosas!

—¿Por qué no? Ya sé que no tienes novio, que eres libre.

La palabra mágica devuelve a Julia su seguridad:

—Sí, soy libre. Por eso mismo: déjeme usted en paz.

—Dime de tú. No somos tan distintos, no me hagas de menos.

—¡Yo de menos, pobre de mí! —se disculpa, asustada de que crea tal cosa quien vuela y habla con el mismo rey—. No quise decir eso... Es que yo no hablo con hombres.

—Pues ya tienes edad. Y talle. Y hermosura... Anda, siéntate un momento. Ya ves a tus rapaces tan entretenidos.

Se sienta en el pretil de piedra blanca que sostiene la verja en torno al Parterre. Ella vacila pero no quiere ofenderle y accede. Hablan hasta que Pedro y Blanquita se cansan del reloj. Entonces se despiden y ella entra en los jardines con los niños, después de acceder a un posterior encuentro: no ha sido capaz de negarse.

Le tiemblan las piernas mientras penetra en el jardín hasta la primera fuente, donde un vigoroso anciano de piedra encarna al río Tajo y cuyo surtidor lanza el agua a cincuenta pies, permitiendo a los rayos solares la creación de un arco iris. Pero no es por eso por lo que Julia ve mágicamente irisado el mundo entero, aunque en su interior se afronten claridades y sombras. La charla ha durado poco, pero no puede recordar las palabras, sólo retenidas como música, como ensalmo arrebatándola. Y como futuro: ese mozo no piensa quedarse estancado en el taller real, ¡qué va! El mundo es de quienes ambicionan y saben cómo progresar. No es así el buen marido tranquilo, el hijo del repostero, que le aconseja su tía. Poco a poco cuaja un recuerdo que la enardece: él le ha jurado que la quiere, así, con esas palabras. No es ilusión; lo ha oído. Y por si acaso —continúa recordando— él ha asegurado que la tendrá, que será suya. «Ser suya»; esas dos palabras le recorren el cuerpo como el fuego de un licor desconocido. Y no duda de que él consigue lo que quiere: lo asegura su mirada, su decidida voz, su hazaña volando como anunció. Es seguro: no se quedará en relojero de taller y la tendrá... ¿Pero no repite doña Malvina que si se casa sólo logrará cambiar a su tía por otro amo?... Ser libre en medio de ese torbellino es en verdad muy complicado.

También son complicados los pensamientos que aquella tarde va rumiando el conde de Valduerna hacia una audiencia con Godoy, quien alterna por semanas entre su palacio madrileño de Buenavista y de Aranjuez. A esas horas habrá vuelto ya de despachar con el rey, pues pronto ofrecerá su diaria audiencia pública, aparte de su recepción a los embajadores cada mañana, antes de acompañar a la reina en su mesa como primer gentilhombre de cámara. El conde camina preguntándose por el motivo de la convocatoria.

Un ujier le introduce en el gabinete de trabajo de Godoy que, sentado a su mesa sin la casaca, está escribiendo una nota e invita a Valduerna a acomodarse mientras termina. Entretanto, el conde contempla a ese hombre gallardo en su madurez, de luciente cutis, cara redondeada, ojos pardos bajo el arco de las pobladas cejas rubias, espesos cabellos dorados y labios sensuales. «Un ejemplo estimulante –piensa Valduerna–: a los diecisiete años simple Guardia de Corps y ahora, a los cuarenta, Príncipe de la Paz –por una guerra perdida–, Generalísimo, Gran Almirante, Consejero de Estado, duque de la Alcudia, caballero del Toisón de Oro, Gran Cordón de la Legión de Honor, Superintendente General de Correos y Caminos, regidor perpetuo de la Villa de Madrid y de las ciudades de Santiago, Cádiz, Málaga, Écija...» La voz de Su Excelencia corta esa inacabada enumeración mental. El ministro abrevia las cortesías y entra con rapidez en materia.

–Necesito que trabaje en arreglar un proyecto de tratado con Francia, y no hace falta encarecerle el más absoluto secreto. Redáctelo en su casa y que no salga el borrador de allí. No lo conocen ni nuestros respectivos embajadores, pues Napoleón lo ha tratado con Duroc, éste con Izquierdo y él me lo ha enviado a mí. Aquí lo tiene.

Valduerna ya conoce ese canal de comunicación, pero se pregunta quién habrá traído el proyecto: convendrá descubrir ese contacto. Godoy le entrega un cartapacio y continúa:

—Napoleón tiene prisa. Quiere una nueva alianza de colaboración para invadir Portugal, pues Lisboa no ha cerrado sus puertos a los ingleses y así falla todo el sistema francés de bloqueo continental contra el comercio inglés.

—¿Invadir nosotros Portugal? —se alarma Valduerna—. ¡Pero si la Princesa Regente, doña Carlota Joaquina, es la hija de nuestros soberanos!

—La política no es sentimental. Napoleón lo quiere todo y se siente omnipotente. Ahora más que nunca, con sus victorias sobre Prusia y Rusia. Además tiene clavada la espina de su fracasada invasión de Inglaterra. Espera ganar su actual campaña y después entrará en Portugal. Con nosotros o contra nosotros: ésa es la grave realidad.

—¿Y después de la invasión? —pregunta Valduerna tras un silencio.

—Acabará con los Braganza en Lisboa. Así lo propone el tratado, ya lo verá.

—Y... —vacila Valduerna—, ¿nuestros reyes?

—Se salvan si colaboramos. Según el proyecto, Portugal quedará dividido en tres partes. El norte, con Oporto, se convertirá en reino de Lusitania y se dará al rey de Etruria, que ha perdido el suyo en Italia...

«Porque Napoleón se lo ha quitado», piensa el conde mientras Godoy continúa:

—... El centro, con Lisboa, quedará a resultas de lo que dispongan después España y Francia. Y yo —concluye Godoy mirando atentamente a su interlocutor— me convierto en soberano de la parte sur como Príncipe de los Algarbes... Mis enemigos se escandalizarán, pero yo lo acepto porque es la única manera de extender a esas tierras el dominio español. Seré el más leal vasallo de nuestros reyes, pues el principado queda, como el reino de Lusitania, bajo la protección de la corona española.

Valduerna calla y, ante la mirada interrogante del ministro, reacciona con un gesto comprensivo. Godoy insiste:

—Resistir es locura. Si las gestiones de usted en Londres hubieran tenido más éxito, quizás... Pero no fue así.

—Aseguro a Vuestra Alteza que puse todo mi empeño y...

—No lo dudo, esté tranquilo —ataja Godoy—. Los ingleses aún esperan que la inmensa Rusia ponga las cosas difíciles a Napoleón, pero yo no. Cuando, hace ya quince años, intenté la alianza con ese país y otros del Norte, me di cuenta de sus posibilidades. Esperemos además que esa partición portuguesa sea provisional: Napoleón no es eterno... Pero —la voz se torna enérgica— hay algo en que no podemos transigir. Francia pretende quedarse con villas españolas de la frontera, como Fuenterrabía y Pasajes, Figueras y otras plazas. Eso no puede ser: estudie usted las mejores alegaciones para evitarlo. Ganemos tiempo mientras el Ejército Grande combate todavía en el Este. Y repito: absoluto secreto. No lleve el documento a su escritorio. Ceballos es leal, pero no conozco tanto a Bardaxí ni a los demás oficiales de despacho.

—Pondré en ello mi mayor celo, Alteza. En verdad la ambición de ese hombre no tiene límites.

Dialogan un momento sobre el tema y Godoy pasa a otro asunto, pidiendo a Valduerna noticias de la camarilla del Príncipe de Asturias, por medio de antiguos conocidos de la Casa de don Fernando, a la que estuvo adscrito el conde. Al no existir novedades interesantes, el ministro pregunta por los movimientos del conde de Teba, a quien sabe metido en una conspiración.

—Ése no me ha perdonado su destierro a Ávila cuando le impedí que leyera aquel papel sedicioso en la Academia de la Historia. Y su madre, la Montijo, todavía me odia más.

—Sin embargo, Vuestra Alteza fue generoso —comenta Valduerna.

—Así le pagan a uno —y, dando un giro al diálogo, pregunta con interés—: ¿Cómo se encuentra doña Elvira, vuestra esposa? La veo poco en las veladas de Palacio y en los jardines. Es lástima que no nos encante más con su presencia.

Valduerna la disculpa por la sujeción de los niños, añadiendo una fingida indisposición reciente.

—Espero que se restablezca pronto. Pienso ofrecer a Sus Majestades un paseo de tarde por la calle de la Reina hasta el río y un sarao en fecha próxima. Me complacería tener entre nosotros a una dama de su mérito.

—Juzgo que podrá y asistirá honradísima, Alteza.

Godoy da por terminado el diálogo y llama a un ujier con la campanilla para que le ayude a ponerse la casaca con la que acude a la audiencia pública. Al cogerla el ujier cae de un bolsillo una pequeña cartera de cuero granate que Valduerna le ha visto llevar siempre consigo. El ujier se disculpa, recoge la cartera y la deja abierta sobre la mesa. Godoy se acerca al subalterno para colocarse la prenda y, mientras tanto el conde, ya de pie, tiene ocasión de ver en esa cartera cuatro miniaturas prendidas todas juntas. Tres son retratos de los hijos de Godoy: Carlota Luisa, habida con su esposa, y Luis y Manuel con su amante, doña Josefa Tudó. El cuarto niño produce enorme sorpresa a Valduerna: es el príncipe Francisco de Paula, hijo de los reyes don Carlos y doña María Luisa. ¿Qué hace ese retrato junto a los otros tres?

Godoy, ya vestido, despide al conde y queda un momento a solas. Sonríe satisfecho felicitándose por su buena idea para probar a Valduerna. Le ha dado un borrador del tratado que no es el auténtico. La cláusula de las plazas fronterizas estaba en el original pero ya Izquierdo en París había conseguido retirarla. Godoy la ha vuelto a incluir en el ejemplar para el conde, incluso exagerándola, para ver si llega a manos de los fernandinos, lo que demostraría el doble juego de Valduerna. Por lo demás, la respuesta al proyecto francés ya está redactada y tiene esperando a su mejor mensajero. Lo único inquietante es si Napoleón cumplirá ese pacto: no sería la primera vez que faltase a sus promesas a España, como ocurrió con la paz de Amiens y con la venta de la Luisiana. Sin embargo, esa soberanía en los Algarbes, por modesta que sea, es su seguro personal para el futuro, pues cuando falte don Carlos, y suba al trono su hijo, Godoy sentirá el peso de todo el odio que inspira al actual Príncipe de Asturias.

El ministro suspira y vuelve a llamar al ujier, ordenándole haga entrar a otra visita. Doña Malvina aparece por una puerta distinta y tributa al ministro una cortesana reverencia. Godoy la conduce a un diván y se sienta junto a ella, ofreciéndole un refresco que la dama rehúsa con gratitud. Se cruzan frases amables.

—Ya se habrá figurado el motivo de mi llamada —comienza después el ministro—. He de causarle nuevas incomodidades rogándole que vuelva a París. Sólo en usted confío: tiene todas las cualidades necesarias para algo tan secreto e importante.

—Esa confianza me honra. Con gusto viajaré a su servicio.

—Es menester llevar a don Eugenio Izquierdo mi respuesta al documento que usted trajo hace mes y medio... De paso pongo en sus manos otro asunto enteramente personal. Tengo entendido que un pariente suyo es financiero en París.

—Un primo mío, sí: Jean d'Orbans.

—¿Está en buenas relaciones con el banquero Ouvrard?

—Excelentes, puedo asegurarlo a Vuestra Alteza.

—Lo celebro... —Godoy se detiene un instante, fijando la mirada en la dama con sonrisa cómplice—. Quizás sepa usted que hace dos años contratamos un empréstito con la Casa Vanlemberghe y Ouvrard, para sostener la guerra con Inglaterra. De ese contrato nos resultaron las comisiones de costumbre y ahora me interesa modificar mi inversión de entonces. Otro pliego le dará los detalles... —La sonrisa de complicidad se acentúa—. Comprenderá usted que tengo que cubrirme. El poder político es más inseguro de lo que parece. Por supuesto, su gestión será remunerada... para sus obras de caridad.

—Lo agradezco —sonríe a su vez la dama— porque la caridad empieza por uno mismo y yo también tengo que cubrirme. La vejez es así mismo insegura, Alteza, y yo la tengo cercana.

—Nadie lo diría al verla.

Ella agradece la fineza y Godoy hace protestas de sinceridad, pasando luego a otro tema:

—¿Ha averiguado por fin si Valduerna trabaja para el Príncipe de Asturias?

—No tengo pruebas aún, pero espero tenerlas. He situado en su casa como azafata a una muchacha de toda mi confianza.

—¡Ah, las mujeres entre ellas! —sonríe el ministro.

—No le extrañará a Vuestra Alteza, que nos conoce bien.

—¡Qué más quisiera yo! Se inventan sobre mí demasiadas historias. Necio será quien pretenda conocer a las mujeres. Usted misma, amiga mía, es enigmática, como un Talleyrand... A veces me pregunto si puedo confiar tanto en usted.

—Hace bien Vuestra Alteza en dudar. Yo desconfío siempre y de todos.

—Incluido yo, claro.

—¡Por supuesto! Vuestra Alteza es hombre admirablemente peligroso, si me permite la licencia... Pero en mi caso puede estar tranquilo. No le engañaré: mis intereses son los mismos en este asunto, pensando en los reyes de Portugal.

—Conozco su devoción por doña Carlota Joaquina —admite Godoy, tomando nota de que ella ha leído los pliegos que trajo, aunque estuviesen sellados. ¿Cómo, entonces, parece aceptar el reparto de Portugal? Ella adivina ese pensamiento.

—No recele Vuestra Alteza. Si me permite la audacia de que una pobre mujer opine ante un gran hombre de Estado...

—La escucho. No sobran los juicios de persona tan avispada.

—Seguro que Napoleón invadirá Portugal, pero la marcha al Brasil de los reyes no será tan grave desgracia, sino todo lo contrario... He viajado mucho por toda Europa durante mi vida y, después de conocerla a lo largo de medio siglo, y de las convulsiones sufridas por la revolución, las guerras y Napoleón... La verdad, ya no espero nada de ella. Pongo mi fe y mis esperanzas en el Nuevo Mundo.

Godoy se siente impresionado por la carga emocional que llevan esas palabras. Pocas más se intercambian, pues es la hora de la audiencia pública. El ministro saca de una gaveta de su escritorio dos grandes pliegos y unas cartas de crédito para gastos, cobrables ante su agente en París. La dama lo guarda todo en la bolsa que ha llevado en previsión.

¡El muy sátiro! no respeta nada, repantigado en su poltrona, sonrisa bellaca, ¡pidiéndome que exhiba a mi mujer! vamos, que se la lleve, pero ¿qué se ha creído?, con su esposa y su querida además de la reina, y las que tumba sobre el diván en su audiencia de damas, ¿no le bastan? ¡ni el Gran Turco! si llega a declararse más le abofeteo, mi honor lo primero, ¿me creerá como otros? algunos medran así, ya lo sé, y hasta nos convendría que Elvira le escuchase, ¡pero sin rendírsele, por supuesto! escarceos nada más, como los cortejos, sin manchar la honra de mi casa, el momento es difícil, si vuelvo con los fernandinos se enterará, se pondrá contra mí, entonces Elvira podría parar el golpe, a cambio de poca cosa, un galanteo como distracción, yo más seguro, e incluso más libre, me sería más fácil encontrarme con mi francesa, muchos viven así, las aventuras no dañan al matrimonio, el hombre reclama variación, mientras tanto necesito una excusa para escaparme a Madrid el sábado, no voy a perder la codiciada invitación de mi amigo el duque, con antifaces en su quinta de Villaverde, a la entrada se elige máscara, según el color que prefieres declaras tus apetitos, si buscas hombre o mujer, si hacer o dejarte, ellas lo mismo, ¡y a pescar! ¡a río bien revuelto, ya lo creo!, vale todo, idea de París, siempre nos adelantan, con Revolución o con Imperio, así no hay compromiso, confesaré el domingo, arrepentido de verdad, el matrimonio te hace culpable, pero compensa por gozar a Claudine, otros son peores, ese Godoy con la reina, hoy he visto la prueba, esas miniaturas en su cartera, el infante entre sus hijos, el muy sátiro... ¡y la vieja zorra! comprendo a don Fernando, su dolor, una madre así lacera el alma, y aún no se conforma el camastrón, ahora se calza un principado soberano, ese tratado es inicuo, ¡qué descoco! ¡como si yo no supiera que es idea suya! ya hace dos años la lanzó en secreto al general Junot, ¿por quién habrá recibido el proyecto? un secreto vital, poseerlo me hace muy valioso, revelarlo a don Fernando será mi baza, cada vez veo más claro, debo servir al futuro rey, pensar en mis hijos, Godoy no será nadie en cuanto muera don Carlos, ¿será capaz de firmar este tratado? afrenta el honor de España, el Príncipe de Asturias ha de saberlo, reclamar al embajador Beauharnais, descubrir estos manejos ocultos, con ese secreto desbancaré a Escóiquiz, sigue mandando desde lejos, tiene razón Villena, hay que desenmascarar a ese cura, quitarle del favor del príncipe, Teba también ve claro, hay que moverse, aunque don Fernando conozca ya el tratado a través de Napoleón ganaré mérito informándole, verá que no estoy con Godoy, me pondrá en su mayor confianza, ser fernandino es apostar por el futuro, y si Elvira se pone a bien con Godoy mejor todavía, jugaremos a dos paños, ¡pero sin dejar propasarse a ese sátiro! ya la aleccionaré yo bien.

VII. OCHO DE MAYO

1930: Los círculos del tiempo

MARTA

¿Crepita un fuego?... es otro ruido... más suave, una ducha, persiste, ya estoy despierta, ya lo sé, los chicos del colegio lo cantan, «la manga riega, aquí no llega», chisporrotean las gotas sobre la tierra, salta el olor a humedad, me llega con el de la albahaca, es la primavera, viene a verme por la ventana, delicia, estoy mucho mejor, pronto pasará la minguera, «¡mingas caaaaalientes!», y los chicos a coro: «¡para las viejas que no tienen dientes!», me gustaría asomarme, pero la ventana tan alta, no la vería, estoy aún débil, pobre mujer, cargada con su cesta plana, la señora Sole aún me creerá dormida, por eso no ha entrado, ¡qué barbaridad: las nueve y media! Quina ya en la oficina, ¡qué gusto estirar los brazos! ¡qué catarro más raro en este tiempo! seguro que lo cogí el primero de mayo, sudando y la sangría, ¡pero la señora Sole tan feliz celebrándolo! evocando su juventud obrera, echando de menos a ese Germán al que quiere tanto, esperaba que viniera estos días, «catarro de verano, sudado y largo», refrán de doña Juana, es verdad ¡qué días de sopor! ahí está la minguera, no le molesta la burla de los chicos con sus gritos, «así lo oye más el personal» y tan contenta, «una gripe fuerte» nos dijo don Luis, qué olor más intenso, ¿ha crecido la albahaca? ¡claro que es intenso: las lilas! me las trajo Agustín, ¿ayer? ¿anteayer?, confusa cabeza mía, ocultas bajo su blusa para sacarlas del jardín, «de parte de Goya y Velázquez», guiñándome el ojo, no olvida el museo del Prado, gran día para él, me siguió preguntando sobre cuadros, ¿cómo están aquí las flores? se las llevó la señora Sole anoche, no es bueno dormir con ellas, ha estado antes mientras yo dormía, ¡todos cuidándome! Quina leyéndome su folletín «de llorar y reír», doña Juana ofreciéndome su galena, don Luis tomándome el pulso, su fina cabeza cerca, corte de pelo a cepillo, ya nadie lo lleva así, «¿ha tenido usted alguna emoción fuerte?» «¿una sola, doctor?», ¿qué le parecería Janos, con su historia y sus tiempos y este Real Sitio, y empezar mi vida a solas, ¿no es bastante? don Luis sonreía, ya le quedaba claro, tranquilo, me dio el alta, por lo visto un catarro solo no explica lo mío, ya pasó, curada por todos, ese cariño, y hasta una carta de Saignac, con recuerdos del caballero d'Eon, reí por primera vez desde que enfermé, la señora Sole suspiró de alivio, me cogió la mano, una madre, así quiere a Agustín, desborda cariño esa mujer tan dura, ¡si todo son emociones, don Luis!, y el lujo del Casino: me olvidaba, y don Ernesto con su historia de Janos, la historia de Bettina por fin, increíble, misterios del destino ¿enfermé por emociones? ¿y si me miro al espejo y soy Bettina? ¿estaré transformándome? ¿recordaré con el cuerpo antes que con la memoria?, pero mi camisón es de ahora, mil novecientos treinta, ¡calma, muchacha, no delires! ya no tienes fiebre, hoy no es como estos días, ¡y qué sueños! barroco vienés, llanura húngara, lento Danubio azulísimo, ¿y de dónde los salvajes piratas?, ¿se puede soñar con lo nunca visto? claro que hay libros, fotografías, ahora comprendo mejor a Janos, en cama cavilando, desde que supe su historia, ¡qué espíritu el suyo! sin rendirse, ¡cuánta pasión! y ahora con su Bettina, a la vez locura y vitalidad, sus ideas del tiempo, necesito ayudarle, ¿habrá manera?, lo merece, ¡cuidado! podría ser trágico, quitarle su esperanza, saber que Bettina no vuelve, le destruiría a sus años, consultarlo con la señora Sole, ella sabe de la vida, pero mejor no hablar con nadie, no romper el misterio, basta tener cuidado, ir despacio con él, ¡le compadezco tanto! ¡claro que he tenido emociones! y las sigo teniendo, ahora mismo me brotan las lágrimas, tanta ternura alrededor, Quina renunció a sus paseos, Agustín viniendo por las tardes, trayéndome dibujos, aleluyas, sólo faltaba Janos, imposible por supuesto, ¿qué estará pensando? ¿asombrado de que no aparezco? ¿temerá haber vuelto a perder a Bettina? ¿angustiado? esta tarde voy, ya puedo, sólo me falta una buena ducha, me prepararán el barril, arreglarme un poco, eso me pondrá del todo bien, como las serpientes, cambiar de camisa y renovarse, «pase, señora Sole, pase, ya llevo un rato despierta», ¡y me trae el desayuno! ¿y eso tan colorado? «¿fresas? ¡fresas, Dios mío, fresas!» «sí, hija, de Aranjuez, para que te animes» ya no huele a lilas, vencen las fresas ¡qué perfume! «¡si estoy animada! ¡estoy bien, señora Sole!, no me hace falta nada» «entonces, ¿por qué lloras?» me acaricia la mano del dedo anquilosado.

Antes de meterse en la biblioteca Marta se asoma un momento al Parterre, ahora a punto de cerrar. Tras sus días de cama, el jardín crepuscular la emociona. El día rindiéndose, la luna encendiéndose poco a poco, la brisa de suavidad indescriptible, prolongando la piel en el aire. Todo el ímpetu de la Primavera se reclina en la noche. Marta camina despacio, saborea el rumor de sus pasos sobre la gravilla, descansa un poco, sale, van a cerrar. A lo largo de la verja, por fuera, llega hasta su puerta habitual. Momentos después abre la de su biblioteca.

Se aviva su emoción, es sensible a todo. Pero no sólo por eso sino por percibir que ese lugar la esperaba. Inexplicable, pero verdad: los libros como en tensión, atentos a su llegada, ambiente de santuario abierto a los prodigios. Y, dentro de su marco, el Capitán parece sonreír y el mar al fondo es más luminoso. Marta enciende su lámpara de mesa y la envuelve el descanso de las cosas ya tranquilizadas. Respira hondo, se calma ella también. Ojea un volumen, el *Teatro crítico* de Feijoo, la edición de 1778, pero no logra concentrarse. Su impaciencia crece, ahora es ella quien espera mientras la biblioteca impasible, los libros como si supieran todo de antemano: la situación se le hace insoportable. Decide ir a su encuentro. «Estará en el gabinete de la camarista.»

Coge la linterna por si acaso —don Celes prohíbe las lámparas de llama y el viejo sistema eléctrico puede fallar—, y penetra en los corredores interiores por la puerta que le descubrió Janos. Tuerce a la derecha, tal como recuerda, hasta la estrecha escalera de caracol. A la subida se fija en detalles no observados antes. Descascarilladas paredes, pasamanos cubiertos de espeso polvo, denso olor a humedad y a sitio cerrado. Arriba vacila; se decide doblando a la izquierda hasta otra escalera. En el piso superior la sobrecogen amenazantes golpes rítmicos sobre su cabeza. «¡Ah, bueno, el reloj de la torre, el corazón de Palacio!» Es asaltada por las ideas del guardián acerca del tiempo. Ese ritmo, ¿las pisadas del tiempo? ¿Es en ese corazón donde se mezclan círculos como sangres, donde cuajan las misteriosas coexistencias, los encuentros y desencuentros, las vivencias de otras épocas? ¿Qué tiempo es el que Marta oye pasar, o rodar? ¿El de Eon, de Bettina, de hoy?...

Inmóvil, se siente bajo la lupa de un mago, estudiada como un insecto, en manos del señor del tiempo, una transeúnte de las esferas cazada al pasar... La escalera continúa más arriba pero no se atreve y, además, la vez anterior no subió tantos pisos, ¿cuántos? Empieza a confundirse. «Si sentía el reloj encima estoy en la otra ala.» Retrocede, recorre pasillos, vacila en encrucijadas, cree repetirlas. Abre una estrecha puertecilla esperando salir –como azafata de antaño– a cualquier lujosa estancia de la planta noble, pero la linterna le muestra paredes sin decorar, objetos vulgares apilados al azar: jofainas, jarras, tumbillas para calentar camas, un antiguo y decorado orinal, braseros, una mesa con una pata rota, planchas de plomo de los tejados... Sobre la repisa de una chimenea una densa tela de araña envuelve a una pastorcita de porcelana... ¿Acaso ha bajado a la primera planta sin darse cuenta?... Trepa desolada por una escalera que encuentra hasta que la linterna, apuntando a lo alto, le muestra un techo inclinado con sucias vigas a la vista: los desvanes. Un chillido cortante y el correr de una rata invisible, o dios sabe de qué otra criatura, la llena de pavor. Baja ciega, a riesgo de caerse; su corazón late más fuerte que el reloj de la torre. ¡Se ha extraviado en el vasto edificio, presa en ese oscuro laberinto! En su angustia le parece que la luz de su linterna disminuye. «¡Dios mío! ¿Se estará acabando la pila? ¿Me quedaré a oscuras?» Historias de esqueletos en minas abandonadas o castillos en ruinas vienen a su memoria, desfallece... ¿Tendría razón Quina y es Janos un duende? Es preciso volver a la biblioteca, la única solución, pero ¿por dónde? No reconoce nada, está en otro palacio. El corazón aletea desesperado, el miedo contrae su estómago, le seca la garganta. ¡Otro palacio! Entonces ¿ha saltado a otro círculo como saltó Janos? ¿Está en Versalles, en Kátòvesz? Solloza, lanza un histérico grito...

Suenan pasos que la asustan más aún, aparece una luz en el recodo del pasillo y una sombra alargada se mueve sobre esa nueva claridad. Es Janos, vestido como la primera vez: tricornio, capa, espadín y linterna. Marta corre, se refugia en él apretadamente, hasta casi hacerle soltar el farol, está fuera de sí... Janos se alarma:

—¿Qué haces aquí? ¿Te has perdido?

—Buscándote, buscándote... ¡Hacía ya tantos días...!

—Tú eres quien no venía... Vamos, calma, explícate... Menos mal que oí ruidos extraños... ¿Qué te ha ocurrido?

—Pasaba el tiempo y no bajabas, creí que estabas enfermo, que te habías...

Janos ríe.

—¿Muerto? ¡Yo no me muero!... ¿No es inmortal el alma? Pues entonces... Ven conmigo; aquí no hacemos nada.

Marta le sigue reponiéndose poco a poco. Le asombra el breve trayecto que recorren hasta la biblioteca. ¡Qué cerca estaba de territorio conocido! ¿Cómo ha podido delirar de ese modo? Todavía jadea cuando Janos la lleva al sillón donde hace unos momentos —¿o hace años, siglos?— estaba queriendo leer a Feijoo. Janos se sienta enfrente.

—Tenías que haber oído al conde Cagliostro sobre la inmortalidad. ¿Por qué morir, por qué no saltar a otros tiempos? ¿Por qué ha de ser imprescindible la muerte para seguir? Cada cual salta a su manera; unos saben cómo, otros sin saberlo; algunos recuerdan, otros con apenas reminiscencias y ya sabes por quién lo digo... ¡Lo he meditado tanto!... Reflexiona un poco: si no he muerto antes, cuando no sabía nada, a pesar de todas las ocasiones en que me ofrecí a la muerte, ¿por qué he de morir ahora, precisamente ahora? Y esas ocasiones fueron muchas, ya lo sabes.

Esta última frase llama tanto la atención de Marta que la reinstala en la lucidez:

—¿Por qué dices que lo sé?

—¿Lo que dijeron de mí?... Me lo han revelado tus ojos. Primero mostraban sólo miedo pero, al calmarte, has empezado a mirarme de otra manera.

—Lo siento... Perdí los nervios, me cegaba el pánico... Pensé, no sé cuántas cosas: las trampas de la Gran Pirámide, los laberintos...

Ríe todavía un poco histéricamente. Se le iluminan a Janos los hundidos ojos, infundiendo ternura a su expresión.

—¿Miedo estando yo aquí? Vamos, mírame... Una mujer como tú, reina de esta biblioteca, ganándote la vida... No eres como entonces. Tienes una profesión, eres independiente, valiente, has sufrido pruebas... eso es prometedor. No puedes tener miedo.

—Me creí transportada a otro edificio, no sé, muchos más pisos... ¿Cuántos tiene el Palacio?

—Cinco, si cuentas hasta mi torre, más los sótanos —ríe—, pero están olvidados.

De pronto la mirada se hace dura, inquisitiva, de halcón:

—¿Por qué esas preguntas? —La voz es agresiva—. ¿Qué querías descubrir? ¿Quién te manda?

Erguido en toda su estatura, oscila como una estatua agitada por un seísmo. Dura un silencio en el que Marta trata de comprender. Poco a poco Janos se hace consciente del dolorido estupor expresado por la actitud de Marta. La voz viril se vuelve afectuosa.

—Perdóname; no creas lo que acabo de decirte. Era una broma... Bueno, no lo era, no estamos viviendo ninguna broma. Era una prueba, lo confieso... Lo siento. Comprende que recele: me han dañado tanto... Y todos estos días de ausencia tuya...

—Estuve enferma.

Janos reacciona con viveza, desplaza su silla, la acerca a la de Marta como en un antiguo *vis-à-vis,* coge su mano.

—¡Aleluya! Eso está bien... No te asombres, la enfermedad es un buen síntoma. Supone crisis, cambio... ¿Qué tuviste?

—Gripe... Y emociones; eso dijo el médico.

Marta está a punto de contarle también cómo don Ernesto le reveló el pasado de Janos, pero prefiere no mezclar a nadie en este mágico encuentro.

—¿Lo ves?... Claro, te hablaron de mí, esos de tu oficina... Pero no les creas. ¿Qué saben los demás?

—No lo supe en la oficina. Fue en periódicos viejos. *La Correspondencia de España.*

—¡La *Corres*; los periódicos! —escupe las palabras con desdén—. Son peores. Inventan lo que ignoran. No me digas nada, no quiero saberlo. Pero comprende bien esto: quien dice la verdad soy yo. El único.

«¿Qué será la verdad para esa mente?», se pregunta Marta, intrigada y compasiva a la vez.

—Me reprocharon ser demasiado joven, imprudente, irresponsable. —Habla agitado, justificándose—. Todo por lo de Cuba, aquella cacicada cruel. No se les debió fusilar, no eran delincuentes, el principio de autoridad una salvajada, un comandante inhumano, yo no podía ser cómplice de aquello... ¡Si ya te lo expliqué entonces, me diste la razón! Pero, claro, aún no recuerdas... Me relevaron y encima fue el comandante quien se apuntó el éxito, ¿comprendes?

Marta asiente y su conformidad desata otro súbito cambio de Janos, otra expresión hostil:

—No me des la razón así, como a los locos. ¿Tú qué sabes? ¿O leíste también esa otra historia en los periódicos?

Marta comprende las tensiones de ese hombre y resume para él, con sencilla humildad, la injusticia de que fue víctima su padre, la laureada que le robaron. Por eso comprende, aun no sabiendo.

—Ah, la laureada... No me la robaron; eso fue después. En Filipinas.

Janos suelta la mano de la muchacha, se echa hacia atrás en su silla, parece distanciarse. Pero más bien se hunde en sí mismo, cerrando los ojos. Dura el silencio. Marta le contempla: «¡Dios mío! ¿Qué puedo hacer por él?». Estalla en su pecho el vivísimo deseo de un imposible: ser de verdad esa Bettina. Entonces salvaría esa vida tensada hacia un amor, un desencuentro, como él dice. «Janos, Janos querido», piensa ella, viviendo su fantasía...

Imposible que él la haya oído y, sin embargo, sale de su distanciamiento. La mira con ojos lúcidos, serenos y tiernos a la vez. Habla con voz tranquila y grave. Como un maestro, como un guía espiritual:

—Perdóname otra vez. No me daba cuenta de tu problema: tu nueva juventud, que no recuerda. En vez de ayudarte te lo hago más difícil...

Marta protesta, pero él la ataja:

—No te reprocho esas lecturas que te han informado sobre mí, aunque sea mal. Al contrario, me alegro, sirven también para recordar... No había yo pensado en ello y, ahora que caigo, he de buscarte cosas para leer... Además —el tono es casi de humor— no podría yo reprocharte nada: pocos habrán leído tanto. ¿Qué hacer sino leer, aquí entre tantos libros y papeles, año tras año? He leído todos los siglos; hay más mundo aquí dentro que fuera, porque no está sólo un ahora. Es verdad que este adentro se paró en el XIX pero ¿qué más da? Los acontecimientos también saltan, se repiten los mismos con otros nombres... Me dirás que la ciencia avanza, la técnica innova... pero no añaden nada al vivir humano, tejido con emociones más que con razones... Las razones se añaden luego, para justificarnos: seguimos amando y odiando como en Grecia. Nada nuevo después de Sófocles o de Epicuro, ¿no te parece?

Marta sigue escuchando ahora a un filósofo, con citas y alusiones llenas de buen juicio, con palabras de todos los tiempos, como si leyera un ensayo de Montaigne, autor que a ella la deslumbró a comienzos de su carrera. Janos se muestra de esa misma raza: un humanista capaz de comprenderlo todo en la vida humana... ¡Y le consideran perturbado! Será si acaso una perturbación divina, inspirada por los dioses, como la que el Islam atribuye a sus locos, gentes posesas por su demonio a las que por eso no comprendemos, oráculos vivientes, reveladores como los vates. Janos le inspira respeto, admiración, sorpresa, reverencia. Le descubre tan superior a ella y al mismo tiempo tan vulnerable en su sabiduría, tan necesitado de piedad... Con su sensibilidad de convaleciente le oye emocionada y, sin que eso estorbe su asimilación de lo que escucha, le asaltan pequeñas preocupaciones maternales: «¿Quién cuida a este hombre?, ¿quién le corta el pelo, repasa su ropa?»... Ya sabe que la panadera le aprovisiona pero, ¿y tantos otros pequeños problemas?, ¿y si enferma alguna vez, como ella misma lo ha estado? Pero ella no estuvo sola, sino rodeada de cariño...

—... hay que sentirse abierto y saber aceptar. Los caminos del encuentro son imprevisibles y es menester andar alerta para no descuidarse en las encrucijadas... ¡Las encrucijadas de la vida! Son la oportunidad para saltar, y aparecen inesperadamente... ¿Quién me iba a decir que los libros de esta biblioteca te iban a traer de nuevo hasta mí? Pero aquí te tengo y ahora ¡alerta a la nueva encrucijada! La que te hará saber quién eres, Bettina: no puedo perdérmela, no puedo fallar. Quizás sea una enfermedad; para mí lo fue en otra ocasión, tras muchos meses sin encontrarme a mí mismo, en aquel convento. Lo habrás leído, ¿verdad? Y ahora estoy en otro convento: este palacio, con sus celdas y sus claustros y su soledad para meditar y hallar la verdad; pero sin frailes, gracias a Dios: no entendían nada y también ayudaron a separarnos... Pero ahora... ¿pensaste en mí, y en ti, esos días en cama?

—¡Claro, muchísimo! —responde Marta, con tanto fervor que Janos sonríe satisfecho.

—Cuanto más te mires hacia dentro antes nos encontraremos. Dentro llevamos la verdad, incluso cuando lo ignoramos: todos los tiempos girando juntos. Adentro lo hallarás todo. A ese centro hay que llegar y en este sitio es más fácil, porque es un centro máximo, del espacio y del tiempo.

—¿También del espacio?

—Me lo hizo ver don Tomás López, el famoso geógrafo, que lo había descubierto en sus mediciones geodésicas. Aranjuez es el centro de España real y verdadero. No es Madrid, como creyó Felipe II, ni la cueva de Titulcia según las fantasías especulativas de Torres Villarroel, ni el Cerro de los Ángeles, como han decretado luego por politiquerías religiosas. Es Aranjuez, el Real Sitio, a la orilla del Tajo, aorta fluvial de la Península, nuestro camino al Océano... Tomás López tenía razón, ¡agudísimo sabio!

—¿Le conociste?

—Ya te lo he dicho. —La voz es bondadosa, tolerante con el discípulo predilecto. Marta ha olvidado ya sus miedos, su debilidad convaleciente. Se siente hondamente serena, consolada, tranquila, llena de lucidez.

—¿Y del motín, qué sabes? No quiero ser curiosa, pero el tema me interesa.

Janos se inclina hacia ella, sonriente, seguro.

—¿El motín de Aranjuez? Lo sé todo por un amigo, testigo presencial de calidad. Te contaré cuanto quieras, desde cómo las turbas asaltaron el palacio de Godoy... —Ríe quedamente y prosigue, gozando de antemano con la sorpresa de su interlocutora—. ¿Sabes dónde se encontraba mi amigo en esos momentos y con quién? Nada menos que en la cámara de Su Majestad, viendo al rey don Carlos en bata y calzoncillos y a la reina doña Luisa desolada, exclamando: «¡Ay mi Manuel, mi Manuel, que nos lo matan!»... Por la ventana ardían en hoguera muebles de Godoy... La pira de un mundo agonizante; el resplandor de otro naciendo... Sí, te lo contaré en detalle cuando quieras.

Marta se desalienta. Había llegado a entrar en situación, escuchando esa versión de un testigo presencial, pero la descripción le resulta inverosímil: ese detalle de los reales calzoncillos le parece un anacronismo, ¡el primer fallo en que sorprende a ese hombre! Pero Janos, siempre imprevisible, vuelve a leerle el pensamiento:

—No fantaseo, aunque me llamaron loco; nunca lo estuve. Sólo descentrado, fuera de mi círculo, porque entonces no sabía. Tengo documentada esa escena de la real cámara... Pero ¿qué más pruebas necesitas si estás aquí, si has venido? ¡Eso era lo imposible y ya ha ocurrido!... ¿Sabes?, la primera tarde, cuando te encontré, no me lo creía. Preferí tomarte por un fantasma, una quimera. Por eso me permití rozar tu brazo, tocarlo. Quería comprobar si eras de carne y hueso y lo eras, ¡lo eres! Para tener pruebas no hace falta salir de este centro de mis círculos. Y digo míos porque cada uno tiene el suyo, aunque casi nadie lo sepa y así andan tantos a la deriva... Aquí y ahora lo tengo todo, no hace falta ir afuera.

Lo afirma tan seguro que Marta calla. Su razón se resiste pero su intuición se entrega a esas palabras:

—¿Nunca sales? —pregunta, tímida.

—Del Palacio sí; no podría vivir sin los jardines. Tú tampoco: recuerdo cómo me hablabas de los árboles y de la mies dorada ondeando en la *puszta*... Salgo al Parterre de noche, cuando es sólo mío... ¿Quieres que lo disfrutemos como entonces?

Toma el silencio por conformidad, se levanta, deja el farol y el espadín sobre la mesa. Marta le sigue como hipnotizada. Embocan el pasillo oscuro, guiando él sin necesidad de luz, dobla otro recodo y llegan ante una puertecilla. Janos la abre sacando un llavero de su bolsillo. De golpe les envuelve toda la fragancia del jardín nocturno.

Iluminado apenas por la afilada hoz de una luna en creciente, el solitario jardín que en el ocaso se adormecía, ha vuelto a la vida. Es el febril jardín de la noche: los árboles jóvenes inclinan sus troncos aún flexibles y sus ramajes susurran intencionados: parecen despertar después del invierno, desperezarse, ponerse de puntillas. Pero de pronto, como si se hubieran comunicado unos a otros la súbita presencia humana, esos seres quedan quietos, recobran su diurna compostura. La pareja ha salido por la fachada norte, frente al corro de los dioses marmóreos de la fuente de Apolo, cerca de las Castañuelas, cuyo rumor domina las innumerables voces de la noche. El agua fosforece, crea un encaje de espumas luminosas, jugando a encontrarse, fundirse, desdoblarse.

Pasean en silencio, lentamente. «¡Sí, es un centro mágico!», piensa Marta, abismándose en sí misma, muy adentro, o bien muy afuera en los misterios del jardín. Es igual porque ella y ese jardín bajo el cielo lunar son un único ser. Se siente otra de las sombras susurrantes, crece la primavera por su cuerpo como crece por esa araucaria cuya cima sobrepasa a todas. La anima una nueva vida, jamás estuvo en cama, la enferma fue otra, y se comunica con las sombras mediante sus pies sobre la grava y el suave suspiro de su aliento y los latidos de su corazón... Contempla el blanquecino espejo del río y flota en él, hacia Toledo, Lisboa, la mar... Se apartan ambos del pretil sobre el agua, que al fluir inmóvil y callada demuestra la verdad de los contrarios. Se dirigen luego hacia el postigo exterior del Parterre.

Janos, que en todo ese tiempo la ha dejado entregada a sus sensaciones y pensamientos, ahora la retiene por el brazo. Habla quedo, cargando sus palabras de intensidad sin ruido.

—Espera un instante. Debo pedirte perdón.

Marta alza el rostro hacia él y la luna se anega en sus ojos como en un par de pozos diminutos.

—Hubo antes momentos en que parecí negarte y dudar de quién eres... No era eso, sino todo lo contrario... Sí, todo lo contrario... —Casi no se le oye, sus labios se acercan al oído femenino, rozan unas hebras de cabello—. Creo tanto en ti, estoy tan seguro, que deseaba... Aquí mismo me abrazaste por primera vez, ¿recuerdas? ¿Verdad que lo recuerdas?

¿Sucede porque Marta está entre dentro y fuera, entre ayer y hoy, donde todo es posible, donde se funden todo sí y todo no, la noche y el día, los círculos del tiempo? ¿O es porque la voz se fue muy lejos, allí donde el hombre es niño e implora ese pan de los niños: el cariño?... Marta le abraza: cuando lo piensa ya está hecho y las manos de Janos la estrechan contra él. El pecho viril es de huesos; los brazos, flacos; la barba, rasposa; el respirar, agitado...

«¡No es un duende! ¡Se lo gritaré a Quina!», piensa Marta. Porque la pasión, la ternura indecible, la cósmica certeza, el tambor de la sangre le están revelando, en esos brazos frágiles y poderosos, hasta qué honduras puede llegar el hombre. Con esa fuerza —¿nacida de dónde, de qué raíces, de qué secreto volcán?— conviven los tiempos, cuajan los encuentros, se funden las estrellas...

—Bettina... —murmura Janos antes de desprenderse con dulzura y retroceder un paso. En sus mejillas hundidas queda un húmedo rastro. Cierra despacio la verja y se aleja.

Marta permanece inmóvil. No pesa sobre el suelo.

¿Marta? ¿En qué tiempo el abrazo? ¿Dónde ha sido?

1807: Dama ante el espejo

El mercadillo semanal que abastece a los moradores del Real Sitio durante el invierno instala sus puestos y atrae a sus ambulantes en la parte de la Plaza de Abastos más próxima a la iglesia de San Antonio, al Hospital Viejo y al camino real de Ocaña. Durante las jornadas de la Corte se convierte en concurrido mercado diario, salvo los domingos, y los mercaderes con tienda abierta exponen muestras de sus géneros, los hortelanos aportan sus productos y los labriegos de la comarca, desde Ontígola a Seseña y de Noblejas a Ciempozuelos, llevan en caballerías o en carretas los frutos de sus cosechas. Los buhoneros y vendedores más humildes se mueven con sus talegos o cestas y tienden lienzos en el suelo desplegando sus mercaderías. Allí concurren baratijeros, encajeras, botoneras, perfumistas, requesoneros, choriceros, abaniqueras, mieleros de la Alcarria, aceituneros y otros, además de quienes ejercen oficios más artísticos o azarosos, desde el ciego con sus romances y el mendigo hampón hasta el descuidero que corta bolsas o faldones, el clandestino echador de cartas o el tahúr que domina el libro de las cuarenta hojas. Entre ellos va y viene la clientela, en su mayoría mozas de servicio del Real Sitio, con encargos de sus amas, y viejas mandaderas. Al imán de las primeras concurre la soldadesca y lacayos y, de vez en cuando, un coche con damas se detiene al borde del camino real y hace venir hasta ellas a una encajera o botonera conocida, cuando no alguna baratijera con soterrado oficio de celestina. Hay también saltimbanquis y rascavihuelas, y esta mañana un par de cómicos de la compañía de la Gallarda tratan de ganarse unos cuartos representando un pasillo grotesco. La animación no decae por el hecho de estar ahora sometida la Corte a cuatro semanas de luto por la muerte de la emperatriz de Austria, sobrina carnal del rey don Carlos, que Dios guarde. Sólo se nota en que cortesanos y servidumbre palaciega llevan obligatoriamente medias negras.

Con una de las merceras más populares está regateando Sara una tira bordada, de la que al fin acaba adquiriendo un par de varas por un real de plata. Viste, como siempre, con la mayor discreción, pero los aladares negrísimos y lustrosos que escapan de su manto, sus oscuros ojos sombreados de ojeras y los dientes voraces, algo separados los de arriba, llaman la atención de los hombres, junto con un no sé qué de retadora seguridad que advierten en ella. Un abate afrancesado que también anda entre lenceras, sin duda para cumplir un encargo de la dama a quien corteja, la mira con vivo interés sin conseguir atraer la mirada femenina. Ultimada su compra, Sara se acerca a una de las perfumistas, para cambiar con ella discretas palabras y luego, ya a punto de dejar el mercadillo, reconoce a alguien: se trata del que ya sabe llamarse Lucas y ser apreciado oficial del taller real de relojería. Esa aparición le resulta enviada por el destino y decide hacerse la encontradiza, acercándosele como si curioseara por otros puestos en busca de algo. Conviene saber, le ha dicho doña Malvina, qué tal es ese mozo que anda tras Julia y que, con los encargos de relojes, tiene entradas en tantas casas. Por lo que Julia ha contado a la dama, el sujeto es ambicioso a más de audaz, si se recuerda su aventura en el aerostato.

Si Sara suscita deseos entre los hombres, no menos impresiona a las mujeres la buena planta de Lucas, su suelto andar, su aire decidido, su mirada atrevida y la curva de sus labios finos entre sonrisa y seguridad desdeñosa. A Sara le interesa desde que le vio saltar al globo, pero ahora la conducta del mozo la decepciona porque, aprovechando unas apreturas, Lucas se arrima como por casualidad a una oronda matrona acompañada de una joven y surge del encuentro con un fino pañuelito en la mano, sin que se haya podido notar la destreza con la que lo ha sustraído.

«¡Lástima! –piensa Sara–, es un vulgar descuidero» y ya ha decidido lo que contará a doña Malvina cuando bien pronto comprende su error: el mozo, en vez de alejarse con su botín, se acerca a la señora quitándose el sombrero y le ofrece el pañuelo mientras pronuncia unas palabras.

«Eso es diferente —admite Sara—, un ardid de aproximación... Pero ¿a quién y para qué?», porque el mozo no dedica su atención a la muchacha, sin embargo atractiva, sino que ofrece sus cortesías a la dama ya entrada en años que, al fin, se aleja agradecida y halagada hacia la cercana iglesia de San Antonio. Lucas crece en la estimación de Sara, pues la treta no es el habitual galanteo, sino que apuntaba evidentemente más alto, con algún propósito que ella todavía no capta.

Se fija más en el mozo. Calzón en uso avanzado, pero de buen paño; medias cuidadosamente estiradas y no tan ordinarias como suelen calzar los de la furriera. Lleva el sombrero con gracia y en el atractivo rostro destaca el mentón enérgico. Los dientes lobunos aparecen en la sonrisa provocada por su éxito reciente y los ojos brillan bajo las cejas, un poco espesas. La chaquetilla ribeteada es quizás lo más vulgar, pero de las bocamangas emergen unas manos que sorprenden a Sara: finas y fuertes a la vez.

Mientras retiene esos detalles emplea más tiempo del que piensa y nota de pronto la mirada del mozo fija en ella. Debe de haberse sentido observado, lo cual para Sara dice mucho en favor de su sensibilidad, y responde enfrentándose. Sara sostiene la mirada, cada vez más convencida de que el joven promete, y celebra que en esos labios florezca más abierta la sonrisa. Decide atacar en directo:

—¿Y a mí, buen mozo, no se me ha caído ningún pañolillo?

Sólo un instante se inmuta Lucas al verse descubierto. Responde rápido.

—A usía no se le ha caído nada. Lo tiene todo. —La voz es grave, aunque juvenil.

—¡Huy, usía! ¿Me ha mirado bien su señoría?

—Todavía no bastante, pero cuanto más la miro, más usía la encuentro.

Así empieza el discreteo y poco a poco, avanzando entre los

tenderetes, salen del mercadillo y se acercan a la popular horchatería de Nicanor Rentuelles, frente al Cuartel de los Guardias de Corps, donde la mujer del dueño, Felisa *La Valenciana,* sirve la refrescante bebida con una constante charla de chanzas y comidillas que anima a los parroquianos. Se sientan a la puerta, en una mesa libre, disputándose la convidada y, aunque Sara la ofrece, el mozo hace punto de honor ser el que pague.

«Es inteligente», comprende Sara, porque Lucas, en cuanto han cambiado algunas frases más, se ha dado cuenta de que la mujer no va buscando un encuentro fácil sino que, bajo el discreteo, le habla más en serio. Y ahora se está preguntando a qué viene todo eso. La mujer, por otra parte, le atrae: resulta una hembra ya hecha y eso es halagador para él.

Sara pasa de los piropos mutuos y las chanzas a elogiar a Lucas por su valor al encaramarse a la barquilla del globo. Se interesa por su experiencia, escucha la versión del viaje aéreo y continúa preguntándole por su oficio y sus actividades. Mientras le oye observa divertida que en el rincón más sombrío está Roque hablando al oído de una moza en quien Sara cree reconocer a la lavandera de medias de la reina. ¡Buena caza!

La Valenciana les trae en ese momento dos vasos de aloja y la conversación cesa mientras la prueban.

—Está fuertecilla de especias —comenta ella.

—Pero sabrosa de miel, como usía.

Ella prohíbe en lo sucesivo el usía, pasa al tuteo y afirma que el mozo le cae bien, y que podrían ser amigos.

—Yo no soy una dama de salones y cortejo, pero tengo relaciones y a veces me hacen encargos que son más bien para un hombre.

—Si es de relojes, no me falla ninguno.

—¿Y de otras cosas? En esta vida hay que atreverse con todo. ¿O vas a pasártela siempre en un taller, hasta tener el tuyo propio? ¿No piensas subir más, como en el globo?

El mozo la mira: ya asoma la cuestión.

—Pienso subir a donde sea, pero mejor que en globo. Para hablar claro: no me interesa la Iglesia, que ya quisiéronme meter en ella, ni la milicia, aunque no soy hereje ni cobarde. En estos tiempos ya no son lo mejor.

—De eso se trata precisamente: de estos tiempos. Ya ves lo revueltos que andan, con guerras por el mundo, amenazas contra España, y aquí dentro facciones y partidos a ver quién se lleva el gato al agua... Tú, en Palacio y en las casas nobles, seguro que oyes cosas, que te enteras de algo.

—Por supuesto. Pero de poco me sirve.

—Porque no estás en el juego. Cuando el río anda revuelto siempre hay ganancia de pescadores, si se está bien situado. La cuestión es elegir la buena corriente... Pero hay que mojarse.

El mozo sonríe, astuto, mientras la voz se le vuelve inocente:

—¿Y cuál es la mejor corriente?

Ella le devuelve la astucia con su mirada:

—¡Demasiado lo sabes! ¡Pues la que gane!

Ríen los dos. Se entienden.

Sara empieza a concretar. Él tiene que decidir y elegir el campo; ella no va a pedirle de antemano que se comprometa. Le da a entender que ella sirve a un grupo de los más importantes: el que va a ganar. —Sonríe para darle aire de broma a la afirmación—. Pero no es más que un peón en el tablero, alguien que averigua, informa, todo lo más sugiere ideas a escalones modestos que comunican más arriba: así es como funcionan bien las cosas, ¿verdad?

Lucas asiente, la escucha interesado. Una mujer, continúa ella, tiene muchas limitaciones —también ciertas ventajas, intercala con sorna—, pero un hombre decidido y listo, que escoja el buen camino, puede hacerse notar, adquirir mayor peso, ser escuchado, llegar a círculos más altos, acercarse a los señores y estar entre los que deciden.

—¿Y quiénes son ésos?

—¿Ya te has decidido por ellos y no por los otros?... No, amigo, no te pido eso todavía. Por el momento basta con vernos de vez en cuando y que me cuentes nuevas de Palacio, abriendo allí bien los ojos y los oídos. Nada más; aún no hace falta que tomes partido. De esa manera poco a poco estarás enterado, porque yo te contaré lo que sepa, y entonces decidirás sabiendo lo que haces.

—Lo de verte más veces ya me gusta.

Lo dice de veras, sorprendiéndose. No ha conocido otra mujer así: madura, pero ardorosa y decidida; seductora, pero con ideas propias y proyectos serios. Ella recoge la frase como una aceptación y aún charlan un rato informándose recíprocamente de menudencias personales. Al cabo Lucas abona lo consumido y se separan citándose para la semana siguiente, si algo no les sugiere verse antes. Salen contentos: ella, por no haberse equivocado en sus primeras impresiones y haber logrado iniciar una colaboración con el mozo; él, por haber encontrado al fin un primer hilo para tirar del ovillo de las intrigas, aparte de que una mujer siempre es un posible placer y ésta es, a la vez, madura y apetecible.

Cuando llega Lucas al taller se encuentra sobre su tablero un reloj de mesa que le dicen enviado para componer por un señor de la corte. Es una magnífica pieza sobre cuya base de mármol verde se alza un Atlas de Bronce sosteniendo el globo terráqueo, donde se encuentra la esfera. El maestro de taller le encarga ponerse a la obra, pues conviene estar a bien con el señor conde de Valduerna, que desea una pronta compostura.

Al oír ese nombre se despierta en Lucas el más vivo interés. Si pudiera aprovechar ese reloj para entrar en la casa donde sirve Julia surgirían sin duda buenas ocasiones para sus deseos. Levanta la tapa posterior y extrae el mecanismo, encontrando el fallo en el desajuste de uno de los rubíes, que desequilibra la rueda de áncora. Corregirá el defecto y, al mismo tiempo, alterará algo para provocar la necesidad de nuevo arreglo dentro de poco tiempo. Cuando el portador lo devuelva a su dueño advertirá que serán precisas ulteriores comprobaciones y, como el reloj es pesado y valioso, será en la propia casa de los condes donde acudirá un oficial a revisarlo. Con ese propósito afloja ligeramente el tornillo sujetador del trinquete para que, con el uso, acabe produciéndose la nueva avería y le llamen de la casa a repararla.

Así se acercará, en ambiente más privado, a esa muchacha tan distinta de sus anteriores amantes. Lucas satisface sus deseos carnales sin dificultad, porque atrae a las hembras y aprendió a complacerlas en los brazos de una mujer de la aldea casada con un viejo. Pero Julia es distinta por su finura y sus modales; un peldaño hacia arriba en la escala social, pues no es mujer de manto y saya. Además, la reticencia de la muchacha ha provocado su sensualidad y lanzado un reto a su amor propio. La idea de conquistarla le mantiene sonriente mientras se aplica al trabajo sobre la maquinaria que repara. Su vida progresa gracias a esas dos nuevas mujeres de superior nivel. Pues Sara, aunque del pueblo, no es vulgar sino destacada e inteligente y quiere también actuar en el mundo. Además, como mujer, también tiene su imán. «Sí —piensa Lucas—, con la una y la otra ya estoy volando, y no sólo en aerostato, sino bien en tierra firme.»

Entretanto, en la casa de los condes de Valduerna la señora se está divirtiendo doblemente. Primero, porque le ha apetecido mostrarse huraña con su cortejo, el abate Retamar. No es un galán notable pero por eso mismo se desvive por su dama con arreglo a los usos establecidos, despertándola por la mañana con unas flores y tomando el chocolate en su alcoba, haciéndole los encargos, dándole permanente y divertida conversación —aunque no le sobra el ingenio— y, en fin, proporcionando gustos según las leyes del cortejo en la buena sociedad. Ponerle levemente en ridículo y reprocharle supuestas faltas por capricho, para regocijarse en la confusión del pobre hombre, constituye para doña Elvira un maligno placer. Además está gozando porque le han traído para la prueba el vestido que llevará al próximo sarao del Príncipe de la Paz, al que ha sido especialmente invitada, y ha decidido que la modista y su ayudanta se lo prueben primero a Julia, pues ambas tienen parecida talla y el difícil arreglo de los volantes y encajes resulta enojoso. Ha observado, además, que Julia se sintió molesta al tener que quitarse para la prueba su propio vestido, quedándose en enaguas no sólo delante de las tres mujeres y los niños, sino también en presencia de un medio cura, que la mira con poca discreción.

Julia, en efecto, se encuentra azorada, aun cubierta ya con las galas de la condesa, pues el escote de moda es muy amplio y descubre la mitad superior de sus pechos, aunque una gasa salpicada de pequeñas violetas bordadas parezca salvar la modestia. Nadie, fuera de su tía, ha visto jamás sus hombros desnudos y ahora siente sobre ellos la mirada crítica de tres mujeres y la del abate a quien, para colmo, doña Elvira gasta bromas, fingiéndose celosa. Así es que la muchacha, ruborizada, desea acabar cuanto antes, mientras frente al gran espejo soporta de pie el peso del vestido y los movimientos en torno suyo de la modista, que redondea la falda y compone los pliegues en forma de cortina.

La prueba se prolonga al haber sido preciso desmontar toda la sobrefalda y volverla a sujetar con alfileres, pues su caída no convencía a la condesa y en ella está todo el efecto del vestido. Poco a poco, el espejo le muestra a Julia una imagen en la que no se reconoce: esas galas de corte cambian por completo su silueta y le confieren un empaque y un señorío halagadores. Por si fuera poco, y para ver el efecto, la condesa manda ponerle la peluca empolvada propia del sarao y eso da el toque definitivo a la imagen del espejo: quien allí aparece no es Julia sino una elegantísima dama primorosamente peinada, haciéndose vestir por sus doncellas. El lunar que acaban de ponerle junto a la boca termina de darle un aire nuevo y el perfume, ordenado por la condesa para completar su diversión, penetra en los sentidos de Julia llevando la transformación a sus adentros. No es que se crea convertida en condesa pero sí descubre, como una revelación, que el deslumbrante efecto producido en ella por tantas damas, paseantes por el Real Sitio, no se debe a que ellas sean mujeres excepcionales sino más bien a sus medios para vestir a la moda y hermosearse con todos los recursos de la cosmética. A Julia ya no le importan las personas presentes: se siente segura y sonríe levemente ante el espejo, convencida de su encanto. Cambia la dirección de su mirada y capta las muchas posibilidades expresivas con el juego de los ojos. Dirige la vista a sus manos y agradece a su tía por haber cuidado de que los trabajos domésticos no las hayan estropeado... Poco a poco, la dama del espejo va inculcando a la Julia maniquí una radical seguridad y una nueva y reveladora valoración de sí misma. «¡Si me viese doña Malvina estaría orgullosa!», piensa, ya persuadida de que llegará a ser como su admirado modelo femenino.

De pronto, sin previo aviso, se abre la puerta que Julia ve a su espalda gracias al espejo e irrumpe en la habitación el conde de Valduerna, todavía cubierto con su tricornio emplumado, pues acaba de llegar de la calle. Julia ve cómo se detiene admirado ante la desconocida dama vestida de corte, y cómo se apresura a descubrirse ante ella, curvándose en la más galante reverencia. Comprende que el conde se pregunta quién es esa desconocida, ya que está viendo a su mujer dando instrucciones desde su sillón y atendida por el abate Retamar. «Incluso —piensa Julia, en el colmo de su transformación— está a punto de rogar serme presentado.» Pero entonces estalla, como una catarata grotesca, la carcajada de la condesa, inmediatamente coreada.

—¡Pero Pedro, por favor! ¡Si es Julia, la azafata de los niños! ¿Estás ciego?

Ahora es el conde quien enrojece, corta de raíz su reverencia, se yergue, lanza una mirada ofendida, gira en redondo y sale dando un portazo. Para Julia se ha roto el espejo: la dama que era se desmorona mientras todos ríen. Sólo por un inmenso esfuerzo de indignado coraje logra ella retener sus lágrimas.

Desde ese instante su inmovilidad es glacial. Nada alrededor la afecta, las palabras no la alcanzan, las risas no suenan, las manos de la modista no la rozan. Ni un gesto en su apariencia impasible la delata, pero algo advierte la condesa, porque cesa de embromar a su cortejo con fingidos celos e insta a la costurera para que se apresure. Al fin cesa el tormento para Julia; le quitan la peluca y el vestido e incluso le desprenden el lunar. Por unos momentos vuelve a quedar en enaguas ante el abate, pero ya le da igual. Si antes la dama del espejo no era ella, ahora tampoco lo es la persona tan súbita y brutalmente humillada. Su dignidad herida no es culpable; se siente superior a esos burladores que ni siquiera imaginan haber podido ofenderla: a una villana no se le ocurre considerar abuso la burla de un noble, que al tomarla como diversión ya le hace honor.

La modista recoge la ropa, pide licencia y sale de la habitación con su ayudanta. Julia solicita la venia de la condesa y se retira a su cuarto. Llega a él a tiempo: ya no podía retener más la angustia. Se ahoga y al principio no es capaz ni de llorar; el hielo en que se convirtió la paraliza. Luego sí, todo su cuerpo fuente de lágrimas. Pero no de dolor sino de ira, de rabia, de coraje. Se arrancaría la piel porque todavía queda en ella el aristocrático perfume, como indeleble marca de la esclava.

JULIA

¿Quiénes creen ser para burlarse de mí? ¡si soy como ellas, si no hay más diferencia que esos trapos! unos títulos y un dinero que poseen sólo porque sí, no por merecerlo ni ganarlo... ¿quiénes son para querer humillarme?... ese conde intrigante con sus trapacerías, dice Narcisa que se ignora a quién sirve de verdad, es lo que quiere saber doña Malvina, ¡con qué gusto la informaré en su día! y además metido en líos de faldas, todo el mundo lo comenta, ¿quién es para darme ese portazo? ¿ni para avergonzarse de haberme saludado? ¡qué mirada la suya de desprecio! esos señores nos miran así, sin vernos, no existimos, como no existe la doncella ante la cual se desnuda indiferente la señora, el conde avergonzado al reconocerme, la azafata de sus hijos, confundirme con la dama del espejo, y esa condesa pendiente de sus trapos, yo me creía aquí más libre, bajo ellos no hay libertad, me iré de esta casa, pero será peor, mi tía me sermoneará, «ya lo sabía yo», no me importa pero ¿y don Alonso? ése sí es bueno, me mira con respeto, me conmueve, me hace señora, ¿cómo dejarle en mal lugar? ni a doña Malvina que me recomendó, ¡doña Malvina! ¿dónde está? por algo la llaman «Volandera», ¡hoy que la necesito! no poder hablarle ahora mismo, estoy sola, esos viajes, otra vez a Lisboa, «allí se prepara el gran salto», a veces no la entiendo, pero tiene razón, no abandonar el campo como don Alonso, me han herido pero sigo en pie, frente a ellos, contra ellos, ahora comprendo del todo, hay que pasar por esto para conocerles, aborrecerles, seguir adelante, ya me siento más cerca de doña Malvina, incluso de Sara, a veces se excede, pero tiene razón, con irme no arreglo nada, me sería imposible hablar con Lucas, mi tía más celadora que nunca,

¡Lucas no me dará un portazo! vale más que ese conde libertino, más hombre y más honrado, no necesito trapos para atraerle, tampoco necesito verle bandas ni encomiendas, somos los dos quienes somos, verdaderos, si me marcho no podré hablarle como ahora, será peor que la muerte, al menos he conquistado esa libertad, encontrarnos de vez en cuando, ¡y cuántas finezas me dedica! piensa como yo, dentro como yo del pozo en que nacimos, pero dispuesto a salir de él, a volar, a que volemos juntos, ¿será posible el milagro? ¿volaremos alguna vez? no me atrevo ni a pensarlo, no vaya a estropearse, dicen que guardarse de los hombres, pero alguno habrá bueno, como don Alonso, como Lucas, me quiere, no es sólo que él lo diga, lo demuestra en todo, en esperarme, acompañarme, en su habla, sobre todo en sus ojos, espejos del alma, si me mira me salgo de mí, me voy a él, no podría negarle nada, su imán es el corazón, si hubiera estado allí abofetearía al conde, hubiera castigado su desprecio, aunque le costase la cárcel, no puede retar a un noble, los pobres no tenemos ni honor, nacemos para divertirles, para ser usados, ya me lo dice Sara, sólo se vive arriba, llegar como sea, sin eso no eres nada, tiene razón, bien pronto he conocido ya la Corte, la he visto del revés, por donde se ve lo malo de los tapices y los zurcidos, no en las ceremonias y las procesiones, no con las galas y las reverencias, la he visto desde abajo, les he perdido el respeto, hasta la condesa con todas sus monerías y su memo cortejo, no tiene amante como otras pero se muere de ganas, el ejemplo es la reina, doña Elvira no se ha lanzado aún por cobardía, dice Narcisa que está al caer, ésa es la Corte, ¡bendito portazo! ahora lo agradezco, se ha hecho la luz, un relámpago, una revelación, no volveré a engañarme, no le creeré ni al espejo, mientras ellos manden no cambiará nada, Sara tiene razón, y yo la creía exagerada, piensa igual que Lucas, él y ella y doña Malvina, están a mi lado, piensan igual, aunque a veces... ¿por qué se rió Sara cuando le comenté que doña Malvina estaba en Lisboa? «sí, sí, Lisboa», Sara es a veces maligna, doña Malvina no miente, y los tres contra esto, tanta opresión, tanta injusticia, ¿cambiará el mundo alguna vez? ellos lo impedirán, tienen todo el poder, pero Sara dice que caerán, hay que rebelarse, ya cambió en Francia, ella estaba allí, el rey era divino pero perdió la cabeza, y aquí cualquier día... está mal pensar eso, no se puede matar... ¡pero tampoco humillar al inocente! ¡la Corte! mentira, adulación, intrigas, todos a medrar, el poder y el dinero, tiene razón Lucas: si no eres lobo serás cordero, si quieres libertad has de ser implacable, nada de resignarme, si mi tía conociera mis pensamientos, ¿y qué cabe pensar si es la verdad? pero ella es la primera en ser de Corte, sus consejos, «niña, sonríe» «niña, los ojos bajos» «procura complacer a don Alonso» y la dichosa boda, lo único importante la buena posición, el Repostero personaje en Palacio, de escaleras abajo pero influyente, despacha con el Mayordomo Mayor, el hijo nos conviene, aunque sea bobo y tacaño, «ya le sacarás los cuartos» «la mujer nace para resignarse» «así lo dispuso Dios», mi tía es como ellas, nada de resignarme, ese portazo la mejor lección, no la olvidaré nunca, doña Malvina y Lucas mis maestros, ¿podré hacerme loba? ¡Si me han enseñado mansedumbre! eso de «los mansos de corazón», no me hará falta junto a Lucas, lobo él y yo su cordera, ¿lo lograré algún día? ¡ay, Virgen, que se cumpla! lo demás no me importa, afrontaré lo que sea, no soy como esas damas, sólo quieren divertirse, yo vivir en libertad, Lucas no va a engañarme, no es posible, yo lo notaría, no hubiera podido quererle, porque le quiero, ya me lo confieso, le quiero, lo repito, no sé si hago bien o mal, ni si tiene posición, él es verdad, este amor es verdad, lo siento en mi sangre, en mi rabia, rompieron el espejo ¡pues mejor! ya no hay engaños, ya no valen sus trampas, ahora sí que llegaré a ser libre, ya lo dijo Sara: a la libertad se llega por el odio.

VIII. TREINTA DE MAYO

1930: ¿Por qué no?

En la caliente noche de mayo la reposada atmósfera cotidiana de la plaza de Parejas se ha convertido en un agitado entrecruzamiento de ruidos, luces y olores, por celebrarse la verbena de la víspera de San Fernando. Los altavoces se hacen la guerra con anuncios o con músicas de moda, como los cantables de *La rosa del azafrán* o el pasodoble torero *Marcial.* Tintinean los tiovivos y las norias, campanillean las ruedas de la fortuna y de las rifas, donde se ofrecen muñecas de celuloide legítimo junto a botellas de sidra y peponas de cartón. Pero la gran atracción es la novedad de los coches que chocan, ante los que hay cola para poder montar y liarse a encontronazos contra todos. Lucen o centellean guirnaldas de farolillos venecianos, bombillas eléctricas, letreros luminosos y, en los puestos más modestos, lámparas de carburo. Espesan el aire olores a chocolate caliente, a fritanga de churros y flores de sartén y a grasa quemada de chorizos o chuletas de riñonada asándose sobre las brasas.

En ese ambiente estallan de vez en cuando los petardos de los muchachos, los estampidos de la máquina de medir la fuerza golpeando con un mazo y los disparos en el tiro al blanco. Los chicos corretean entre las piernas de la gente, disparan matasuegras, lanzan serpentinas o *confetti* y ensordecen con trompetillas o agudísimos silbatos. La multitud aumenta con la llegada de quienes han estado en la plaza del Ayuntamiento escuchando el pregón de las fiestas por –según reza el programa oficial– «el culto cuanto distinguido Maestro Nacional de Escuelas Públicas don Florentino Ramales Castrillón», haciendo gala de una oratoria tan florida como su estilo en las gacetillas de sucesos locales enviadas al *Heraldo de Madrid* donde, por desgracia, suelen recortarlas implacablemente. A medianoche se encenderán los fuegos artificiales anunciados y, entretanto, la orquestina Los Ribereños ya está preparando su equipo sonoro para amenizar el baile que se prolongará hasta el amanecer.

La Villa se divierte y Quina más que nadie. Es tan feliz que se deja acompañar por Feliciano y acepta encantada sus convites y atenciones. Marta está con ella, escoltada por un amigo de Feliciano, estudiante de la Escuela de Jardinería: un agradable joven de Valdepeñas, que le cuenta cosas interesantes de los reales jardines y de sus plantas. De vez en cuando los cuatro se entremezclan con otros grupos de los que suelen encontrar por la calle de Stuart, y si a nadie le extraña la ausencia entre la gente de estudiantes universitarios y oficiales de húsares es porque se sabe que están en el Teatro, donde el Casino ha organizado un baile para sus socios.

Empieza la música que, gracias a los altavoces, logra hacerse oír en medio del estrépito. Se forman parejas, animadas por el fácil pasodoble inicial, que permite a Marta, deficiente bailarina, dejarse llevar por su compañero, tampoco muy experto. El tango que sigue les disuade de continuar, como a otros muchos, y se acercan a un mostrador para tomar agua de cebada con limón. Quina, en cambio, no pierde música, sea con Feliciano o con otros amigos, y despliega al girar los famosos revoleos de su falda. Así transcurre la velada, pero después de los fuegos artificiales decae la animación, se van retirando muchos y sólo quedan los más coriáceos y los algo bebidos, que tienden a ponerse pesados. Quina se declara satisfecha y los cuatro se dirigen hacia la casa de las muchachas paseando bajo las arquerías del Patio de Oficios. En la despedida Feliciano arranca a su pareja un rápido beso, frenado por Quina con un tajante «¡basta, que te arreo!».

Amanece el día glorioso de San Fernando y Marta es despertada por la diana con los tambores y trompetas de los húsares de la Princesa, recorriendo las calles. Se imagina a los vistosos jinetes, con sus dolmanes azules colgados del hombro y el *kolpak* con plumero en lo alto, pero no podría verlos por su ventanita a la calle de la Reina y además prefiere volver al sueño un rato más.

Así es que se levanta tarde, se lavotea en su jofaina y se arregla el pelo, poniéndose la bata para aparecer en el cuarto de estar. Al llegar a la puerta se detiene confusa: charlando animadamente con Soledad se encuentra un joven desconocido que sonríe a la recién llegada sin mostrar sorpresa y se levanta. Marta se disculpa y está a punto de retirarse, pero Soledad la retiene.

—Usted es la famosa Marta... ¡me alegro de conocerla! —dice el hombre, dando un paso hacia ella con la mano tendida.

Marta acepta esa mano, pero le ha chocado lo de «famosa», aunque haya sido dicho sin ironía.

—Y usted será el famoso Germán, claro.

Le ha salido reticente sin querer y, al percibir la extrañeza en el rostro masculino, se explica:

—Perdone, es que me disgusta aparecer hecha un adefesio. No esperaba encontrarle.

—De adefesio, nada. Y además, está usted en su casa.

Soledad les mira, divertida, y les reprende:

—¿A qué viene tanto usted, demontre? Germán es como familia y él ya sabe quién eres, por mis cartas.

—En todas te nombraba —sonríe Germán—. Por eso te llamé famosa.

—También nos habla aquí mucho de usted... Bueno, de ti.

Marta observa muy discretamente al visitante. Facciones enérgicas sin dureza, ojos caoba, corto el negro y algo crespo cabello, labios llenos, mentón voluntarioso, voz grave y agradable. Aunque bien afeitado, le azulea la cerrada barba. Viste pantalón claro y camisa blanca remangada hasta el codo, mostrando antebrazos nervudos y manos largas y fuertes. El conjunto es un cuerpo alto y bien plantado; un rostro de expresión abierta y franca que la mira a ella directamente, sonriendo al sentirse observado.

—¡Pero sentaros, leñe! —salta Soledad—. No vayas ahora a arreglarte, Marta, estás bien. Seguid los dos conmigo. —Y dirigiéndose a Germán—: ¿Verdad que es majica? Ya te lo dije.

Él asiente con la cabeza. A Marta la violenta un poco el comentario y agradece a Germán que no subraye el piropo. Soledad explica que Quina aún no ha salido de su cuarto porque anoche se corrieron la gran juerga. Germán lo celebra, Marta se esfuerza por poner las cosas en su punto y Soledad se ríe también de esas justificaciones. Marta no la ha visto nunca reírse tanto y adivina lo que pudo ser esa mujer en otro tiempo, cuando tenía ilusiones y esperanzas. Germán la rejuvenece: ahora le ha cogido la mano y acaricia ese dedo anquilosado.

—Atiende su tallercito en Epinay —contesta Germán a una pregunta sobre su tío—. Está baldado; la pierna que le rompieron no curó bien y con los años se resiente... Pero tiene ánimo; le divierte vivir en ese pueblo donde, después de la Gloriosa revolución española, se retiró a vivir el maricón del Paquito de Asís, rey consorte de la cachonda Isabel II.

Emplea esas palabras, chocantes para Marta, sin ninguna malicia: denotan realidades y nada más. «Como otras veces Soledad», piensa.

—Mi tío no volverá a España mientras haya rey. Quizás se muera allí, aunque no se sabe. Las cosas se están moviendo; la monarquía se tambalea.

Se le nota encariñado con su tío y por eso le choca también a Marta que aluda a esa muerte sin melancolía.

—¿Tú crees? ¡Demasiado despacio! —se queja Soledad—. Ni la verá caer él ni yo tampoco. Vosotros sí, a lo mejor.

—Se hará lo que se pueda. —En la sonrisa de Germán los dientes blancos y fuertes resultan prometedores.

Enseña una reciente fotografía de su tío y otra, antigua, de sus padres con él mismo, niño, entre los dos. Al lado se ve a Soledad más joven: de negro, seria. Una instantánea callejera, de las hechas «al minuto».

—¿Ya era usted viuda? —pregunta Marta a Soledad, que contempla melancólica el viejo recuerdo.

—Casi lo mismo, hija: mi Ramón estaba preso. Cuando no le cogían andaba escondido o predicando la idea... Bueno, algo exagero, pero así era.

Les interrumpe la aparición de Quina en bata. Al ver a Germán grita alegre su nombre y le abraza fuertemente. Luego pone a todos en movimiento, hablando sin parar. Es muy tarde; está hambrienta, han de ir a ver correr las fuentes, continúa la fiesta, el Feliciano quería venir a buscarla pero esta mañana tocan otros, se lo reserva para los toros, qué se habrá creído, no hay que darles demasiada confianza... «¿Y tú, Germán, tienes ya novia? ¿A qué esperas? ¡Si tú me quisieras, aquí estoy! Pero picas más alto, eres muy señorito desde que te pasaste al cine en la Francia.»

No deja hablar a nadie, ni siquiera cuando le preguntan algo. Al mismo tiempo va y viene a la cocina, prepara su desayuno y el de Marta al saber que aún no lo ha tomado, se mete en su cuarto y vuelve ya vestida... Soledad se levanta para atender a su madre. En una ausencia de Quina comenta Germán la gracia de esa tarabilla.

—Es estupenda —responde Marta—. Le cogí cariño enseguida. Por ella me vine a vivir aquí. Fue una suerte.

Siente la mirada inquisitiva, pero afectuosa, de Germán, que pregunta en tono divertido:

—¿No te asustó Soledad? Me contó que a primera vista no le gustabas.

—Asustarme no; sólo extrañarme ante su actitud... Pero pronto descubrí su ternura.

—¡Eso es! Como Quina. ¡Cuánto las quiero a las dos!

Habla sin énfasis pero con voz llena de verdad. Lo mismo que el fraternal abrazo a Quina.

Quina trae en una bandeja su desayuno y el de Marta. Lo toma y habla a un tiempo, refiriéndose a la especial comida de hoy para celebrar el cumpleaños de Agustín. Marta sale por fin a arreglarse y, cuando reaparece, Quina ya ha organizado la expedición. Como Soledad habrá de quedarse, a causa de su madre, ellas dos parten acompañadas de Germán.

Camino del Parterre ven gran concurrencia cerca del Puente de Barcas divirtiéndose ante el ensebado poste de la cucaña instalada en la orilla opuesta del río. Hasta ahora los que intentaron alcanzar el jamón colgado en la punta del poste nadan ya en el río o emergen por la ribera, pero otros hacen cola para probar fortuna, animados por los gritos de la gente. A poco los tres amigos se alejan y a Quina se le antojan tortas de Ontígola y hace a Germán comprar una cabeza entera de girasol cuajada de pipas.

Por la calle de Infantas asoma la larga hilera de huérfanas del Colegio de Infantería, paseando de tres en tres, cuando ellos llegan a la puerta del Parterre, ese día abierto a todo el mundo como en las ferias de septiembre, el santo del rey y otras raras ocasiones. El pueblo tiene licencia en esas fechas para acercarse a los mármoles, a las fuentes, a los dioses. El agua se alza en surtidores, se despeña en cascadas, chisporrotea llena de irisaciones bajo los rayos del sol. Hasta los árboles agradecen tanta humedad y su sombra se hace más fresca en esta mañana ya recalentada. El pasaje desde la rotonda de Apolo a la fuente del Niño de la Espina se llena de incautos forasteros —los de la Villa conocen el riesgo— y, de vez en cuando, un guarda del Patrimonio abre la llave del agua y, desde los caños disimulados a ras de tierra por ambos lados, surgen inesperados surtidores cuya caída confluye sobre el centro del pasaje. Los paseantes mojados huyen como pueden de esa antigua broma de los reyes a su séquito, repetida ahora para el pueblo.

Quina, que conoce el truco, hace lo posible por meter allí a sus amigos y que les coja el remojón, pero Germán retiene a Marta hablando de los bajorrelieves de la taza en la fuente de Apolo. Quina le dirige una mirada de extrañeza y luego se mete entre la gente, divirtiéndose al recibir la mojadura, aunque no tanta como los incautos, pues ella sabe caminar bajo la curva parabólica de los surtidores. Marta se da cuenta y se siente halagada por la atención de Germán, que la ha librado de acabar con su ligera ropa de verano toda pegada al cuerpo. Descubre así que la chocante naturalidad de ese hombre no está reñida con la delicadeza. Eso no le impide a él reírse al recibir a la divertida Quina, que llega con todo el pelo mojado.

Salen de los jardines ya pasado el mediodía y se dan una breve vuelta por la plazuela de San Antonio, bajo cuyas arcadas han sido instalados numerosos puestos de golosinas, frutos secos, baratijas para los chiquillos, bisutería, matasuegras y artículos de fiestas, entre otras diversas ofertas. Se detienen un momento en el puestecillo de Lorenzo, el padre de Agustín, que les recibe con grandes agasajos. Además de sus libros, marcos y mercancías habituales, exhibe una serie de acuarelas con vistas de Aranjuez, debidas al arte de su hijo, que van encontrando compradores.

—Ha estado pintando mucho todos estos días. ¡Con colores regalados por Rusiñol!... ¡Es más bueno! No me merezco ese hijo, señoritas.

Germán le mira con reproche —¿por qué no?, ¿de qué es culpable?— y la verdad es que incluso a Marta le resulta poco agradable esa expresión lacrimógena, en vez de esforzarse lo mismo que el hijo, aunque luego piensa en la mala salud y la desgracia del pobre mutilado. Intenta comprar dos de esas pinturas pero, aparte de que no se las cobraría, Lorenzo le revela que Agustín les va a regalar alguna cuando vayan a almorzar. Lamenta no acompañarles, pero ha de quedarse en el puesto.

De camino hacia la casa, Germán se detiene en los puestos veraniegos de hortelanos y compra espárragos y una escudilla de fresas. Con esos trofeos llegan a Casa Sole y a poco, están acabando, entre risas, de montar una mesa lo más cómoda posible. Se les une Agustín, a quien reciben con grandes felicitaciones. El chico les sorprende porque llega calzando zapatos y con los pantalones largos de su uniforme de botones. Al cubrir sus flacas piernas su figura resulta más cumplida.

—¡Estás hecho un mocete! —exclama Soledad, la primera en darle un fuerte abrazo.

Agustín viene especialmente peinado: Marta al besarle huele lo que parece ser un cosmético para sujetar sus remolinos. Muy serio saca una carpeta y reparte una vista de Aranjuez para cada uno y se disculpa por no haberle traído a Germán, cuya presencia ignoraba. Marta siente la tentación instantánea de ofrecer la suya al visitante, a cambio de otra que pueda luego traerle Agustín, pero se contiene pensando que al chico no le gustaría pues la suya es la acuarela más bonita: una perspectiva del río desde el Puente de Barcas, mostrando toda el agua remansada en la presa y, al fondo, el ala norte del Palacio con la torre donde duerme Janos. Es la de Soledad la que pasa a ser de Germán, a cambio de otra que promete Agustín.

—¡A la mesa, a la mesa! —ordena Quina, mientras Germán aparece llevando en vilo la silla sobre la que está sentada la señora Juana, ese día algo mejor de ánimo. Soledad instala a su derecha a Germán y a su izquierda a su madre. Junto a Germán está Agustín, que mira al visitante con evidente simpatía; siguen a su derecha Marta y luego Quina, que cierra el círculo. Todos celebran la comida, en la que han participado las tres mujeres: hasta Marta, poco cocinera, ha preparado la víspera un arroz con leche que sabe gusta mucho a la señora Juana. Beben sangría, con hielo traído de la fábrica, menos Germán que prefiere el vino tinto del tiempo, y las fresas cierran el hartazgo, seguidas de un café de puchero muy bien hecho por Soledad. Hay coñac para todos excepto la señora Juana, sólo un dedo en la copita de Marta y Agustín, a fin de brindar por el chico, que a continuación recibe los regalos: un jersey de Quina, camisa de Soledad, calcetines de la señora Juana. Marta le regala un hermoso libro sobre Goya, con buenas reproducciones en color, y un duro. Agustín contempla en su mano el reluciente disco de plata.

—¿En qué vas a gastarlo? —pregunta Marta.

Agustín la mira sorprendido:

—¿Gastarlo yo? —responde en el acto. Pero ante el asombro de todos añade muy apurado—: Bueno, ya lo pensaré.

—Me lo dirás cuando te lo compres, ¿eh? Te lo he dado para que lo emplees a tu gusto.

—Bueno, señorita.

Marta corrige súbita, sin pensarlo:

—Oye, y ahora que tienes trece años y pantalón largo, deja ya de llamarme «señorita». Llámame por mi nombre, como a Quina... ¡Mándeselo usted, que le hará caso, señora Sole!

—Pues claro, hijo. Te lo dice con cariño.

Agustín inclina la cabeza.

—Como yo no sabía nada no te traje regalo —interviene Germán—. Pero aquí tienes, un recuerdo. Ya eres un hombre.

Saca la mano de su bolsillo y en ella una navaja de campo. Agustín la acepta mirando a Germán con vivo agradecimiento. Poco después advierte que ha de marcharse. La fiesta ha traído huéspedes al hotel y sólo a duras penas, dado su cumpleaños, ha conseguido permiso para escapar a almorzar.

La señora Juana es llevada de nuevo a su cama, Quina se va a la cocina a fregar, rechazando toda ayuda, incluso la de Germán, que se ofrece voluntario. En vista de ello él se acomoda en el único sillón de rejilla –«te corresponde», dispone Soledad– y enciende un cigarrillo, después de disculparse.

–Fumas demasiado –le reprocha Soledad.

Es cierto; Marta le ha visto consumir un cigarro tras otro. Le asombra esa muestra de nerviosismo en alguien de aspecto tan aplomado, pero se lo explica dada su vida clandestina y luchadora.

Hay unos momentos de silencio. Quizás por el azulado jirón de humo que vela el rostro de Germán como una niebla, o por su inesperada expresión abstraída, a Marta se le escapa una frase antes de pensarla:

–¿Has sido marino?

–¿Yo marino? –ríe Germán, vuelto de su distanciamiento–. ¡Yo soy de secano, chica! Lo mío es la luminotecnia y el cine... ¿Cómo se te ha ocurrido?

Eso mismo se pregunta ella. Improvisa una explicación:

–No sé... Parecías estar entre niebla; con un marco alrededor hubieras sido... ¡Eso es! Me has recordado a un capitán de la Armada retratado en la biblioteca de Palacio... Pintaron el mar al fondo, por una ventana, como una salida a la libertad... ¡Qué cosas se me ocurren! –Y añade, para ocultar su confusión–: El sorbito de coñac se me ha subido a la cabeza.

Aumenta su azoramiento ante la mirada de Germán, que parece adivinar lo que ella no ha dicho y ni siquiera sabe. Él se da cuenta y bromea, para aligerar la situación.

–¡Capitán, nada menos, yo que aborrezco a los militares!... ¿Acaso me parezco a ese retrato?

–La verdad es que no... En fin, una tontería. Espero no haberte molestado.

Germán la tranquiliza y Soledad, que mira a los dos con atención, no hace comentarios. El ahondado silencio lo rompe Quina, dispuesta a irse a los toros con su pandilla. No consiguió arrastrar a Marta, pero ella no se pierde esa corrida, la mejor del año ribereño, junto con la de la feria de septiembre. Invita a Germán.

—Lo siento, tengo una cita. Y si no la tuviera, aunque te enfades, preciosa, tampoco iría a los toros, sino a Legamarejo, a las carreras de caballos, que me gustan mucho.

—¿Y tú eres ácrata? —finge desprecio Quina—. ¡Tú eres un señorito franchute!

—En cuanto a los toros, sí. Es la fiesta bárbara de nuestra incultura.

—Pues yo inculta y bárbara, tío finolis. Ahí os quedáis.

—Ya te he dicho adónde voy —se dirige Germán a Soledad tras la salida de Quina—. A planear acciones con los compañeros. Una reunión importante. Te gustaría asistir.

—¡Como en los buenos tiempos! —suspira ella—. Me gustaría, sí, pero mi madre...

—Puedo quedarme sola —grita la señora Juana, que les oye desde la alcoba—. Con mi cacerola no me importa.

Cuando Soledad se ve obligada a dejar sola a su madre pone a su alcance una cacerola y la mano del almirez para golpearla. Siempre la oye por el patio alguna vecina y la atiende.

—No, madre, gracias. Hoy no habrá nadie en la casa, andarán todas de fiesta... ¿Por qué no te llevas a Marta, Germán? —Ante la mirada interrogadora del aludido añade—: Es tan de fiar como yo misma.

—No quiero ser indiscreta, señora Sole. Además, yo me quedo muy a gusto con su madre.

—Seguro que es de fiar, pero ¿le gustará venir? —explica Germán, dirigiéndose a Marta—. Es una reunión clandestina con compañeros de varias ciudades. Aprovechamos la fiesta para juntarnos aquí, sin llamar la atención entre tanta gente.

—¿Y sabes dónde se reúnen? —completa Soledad—. En una de las canoas que van río arriba hasta la Casa del Labrador. Tú no has hecho esa excursión, muchacha; te gustará.

—No pasará nada, pero siempre hay riesgo —advierte Germán.

—El riesgo no me importa. —Marta se enfrenta al hombre.

Tampoco ha reflexionado ahora para decidirse, y aclara—: Pero si prefieres no llevarme lo comprenderé. No voy y tan amigos.

Ahora es Germán quien le hace frente, con su directo mirar:

—No te imaginas lo que me alegrará tu compañía.

La sonrisa de Soledad intriga a Marta. A poco los dos salen juntos hacia El Embarcadero, el merendero instalado junto a El Rana Verde. Por el camino Germán la pone en antecedentes: Ignacio —el motorista de las barcas río arriba— es correligionario y la Guardia Civil no lo tiene fichado por ahora. Gracias a eso les lleva en una canoa reservada exclusivamente para el grupo de conspiradores. A bordo por el río no podrá oírles ningún chivato.

Cuando llegan al merendero, Ignacio mira con sorpresa a Marta, a quien conoce de vista por verla pasar hacia la cercana casa de Soledad.

—No sabía que era de los nuestros —comenta al saludarla con clara simpatía.

—No lo es, pero hoy como si lo fuera —aclara Germán, llevándola a reunirse con los demás.

Ya han llegado todos; algunos han comido allí mismo un bocadillo con unos vasos de vino. Como Marta está preparada para cualquier novedad no se sorprende de que dos de los representantes del grupo sean mujeres: Amparo y Magdalena.

Bajan la escalerilla y se instalan a bordo. Germán en el centro de la banda de babor, para ordenar la discusión y, a su lado, Magdalena. Amparo ocupa con Marta el asiento de popa. Los demás donde les va tocando según embarcan. Ninguno llega a la treintena y visten con descuido. Tres calzan alpargatas; dos usan boina y uno se cubre con gorrilla de visera. El más joven es muy rubio; viene de Palencia y se llama Exiquio; a Marta hay que repetirle dos veces el nombre. Las dos chicas visten de percal, con zapatos bajos.

Ignacio arranca y estalla el pop-pop del motor, lanzando unas bocanadas de humo espeso. Desatracan, se alejan de la orilla y navegan a contracorriente por el centro del río que ahora, casi en verano, ya no baja rápido, pues el embalse de Palacio refrena el agua.

Las primeras frases son simplemente amistosas y de presentación mutua. Marta no presta mucha atención, entregados sus sentidos al placer del movimiento de la embarcación, rodeada del frescor del río, viendo pasar encantada los árboles del Jardín del Príncipe a su derecha. Entre los plátanos de sombra asoma el ramaje azul oscuro de algún almez y el temblor verdiblanco de los álamos. Unas tórtolas levantan el vuelo ante el ruidoso motor de la canoa.

Al principio del recorrido avanzan por dos pronunciadas curvas del cauce que varían la posición bajo los rayos solares; Marta se protege con una vieja pamela que llevó una vez a la sierra en excursión estudiantil. Teme que sus compañeras ahora la tomen por presumida, pero no se les nota. Luego bordean el adornado embarcadero de la Florera, con sus graciosas almenas blanquísimas de piedra de Colmenar lo mismo que las anchas escalinatas hasta el agua, garitas como de juguete, elegantes y decorativas. Marta relaciona ese escenario con los papeles y textos que maneja en la biblioteca y con sus conocimientos de historia. Ha leído ya las descripciones de paseos reales por el río, especialmente en los tiempos de los melómanos don Fernando VI y doña Bárbara de Braganza, encandilados por Scarlatti y Farinelli. Su imaginación suple por unos momentos, con recuerdos de antiguas estampas, lo que falta en el paisaje: las falúas reales a punto de zarpar, con sus dotaciones, sus empavesados, y los reyes y la nobleza dispuestos a emprender el mismo paseo que ellos están disfrutando. Todavía acaricia esas imaginaciones cuando pasan a lo largo de la Casa de Marinos, donde aquellas mismas falúas se conservan bajo techado, sacadas a tierra hace muchos años —salvo la última, regalada a Alfonso XIII por la ciudad de Cartagena— y olvidados sus cascos de las caricias del agua.

La canoa sigue río arriba. Por el lado izquierdo la ribera es poco pintoresca, de plantíos o matorrales, pero a la derecha siguen bordeando las frondas del jardín. Marta presta ahora atención al vivo debate entablado entre todos y advierte que representan tendencias diversas. Unos son de la Federación Anarquista Ibérica, otros de la más veterana Confederación Nacional del Trabajo. Marta capta mal los matices de la discusión porque esos hechos apenas existían para sus profesores de la Facultad o, al menos, no los exponían a sus estudiantes. Marta ha oído hablar, fuera de las aulas, de Bakunin y de Kropotkin, pero no sabe quién es Enrico Malatesta, a quien Germán cita con alguna frecuencia. Suenan nombres españoles y, por supuesto, conoce los de los gobernantes y políticos, pero aparte de Pablo Iglesias, aludido de pasada, ignora quiénes son Ricardo Mella, Tarrida del Mármol, Federico Urales, Salvochea, Anselmo Lorenzo y mujeres como Belén Sárraga o Federica Montseny... Pero lo más nuevo para ella es el vocabulario, empezando por esa palabra, la «Idea», pronunciada siempre con fervor. Comunismo libertario, socialismo autoritario, espontáneos, legalistas, colectivismo, acracia y otros, son términos difusos para Marta, pero esos hombres y mujeres los emplean con precisión, lo mismo que expresiones tales como «anarquía sin adjetivos», «acción directa», «educación integral», o «de cada uno según su capacidad y a cada uno según sus necesidades». Los argumentos y contraargumentos vuelan en torno a ella como las libélulas que a veces se les acercan sobre las aguas con sus alas irisadas y transparentes. Se discuten los objetivos programáticos: abolición de propiedad privada, de todo gobierno y poder, de los ejércitos y las iglesias, abolición, abolición... Pero también asociación, reconstrucción de la familia por el amor, federación... En suma, como en un momento lanza Germán, obteniendo general asentimiento: «La Ciencia y la Razón al alcance del pueblo son la Revolución definitiva».

Marta se siente cada vez más en un ambiente irreal, incluso físicamente, al desplazarse, sin ella moverse, flotando sobre las aguas y entre dos orillas. Está a la vez en el pasado del Real Sitio con sus jardines y, simultáneamente, en otra España muy distinta: clandestina, subterránea, en la que sus compañeros de canoa viven con tanto fervor y abnegación. Varios hablan ya de policía y torturas carcelarias como de una experiencia pasada y digerida; otros aceptan esa dura perspectiva seguros de que algún día les tocará, y sin embargo sus palabras, sus sonrisas, sus bromas sobre lo trágico —bombas, fusilados, agarrotados— crean un ambiente de alegría en el riesgo, de seguridad vital, de realización jubilosa de su destino. Nada esperan para ellos sino peligro y penalidades, pero les compensa de sobra su satisfacción interior, su fe en el hombre a pesar de todo, su seguridad para el futuro. Marta comprende cada vez mejor a Soledad. Viendo a Germán centrar la discusión, atajar con tacto las divagaciones y aproximar los distintos puntos de vista para lograr conclusiones, ha de reconocer que ese hombre, todavía un joven, tiene dotes de dirigente. Su palabra no es retórica ni oratoria: es la expresión de realidades contundentes.

No había reparado en que Germán ciñe con su brazo la cintura de Magdalena, y el descubrimiento la deja sorprendida. No lo puede remediar: se vuelve hacia Amparo, sentada a su lado, y le pregunta en voz baja:

—¿Son novios?

Amparo la mira con igual sorpresa que si le preguntaran si Germán y Magda son bosquimanos.

—¡Qué va! —Como si nadie pensara allí en esas cosas—. ¿Por qué lo dices?

—Como están así...

Amparo acaba por comprender el significado que para Marta tiene el brazo alrededor de esa cintura y entonces ríe divertida:

—¡Anda! ¿Y por qué no?

La frase es para Marta una súbita revelación. Su asombro provenía de que, en su mundo, con las ideas recibidas, eso de rodear con el brazo una cintura no se hace sin previas formalidades: tras «entrar en casa» el novio, por ejemplo. Pero ya lo ha revelado Amparo: «¿por qué no?». Y Marta se repite, con mayúsculas mentales, ese «¿POR QUÉ NO?», descubriendo que muchos gestos y palabras proscritos para ella son en sí totalmente inocentes y lo son, sin duda, para esos jóvenes cuya naturalidad es compañerismo. Y no es que «no piensen en esas cosas» como se lo demuestra la propia Amparo cuando le aclara:

—Los que sí somos novios somos Mateo y yo, ese del bigote... Bueno, para que me entiendas, vivimos juntos. —Y señala a un simpático joven sentado a estribor que, al verse aludido, dirige un gesto cómplice hacia las dos.

«¿Y por qué no?», se repite Marta, aunque la víspera le hubiese resultado impensable reaccionar de esa manera. Es que la víspera no conocía a Germán ni a todas esas personas: el mundo de Germán, que existe por debajo del Real Sitio y de la Villa y que, ha de reconocer, está más vivo que aquél y ésta. Marta se asombra de cómo se están multiplicando sus horizontes. Esos tres mundos conviven y seguro que hay otros, que ella quizás no llegará a conocer nunca.

Entretanto, la canoa ha llegado a la Casa del Labrador y, para no despertar sospechas, han desembarcado y se han dispersado por los jardines circundantes durante una media hora. En ese rato Magdalena se ha unido a ellas y las tres muchachas han hablado de temas femeninos: sus respectivos vestidos, lo que se va a llevar este verano, las tiendas madrileñas más baratas, saldos y ocasiones... La pamela, que preocupó a Marta, es elogiada por sus nuevas amigas. Sus amigas, sí, porque se siente ya atraída por ellas lo mismo que por Soledad: después de todo, son de la misma raza. Marta comprende que no hubiera simpatizado tan rápidamente con estas muchachas si no llevase ya más de dos meses viviendo con ella y con Quina; es decir, viviendo entre el pueblo. Y ahora con Germán y los suyos; doblemente pueblo por ser pueblo consciente.

Al regreso ya no se debate la Idea sino la estrategia y la táctica del momento. En eso les sigue mejor Marta, y hasta les recuerda a veces hechos recientes. No es que sus conservadores catedráticos le hayan hablado mucho del expediente Picasso o de otras tribulaciones de la corona, pero son temas del día y, además, la injusticia sufrida por su padre le permite valorar al «glorioso» ejército con perspectiva no patriotera. Por eso les habla de la intentona de Sánchez Guerra o del ambiente estudiantil en la universidad y eso refuerza su aceptación por el grupo, ya asegurada al haberla llevado Germán. Marta constata el prestigio de ese hombre entre sus compañeros, aunque algunos le ganen en veteranía, y lo comprende porque se impone a todos aun tratándolos como igual.

En general, aun discrepando en cuestiones de método, el optimismo anima al grupo. La caída de Primo de Rivera representa el final de la monarquía y por eso los viejos políticos andan ya preparando un pacto antimonárquico. Los reunidos se ríen de esas maniobras, más tendentes a proteger los intereses establecidos que a derribarlos, pero piensan que todo conflicto dentro del poder lo debilita y abre nuevas oportunidades. Marta contrasta mentalmente ese optimismo con la opinión de Ribalta sobre la permanencia del rey.

Pasando ante la Florera se cruzan con la vapora *Isabela*, llamada por la gente «La Mariblanca», que sube con turistas a la Casa del Labrador. Su piloto e Ignacio se saludan y las dos estelas se interfieren en un efímero oleaje. De pronto una inesperada ráfaga de viento se lleva la pamela de Marta y la hace caer al agua. Germán pretende que la canoa dé la vuelta para recogerla pero Marta, pasada la sorpresa inicial, ríe divertida y se niega, alegando que ya estaba vieja y pasada de moda. Las chicas protestan y Germán insiste en la maniobra pero, entretanto, la pamela se empapa y desaparece bajo las aguas.

Llegan sin más al Embarcadero, donde bromean tomándose unos vinos con tapas ofrecidos por Ignacio. Al fin llegan los abrazos y despedidas, intercambiándose direcciones, más o menos camufladas. Las tres muchachas acuerdan volver a verse cuando Marta vaya por Madrid. Ella y Germán quedan sentados a una mesa del merendero, viendo alejarse al grupo hacia la estación contra el fondo del Parterre y, más allá, el sol declinando sobre la fachada rosa y blanca del Palacio.

Por un momento callan, sorbiendo unas naranjadas. De pronto, para romperlo, hablan los dos a la vez. Ríen:

—Tú primero —concede Germán.

—Te preguntaba por lo del cine. ¿Trabajas en él?

—Verás, yo me hice en París técnico electricista, pero enseguida me interesé por la iluminación y así fui a parar a unos estudios cinematográficos. Es bonito, pero ahora me interesa más la dirección y tengo ya alguna experiencia como ayudante. Aquí me han ofrecido trabajar con Florián Rey, que prepara una película... ¿A ti te gusta el cine?

—Sí, pero no soy entendida —reconoce Marta, recordando los conocimientos de que hizo gala Ribalta durante aquella cena—. ¿Y tú qué me preguntabas?

—Si te había gustado el paseo... En realidad quería saber qué te habíamos parecido.

Ha adoptado una expresión seria. Marta le contesta con igual seriedad.

—Ha sido más que un paseo... Ha sido justamente eso: descubriros, a ti y a tus amigos... Nunca había conocido a nadie así.

—¿Cómo?

—No sé decirlo... Bueno, tan convencidos, tan seguros... Tan entregados, sin pensar en vosotros... Tan animosos, alegres frente al riesgo... Os veo violentos y, a la vez, tiernos, como Soledad... Sí, os parecéis a Soledad.

—Nos pintas demasiado bien; yo a veces soy rudo, no me gustan las pamplinas... Y claro que pensamos en nosotros: queremos otra sociedad más justa, vivir mejor.

—Sí, pero para todos, no con egoísmo... Oye —vacila—, ¿por qué me has llevado? Era una reunión secreta.

—¿Y qué? Me haces confiar en ti. Además, Soledad te conoce... La verdad, me gustaba que vieras cómo somos, en nuestra salsa... —Añade, como temiendo haber dicho demasiado—: Se nos acusa de muchas falsedades, de pensar sólo en poner bombas... Ya has visto que no.

—Pero también os lanzáis a actos de violencia.

—El gobierno los comete a diario, brutalmente, con sus cárceles y torturas. Pero, aún peor, con leyes que dan apariencia de justicia a la explotación del pobre y a la defensa de los privilegios de los ricos. Quienes no las sufren no se escandalizan ante ciertas medidas injustas porque son legales: las consideran el «orden social». Pero no es lo mismo la ley que la justicia.

Marta afirma comprenderle y le habla de su propia experiencia: la privación de la laureada a su padre, la plaza que le quitaron en sus oposiciones...

—Pero no veo qué se puede hacer. Ellos tienen toda la fuerza y por eso admiro más vuestro sacrificio.

Al oírla quejarse Germán se ha inclinado hacia ella extendiendo una mano impulsiva que ha retirado, confuso, sin tocar la de la muchacha. Y cuando ella termina dice:

—No es sacrificio: no has podido vernos quejosos. Y, no creas, poco a poco se gana terreno. Ya no son lo que fueron.

—Pues a mí me admirabais oyéndoos, entregados a una gran obra. Yo me siento, pensándolo, casi inútil, con mis estudios de letras. Me juzgo insuficiente, casi de sobra.

—¡De sobra tú! —se escandaliza—. No digas eso. Nos has encantado a todos. Eras como las nuestras...

—Me alegra oírtelo, pero yo me entiendo.

—Yo también te entiendo y estoy contento. También has sido tú un descubrimiento... Magda me lo comentaba.

Marta se alegra de que la luz declinante no permita ver su turbación. El resto de naranjada en su copa se torna, en el ocaso, un bello topacio.

Germán saca del bolsillo un reloj y le abre la tapa.

—Iré a despedirme de Soledad y Quina. Va siendo hora.

Pero no se mueve. Ambos contemplan la silenciosa calle de la Reina, convertida por los altos plátanos de sombra en un larguísimo túnel, ya en penumbra. Al fondo, en campo abierto, un dorado círculo luminoso. Como en los cuentos de hadas.

—¿Vamos? —se levanta al fin Germán.

Se adentran en el túnel vegetal, hacia la luz lejana. Al pie de la cuestecilla que sube a Casa Sole Germán se detiene.

—Volveré a verte, Marta.

—Cuando quieras —responde, y se felicita de no haber dicho algo como «estaré encantada» o «tendré mucho gusto»...

Les recibe Quina, entusiasmada con la corrida. Antonio Márquez no ha hecho nada y Cagancho sólo en el segundo toro. Pero Marcial ¡un alboroto! Viene ronca de gritar «Marcial, eres el más grande», con la música del pasodoble.

Feliciano trata de moderarla pero ella insiste, aunque respeta el mayor saber taurino de su amigo. Germán se despide, besando a Soledad, dando un firme apretón de manos a Marta y un gran abrazo a Quina. Rehúsa, agradeciéndolo, acompañamiento a la estación: no le gustan las despedidas y además, ellas estarán cansadas. Sólo Feliciano se marcha con él. Deciden ir a pie; no está lejos y el atardecer es hermoso. Al pasar por la plazuela saludan de lejos a Agustín, con su padre en el puesto del mercadillo.

Padre e hijo recogen ya sus bártulos para retirarse. Están contentos; la venta ha ido bien, con siete acuarelas que suponen cincuenta pesetas ya que tres de ellas, compradas por forasteros, se cobraron a doble precio. Agustín ha enseñado satisfecho sus regalos, sobre todo la navaja y el duro. Pero ante ambos el padre tuerce el gesto:

—No me gustan. La violencia no es para chicos. Un arma y el dinero; no me gusta.

—Este duro no es dinero —protesta Agustín muy serio.

—Como quieras —se resigna Lorenzo sin discutir, como siempre—. Mi regalo es poca cosa: te hice esta caja para tus colores.

Sencilla, pero con tablillas de nogal procedentes de una repisa rota. Y muy bien ensamblada; perfecta.

—¡Qué buenas manos tienes, padre!

—Y no he bebido, como te prometí —dice en voz baja, pudoroso—. Fumar sí lo hice. No pude aguantar cuando me ofrecieron un pitillo.

—¡Eres más bueno! —exclama Agustín. Al abrazar a su padre percibe la extrema delgadez de ese cuerpo, al que ha de sujetar porque, en su impulsivo afecto, ha hecho casi perder el equilibrio al pobre cojo.

—¿Bueno? ¡Flojo es lo que soy!

—¡A callar, que me enfado!

A Agustín le molestan siempre esas lamentaciones. Así es que acelera la recogida y ambos caminan hacia su pobre alojamiento.

—Y tú te habrás pasado trabajando el día de tu cumpleaños.

—¡Digo! Y cogiendo propinas. Tampoco han ido mal.

—A tu edad tendrías que jugar más con tus amigos.

—Ya tengo un trabajo, padre. Y pinto. No tengo tiempo para amigos. Además, ellos sólo piensan en cosas de chicos. Yo, ya no.

Lorenzo suspira.

—Bueno, pronto vendrá Margarita, la del constructor, a pasar las vacaciones. El año pasado bien que ibais juntos por los jardines.

—Sí, el año pasado sí... No te preocupes, padre. Estoy contento.

Con las sobras del banquete de mediodía han cenado bien en casa de Soledad, que ha vuelto a su seriedad habitual, con un toque ahora de melancolía. Quina ha vuelto a la verbena, quiere apurar la fiesta. Marta se ha declarado cansada y está en su cuarto a punto de acostarse. Pero su ventanita la reclama con el aire perfumado que por ella penetra. No puede resistir la tentación; necesita asomarse y se sube a la silla para mirar. El cielo es de un azul muy pálido, con un brillante lucero solitario. Enfrente, los árboles de la calle de la Reina son totalmente negros.

«El túnel —piensa—, dijo "vamos" y entramos en él... Y yo le seguí. No pensé adónde, ni cómo. Si yo hubiese sido Magda o Amparo, ¿me habría cogido él por la cintura?... ¿Qué se siente abrazada así?... ¿Me hubiese parecido natural?... No sé... ¡Qué día más intenso! Y la pamela naufragando: simbólico, lo advertí enseguida, el pasado al agua, se acabó, mi cabeza desnuda, yo al natural, ¡qué tránsito!»

De golpe, un recuerdo infantil. La vieja historia sagrada explicada en láminas por sor Iluminada. Las murallas de Jericó derrumbándose. Pero lo que oye Marta en las trompetas de Josué es: «¿Y por qué no?».

«Todo es nuevo, no se parece al antes... Como si hasta hoy no me hubiera nunca sentido viva», piensa mientras, antes de acostarse, contempla ese rostro suyo en el espejo.

AGUSTÍN

Que no, padre, que este duro no es dinero, es un recuerdo, mi pantalón largo, ahora podré mangar varitas del jardín llevándolas en la pernera, así no las ve el señor Mariano en la puerta, las de taray las más finas, más recias de apacano o litonero, y además en el bolsillo este duro, cogido con mi mano dentro, veinte reales, cien perras chicas, pesa bien, pero no es dinero, como una medalla, igual lo cuelgo de una cadena, este duro es mi suerte, el talismán de los cuentos, hoy empiezo a ser mayor, se acabarán nuestros apuros, no me cambio por nadie, ¡si no me apretaran los zapatos! con lo bien que se anda en alpargatas, los señoritos son así, por campar rabear, ya los domaré, que don Francisco no me compra otros, bastante le ha dolido pagarme los pantalones, y el gorrete, pero la categoría del Hotel, que le den morcilla al tío, tendré que comprarme un pantalón mío, igual tiene el Botas, me venderá uno barato, que esté curioso, no voy a ir siempre con la franja colorada, pero ya es trabajo fijo, me haré del sindicato, aunque se cabree don Francisco, ya me gano la vida, más fuerte que mi padre, por poco se me cae, ¡pobrecillo! no tiene más que huesos, da gusto y pena abrazarle, y encima no le aprecian, no se dan cuenta lo que ha tragado, hasta la señora Sole le mira mal, ¡y eso que a mí me quiere tanto! él no tiene la culpa, le caen desgracias como moscas al burro, más que buena fue la señorita Marta, cómo le saludó en el puesto, cómo le estuvo hablando, con cariño, es que ella es lo más grande, ¡llevarme al Museo, a Madrid! no lo olvidaré nunca, y acabaré pintando, ella lo dice, lo haré aunque sólo sea por ella, bueno y por mí, que se me van las manos, no haría otra cosa, ¡y tener que andar con los viajeros! ¡anda! ¿y si les hiciera retratos? a los ingleses, a ellas les caigo en gracia, esas tías viejas sueltan propinas, *boy, puer boy* que me dicen, le hice uno a doña Luisa, la señora de don Santiago y le gustó, se vio muy propia, fue idea suya regalarme las acuarelas, ni que fuera mi madre, ¡mi madre! tampoco la quería nadie, ¿y qué iba a hacer? la perra vida, hay que echar p'alante, ahora me hartaré de ver los cuadros del Goya, ese libro está lleno, el Germán lo miraba y lo miraba, otro tío bueno, anarquista, aunque ponga bombas, ¡pues sí que no hay motivos! abrió el libro y salió el retrato de Godoy, todo repantigado en su butaca, Germán soltó la risa, «¡mira cómo le pintó el baturro! ¡tenía redaños Goya! porque era pueblo, pintor del pueblo, hasta pintando reyes, mira lo que le pintó entre las piernas» el bastón le sale bien tieso, como si fuera la minga, como a mí se me pone de noche, pero no echo nada, todavía no, el Manillas sí y tiene mis años, será que come más carne, ¡como su padre la vende! así cualquiera, pero ya me falta poco, y el Manillas no tiene una navaja como la mía, la de Germán, un regalo de corazón, como la señorita Marta, no quiere que le diga «señorita», me acostumbraré, me gusta, Marta, Marta, quiero retratarla, mejor en escultura, cuando enferma se desmejoró, ¡qué ojeras! pero aún más guapa, porque daba compasión, se metía más adentro de uno, le gustaron mis lilas, si no es por el Hotel me hubiera pasado las tardes entreteniéndola, se cansaba de leer, ¡lo que ha leído! tengo que enseñarle dónde se escondió Godoy, ella sabe esa historia, a mí lo que cuentan, también ése era buen pájaro, me compraré el pantalón, no voy a llevarla por el Hotel de pantalón corto, ¿qué dirá Margarita cuando me vea? ya pronto llegará del colegio para sus vacaciones, ni me acordaba de ella, igual ya se pone medias, el verano pasado lo anunció, demasiado señorita, no es como Marta, tan sencilla, y dónde va a parar, habla tan bien, mira tan de verdad, mirar de verdad, para pintar eso importa, me lo dijo don Santiago, el secreto es saber mirar, «hay que acariciar las cosas mirándolas, ¿comprendes, chico?» y hacía así con la mano... ¡No es nadie don Santiago, jolines!

1807: Un buen padre

La prueba del vestido, tan desastrosa para Julia, permitió en cambio a la condesa de Valduerna lucirse como ninguna y triunfar sobre el resto de las damas en el sarao ofrecido por el Serenísimo señor Príncipe de la Paz: fiesta que congregó a muchos espectadores a lo largo de la calle de la Reina, para admirar el cortejo por entre las dos filas de arbolillos plantados para dar sombra a la ruta hasta el puente sobre el Tajo. Fue en verdad deslumbradora la sucesión de berlinas, birlochos, landós, volantes, faetones y otros coches de paseo, así como de apuestos jinetes y hábiles amazonas, escoltados por la guardia personal autorizada a Godoy por los reyes. Los vestidos y tocados de las damas, las casacas y uniformes de los caballeros, los arreos de los tiros y monturas, las libreas de la servidumbre eran jubiloso motivo de comentario para los espectadores, aglomerados sobre todo en los ribazos de Alpajés. Entre el pueblo se encontraban también los pretendientes de asuntos en la Corte, para observar las señales reveladoras de la mayor o menor influencia de cada personaje, a fin de saber a quién les convenía apelar para favorecer sus asuntos. El orden de los coches en la fila, los saludos de los reyes o de Godoy a los jinetes que avanzaban o retrocedían a lo largo de los carruajes, las actitudes mismas de los palaciegos, eran signos trascendentales para los pretendientes. Y si importantes eran esas señales a la salida del cortejo, más valor aún tenían al retorno. En efecto, era sabido que llegados al soto junto al puente, los paseantes se apeaban para disfrutar de las bebidas y viandas allí servidas, así como del concierto ofrecido entre las frondas por los músicos de cámara. Allí se reagrupaban los invitados, procuraban acercarse a los reyes o al anfitrión, obtenían muestras de favor o fracasaban y, como resultado, al regreso se advertían variaciones en el orden de los carruajes o en otros signos apreciados a la salida.

Eso ocurrió con los condes de Valduerna. Ella inició el paseo en uno de los coches dispuestos para las damas de la reina y señoras invitadas, en tanto que su marido cabalgaba entre los acompañantes de los vehículos. A la vuelta, en cambio, doña Elvira apareció en el coche de la marquesa viuda de Montealegre, persona del más alto rango por ser Camarera Mayor de la reina y de la Real Orden de las Damas Nobles. En el soto Elvira había sido una de las figuras más notadas, no sólo por su gracejo cordobés realzando sus atrayentes maneras, sino por lo poco que se había prodigado hasta entonces en las fiestas. Ella era consciente de que otros factores contribuyeron a su éxito, tales como la secreta curiosidad que inspiraba a muchos la actividad política de su marido, pero lo atribuía sobre todo al acierto de su vestido, que le confería, sin exageraciones, una figura a la vez sencilla y voluptuosa. Fuera como fuese, Godoy y los reyes dedicaron especiales atenciones a Elvira, llegando incluso el ministro a ofrecer en su honor un brindis. Elvira Valduerna salió así de paseo como una más y volvió hecha un personaje en ascenso. Mientras conversaba en el coche con la Montealegre saboreaba por dentro su triunfo y planeaba el modo de ampliarlo, aprovechando la cercana festividad de San Fernando. Todos los placeres y logros de la vida cortesana se desplegaban como un arco iris ante su imaginación y, sin darse cuenta, su mano acariciaba la suave seda de la falda, como se acaricia el cuello del caballo que ha llevado a la victoria a su jinete.

Del todo opuestas fueron, en cambio, las consecuencias de la prueba del vestido para Julia. Aquella misma tarde se quedó en su habitación, declarándose indispuesta. Se acostó sin cenar, no pudo apenas dormir y a la mañana la encontró Narcisa tiritando en la cama con fiebre alta. Asustada la condesa y temerosa de males contagiosos, llamó al doctor Capdevila, médico de la Real Cámara y de los Guardias de Corps que, tras un examen cuidadoso, declaró no apreciar síntoma ninguno de esos males, aunque sí una fiebre nerviosa de las que, a veces, afectan a las damas propensas a vapores, por lo que recetó un opiáceo suministrado por la Real Botica.

A pesar de ese diagnóstico tranquilizador, y por dificultades para atenderla en la casa adecuadamente, la condesa requirió un carruaje y envió a Julia a su vivienda acompañada por Narcisa. Puso en conocimiento de don Alonso el caso para la habilitación provisional de otra candidata. Al Aposentador le afectó mucho la dolencia de Julia y se preocupó por ella más que por el problema de sustituirla, fácilmente resuelto con la asistencia de doña Úrsula a los niños mientras enviaba a Gertrudis a casa de la muchacha para cuidarla.

Por fortuna, el desarreglo duró apenas dos días, pasados los cuales Julia se declaró capaz de volver a su empleo, previa conformidad del médico personal de don Alonso que quitó importancia a la fiebre, por estimarla explicable a la edad de la joven, cuando hacen crisis los humores corporales en la superación de la adolescencia.

Julia hubiera dado una explicación menos pedante y más verdadera, pero había decidido callar. Pasada la primera noche, de fiebre alta y desvaríos, pudo reflexionar e interpretó su mal como una reacción para dar salida al coraje reprimido durante la prueba del vestido. Sin embargo, dos días después seguía presa de rabia por la humillación sufrida, aun a sabiendas de que la ira es pecado mortal. Al volver a su puesto no era la misma que había entrado allí, confiada en acceder así a la libertad. Ésta se le aparecía ahora lejana y por conquistar, impedida por una injusta y generalizada barrera social. Por eso sólo en apariencia correspondió al afectuoso recibimiento de la condesa, e incluso las zalamerías de los chiquillos la dejaron fría, aunque acabó venciéndola su sensibilidad y concluyó por devolverles su afecto. En cambio el conde agravó la indignación de Julia pues ahora la miraba de otro modo, con ojos codiciosos que parecían desnudarla, como si el haberla visto tan engalanada la declarase presa fácil.

A pesar de sentirse injustamente herida, el buen sentido de la muchacha le hacía ver que su duradero resentimiento era opuesto al amor al prójimo y se creyó obligada a confesarse. El resultado fue desastroso pues el sacerdote, que otras veces había logrado sosegar sus ansias de libertad, reaccionó con banales reflexiones sobre el deber de acatar la voluntad divina en este valle de lágrimas y la esperanza en una vida eterna más justa. Sus conversaciones con Malvina habían preparado a Julia para reconocer, bajo esos consejos, uno de los mecanismos sociales para sojuzgar a los inferiores y el confesor se le apareció como un cómplice de la opresión.

Pasaron los días y, en apariencia, todo había vuelto a su cauce. Se acercaba la festividad de San Fernando, en que la Corte se viste de gala mayor, por ser el día del Príncipe de Asturias y también de su tío el rey de Nápoles, exiliado en España. Julia creía que nadie sospechaba sus nuevos sentimientos ni la causa de su enfermedad, pero en eso se equivocaba pues, durante su febril delirio de la primera noche, se le habían escapado palabras que, aun cuando inconexas y mezcladas con otras ajenas al asunto, llamaron la atención de Gertrudis. Ésta prefirió no comentarlas con nadie, ni siquiera con su amo, a pesar de que éste seguía hondamente preocupado por la dolencia de Julia, hasta el punto de haberla persuadido de dejarse examinar por el propio primer Cirujano de Cámara, don Antonio Gimbernat. Gertrudis no había visto nunca a su amo tan trastornado desde la muerte trágica de su hijo Martín, pero no se le ocurría pensar que el desasosiego de Alonso se debía a su ignorancia acerca de la causa de la crisis febril.

Por eso, cuando la víspera de San Fernando Gertrudis oyó a doña Úrsula comentar que su sobrina parecía otra, indiferente en vez de quejosa, como si le hubiera ocurrido algún desengaño, pensó que quizás ella tenía algún dato esclarecedor. No lo reveló a doña Úrsula, pero se propuso relatar a su amo lo que sabía, por si eso podía sacarle de su preocupación.

Y es ahora, en la mañana del festivo día, cuando ya la diana de las Guardias Walonas ha despertado a todo el Real Sitio y Alonso toma su habitual desayuno, cuando Gertrudis le habla de lo que se le escapó a Julia en su desvarío de aquella noche. El Aposentador, que estaba a punto de levantarse de la mesa, la mira estupefacto.

—Pero ¿qué dijo exactamente? ¡Recuérdalo, mujer!

—Muchas cosas, señor... Hablaba de su madre, de unos hombres en casa de su tía, de doña Malvina, de un mozo que quiere ser duque... Pero lo que a mí me llamó más la atención, aparte de esas fantasías, es que hablaba de abusos... «No hay derecho a humillarme así», decía, «esa mirada, esa ofensa» y «no me quite el vestido, no me lo quite»... Repetía mucho lo del vestido... Hablaba también de libertad, de injusticia, de un sarao, de los reyes de Francia... A lo mejor no es nada, pero como dice su tía que parece haber tenido un desengaño...

Alonso reflexiona:

—¿Lo has comentado con alguien?

—No señor. Ni siquiera con doña Úrsula.

—Has hecho bien; esas cosas no deben propalarse. Hay que respetar la vida privada de esa joven... Ahora ayúdame a ponerme de gala.

El Aposentador se viste su casaca granate, con las condecoraciones y la banda, así como el tahalí para el espadín, se coloca la peluca de pichón y su mejor tricornio. Habla poco, salvo para lamentarse del calor que va a sufrir con todos esos arreos, pero Gertrudis se da cuenta de que no está en lo que hace. En efecto, todos sus pensamientos se concentran en interpretar los delirios de Julia. No cabe duda de que la muchacha ha sido ofendida de algún modo y lo relaciona con los rumores sobre la afición de Valduerna a los galanteos, aunque también piensa que el ofensor haya podido ser ese desconocido mozo aspirante a duque... En cualquier caso le obsesiona aclarar las cosas, pues estima mucho las cualidades de la muchacha, y si le ha ocurrido algo que la perjudique para el futuro, se siente responsable. Julia no tiene valimiento alguno salvo el de su tía, y ciertas cuestiones sólo puede resolverlas un hombre. Por eso debe saber cuanto antes cuál ha sido esa ofensa, y la única manera es preguntárselo a ella misma.

Durante el enojoso besamanos, en el gran salón del trono de Palacio, cavila Alonso lo mismo. A su alrededor todo son sonrisas y floreos verbales. Él atiende y responde mecánicamente, sin tener conciencia más que del calor agobiante y del sudor en el rostro, que se enjuga con discreción de vez en cuando. Ve a los condes de Valduerna acercarse a las gradas del estrado en que reciben los reyes y el Príncipe de Asturias y, junto a ellos, el Serenísimo Almirante y Príncipe de la Paz, que saluda muy especialmente a la condesa, vertiendo unas palabras casi en su oído, y coloca su mano sobre el hombro del conde... Parecería que tan pulidos caballeros fueran incapaces de la menor indelicadeza, pero Alonso sabe de sobra cómo son de verdad. En vano trata de escrutar una expresión delatora en el rostro del conde: sólo aprecia rasgos afables y cortesanos, como sólo hay satisfacción de sí misma en el rostro de su esposa, consciente de que el éxito del paseo se prolonga.

Por fin termina la ceremonia y Alonso se escabulle sin esperar el refresco servido en el salón adyacente. En vez de salir por la gran escalinata a la plaza delantera de Palacio, prefiere torcer, con sorpresa de los ujieres, por pasadizos de escaleras abajo que acaban llevándole a su escritorio, desde donde alcanza una puertecilla directa al Parterre. Como los habituales paseantes se encuentran arriba, el jardín está agradablemente solitario. Ya no hay perfume de lilas pero las primeras flores de los magnolios apuntan su delicada blancura entre las charoladas hojas verdes con envés tostado y despiden un aroma denso y sensual. Pocas personas, principalmente ayas con niños, se encuentran en sus senderos. Alonso piensa aprovechar la mañana porque no ha visto a don Claudio Boutelhou, el Jardinero Mayor, en el besamanos; quizás se encuentre en el invernadero de la Isla y puedan tratar del asunto del naranjo hermafrodita. Pero cambia de idea al divisar, junto al pretil del río, la figura de Julia con los niños de los condes de Valduerna.

Se aproxima, la saluda. La encuentra desmejorada, pálida, con sombras en torno a sus ojos azules, más frágil. El hoyuelo en la barbilla apenas marcado... Inspiraría piedad si no fuese porque en su actitud, aunque cordial, nota una cierta rigidez, como un encastillamiento. Por un instante se miran en silencio, sólo el rumor del río resbalando por el aliviadero del embalse y el susurro del viento en los jóvenes ramajes de los plátanos de sombra.

—Espero que los condes la traten bien —se informa al fin Alonso—. Eso me ha dicho su tía.

—Bah, mi tía... Bueno sí, no me maltratan... ¡Hasta me dejaron probarme un vestido de la señora!

Alonso percibe la desafiante amargura y se inquieta. Es verdad, la muchacha ha cambiado y no sólo por la enfermedad. Más que nunca tiene necesidad de averiguar sus cuitas, de ayudarla.

—Sentiría no haber acertado al recomendarle ese empleo... Le aseguro que me siento responsable. No quisiera tener la culpa de...

Julia le ataja en el acto, en tono afectuoso.

—¿Culpa usía? ¡De ningún modo! No sabe cuánto se lo agradezco todo: haberme dado el empleo, enviar a Gertrudis a cuidarme, ocuparse de médicos, interesarse por mi estado... No merezco tanto y se lo agradeceré toda mi vida. Nunca conocí a nadie como usía: con su posición en Palacio y ocupándose de una simple muchacha.

El tono sincero convence a Alonso pero al mismo tiempo esa efusión, propia de quien no tiene ocasiones para desbordarse así, le induce aún más a tratar de ayudarla.

—Mi posición no tiene nada que ver, salvo si me permite servirla mejor. Si usted fuese la reina no me preocuparía más.

—¿De veras? ¿No es sólo un cumplido?

Ese recelo, esa actitud desengañada sigue siendo inquietante.

—Veo que me cree usted demasiado palaciego. No soy un petimetre; he pasado casi toda mi vida en la mar y más bien peco de rudeza. Se lo repito: le hablo con el corazón.

Julia vuelve a ser cálida, afectuosa.

—Perdóneme, le creo. Tengo pruebas de sobra para saber que usía es un hombre de bien. Pero es que...

—¿No se fía de los palaciegos?

—No.

Es un «no» tan seco, tan explosivo, que Alonso siente confirmadas sus sospechas.

—Si le cuesta trabajo confiarlo a un hombre, ¿habló usted al menos con doña Malvina?

—Está de viaje, ¿es que no lo sabe? Tiene asuntos más importantes que yo... Además es cortesana.

—¡Ella la quiere mucho, lo sé!

—A su manera...

No abandona su actitud encastillada y dentro de ese reducto impera la amargura. Alonso se llena de compasión. Habla con ternura:

—Todos queremos a nuestra manera, mujer...

En ese momento siente un tirón de su banda: Blanquita se ha agarrado a ella como si quisiera llevársela para jugar. Julia aparta a la niña y entretanto Alonso ve que Pedrito acaba de arrancar una rosa, tirándola luego al suelo. Acude a alejarle de las flores y le habla cariñoso, le explica que las plantas son bellas y no hay que destrozarlas. Convence al chiquillo y los dos hermanos se buscan otra distracción, fijándose en los cortesanos que empiezan a salir de Palacio. Alonso se vuelve al oír a Julia:

—¡Qué buen padre debió de ser usted!

—¿Yo?... A veces me lo pregunto. No supe retener a mi hijo. Dejé que se hiciese a la mar, como yo, y la mar me lo quitó.

—Hay cosas que no podemos evitar. Pero sé que fue un buen padre por su manera de hablar a Pedrito. Le ha cogido a usted cariño enseguida.

—¡A usted sí que la querrán! —casi suspira Alonso.

—Sí que me quieren —reconoce con naturalidad—; ellos son lo mejor de esa casa. ¡Pero no me trate de usted, estoy sirviendo!

Otra vez asoma el encastillamiento, el defender el terreno propio, aunque inferior, con un orgullo casi desafiante.

—Precisamente por eso. No quiero abusar en nada.

Julia le mira como si hubiera oído algo muy significativo. E insiste:

—Lo dicho: un buen padre... Ya ve, yo no sé lo que es eso. No conocí al mío. De mi madre aún tengo recuerdos. Sus brazos y su pecho alrededor de mi cuerpo de niña; su calor... ¡Murió tan pronto!

—Quien a mí se me murió pronto, en cambio, fue mi hija. Se llamaba Clara, como mi propia madre. La perdí con año y medio. La diferencia con usted es que yo la recuerdo muy bien. Dolorosamente bien. Sus bracitos alrededor de mi cuello, sus balbuceos, sus risas... Si la tuviese a mi lado yo sería otro. Daría sentido a mi vida, que ahora no tiene ninguno.

—¿Cómo puede decir eso? Con sus ocupaciones, sus amistades... Doña Malvina me dice de usted tantas cosas...

—¡Qué poco me importan mis ocupaciones! Las cumplo por deber, pero no espero nada. Eso cambiaría con una hija: verla crecer, tener nietos... Lo demás: la Corte, el mundo, los proyectos... todo eso no me importa... Me sobra todo: si no fuera porque el rey me da pena, ya me habría retirado a mi tierra.

—¿Es posible que el rey le dé pena? —pregunta Julia en el colmo del asombro, incrédula.

Alonso le explica su visión del rey, un hombre con una carga que no desea y superior a sus fuerzas. Repite: sólo por ese hombre sigue donde está.

Julia trata de asimilar esa nueva visión de don Carlos IV y replica:

—Haría usted mal en retirarse. Si los buenos abandonan el campo, los demás estamos perdidos, sin amparo. No podremos confiar en nadie.

Alonso atisba una oportunidad para indagar.

—¿Usted confiaría en mí?

—¡Claro que sí!

—Ahora yo le pregunto lo que usted antes a mí: si eso lo dice de veras o es un cumplido.

—Y yo le contesto igual: lo he dicho de corazón. Yo me confesaría con usted.

Alonso se felicita del tono en que se hablan: a un nivel más hondo que el convencional.

—No soy sacerdote pero...

—¡Qué horror, usía sacerdote! No, está muy bien como es, sin cambiar.

—... Mejor, pues, como soy. ¿Tiene usted algo que, digamos, confesarme? Sólo trato de ayudarla.

Alonso ha hablado lo más convincente posible, mirándola con intención.

—Ya sé que no pretende otra cosa.

—Pues entonces... O si prefiere decírmelo en otro sitio... ¿Le ocurre algo?

—No me pasa nada —dice Julia tras un silencio evasivo.

—Escúchame —le dice Alonso, obligándola a mirarle—, porque ahora sí que te voy a tutear, como si fueras la hija que perdí. Sospecho que te ocurre algo que consideras grave. Veo que no me lo dices y pienso que te equivocas. Espero que algún día me lo dirás, cuando te convenzas de mis motivos para hablarte así, cuando me veas como soy... Mientras tanto, entérate bien de una cosa: hay situaciones en la vida que han de ser resueltas por un hombre. Que yo sepa, tú no tienes valedor. Pues bien, si lo necesitas, yo lo seré, ya lo soy. Me enfrentaré con lo que sea o con quien sea.

A Julia le tiembla la voz:

—¿Y cómo sabe usía que estará del lado bueno? ¿Y si soy mala?

—Todos somos a veces algo malos. Pero creo en ti más que tú en mí y te lo repito: confía en mí. Ven a hablarme cuando me necesites. Así lo espero.

Julia no habla, pero Alonso siente su diestra deliciosamente cautiva entre las dos manos de la muchacha.

—Dios le bendiga —murmura al fin Julia soltándole.

Un llanto quiebra el instante. Blanquita ha tropezado y se ha caído de bruces en un arriate recién regado. No se ha hecho daño, pero su primoroso vestidito, su rostro y sus manos, están perdidos de barro. Julia corre a levantarla y trata de limpiarla, mientras Pedrito ríe:

—¡Tiene la cara de cuando le dan el chocolate!

Alonso trata de ayudar pero el percance no tiene remedio. Se acabó el paseo. Julia coge a la niña en brazos para ir más deprisa y Alonso camina a su lado llevando a Pedrito de la mano. Los paseantes les miran asombrados por el inusual grupo, pero Alonso se siente extrañamente ufano. Cambian pocas palabras mientras llegan hasta el portal de los Valduerna. Al pie de la escalera que lleva al aposento Julia se vuelve hacia el caballero:

—Me he enterado muy bien. Esté seguro de que acudiré a usía... si me hace falta. ¡Y gracias con toda mi alma! —añade bajando la voz—. Por primera vez en mi vida me habla mi padre.

—Dios te guarde, hija mía.

ALONSO

¡Y esa mujer sin decirme nada hasta hoy! ¡Todos estos días perdidos! la pobre Gertrudis está ya vieja, muy buena pero pocas luces, ¿no se dio cuenta de lo que ocurría? ¿de que esta muchacha estaba en apuros? algo grave le pasa, una espina le han clavado, ¡o un puñal! no lo quiera Dios, espero que no hayan llegado a lo peor, y yo creyendo que era una enfermedad, esto duele más, los males los manda Dios, lo de los hombres es veneno, porque alguien la ha herido, por eso se encastilla, como yo cuando mi Martín, ¿cuántos meses estuve ajeno a todo? receloso del mundo, fiera en mi cubil lamiéndome las heridas, así está ella, ¡pobre muchacha! tan pronto arrojada a la marea de la vida, apenas salida de las faldas de su tía, el puerto donde estaba protegida, salir del cascarón y caer en la tormenta, después de tan triste infancia, no recordar a un padre, ni su voz ni sus besos, inspira compasión, por eso ese «hija mía» me ha salido del alma, alguien le ha hecho daño, ¿acaso Valduerna, ese mujeriego? ¿o el mozo ambicioso, sea quien sea? lo sabré, algo habrá oído Roque, no sé cómo se las arregla, está enterado hasta de orgías en lo alto, en una quinta cerca de Madrid, lo sabré y le darán satisfacción, le obligaré, soy responsable, yo la mandé a esa casa, debí haberme informado, peco de buena fe, pero también Malvina, le hablaré cuando vuelva, o mejor no, Julia reticente hacia ella, ¿y si no es culpable un hombre? ¿acaso Malvina? ¡imposible! quiere a Julia y la ayuda, pero ¡es tan extraña! ¡oculta tanto! mujer admirable pero no la mejor maestra de la muchacha, esos viajes, las espuelas entronizadas en su alcoba, aquel desmayo, ¿qué relación tienen ellas dos? no pudo ser Malvina, ha ocurrido después de su partida, ¡mencionaba un sarao en su delirio! ¡eso dijo Gertrudis! algo ocurrió por entonces, ¿Godoy? ahora deliro yo, ella no estaba allí, es que me obsesiona, pienso lo inverosímil, serenidad, haré lo que haría su padre, ella lo ha dicho: yo le sustituyo, me conmueve, no la defraudaré, lo haré mejor que con mi hijo, no supe oponerme a su embarque, pero no soy violento, quizás por cobardía, comodidad, prefiero ceder, salvo en lo sagrado, hasta mi boda fue por no negarme, todos se casan, no fui mal esposo pero sin pasión, mi vida una rutina, resbalando sobre ella, y el matrimonio una cárcel, sólo en la mar libertad, esa sí mi pasión, y ella la busca en tierra, gritaba «libertad» en su delirio, he de repasar sus palabras, exprimir a Gertrudis, que lo recuerde todo, en la mar se consigue libertad, aunque haya guerras, corsarios y negreros, pero contra ellos valgo: no me asustan, también aquí sabré luchar, nadie la ofenderá, ¿también mi hijo quería libertad? no pude evitarlo, Dios lo dispone, dicen que el destino, quizás el destino es Dios, ¿qué estoy diciendo? ¡qué confusión! todo lo aclararé, entraré en su castillo y lo sabré, se encierra en él segura, casi desafiante, erguida ahí mismo, junto al pretil del río, sus manos estrechando la mía, esta mano, palpitaba su pecho, ¡qué momento! ¿confiará en mí? ¡recurrirá a mí! lo ha prometido, ¿a quién si no?, cuanto más lo pienso más tiene que ver con el sarao, algo pasó en él con los Valduerna, la condesa triunfante, lo vi en el besamanos, Godoy distinguiéndola, pero ¿qué tiene que ver Julia? ¿por qué ese vestido en su delirio? ¿quién pretendía quitárselo? ¡desnudarla a ella! ¡me estremece pensarlo! inútil cavilar en el vacío, acabará diciéndomelo, comprenderá que es mejor, tiene nervio, y eso que es una niña, ¿cómo será cuando madure? mi vida vuelve a ser útil, me necesita, aún puedo servir a alguien, voy a vivir como nunca, ¿por qué como nunca? ¡curioso, no se me había ocurrido! ¿viví hasta ahora de veras? las navegaciones, las gentes, los encuentros, ¿los viví de verdad o me resbalaron por fuera? ¿los echaría de menos, me dolerían?... ¡qué raros pensamientos! curiosidad sí tuve, cumplí con mi deber, pero como si no me afectara, como si lo hiciera otro, porque «había que hacerlo» o «todos lo hacían», ¿entonces no era yo quien lo hacía? no ponía en ello el alma, ¿y ahora sí? claro, estoy obsesionado, me indigna esa injusticia: la que sea, no es sólo su caso personal, cómo me sublevó el niño hace un momento, destruir la belleza del rosal, es contra la creación, y un ser humano es mucho más, es culpable tolerar la injusticia, no puedo abandonar la lucha, ella me lo ha pedido, nada de pensar en retirarme, aún soy capaz, además era locura, cambiaría de lugar pero no de ánimo, imposible huir de uno mismo, al niño se le perdona que destroce una flor, pero no a un hombre, las rosas son para admirarlas, acariciarlas, la vida para vivirla, ahora, disfrutar de este día, este momento hermoso, mi mano en esas manos confiadas, verde opaco del río, nubes en lo alto, sauces en la isleta, reflejos movedizos en el embalse, y el agua resbalando por la presa, acariciándola, perseverancia del agua, insistir, esperar, claro que me necesita, respirar esperando, casi no me lo creo, sentido de mi vida: ¡dar tiempo a la esperanza!

Abismado en sus cavilaciones, caminando entre el ardor y la melancolía, el pasado y el futuro, el Aposentador Mayor llega a su casa. Contesta maquinalmente al saludo de Gertrudis y entra en su habitación. Necesita pensar, encenderá una pipa pero antes... Es muy importante: una señal, un conjuro.

Vacila, se decide. Abre la puertecilla central del bargueño y saca, como de un sagrario, la campanita que sirve de trono a una pequeña sirena. La agita y la sirena canta con su voz de plata.

Como siempre, suenan en sus oídos los pasitos infantiles. ¡Pero esta vez son rápidos, alegres! ¡Propicios, no titubean...!

La campanita vuelve a su santuario y el sonido se apaga. Pero no la vibrante seguridad interior que ha encendido en el corazón del hombre.

IX. DIECISIETE DE JUNIO

1930: Del Procope al Maxim's

—¡Qué interesante!

El profesor Ribalta y Marta vuelven la cabeza al oír a Saignac, que contempla el retrato del Capitán.

Los dos profesores han vuelto a Aranjuez en el Renault y se hallan en la biblioteca visitando a Marta, que ahora espera saber algo del cuadro, pues Saignac conoce bien la pintura del siglo XVIII.

—¿Puede decirme algo de ese retrato? ¿Quién es?

—No lo sé. Desde luego el uniforme es español. De artillería, creo, pero en la marina. Sería preciso comprobarlo.

—¡Si pudiese identificar al personaje!

—¿Le interesa mucho?

—Le cogí cariño desde que llegué.

—¿Un amor a primera vista?

«¿Por qué lo asocié el otro día con Germán?», piensa Marta. Pero contesta sonriendo:

—Me atrae, no sé por qué. A veces me parece que me mira, que me guarda las espaldas cuando estoy escribiendo... Ríase, pero así lo siento. Yo le llamo el Capitán, por el uniforme... Mi padre murió de capitán. —La voz se torna seria—. Además, esos acantilados al fondo del cuadro me recuerdan el cabo de Tres Forcas, en la punta africana donde está Melilla. Los visité de niña.

—Pues lo siento, pero no puedo decirle quién es. Me ha interesado, primero, porque es una pintura de calidad y, segundo, porque es sin duda de escuela francesa, como si procediera de algún taller de París en torno a 1800, e incluso algo más tarde.

—Yo hubiera pensado en un Mengs —interviene Ribalta—. Pero en pintura del XVIII me inclino ante su juicio.

—No, no es de Mengs. Pero no ha andado usted muy lejos porque ese retrato parece concebido por un pastelista y Mengs fue uno de los pintores que cultivaron bastante esa técnica... Sí, imagino un pintor con influencias del retrato de la Vigée-Lebrun, pero también del pastel francés de la gran época, la de Quentin de la Tour y sucesores... Una pieza interesante.

Marta le repite cuánto se alegraría de identificarle. Saignac la embroma:

—A lo peor le resultaba un personaje antipático, señorita. ¿No será mejor conservar sus ilusiones?

—No lo creo. Fíjese en la mirada: ¡qué bondadosa firmeza!

Ribalta no ve así esos ojos, pero no lo revela. Marta continúa:

—Además, prefiero la realidad.

—Sensata actitud. Me gusta oírla porque he de proponerle algo muy real, con la esperanza de que la ilusione.

Marta queda intrigada, Ribalta se muestra adusto. Saignac juega con esa curiosidad, pero al fin ofrece a Marta una plaza vacante de lector de español en la Universidad de Toulouse. Sería una buena práctica y el comienzo de su carrera académica. Hay allí buenos hispanistas, y puesto que ella no tiene en Madrid ataduras familiares...

Marta agradece la halagadora proposición pero se muestra reticente. Está contenta en su puesto actual, vive a gusto en Aranjuez...

Ribalta interviene, con cierta sequedad:

—Excelente propuesta, querida Marta, pero, si me permite, no para usted. Aquí vamos a darle pronto una auxiliaría y, si se marcha, perderá contactos y su futuro académico resultará más difícil.

—¡No se deje convencer por cantos de sirena, Marta! Piense en el cambio que supone vivir en Francia, país de ideas abiertas y más avanzado. Allí una mujer tiene más posibilidades... Además —tranquiliza Saignac—, no es necesaria una respuesta inmediata: puede pensarlo sin prisas. Hasta septiembre no habría de incorporarse al claustro.

Para alejar la tensión surgida entre los dos profesores Marta les enseña la esquela encontrada anteayer sobre su mesa: una invitación de Janos para cenar esta noche. Saignac elogia admirado la caligrafía dieciochesca sobre el papel antiguo. Comentan, dado el personaje, si acaso corre Marta algún riesgo. Ella se echa a reír; su única inquietud es cómo podrá preparar una cena ese hombre aislado en su torre. ¿Qué le ofrecerá? ¿Acaso bocadillos suficientes para su frugalidad de anacoreta? Sólo cabe esperar hasta la noche para la respuesta. Cambiando de tema, anuncia Marta a Saignac que la perfumista gitana o judaizante investigada por la Inquisición pudo haber estado en Francia durante el Terror y haber denunciado incluso a familias nobles, causando la ruina y hasta quizás la muerte en guillotina de parientes de inmigrados. Le promete comunicarle cuanto encuentre acerca de esa mujer, llamada Sara Mudela, que al parecer tenía cierta relación, ignora de qué tipo, con la dama portuguesa que interesa a Ribalta.

En ese momento llega de la calle don Celestino. Basta su evidente excitación para comprender que algo importante le ha ocurrido. Le preguntan y les hace pasar a su despacho, donde se dirige a ellos en actitud tribunicia:

—Señorita, señores, vengo de un besamanos de nuestro augusto monarca. Nunca olvidaré este día.

Los tres le felicitan y don Celestino se explica. Su Majestad ha venido de incógnito al Real Sitio y acompañado del Administrador, don Miguel Domenge, se ha dignado conceder audiencia al personal superior del Patrimonio.

—¿Y hay que besarle la mano? —pregunta Marta, siendo objeto de una mirada de superioridad.

—Así debería ser pero, con su proverbial llaneza, don Alfonso ha estrechado las nuestras cordialmente. Esta mano que ven ustedes, amigos míos.

Ribalta encuentra extraño ese viaje por sólo unas horas, según don Celestino, que adopta entonces un tono confidencial pidiendo la mayor reserva.

—Es sólo una hipótesis mía, pero creo que ha venido a confraternizar con sus nobles compañeros de armas. Sí señores, ahora irá a almorzar en Palacio con los jefes y oficiales de húsares... Corren tiempos difíciles, nadie lo ignora, y es natural que Su Majestad quiera conocer el estado de ánimo de los defensores de la patria.

—Es decir —aclara Ribalta—, explorar la posición política de los militares.

—Eso creo... ¡Oh, sin duda quedará satisfecho! El ejército es el más firme sostén del orden y de la Corona, y los húsares en especial, más aún, por su tradición y por el selecto origen de sus oficiales.

Tras una afirmación tan campanuda poco puede decirse, aunque ahora Marta sabe la situación política más crítica, después de conocer a los compañeros de Germán. Los tres amigos se despiden y esta vez, aunque es invitada a almorzar con insistencia, Marta se disculpa con un pretexto. Agradece de veras la propuesta de Saignac, que le resulta simpático, pero no quiere darle otra oportunidad para insistir sobre ello, dada la actitud contraria de Ribalta, que es por ahora su principal valedor en la Universidad y tiene razón en cuanto a la pérdida de contactos al marchar al extranjero.

Al cruzar la Glorieta de Rusiñol les detiene el paso un potente automóvil; un Hispano-Suiza largo, gris metálico y con la capota bajada. Detrás van sentados un oficial de húsares con su vistoso uniforme azul y un elegante caballero. En el asiento delantero, junto a un mecánico uniformado, se ve al volante la inconfundible silueta del rey don Alfonso XIII, con su fina cabeza de nariz prominente, discreto bigote y mentón borbónico, bajo el sombrero flexible. Algún paseante aplaude. Ribalta se quita el sombrero y Saignac le imita. Para Marta, esa visión del monarca, nada sorprendente tras haber oído a don Celestino, es un acontecimiento.

Allí mismo se despiden y Marta llega a su casa, donde la recibe Quina, con el semanario *Estampa* en la mano, proclamando:

—Hemos ganado la batalla del pelo corto. Aquí lo dice: «La revolución femenina»... Fíjate: han condenado a un marido que echó de casa a su mujer porque se cortó el pelo... ¡A ver cuándo te lo cortas tú!, ¿verdad, señora Sole?

—Conmigo no contéis —dice la aludida, que está a la máquina de coser terminando un pantalón para Agustín, ahorrándole así la compra.

—Y ya no está mal visto que fumemos —añade Quina—. Hasta Feliciano se conforma. Mira lo que me ha regalado.

Enseña triunfante una boquilla negra con un aro dorado, larga de palmo y medio.

—¡Como las de la Marlene!

—¡Pero si tú no sabes fumar! —se burla Marta.

—Con esto aprenderé. Verás qué estilo voy a...

Llaman a la puerta y se interrumpe para abrir. Afuera aparece un caballero alto, elegante, con juvenil bigote y tez curtida. «Como los deportistas de cine», piensa Quina encantada. Su joven acompañante es más baja, buen tipo, rubia, de rostro seductor donde lucen unos ojos claros y una boca deliciosa. Preguntan por doña Soledad Huertas y Quina les da entrada, boquiabierta.

Soledad se levanta de un salto.

—¡Florita! ¡Qué alegría!

Ella y la recién llegada se abrazan estrechamente, cambiándose frases cariñosas. El caballero sonríe, sombrero en mano. Florita le presenta: Gustavo Aldeaga. Soledad presenta a los demás.

—¿Marta Zaldívar? ¡No serás la de Ribalta!

Marta se queda atónita y algo molesta por lo de ser «de» Ribalta. Flora se explica: les ha hablado de ella Alfredo, el ayudante del profesor, como de una futura compañera en la cátedra por haber llamado la atención de Ribalta. Lo dice tan cordialmente que Marta sonríe, declarando excesivos los elogios.

Florita crea de inmediato calor humano en torno suyo. Aunque su simpatía envuelve a todos se dirige en especial a Soledad, evocando con ella su amistad en Barcelona, donde llegó Florita hace cinco años, cuando dejó de ser corista en Madrid, por el cierre del Teatro Real. Se colocó en un teatro del Paralelo y se hizo muy amiga de Soledad, que trabajaba allí de costurera para tener a punto los vestidos del espectáculo musical.

Como luego Marta comenta el paso del rey por Aranjuez, Florita dirige una significativa mirada a su acompañante.

—Ya estás pensando que yo podía estar comiendo con el rey y con mis antiguos compañeros —contesta Gustavo a esa mirada—. Pero prefiero estar aquí con tus amigos.

Florita explica que Gustavo ha pedido hace unos meses la baja en el arma de Caballería. Tiempo atrás sirvió precisamente en los húsares de la Princesa.

—Fíjate si será tonto, Soledad —concluye Florita—, que se quiere casar conmigo. Pero yo no se lo permito. Le quiero libre, sin ataduras, para dejarme si le canso... ¿Te acuerdas, Soledad? ¿No era así como queríamos el amor?

Se hace la hora de hablar del almuerzo, pues Agustín ha de volver pronto al Hotel; y Gustavo propone a Flora invitar a sus amigos. Soledad ofrece lo que tenga, reforzándolo con algo, y Quina recuerda las tortillas y los callos de la tasca de Fabián, en la calle del Almíbar. Marta ofrece el vino, pero Flora prefiere los merenderos cerca del río. Gustavo la apoya y poco después salen todos dejando a la señora Juana con su cacerola a mano. En el Embarcadero las instala Ignacio y Marta informa a Flora, a cuyo lado ha quedado sentada, que es un compañero de la Idea. «Entonces es de los míos», se alegra Flora. En cambio, Gustavo —explica— sigue siendo monárquico a pesar de las charranadas que le han hecho los suyos. ¡Si será bueno y leal!

La conversación es muy animada, las bromas alternan con opiniones sobre el momento actual, la vida teatral barcelonesa en los tiempos de Soledad y Flora, las tensiones políticas y los grupos contra la dictadura... Precisamente fue por Germán por quien conocieron la dirección de Soledad en Aranjuez.

Avanza la tarde y Flora quiere ver aún el Palacio, pues por la mañana visitaron ya la Casa del Labrador. Se despiden efusivamente las dos amigas y, mientras los forasteros se alejan, Quina se dirige a su peluquería y Marta vuelve a la casa con Soledad, que le cuenta brevemente la historia de Flora:

—Es una loca con un corazón de oro donde cabe el mundo entero... Bueno, lo de loca lo digo yo, que soy tan áspera; es que a ella le sobra cariño y lo ha dado a chorros. Canta muy bien los tangos, se hizo un cartel como Flora Maipú, y ha vivido más en sus veinticuatro años que yo en mis cincuenta y cinco. Y siempre alegre y tranquila, aun en las horas negras —Marta piensa que Germán es así también. Soledad continúa—: Siempre iluminando la vida a su alrededor... Pues bueno, acaba de decirme, cuando ibais vosotros delante, que esa vida se acabó.

Están ya en la casa. Soledad sigue hablando mientras se asoma a ver a su madre, ahora dormida.

—Está enamorada de verdad y yo me lo creo: no hay más que verlos a los dos.

—¿Por qué dejó el ejército Gustavo?

—Por ella, claro. Llevaba una carrera muy brillante, es de muy buena familia, conde de no sé qué, me ha dicho ella. Se llevó a Flora a su casa y ha sido el escándalo. El padre riñó con él, no le da un céntimo; sus compañeros le hicieron pedir la baja. Tiene ahora un modesto destino en la Diputación y, de vez en cuando, vende alguna cosa de su herencia materna y hasta algunas joyas. «Eran sagradas», le dijo a Flora, «pero más sagrada eres tú»... Me lo ha dicho ella de un modo que me ha puesto la carne de gallina. Es amor de veras.

—Usted sabe de eso, ¿verdad? —se atreve a preguntar Marta—. Quería mucho a su marido.

Soledad mira a la muchacha unos momentos antes de contestar.

—Como ella a su Gustavo, aunque de otra manera. Eso de «querer», hay que entenderlo. A veces abro una de esas novelas que lee Quina y no encuentro más que pura fantasía. Yo no he sentido el amor así. Lo mío con Ramón era un calor en el vientre, unos golpetazos en el corazón... Era como estar enferma de ansias o de hambre; subirme un fuego a la cara. A veces me faltaba el aire y otras me sobraba. ¿Querer?: sólo sé que desde que lo quitaron de mi lado anduve entre nieblas y desde que murió camino muerta. ¿Tú me ves apencando con todo: mi madre, la costura, los dineros, Agustinillo...? Pues no estoy viva; estoy muerta. ¡Si no me siento el cuerpo, leñe!

La señora Juana ha debido de tener un mal despertar porque toca ruidosamente su cacerola. Soledad salta de su silla y corre a la alcoba; la muchacha se dirige a su cuarto.

Al final de la tarde Marta entra en la biblioteca, llena de curiosidad. Se dio una ducha en el barril de la casa y pensó un momento llevar el traje de noche, pero tenía que ir así por la calle y prefirió su vestido de paseo.

No espera mucho. Su extraordinario amigo aparece y su aspecto deslumbra a Marta. Esta vez nada de capa sino adecuadamente vestido para un salón del XVIII. Destaca la chupa blanca, bordada a cadeneta, y un precioso dije de oro que cuelga del bolsillo derecho.

La saluda sonriendo y la invita a seguirle. Suben las escaleras y recorren pasillos hacia el gabinete de la camarista, pero justo antes de llegar abre una puerta y deja dentro el farol con el que se viene alumbrando.

—Es el vestidor de las damas de guardia. Ahí tienes tus cosas preparadas. Volveré a buscarte.

Señala una cama sin colchón y cierra la puerta dejándola sola. En la pequeña habitación, limpia de polvo, sólo está la cama, una silla, una cómoda y un gran armario de nogal con puerta de doble hoja. Lo abre y lo encuentra lleno de perchas con antiguos vestidos femeninos y, abajo, zapatos y otros accesorios. Al dorso de la puerta hay un gran espejo.

Le gustaría curiosear esos ropajes, pero sobre las tablas de la cama está ya extendido uno. El tacto del corpiño la tienta: es una seda recia, una especie de gro de un delicado azul, mientras la falda es del mismo tono pero más intenso. ¡Y los encajes: suavísimos, como tejidos por arañas! Sostiene el vestido con ambas manos por delante de su cuerpo y se mira en el espejo. No lo piensa más; empieza a cambiarse.

Le ha costado algún trabajo colocárselo; comprende que las damas necesitaran ayuda, pero al fin lo consiguió y le queda bastante bien. Entonces advierte una peluca blanca sobre la consola, junto a un peine y cepillo —de un juego de concha con mango de plata— y consigue ponérsela satisfactoriamente. No hay problema con sus zapatos porque la falda los cubre, pero en el armario los hay preciosamente bordados, con tacones en forma de reloj de arena.

Llama Janos y entra al ser invitado. La admira entusiasmado.

—Perfecta... Pero te falta el lunar. Verás.

Del cajón de la cómoda saca una cajita redonda con tapa esmaltada. La abre y sobre el índice de su mano derecha coloca un pequeño redondel de tafetán negro. Vierte sobre él una gota de un frasquito y lo oprime contra el rostro de Marta, junto a la comisura de sus labios. Del mismo cajón extrae un estuche con una ancha cinta provista de un bello camafeo y la coloca en torno al cuello de la muchacha.

—Ya está todo. Mira.

Sostiene el farol en alto, para que ella pueda verse bien en el espejo. Marta se queda atónita: está admirando a otra persona, sin percibir los defectos que suele reconocerse. Incluso sus pechos, que siempre le parecieron pequeños, son realzados ahora por el vestido y se convierten, con los hombros desnudos, en la base de un exquisito busto donde su cabeza se yergue dignificada por la peluca.

—Sólo me faltan unos guantes largos —comenta Marta, casi exigente, arrastrada por su transformación.

—¡De ninguna manera! Se enfadaría la reina. ¿No recuerdas que doña María Luisa no los usa, para lucir así sus hermosos brazos, y no quiere verlos en ninguna dama?... ¡Ah, en cambio, toma! —y le entrega el precioso abanico con la carrera de Atalanta.

La lleva del brazo hasta la cercana puerta. Deja en el suelo el farol, abre, y la hace entrar. Marta reconoce el gabinete pero ahora la mesita de caoba está entre las dos sillas y aparece cubierta por un blanquísimo mantel y servida con vajilla de orla azul y oro. La cristalería es tallada y los cubiertos de plata, con la cifra «C IV». En el centro, emergiendo de un búcaro de porcelana, una rosa de un color tan inusitado que Marta la cree al principio artificial. Pero no, esos pétalos de un suave color malva pertenecen a una flor verdadera. La muchacha se inclina para respirar su perfume.

Janos disfruta con las sorpresas de Marta. La invita a sentarse, acercándole él la silla, y ella se da cuenta de que no era fácil manejarse con aquellas faldas. Él se acerca al cubo de la mesita auxiliar y el hielo tintinea cuando extrae una botella de champán. Marta se cree en sueños: no cesa de preguntarse cómo puede estar ese hombre, encerrado en Palacio, tan provisto de todos los detalles. Entretanto, él le pregunta por su salud, celebrando que no haya sufrido recaída.

Suena el taponazo y unas gotas se escapan de la botella pese a la rapidez con que, demostrando su costumbre, Janos la inclina sobre la copa. Ella se muere de curiosidad por saber la marca y el año. Janos, como si una vez más leyera su pensamiento, le muestra la etiqueta: Dom Perignon, 1926, descifra Marta, con otras indicaciones que a ella no le revelan nada. Salvo una adición en rojo, impresa sobre la etiqueta: *Mise en bouteille spéciale pour S.M. le Roi d'Espagne.*

—En París nos lo traían del Procope —aclara el caballero— y en Versalles del Hôtel des Ambassadeurs.

Marta no puede contenerse más tiempo:

—Pero, ¿esta cena...? ¿Cómo es posible? ¿Tienes un mago a tu servicio? —Disfraza de broma su asombro—. ¿Son «ellos»?

—¿Por qué no? ¡Qué resistencia tenemos a lo desconocido! ¡El más allá y el más adentro son insondables!... ¿Qué importa de dónde viene lo que nos es dado? Lo importante es abrirle los brazos, vivirlo...

Y para seguir viviéndolo, tras unos platitos fríos y estivales, el caballero se levanta, sale y reaparece pronto con una gran fuente donde reposa un faisán, su larga e irisada cola cayendo en arco hacia fuera. La carne está caliente, como la salsa y la guarnición y, trinchándolo con habilidad, Janos ofrece una buena ración a Marta que, además, paladea los vinos de mesa, dignos del champán... No, no es fácil explicarse tanto cuidado detalle conseguido por una persona sola. ¿O hay alguien, en otro cuarto, ayudándole en esta ocasión? ¿Acaso «ellos», esos seres misteriosos, que a veces menciona Janos?

—Lamento que no tengamos música para acompañar esta noche —se disculpa el anfitrión—. Boccherini murió hace dos años, ¡qué buen violinista era! ¿O preferirías otra cosa? ¿Qué te gustaría escuchar ahora? ¿Quizás unos valses, como en Viena?

—La *Serenata angélica* de Braga —responde Marta, sin pensar.

—¡Dios mío! ¡Vas recordando!

—A mi madre —lamenta rectificar Marta—. Me enseñó a tocarla; le gustaba mucho.

Pero Janos no se desanima.

—Tu madre tocaría otras muchas cosas y tú has elegido precisamente esa serenata, la favorita de Bettina.

La puerta, sólo entornada, se abre con suavidad sin que nadie aparezca. Marta ya está dispuesta a aceptar lo imposible, pero es *Casanova*, el magnífico gato, que la contempla con sus ojos brujos y se acerca a la mesa atraído por los olores. Janos colma un plato con despojos del faisán y lo saca al pasillo.

Marta se atreve a sugerir que quizás disfrutaría mucho Janos con una radio.

—¿Radio? ¿Esa caja de ruidos? No, gracias. Disponer tan fácilmente de las cosas las degrada, sobre todo la música... y la palabra...

Completan las fresas del postre con unos sorbos de champán y se retiran de la mesa para acomodarse en el diván. Janos ofrece rapé a Marta, que acepta una toma. Después el hombre vuelve a sus amenos recuerdos, dirigidos sin duda a provocar los de Marta, como el de la primera ascensión humana por los aires, en el montgolfier lanzado en París desde el castillo de la Muette. Evoca otros aspectos de la ciudad de entonces, pero los mezcla con evocaciones más propias de 1900, como el Maxim's o Aristide Bruant. Marta, entre risas, se lo hace notar; Janos no se inmuta.

—Todos los Parises están en París. Como las edades: ¿es que no llevo en mí mi juventud y mi infancia?

La Marta transformada por ese vestido flota sobre nubes. El olor y el tacto del corpiño antiguo, la delicada luz de las bujías, los exaltantes vinos, el aromático café y, sobre todas las sensaciones, esa envolvente compañía de su mágico anfitrión, disuelven lo cotidiano, hacen verdadero lo imposible. Juega hábilmente con el abanico, deja de notar la extrañeza primera de la peluca, recibe en la piel de sus hombros las miradas halagadoras, comenta el retrato de Malvina, en cuya época vive ahora gracias a su vestido.

El misterio de esa dama se suma al del gabinete, al de la fantástica cena, al del increíble Janos y al de su propia vivencia, sintiéndose a caballo de los tiempos: el que llena este recinto, el de la Viena finisecular evocada por Janos y el habitado en la Villa por Marta. Oyendo a Janos se olvidan su edad y sus rarezas, se admira a un ser humano en la cumbre. Además sabe escuchar y Marta le cuenta sus hallazgos en la biblioteca, el extremado amor de Gustavo y Flora, la excursión con sus amigos anarquistas. Éstos interesan poco al caballero que, a pesar de los atropellos padecidos, sigue respetando a la monarquía. En cambio pide detalles sobre Gustavo, por si pudo conocerle, pero cuando el militar comenzó su carrera él ya estaba recluido en Palacio. Marta se deja mecer por esa voz grave, con saltos de tono cuando se hace risueña, insinuante por momentos, resucitadora del pasado...

Pero no es noche de cavilaciones. Marta goza la experiencia de vivir en las alturas, como en un verdadero salón del XVIII, junto a un conversador supremo, delicado y original, entre filósofos y galanteadores, cortesanos y espadachines, abates y duquesas, musas espirituales y damitas frívolas... Pasan las horas, danzan, se confunden, van y vienen; las vidas se despliegan, se disuelven, se reconstruyen...

MARTA

Es demasiado, tantos vivires distintos, me abruman, innumerables, hace cuatro meses sólo conocía la vida con mi madre, la de los estudios, ahora multiplicados, el pueblo de Quina, los ácratas de Germán y de la señora Sole, el Patrimonio de don Celes, con su rey y sus húsares, el libre amor de Flora y Gustavo, los mundos de Janos, y coexisten mil mundos más en el planeta, en otras culturas, altos y bajos, opulentos o míseros, me rebasan, me sofocan, es demasiado, incluso imposibles, como esta noche, esa cena, la he soñado, pero ha sido verdad, ahí está la rosa, en la oscuridad del cuarto, ese color violeta, procuraré secarla, recuerdo para siempre, ¡qué calor esta noche! esa cena de cuento, varita mágica y aparece la mesa bien servida, mi razón se la explica pero no me la creo, se comprende por el banquete a mediodía, los húsares con el rey, un montacargas y ya está, tiene que haber montacargas en ese mundo de los pasillos, pero eso no basta, en Janos siempre hay algo inexplicable, algo mágico, ¿quién le ha ayudado? ¿cómo todo en su punto, caliente o frío? será verdad, habrán sido «ellos», ¿quién si no? ¿y qué más da? el caso era vivirlo, los raciocinios para don Ernesto, curioso enfrentamiento con Saignac, hoy ha sido día completo, disputándose a la recién licenciada, no puedo valer tanto, ha de haber algo más, ¿rivalidades universitarias? ¿científicas? ¿discrepancias sobre el caballero d'Eon? ¿otros temas? pero entonces ¿por qué amigos? siempre juntos aquí, el coche supongo, Ribalta se aprovecha del Renault, aunque lo critica, ¡envidia el coche, ahora me doy cuenta! también querría esa simpatía de Saignac, ¡qué cosas! el francés lo sabe, pero le es útil Ribalta, ¡qué cortesano quitándose el sombrero ante el rey! hasta esa aparición este día, un día señalado, un signo ese viaje casi secreto, pero más signo la pamela el otro día, eso sí que es simbólico, mi viejo sombrero al agua, su naufragio una señal, mi frente luego al viento, como la de ellos, los amigos de Germán, además era una pamela, moda de otros tiempos, del mundo de mi madre, no de estas nuevas vidas, aquel paseo en barca, revelador, completando a la señora Sole, es su gente, Germán el jefe, superando a todos, qué sensación de verdad, allí no había magia, hombres y mujeres contra el sistema, perdedores pero luchando, dispuestos a todo, no había simulacros, navegando hacia el futuro, dirigidos por Germán, no ha vuelto y hace ya dieciocho días, la señora Sole dice que anda por todas partes, me ha contado su vida, un luchador, ¿se acordará de mí? ¿por qué le pregunté si había sido marino? fue automático, no lo pensé, ¿qué me lo sugería? ¿lleva en la cara el mar? ¿la fuerza del mar, su libertad? ¿acaso sé algo de la libertad en el mar? ¿inspirada por el Capitán? todo son encuentros, como si tantos mundos alrededor se me disputaran, estoy en una encrucijada de cien rutas, se me escapan palabras inesperadas, como la *Serenata angélica* esta noche, me salió de pronto, hice feliz a Janos, favorita de Bettina, ¿llevaré en mí a Bettina o a Malvina? porque mi infancia está en mí, qué alegría para Janos, obseso porque yo recuerde, quién sabe, esta noche todo era posible, con Germán en cambio no hay que recordar, basta con ser y hacer, se logre o no es aparte, qué seres tan distintos, día completo, y esos amantes, me conquistaron, Gustavo tan de raza, su figura, sus gestos, eso es aristocracia, y loco por Flora, también ella de raza, de dos mundos distintos, pensando diferente, y sin embargo unidos, ¡de qué modo! a Flora le iría Germán, como Gustavo se entendería con Janos, ¡si nos hubiese acompañado en la cena! ¡qué cosas se dirían! ¡qué placer escucharles! pero mejor fue así, Janos y yo, Gustavo tan seguro no encajaría, tan auténtico, como Germán en otro estilo, hay tantos hombres como vidas, los dos y Florita compañeros de la señora Sole, voy comprendiendo el mosaico, entendiendo las piezas, pero aún me confunde el remolino, es demasiado, ¡qué prodigio la vida! imposible dormirme, y Quina siempre dispuesta, pasado mañana a Toledo, el Corpus, la gran corrida, no perdérsela, quería arrastrarme con Feliciano y su pandilla, en el tren ida y vuelta, es incansable, yo necesito ir más despacio, ¡he de asimilar tanto! ¡qué lejos la otra Marta! la que llegó aquí hace cuatro meses, ¡qué transformación esta noche! no era yo, cómo me hice otro ser, cómo me acoplé al gabinete, al entrar y sentarme embarazaban las faldas, demasiado largas y pesadas, y eso que no llevaba *paniers*, pero después ni notarlas, fui hasta el retrato y volví, sentarme fue ya natural, y el corpiño moldeándome, Janos admirando mi lunar, mi hombro, toda yo, ese corpiño me hacía interesante, me inspiraba la palabra, el gesto, ¡he estado coqueteando! ¿de dónde lo he sacado? ¡si no lo hice nunca! quizás el abanico, fue decisivo, le dio gracia a mi mano, me servía para todo, darme aire, un golpecito a Janos, señalar el cuadro, tapar y destapar mi hombro, no era yo, mi mano no mandaba al abanico, él le marcaba el movimiento, mi mano obedecía, como mi cuerpo, mi cabeza, mi pensamiento, yo había entrado en ella, quien sea, tan de ese gabinete como la camarista, la próxima vez me probaré zapatos, eran preciosos, alguno me vendrá bien, ¿y la ropa interior? ha de haberla en los armarios, era otro mundo, la prueba: no hacía calor, a pesar de ropajes tan pesados, allí no era verano, un aire intemporal, total: un día completo, archicompleto, al salir de Palacio me senté en el murete de la verja, junto a la puerta del Príncipe, El Embarcadero ya cerrado, en él con Germán por San Fernando, su mano acercándose a la mía, no se atrevió a llegar pero la vi, dieciocho días ya, no ha vuelto, prometió hacerlo, ¡qué solitaria la calle de la Reina! sin luz al final de la arboleda, ya demasiado tarde, avivé el paso, remonté la cuestecilla, ¡cuantísimas estrellas!, de repente una descolgándose, viniendo a mí, fugaz, brillantísima, explotó mi deseo, «quiero...», no me dio tiempo a más, ¿se cumplirá?

1807: En las Reales Falúas

—¿Entonces el señor Príncipe de Asturias no embarca?

—No. Espera a las falúas allá en su Casa del Labrador. No le gusta encontrarse con el choricero, y menos en esas barcas tanto rato.

—¿Por qué llamas así al señor Almirante?

—¿Al Godoy? Porque no lo puedo ver; nos lleva a la ruina.

—Pero es el que manda y a su lado calienta el sol. Yo he pedido el pase a la compañía que le da guardia de honor. Mejor paga y uniforme más galán, que vuelve locas a las mozas.

Quienes así hablan no son guardias de corps, aunque lo parezcan: la vuelta azul de sus casacas los identifica como carabineros reales de línea. Forman parte de los destacados para mantener el orden frente al embarcadero del Príncipe, entre el Tajo y la casa de campo del Infante don Gabriel. A ese lugar acude por el Puente de Barcas y el camino de Colmenar un público cada vez más numeroso.

—Sí, pero ¿y si muere el rey, ¡Dios no lo quiera!, y el de Asturias exonera a Godoy?

—Otro necesitará esa guardia. Yo estoy siempre con el más fuerte. Lo demás me lo paso por la entrepierna.

—No me hables de la entrepierna —responde el compañero, súbitamente preocupado—. Me duele ahí.

—¿Algún bulto? ¡Vete al cirujano, no sean bubas!... ¡Y decías que era virgo tu conquista de la otra tarde!

Su sargento les manda distanciarse para cubrir mejor la línea. El gentío dispuesto a contemplar la salida de los reyes a pasear por el Tajo se acomoda como puede e inicia la merendola empinando la bota mientras comenta los preparativos.

Al otro lado del río, en el gracioso embarcadero de blanca piedra y ladrillo, han aparecido ya por el Jardín del Príncipe los guardias de corps: pronto llegaría la Corte. Atracadas a la orilla aguardan las embarcaciones destinadas a las reales personas y su séquito.

No está toda la flotilla, pero sí la *Falúa Real*, más la de respeto, el jabeque *Tajo*, el bote grande y el de seis remos, cuyo adornado casco imita a un pavo real. Las tallas y dorados de las falúas, el toldo de damasco carmesí tendido sobre la cubierta de la *Real*, el verde con flores doradas de la de respeto y el intenso encarnado del jabeque llenan de colorido el paisaje. En las cubiertas esperan las tripulaciones: los veinticuatro marinos de la *Real*, con su gorra roja y azul guarnecida de oro y plumas, que en el jabeque se cambia por birretina de terciopelo carmesí, con las armas reales bordadas en oro.

Poco a poco la escena se anima. Por el jardín llega el carretón con las viandas y refrescos y, con él, los criados de servicio. Aportan almohadones para disponer sobre cubierta, bajo los toldos tendidos en esta ardorosa tarde de junio. Las damas de más edad recordarán, al sentarse así, sus domésticos estrados de otras épocas, que la moda francesa obligó a sustituir por las sillas del moderno salón.

Empiezan a llegar al embarcadero algunos invitados y personajes. Desde la orilla opuesta el vulgo identifica a los más conocidos y a las damas, que se defienden del sol con sombrillas de encaje coquetamente manejadas. Un toque de clarín alborota a los espectadores. Por la avenida del jardín aparecen guardias de corps a caballo y, tras ellos, los coches de las reales personas y el séquito. Se apean Sus Majestades y Godoy con su esposa de sus respectivos coches y bajan por las blancas gradas de piedra. Retumba el disparo del cañoncito de bronce del embarcadero haciendo levantar el vuelo a una banda de amarillos carboneros. Las tripulaciones de las falúas, puestas en pie y firmes, lanzan un estentóreo «¡Viva el rey!», que el pueblo corea con entusiasmo al otro lado del río.

Los reyes embarcan con el Almirante en la *Falúa Real* y con ellos el Capitán de Guardias, el Mayordomo Mayor del rey y el de la reina, un teniente general de marina que hará de timonel, un piloto mayor, cuatro cadetes y dos garzones de Guardias de Corps, además de invitados especiales como el duque de Frías, coronel de las Guardias Españolas, las damas de honor de la reina, más la condesa de Valduerna especialmente invitada. Los demás van embarcando en la falúa de respeto y el jabeque, mientras en la *Real* se iza el estandarte morado con las armas de Su Majestad.

Suena el silbato de órdenes, las naves se separan de la orilla y los remos inician su ritmo a contracorriente. El paseo fluvial terminará en el embarcadero, todavía provisional, dispuesto junto a la Casa del Labrador, donde el Príncipe de Asturias ofrece una cena campestre, tras de la cual regresarán todos en las carrozas allí prevenidas.

El espectáculo termina, para el público, cuando el bote mayor, que cierra la comitiva, desaparece tras el recodo del río y ya sólo son visibles los mástiles de las dos principales embarcaciones, sobresaliendo por encima de las adelfas y carrizos.

La gente empieza a retirarse del soto, después de echar una última mirada a la otra orilla, a ese Jardín del Príncipe prohibido para el pueblo salvo en señaladas fiestas. Lucas, sentado al lado de Sara, no tiene prisa en marcharse. Le ha encantado el espectáculo y no por la vistosidad de las falúas sino porque, por vez primera, ha observado de cerca a los palaciegos y los reyes en su ambiente. Tenerlos a pocos metros, acomodándose bajo el toldo en los asientos o almohadones, era como estar presente en los salones de Palacio. Se les veía sonreír, inclinarse ante los reyes, galantear a las damas, procurar ser notados. Lucas percibía los pequeños gestos en favor de ciertas personas, como cuando Godoy ha señalado a la condesa de Valduerna un asiento próximo a él. Esos personajes, antes sólo vistos en sus carrozas o en los balcones de las fiestas con excepción del rey que baja con frecuencia a su taller, se muestran ahora en su propio ambiente y hacen que Lucas se imagine un futuro en el que esa existencia será la suya. Por eso sonríe a su amiga con satisfacción.

—¡Qué gusto da verlos así, tan cerca! ¡Casi se les oía!

La mujer le mira colérica con sus ojos oscuros, sombreados por la pañoleta, de la que se escapan unas mechas de los lustrosos cabellos.

—¡Pues vaya un gusto más necio!... ¡Un cañón con metralla quisiera yo haber tenido!... Pero no para ellos, sino para todos estos desgraciados de alrededor que vienen y disfrutan como tú.

—¿Por qué? —la mira extrañado Lucas—. Tú también has venido.

—Para tenerles presente, para aborrecerles mejor... No para vitorear a quienes nos chupan la sangre... Claro, tú estás en los talleres de Palacio y vives algo mejor, ¿cuánto ganas?

—Ahora danme diez reales, pero me van a subir.

—Los guardas de agua y los barrenderos ganan cuatro, y una libra de pan vale casi un real. Con menos de cinco reales diarios no vive un matrimonio con dos hijos, y sólo para mal comer... Esos desgraciados son los que vienen a gritar «¡Viva el rey!».

—Pues yo les veo bien contentos, y hasta empinando el codo con la bota.

—A casi un real el cuartillo de vino, como una libra de pan... ¡Porque son ciegos! La gente pasa hambre. Es preciso coger en los bosques setas, caracoles o collejas, a escondidas de los guardas; las mujeres se pelean en tiempo de poda para llevarse las támaras y astillas de leña... Hace dos años que cayó sobre una chiquilla una rama gruesa mientras podaban y la mató... Hay tantísimos gamos en el Real Sitio y esquilman tanto los huertos que a veces el rey ha llegado a mandarlos matar con cañones de batir metralla, porque no los acaba él con sus diarias cacerías... Pero si alguien caza una sola res para comer lleva destierro o presidio, y aun ocho años de galeras si es por tercera vez... Así vive el pueblo, mientras ellos se pasean en las falúas... ¡Eso tiene que acabar, como en Francia!

Lucas no replica. En el fondo está seguro de que el mundo no cambiará nunca, aunque a veces le gustaría creerlo. Siempre habrá ricos y pobres, poderosos y mendigos. Pero una persona sola sí puede cambiar su situación y él está decidido a no ser de los de abajo. Sabe, sin embargo, porque ha hablado ya suficiente con

Sara, que es inútil intentar convencerla. Y el caso es que cuando odia frunce los labios, asoman sus blanquísimos dientes ligeramente separados, expresan sus facciones una fuerza visceral que la hace joven y deseable. Lucas no es insensible al atractivo y se dispone a llevar la conversación hacia el terreno de sus deseos cuando Sara la cambia bruscamente.

—Mira, ahí tienes a tu paloma con sus crías. Está esperando que la acompañes.

Julia está, en efecto, preparando a los niños para retirarse. Sara insiste:

—Vamos, hombre, sigue a esa pieza. A ti te gusta.

—No tanto como otra —replica el mozo, pero ya levantándose.

Sara ríe y hace un gesto de despedida. «Esa risa —piensa Lucas—, suena bien gachona.»

Julia simula no haberles visto, aunque ha estado muy interesada por ese emparejamiento preocupante. Quiere tranquilizarse pensando que Sara no es el tipo de mujer adecuado para Lucas. Éste es bueno y no ha de gustarle esa violenta índole de Sara que Julia ha percibido algunas veces. Con todo, se alegra de que Lucas la deje para acercarse a ella y entonces finge reconocerles y dirige a Sara un saludo al que la mujer corresponde. Se le empareja Lucas y emprenden el regreso hacia la población.

Entretanto, al otro lado del río, el que pertenece a la Corte y no al pueblo, quedan ya pocos servidores llevándose los aprestos necesarios para el embarque. También han ido partiendo los diversos coches de personas autorizadas para el acceso a los jardines pero sin plaza en las falúas. Entre esos espectadores, instalada en un cupé, se encuentra doña Malvina, recién vuelta de su viaje.

La dama asoma la cabeza por la ventanilla y llama la atención del Aposentador Mayor que en ese momento, luego de haber vigilado los servicios para el embarque, toma las riendas de su caballo de la mano de Roque y se dispone a acudir a la Casa del Labrador. Celebra ver a su amiga, por primera vez desde su ausencia, y dirige su montura hacia el coche, ante el cual se quita en cortés saludo su tricornio. Tuteándose ya como convinieron a partir del desmayo de la dama, Alonso comenta el espectáculo recién presenciado.

—¡Cuánto me ha recordado los tiempos de la reina doña Bárbara, cuando el divino Farinelli cantaba a bordo! —evoca ella—. Como sabes, don Fernando VI, que en paz descanse, no era un cazador como su sobrino nuestro rey, pero sí un fervoroso aficionado a la música... Entonces la flotilla entera resultaba insuficiente. Recuerdo una fiesta veneciana que no pudo alumbrarse bien hasta que, al oscurecer, amainó el viento, y más de treinta mil farolillos lucieron colgados de las arboladuras. ¡Hasta una araña de cristal llevaba la *Falúa Real,* remolcada por el bote mayor, para que los remos propios no la agitasen demasiado!... Farinelli era divino... Para oírle mejor se mandaba detener la *Falúa* echando un anclote... Nadie ha cantado ni cantará jamás como don Carlo... Y nunca se repetirá aquella noche... Yo tenía nueve años y me dejaron ir en la falúa de respeto, porque mi madre era dama de la reina... Para mí era el mundo de las hadas.

El caballero respeta el silencio emocionado que sigue a esa evocación, hasta que la dama lo cierra solicitando novedades del Real Sitio con especial interés por Julia, a la que ha notado algo cambiada al reanudar sus clases de francés. Alonso se cree en el deber de ser discreto y no se refiere a su conversación con la muchacha en los jardines. Por otra parte, como ha de estar en la Casa del Labrador, anticipándose a la llegada de las falúas, para ponerse a la disposición del Príncipe de Asturias, se despide de su amiga prometiéndole una pronta visita y se aleja en su montura pasando junto a la fuente de Narciso.

Cuando llega a su destino encuentra ya presentes a casi todos los invitados que no pudieron tener plaza en las embarcaciones. En varios bancos rústicos conversan las damas de más edad con caballeros de su tiempo, saboreando los refrescos enfriados con la nieve traída de los pozos, mientras que los jóvenes prefieren galantear entre los cuadros de flores y los castaños de Indias recién plantados. El Aposentador presenta sus respetos al príncipe y luego departe, con el pintor Zacarías González Velázquez y con el primer estuquista, sobre la manera de satisfacer algunos reales deseos acerca de ciertos detalles en la decoración.

Al fin, ya con el sol cercano a su ocaso, aparecen tras una curva del río los gallardetes de las falúas y a poco, con el desembarco de los reyes, se repiten las ceremonias y los cumplimientos, adelantándose el príncipe a recibir a sus padres, con una leve inclinación de cabeza para recoger la reverencia de Godoy, a cuya esposa, en cambio, besa la mano don Fernando respetuosamente. Los músicos instalados en la terraza del palacete inician un divertimento y los refrescos empiezan a ser acompañados por sustanciosas viandas. El gentilhombre duque de Saldueña transmite al Aposentador un deseo de Su Majestad, Godoy dedica unas palabras a Elvira Valduerna, que disimula su ufanía por esa distinción escondiendo el rostro tras su abanico de encaje, los caballeros más galanteadores se aproximan a sus damas y, en fin, todo el mundo procura sacar partido a la ocasión bajo la vigilancia del capitán de Guardias de Corps, conde de Villariezo, que garantiza con sus hombres la seguridad de la fiesta. La reunión es un campo de cortesías, intrigas, intereses, amoríos, envidias, frustraciones, frivolidades y modas. Los últimos rayos del sol hacen brillar los cristales y la plata del servicio, los entorchados y los galones de uniformes y vestidos.

Discretamente alejados por uno de los senderos, dos personajes aprovechan la ocasión para asegurarse la adhesión definitiva de Valduerna al partido del príncipe don Fernando. Se trata del marqués de Ayerbe y el de Valmediano, el primero de los cuales ha sostenido ya conversaciones preparatorias con Valduerna, que ahora les recuerda cómo, hace nueve años, entró a servir con lealtad en la casa del príncipe, entonces recién creada.

—No dudamos de aquella lealtad —replica Ayerbe—. Pero también habéis servido después a Godoy.

—Bien conocéis la causa: Escóiquiz me miraba con malos ojos y yo no podía tolerar tal actitud en ese torvo personaje, a mi juicio nefasto para Su Alteza. Si antes no he retornado al lado de don Fernando ha sido porque el canónigo, según se dice, continúa influyendo desde su destierro en Alcaraz.

Ayerbe y Valmediano reconocen la correspondencia secreta entre el príncipe y Escóiquiz, pero declaran disgustarle también a ellos esa influencia, excesiva entre los demás consejeros del príncipe. Por otra parte, su alejamiento actual evita a Valduerna la molestia de encontrarle en la cámara del príncipe.

Valduerna simula dejarse convencer como si no tuviera ya en mente el firme propósito de adherirse al partido de don Fernando. Al advertirlo sus interlocutores, la conversación se va haciendo más cordial, y entran a discutir la difícil posición de Godoy desde su proclama del pasado octubre contra Napoleón. Reconocen que el favorito fue engañado por los informes de los embajadores españoles en Berlín y San Petersburgo, pronosticando la segura derrota del emperador francés que, por el contrario, a los pocos días ganó la batalla de Jena y siguió avanzando con su Ejército Grande.

—Godoy perdió entonces el apoyo de Napoleón que, en cambio, tiene muy afectuosos gestos hacia nuestro Príncipe de Asturias —manifiesta Valmediano.

—Lo malo es que Godoy lo sabe y, por eso, estará dispuesto a recuperar el apoyo del emperador, concediéndole todo lo que pida. Hay rumores acerca de cierto tratado para invadir Portugal y culminar así el bloqueo continental contra Inglaterra —replica Ayerbe, tratando de averiguar, por la reacción de Valduerna, si esos rumores son ciertos.

—No tengo noticias de semejante tratado —afirma impasible Valduerna—. Además, ¿puede pensarse que ataquemos a Portugal siendo su princesa regente la muy querida hija de nuestros soberanos?

—Godoy sabe que en cuanto falte don Carlos su poder se acabará en el acto y será llamado a responder de sus desafueros. Por eso procurará asegurarse y, como sabrás, se sospecha incluso que pretende una corona en Portugal.

—Sí —no puede negar Valduerna—, pero sólo como vasallo bajo la soberanía del rey de España. En todo caso, si Napoleón proyecta invadir Portugal lo hará con o sin España.

—Por eso nos importa muchísimo saber si Godoy prepara ese tratado con Francia. Si informaras sobre eso a don Fernando alcanzarías en el acto su afecto y su protección. Entonces podríamos adelantarnos a Godoy porque si, en último término, resulta imposible negarse a la invasión de Portugal, más vale que sea don

Fernando quien negocie en secreto los tratados con Napoleón, como futuro rey de España.

Valduerna se muestra muy deseoso de servirles, pero exige el mayor secreto. Quizás Godoy ya sospecha su acercamiento al Príncipe de Asturias y puede que a ello se deban las distinciones de que hace objeto a doña Elvira, queriendo ganársela políticamente. Además, si el ministro le retira su confianza le será imposible obtener información sobre el tratado.

Valduerna se aleja de los dos amigos para no parecer ligado a ellos, y se aproxima a un grupo desde el cual le llaman para proponerle participar en una fiesta planeada por la duquesa de Osuna en su nueva y espléndida quinta en las cercanías de Madrid. A ella asistirán los invitados vestidos como los majos madrileños, que están de moda, y se interpretará por actores y actrices aristocráticos un divertido sainete de don Ramón de la Cruz, con la cooperación de buenas tonadilleras. Valduerna es solicitado porque son notorias sus excelentes dotes de actor.

Entretanto, en el amplio círculo que rodea a Sus Majestades, Godoy ofrece a Elvira una copa de refresco y aprovecha el aparte para expresarle su vivo anhelo de verla pronto ilustrar con su belleza alguna de las fiestas íntimas que ofrece a las personas de su mayor estima.

MALVINA

Los caballos del destino galopando sobre la Europa y esos señores paseando en barca, es increíble, están ciegos, además sin grandeza, aquella de la reina doña Bárbara, con la mejor música, ahora vulgaridades pese al oro y la seda, están acabados, pensando sólo en mezquindades, disputándose prebendas y condecoraciones, al rey sólo le importa la caza y la salvación de su alma, los gamos y el confesor, a la reina sólo sus dientes postizos y sus caprichos, entretanto la Europa se transforma, la historia se retuerce, este año siete abre otro horizonte, aquí sin enterarse, viven como en la Francia del ochenta y nueve, aunque entonces explicable, el volcán era subterráneo, se preparaba debajo, ahora no cabe ignorarlo ante el estrépito de las batallas, Napoleón creando reinos para su familia, Nápoles y Holanda y la Confederación del Rhin, deshaciendo Prusia y Austria, su embajador Sebastiani defendiendo incluso Constantinopla contra los ingleses, y pronto estallará la sorpresa, Napoleón se entenderá con Rusia, ¡a la que aún está combatiendo! Myrtille lo averiguó en San Petersburgo, gran idea suya ese viaje, el zar Alejandro se repartirá el mundo con Napoleón, su alianza con Prusia y Austria una farsa, ni antes en Austerlitz estuvo clara la estrategia de Kutusov, los dos déspotas se entenderán, Talleyrand bien lo anticipa, ese cojo tiene larga vista, me di cuenta en París, la logia estaba informada, hay compañeros junto al Gran Chambelán, ya se está distanciando de su emperador, convencido de que tantas conquistas acabarán mal, no podrán mantenerse, claro que Talleyrand cobra en secreto de Austria, como cobra de Godoy y de Portugal, pero no sólo por eso recomienda la paz, responde a sus convicciones aunque le encanta que se las paguen, los franceses están cansados, hasta en Eylau, después de la batalla los soldados vencedores clamaban por la paz, pero Napoleón es insaciable, en cuanto pacte con Rusia se volverá hacia aquí, y esta Corte en las nubes, pregunto novedades a mi vuelta y todo son pequeñeces, las lágrimas de Julia, el cambio de casaca de Valduerna, doña Elvira requerida por Godoy, los fernandinos adulando a Beauharnais, Godoy cediendo ante Napoleón, el tratado lo demuestra, le di copia a Carlota Joaquina en Lisboa, eso acabó de decidirla, más previsora que sus padres, la Corte portuguesa se irá a Brasil, el marqués de Marialva va a París entretanto, lleva diamantes a los Bonaparte para aplacarles, no servirá de nada, si acaso ganar tiempo, Portugal caerá, nuevo mapa de Europa: Francia desde Gibraltar a Polonia, y Rusia en oriente hacia Asia, en la mar sólo Inglaterra, se acabó el pasado pero aquí no empieza nada, la historia se mueve hacia el oeste, el futuro se llama América, ya es viejo llamarla Indias, empezó en los Estados Unidos, señalan el camino, a Brasil irán los Braganza, a Méjico nuestros Borbones, pero no serán ya Portugal ni España, sino injertos en nuevas tierras, dando frutos diferentes, otra sociedad más humana, donde las mujeres no vivamos cautivas, ¡qué odisea la de Myrtille desde Rusia! me recordó mis viajes, hasta un percance con salteadores de caminos, me lo contaba en Londres, ¡deliciosos días juntas! decidí no visitar a Eon, sólo le vi de lejos, Miss Genèvieve d'Eon, ¡qué pena, qué desastre! peor que la vejez: la decadencia, sobrevivirse a sí mismo, ya ni puede enseñar esgrima, vendiendo sus recuerdos por necesidad, sus libros y documentos, le hubiera hecho mucho daño mi visita, nunca admitió la piedad: eso ha de reconocérsele, Myrtille le compró muy caro ese librito, ahí encima lo tengo: al pie de sus espuelas, los sonetos de Shakespeare, que entonces leímos juntos, saboreando y viviendo sus ambigüedades, Eon se asombró del alto precio ofrecido, creyó loca a Myrtille, fue mi ayuda secreta, la hubiera rechazado como limosna, pude permitírmelo gracias a la operación financiera de Godoy, aproveché sus trucos, saqué mi tajada con ayuda de Jean, no aludió al pasado pero sigue enamorado, sus ojos me miraban diciéndomelo, hay hombres así, se quedan en la infancia, no es fiel a mí sino a su adolescencia, ¡qué desperdicio de la vida! dorados días en Londres, otra primavera inglesa, Myrtille incomparable compañera, pronto estará aquí, la han hecho delegada de la logia La Candeur se presentará como pintora, aprendió con la Vigée-Lebrun, empezará con los retratos de Alonso y mío, le encargarán más cuando los vean, heredará mi tarea al partir yo a Brasil, le sobra capacidad, está en el mejor momento de su vida, muy ilusionada, también en Rusia la mujer empieza a afirmarse, la gran Catalina fue revelación, juntas afrontaremos este verano, va a ser decisivo, mucho por hacer, Godoy cederá a Francia lo que pida, eso mismo le hará innecesario, Napoleón acabará prescindiendo de él, le quitará ese reino del Algarve, y a don Carlos su corona, entonces marchará la Corte a América, hay que frenar al Príncipe de Asturias, ése nunca saldría de España si fuese rey, por suerte sus consejeros son mediocres, el Escóiquiz se cree águila y es gallinácea, los nobles adictos son poca cosa, entretenidos en esas falúas, San Carlos, Ayerbe e Infantado, y los demás intrigantes de salón, Fernando ni eso, sin más pasión que odiar a Godoy y a su madre, y a ratos los toros, ése no es el enemigo, la batalla se centra en el tratado, según sus consecuencias se moverá Godoy, se decidirá a cruzar la mar, ¿se habrá encaprichado con doña Elvira? ¿convendrá mezclarla en el juego? Julia me lo aclarará, he de atenderla en su crisis pero no es grave, aunque para ella una tempestad, me lo contó trastornada, se le pasará, así se le han abierto los ojos, que vea en Valduerna a todos los hombres, sin la careta de buenas maneras, aunque ahora volcada hacia Lucas, Sara la ve muy enganchada, también se desengañará, Sara ha calado ya a ese Lucas, es como todos, gallito joven, jaque y presuntuoso, se aprovechará y la abandonará, pica más alto, cuanto antes mejor, con la amargura progresará ella, si cuaja nos será muy útil, tan inteligente, asimila mis lecciones como una esponja, a veces hasta me adivina, su tía querrá retenerla para explotarla, pero conozco algún secretillo de doña Úrsula, no se atreverá a resistirme, veremos cómo evoluciona Julia, el tiempo lo dirá, ahora la tarea aquí es consolidar la organización, pocas pero muy eficaces, y sobre todo empujar la historia hacia América, hacia la sociedad futura, la que tome el relevo de la vieja, este año siete va a ser otro ochenta y nueve, la puerta hacia el mañana, Napoleón supone eterno su imperio, también los que tomaron la Bastilla lo creían todo resuelto, sólo son episodios, después vino la guillotina, no respetó a nadie, avanzaremos hacia otra sociedad, donde luzca la luna más que el sol, nosotras sobre todo, he de volver a Lisboa, confirmar los planes de Carlota, ellos a Brasil, los Borbones a Méjico, ¡vida nueva mientras Europa se pudre!

X. TREINTA DE JUNIO

1930: Las Islas Americanas

Huele bien el café recién hecho, aunque sea de puchero. Agustín aspira el aroma empezando así a gozar de su día con la tarde libre de trabajo. Por la ventanita del tabuco en que vive con su padre entra un aire fresco, aún no calentado por el sol. Pían los pajarillos en las acacias callejeras y avivan la alegría del muchacho, que vuelve a saborear la gran noticia de la víspera: ¡va a tener una bicicleta propia! Ya no necesitará pedir prestada la del Hotel, no siempre disponible.

Ha sido un golpe de suerte. Quina está suscrita a la novela por entregas *Trini, la rosa de Chamberí*, y en el sorteo de regalos a los suscriptores le ha tocado una bicicleta Orbea, que en las tiendas cuesta a plazos tres pesetas y media semanales durante diez meses. Quina pudo haber elegido una magnífica vajilla de porcelana, pero se decidió por el regalo a Agustín. Como las propinillas suben bastante en el verano, gracias a esos turistas que irritan a don Celes, el muchacho ha ofrecido pagarla despacio, pero ella se negó cariñosamente.

Con el acontecimiento se alegraron todos en casa de la señora Sole por primera vez desde que Marta les anunció su ausencia durante varias semanas. No de vacaciones, pues no lleva en el Patrimonio tiempo suficiente para obtenerlas, sino con un trabajo especial. La van a echar de menos. Primero la envían cinco días a Suiza, donde seguirá un cursillo de bibliotecas, y luego irá a organizar los libros en el palacio santanderino de la Magdalena, donde veranean los reyes. Es una prueba del aprecio en que tienen su trabajo en Palacio.

Con el café humeando en la taza y una gran tostada de pan, con la mantequilla obtenida por Agustín en la cocina del Hotel, pasa al cuarto donde están los dos catres. Se encuentra a su padre ya despierto, aunque la víspera se acostó muy fatigado, sin probar apenas la cena, inquietando a Agustín.

—Dispénsame, hijo; me iba a levantar ya.

Lorenzo sigue cansado. Agustín se lo nota en el modo de incorporarse y de beber un sorbo. Le gustaría acompañarle un rato, pero ha de acudir al Hotel, donde le dan otro desayuno que su cuerpo en pleno crecimiento agradece. Recomienda a su padre que tarde en levantarse y, al salir, coge el libro *Tres horas en el Museo del Prado,* de un tal Eugenio d'Ors, prestado por Marta. A veces no entiende del todo el texto, pero lee ávidamente durante las pausas de sus quehaceres.

A media mañana le encargan acompañar a un maduro matrimonio. Son franceses, como muchos de los turistas, y le caen bien por recordarle al simpático profesor que viene a ver a Marta con el señor Ribalta. Éstos tienen dinero; ella lleva una ancha y llamativa pulsera y el pelo de un color pajizo que haría reír a Quina. Él lleva botines grises a pesar del calor, corbata de pajarita y un sombrero de paja como el de Chevalier. Les lleva hasta Palacio y allí les deja en manos del guía oficial para el recorrido interior. A Agustín se le ocurre pasar a la oficina para visitar a Quina, que le recibe encantada.

—A tiempo vienes —dice ella al cabo de un rato—. Hemos recibido unos libros para la biblioteca. ¿Quieres llevarlos allí y dejarlos sobre la mesa de Marta?... No tiene pérdida; sal por ahí y sigue el pasillo, torciendo a la izquierda, hasta la última puerta. Toma la llave.

Agustín oculta su emoción: ¡va a conocer el lugar donde Marta pasa tantas horas! Cuando llega a la puerta y la abre se detiene en el umbral, impresionado. Esa altura de techo, esas paredes con miles de libros, esas maderas, ese retrato que le contempla benévolo, ese olor a madera y papel, ese frescor de iglesia... Es más de lo esperado; no imaginaba que, fuera de los museos, hubiera lugares así. Marta se le hace más presente: ¡éste sí que es sitio para ella, es lo que se merece!... Deja su carga sobre esa mesa suya y pasa los dedos sobre la lisa madera... Con súbito impulso, reverente y audaz a un tiempo, se sienta en el sillón y acaricia los pulidos brazos, escuchando su propia respiración.

Ante él hay un libro de cosas del Arzobispado de Toledo y de esa Inquisición que ha oído nombrar a la señora Sole como una cosa mala. De entre sus páginas sobresale un papel con la letra de Marta, que él reconocería entre mil. Lee: «El calificador de la causa fue Fray Norberto de la Inmaculada, ver tomo II. Buscar portugueses en el Real Sitio y extractar referencias a la masonería para don Ernesto»... Esa letra clara, sencilla y vigorosa a la vez, no se parece nada a los rasgos picudos de Margarita, en aquella nota que le mandó el año pasado y que guardó algún tiempo. Él se rió de tan rara caligrafía, pero ella le explicó que así les enseñan las monjas de su colegio, el mejor de Madrid.

El recuerdo le hace pensar que esta tarde se reunirá con Margarita por primera vez en este verano. La cita no le hace el mismo efecto que el año pasado, cuando casi le quitó el sueño en la víspera. Ahora siente más bien cierta curiosidad, propósito de comprobar no sabe qué, descubrir...

—¿Qué haces tú aquí?

La súbita voz le sobresalta pero en el acto reconoce al «duende» de Quina. El hombre viste esta vez como todo el mundo, aunque Agustín no ha visto nunca zapatillas como esas, ni tampoco un chaleco violeta rameado con florecitas amarillas, como en algunos cuadros del Museo. Y flota un olor a oscuro y cerrado, como si el personaje acabara de salir de un armario.

—Me han mandado traer estos libros —responde Agustín poniéndose de pie.

—No mientas. Para eso no es menester escribir nada —insiste, severo, el guardián, señalando el papel todavía en la mano del muchacho—. ¡Ah, pues es cierto!, es su letra. ¿Te manda ella?

—¿Quién? ¿La señorita Marta?

—¿Quién va a ser? ¿Por qué no ha venido? ¿Está mala?

—No señor. Hoy ha subido a Madrid... Y se va a ir a Suiza.

El guardián, que se mueve continuamente mientras habla, queda inmóvil por el asombro. Al cabo reacciona.

—¿A Suiza? ¡De ninguna manera! ¡Otro accidente no!... Donde va es a Viena.

Agustín le cuenta que Marta se ha acercado a Madrid para recibir aclaraciones en la Mayordomía de Palacio, antes de su marcha a Ginebra dentro de cuatro días.

Cuando calla, el hombre guarda silencio, inmóvil. Pero se anima de repente, como con una sacudida, señalando otra vez el papel.

—¿Quién es ese don Ernesto? —Finge no saber de él aunque Marta le ha comentado sus investigaciones para el profesor.

Agustín se lo explica y contesta además otras preguntas concluyendo, despectivo:

—Es un tío *estirao,* un Moriarty... El que es majo es el francés.

Nuevas preguntas pero, antes de que concluya Agustín la respuesta, salta a otro tema esa mente excitada.

—¿Tú dibujas?

Ahora es el muchacho quien se asombra.

—¿Cómo lo sabe?

—Tus manos. Y tu parecido con Alejandro, el del premio de Roma. ¿No serás su hijo?... Bueno, es igual. De modo que la ves todos los días en la casa en que vive... ¿Dónde está?

—En la calle del Capitán, esquina a Primavera.

—¿Acaso por donde el palacio de los duques de Osuna?

—Ahí no viven duques, sino Margarita. Su padre es don Bernardo, el contratista.

—No me desmientas. Es de los Osuna. Y tampoco repitas esa mentira de Suiza.

—Yo no le miento, señor. Así lo tengo oído.

—No he querido ofenderte, disculpa. Sin duda habla de Suiza para ocultar su verdadero destino. Comprenderás —añade, inclinándose confidencial— que Bettina sólo puede ir a Viena.

—¿Bettina?

—Sí, Bettina, aunque no lo comprendas... ¡Quién sabe! El viaje puede ser importante... ¿Se marcha sola? —Y como Agustín asiente, continúa—: Eres un buen mensajero. Ya verás como todo sale bien. Porque tú eres su amigo, ¿verdad?

—¡Ya lo creo! ¡Es más buena conmigo!

Agustín narra su visita al Museo del Prado y otras bondades de Marta. El guardián percibe el entusiasmo y sonríe complacido. Pero da otro vuelco al diálogo.

—¿Hay piano en esa casa?

Agustín se divierte, acostumbrado ya a esos quiebros mentales.

—¿Piano la señora Sole? ¡Taday, qué risa! La galena y gracias.

—Entonces la serenata de la otra noche fue un brote de recuerdo...

La sonrisa de felicidad le hace callar. Advierte la expresión risueña de Agustín.

—¿De qué te ríes?

—Bueno... se me va usted a enfadar.

—La verdad siempre, muchacho.

—Pues me ha recordado a un saltamontes. No para de moverse, salta de una cosa a otra.

Janos, primero estupefacto, acaba por reír.

—No me enfado. Bien por el saltamontes, pero prefiero el murciélago. Uno, que es mi amigo, me visita por las noches.

—¿Un murciélago? —dilata los ojos Agustín en su entusiasmo.

—Tengo una flauta filipina. Cuando la toco se acerca el murciélago. Le gusta.

—¡Ahí va, si yo pudiera verlo! ¿Me lo enseñaría?

—¿Por qué no? Cuando vuelvas una tarde con otro mensaje.

—¿De veras?

—Me figuro que no te gustarán los toros —salta otra vez de tema el hombre.

Agustín no se atreve a mentir y el guardián le alaba la sinceridad, pero condena ese gusto.

—¿A que a Marta no le gustan? —concluye.

—¡Es verdad! —reconoce Agustín, impresionado—. Cuando San Fernando no quiso ir a la corrida. Se pasó la tarde con Germán.

Vuelve Janos a hacerse de nuevas ante ese nombre y pide aclaraciones. Agustín describe al joven. Finalmente, ante el ceño preocupado de su oyente, algo le obliga a decir, complacido:

—Pero no es su novio.

En vez de apaciguarse el guardián se irrita:

—¡Cómo va a ser su novio, mentecato!... No puede ser. Ella espera.

Se hunde en un silencio hasta que vuelve a advertir la presencia de Agustín y retoma el hilo anterior.

—Ya me oyes: nada de toros. Bettina los odiaba.

—No, si a mí me gusta más el cine... Yo entro gratis con el ciego Jacinto, el pianista. El pobre, no sé qué va a hacer cuando traigan el sonoro. ¿Usted lo ha oído?

—No he visto nunca el cine.

—¿No sale nunca? —se admira el muchacho, compasivo.

—¿Para qué? —se inclina hacia Agustín, confidencial—. Vivo en el centro de España, que es el Real Sitio, y en el centro del centro, que es mi torre.

—¿Junto al reloj?

—¡Máquinas! —rechaza desdeñoso—. No, yo estoy junto a los pájaros, en la torre del Norte.

—Pero podía usted salir.

—Podía, pero no quiero. ¿Para qué? Aquí está todo lo que importa. —El gesto circular de su mano describe el horizonte de libros—. Después no hay nada nuevo.

—Me parece...

—¡Calla! ¿Ha cambiado algo? ¿Han desaparecido la miseria, el dolor, la muerte, la injusticia? ¿Es que ya no hay abusos ni malvados? ¿Es que ya dejan ser felices a los amantes? ¿Cuántas almas buenas hay?

—La señorita Marta, y la señora Sole y Quina —prorrumpe impetuoso Agustín—. Ella es como nadie. Y a usted le defiende. Dice que es muy bueno.

—¿Me defiende? ¿De quién?

—Bueno, de algunos...

—¿Qué dicen? ¿Que estoy loco? ¡Qué sabe nadie de los destiempos!... Y tú, ¿qué piensas?

—¿Yo? Que me gusta mucho hablar con usted.

El guardián sonríe y acaricia un instante el cabello del muchacho.

—Pues vuelve y hablaremos. Verás al murciélago.

—Oiga... ¿No dicen que traen mala suerte?

—Al contrario. A mí me trajo a Bettina. Otro mensajero.

—¿A la señorita Marta?

—Ya lo he dicho: a Marta. Y ya me dirás si escribe o si ha vuelto.

—Ha prometido escribir y...

De pronto se oye una llamada lejana, luego unos pasos en el corredor. Después más clara, la voz de Quina.

—¡Agustín, hermoso! ¿Te pasa algo? ¿Qué haces?

—No digas que me has visto; secreto entre nosotros —susurra Janos mientras abre su disimulada entrada ante los pasmados ojos de Agustín y desaparece. A poco Quina entra e interroga al chico, que se disculpa por haber curioseado los libros, y vuelve con ella a la oficina.

Por la tarde Agustín, a la espera en la puerta del Jardín del Príncipe, ve acercarse a Margarita. Es la misma del año pasado, pero está cambiada. En lugar de aquella falda con una blusa blanca aparece con un vestido estampado de fondo verde y sin mangas. Ahora va de tobillera, con calcetines blancos arrollados hasta el zapato y, de cerca, se le notan unas ondas en el pelo. Los pendientes son bolitas de coral y la pulsera no es de aquel celuloide rosa sino un aro de plata con pequeñas piedras azules. Camina más consciente y brinda una sonrisa entre amable y tolerante. Se encuentran frente a frente, mirándose. Ella con ojos más risueños; los de Agustín más inseguros.

—Hola.

—Hola.

Las primeras palabras se resisten a salir; son expresiones banales acerca de cómo ha pasado cada uno el invierno, mientras cruzan la entrada ante la mirada del viejo guarda.

—Cada año está más arrugado en su silla el señor Mariano —comenta la chica.

—Y con peor genio. No nos pasa una. Anteayer me quitó una varita.

En los ojos de Margarita la chispa risueña se acentúa. Agustín se arranca:

—Estás muy guapa.

—Y tú más alto, con ese pantalón largo —responde, notando al mismo tiempo que la prenda es de un tejido muy ordinario.

Agustín se esponja y le pregunta sus proyectos para el verano.

—Este año me quedaré aquí muy poco. Mi amiga Celia me ha invitado a su chalé, en Zarauz, con sus padres. Un sitio cañón, ¿sabes?, el mar y todo eso. Fíjate, allí vive la emperatriz Zita.

Se expresa con afectada negligencia. Pasan a hablar de cine; el año pasado fueron varias veces con la pandilla a ver películas por la noche en la plaza de toros y allí se divertían comiendo *torraos* y chupando paloduz. Agustín le cuenta, entusiasmado, la última que ha visto: *El pirata negro,* de Douglas, que hasta se le ve nadando debajo del agua. A ella quien le gusta ahora es John Gilbert.

Se cruzan con el faisanero, que saluda cariñoso a Agustín y mira a la chica. Jardines adentro dejan a un lado la fuente de Narciso.

—Nos contaron la historia en el colegio —explica Margarita—. Narciso se cayó al agua de tanto mirarse y verse guapo, y se ahogó... En esa estatua no es para tanto; está gordinflón.

Agustín se siente incómodo; le falta su ansiosa confianza del año anterior. Le gustaría hablar de la señorita Marta, lo más importante del invierno, pero le resulta imposible. Margarita camina indiferente, guiando ella los pasos, eligiendo los senderos o las alamedas. Nota que el muchacho observa su pulsera y mueve la muñeca, luciéndola.

—¿Te gusta? Me la regaló mi padre para mi cumpleaños... Son aguamarinas de verdad. —De pronto cae en la cuenta y se hace amable—. También tú has cumplido años hace poco, ¿no? ¿Qué te regalaron?

—¡Un duro! —es la respuesta inmediata, triunfal. Pero comprende que para ella no tiene significado y añade—: Bueno, y los pantalones.

Ante el apenas reprimido gesto de Margarita continúa:

—¡Y una bici, fíjate! ¡Vamos a dar este verano unos paseos...! ¿Vendrás con la tuya en la pandilla?

—La mía se la regalé a mi hermana. La bici no es buena para una señorita.

—¿Por qué? —se asombra. «De modo que ahora es una señorita», piensa.

—Mi padre no quiere. Hay muchos accidentes en la carretera.

No va ella a darle la verdadera razón: le han asegurado que el sillín puede dañar a las chicas *ahí*.

Pasan ante la fuente de Apolo, camino de las Islas Americanas, escenario ritual de sus juegos en la parte más oculta del Jardín, más allá de los Chinescos, donde la vegetación se espesa y los senderos son estrechos y tortuosos. Las islas son dos pequeñas elevaciones rodeadas por un foso, a veces inundado de agua. Una pasarela permite el acceso a la mayor, donde se alzan tres altísimos apacanos o nogales americanos. El sol se filtra entre las hojas y proyecta sobre la tierra movedizas manchas de luz. Arriba susurra el viento. Cortantes gritos de pájaros rompen el verde silencio.

Inventaron ellos el fascinante juego hace dos años, cuando el padre de Margarita aún no se había enriquecido tanto con las construcciones y ella era una más de la pandilla, antes de que la enviaran interna al elegante colegio de Madrid. Descubrieron entonces esa retirada zona del jardín y allí ella se convirtió en Luna Pálida, la hermosa doncella apache, mientras Agustín, apasionado lector de Karl May, encarnaba a su amigo y compañero Águila Roja. El primer año corretearon entre los arbustos, escondiéndose en su lucha contra los kiowas, pero ya el año pasado idearon una emocionante historia en la que el enamorado apache rescata a su Luna Pálida de las garras del jefe enemigo, Nube Negra. Poseídos de su papel se entregaron a gestos y actitudes novelescas que el muchacho evocó muchas noches de otoño, saboreando sensaciones desconocidas.

Con ese recuerdo entran ahora en aquel paraje, que no ha cambiado nada. Las mismas fragancias vegetales, los mismos susurros y colores, les reinsertan en el tiempo del maravilloso juego, borrando más inmediatas incertidumbres. Incluso Luna Pálida entra en situación; empieza a recoger apacanas caídas y se asusta de veras cuando la asalta Nube Negra, surgido de entre los arbustos, sujetándola por la cintura y tapándole la boca para impedirle pedir auxilio. La doncella apache opone valiente resistencia, pero acaba desmayándose en los brazos del raptor, para que éste la lleve, por la pasarela, hacia el territorio kiowa.

A Margarita le deleita sentir el brazo de Agustín bajo sus rodillas y ver su falda resbalando hacia la cintura y descubriendo el comienzo de sus muslos. Reconoce que el muchacho es fuerte, a pesar de estar tan delgado. Por eso Luna Pálida pasa su brazo sobre el hombro que la retiene y reclina su cabeza contra el cuello del kiowa. Nube Negra recibe así en su oreja un tibio aliento y se entrega del todo a esa sensación y a la suavidad de las rodillas sujetas por su mano. Le anega la turbación al advertir que la postura femenina no es el desmadejado abandono de alguien inconsciente, sino un gesto deliberado.

El raptor llega así triunfante a su campamento, donde el miedo a la tortura forzará a la muchacha a revelar el paradero de Águila Roja, a quien los kiowas necesitan capturar. Nube Negra la lleva junto a un chopo contra el cual la coloca de espaldas. La obliga a rodear con sus brazos hacia atrás el liso tronco y ata sus manos imaginariamente. Margarita entrelaza con fuerza sus dedos: así Luna Pálida queda bien sujeta. Contempla orgullosa a su enemigo, desafiante la mirada, alta la cabeza, erguido el pecho... ¡Ah, esas dos nuevas redondeces levantando el vestido hacia delante! Sobre ellas pasan una y otra vez, sin atreverse a rozarlas, las sensitivas manos de Nube Negra, al atar a su prisionera con la supuesta cuerda. Esas manos rodean luego el cuello delicado, descienden en torno a la cintura, a las caderas...

—Estás temblando, cobarde Nube Negra —suena la voz despreciativa—. Ni siquiera sabes atar bien a una mujer.

Las manos del raptor, así provocadas, estiran bien las cuerdas sobre los muslos redondos y prietos como si el ligero vestido no existiera. Descienden a las rodillas, cuya suavidad vuelve a percibir, amarran los tobillos...

—¿Y ahora, estás contenta? Pronto empezarán tus tormentos.

El guerrero danza en torno al poste, aullando ferozmente en voz baja para no atraer a guardias ni paseantes. Margarita soporta el ritual súbitamente desinteresada, sin admirar la agilidad de Agustín como un año antes, ni estimarse a sí misma por su valor en el tormento. Por eso insulta al raptor, excitándole para acabar de una vez.

Delgadas varitas de durillo, sin las blancas flores y deshojadas salvo un penacho final, sirven de flechas. Nube Negra las lanza evitando herir partes vitales y tocando otra vez, aunque sólo sea con ellas, las caderas, las piernas, el hombro... Una saeta hiere en el pecho, junto a una de esas cimas que Agustín imagina aureoladas de rosa, como en las postales picarescas furtivamente enseñadas por el quiosquero. Luna Pálida, de nuevo interesada en el juego, provoca al arquero y enarca el torso, despreciativa:

—No duele. Los guerreros apaches son más hábiles.

El insulto precipita el final. Nube Negra se acerca a la prisionera, le sujeta el pelo y fuerza hacia atrás su cabeza para arrancarle la cabellera. Los dos cuerpos quedan así juntos, los corazones oyéndose, los alientos confundidos. Ya no sonríen los labios de Margarita sino que forman un círculo absorbente. Sus ojos chispean provocativos y Agustín se acerca hacia el beso. Ya el año anterior se atrevió a un roce furtivo, pero ahora le esperan unos labios diferentes que aceptan la presión y la sostienen...

El rito corta la acción, como en el cine, cuando un inaudible grito de guerra anuncia la llegada de Águila Roja y una mortal flecha se clava en la espalda de Nube Negra. Agustín cae al suelo vencido, para alzarse de un salto convertido ya en el salvador de su amada. Corta las ligaduras de Luna Pálida y Margarita busca nuevas emociones fingiendo un desmayo en los brazos que la liberan.

Pero Águila Roja no tiene tiempo de llevarla hasta su *wigwam.* Acaba de levantarla en alto cuando crujidos de grava por el sendero le avisan la llegada de un intruso. Apenas tiene tiempo de dejar de pie a la muchacha, antes de ser sorprendidos por Eliseo, el más rudo y antipático de los guardas.

—¡Pero chicos! ¿Qué hacéis ahí, tan escondidos?

—¿Escondidos? —replica con descaro Margarita—. Paseamos.

—No hacemos nada —confirma Agustín, disimulando su turbación, más por la sensación residual en sus labios que por la llegada del guarda—. Cogíamos acerolas.

El guarda les contempla receloso.

—Vamos, seguid paseando... ¡Cuidado con lo que se hace, que ya sois mayorcitos!

Y añade, tras pasear la vista sobre el cuerpo de Margarita:

—¡Y tú eres ya muy moza para esconderte con un chavalote!

Ella se encoge de hombros, desdeñosa. Vuelven la espalda al guarda y se alejan hacia las Montañas Rusas. Agustín propone subir a esa colina artificial y sentarse en el quiosco de madera que corona la cima.

—¡Huy, ni hablar! —replica Margarita—. Estará muy sucio, como siempre... Mejor volvemos ya; estos guardas son unos cotillas... ¿Te has fijado cómo me ha mirado?

—¡Toma y qué! También me ha mirado a mí, ¿no te amuela?

Margarita se para, se vuelve hacia él y deja caer, sarcástica:

—¡Pero qué crío eres!

Los ojos burlones, la voz compasiva. Herido en lo más vivo, Agustín la mira encorajinado: si fuese un chico le partía la cara. Pero se aguanta la rabia.

AGUSTÍN

¡Basta ya, se acabó!... entonces ¿por qué seguiré cabreado? a ésa, ni te escucho boñiga ¿por qué no se me pasa? ¡vaya una tontinaca que se ha vuelto! ¡ella sí que es una cría, la *tonta'l haba*! todo por los dineros de su padre, estafador, ¡buen viaje al chalé ese y que no vuelva! ¡allí estará a gusto, como esa emperatriz con nombre de gata! más hombre soy yo que ella mujer, trabajo fijo, llevo un jornal a casa, pelos en la entrepierna, saliéndome el bigote, no fumo porque no quiero, porque veo a mi padre, ¡bien le vendría dejar el tabaco! otra vez en cama el pobre, eso sí que me importa y no esa niñata mimada, no tengo que estar cabreado, pero es que me jode, en ese colegio fino la han vuelto gilí, don Francisco dice que todas igual, pero todas no, la señora Sole y Quina no, Marta todavía menos, ¡qué suerte la mía con Marta!, cambió mi vida, me lo dio el corazón el primer día, resultaba de cine, su entrada en el Hotel, luego ni usó la habitación, se vino con Quina, ¡qué suerte! sus libros, el Museo, escucharla aprendiendo, de todo sabe algo, lástima tener que comer deprisa, me estaría horas escuchándola, cuando se va a su cuarto a charlar con Quina me da envidia, ¡y cómo me anima a pintar! como don Santiago pero con más cariño, es para besar por donde pisa, esas frases de las novelas de Quina, y qué guapa se pone sin presumir, sin mirar a nadie por encima del hombro, me animó a vender dibujos, se me dieron bien esos franceses, le gustó mi caricatura al de los botines, cinco duros nada menos, gracias a Marta, y esa otra presumiendo de «señorita Margarita», si es que da risa decirlo, suena a aleluya, ita, ita, su Laredo y su mar que se lo guarde, ¡anda y que la emplumen! bien se pasa aquí el verano, pronto a bañarnos al río en el molino, meteré en la pandilla al hijo de don Luis el médico, me lo pidió él, ése no es como Margarita, no le importa que su hijo se junte con un obrero, acaba de llegar con su madre y sus hermanos de Tánger, iremos con la bici a la calle de la Reina, Ontígola, los melonares de Villaconejos, le traeré alguno a Marta cuando vuelva, nada menos que la mandan a Suiza, y luego al palacio de los reyes, ya quisiera esta señoritinga, en su vida valdrá tanto, habría que verla en la biblioteca, no sabría qué hacer, qué sitio, como un museo, cuánta pared de libros, Marta en su terreno, ¿qué hablará ahí con el guarda? de duende nada, la voy a echar de menos, progresaré pintando y haré algo mejor, que la sorprenda a su vuelta, aún no la he llevado al desván de Godoy, no es gran cosa pero igual encuentra algo, mejor sería pasearla en canoa, como Germán, bien lo pasaron los dos, pero ese Germán sólo está en la política, no piensa en otra cosa, como ella nadie, nunca me llamaría crío, se da cuenta de lo que soy, y el mismo duende me habla igual, mano a mano, y eso que es un tío raro, tanto moverse, la lengua una tarabilla, pero yo a gusto con él, a veces se arma un lío, eso de los destiempos y que no hay adelantos, igual no se ha enterado de los aeroplanos, y esa manía de Bettina, ¿por qué llamará así a Marta? empeñado en mandarla a Viena, pero es un tío fetén, tan llano, con los años que tiene y parece otro de mi pandilla, igual ha cumplido ya los noventa, dice Quina que ni recuerdan cuándo entró, ¿será como el *Judío Errante* de los episodios en el cine? tonterías, se le ve un señor de verdad, y sabiendo un rato, pero me hablaba como amigo, no se enfadó ni con lo de saltamontes, no lo dije por reírme, es que me gustan, es un bicho gracioso, y quiere mucho a Marta, todo le interesaba, qué amigos tiene ella, cómo se llaman y qué hacen, ¿por qué no puede tener novio? ¿qué se creerá él? es natural que tenga mal la cabeza, toda la vida encerrado, ni siquiera al cine, me gustaría llevarle, le diré a Marta mañana que le he visto, que también soy su amigo como ella, le gustará saberlo, pensando en ellos dos se me quita el cabreo, ¡qué me importa esa gilí! se acabó, fin de Luna Pálida, como la gran roca de Zane Grey, la que rueda y cierra el paso al valle en *El Camino del Arco Iris*, cruz y raya, por estas, anda y que le den morcilla.

El padre está acostado cuando llega Agustín, se ha pasado así el día, salvo un momento para almorzar algo. «Poco habrá sido», piensa el hijo comprobando lo que queda en la fresquera. Se siente culpable y luego se irrita por reprochárselo. También él tiene derecho a un poco de libertad; aún quedan chicos de su edad charlando en corro por la calle, en el tibio anochecer de verano.

—¿Dónde has estado, hijo?

—Por ahí, con amiguetes... No es tan tarde.

—Claro que no; has hecho bien. Ay, disfruta de la vida mientras puedas... Yo voy a dormirme.

—Espera, padre. Te prepararé algo. Una yema en un poco de leche.

—No tengo ganas, gracias.

Agustín le desea buenas noches y besa la mejilla rasposa. Al menos no huele a vino y no parece tener fiebre.

Entre el reproche y la compasión: así vive junto a su padre. Conflicto interior que sólo olvida en la calle, trabajando en el Hotel, o en sus correrías para encargos, o en casa de la señora Sole sobre todo, ese paraíso desde que llegó Marta... Pensando en ella, como tantas otras noches, consigue olvidar y coger el sueño en el caluroso cuartucho, cuya pequeña ventana apenas deja paso a un aire más fresco.

Pero no duerme bien; se despierta varias veces. Ya de madrugada le huye del todo el sueño y se encrespan en él las sorpresas del día: las rarezas de ese guarda de Palacio, la anunciada ausencia de Marta, la presumida tontaina creyéndose alguien... ¡Marta sí que es mujer! La otra no merece llevarse un disgusto. Llamarle crío cuando ahora mismo está sintiendo crecer la hombría en su mano: tenía que habérsela enseñado así a la Margarita. La idea le excita. Se deleita en el contacto, se acaricia. En la oscuridad surge la blancura de unos muslos sostenidos en sus brazos. Cierra los ojos y, en el reverso de los párpados, aparecen las dos redondeces levantando el vestido de Luna Pálida. Su mirar atraviesa la tela y desnuda esos pechos, y otros muchos acuden desde cuadros de museos y estampas, ve el cuerpo de Margarita, el de Quina, el de... No, su conmoción interna le sofoca... Sabe por chicos mayores que la mujer se pone boca arriba y el hombre encima... Él también ahora boca abajo... Su endurecido miembro, apresado entre su vientre y la sábana, le impulsa a un vaivén placentero, excitante, violento, desaforado... Nunca le encendió tanto el juego; ahora es algo nuevo, inesperado... Una ascensión, un colmo y, de súbito, fulgurante, explosión interior, temblor convulsivo, jadeos y espasmos incontrolables, al reventar el volcán de su primera eyaculación.

1807: El semidiós faunesco

—¿Qué diablos pasa? ¡Éste no es mi sombrero!

Detenido en la puerta, a punto de salir de su casa, el Aposentador contempla extrañado el tricornio. Parece el suyo, pero le baila en la cabeza por demasiado grande.

Gertrudis se asoma desde la cocina. Roque, que subía por la escalera al encuentro de su amo, comprende en el acto y aclara el misterio.

—Con todo respeto, señor, es que usía no lleva puesta la peluca.

El Aposentador se lleva la mano a la cabeza y comprueba que se le ha olvidado, al vestirse para el despacho de hoy con Su Majestad llevando su mejor casaca, banda, espadín y medias de seda. Irritado consigo mismo, da la vuelta hacia su alcoba y se encierra enérgicamente en ella.

—El señor lleva días que no está en sus zapatos —murmura Gertrudis, pesarosa—. Ayer encontré sobre la mesa su campanita de plata, que jamás olvida guardar en su estuche. Y no comprendo lo de la peluca, porque hace días que se mira en los espejos como no se ha mirado nunca.

—También en el escritorio tiene como ausencias —confirma Roque—. Me hace encargos que luego corrige, o me regaña por no haber hecho yo algo que no me ha mandado.

Callan al salir don Alonso, ya con su peluca bien encasquetada. Seguido por Roque se dirige al escritorio, para ordenar los papeles del despacho y recoger las últimas novedades. Gertrudis vuelve a su cocina con preocupado aire de resignación.

Camino de Palacio el Aposentador se inquieta por si habrá descuidado algo relacionado con el real despacho. Es muy consciente de su singular estado de ánimo desde hace unas semanas, de su permanente ensimismamiento o, más bien, de su concentración en ideas que preferiría rechazar, por extrañas e incomprensibles. No debería tener remordimientos ni sentirse culpable de haber enviado a Julia a la casa de los Valduerna donde, tras la información de Gertrudis, piensa que le acecha algún mal. Él no es responsable de la suerte de la muchacha, cuya petición se limitó a atender, ofreciéndole ese puesto de azafata. A pesar de todo, desde su conversación con ella junto al pretil del río en el Jardín del Príncipe, su mente se ocupa a todas horas de ese tema. Aunque entonces Julia le pareció más madura de lo que él suponía, sigue creyéndola poco prevenida, en su ingenuidad, contra los peligros de una muchacha tan atractiva entre gentes licenciosas. Pues ese rostro con tanta frecuencia evocado y esa figura llena de gracia, resultan provocadoras sin querer. Anoche mismo, desde su alcoba, oyó a Roque hablando con Gertrudis de doña Úrsula y diciendo, sin darle importancia: «He visto a Julia un par de veces con el mismo mozo; no tardará en casarse». La frase sobresaltó a Alonso, temeroso de que el tal mozo no vaya con buenas intenciones. Es sabido que en el Real Sitio se produce año tras año la llamada «cosecha de llorones», hijos de jóvenes solteras nacidos entre cada enero y marzo, como fruto de abusos o deslices durante la permanencia de la Corte. Esas indiferentes palabras de Roque le tuvieron insomne largo rato, buscando el modo de atajar la relación.

En el escritorio revisa los papeles y oye a Simón sin atenderle. No logra interesarse ni siquiera cuando su oficial le relata, divertido, la pintoresca reclamación formulada por La Gallarda acerca del escándalo en el teatro cuando ella cantaba sus tonadillas días atrás. De pronto llega un ujier desde el real gabinete con un recado de Su Majestad aplazando para mañana el despacho semanal.

La contraorden le exaspera, tanto más cuanto que no puede justificar su irritación. No se comprende a sí mismo y decide desahogarse dando una galopada. Sale del escritorio, manda a Roque traer dos caballos ensillados mientras él viste ropa de montar, encareciendo la urgencia como si hubiese de atajar alguna desgracia. Una hora después, tras una furiosa cabalgata de ambos por la calle de la Reina, Roque se queda sujetando a las dos monturas junto a la Casa del Labrador, mientras Alonso da la vuelta al edificio para entrar por la puerta trasera, donde el pintor Zacarías González Velázquez está acabando de adornar las paredes de la escalera de servicio. El pintor ha tenido la idea de decorarlas como un *trompe-l'œil* representando la propia escalera, con una galería arriba y, en ella, al peluquero del rey y a su esposa, peinadora de la reina, en actitud satisfecha, apoyados en el fingido antepecho. Ese homenaje a los servidores de Palacio gustó mucho a Alonso cuando se lo expusieron, y ahora quiere ver el resultado.

En el vestíbulo posterior sólo trabaja en ese momento un aprendiz puliendo con gamuza y pómez el pasamanos de la escalera. Alonso asciende hasta quedar a la altura donde están pintados los retratos y allí le sacude un choque interior, pues aunque ambos personajes aparecen de espaldas, con los rostros apenas vueltos hacia el espectador, las facciones de la peinadora son las de Julia y las del peluquero son sus propios rasgos: los de un Alonso joven.

Cierra los ojos asustado pero la impresión sólo dura un segundo, porque al abrirlos y mirar de nuevo, ni la mujer ni el hombre pintados se parecen a ellos. Pero Alonso continúa impresionado pues la visión ha iluminado su alma como una revelación. Ahora comprende que la frase de Roque oída la víspera fue un detonador, preparándole para esta visión de hoy, llenándole de angustia ante la posibilidad de que Julia se case; es decir, de que la pierda. No puede soportarlo; porque sus sentimientos no son paternales. Ahora lo descubre: son los de un enamorado.

Aturdido, se siente flaquear y descansa la espalda contra una pared. Ahí, en ese fingidor *trompe-l'œil* creado por el pintor le ha sido revelado su verdadero estado de ánimo. Sus distracciones, sus ausencias, la concentración de su pensamiento en torno a esa muchacha tienen un significado preciso. No es lamentar haberla colocado con los Valduerna, ni preocuparse como un padre por su suerte. Es desearla, necesitarla, quererla. Todas las especulaciones anteriores eran antifaces frente a sí mismo, desfiguraciones de un sentimiento que pensaba haber dejado atrás para siempre y del que se creía ya a salvo: el amor. Un amor que no es de fuego, como aquellos amores juveniles, pero sí de agua: anegándole, empapándole, envolviéndole entero. El descubrimiento disipa su pasado desconcierto, pero le llena de dolorido temor pues, con la sensatez de los años, no puede hacerse ilusiones. Su edad triplica la de esa muchacha y la perspectiva es verla alejarse de él cada vez más, hasta pertenecer a otro. Y sin embargo, recibe ese amor como un don que ahora da sentido a su vida. Se complace en ese sentimiento, se propone, con más fervor que antes, seguir ayudándola y protegiéndola aun a costa de fingir lo que no siente: un afecto sólo paternal. ¡Qué tristeza y qué felicidad a un tiempo! ¡Qué oleada de melancolía!

No sabe cuánto tiempo ha permanecido considerando su descubrimiento, instalándose en otro nuevo escenario de su existencia, pero en ese rato ha dado un salto a otro planeta, se ha convertido en otro Alonso. Se pasa la mano sobre los cabellos, contempla a esas dos figuras pintadas, tan decisivas para él, y desciende con lentitud las escaleras. ¿Se le nota algo? No lo cree posible, pero el aprendiz de pulidor le ha dirigido una mirada extraña.

No va a reunirse con Roque: necesita recobrar su compostura. Camina sin saber por dónde hasta encontrarse en la ribera del Tajo. ¿Cómo tardó tanto en comprenderse a sí mismo? Ha hecho falta la tensión con tanto empeño reprimida para que un motivo tan nimio haya provocado el estallido revelador.

El río es de un verdor que el ardiente sol convierte en blanquecino. A la otra orilla se ven campos sin labrar, altos matojos y un joven sauce inclinándose hacia la corriente. La serena soledad de la naturaleza va sosegando al caballero. Las nubes en lo alto son blancas, orondas; tras él trinan calandrias y jilgueros; su rostro inmóvil es casi rozado por una blanca mariposa, llegada sobre las aguas como si hubiera cruzado lo que para ella equivale a un brazo de mar. La fábula de Hero y Leandro viene a la memoria de Alonso mientras se sienta en la tierra y contempla el río, en apariencia inmóvil pero estremecido aquí y allá por momentáneas ondulaciones, como las sacudidas en el pelaje de un caballo nervioso.

Está pensando en confiarse a Malvina y descubrirle su situación cuando oye pasos a su espalda. Se vuelve en el momento en que Roque exclama, con un suspiro de alivio:

—¡Gracias a Dios que encuentro a usía!

—¿Ocurre algo? —inquiere Alonso levantándose.

—Nada, salvo que usía no estaba en ningún sitio. Un chico me dijo que había salido y yo...

—Pareces asustado —sonríe Alonso con afecto.

—¡Lo estaba y mucho, así Dios me salve!

La frase, el alivio evidente de Roque y cierta expresión de sabiduría en su mirada hacen cambiar de idea al Aposentador. No lo dirá a Malvina; no hace falta. Habla con ternura.

—Tú sabes algo, Roque... Dime, ¿cuántos años hace que embarcaste conmigo en el *Habanero*?

La sabiduría en los ojos de Roque se torna extrañeza:

—Más de veinte, señor, ¡tenía yo veintidós!

—Y luego siempre juntos... Hemos pasado de todo, ¿verdad?, en tierra y en la mar.

La melladura de Roque aparece en su sonrisa. Su astucia, en las arruguitas de los ojos.

—Y lo que seguiremos pasando.

—Bien dices, Roque; siempre dices bien... Óyeme, ¿tú crees que una muchacha se puede... bueno, interesar por un hombre mayor?

El rostro de Roque es ahora serio:

—No sería usía el primero —responde muy convencido—. Y aun de otros mayores.

—De modo que tú lo sabías...

—Uno es perro viejo en esos mares, señor. No podía ser otra cosa.

—Pues ya ves, yo no me había dado cuenta.

—Eso es de suyo. ¡Como usía es hombre de bien...!

Alonso admira a Roque y calla unos momentos.

—¿Y sabes quién es?

—Estaba bien claro, señor. Esos dulces, aquel faisán para la enferma, la preocupación por su salud...

—¡Pero yo se lo enviaba todo a doña Úr...!

No termina la frase. Ante los ojos divertidos de Roque el Aposentador ríe por primera vez en mes y medio.

—Roque, ¡eres un pícaro!

—A mucha honra, señor, si usía lo aprecia.

—¿Lo has... hablado con alguien? ¿Lo sabe alguien más?

—¿Hablarlo? ¡Me libre Dios! Ni a la señora Gertrudis... Pero, saberlo, saberlo... no me extrañaría que se lo barruntara doña Úrsula: es más ladina y perra vieja que yo mismo.

Han llegado hasta la Casa del Labrador. Montan en los caballos y emprenden el regreso a casa.

No se equivoca Roque en sus conjeturas. En ese preciso momento doña Úrsula habla con su sobrina, sorprendida por los extremos de afecto que recibe y la dulzura de las palabras.

—¿Sabes, Julia querida, que sospecho puede ocurrirte algo muy bueno para ti? ¡Y mi olfato nunca me engaña!... ¡Seré tan feliz si no me equivoco!

Se regodea la señora un momento al mantener en suspenso a la muchacha y al fin declara:

—Me da el corazón que has interesado a don Alonso... ¡Figúrate qué suerte!

—¿Yo? ¡Vamos, tía, no diga tonterías!

—¿Tonterías? ¿Acaso no aprecias cómo te trata y con cuántas finezas te obsequia? Cuando enfermaste se quedó sin ama para que te atendiese. Te buscó buen empleo, preguntó por ti...

—¡Porque es muy bueno y nada más! Vamos, cállese.

—Cualquiera diría que te molesta y puede ser la suerte de tu vida, por fin... ¡Cómo se ve que no entiendes de amores! Me basta con verle mirarte. Y lo que Gertrudis me cuenta: que está raro, cambiado de genio sin ningún motivo. ¡Señas de hombre enamorado, te lo digo yo!

—Las ganas que usted tiene de casarme, tía. Y basta ya.

—Pues si tú no las tienes, bien tonta eres.

—Nunca le oí una palabra ni le vi un gesto de galán.

—¿Qué sabes tú de galanes? Sucede que es hombre sensato, responsable, y no va a declararse con ligereza. Lo está pensando, pero acabará pidiéndote.

Julia calla, pensativa.

—Se hace usted ilusiones. Pero si se declara lo sentiré. Me dará mucha pena.

Doña Úrsula la mira atónita.

—¿Sentirlo? ¿Pena?... ¿Estás loca? Un partido como no podíamos soñar, un hombre de bien, libre, acomodado, bien visto en la Corte... ¿Y no te alegras? No mires sus años porque está bien sano. Dice Gertrudis...

—No es eso. Es que me dolería desengañarle.

—¿Decirle que no? ¿Serás tan necia? —La indignación ahoga la voz—. ¡Dame paciencia, Dios mío! ¿Qué quieres? ¿El Príncipe de Asturias?

—Quiero estar enamorada de mi marido.

—¡Pues enamórate! Tiene buena planta y es bueno. Te tendrá como una reina, te dará bienestar, posición, desahogo... ¡Ay, esas novelerías y esas enseñanzas de doña Malvina, cuánta fantasía han metido en tu cabeza! La vida es muy dura, niña, y vivirla del brazo de un hombre así es Jauja. Más aún sin llevar dote, como tú.

La tía, reprimiendo su indignación, se hace persuasiva ante el silencio de Julia. Le habla de sirvientas, de vestidos, de un marido fiel que beberá los vientos por ella... Acaba incluso elogiando la edad de don Alonso pues, por ley natural, la dejará viuda en la flor de la edad y entonces, rica e independiente, podrá elegir como quiera, incluso un guapo mozo si le apetece... No puede pedirse más.

Concluye, agotadas las palabras, y queda sorprendida ante la impasibilidad de Julia. Por primera vez percibe cuánto ha cambiado su sobrina: es otra persona. Y su sorpresa crece al oírla hablar, con implacable lentitud, para meter bien la idea en el cráneo de su tía.

—Serviría a don Alonso como fuese, porque lo merece, pero no puedo ser su mujer. No le quiero y no le engañaré fingiendo.

La tía se dispara. Grita en la cara de Julia, vomita las frases...

—Calla, descastada, así pagas mis desvelos... ¿Quién te crees que eres? No tienes un ochavo, sólo un palmito corriente que perderás en pocos años y con alguna educación gracias a mis sacrificios... Mucho me ha costado traerte a donde estás, he tragado sapos y culebras, ¡incluso he tenido que vivir de los hombres!, ¿te enteras?... Hasta que Dios me tocó el corazón, lloré mis pecados y el Señor me envió un buen marido... Y ahora, viviendo con decencia, ¿quieres tú malbaratarlo todo cuando estamos tocando el puerto? ¡Antes te meto en un convento, ingrata! Ya lo sabes: para que hagas remilgos a quien te hará señora.

Julia palidece y comprende que es cierto ese pasado, pues recuerda alusiones y detalles antes inexplicados. Pero responde:

—Primero de todo, está por ver si don Alonso siente lo que usted dice... Y, si se cumpliera, yo le haría saber lo que acabo de oír.

—¿Y qué? —ríe sarcástica la tía—. No renunciaría por eso. Los viejos enamorados son todavía más testarudos que los jóvenes. Quieren su última oportunidad, aunque tú no lo sepas.

Julia está descubriendo que su tía entiende mucho de pasiones y, al verla bajo otra luz, se afirma en su decisión.

—Tiene usted razón, seguramente no le importaría, ¡hasta ese punto es bueno! Pero yo no le quiero y no hay más que hablar.

Y como la tía, enfurecida, reanuda sus insultos, Julia coge su mantilla y se dirige a la puerta. Atrás queda doña Úrsula con su furia que, poco a poco —comprende Julia—, irá cediendo para dejar paso a maquinaciones encaminadas a doblegar a su sobrina. Pero ella no cederá: no ha empezado a ser libre para renunciar tan pronto. Y menos cuando ya empieza a vivir el amor, y al mismo tiempo a necesitar el amparo de un compañero amado. Caminando hacia la casa, para recoger a los niños y pasearlos, piensa con ternura en don Alonso. Si ella no hubiera conocido a Lucas quizás le aceptaría sin amor, aunque sin fingirlo y queriéndole con lealtad. Sabe que su vida sería apacible junto a ese hombre, como bajo la tibieza de una lámpara hogareña. Pero Lucas no es una lámpara sino una hoguera. Se siente con él asustada pero feliz. En cambio don Alonso alumbra, pero no quema.

Lo que no puede Julia ni sospechar es que Lucas se encuentra en esos momentos en la propia casa de los Valduerna. A poco de salir ella sonó la campanilla y, encontrándose sola, fue doña Elvira quien abrió la puerta, pensando que sería el lacayo, de regreso de un mandado. Pero se halló ante un rostro triunfante porque Lucas, seguro de darle una sorpresa a Julia cuando abriese, miraba con ojos brillantes y mostraba los dientes lobunos en la sonrisa. El mechón caído daba gracia a la frente y una primera sílaba sonó con voz tierna antes de que le cortara la palabra su sorpresa ante la dama de la casa.

Lucas adoptó en el acto una actitud respetuosa y explicó su llegada para observar el reloj, cuya nueva avería habían comunicado al taller. La condesa no logró enterarse de nada en los primeros momentos: aunque ahora tenía delante a un sumiso oficial de relojero, por unos instantes había visto a un semidiós faunesco de los que, desnudos en el mármol, se alzan sobre sus patas de cabra en las fuentes del jardín real. También ella se apresuró a componer su mirada, recuperando su altivez habitual, e hizo entrar al joven observando, ya más tranquila, su paso firme y su quiebro audaz al pasar junto a ella en la exigua entrada. Ahora eran señora y sirviente pero, durante unos instantes, cruzaron miradas entre macho y hembra.

Ya en la salita la dama baja los ojos para no ofrecerlos a los del relojero; pero esos ojos descubren la gallarda pantorrilla en la media blanca y, subiendo más, el calzón bien ceñido y revelador. Siente un breve apuro cuando ha de hacer entrar al mozo en la alcoba, para que de allí lleve el pesado reloj hasta la mesa del saloncito, pues no le pasa inadvertida la avidez con que el hombre contempla el raso de la colcha y el bulto de las almohadas. Luego le acompaña unos momentos, admirando la destreza de las manos al desatornillar la tapa trasera del reloj. Segura al fin de que su voz no delatará emoción, se decide a preguntar si la avería es grave.

—Es un magnífico reloj, señora condesa; ya lo aprecié cuando lo enviaron al taller. Pero al descomponerse otra vez resulta menester mirarlo a fondo.

El hombre ha sacado del bolsillo unas diminutas herramientas y una lente de aumento que coloca en su órbita derecha. A la condesa le resulta ahora un profesional, casi un médico, que inspira confianza.

—Celebraría mucho que pudiese arreglarlo. Era de mi madre y lo tengo en mucha estima.

—Pondré todo mi afán en complacer a la señora... Quizás sea preciso llevármelo de nuevo al taller.

—Huy, lo sentiría —brota espontáneo—. Bueno, es que ya la otra vez me dio pena... No importa que vuelva usted otro día, si no termina hoy.

—Se hará como desee. Mi jefe me ha dicho que la complazca en todo... aunque no hacía falta mandármelo.

La fineza última descubre a Elvira cierta calidad en ese artesano de manos hábiles y planta de majo.

—Esta hora es buena para trabajar aquí porque no le molestarán los niños. Los sacan de paseo y me dejan tranquila.

La mirada inquisitiva del hombre la hace arrepentirse de sus palabras y trata de suavizarlas.

—Ahora están jugando en ese cuarto, pero la azafata llegará enseguida y se los llevará... En fin, le dejo con su tarea.

Se retira a su alcoba y cierra la puerta porque no domina sus acciones. Es una situación nueva para ella, distinta de los cortejos convencionales o de los discreteos cortesanos, cuyos meandros están resueltos por las reglas de la cortesía. Lucas queda solo ante esa maquinaria cuyo defecto conoce de antemano, y se da cuenta de que ha olvidado su propósito al llegar: sorprender a Julia. La condesa, entretanto, llena de interior agitación, se ha sentado en su calzadora, sin atreverse a tenderse en la cama, como le hubiera gustado, porque ahora le resulta indecente, aunque la idea le parece absurda.

Así están ambos cuando llega Julia, abre con su llavín y se queda atónita, sin color en las mejillas, ante la sorpresa de encontrar a Lucas manipulando en el reloj y mirándola con la más segura de sus sonrisas. No sabe qué decir, sólo puede oír su corazón latiendo con fuerza. La condesa, que ha oído la puerta, aparece y la sorprende inmóvil.

—Muchacha, pareces pasmada... Despabila y llévate a los niños, que ya ha bajado bastante el sol.

Julia pasa al cuarto de juegos sin decir palabra y, cuando sale con los hermanitos, observa a Lucas inclinado sobre su tarea y la condesa mirándole de un modo que se le clava en el corazón. Lucas, entretanto, saborea su doble triunfo: sobre la mujer que acaba de salir y sobre la que queda, cuyas miradas y sonrisas son de sobra expresivas. Comprende que para la condesa él sólo será un capricho, como el de otras damas que acuden a los bailes de candil, según la moda, para catar el género popular ofrecido por los majos. Pero ella es apetecible, supone un escalón hacia arriba y puede dispensarle favores útiles. Lucas se dice que lograrla es sólo cuestión de tiempo cuando ella se acerca y se inclina sobre la maquinaria ya de nuevo montada, haciendo llegar hasta él sus aromas de hembra perfumada y permitiendo apreciar la tersura de su piel y las turgencias del seno. Por eso Lucas, como una prueba, deja caer para ella su aviso:

—Ya he dado con el defecto, señora condesa. Me llevo esta rueda para hacer un repuesto y con su licencia volveré a colocarla. No habré de molestar mucho más a la señora.

Al decirlo percibe una instantánea contrariedad en el gesto de la dama que, al mismo tiempo, niega que sea molestia una nueva visita y manifiesta su gratitud por la presteza en los arreglos.

Por eso cuando Lucas se va acercando poco después a la horchatería de La Valenciana, donde se ha citado con Sara, su rostro expresa la ufanía.

—¿Te van bien las cosas, eh? —pregunta ella, sentada ya a una mesa apartada.

—A pedir de boca; estoy de suerte.

Lucas explica a Sara su nuevo contacto con las clases altas y su fácil entrada en casa de los Valduerna pero, a pesar de su contento, guarda el secreto de la impresión que ha causado en la condesa.

Sara queda encantada con esa novedad que tan bien viene a sus intrigas. Doña Malvina quiere, en efecto, conocer el texto del tratado manejado por Valduerna, pues no se fía de lo dicho por Godoy, para compulsarlo con la redacción que ella misma llevó a París. Por su parte Sara, aun dispuesta a ayudar a Malvina, no descarta el hacer otro uso del documento que pueda llegar a sus manos, pues sus fines son más radicales que los de la dama y quizás ofreciendo ese texto a otros grupos se consiga acelerar la violencia que ella desea. De todo el tema explica a Lucas lo suficiente para guiarle, ocultando lo principal, y le promete buenos frutos.

—Lograr lo que te pido te valdría mucho. En oro, inmediatamente, y en nuevas misiones y prebendas para el futuro.

—Dificilillo es. Pero por mí no ha de quedar.

Sara le anima, provocándole.

—No te ha de costar trabajo interesar a la condesa. ¡Con tu buena facha!

—¡Qué dices! Tan principal —finge Lucas incredulidad—. Esa vaquilla no es para mí.

—No seas niño: toréala bien y verás. Ese ganado se entrega mejor que nosotras... ¡se sienten tan seguras! Les gusta dejar a la puerta de la alcoba toda su altanería de salón. Algunas hasta piden varas... Sólo hace falta picarlas bien y tú eso...

—Te lo demuestro cuando quieras —gallardea.

—No se trata de mí, hombre, sino de nuestro asunto y de esa hembra. Yo ya soy de más años.

—Y de más poder, seguro.

Sara le mira, incitante.

—No te digo que no pueda ser algún día. Sobre todo si es para celebrar el éxito con esos papeles... Pero ahora, a lo tuyo... ¿O te piensas quedar en la Julia?

—Ésa no sabe nada, aunque nos ha visto y parece que se lo huele... Pero sabré trastearla.

—Si sospecha algo es casi mejor, porque se picará su amor propio.

Empiezan a llegar parroquianos y Lucas se limita a comunicar a Sara algunas otras informaciones escuchadas en el taller y en los pasillos de Palacio.

Es el destino, ¡quién lo iba a pensar! precisamente él, su audacia saltando al aerostato, el mundo es un pañuelo, y luego verle con la orgullosa de Julia, ella no se lo merece, qué dientes en lo oscuro, le blanqueaban toda la cara, qué le habrá visto a Julia, o tonteará con todas, me miraba con hambre, pues me voy a divertir, sin más, por qué no, está de moda la majeza, los cortejos ya cansan, otras muchas lo hacen, Daniela no deja de decirme que soy tonta, el destino me lo trae a casa, Pedro no tiene derecho a quejarse, bien se debe refocilar con su Claudine, creerá que no lo sé, la mujer del general, él la llama cortejo, ¡patarata! se acuestan seguro, bastaba ver cómo le miraba ella en la cena de gala, y tan fina conmigo, tan guasona, de rival triunfante, ¡pero si no es rival! él por su lado como tantos, pues yo también por el mío, estamos en paz, y más contentos los dos, unidos en lo que importa, nuestros hijos y su futuro, ayudarle en sus manejos, los lleva bien, tiene razón, el mañana es de don Fernando, los viejos se acaban, pero mientras estén hay que agradarles, me viene bien Manuel, nada de Príncipe de la Paz ni Alteza, Manuel y Elvira, así cubrimos los dos paños, y no está mal Godoy, ya maduro pero monta bien, eso dicen, supongo que acabaré sabiéndolo, le gusto: no hay duda ¡cuánto se habla de sus miércoles en Buenavista! la audiencia de señoras, goza de la que quiere, Narcisa lo sabe de buena tinta, lo ha oído a la doncella de la Vargas, van a verle con sus apuros, siempre de miedo a escándalos o falta de dinero, sólo de verlas cómo visten ya sabe si se someten, las lazadas en el justillo no fallan, se aflojan fácil para senos al aire, él con calzón de trampilla y no de portañuela, todo sin salir de su despacho, el famoso diván otomano, me conviene tenerle pendiente, Pedro con don Fernando y yo con Manuel, cubrir los dos bandos, Pedro lo comprende, casi me lo ha dicho, eso es la mutua conveniencia, el gusto es este otro que me manda el destino, tiene que volver, volverá lo que haga falta, ¡bendito reloj! fue un *coup de foudre,* el sacratísimo capricho como lo llama Daniela, me removió la sangre, me calentó la voz, más acento cordobés que nunca, ¡vaya buena planta! es atrevido, subirse por los aires, siete años fiel ya es demasiado, «haces el ridículo»; tiene razón Daniela, es majo y además fino, nada de ordinario, de calidad y su habla gallega, tanta dulzura, dulce y bravo: el ideal, se olvidará de esta criadita, no sé qué ven en ella, hasta Pedro se fija desde el día del vestido, parece mentira en un hombre corrido, nunca ha entrado tantas veces al cuarto de los niños, les ha cogido un cariño repentino, para verla moverse y hacer monerías, ¡vaya con la mosquita muerta! haciéndose conmigo la pudibunda, ¡qué orgullosa aquel día! en vez de apreciar la honra de ponerse mi vestido, nunca pudo haberlo imaginado, y Pedro admirándola, sólo me faltaría llevar los cuernos en mi casa, pues yo haré lo mismo si se me antoja, aún me da reparo: no estoy acostumbrada, ya lo dice Daniela: «sólo la primera vez», me dio apuro cuando entró en la alcoba, ver la cama donde duermo, pero también me encandiló imaginármelo entre esas sábanas, ¿pensamos los dos lo mismo? tú vas a ser mi hombre, la generala me lo notará en la mirada, pensar que ésa le gusta a Pedro, pocas tetas tiene ahí donde agarrarse, con su túnica a la griega la otra noche, de París, moda *jonique* decía la muy *merveilleuse*, una verdulera convertida en generala, que se divierta Pedro, y además las reuniones en esa quinta, Manuel me lo ha revelado, me quiere pervertir: es su juego, hacerme caer en sus brazos, ésta es la Corte, hay que ser como todos, gozar las ocasiones, para eso son, Daniela incluso calentando a su criado, «está loco por mí» «claro que no le consiento nada» «le hago sufrir como a un caballo» «la otra tarde al montar de amazona fingí caer cuando él me tenía el estribo» «¡cómo me achuchó al cogerme el pobre!» «llevaba el calzón muy ceñido y le noté la emoción» ¡qué cosas tiene Daniela! ¡llamar a eso «la emoción»! querido Pedro: jugamos igual, en prosperar a los dos paños: Fernando y Godoy, en vivir con el mismo estilo, te imitaré con Lucas, y con Manuel si es preciso, hay que decidirse, por de pronto Lucas tenido a raya, que tenga que ganárselo, ¿sentía «la emoción» cuando me incliné sobre él? seguro, se despidió sofocado, yo no lo he buscado, es el destino, ese fulgor en los ojos, esa majeza y audacia, le haré sufrir un poco, que nunca se crea el amo, ¡faltaría más! pero esta vez te sigo, Daniela, ya me paso a tu bando: el del placer.

XI. DIECIOCHO DE JULIO

1930: Afrodita naciendo de la espuma

«¡Esto es sol y no el de Ginebra; esto es océano y no el lago Lemán!», piensa Marta entusiasmada, contemplando el Cantábrico desde un banco en el Piquío santanderino, ese promontorio entre la primera y segunda playa del Sardinero. Su vida es sueño, pero un sueño tangible y tan hermoso que nunca llegó ni a imaginárselo. Ahora resulta que lo disfruta y no acaba de creérselo. Cuando, hace pocos meses, viajó a Aranjuez —mañana lluviosa, vagón de tercera— sin la seguridad de obtener un trabajo, no sospechaba cómo iba a pasar el verano.

Para empezar, ha salido por primera vez en su vida al extranjero. Cruzar la frontera en Port-Bou fue un acontecimiento: cambio de ambiente, practicar su francés, contemplar luego desde el tren las tierras mediterráneas del Languedoc, el mundo de los cátaros y del buen rey René, la Meca de los perfumes y del turismo más caro y elegante. Después Ginebra, la ciudad-estado, el empinado cerro con el caserío antiguo y sus callejas de anticuarios, su secreto ambiente de ricos protestantes, su expansión sobre la explanada donde alza sus templos la gran banca internacional y, más allá, las lujosas villas escondidas entre árboles a las orillas del lago, con los Alpes al fondo: el Mont Blanc deslumbrante de nieve. ¡Qué aventura la suya!

Y la gente. Ha disfrutado a fondo del cursillo de biblioteconomía, de su alumnado internacional, de las eficaces profesoras. ¡Y se ha encontrado a Saignac, en cuyo Renault ha dado la vuelta entera al lago, en una excursión inolvidable, cruzando fronteras! Ribalta dirá lo que quiera, pero su colega francés es un compañero ideal. Atento en todo momento, previniendo los menores deseos, abriéndole los ojos a Marta para apreciar mejor el país. Admirador del método, el rigor, la seguridad concienzuda con que trabajan los suizos, pero crítico también de esa vida organizada con espíritu de relojería, como si la felicidad consistiera en hacerse muñecos mecánicos. Marta en esas horas —no pudieron ser más, por el apretado programa docente— se sintió cortejada con sinceridad, consciente de su encanto, y rió con ganas por el ingenio de Saignac. Sobre todo, se sintió libre y no sólo por el automóvil, como en Aranjuez, sino por la igualdad de nivel con el hombre, la seguridad en la amistad. Han quedado sinceramente amigos, como si lo fuesen antiguos, y sólo por eso valía la pena el viaje, además de los descubrimientos de otra cultura moderna —sin perjuicio de conservar sus tradiciones—, junto a la cual la vida madrileña le parece a Marta atrasada y provinciana. El final del cursillo fue la visita colectiva al palacio de la Sociedad de Naciones, respirando el aire de ese centro de la política mundial, y viendo desde sus jardines el panorama del lago, para acabar en una cena de despedida con música de cítara, canciones alpinas, *fondue* y vino blanco de las laderas del lago... Marta, olvidada de España, pensaba que así fue sin duda la Viena imperial, los valses en los jardines, la embriaguez del vino ligero, la música y la danza.

No acaba de creérselo, pero aquí está ahora frente al mar y sigue viviendo ese sueño. Don Eladio de Valdenebro, su jefe en la Intendencia de Palacio, le ha permitido —como premio a su intenso trabajo de los primeros días— escaparse una mañana de asueto, aprovechando que Sus Majestades han embarcado con destino a Castro Urdiales, donde se celebran unas famosas regatas de traineras. Su horizonte es de una infinita placidez, lejanísimo, donde mar y cielo acaban confundiéndose, sosegadas las nubes redondas y lentas, acariciante la brisa, difundida la luz... El tiempo se remansa para ella, se siente casi flotando en esa atmósfera... Y de repente, como un delfín saltando de las aguas en su hondura interior, se pregunta: «¿Y no fue marino?».

Esas palabras, pensadas tan sin querer, venidas de no se sabe dónde, la sobresaltan y obligan a reflexionar. Acaba por recordar que se lo preguntó a Germán, también de golpe, cuando le conoció, como si algo en él revelara esa profesión. Pero al mismo tiempo el recuerdo ahora evocado es el retrato del Capitán en su biblioteca... Se asombra de sí misma, ¡qué curiosas ideas han surgido al dejarse llevar del momento, sin dirigir sus pensamientos! Acaba prevaleciendo el recuerdo de Germán que, según Soledad, anda ahora tratando de consolidar alianzas contra la monarquía y precisamente en esta ciudad. ¿O era San Sebastián la que mencionaron en la canoa, navegando sobre el Tajo, como lugar para un pacto político? El caso es que, en un par de ocasiones, ha creído Marta, por estas calles, ver a Germán y luego ha resultado un transeúnte desconocido. ¡Cuántas veces, en este viaje lleno de novedades, ha recordado ella al vibrante impulsor de la Idea, al compañero sin miedo y sin tacha, como el caballero medieval! Ha creído oír su voz grave y su risa franca, o tener a la vista su buena planta y su mirada leal. Pero lleva un largo mes y medio sin saber de él, salvo las noticias sobre su vida obtenidas preguntando a Soledad. Con razón repite ésta, suspira Marta, que «lo nuestro es esperar».

También recuerda a los demás, los amigos de su nueva vida en el Real Sitio: la propia Soledad inclinada sobre su máquina de coser, la risa de Quina, Janos, a quien imagina sobre ese mar que contempla ahora, en los antiguos barcos en los que navegó. Rememora su sorpresa cuando Agustín le contó su conversación con el guardián de Palacio, el buen entendimiento entre ambos, vivido por Agustín con la mayor naturalidad. Camino de Ginebra, en el tren, proyectó Marta hacer una escapada a Viena, aunque sólo fuese por unas horas, para comprender después mejor a Janos; pero el programa de estudios y la excursión con Saignac la impidieron. Aprovechó el dinero no gastado para otros caprichos y, en especial, para una pequeña Kodak con la que está fotografiando lo que le sorprende, sobre todo los paisajes suizos. Como avanzadilla de sus relatos ha enviado fotos a sus amigos. ¿Cómo llegarán a manos de Janos? Acaso una paloma, la amiga del guardián, la depositará en la ventana redonda de su celda en la torre. A Marta se le ocurren fantasías así, en medio de este largo y verdadero sueño: locuras que la mantienen sonriente, envuelta en beatitud activa.

Sí, este mar es el mismo que conoció Janos, más bravo que el Mediterráneo de la infancia de Marta. Y estas playas son más civilizadas que la pedregosa junto a Melilla. Al pie de Piquío, en la primera playa, aún quedan algunas casetas con grandes ruedas, en cuyo interior las señoras más encopetadas son llevadas hasta donde rompen las olas, para descender allí al agua por una escalerilla a cuyo pie aguarda el respetuoso bañero, cuya proximidad al cuerpo femenino envidian los caballeros. Restos de otra época, porque ya la mayoría de los bañistas se han modernizado, aunque son bastantes quienes, de uno u otro sexo, no se permiten pasear sobre la arena sin cubrirse con el albornoz.

El sol va ascendiendo y decide a Marta. Baja a la playa y pronto nada entre las olas, hoy bastante tranquilas. Recupera, después de tantos años, el placer de entregar su cuerpo al mar. Se sumerge con los ojos abiertos para envolverse en la movediza red luminosa de los rayos solares distorsionados por las aguas, se deja flotar de espaldas, saborea la salinidad en su piel... Cierra los ojos y casi cree oír la llamada de su padre, cuando la chiquilla, feliz entre la espuma, se resistía a salir del agua.

También ahora resulta forzoso volver a tierra firme. Brazada a brazada se acerca a la orilla, pisa al fin la arena seca y allí se lleva la más inesperada sorpresa. De un grupo de caballeros que conversan, metido cada cual en su cesta protectora contra el sol, se levanta uno que avanza hacia ella. ¿Quién puede ser ese señor impecablemente vestido, con cuello duro y corbata, bastón y *canotier*, que se quita el sombrero para saludarla por su nombre?

—¡Usted!... ¡Qué sorpresa! Pero cúbrase, don Ernesto, por favor —exclama, mientras se siente incómoda, ante esos ojos, con sólo el bañador mojado que revela su cuerpo.

Don Ernesto se deshace en cortesías y se felicita por su buena suerte al encontrarla. Precisamente estos días, dirigiendo un seminario entre colegas, había estado pensando en ella. Le gustaría honrarse presentándola a sus compañeros de tertulia, que contemplan la escena asomando la cabeza desde sus cestas, como las tortugas en su concha... Marta se excusa, no está presentable... Acuciada por el profesor, accede a reunirse con él dentro de un rato escaleras arriba, en la gran plaza del Casino, para almorzar juntos.

Allí la espera Ribalta que, para el transporte a la ciudad, desdeña los taxis y elige un coche de caballos abierto, puesto que tienen tiempo. Ruedan lentos a lo largo de la ruta que, contorneando la hermosísima bahía, une el Sardinero con el centro. Ante las preguntas del profesor, Marta cuenta sus impresiones de Suiza sin decir –pues recuerda la última reacción de Ribalta hacia su colega francés– que a algunas de esas impresiones han contribuido las observaciones de Saignac.

Marta le descubre luego su alojamiento actual en el mismo Palacio de la Magdalena, en una diminuta habitación de las buhardillas, compartiendo baño con otras empleadas en el mismo corredor: tres mecanógrafas, la jefa del guardarropa y la practicanta. No dice que el primer día se sintió así un poco sirvienta, aunque fuese de lujo, ni tampoco que esa sensación le hubiera parecido a Germán un prejuicio pequeñoburgués y ese alojamiento lo juzgaría una buena ocasión para sufrir las desigualdades sociales y sumarse a la lucha contra ellas.

–Entonces está usted viviendo en la mismísima Corte como una palaciega –comenta Ribalta–. Excelente experiencia para una historiadora.

–¡Oh, no crea! Yo no he pisado los salones ni he visto a los reyes más que de lejos, desde mi ventana, o al entrar y salir en sus coches abiertos. Y en el periódico, claro...

La prensa gráfica más selecta, como *Blanco y Negro* o *Nuevo Mundo* y *La Esfera,* ofrecen cada semana estampas de la jornada real santanderina: el rey estrechando la mano a la popular pescadera Paulina, o tumbado en un banco acolchado del Tiro de Pichón para derribar unos platos, o con su caballo *Ruban* en el hipódromo...

Comenta con el profesor algunas de esas imágenes y concluye asombrándose ella misma de esa observación concebida de repente.

–Yo creí que iba a ser más emocionante eso de estar en Palacio, pero ese mundo es como el de Suiza: todo convencional, estancado, previsible, rutinario... Parecen autómatas como los que, a horas fijas, asoman por una portezuela en los relojes de las grandes catedrales, desfilan repitiendo los mismos movimientos y desaparecen hasta la hora siguiente. En la misma Ginebra hay uno así... Me asombra —confía a Ribalta— que esos personajes palatinos vivan al margen de la actualidad, en el inmutable mundo de sus funciones y prerrogativas. No tienen ninguna conciencia de los cambios en España, sobre todo en este año que ha visto caer la Dictadura... Sólo entre nosotras, las de la buhardilla, o en el comedor de servicio, he oído alguna alusión a «lo que está pasando», siempre acallada por las miradas circundantes, como si se tuviese miedo de que la mera mención ponga en marcha procesos políticos peligrosos.

—Es usted buena observadora. Me hace recordar nuestro breve encuentro en Aranjuez con Saignac, aquella comparación de este momento histórico con el de 1808... Saignac no es ningún lince y estaba equivocado mientras esos cortesanos, al parecer ajenos a todo, están en lo cierto, con su vieja experiencia de las tradiciones. No lo dude: volveremos sin serias alteraciones al orden constitucional vigente. No existe ahora ningún factor exterior tan capaz de provocar cambios como lo fueron la Revolución francesa y las guerras napoleónicas. Sí, está el bolchevismo, pero queda muy lejos de nosotros, en ese espacio asiático para jinetes nómadas. Fue momento peligroso el año 1917, con la huelga general revolucionaria, la rebelde Asamblea de Parlamentarios en Barcelona y la arrogancia de las Juntas Militares dividiendo al ejército... Pero eso ya pasó.

El coche les mece con el agradable trotecillo, cambiando de ángulo, según las curvas de la ruta, permitiendo contemplar el cónico pico de Solares o la más elevada Peña Cabarga, al otro lado de la bahía. Marta disfruta con ese panorama mientras se pregunta qué argumentos opondría Germán a la interpretación tranquilizadora del profesor, pero no discute. La tibieza del sol, la blancura de las orondas nubes, el airecillo marino y el espacio azul de las aguas tranquilas la mantienen a salvo de cualquier tentación polémica.

El coche se detiene frente al restaurante, en el mismo muelle, y don Ernesto conduce a Marta al entresuelo, instalado junto a una ventana sobre la bahía, ya abierta a la brisa que les llega sobre los plátanos del paseo, podados en horizontal para no ocultar el panorama.

Han servido el vino y Ribalta, ceremonioso, alza su copa y brinda mirando a Marta:

—Por sus indudables éxitos futuros, en la ciencia como en la vida.

Llegan los primeros manjares; Marta los elogia. El profesor lleva la conversación.

—¿Le parece que hablemos de lo nuestro, de nuestra alianza científica? ¿Acaso ha encontrado usted algo en apoyo de mi tesis? ¿La recuerda?

— ¡Cómo no recordarla, con mi avidez por sus lecciones! Sé muy bien la gran suerte que tengo al trabajar a su lado.

El profesor reitera a Marta su tesis de que los nobles promotores del motín de Aranjuez fueron inspirados y apoyados desde Inglaterra, cuyas maquinaciones fomentaban agitaciones en España con la esperanza de favorecer así las disidencias criollas iniciadas ya en las Indias por Miranda y otros, a fin de acabar con el Imperio español en Ultramar. Inglaterra apoyaría esas disidencias para compensar la pérdida de sus territorios en Norteamérica mediante su influencia comercial en los nuevos países que así surgirían.

Marta se disculpa: no ha encontrado ningún documento a favor de esa tesis. En cambio, tiene datos sobre otro personaje, también de dudosa vida, que llegó a corregidor de Albacete en 1830. Especuló durante la guerra de la Independencia sirviendo a unos y a otros, y le apodaban «El gallego», un tal Lucas Rodeiro.

Ribalta no se interesa por esa novedad y vuelve a su tema.

—La mía es una hipótesis aventurada, no lo niego, pero no ha sido formulada antes por nadie y sería un triunfo conseguir algo en su apoyo. No deje de investigar porque en ese archivo olvidado y, sin duda, muy cercano a los reyes, podrían aparecer testimonios... Entretanto, he estudiado el borrador del Tratado de Fontainebleau que usted me facilitó y difiere del conocido en unas exigencias francesas adicionales. Además del consabido reparto de Portugal, Napoleón pretende, según ese documento, quedarse con plazas transpirenaicas como Fuenterrabía, Figueras y otras. Esa diferencia con el texto oficial publicado merece ser investigada para aclarar la causa de los cambios. Aparte de eso convendría saber más acerca de esa dama portuguesa de quien me habló usted.

—Malvina, la condesa de Brías.

—Eso es. Por su nacionalidad, bien podría jugar algún papel al servicio de Inglaterra, de quien Lisboa era el tradicional aliado. Su conducta era sin duda anormal, puesto que despertó las sospechas de la Inquisición, cuyos definidores de la fe y calificadores frailunos tenían buen olfato. ¡Quién sabe si por medio de esa dama será posible llegar más arriba, hasta los ingleses inspiradores del motín!... Por supuesto, lo que no se me ocurre es identificarla con el caballero d'Eon, como piensa mi presuntuoso colega Saignac. ¡Qué disparate! Es buen hombre, pero en todo se nota su frivolidad francesa: tanto en sus trabajos científicos como en su aparatoso Renault.

Marta, que en Suiza ha disfrutado tanto del automóvil y de la supuesta frivolidad, consigue no sonreír. Además, durante su excursión con Saignac alrededor del lago ginebrino pudo oírle observaciones históricas bien rigurosas y sensatas. Ante la parcialidad de Ribalta contra el francés decide no comunicarle otros datos sobre Sara que ofrecerá a Saignac, y que permiten ir viendo cada vez más clara la existencia de ciertas relaciones entre esa mujer y Malvina.

—En cambio —concluye Ribalta—, no es descabellada la posible actuación de esa dama al servicio de Portugal y de Inglaterra, actuando contra Godoy. Persista usted, amiga mía: el historiador necesita tesón y paciencia.

—Haré lo posible, se lo aseguro.

La conversación discurre luego por cauces más personales. Ribalta habla de sí mismo, cuenta sus dificultades iniciales. La muerte de su padre en Santiago de Cuba, donde él nació, obligó a su madre a realizar esfuerzos heroicos para educar a su hijo casi sin medios. Bien pronto comprendió Ribalta la necesidad de no perder cursos para conseguir bolsas de ayuda. En los últimos años de Instituto ya ganaba unas pesetas dando clases a niños en sus casas.

«Adora a su madre», comprende Marta mientras él continúa.

—Le cuento esto para que se anime. Sé bastante de usted y me consta que tampoco su vivir ha sido fácil. Pero ya ha pasado lo peor y ha entrado con buen pie, aunque por supuesto no ha de quedarse en esa biblioteca. La necesitamos en la Universidad, donde hace falta gente responsable. Este invierno deberá frecuentar el Centro de Estudios Históricos; ahí están los mejores... Cuénteme sus proyectos; crea que no me mueve la mera curiosidad sino un sincero interés.

En la Facultad se decía de él, aludiendo a su encanto para las alumnas: «Ni las mata ni las deja». Efectivamente tiene buena presencia: sienes plateadas pero bigote bien negro y poblado, recortado con esmero para no rebasar el labio. Ojos pardos y atentos tras las gafas de pinza con montura de plata. Cuello y puños almidonados, perla en la corbata bien anudada, manos con algunas pecas que accionan con refinada elegancia. Ante las uñas correctísimas y pulidas, Marta le descubre como uno de los caballeros que utilizan a las manicuras en las peluquerías masculinas más elegantes.

—Excelente, excelente —comenta el profesor tras escuchar las ideas de Marta—. Tiene usted proyectos muy sensatos; sólo ha de llevar cuidado con sus primeros pasos para aprovechar todas las oportunidades. ¿Ha oído usted hablar del duque de Civantes? Tiene una magnífica biblioteca para cuyas adquisiciones y ordenación le asesoro. Le presentaré a él; es persona influyente. Su hija Guiomar es muy culta y distinguida; su fotografía aparece con frecuencia en *Blanco y Negro*, en las crónicas de sociedad...

«¿Acaso espera mi reacción ante ese nombre?», se pregunta Marta. Y ya un poco cansada de tan grave conversación e influida además por el excelente vino, responde impulsiva:

—Quizás le parezca indiscreta, pero en la Facultad se murmuraba que iba usted a casarse con esa señorita.

El caballero sonríe y con un gesto de la mano rechaza la hipótesis.

—No se disculpe: no ignoro ese rumor, debido a que frecuento la casa ducal, entre los actos sociales que me exige mi posición científica... Pero no hay tal boda; sólo una sana amistad nacida de mi afecto por el duque... Guiomar es una mujer admirable pero, no sé cómo decirlo, demasiado encastillada en su rango, muy esclava de los deberes de su alcurnia. En fin, resulta poco alentadora... Dicho sea desde mi sincera estima, claro está.

Levanta su copa y paladea el vino.

—¿Otro café? —pregunta. Mientras niega, Marta se da cuenta de lo preparado de esa pausa. En efecto, la voz profesoral cambia, se hace casi insinuante.

—Sí, querida amiga, comprendo esos rumores, pues ya tengo edad de haberme casado; pero no he tenido tiempo de buscar a la pareja adecuada. Es asunto grave; la mujer es decisiva para el hombre. Puede potenciarle o anularle, ¿comprende usted?... No sé por qué le hago estas confidencias, pero me las inspira su presencia, algo en usted, y me sale del corazón... Así es; echo de menos eso que llaman la «media naranja»... Aún estoy a tiempo, ¿no cree?

—¡Pues claro! Yo lo veo en la mejor edad —responde Marta, persuasiva, mientras piensa: «¿por qué me mira con ansiedad?».

—Gracias, querida amiga. Pero ha de ser eso: la media naranja y si no, prefiero mi soledad. Una mujer que comprenda mi pasión por la historia y mejor si la comparte; pero, sobre todo, que colme mi intimidad, que sea estimulante, que me comunique el placer de vivir... Aspiro a mucho, ya lo sé, pero estoy seguro de que esa mujer existe. ¡No puedo resignarme a lo contrario: no sería justo!

Ha hablado con énfasis, casi con pasión, pero termina sonriendo, como si fuese en broma. Marta adivina que al hombre se le han escapado esas palabras; ha ido más lejos de lo que se proponía... «Me ha visto en bañador», piensa divertida, animada por el vino y el recuerdo de su confusión cuando la abordó en la playa. Ahora se siente superior y lo está pasando bien cuando, de pronto, la invade un frío viento de melancolía: el topacio de aquella naranjada en El Embarcadero, frente a Germán, era una gema mucho más preciosa y encendida que el pálido color de este vino caro y exquisito.

Ribalta parece haberse contagiado de ese fugaz cambio de ánimo o acaso se da cuenta de haberse excedido; por eso procura envolver sus últimas frases en generalidades relativas al feminismo.

—No es que yo propugne, como hacen las sufragistas más radicales, un papel hegemónico para la mujer, pero sí la sitúo al nivel que merece, el que le asignó Shakespeare en relación con el hombre: «Ni más alto ni más bajo; a la altura del corazón». Las feministas se equivocan al reivindicar funciones masculinas. Su meta ha de ser alcanzar al máximo todo lo que cada mujer es potencialmente, todo lo que puede dar de sí. Ya lo consiguieron algunas hembras excepcionales, como esas reinas a las que he dedicado muchas horas de investigación, Catalina de Rusia y nuestra Isabel Farnesio... No hay razón para que la mujer se vea apartada de la ciencia y la administración pública... Ésa sí que sería una revolución deseable; más aún que los trastornos políticos en que unos ambiciosos derrocan a otros para hacer ellos lo mismo que hacían los vencidos... ¿Ha visto la película *Metrópolis*?

Marta asiente. Le extraña el giro de la charla pero su estado de ánimo, de nuevo alegre, le hace hallarlo todo divertido.

—Le gustaría, claro... He recordado de pronto, relacionando lo femenino y el futuro, esa obra maestra de Fritz Lang... Desde luego la Brigitte Helm que encarna a la heroína no es mi modelo de belleza, pero sí su talante: una mujer nueva, inteligente y enérgica, devolviendo a nuestras vidas la sensibilidad y los goces sensuales que han venido reprimiendo los anacrónicos valores patriarcales y que ahora se ven aplastados por esta civilización tecnificada... El cine es un gran medio de difusión y por eso concebí mi proyecto sobre el motín de Aranjuez, para el que me gustaría contar con su colaboración... Pero ¡perdóneme!, yo sí que estoy aplastando con mis disquisiciones la delicia de su compañía y ese admirable panorama ante nuestros ojos.

Marta se declara encantada, pero el profesor insiste:

—¿De verdad que no la he cansado? ¡Es usted perfecta! Tan encantadora y comprensiva... Pero no puedo seguir reteniéndola más, me figuro.

Marta vuelve a la realidad:

—Sí, ya va siendo hora de volver a mis ocupaciones.

—Permítame acompañarla.

A la noche, Marta reflexiona sobre ese encuentro, evoca las palabras del profesor, revive el acentuado apretón de manos final, a la puerta de la Magdalena... ¿Hablaba en general de las mujeres o se dirigía a ella especialmente? ¿Es ella esa hembra estimulante que Ribalta dice necesitar?... La idea hace sonreír a la muchacha, medio dormida ya sobre su almohada... No recuerda bien *Metrópolis*; sólo retiene de ella un mundo de grandes máquinas, con los técnicos en la cúspide y los esclavos sometidos... Es más bello el futuro pensado por Germán, mucho más humano... ¡Qué personaje más raro el profesor!... ¿Qué dicen de él?... «Ni las mata ni las deja»...

ERNESTO

Como si estuviera escrito, demasiada casualidad, vengo a encontrarme con Guiomar y me sale al encuentro Marta, siempre veranea la duquesa en Santander y este año no viene, el fallecimiento de su tío carnal retiene en Cáceres a la familia, eso sólo no es extraño pero ¡esta aparición de Marta! de golpe entre cientos de personas, en la playa atestada, ella misma ignoraba hace un mes su viaje... ¡y qué aparición! Afrodita naciendo de la espuma, un cuerpo escultural, esas piernas admiradas en Aranjuez, hasta apenas las rodillas, ¡qué muslos me han revelado! sin ser gruesos bien firmes y potentes, un cuerpo admirable, ¿habrá notado mi impresión? ya es demasiada casualidad, este azar estaba escrito, Guiomar alejada, Marta enviada, ¿decide la vida por mí? ¡qué tontería!

el cuento de la lechera, nada de ilusiones, le llevo unos cuantos años, pero es la mejor edad, ella lo dijo, también se los llevo a Guiomar aunque no tantos, y su padre esperando mi petición, estoy ya cayendo en falta, no puedo tenerles así, no me decido, pero ella no es Marta, esa vitalidad tan espontánea, para ella sería muy ventajoso, no soy un mal partido, en la Facultad lo noto, no sólo alumnas con sus fantasías juveniles, también estudiosas, investigadoras, no me atraen, demasiado sumisas, sería un error, quiero que me empujen, que me presionen, que me saquen de mi pasividad, eso, que me despierten el ardor, ¿lo haría Marta? esa Guiomar tan impávida, ¿lo conseguiría Marta? ni ella misma lo sabe, pero su carácter, su animación, y esos muslos, uno a cada lado de mi cintura, ¡Dios mío! se me despierta el sexo, ya noté un cosquilleo esta mañana en la playa, fácil erección a solas, decaído cuando llega el momento, el gatillazo, ¿por qué un patán lo hace sin problemas? ¿es el precio de elevarse sobre la animalidad? no he hallado a la mujer que necesito, definitivamente Guiomar no es, resultaría un fracaso, a lo mejor a ella le daba igual, siempre con sus devociones, el trono y el altar, eso no es una mujer de carne, decididamente no, ¡no la quiero! no encontrarla aquí me dejó indiferente, en el fondo suspiré de alivio, pero ¿qué pasa? ¡se van a romper los cristales! ¡mis papeles volando! dejaron mal cerrada la ventana, ¡qué vendaval repentino! y caen gotas, es que no cierra bien, estas aldabillas fallan, por fin cerrada, no hace frío pero en la cama estaba sudando y esa corriente, espero no acatarrarme, ¡sería lo que faltaba! noche tormentosa, el yate fondeado y sus luces balanceantes, el faro de Cabo Mayor, su inalterable ritmo, el haz de luz girando, iluminando, guiando, ¡iluminándome de pronto! ¡a mí! claro que no quiero a Guiomar, pero es más que eso, ¡es tremendo! ¿acaso he querido a alguien alguna vez? siento escalofríos, la sábana hasta el cuello y continúa, ese horroroso pensamiento, no puedo rechazarlo, me asfixia, arenas movedizas, algas, tentáculos, ya se me va pasando, ¡qué sobresalto! ahora en frío, inútil enterrarlo, mejor mirarlo de frente, ¿he querido alguna vez? ¿he querido de veras? a ver, mis recuerdos, las Rositas no cuentan, ni siquiera María Jesús y fue novia formal, no del todo, no llegué a entrar en la casa, pero yo lo pensaba así, ella también, los paseos, las manos enlazadas, yo creo que me emocionaba, ¡era yo tan joven! ¡sí, creí haberla querido! pero no era verdad, ahora clarísimo, la recuerdo como una cosa, un ser del género femenino, una sombrillita de encaje, ¡y le escribí cartas de amor! ahora no puedo creerlo, terminé con ella sin esfuerzo, como quien sale del baño y se seca, si en aquel tiempo ella hubiera muerto yo no hubiera padecido nada, eso sí: hubiera llorado, me habrían consolado los amigos, ¡porque el dolor se me vería: eso es lo horrible! mis mentiras son sincerísimas, pero las vive otro, yo por dentro impasible, hasta que se me ha metido la luz bien adentro, ¡ese faro de Cabo Mayor! ¿por qué esta noche? un momento: ¿y mi madre? ¡tuve que querer a mi madre! de mayor fue diferente, la vi de otro modo, pero ¡al menos de niño! ¡si me quemaban las lágrimas cuando ella salía de casa! y cuando mis pesadillas ¡qué pasión al abrazarla! tuve que quererla, y ya de estudiante, mi orgullo con ella por la calle, los hombres la miraban, aquella carne viuda ya de nadie, ¿era eso quererla? siempre me lo he creído pero ahora... ¡Ni ella tampoco a mí, maldita sea! se me sacrificaba por egoísmo, por ser la madre perfecta, entregada a su hijo como debe ser, no nos queríamos, no la quería, de niño era egoísmo, queriéndome a mí mismo, como ella, no la quise nunca, y después menos, instalarla en las Madres Reparadoras, mis visitas a aquella habitación cargada de cachivaches sentimentales, aquella vieja pegada a la mesa camilla redonda, con los recuerdos de su vida alrededor, odiosos objetos, para el vertedero municipal, aquel olor, a cagada del gato siempre receloso, ella en el sillón, sonrisa exigente bajo ojos alerta, ídolo asiático, yo condenado a visitador perpetuo, ¿cómo quererla entonces sabiéndola culpable? pero tampoco de niño, me hizo como ella, soy un impostor, ese cadáver aquí tendido, ¡que no se entere nadie! no puedo soportarme, un muerto, ya sé que estoy vivo pero no me siento estarlo, mi sudor es de enfermo, ¿tendré fiebre? ¿estaré delirando? eso lo explicaría todo, la idea ya no tendría importancia, pero es un consuelo falso, no deliro y no he querido nunca, ¡no es culpa mía: nadie me ha enseñado! ¡por favor, he caído en un pozo! ¡llevo así mucho tiempo! siglos, años como siglos, tengo que serenarme, estoy exagerando, no puede ser irremediable, comprenderlo es empezar a salvarme, aún no es tarde, encontraré a la buena samaritana, ya la he encontrado, ha venido aquí, estaba escrito, me dirá «levántate y anda», resucitaré, no es un hueso roto, se trata de los nervios, el cerebro, exceso de cerebro.

1807: La bestia de dos espaldas

Después del altercado con su sobrina, doña Úrsula se arrepintió de su actitud. Desconcertada por la obstinación de Julia y arrebatada por la ira, había dicho cosas que sólo servían para separarla más y alentar en la muchacha esas nuevas manías de libertad. ¿Estaba perdiendo facultades con los años? Siempre había sabido ser cauta para satisfacer sus deseos. Peligrosa situación: ahora menos que nunca podía permitirse imprudencias, porque su sobrina era la única carta que le quedaba por jugar en la vida. Si Julia malgastaba el capital de su juventud, su encanto y su virginidad, el futuro de doña Úrsula sería una vejez en la miseria. Era preciso manejar el asunto con cuidado.

Ante todo, se le ocurrió enseguida que la nueva energía de Julia no provenía de una evolución paulatina –ni aunque fuese ayudada por el influjo de doña Malvina– sino de algo sobrevenido en las últimas semanas. Tenía que haber un motivo y eso, para doña Úrsula, sólo podía ser un hombre. Estaba claro: la muchacha se había enamoriscado del primero que le había dicho una lindeza y creía estar defendiendo la pasión de su vida. En consecuencia, la señora se dedicó desde el día siguiente a seguir discretamente los pasos de Julia y a informarse por terceras personas.

El Real Sitio es demasiado pequeño para que puedan pasar inadvertidos los encuentros de dos jóvenes enamorados, por mucho que hayan querido disimularlos, y menos cuando el galán tiene un punto de jactancioso y presume de conquistador. Doña Úrsula supo pronto el nombre y la condición de Lucas, su edad, su origen, su oficio de relojero con porvenir y, sobre todo, lo que más le importaba: su carencia de dinero, de influencias y de las demás cualidades deseadas por la señora para el marido de su sobrina. Su decisión fue inmediata: acabar como fuese con esos amoríos, antes de que empezaran a dañar la reputación de Julia o incluso a tener consecuencias más graves.

Sin embargo, no hallaba una rápida solución y en ese trance decidió recurrir a don Alonso, que tan inclinado a la muchacha parecía: Quizás él, con su influencia en Palacio, pudiera conseguir el alejamiento del maldito Lucas en caso de que éste, para permanecer junto a la muchacha, pidiera quedarse en Aranjuez para el mantenimiento de los relojes en el Real Sitio. Entretanto, doña Úrsula se mostró amable con su sobrina y arrepentida de su violencia, inspirada tan sólo —dijo— por el bien de ella, y se guardó de manifestar hostilidad ninguna contra los deseos y movimientos de Julia. Además, al exponer a Alonso sus temores sobre Lucas, lograría provocar y hacer más vivos los sentimientos amorosos que ella suponía en el Aposentador.

Con ese fin camina ahora hacia el escritorio del caballero, recordando la cordial acogida que en él recibieron cuando, tiempo atrás, acudió con Julia a solicitar la plaza de azafata. Al llegar se detiene vacilante e inquieta: a la puerta se encuentra enganchada una berlina, junto a la cual ve a Roque, en actitud de esperar a su amo.

Don Alonso está acabando de despachar los últimos asuntos que le plantea Simón. La Corte se traslada de Aranjuez al Real Sitio de San Ildefonso pasado mañana y eso ha acumulado los asuntos de trámite y las medidas necesarias para el desplazamiento del numeroso séquito y de la obligada impedimenta, parte de la cual ha salido ya a su destino. Acelera el despacho porque le está esperando la berlina que ha de llevarle a Madrid, primero, y a San Ildefonso después, ya que necesita anticiparse allí a la llegada de los reyes, para estar seguro de que todo les aguarda en las debidas condiciones de comodidad.

Esa inmediata partida es averiguada por doña Úrsula en una breve charla con Roque, al contestar a su saludo, y por eso entra muy desanimada en el despacho del caballero, convencida de la inoportunidad de su visita. Para su gran sorpresa, en vez de tratar de eludirla, el Aposentador la recibe encantado pues emprendía el viaje lamentando no haber tenido la oportunidad de plantear a doña Úrsula su interés por Julia. La llegada de la señora le parece un signo favorable del destino, y aunque comprende no ser tampoco el mejor lugar y momento, decide aprovecharlo e invita a la dama a sentarse, dispuesto a escucharla y a plantearle después sus pretensiones. No quiere dejar más tiempo sin tantear honestamente la actitud de doña Úrsula, para poder luego declararse a Julia en caso favorable. Y como a partir de ahora estará menos presente en Aranjuez le parece de perlas la ocasión.

Se alegra de su decisión al escuchar a doña Úrsula el objeto de su visita. Se muestra de acuerdo con ella en cuanto a evitar que siga adelante una relación todavía incipiente, pues en este último aspecto da por seguro el juicio de doña Úrsula, si bien previamente ha preguntado, con inquietud punzante pero bien disimulada, si acaso la muchacha no está ya, en fin, de algún modo hay que decirlo, algo enamorada de ese hombre, porque en tal caso él respetaría...

Doña Úrsula no le deja terminar:

—¡Por Dios, señor mío, qué disparate! ¡Cómo va a estar enamorada en tan poco tiempo, una doncella que jamás ha salido de junto a mis faldas hasta hace poco y ahora sirve en una casa respetable y es un modelo de candor!

—A veces, señora, el amor no exige tiempo —arguye don Alonso, temeroso.

—¡Quite, señor mío, quite! Eso no es amor. Son amoríos, fantasías, pasiones malsanas. El verdadero amor es serio, reflexivo, seguro: nada de quimeras... Además, si acaso ella se figura sentir algún afecto, porque cabe que lo imagine aunque sea falso, razón de más para cortar de raíz. Ese mozo no es trigo limpio; se lo digo yo.

A continuación expone lo que ha recogido en sus informes, sin insistir en la falta de posición y subrayando en cambio la vida libre de Lucas, que ella enriquece por su cuenta con imaginarias aventuras de faldas y naipes.

—Siendo así estoy de acuerdo con usted. Siempre será posible evitar que ese mozo se quede aquí, aunque así lo solicite de la Furriera... Me ocuparé de ello lo antes posible, porque no he de ocultarle mi interés por el bienestar de Julia. Y precisamente...

Doña Úrsula que, conocedora de la prisa del Aposentador, estaba casi a punto de levantarse con palabras de gratitud, detiene su gesto ante la insinuante entonación y espera lo que sigue, convencida ya de haber sospechado bien. Pero el caballero vacila.

—Pretendo hablarle de algo muy importante para mí, pero éste no es el lugar ni el momento apropiados. Preferiría que usted me hiciera el honor de recibirme en su casa cuando yo regrese bien pronto a ultimar la Jornada Real.

—¡Ay, caballero! Me veo en la necesidad de advertirle que las condiciones de mi casa no son las que corresponden a nuestra hidalga familia. La desgracia se ha encarnizado conmigo hace tiempo.

—Pero es que aquí, en mi despacho... Necesito hablarle donde usted pueda negárseme tranquilamente, olvidando lo que yo haya podido hacer hasta ahora por ustedes... ¿Quiere sentarse un momento conmigo afuera, en la berlina?

Momentos después están instalados dentro del coche, para asombro de Roque y, en ese cubículo, oloroso a cuero, don Alonso vence su embarazo y declara, con fervorosa timidez, sus sentimientos hacia Julia, preguntando cómo serán acogidas sus pretensiones de honesto matrimonio.

—Me atrevo a hablar así —concluye— puesto que usted me asegura que Julia no tiene interés por nadie, aunque me obliga a ser cauto la diferencia de edad. Mis años no son para entusiasmar a una joven, pero yo le aseguro...

—Su edad, don Alonso, es la de un hombre hecho y derecho, con excelente salud, y nada mejor puede desear una mujer sensata... Su petición nos honra grandemente y a mí me libra de un peso atormentador, porque yo tengo ya mis años y temo por mi sobrina. Nada me haría más feliz que verla en sus brazos.

—Gracias de corazón —responde Alonso con alivio—, pero yo respeto la voluntad de Julia y esa amistad con el tal Lucas, por reciente que sea...

—¿Amistad dice usted? ¡Vamos! ¡No vuelva a mentarla, que me dan vapores! ¡Niñerías y sólo niñerías! ¡Faltaría más!

—De todos modos, yo no quiero hablarle mientras usted no se lo advierta, explore su voluntad y me diga si puedo esperar esa dicha o resignarme a perderla... No ha de ser inmediata la respuesta; comprendo que para ella será una sorpresa fuerte.

—Las mujeres, mi querido don Alonso, tenemos mucha penetración para estas cosas. Yo creo, al contrario, que Julita ha percibido sus desvelos y atenciones, y que las ha entendido como toda mujer sabe.

—Pero entonces, esa amistad...

—¡Y dale! ¡Va usted a lograr enfadarme! —ataja risueña—. ¿No comprende, hombre de Dios, que ella le ve a usted demasiado alto como para esperar tanta dicha?... ¡Ay, estos hombres buenos son como niños! Y como usted no decía nada, pues claro...

Don Alonso asume feliz esa explicación, pero aún insiste:

—De todos modos, quiero que ella lo piense libremente. Yo volveré dentro de pocos días y esperaré con ansia.

La señora le tranquiliza de nuevo, y como no quiere retrasarle más, se despide con sonrisas cómplices y cortesías almibaradas. El caballero le ofrece dejarla en su casa, pero ella prefiere apearse con el pretexto de unas compras, y él baja primero del coche y le ofrece su mano. Todavía de pie, el Aposentador la ve alejarse sin sospechar la sonrisa de triunfo de la dama, que se felicita de haber conquistado una fortaleza decisiva. Y no piensa en que se ha quitado un gran peso, a pesar de haberlo dicho, porque todavía es necesario meter en vereda a esa mastuerza de Julia y hacerle ver dónde está la salvación de su vida.

Alonso, por su parte, aunque igualmente satisfecho, reflexiona también sobre lo que puede significar esa incipiente relación de Julia y decide informarse de las condiciones del tal Lucas, de quien no le será difícil obtener referencias por su origen gallego y cercano a su propio lugar. De ningún modo quiere forzar la voluntad de Julia ni aceptar una esposa reticente, aunque eso suponga renunciar a la última ilusión y al más hermoso atardecer para su vida.

Las cavilaciones de doña Úrsula en cuanto a la manera de influir sobre la voluntad de Julia quedan truncadas cuando, al llegar a su casa, se encuentra con la más inesperada sorpresa: encontrar a su sobrina allí, a una hora en la que debería estar atendiendo a los pequeños Valduerna. Y hallarla, además, tendida en su cama boca abajo, con el cuerpo sacudido por violentos sollozos.

En vano la señora procura averiguar. Todo lo que obtiene son palabras y frases sueltas, entrecortadas por el llanto más desesperado:

—¡Déjeme!... ¡No, no vuelvo allí!... ¡Déjeme sola!

Doña Úrsula renuncia por el momento, esperando que Julia se calme, y después de preguntarle si desea algún antiespasmódico, se retira a reflexionar en la otra habitación de la casa, que les sirve de saloncito y comedor a la vez. El estado de Julia tiene todas las trazas de un desengaño amoroso y ruptura con su galán, lo cual la alivia; pero no se explica la razón de haber abandonado de pronto su trabajo. Aunque tampoco tenga mucha importancia, puesto que los Valduerna partirán pasado mañana con la Corte, salvo que Julia haya dado motivos a que los condes la expulsaran de su casa y ello pueda dañar la reputación de la muchacha y la opinión de don Alonso.

Al cabo del rato cesa el llanto, pero sólo para dejar paso a una mudez inquebrantable de la muchacha, que permanece tendida en la cama, fija la vista en el techo. Sólo asegura a su tía que no la expulsaron, sino que se ha marchado por su propia decisión. Doña Úrsula se resigna a no saber más, convencida de que acabará enterándose.

Pero no lo sabrá todo, porque la muchacha no está dispuesta a contar lo sucedido: le hace demasiado daño sólo imaginarlo, y ése es su torturante dolor, pues la terrible escena sigue obsesionándola. ¡Si aquel perrazo no hubiera asustado tanto a Blanquita! Pero la niña lloraba tan sin consuelo y hasta sufriendo convulsiones, que un caballero aconsejó a la muchacha que interrumpiera el paseo con los niños y hasta se ofreció a acompañarla a casa. Blanquita se calmó en cuanto vio que volvían al hogar e incluso, por una reacción inesperada, se adormeció en los brazos de Julia, así es que los tres subieron la escalera en silencio y la muchacha abrió la puerta con su llave sin hacer ruido, llevándose a los niños a su cuarto. Mientras los acomodaba, oyó susurros en la alcoba del matrimonio y se acercó tan cautelosa como inquieta, porque la señora había advertido que iba a salir y Julia esperaba encontrar la casa vacía.

Entreabrió con precaución la puerta pero la cerró al instante con el corazón paralizado. No llegó a mirar directamente la cama, pero en la gran luna del armario frontero la vio reflejada y distinguió sobre las sábanas deshechas los entrelazados cuerpos de la condesa y de Lucas... Los placenteros gemidos de la hembra y las palabras soeces y entrecortadas del hombre que la arponeaba febril no dejaban ninguna duda, ni siquiera a una muchacha sin experiencia.

Julia se sintió desmayar y se dejó caer sobre una butaca inmediata. Se rehízo porque la aterró algo más grave aún: que vieran en ella la puñalada recibida. Pensó además en los niños y corrió al cuarto antes de que a Pedrito se le ocurriera corretear por la casa. No veía, no estaba en sí; pero se sobrepuso lo bastante para retener allí a los pequeños, jugando sobre la alfombra porque no podía tenerse en pie. Fueron los niños más bien quienes la sostuvieron y le impidieron gemir, gritar, irrumpir en esa alcoba manchada, insultar a los canallas y marcharse en el acto...

Al cabo de un rato oyó abrir y cerrar la puerta de la calle y apareció doña Elvira, pálida y asustada, preguntando tímidamente a Julia por qué habían vuelto tan pronto.

—Porque me voy. Ahora mismo.

—Blanquita se puso mala, mamá —exclamó Pedrito—, la asustó un perro feo.

Pero Julia ya no le oía. Desplazando a la condesa se dirigió a su cuchitril, donde empezó a envolver en su manto sus escasas pertenencias.

—Te asomaste a la alcoba, ¿verdad? —preguntó susurrando la condesa, que la había seguido.

Julia no contestó.

—Espera un momento, mujer. Voy a darte...

Salió la condesa y volvió a poco, cuando ya Julia había hecho su fardo y cargaba con él. La condesa puso en sus manos un pesado cartucho.

—Toma, te has portado muy bien... Si algún día puedo ayudarte en algo...

Julia la miró de arriba abajo con desprecio, antes de contestar:

—No tema usía; no hablaré.

Arrojó al suelo el cartucho. El papel se rompió y los amarillos doblones rodaron esparciéndose. Su metálico tintinear coincidió con el veloz taconeo de la muchacha escaleras abajo.

JULIA

Imposible, no puede ser siempre así, el mundo envenenado, no cabe tanta crueldad, tanta puñalada, no resistiré otra vez, acabarán conmigo, primero aquel vestido humillante, aquel desprecio, hacerme nadie, ahora esto, más sangriento aún, robarme a Lucas, ¡y él satisfecho: eso es lo más duro!, pero no puede ser, no lo creo, recuerdo sus palabras, promesas, proyectos, todo tan hermoso, yo arrebatada, ¿me estaba ya mintiendo? no, no, ¡habrá sido ella! ella la culpable, la que manda, disponen de nosotros, sintió el capricho y se dio el gusto, lo maquinó ella, imposible que él mintiese, eran palabras de verdad, voz de verdad, ojos de verdad, ha sido ella, se llevan a un hombre como se ponen un collar, un adorno, un presumir, ¿sabía que nos queríamos? ¡seguro! nos habría visto, se lo diría Narcisa, da igual, ¡eso fue! ¡no pudo tolerar que ese hombre fuese mío! de su criada, de su maniquí humillada, necesitaba quitármelo también, como me quitó mi dignidad con aquel vestido, le apetecía robármelo, se ofrecería a él, le encandilaría, saben de cortejos, perfumes, cremas, ya lo decía Narcisa, que ella se moría de ganas de amante, igual ya asiste a esas orgías, esa famosa Quinta, donde bailan desnudos, sólo un antifaz, lo contaba Lucas y yo no lo creía, y otras porquerías, de todo son capaces, sociedad corrompida, tiene razón doña Malvina, hay que inventar otra, donde sea, aquí no tiene remedio, esas espuelas en su alcoba, siempre me han intrigado, fue ella, se picó su orgullo al saber que él me quiere... es decir: me quería, ¡quizás nunca me quiso! ¿se me acercó sólo por el dichoso tratado? ¡qué terco estos días hablando de esos papeles! ¿qué me importan a mí los tratados? ¡y encima quiero disculparle!, un canalla, no tiene defensa, debió negarse a ella, aunque le requiriese, no podía ser obligado, es más fuerte, ¡ya lo creo! ¡cómo me estrechaba su abrazo! no tiene excusa, la tomó bien a gusto, se lo escuché decir, palabras de pasión, no quiero recordarlas, los dos tan enlazados, hechos uno, aquel basilisco en la cama, no quiero verlos, dos espaldas, cuatro piernas, los jadeos, el vaivén... ¡pobre de mí! ¿por qué lo descubrí? ¿por qué había de saberlo? pero es mejor, más vale a tiempo, ese canalla, no lo volveré a ver, embustero, traidor, todo es mentira, no todo, doña Malvina no, ¡pero de viaje cuando más la necesito! mi mala suerte, tampoco don Alonso es falso, el único hombre bueno, ¿tendrá razón mi tía? con él viviría tranquila, y hasta con el reposterillo, pero ése nunca, don Alonso es distinto, ya todo me da igual, ya sé que el amor se miente, sólo luce en las novelas, la realidad es ese canalla, esa mujer perdida, por muy condesa que sea, provocadora, ¡si no puede quererle! ¡si ella le está engañando! ¡se cansará enseguida! su capricho me mata, para ella es un gusto lo que para mí la vida, ¿qué le hice yo sino servirla? y querer a sus hijos, pobrecillos con esa madre, también los niños son verdad, no todo es malo, y yo ilusionada oyendo a Lucas, «empezaremos con un tallercito, pequeño pero nuestro, verás cómo progresamos, te voy a hacer muy feliz»... ¡y se enreda con ésa! pobres niños, recordaré a Pedrito, sus dichos tan graciosos, yo le apretaba contra mi pecho, «así abrazaré a mi hijo», soñaba, «el mío, el nuestro», como si ya lo tuviese, y todo mentira, todo crueldad, pero no don Alonso, un amparo, un cobijo, a mí qué más me da, no me importa ya nada, y a don Alonso podría quererle, otro amor no, ya han matado en mí todos los amores, ¿y si vuelve Lucas? ¿y si puede explicármelo? ¿y si el del capricho fue él? le tentaría probar esa carne de lujo, catarla por una vez, pero ¿estoy loca? ¿aún le justifico? ¡qué barbaridad! y el caso es que así resultan los hombres, lo oigo a los criados, presumen, Narcisa lo repite, les conoce bien, no pueden remediarlo, Lucas me lo explicaba, había conocido a otras, las había «gozado», me hería esa palabra, pero juraba que se acabó, yo para siempre y única, como él para mí, ¡me lo juraba mintiendo! le he visto con ésa, ¡gozándola! estoy loca al defenderle, Lucas se terminó, ¡y yo también, Dios mío! me creí libre, ¡qué irrisión! los libres son ellos y ellas, los poderosos, de dos hachazos acabaron conmigo en esa casa, no hay libertad para nosotros, todas las puertas cerradas, se burlan, estoy acorralada, necesito amparo, alguien, ¿y si don Alonso se entera de lo mío con Lucas? no pasó nada pero se desengañaría, no volvería a pretenderme, me supondrá loca, necia, dando oídos al primer llegado, ¡que no me juzgue mala! tonta y loca sí, inocente, infeliz, desgraciada, eso sí, pero mala no, a él no le engañaría nunca, si me quiere le diré la verdad, que estuve ciega por un canalla, pero eso también ilusiones, sólo quiero dormir, morirme, no saber nada, todo es amargo, mi cabeza confusa, pero no puedo olvidar, ¡no puedo olvidar! esas cuatro piernas, esos jadeos, esas palabras, ¡qué tortura y sólo vi un instante! mata las otras palabras, las que eran música, dulzura, y sus ojos mirándome, y su sonrisa imperiosa y suplicante a un tiempo, no quiero saber nada, me rindo, doña Malvina diría que no, que hay que luchar, ¡pobre de mí! ¿con qué fuerzas? me he quedado sin vida, todo es mentira, no todo, no don Alonso, un hombre cabal, hoy ha nacido otra Julia, sea de mí lo que sea, no quiero pensar, ni recordar, ni saber nada, nada...

XII. DOCE DE AGOSTO

1930: La herencia de los pobres

Gracias a su día libre, hoy Agustín puede bajar con su pandilla hacia el caz del Molino, frente al Parterre, para bañarse en el río. Ya se ha incorporado al grupo el hijo de don Luis, el médico, que les cuenta curiosas historias de los moros y de la playa de Tánger, desde donde llegó hace unas semanas. Van todos animados, prometiéndose refrescantes zambullidas contra este sol de agosto, pero al llegar al Puente de Barcas, para cruzar al otro lado, se dan cuenta de que a partir de hoy será imposible bañarse ahí. Ha llegado a Aranjuez la cabeza de la maderada anual y el agua está cubierta por flotantes troncos de pino, como si hubieran entarimado el río.

—¡Los gancheros! —gritan los chicos, corriendo a asomarse al pretil del puente, entre los mirones que ya están allí divirtiéndose con el espectáculo.

En efecto, andando de tronco en tronco se mueven sobre las aguas los serranos que los manejan, sirviéndose de un largo bichero con una punta para empujar los palos y un gancho para acercarlos. Sobre la presa frente al Palacio hay varios hombres ocupados en encabalgar unos maderos sobre otros a fin de formar un adobo que permita encauzarlos hacia la entrada del canalillo de la presa, por donde se deslizan bajando hasta el cauce del río. Esos hombres flacos, de rostros cetrinos y mal barbados, van calzados con alborgas, visten pantalones de pana atados al tobillo, anchas fajas negras y pañuelos de hierbas anudados a la cabeza. Manejando los ganchos como garrochas vienen pastoreando esos maderos río abajo desde las serranías de Cuenca y Guadalajara, donde los árboles cortados a principios del invierno fueron lanzados al agua hace cinco meses.

La decepción de los frustrados bañistas se compensa algún tiempo por el gusto de ver las maniobras de los gancheros, admirando su habilidad para caminar sobre troncos que a veces giran sobre su eje bajo la planta del que los pisa. «Parecen zapateros», dice uno, aludiendo a esos insectos como lanzaderas, que se mueven velozmente sobre la superficie de los remansos. Pero al cabo de un rato Agustín se cansa y decide aprovechar mejor la mañana en el cuarto de Marta, leyendo alguno de sus libros. La habitación, mirando al norte y al Jardín del Príncipe, no es nada calurosa y Agustín se encuentra a gusto en ese sosiego perfumado por la albahaca de la ventana. Sin darse cuenta se le pasa la mañana.

—¡Pero chico! ¿Te has quedado dormido?... ¡A comer!

Le llama Quina, risueña y provocativa. Todavía la oye Agustín añadir, dirigiéndose a la señora Sole:

—En cuanto se mete en ese cuarto no sale... ¡Qué locura con los libros!

—Es una buena locura —replica Soledad, callando el resto de su pensamiento: «Sí, sí, los libros... Los libros y lo demás».

Agustín comprende a Quina pero no es cosa de explicarle que ese cuarto es su nuevo refugio, más propicio que aquellas Islas Americanas donde reinaba hace un año Luna Pálida. Ésta es la nueva Isla, el recinto consagrado por los sueños y los objetos de Marta. Ausente ella, Agustín es el acólito del templo; ahí respira el diferente aire y maneja los objetos del culto, aunque él sólo piense que está disfrutando del permiso de Marta para leer sus libros.

Como ese grande, dedicado a Berruguete. Agustín no se cansa de contemplar los gestos dramáticos de los santos, sus rostros extáticos, las túnicas removidas por un huracán invisible, las actitudes impresionantes. O el otro, el de los cuadros de Velázquez, recordándole aquel día inolvidable en que Marta le abrió las puertas del gran arte en el Museo y él las traspasó a su lado como avanzando hacia su futuro, pues ya que no podrá nunca igualar a esos genios al menos sabrá seguirles de lejos. Admirando a Berruguete comprende Agustín cuán rudimentaria es su talla en la piedra que está labrando a escondidas en su casa, sobre un pequeño bloque regalado por el cantero de Colmenar, cuando reparaba la fuente de la Florera. Eso le lleva a pensar en que tiene paralizada su obra desde hace días. La penosa enfermedad de su padre retiene en la casa al pobre hombre y eso impide sacar la piedra de su escondite, aparte de mermar los productos del puestecillo en el mercado.

Al fin cierra el libro pero, antes de pasar al cuarto donde comen, repite el rito del adiós a esa habitación. Descorre la cortina del estante —por fin no hace mucho se atrevió a ello— y contempla los vestidos colgados de las perchas. Le encanta esa mezcla de colores, le emociona acariciar las telas e introducir el rostro entre ellas para sentir la suavidad en sus mejillas y el olor femenino allí retenido. No ha descolgado una sola percha —¡qué vergüenza si ella lo notase al volver!— pero vive así las ocasiones en que esos vestidos fueron llevados y los utiliza para afianzar la presencia viva de la diosa del santuario.

En la mesa ya está Soledad sirviendo un arroz a la marinera. Un arroz de pobre, claro, pero ella se arregla para que el aroma resulte apetitoso. Las grandes rebanadas de la libreta traída cada mañana por Agustín ya están cortadas al lado de cada plato. La señora Juana no está a la vista, pero Agustín no pregunta. Hace días que no se levanta; sufrió una crisis y no se repone del todo. Don Luis la visita casi a diario, pero no promete mejoría. «Años y penas es lo que tiene mi madre», diagnosticó anteayer Soledad y el médico asintió en silencio. Agustín se sienta.

—¡Te creerás tú que sólo con ver tanto tiempo esos libros se te va a pegar el buen pintar!

El chico encaja sonriente la broma de Quina y contraataca hablándole de Feliciano. Soledad afirma una vez más que es un muchacho inmejorable, formal, con buena cabeza y buena planta, más un oficio prometedor como delineante. En la Azucarera le aprecian mucho.

—Todo eso ya me lo tengo muy aprendido, señora Sole. Pero si me caso ahora, como él se empeña, se me acabó la juventud.

A quedarme en casa y a parir. Yo no sé si lograré lo que quiero, pero me muero si no lo intento.

—Ya... El cante y el baile hasta llegar a Hollywood.

—Bueno, y si no tan lejos, un poco menos. Otras lo consiguen. Ahí tiene usted a su amiga Flora.

—Florita vale mucho, pero además tuvo suerte. Aquí sólo se bautiza quien tiene padrinos, muchacha. Y ya sabes lo que exigen los padrinos de los teatros a una chica con palmito.

Quina se encoge de hombros como si no le importara ese precio. Agustín escucha atento: estos días está muy alerta hacia esos temas de hombres y mujeres.

—Me sorprendería que tú pasaras por el aro —replica Soledad—. Aunque el mundo está como para no sorprenderse ya de nada.

Quina también se sorprendería, pero sigue defendiendo su derecho a vivir su juventud.

—En eso te comprendo. Es que no has encontrado todavía al que acabará con tus fantasías enganchándote.

—Como Flora con su Gustavo, ya ve usted. Me puede pasar lo mismo, no digo que no. Entretanto, estoy como Marta: tampoco ha encontrado su tilín.

Soledad calla unos instantes antes de responder:

—Hemos tenido suerte con Marta. Mejor compañía no podíamos esperar.

—¡Digo! ¡Aprendo más de ella!

—Y ella de ti —tercia Agustín.

—No quieres tú, si no sí, como tú dices.

—¡De verdad! Ella misma me lo ha dicho.

—¡Vaya! ¿Esas confianzas tiene contigo?

Agustín contesta serio. No le gustan las chanzas sobre Marta.

—Confianzas no, pero hablamos.

—Y ahora te faltan esas hablas. Estás deseando que vuelva. ¿A que llevas en la chaqueta esa foto que no nos has enseñado?

—¡Tú ya tienes otra! ¡Y también quieres que vuelva, no te amuelas! —contesta amoscado, porque efectivamente, en su bolsillo está esa imagen. Al fondo la cima nevada del Mont Blanc pero, en primer término, Marta sonriente.

Todos la echan de menos y lo piensan en silencio. Las dos mujeres levantan la mesa y se llevan los platos al fregadero.

—¿Y tu padre? —se interesa Soledad, en una de sus idas y venidas—. ¿Quieres que le lleve hoy otro caldico?

—No hace falta, muchas gracias. Ya quiere levantarse. Pero le falla el corazón. Don Luis le ha recetado un frasquito para tenerlo a mano si le da algo. Muy fuerte debe ser, porque es un cuentagotas y basta con poner dos en un terroncito de azúcar. Yo tengo dispuesto un terrón ya partido... Bueno, me marcho.

—¿Vas a tu casa? Si necesita otra cosa tu padre, ya sabes.

—Gracias. Antes iré un rato a ver trabajar a los gancheros. Tomaré unos apuntejos de los que están en la presa, ¡tienen unas caras más recias! El hijo de don Luis se quedó pasmado cuando les descubrió esta mañana. Y eso que él tiene vista mucha gente rara en Marruecos.

Soledad le ve salir mientras piensa cómo no le va a fallar el corazón al pobre hombre, con tantas desgracias. Ahora además no bebe y aún da más pena cuando se habla con él, pues se priva de su mejor consuelo.

Quina ojea el periódico de la víspera, que Agustín se trae cada día del Hotel. A Feliciano, gran aficionado, le gustará leer las proezas de los ciclistas españoles en el *tour* de Francia: Cañardo está hecho un campeón. Termina la noticia y pasa a otra página.

—¿Ha visto usted el cambio del ministro ese?

—¡Qué más da! —responde Soledad—. Son todos iguales.

—Se llama Wais, con doble uve, como si fuera inglés. Teodoro dice que las cosas van mal y a don Celes se le nota enfurruñado por la situación. ¡Ya ni me mira las piernas por encima de sus lentes de cerca! —concluye Quina, disponiéndose a salir para volver a su oficina.

Soledad acude a su cuarto a ver si su madre come algo y la acompaña hasta que se adormila. Luego se sienta a la máquina pero no coge enseguida su labor. Queda inmóvil en esa postura que varias veces ha sorprendido a Marta por la intensidad de la concentración. Piensa en Germán, que la visitó hace dos domingos apareciendo de improviso y convirtiendo la comida en una fiesta. Quina coqueteó con él —claro, como con todos, sonríe Soledad al pensarlo—, Agustín sorbía admirado sus palabras —¡qué padre hubiera sido para ese chico!— y hasta la vieja Juana intervenía de vez en cuando desde la cama.

Sentado bajo el olmo que crece entre el caz del Molino y la presa de Palacio, Agustín lleva un rato dibujando las caras y las actitudes de los gancheros. Alguno de ellos se ha acercado a mirar, asombrándose del artista. Pero antes de que piense en volver a su casa, abstraído como está en el placer de su arte, le tocan en el hombro y vuelve la cabeza. Es un guardia municipal, el señor Hilario, vecino suyo. Muestra una expresión tan grave que Agustín se inquieta:

—Ven conmigo, Agustín.

—¿Ahora mismo? ¿Qué pasa? ¿Hago algo malo?

—¡Qué vas a hacer tú, pobrecillo! Anda, vente.

La ternura de esa voz alarma a Agustín mucho más que una reprimenda. Mira asustado, le ve angustiado y se asusta más aún. Poco a poco el guardia se explica: el señor Lorenzo ha tenido un accidente. Le ha atropellado un coche; el camión de las gaseosas. Pero no tiene culpa: el guardia, que andaba por allí, lo ha averiguado todo.

—Verás, tu padre salía del bar... —Al ver la mirada del muchacho que calla, pálido, aunque los labios le tiemblan, se apresura—. No pienses mal, no había bebido. Lo dijo el tabernero.

—Me había dicho que no iba a beber más.

—Pues no lo hizo. Entró allí, se tomó un café, lo ha declarado el señor Paco.

El guardia se calla el resto de la declaración. El padre de Agustín estaba como ido, moviéndose lento, vacilante. A los que dejan el vino a veces les pasa eso, se ponen así, como sin darse cuenta de nada. Por eso le atropelló el camión, no lo pudo evitar el conductor.

—Tu padre ni se enteró, hijo. Fue instantáneo, no hubo remedio. No sufrió nada, te lo aseguro.

De modo que ha muerto. A Agustín le revienta en la garganta un sollozo, pero se muerde el labio y cuando el guardia le mira hace un gesto de rechazo y sigue adelante. Las calles desfilan a su lado como vacías decoraciones de papel. En su puño, metido en el bolsillo, aprieta febril la navaja de Germán pidiéndole fuerza.

Continúan hasta el depósito. El señor Hilario se quita la gorra y le hace entrar, pasando delante del empleado, que pone cara de circunstancias. Sobre el mármol de la mesa yace un bulto alargado bajo una sábana, en la que hay manchas de sangre.

—Es mejor que no lo veas, hijo.

Agustín —piensa el guardia— está como su padre antes. No se da cuenta de nada alrededor y permanece inmóvil frente a ese bulto. Transcurre para los tres un largo silencio vacío. De pronto la puerta se abre de golpe y aparece un torbellino que se inmoviliza en el umbral. Luego avanza a pasos silenciosos hasta alcanzar a Agustín. Soledad abraza al chico delante de ella, se pega a su espalda, le aprieta con ternura ciñendo el pecho adolescente con sus manos. Al fin se vuelve al guardia:

—Usted tendrá sus obligaciones, señor Hilario; ya me quedo yo... Hijo, ven aquí.

El guardia asiente y se retira, llevándose al empleado. Hay allí dos sillas de pino con asiento de paja. Soledad las junta e instala en una a Agustín, que se deja hacer, ocupando ella la otra. El mozo advierte, antes de retirarse al vestíbulo:

—Vendrá enseguida el médico.

—Aquí estaremos. Gracias.

El hombre sale y ellos dos quedan en silencio frente a esa silueta tendida bajo un sudario. Su petrificada presencia es más verdadera que la de ellos dos. El brazo de Soledad abarca los hombros de Agustín:

—Ya descansa el pobre... Llora si quieres, hijo. No hay nadie.

Agustín niega con la cabeza. Soledad suspira:

—¡Ay! Ahora sí que eres un hombre.

La mirada de la mujer recorre las turbias paredes. Las mismas con que ella se ha enfrentado tantas veces. Paredes de hospitales, de asilos, de cárceles. De salas de espera en comisarías, de estaciones de tren, de oficinas de beneficencia, de consultorios. Recintos donde son acorralados los de abajo hasta que alguien decida su destino mirando un papel y pensando en otra cosa. Paredes con humedades, manchas, desconchones, con nombres y dibujos obscenos, con algún salivazo ya seco y hasta un rastro oscuro de sangre mal lavada. Las paredes que encierran el mundo habitado por los desgraciados. Y el olor, pesado y agrio, eco de vomitona enfriada. El olor del sufrimiento, de la resignación aplastando la rebeldía, cuando acaso ésta asoma. El olor de la herencia de los pobres.

El médico llega, les hace salir al vestíbulo, cambian sus sillas por otras igualmente duras, bajo la mirada falsamente compasiva del endurecido mozo. Allí les encuentra Quina, enrojecidos los ojos de lágrimas y acompañada por Teodoro, que se ofrece a ocuparse de las gestiones para el entierro. Por un momento Agustín parece darse cuenta de lo que le rodea.

—¿Quién paga todo eso? —murmura muy bajito.

—No te preocupes, hijo —contesta en el mismo tono Soledad. «Sí —piensa ella—, es un hombre. Ya se ha tragado la pobreza.»

Sale el doctor, se despide con palabras estereotipadas. No ha trabajado mucho, ¡estaba todo tan claro!... El mozo les entrega un atado con pertenencias del padre, incluyendo la camisa ensangrentada, pero a Agustín sólo le muestran la gorra, las alpargatas, un pañuelo sucio, la navajita, papel de fumar... Soledad apresura el trámite firmando el recibo y envolviendo el paquete. Luego se pone en pie y decide:

—Aquí no hacemos nada y tienes que comer algo. Vamos.

Pero Agustín se resiste a marcharse. Al fin llegan a un acuerdo. Quina y Teodoro permanecerán allí mientras Soledad se lleva a Agustín. Luego volverán ambos a pasar la noche en el vestíbulo del depósito. Agustín no quiere llevarse el cadáver, aunque lo permiten. Su casa le duele más.

El entierro es por la mañana temprano. El coche de caballos sale dando un rodeo hacia el cementerio. Detrás camina Agustín, en cuya chaqueta de pana del Hotel ha cosido Soledad un brazalete negro, quitando además provisionalmente las iniciales metálicas *H* y *P* sujetas a las solapas. Les acompaña el señor Hilario, el guardia, y poca gente más; Teodoro, que le ha dado el pésame de parte de don Celes; el Cate, que lleva un puestecillo en la plaza al lado de Lorenzo; el señor Paco del bar, el dueño de la vivienda, Frutos el factor y Jacinto el pianista ciego, guiado por Feliciano. También va don Andrés el maestro, con algunos amigos de la pandilla de Agustín. El chico, insensible a todo, tiene sin embargo una breve reacción de asombro al ver a don Francisco, el propietario del Hotel. Algunos hacen gestos de desaprobación cuando Soledad se pone junto a Agustín, transgrediendo la costumbre de que las mujeres no asistan a los entierros.

Empieza a calentar el sol cuando el cura despacha rápido sus latines y los golpes de hisopo. La caja de pino forrada de sarga, con una simple trencilla y un crucifijo de cartón prensado, es metida en el hueco y queda bastante somera porque es una sepultura de cinco cuerpos y le ha tocado encima de los otros, pero al fin queda cubierta por un poco de tierra. «Luego baja, cuando se asienta bien», tranquiliza oficioso uno de los enterradores.

Soledad se lleva a Agustín a su casa. «Ahora vivirás con nosotras», ha decidido. Ya se ocuparán después de los pocos enseres de Lorenzo.

—Te vas a acostar ahora mismo porque estarás muerto. En la cama de Marta.

Agustín parece sufrir una sacudida:

—¿En la cama de Marta?

—Natural. Ella no se opondría aunque estuviese aquí. Más adelante te arreglaremos un hueco.

Agustín se deja conducir hasta el cuarto y aspira hondo el olor a albahaca.

—Duerme, haz por dormir. Si necesitas algo, llámame.

Agustín niega con el gesto y Soledad sale pensativa, cerrando la puerta tras de sí. Acude a ver a su madre, pero apenas ha cambiado unas palabras con ella cuando una voz rota estalla en ese cuarto. Soledad entra de nuevo.

El muchacho está sentado en la cama, vestido como entró, aunque sin la chaqueta, con los codos apoyados en las rodillas. Un turbión de lágrimas arrasa sus mejillas. De su garganta salen sonidos animales, primitivos, desgarrados.

Soledad se sienta a su lado y le abraza estrechamente.

—¡Pobrecillo mío! ¡Pobrecillo! —repite Agustín sin cesar, hasta que la repetición deja paso a una confusa efusión de sus pensamientos, entre balbuceos y ayes. Promete que en cuanto pueda tallará para su padre una cruz mejor que las que ha visto en el cementerio; se lamenta de su ausencia cuando ocurrió el accidente: «¡si yo no hubiera estado dibujando gancheros no hubiera pasado nada!».

Soledad murmura pocas palabras y abraza, apretando contra su cuerpo, el de un niño pequeño, dolorido y maltratado por la vida.

—Era un desgraciado, un desgraciado... y yo a veces ¡hasta le gritaba, señora Sole! He sido malo, él sólo era un desgraciado.

—Calla, calla, tú le cuidabas. Vivía gracias a ti, tú eras lo que él...

Agustín no la deja seguir. Se vuelve hacia ella, la abraza desesperado, pega los labios mojados de lágrimas al oído de la mujer y le vuelca el alma:

—A veces pensé que por qué no acababa de morirse... ¡Sí, sí, lo pensé! —repite, apretando a la mujer para impedirle disculparle—. ¡Lo pensé! Y ahora, ya ve, ahora me duele todo, le quisiera tener... ¡pobrecillo mío! ¿Usted me comprende?

A Soledad le ahoga el sollozo y contesta, con sublevada aceptación:

—¡Cómo no voy a comprenderte, hijo!... ¡Mejor que tú mismo!

—¿Por qué, por qué es así, por qué?

Soledad se limita a acariciarle con su mano del dedo anquilosado, a darle todo su cariño en el abrazo, toda su solidaridad de carne humana tantas veces desgarrada. Agustín se va calmando. Deja de llorar, suspira.

—¡Pobrecito mío! —vuelve a repetir. Soledad se da cuenta de que ese cuerpo se reconstruye, se va haciendo otro. Ya no abraza a un niño. Esa voz es, en verdad, la de un padre llorando a su hijo. Sí, Agustín se hace padre del desgraciado.

Pasado un tiempo, la mujer se arrodilla para descalzarle las botas. Agustín intenta evitarlo; le asegura que ya se encuentra bien. Discuten cariñosamente, vuelven a abrazarse, se besan, se dicen ternezas y cambian compasiones... Al cabo, Soledad comprende que ya puede dejarle solo y sale del cuarto, repitiendo que acudirá si la necesita. Entorna la ventanita antes de salir y se oscurece la alcoba. Una penumbra azul y alegre, de verano. Un moscardón zumba un rato hasta que encuentra la salida por la rendija del postigo.

Agustín se quita los pantalones y la camisa y se mete bajo la sábana. La suavidad del lienzo le sorprende y entonces cae en la cuenta de que está entre las sábanas de Marta, en el cuarto de Marta, en la cama de ella. Sus ojos, haciéndose a la penumbra, reconocen la estantería con los libros; pero nunca la había visto desde abajo y ahora le parece muy alta, le recuerda la de la biblioteca donde conoció al guardián. Yace donde tantas noches duerme ella, sueña ella, con su mesilla al alcance. Piensa en otro yacente, su padre, toda esa noche sobre la mesa de mármol con patas de hierro. Y ahora su propio cuerpo, aquí... La evocación del de Marta se impone en este cuarto, con su voz, su risa, sus gestos, sus explicaciones sobre arte...

Se le lleva hacia el sueño el cansancio, las emociones agotadoras, mientras Soledad, rendida y acalorada, saca al fresco de la sombra, en la puerta de la calle de la Primavera, el viejo sillón de mimbre de su madre. Se sienta, cierra los ojos, respira el olor del Jardín del Príncipe, a evónimos calentados por el sol.

SOLEDAD

Sí, ya es un hombre, en pocos días, arrojado a la vida, ya le ha calado la hiel del mundo, ¿qué habrá pensado todas esas horas? callado frente a la muerte, pero al menos él ha tenido el cuerpo de su padre, yo no vi a mis muertos, me los robaron, mi Ramón en el hospital y a la fosa, mi Alejandro ni eso, tirado al sol en Annual, ¡maldito nombre!, Agustín le ha dado tierra él, bien templado, ¡y cómo le cuidaba!, ganaba para el padre, ahora se echa en cara cuatro gritos, ¡moler, todos nos hartamos a ratos!, hasta yo de mi madre con el muelle flojo, y se me está muriendo, y estoy rota, pero hay que seguir en pie, ya se le pasará, su vida ahora más fácil, el pobre Lorenzo una carga, ahora él volará, a ver si le ayudan a subir, quizás ese Rusiñol de Barcelona, puede que también Marta, va conociendo a gente, personajes de Palacio, ¡qué cariñosa mandándonos fotos!, ¡qué feliz Agustín con la suya!, mira a Marta como a los santos, va a sufrir ahora que es hombre, aunque el primer amor es diferente, ¿y cómo lo sé si yo no conocí otro? con uno me bastó toda la vida, ¡qué me fue a bastar si me lo quitaron! aún tenía yo sangre en las venas cuando lo perdí, no como ahora, seca, no quiero nada, ya es bastante dura la vida estando quieta, los cielos se vuelven duelos, ¿lo sabe Marta? no le dará importancia, es demasiado joven, además está Germán, seguro que piensa en él, ¡Germán! ¡qué alegría hace un año cuando reapareció! no sabía nada de él y vino a calentarme el alma, aunque no tengo ilusiones, la Idea no va a triunfar, mi hombre lo creía como sus compañeros, «¡ya verás cuando un día...!» y está por llegar, son como niños, esta sociedad no se deja, sórdida y cruel, sin agallas ni grandeza, pero Germán contagia la esperanza, él también confía, ya se desengañará, si le dejan vivir, entretanto es la luz, llega como albor del día, ¡era igual mi Alejandro!, Germán me resucita, me recuerda mis tiempos, la lucha en Barcelona, con su madre en las manifestaciones, en primera fila, Germán contagia, deslumbra su pasión, y Marta enganchada, no para de preguntarme desde que le conoció, sin darle importancia pero a mí no me engaña, quizás ella no está aún segura, o acaso le da miedo, aparte de que también la deslumbra el profesor, pero ése un avefría, un estirao, para ir a ningún sitio, mucho libro y nada más, los tengo muy vistos, así aquellos jueces y abogados, nunca me asustaron, pero mi novio sí, ni me atrevía a llamarle «mi hombre», ¡es grande esa palabra «hombre»! y él tan lanzado como todos, creyentes, «apóstoles de la Idea», me asustaba pero me arrebataba, era mi vida, nuestra vida son ellos, nosotras a esperar que vuelvan, vivos o muertos, Marta enganchada y asustada, por eso no habla más que de enseñanza, el arte, la Universidad esa, lo dice para creérselo, pero ¿y por dentro? sus preguntas sobre Germán la delatan, está claro: asustada y atraída a la vez... ¿y Germán? por eso vino el domingo, dijo que para organizar algo aquí, ¿en este pueblo?, excusas y disculpas,

¡a mí me va a engañar!, vino para ver a Marta, se le alargó la cara al no encontrarla, la moza es maja, ¿le aceptará si él se decide? yo me alegraría, los dos se lo merecen, no es una señoritinga tonta, en eso me equivoqué el primer día, pero no sé, Germán es de otra clase, por mucho que haya aprendido con el cine, ¿qué es eso para ella? una mujer de letras, y ya destacando, mandada a Suiza y al mismísimo Palacio, además las de su mundo no tienen la sangre muy caliente, no son hembras de corazón que se lo juegan, aunque a lo mejor me vuelvo a equivocar, con Quina se ha hecho amiga de verdad, está cambiando esa muchacha, del entierro se fue a su trabajo con Feliciano, pero esas ilusiones del cante y baile, ¡fantasías!, ¿se le pasarán? ¡qué leñe me importa! aquí yo cavilando como si tuviera cuatro hijos, el Germán y el Agustín, la Marta y Quina, preocupándome por ellos, con el Lorenzo muerto y mi madre casi, y esos cuatro queriéndose, o empezando a quererse, ¡cualquiera sabe! y yo como una clueca con tantos polluelos, ¡lo que me faltaba! ¿adónde irán a parar esos amores? el de Agustín a nada ¡pero es tan hermoso ese cariño primero! aún tengo presente el mío, nos tomábamos la mano y se volvía loco mi corazón, me mandaba la sangre a todas partes, me asustaban sus golpes en el pecho, incluso nada más de mirarle... ¿encajan bien Germán y Marta? ¡calla, tonta, vieja casamentera! pero es que les quiero a todos, ¡ojalá les trate bien la vida! ¡menuda es ella! Germán habría de ser más ladino, saber más de mujeres, y me malicio que no ha tenido tiempo, Marta no es cosa fácil, una potrilla asustada, temiendo que la ensillen, necesita que la camelen bien, pero estos de la Idea son directos, nuestros hombres no se andan con rodeos, hablan de corazón a su pareja, si cuaja pues bien, y si no a seguir solos, entre los compañeros, tirando de la vida, Germán es de ésos, de los de verdad, los que se dan del todo y todo lo exigen, no me equivoco: vino aquí a verla, se le acabó la risa cuando la supo ausente, fingía mal, ¿y Agustín? ¿se dará cuenta de que Germán vino a eso? los chicos ven más de lo que pensamos, ¿qué digo chico? cada vez menos, en la puerta de la hombría, ya ha dado el paso adentro ¡si seré tonta que me enternezco! ¿dónde quedó mi mala uva? es que me veo entonces, mi Ramón por la calleja cuesta arriba a buscarme, yo esperando detrás de los visillos, mi tío al quite hasta ver si eran buenas intenciones, respondía de mí a mis padres, ¡bueno era mi padre! ¡qué boda en Cantavieja! ¡tuvo que pagar Ramón el alboroque a los mozos!... ¡qué memorias! reviven ahora, ¿por qué? si yo estaba seca, y ahora cuatro hijos alrededor, dan ganas de llorar y de bailar ¡moler con la vida: qué cabrona y qué honda!

1807: El Tratado de Fontainebleau

Los dos días siguientes al doloroso descubrimiento de Julia fue el Real Sitio una barahúnda de idas y venidas, de movimiento por las calles y los aposentos, de agitación entre los escribientes y los oficios. Desde una semana antes habían empezado a salir hacia San Ildefonso, la residencia real veraniega en plena sierra, las carretas con la impedimenta menos indispensable para la vida cotidiana. Pero esos dos últimos días las barcazas del puente no cesaron de oscilar sobre el río por el continuo paso de coches y jinetes, de peatones, de acémilas, de contingentes armados. En las Casas de Caballeros y de Oficios los patios interiores apenas permitían las maniobras de los carruajes donde se cargaban los ajuares de los servidores aposentados en ambos edificios. El Palacio Real era el centro de toda esa agitación, pero también desde la Casa de Fogones, las Caballerizas Reales, la Casa de Marinos, el Cortijo de San Isidro, la Casa de Vacas y demás dependencias partían empleados de jornada. Finalmente al llegar la fecha establecida volvió a emprender camino el cortejo de Sus Majestades, con la real familia y las personas de calidad, para regocijo y comentario de los vecinos del Real Sitio, que acudieron junto al Puente de Barcas con el mismo jolgorio del día de la llegada.

En el aposento de los Valduerna se produjo el mismo revuelo que en todos, aparte de particulares incidentes provocados por el descubrimiento de los dos amantes por Julia y también por el regreso del conde de su viaje oficial. La noche de su desahogo con Lucas la condesa apenas durmió, asaltada de temores en cuanto a la discreción de Julia. Por un lado esperaba contar con ella, dados los buenos antecedentes de la muchacha, los elogios de don Alonso al proponerla e incluso por su reacción inmediata. Por otra parte, como Lucas la había informado de sus relaciones, temía un impulso vengativo y daba vueltas en su imaginación sobre la forma de evitar las posibles consecuencias. Si se divulgaba el suceso, pensó, podría justificarse acusando de abusos y violación al relojero: aunque Julia afirmara haber presenciado un acto voluntario, su palabra no prevalecería contra la de la condesa, que atribuiría tal testimonio al despecho de una mujer enamorada.

Tal justificación exigía, sin embargo, que doña Elvira se quejase de la supuesta violación ante su marido, tan pronto como él llegara, y arrostrase los riesgos de esa falsedad. Por eso, y como más bien confiaba en el silencio de Julia, decidió callar y recibió al conde con naturalidad, explicando la ausencia de la muchacha con una enfermedad que la retendría las pocas horas pendientes para el final de la estancia en Aranjuez.

El mismo día de la partida el conde no pudo vigilar en persona los últimos preparativos y el embarque de su ajuar, porque el Príncipe de la Paz requirió su presencia para informarse sobre sus gestiones en el extranjero. En cambio sí acudió Lucas, como ayuda especial para embalar el delicado reloj en el último momento, lo que permitió a la condesa cambiar con él unas palabras que no fueron una despedida, pues el real taller de relojería iba también a San Ildefonso, sino dulces requiebros y comentarios acerca de Julia. Lucas confirmó a la condesa en su creencia de que la muchacha no hablaría:

—No te preocupes, prenda. Ya sabré consolarla.

—Eso es lo que no me gusta —mimoseó doña Elvira—. Que la cameles.

—Calla, gachona, si soy sólo tuyo, ya lo sabes... ¿Vas a estar celosa?

La condesa tuvo un arrebato de superioridad.

—¿Pero qué te has creído? ¿Que estoy enamorada de ti como esa pobre?

Hubieron de interrumpir la discusión porque los niños, encantados con el jaleo del embarque, y subiendo y bajando sin cesar las escaleras, se acercaban a la alcoba donde Lucas empaquetaba el reloj. Los amantes sólo pudieron tratar a toda prisa de sus futuros encuentros que en San Ildefonso, según la condesa, serían más fáciles gracias a los densos pinares en torno a aquel Real Sitio. Además contarían con otros viajes del conde, pues las tensiones políticas exigían cada vez más actividad.

Salió la condesa con sus hijos a ver cómo se instalaban en la carreta algunos muebles de valor y Lucas, tras concluir el embalaje del reloj, miró en torno en busca de algún cordel aprovechable para atar el paquete. No vio ninguno y en su busca salió al comedor, donde varios cajones y cestos abiertos estaban esparcidos por el suelo, más o menos llenos de enseres y ropas. Mientras los recorría con la mirada buscando la soguilla vio en el cajón más próximo un cartapacio portadocumentos, con las iniciales y las armas del conde grabadas en oro. Al lado del cajón, unos cuantos libros y legajos habían quedado pendientes de embalaje.

Lucas tuvo una inspiración y, aprovechando su soledad, abrió el cartapacio. Contenía un solo legajo, en cuya portada rezaba: «Minuta del tratado que su Majestad Imperial...». Lucas no siguió leyendo. Sin pensarlo más sacó de la cartera el documento y lo ocultó bajo un montón de ropa dispuesto sobre la mesa. Inmediatamente colocó en el cajón los libros y papeles dejados fuera para que tapasen el cartapacio, que rellenó con otros documentos para darle su grosor anterior.

Las manos le temblaban y el tratado parecía arder en ellas. No podía creer en su buena suerte a última hora, cuando ya había desistido de llevar a Sara el ansiado texto. ¿Qué hacer ahora con el legajo? Recordó que al pie de la escalera existía un hueco donde los conserjes del patio guardaban escobas y otros útiles de limpieza. Lucas no tenía muchas alternativas: cogió un cajón con ropa y bajó con él por la escalera después de haber disimulado dentro el legajo. Con su audacia recobrada y con la suerte de no haber nadie en el zaguán, pues todos se afanaban cargando los carruajes, dejó el cajón en el suelo y escondió los papeles en el hueco de la escalera, tras unas tablas rotas. Era un escondite muy precario y arriesgado, pero hasta la mañana siguiente no recogería nadie aquellos restos ni se haría limpieza, y Lucas se proponía volver antes de la noche. Lleno de júbilo por haber logrado su propósito en el último instante, y confiado ya en ese primer escalón de su carrera política se asomó al patio, se despidió respetuoso de doña Elvira, gastó unas bromas a los niños y, seguido por ellos y otros críos que se divertían de lo lindo en un patio tan inusualmente lleno de agitación, salió a la Plazuela de San Antonio y se dirigió a su taller, para echar una mano en los últimos preparativos de la marcha. Pasó unas horas asombrando a sus compañeros por su alegría y alguien llegó a comentar si le esperaba otro amor en San Ildefonso o si le daba gusto dejar plantada a la ribereña. Aceptó las bromas de buen grado y, en cuanto pudo, ya casi oscurecido, corrió hacia el escondite.

No se esperaba el desastre: el tratado había desaparecido. Removió todo lo que había en el hueco, subió y bajó la escalera, miró todos los rincones en ella y en el vestíbulo. Sintió escalofríos bajo el cielo estrellado del verano, le flojeaban las piernas. Recorrió el patio ya vacío y silencioso... ¡nada! En vano se torturó la mente para explicarse aquel misterio. ¿Habían reparado en los papeles algunos de los cargadores y se los habían entregado a Valduerna? ¿Los había hallado otra persona y, entonces, quién? El caso era inexplicable, pues las tablas rotas y los enseres permanecían en su sitio... Tembló supersticioso; ¿qué *meiga* estaba contra él? Era cosa de brujas ese misterio impenetrable. Todo resultó inútil: había fracasado cuando tenía el triunfo en sus manos. Y ahora además temía posibles consecuencias. En San Ildefonso, cada día, esperó malas noticias: acaso la guardia buscándole por orden de Valduerna o, más sencillo aún, la puñalada en la espalda de un asesino pagado. Pero no ocurrió nada: como si hubiera sido un sueño.

El ignorado suceso, salvo para Lucas y para el posible hallador de los papeles, no alteró en nada la marcha de la Corte. Aquella misma tarde el Real Sitio vio concluida la Jornada del año de gracia de 1807. La comitiva real se puso en marcha y, poco a poco, hasta el último coche cruzó el río. Tras él, las escoltas de Corps y los Carabineros, mientras los curiosos residentes de la Villa abandonaban la glorieta junto al Puente de Barcas para regresar a sus casas. Desde ese momento una sensación de vacío se apoderó de las plazas y las mentes. Del bullicio se pasó al silencio, del gentío a la ausencia. En las calles ahora desiertas los vecinos y los empleados permanentes de Palacio, hasta entonces invisibles entre los cortesanos y sirvientes reales, volvían a reencontrarse cada día, convertidos ya en los únicos transeúntes. En los jardines y huertas los operarios echaban de menos la animada visión de los elegantes y de las damas que antes paseaban bajo las frondas, y trabajaban más lánguidamente. Frente a la Casa de Marinos, donde estaban ya encerradas las embarcaciones hasta el año siguiente, se balanceaba solitaria la *Falúa Real*, sin velas y con la cubierta protegida por lonas. Incluso el río parecía haber dejado de fluir, bajas como estaban las aguas estivales sin rebasar el nivel de la presa de Palacio.

Es a ese hormiguero casi vacío, a ese Real Sitio sin la realeza, a esa Villa abandonada por sus visitantes de jornada, a donde esta mañana ha llegado don Alonso, inseguro entre las esperanzas que a su amor ofreció doña Úrsula y la incertidumbre de los resultados. Después de haber permanecido en San Ildefonso los días necesarios para asegurarse por sí mismo de la cómoda instalación de Sus Majestades solicitó de ellas la venia para volver por breve tiempo a Aranjuez, justificándolo con la conveniencia de comprobar también las medidas adecuadas para dejar el Real Sitio en estado satisfactorio hasta el viaje siguiente. Llegado a media mañana en su berlina, don Alonso sólo permanece en su casa el tiempo necesario para cambiar impresiones con Gertrudis, que había quedado en Aranjuez. Al enterarse del regreso de doña Malvina envía a Roque a preguntar a la señora si le apetecería acompañarle por la tarde a un paseo en carruaje por los jardines, pues desea desahogar con la dama su corazón, según las noticias obtenidas de doña Úrsula, hacia cuyo domicilio parte de inmediato.

El don Alonso que Gertrudis ve regresar de esa entrevista es un hombre muy distinto del que salió hace apenas hora y media, inquieto y abstraído en sus conjeturas. El de ahora llega con la cabeza alta y el paso firme, ojos chispeantes, y antes de ninguna palabra se acerca a Gertrudis, la abraza estrechamente y, acercando sus labios al oído de la anciana, musita:

—Dios me ha venido a ver, Gertrudis.

En breves palabras le cuenta que doña Úrsula consultó con Julia y que la muchacha, aunque no se siente capaz de comprometerse del todo, confiesa su buena inclinación por don Alonso y admite su cortejo para irse conociendo. Gertrudis no ignora lo que oye, pues desde la partida de la Corte y de don Alonso con ella, ha tenido varias conversaciones con doña Úrsula y sabe que, para sorpresa de esta última, la primera resistencia tajante de la muchacha se ha convertido en una actitud más receptiva, que hace feliz a la tía. Pero Gertrudis se limita a dar la enhorabuena a su señor y manifestarle una alegría que él sabe sincera pues, aparte del cariño, ella está deseando retirarse a la aldea. En ese momento llega Roque con la conformidad de doña Malvina y la propuesta de que antes su amigo la honre aceptando en su aposento una taza de té. Alonso se muestra encantado y manda a Roque encargue para la tarde el enganche de un cupé abierto, con un tronquista montado en el tiro. Reclama entonces la comida, declarando un apetito feroz y, contra sus sobrias costumbres, manda abrir una excelente botella, de la que ofrece una copa a Gertrudis y a Roque.

A la tarde doña Malvina recibe a su amigo con el cariñoso señorío de siempre. Pero queda sorprendida cuando, tras las primeras cortesías, Alonso exclama:

—¿Me das la venia para abrazarte?

Ella concede risueña el permiso y aguarda la explicación tras tomar en sus brazos a *Dalila*, que dormitaba en su sillón.

—¡Mírame, mírame bien! ¿Me crees cercano a cumplir los sesenta, desengañado del mundo y pensando en retirarme?... Pues te equivocas. Ahora soy Alonso el enamorado, estoy casi comprometido y tengo ganas de abrazar al mundo entero por lo que me acaba de ocurrir hoy mismo y...

—Bueno, bueno; mi parabién ante todo, pero cuéntamelo más despacio.

Invita al caballero a ocupar su sillón habitual y le escucha, después de traer desde su cocinita una tetera humeante. Va llegando hasta ella el relato del desasosiego sufrido tantos días por el caballero, de su revelación del amor gracias a la visión de una pintura, de su incertidumbre y su tensión hasta la favorable entrevista de hace pocas horas.

—... Exactamente —concluye, mirando su reloj— hace seis horas y media... Es el amor final, el último perfume de la vida, es...

No lo explica pero lo declara su expresión radiante.

—Despacio... Toma tu taza y déjame preguntarte con orden.

El caballero tiene una sonrisa de disculpa y aspira el aroma de la infusión. Ese té de Malvina es exquisito.

—Porque, a todo esto, aún no me has dicho quién es ella. ¿La conozco?

— ¡Pero si tú me la recomendaste: hasta eso te debo! Es Julia Mendoza, la sobrina de doña Úrsula.

—¡Julia! —exclama la dama sin reprimir su asombro.

—¿Te parece mal? —inquiere rápido el caballero, temeroso de un juicio adverso.

Pero la sorpresa de Malvina se debe a conocer desde el principio los amoríos de Lucas y Julia sin que nadie le haya comunicado la ruptura ni, mucho menos, los motivos de ella.

—¿Por qué iba a parecerme mal? Los dos sois libres.

—Pero la diferencia de edad... Yo me hago cargo y por eso no la presiono en absoluto: quiero hacerla feliz. ¿Piensas que podrá serlo? Tú tienes experiencia y como mujer...

La voz angustiada no continúa.

—¿Por qué no? Eres comprensivo, discreto, con buena salud y posición. Ella no podía esperar tan buen partido.

Malvina piensa mientras habla, considerando las consecuencias de la nueva situación para sus planes relativos a Julia.

—¿Lo dices de veras? Yo también lo espero. Por de pronto ha demostrado ser seria; no se ha comprometido del todo, pero me ha asegurado su afecto y acepta que la corteje para seguir conociéndonos. Para mí ya es muchísimo y me llena de esperanza. Además...

No hay modo de pararle, aunque Malvina le interrumpe de vez

en cuando. Así averigua cómo esta mañana Alonso ha hablado primero con doña Úrsula y después con Julia, a la que ha preguntado si no le tenía por loco, y ella se ha reído, pero con afecto, estaba encantadora, él le ha asegurado su amor, quiere ofrecerle su amparo, ella se ha puesto seria y ha repetido la frase: «eso, un amparo», y le ha mirado fijo a los ojos para decirle que ella no siente amor en ese momento, pero que no conoce ningún hombre mejor en el mundo y quién sabe, Dios dispondrá...

No, no hay modo de pararle. Al cabo, entre los sorbos de té y las preguntas femeninas, el hombre vacía su pecho y guarda silencio. Malvina le toma la mano, cariñosa.

—Me alegro, Alonso. ¡Llegaste aquí este año con tan poco ánimo! Me alegro y yo te ayudaré a que todo acabe bien.

Los ojos de Alonso se iluminan y besa esa mano sobre la suya.

—Es que llegué sin alma, pero ahora no me cabe en el cuerpo. ¡Qué ánimo tengo, Malvina! He resucitado... ¡En pocas semanas! ¡La vida está llena de sorpresas!

—¡No te lo puedes imaginar!

La exclamación surge tan intencionada que Alonso, aun cuando sólo piensa en sí mismo, la mira sorprendido. Pero continúa:

—Se me apareció y se apoderó de mí desde el primer día, ahora me doy cuenta... La recuerdo entonces, tan serena frente a su tía en mi escritorio, con su falda azul de florecitas y el corpiño blanco... Me siento como un mozuelo que descubre por primera vez a la mujer... ¡Y yo he vivido lo mío, Malvina! Figúrate, embarcado muy joven, rodando por esos puertos, después casado... Lo he conocido todo.

Alonso no advierte la sonrisa incrédula de la dama.

—Cuando ya no esperaba nada, me ofrece la vida este don: amor o como se llame. No es pasión, ni excitación, ni capricho carnal, ya me entiendes. Es algo más alto y más hondo, su signo es de aire y agua. Sutil e infinito. Indescriptible... Ella se ha hecho el centro que irradia sobre todo más color, más filo, más cuerpo y realidad... ¡No centro sólo de mi vida, sino del mundo! Veo, siento y decido en función de ella. Ya ves tú, a mi edad... ¿Habré perdido ya la cabeza? Pero ella no se ha extrañado, ya ves.

—Ni yo tampoco, Alonso. Como acabas de decir, la vida está llena de sorpresas, pero es la vida y se impone. No serás el primero ni el último, y yo te deseo la felicidad.

Alonso suspira dichoso. Ha concluido su té, pero no desea más al ofrecérselo Malvina y sugiere emprender el paseo: ya va bajando el calor y el coche está esperándoles. La dama saca de su alcoba un vaporoso chal de Cachemira, por si luego refresca, y se cubre la cabeza con una capota que le añade un encanto parisino. Descienden al patio y se instalan en el ligero cupé, que arranca y sale a la Plazuela de San Antonio por el arco exterior. Doña Malvina comenta jocosa que don Francisco de Goya, el pintor, se compró años atrás otro coche pequeño, un birlocho, y volcó con él.

—Don Francisco siempre impetuoso —sonríe Alonso—. Pero yo ahora soy invulnerable.

—Por cierto, ahora sí que te vas a hacer un buen retrato, como te dije.

—¿Yo?

—Sí. Para ella, ¿no comprendes? Y yo me haré retratar también. Viene de Francia una joven pintora, hija de una entrañable amiga mía. Joven, pero realmente buena, aunque todavía no es cara. Trabajó en el taller de Madame Vigée-Lebrun, nada menos.

—Tienes razón. Para ella.

El paseo transcurre apacible mientras, en lo alto, las nubes se van volviendo rosadas y violetas con el sol declinante. Malvina celebra la felicidad de su amigo, mientras cavila y obtiene informaciones acerca de los días en que ha estado ausente.

A la noche, tras la cena en su aposento, don Alonso se retira a su alcoba. Sobre el pequeño escritorio, junto a la ventana, saca de su estuche la campanita de plata. Piensa en su hijo: ¿qué diría?

Con mano temblorosa sujeta la diminuta sirena, como si fuera una sibila y, suavemente, la hace sonar. El argentino tintineo llena la habitación unos momentos. El niño que acude a la imaginación del caballero llega sonriente, juguetón, tendiendo alegre sus manitas. El conjuro es favorable.

¡Ya lo creo que está llena de sorpresas la vida! la que me ha dado Alonso, quién lo iba a suponer, tan desengañado de todo, tan alicaído y ahora levanta el gallo, deslumbrado por el buen bocado, quemándose en la llama, el final de tantos viejos, aunque éste se conserve robusto, ¡vaya con Alonso! y Julia otra sorpresa, mayor todavía, no es propio de ella, si va de buena fe me decepciona, espero que sea cálculo, entonces ha madurado mucho y sólo he estado fuera quince días, no es posible que se conforme con ser madre de familia, otra borrega más, después de cuanto le he enseñado, de su humillación con el vestido, de lo que ella me ha contado, al oír su nombre me asusté pero no es posible, no puede querer a ese hombre, ¿entonces por qué se aviene? con cautela pero se aviene, ¿quiere ganar tiempo? y sobre todo: ¿qué ha pasado con Lucas? algo ha ocurrido, a lo peor han reñido, los jóvenes son tontos, hasta los trepadores como él y las inteligentes como ella, quizás por eso falló el plan, Sara no consiguió el tratado manejado por Valduerna, ¿lo habrá cogido Lucas y nos lo niega? esos tipos son capaces de todo, pues necesito ese texto, saber si coincide con el mío, ¿habrá retoques? ¿y cuándo se firmará? no puede faltar mucho, habré de ir a San Ildefonso, si se aplaza hasta El Escorial iré allí, pero se firmará antes, en Portugal tienen noticias de París, preparativos de tropas, no van a esperar a pleno invierno, ven llegar la invasión francesa, y también española si se firma el tratado, a Napoleón no hay quien lo pare cuando se empeña, a ver qué noticias me trae Myrtille, ya está de camino, por de pronto cuenta con dos encargos, el retrato de Alonso y el mío, será divertido, ¡qué sorpresas! si cuaja lo de Alonso con Julia me alegraré, al aceptar a Alonso es que se ha hecho mujer, que manda la cabeza, lo esencial, los sentidos cuando lleguen estarán bien dirigidos, no va a ser una loca, repetirá un poco mi vida, aunque sin mi aprendizaje adolescente, luego quedará viuda joven, y para entonces ya situada en la Corte, ella sabrá hacer a Alonso más ambicioso, mientras él viva me seguirá informando, Julia será importante para nosotras, ¡y para ella, claro! me alegro de la novedad, después nos podrá ayudar mejor, a no ser que la hayamos perdido, que esta boda sea rendirse y abandonar la lucha, pronto veré si la he sabido educar o si es como todas, entretanto las cosas se aceleran, los del príncipe Fernando se mueven de veras, se rumorea una conspiración en marcha, el rey se queja de que la reina le pone en guardia contra su hijo, el buen señor no piensa mal de nadie, no ve más allá de sus narices, salvo las piezas de caza, también a Carlota Joaquina le ha dado por cazar, al menos está decidida a cruzar el mar, cuando la reina sospecha es que aquí pasa algo, Alonso ahora habla como nunca, ya ninguna reserva, sólo piensa en su amor, pobre hombre, qué poco olfato, ¡y cree conocerlo todo! ¡saber de amores! qué infeliz, si yo le contase mi vida, mi verano inglés con Eon, cuando nos tomaban en la posada campestre por dos amigas francesas, nuestra ejemplar decencia se alababa, no sospechaban nuestras noches, Eon se me ofrecía desnudo, ya no se lamentaba de su clítoris masculino, le llamábamos *monsieur* y yo era su dueña, se fundían nuestros labios, hablaban las manos, se enredaban las piernas, las lenguas, comulgaban los sexos, no sospechaban allí esas noches, nos hubieran quemado vivas, su religión es aberrante, torvos predicadores de negro, ¡qué pena el Eon de ahora! abandonar antes de la meta, sorpresas de la vida, a veces a favor y otras en contra, aquélla fue mi cima en el amor, ¡si lo supiera Alonso! no lo creería, ni aun tampoco Julia, por ahora, ya tengo mi nuevo plan para ella, es mejor así, con esas sorpresas la vida nos cambia de rumbo, a veces por una intrusión, se enamora ese hombre y Julia sigue otra vía, si aquel posadero no hubiera sido suspicaz los reyes de Francia hubiesen logrado huir, se hubieran librado de la guillotina, o si sus húsares no se hubieran retrasado, ¡con lo bien que lo preparamos todo! ¡con toda la devoción y el valor de Fersen! a ver qué haces, Julia, puedes llegar lejos con nosotras en América o quedarte esclavizada bajo el poder del macho.

XIII. SEIS DE SEPTIEMBRE

1930: La Villa en ferias

De una de las acacias, junto a la cortina, se desprende una hoja amarillenta, balanceándose en su lenta caída hasta el suelo. Agustín ve en ella el anuncio del otoño y contempla su entorno como don Santiago recomienda a los pintores mirar. El sol, apenas remontado sobre los cerros, dora los árboles y el muro de la estación, pero apenas logra entibiar el fresco aire matinal. Una luz delicada, casi frágil, se posa más viva en los pulidos raíles que se alejan infinitamente paralelos. El silbido de una invisible locomotora en maniobras suena como un quejido melancólico. Afortunadamente, sobre esos raíles va a llegar Marta de un momento a otro, después de su larga ausencia: ¡parecen haber pasado muchos meses!

Poca gente en el andén. Frutos, el factor, sale de la lampistería y comenta el vacío con Soledad y Quina, antes de meterse en el almacén.

—En cambio el tren vendrá lleno; todos acuden para las fiestas.

Sale de su despacho el jefe de estación y toca la campana; anunciando la llegada del rápido de Toledo. A poco aparece sobre el puente metálico, se agranda al acercarse, resopla, chirrían los frenos, suelta chorros de vapor blanquísimo, se detiene. Los viajeros, agolpados ya en las plataformas de los vagones, se apresuran a bajar; el andén se llena de voces y movimiento. Marta aparece en lo alto de una plataforma, con una maleta y una bolsa. Acuden a recibirla sus amigos: abrazos, risas, «¡Qué morena vienes!» «¡Estáis muy bien!»... Agustín reclama la maleta que Marta se resiste a dejarle porque pesa bastante. En ese forcejeo ella repara en el brazalete negro sobre la manga. Se alarma su mirada:

—Su padre —explica Soledad, lacónica.

—¡Dios mío! —suspira Marta, apenados los ojos y la voz, abrazando fuertemente a Agustín contra ella. Conmovido, el muchacho alude a Soledad:

—También la señora Juana.

Marta deja caer los brazos.

—Pero ¿qué ha pasado aquí?

—La vida, hija, la vida —se resigna Soledad, mientras ambas se abrazan—. Ya te contaremos.

Menos mal que en Quina recobra Marta la risueña sonrisa de siempre. Los cuatro salen a la plazoleta exterior donde llega en ese momento un taxi a depositar a un viajero. Marta lo retiene, desdeñando el ómnibus del Calleja. Se instalan en él pero Agustín se queda en tierra. Vino en bicicleta y ha de volver en ella.

—Está loco con su bici —explica Quina, mientras el taxi arranca.

Soledad cuenta el final de su madre: el mal pudo con ella. Y ahora duerme Agustín en esa cama. No podía dejarle solo.

—Al principio lo metimos en tu cuarto; ya sé que no te iba a importar.

—¿Cómo lleva su desgracia?

—A ratos se le ve triste —tercia Quina—, pero vive mejor. Ya no está tan flaco, ¿no te has fijado? Y hasta le empieza a salir bigote o eso dice él —ríe—. A cada momento se pasa el dedo bajo la nariz. ¡Está más simpático!

—A esa edad se rehacen enseguida —comenta Soledad.

—Estos últimos días se le ve muy contento —prosigue Quina—. En ratos libres trabaja en la fuente de Narciso, a la que se le cayó una guirnalda de piedra. El cantero, por broma, le dejó probar con el cincel y se lo quedó de ayudante voluntario... Pero y tú, ¡tendrás muchísimo que contar! ¿Cuántos suizos te han pedido relaciones? ¿Y cuántos duques se han enamorado de ti?

Marta ríe, encantada de nuevo con su alegre compañera. Llegan a la casa; Marta pasa a su alcoba con el equipaje. Lo deja en el suelo y se queda sorprendida ante una magnífica rosa amarilla, erguida hacia ella como un girasol en un búcaro de cristal. Su perfume ha reemplazado en el cuarto al de la albahaca.

Quina, que la ha seguido, comenta:

—Te la trajo ayer Agustín.

En ese momento se oye fuera la voz del muchacho. Con su bicicleta ha podido venir por un camino más corto. Marta acude a darle las gracias y él, entre confuso y ufano, se explica:

—Era la más bonita. La saqué de la Florera.

—¿No te vio en la puerta el señor Mariano?

—La llevaba dentro de la blusa. Estaba el capullo más cerrado y no se estropeó.

Marta le riñe cariñosamente. Han podido descubrirle y prohibirle la entrada a los jardines.

—Tú me has dado muchas cosas —replica Agustín—. Ahora es diferente: me toca a mí.

Marta, mientras le oye, ve en su espejo la imagen de ambos. En la mirada que le dirige el muchacho comprueba que sí, ahora es diferente. Un confuso sentimiento surge en ella, entre orgullo y melancolía.

Quina se los lleva al comedor. Marta resume su viaje, relata anécdotas, provoca asombros y risas. Soledad comprueba satisfecha, en el tono y las palabras de Marta, que su paso por Palacio no se le ha subido a la cabeza.

Quina interviene; también para ella hay nuevas perspectivas.

—¿Por fin el Feliciano? —sonríe Marta.

—¡Ése que espere!... No, es que, ¡agárrate!, esto va a ser el Hollywood de España.

Marta se entera así de que han venido unos señorones de Madrid a tratar con el Ayuntamiento para obtener terrenos. Quieren crear unos estudios para hacer cine español, ahora que hay sonoro y un gran mercado posible. Incluso se habla ya de una primera película rodada en Aranjuez, con el argumento del famoso motín contra Godoy en 1808.

—Parece que va de veras: Aranjuez se convierte en Hollywood y yo acabaré de peliculera. Necesitarán extras y por algo se empieza. ¡Así comenzó Marlene!

Celebran juntas la noticia, mientras Agustín las deja para volver a sus tareas. Soledad las interrumpe:

—Estuvo aquí Germán. Preguntó por ti.

—¿A qué vino? —salta Marta.

—Habló de gestiones con el del Embarcadero, pero la verdad es que se pasó casi todo el día con nosotros, hasta marcharse otra vez.

Marta calla y, sintiéndose observada, vuelve al tema de Agustín. Le encuentra crecido y cambiado. Más hecho.

Ellas lo confirman, quitándose la palabra una a otra con entusiasmo. Agustín habla incluso de otra manera. Quizás gracias a los libros de Marta, en cuyo cuarto se pasaba las horas leyendo. Proyecta vender figuritas suyas de barro, poniendo puesto en la plaza, aunque sólo sea el día de mercado. Soledad piensa que la idea se le ha ocurrido en memoria de su padre.

Marta y Quina no pueden retrasar más su asistencia a la oficina. Se arreglan un poco y se echan a la calle. Caminan comentando los acontecimientos, a veces con tristeza, al evocar a Lorenzo y a la señora Juana, pero en general con el optimismo de Quina, muy animada para disfrutar de la Feria.

Es diferente, explica a Marta, que el día de San Fernando. La feria de septiembre no pertenece al Real Sitio, sino a la Villa y dura tres días. ¡Una juerga! Se empieza a notar ya desde la víspera.

En efecto, en la calle de Stuart, por la tarde, ya no pasean sólo los habituales del «circo». Aparecen forasteros, curiosos y afanados a la vez. Unos con traje de pana, otros con la blusa de rayadillo y la cachava del tratante, muchos con gorra de visera, otros con sombrero negro dándoselas de importantes, ostentando cadenas de oro en el chaleco o sobre la faja. Han llegado en el tren o con sus carros y furgonetas, trayendo sus puntas de ganado o su mercancía. Se aposentan en la Fonda del Comercio los más pudientes, y los restantes en la de los Dos Amigos, en la Posada de San Antonio, en la de Calero o en los paradores más modestos, al otro lado de la carretera de Andalucía.

Las vendedoras de la plaza de abastos, bien instaladas bajo el techo de chapa ondulada y con el suelo regado, aguantan ahora la competencia de los puestos bajo las acacias. Entre los tenderetes se mueven las compradoras con sus cestas, parloteando y discutiendo, simulando alejarse para obtener una rebaja, ya prevista por la vendedora. Nadie engaña a nadie con eso, pero se divierten. El señor Hilario, con su talonario de licencias y un uniforme nuevo, pasa de un puesto a otro cobrando la tasa municipal y bromeando con todo el mundo.

La feria se centra en la plazuela de San Antonio, con puestos de mercería, quincalla, loza, artículos de tocador, prendas de ropa, calzado... todo de la mejor calidad y a precios de ganga, según los pregones de los vendedores. Por encima de ellos resuena el altavoz del charlatán que ofrece el Bálsamo Redentor, infalible para todos los males de la humanidad doliente. Marcos, el fotógrafo, ha montado ya su telón con un agujero para sacar la cabeza y aparecer vestido de luces dando un pase a un toro monumental. Desiderio inicia su venta de «chuletas de huerta»... En fin, lo de todas las ferias.

Pero la de Aranjuez es mejor, insiste Quina, pues no tienen comparación los productos de la comarca. Largos melones escritos de Villaconejos para cuelga, tortas de girasol de Ontígola exhibidas sobre arpilleras en el suelo, blancos botijos de Ocaña, cántaros y tinajas de Colmenar de Oreja: todo ello reemplazando a las fresas y los espárragos de la primavera. Además, feriantes llegados de más lejos: de Albacete con sus navajas, de Lagartera con bordados y mantelerías, de Cuenca con telas listadas de colores, de La Mancha con quesos, de la Alcarria con miel y los alfareros de Teruel y de Segovia, de Jaén y de la Tierra de Barros. Y entre las mercancías, las atracciones: los tiovivos, los nuevos coches eléctricos que chocan, los columpios, los tiros al blanco o con pelotas de trapo, las pruebas de fuerza y, sobre todo, las novedades de este año: la Barraca Oriental de Fátima y el Prodigioso Calígrafo Mecánico, sin olvidar las golosinas: churros, buñuelos, pestiños, frutas de sartén, caramelos, patatas fritas, algodonosas nubes de azúcar, helados, limón, agua de cebada. Y los niños correteando entre los mayores.

Aparte, en la plaza de Parejas, se instala la feria de ganados. Entre los pacientes animales se mueven los tratantes con sus blusas rayadas o negras y, colgando de la muñeca, la cachava con puño forrado de cuero, mostrando sus mulas de Tremp o de Verdú. Sobre el pecho se nota el bulto de las gruesas carteras, que algunos sujetan con cadenilla. Hacen el trato despaciosamente, reflexionando antes de contestar, tirándose envites y amagos verbales, arañando la tierra con la contera de la cachava y acabando en la taberna para pagar el alboroque.

Al atardecer la música anima la Plazuela y Quina lleva a su pandilla de atracción en atracción. Después de cenar van al baile en la plaza de toros. Allí en un momento en que ambos se quedan solos, Feliciano se lamenta con Marta de la esquivez de Quina:

—Se va con el primero que llega... Yo sé que ella es formal, pero no lo parece, no está bien... Y yo la quiero de verdad. Pero, claro, sólo soy un delineante de la Azucarera. Y ella pensando en fantasías... Ahora, con eso de los estudios de cine y las ganas de ser artista, la voy a perder.

—Provócala con otra, hombre; dale achares. Ella te aprecia mucho, pero se te nota demasiado que te tiene en el bote.

—Yo soy como soy... ¡Háblale de mí, Marta! ¡La tendría en mi casa como a una reina!

—Le hablaré —ríe Marta— pero diciéndole que te está gustando otra, a ver si pica.

El sábado, último día de la feria, aparece en la casa Germán. Es recibido con alegría y Marta se sorprende cuando él le trae cariñosos recuerdos de los compañeros de la excursión por el río el día de San Fernando, sobre todo de Amparo y Magdalena.

—¿Has venido a la feria? ¡Te has perdido dos días! —le reprocha Quina riendo.

—Lo mío no son las ferias. Pero llego a tiempo para acompañaros este día.

—Nos sobra una entrada para los toros porque a Marta no le gustan. ¡No se anima ni con Marcial y Bienvenida! A ti ni te la ofrezco.

—No, aunque reconozco que los toros son algo muy nuestro. De todos modos, tengo otros quehaceres.

—Ya. Igual te da por predicar la Idea a los jesuitas de la Residencia...

Quina rompe toda conversación en serio. Las bromas continúan mientras se adoptan decisiones. Marta se quedará en la casa, descansando de tanto ajetreo. Germán irá a sus intrigas, como dice Quina, y los demás a los toros, incluido Agustín que, por primera vez, entrará como un señor: con su asiento de pago. Después de la corrida irán a divertirse a la Plazuela. Quina exige categóricamente la presencia de Marta, de Germán y hasta de Soledad:

—Sin excusas. Hay que despedir la feria cenando todos juntos. Armaremos la gorda.

Agustín sale hacia el Hotel y Quina a reunirse con su pandilla. Soledad se sienta a la máquina de coser, y se cala sus lentes de acero, mientras Marta vuelve a su cuarto, con ánimo de retomar sus lecturas. Consulta algunos libros, pero no logra concentrarse. «Estoy cansada», se dice, y se tiende en su cama a reposar, mientras su mente divaga descontrolada, mezclando impresiones con sentimientos oscuros.

¿Cuánto tiempo transcurre hasta oír una voz masculina dialogando con Soledad?... ¡Germán! Marta se levanta, se compone el peinado ante el espejo, mira la costura de sus medias y sale al comedor. Germán sonríe al verla.

—No me dejaba avisarte —aclara Soledad—. Le dije que podía pasar a verte.

—No quería ser intruso. Estarías con tus libros, como siempre.

—No eres intruso. ¿Quieres pasar? —Se arrepiente en el acto de desvelar así su mundo privado y luego se arrepiente de haberse arrepentido. «¿Por qué no?», recuerda.

Indica a Germán su puerta y la abre para él. Le nota vacilante. «¡Si parece tímido!», se asombra.

Germán contempla la habitación sencillísima. La cama bien tendida, la mesilla, la percha, la estantería del pobre Lorenzo, la mesa con papeles y libros aún abiertos... Saca del bolsillo un paquete de cigarrillos pero se lo vuelve a guardar en el acto.

—Éste es mi refugio. Bien sencillo, ¿verdad?

—Demasiado. Igual que los sitios donde yo paro y me escondo. Pareces una de las nuestras.

—¿Es que soy diferente? —sostiene ella la mirada.

—Eres más. Lo dice tanto libro. En eso nos ganas.

Con la vista recorre los lomos alineados en la estantería. Marta desvía el tema:

—¿Te gusta leer?

—Muchísimo, en el poco tiempo que tengo. Devoro libros. Pero no éstos. Aquí todo es historia y arte. Está bien, pero hay otras cosas en la vida.

—Ya lo sé. Éstos son de mi profesión. Pero no estoy cerrada a nada, te lo aseguro.

—Te creo y por eso te hablo así. —Y añade, tras un silencio—: ¿Leerías algún libro que yo te trajese?

—¡Ya lo creo! Y te lo agradecería... Me gustaron tus amigos, vuestra reunión...

Pero él vacila:

—A lo peor te complico la vida... ¡Por nada del mundo quisiera perjudicarte!

Ella le mira de frente, con firmeza:

—Si me la complicas es cosa mía.

Él recoge de lleno esa mirada. Vuelven al comedor, junto a Soledad. Marta se pregunta si les habrá oído; si habrá percibido bajo las palabras lo que de verdad se decían. Pero ¿qué se decían? A ratos Marta cree comprender; otros no está segura de nada.

Germán asegura que la inestabilidad política crece. Ha cuajado en San Sebastián un pacto entre republicanos. No es el ideal, pero sí aprovechable. La monarquía pierde ambiente, las ratas abandonan el barco. Marta aduce la opinión contraria del profesor Ribalta.

—¿Ernesto Ribalta? —pregunta Germán en tono desdeñoso.

—¿Le conoces? —se sorprende Marta.

—Yo no, pero sí una amiga, auxiliar de Geografía. De historia sabrá mucho ese hombre, pero del presente nada. Mientras no lo lea en un libro no se enterará. Además, es un tipo raro.

Sí, es un tipo raro, pero Marta se siente aludida como historiadora. Germán se da cuenta y se explica: no todos los intelectuales son así; ahí andan unos cuantos perseguidos por la dictadura. En todo caso, los republicanos preparan un gran mitin en la plaza de toros de Madrid, para definir posiciones y movilizar a la opinión pública.

Germán enciende un cigarrillo. Siguen conversando satisfechos de estar cerca, de cambiar palabras que les aproximan, cuando Soledad les increpa:

—¿Qué hacéis aquí con una vieja, dos mozos en plenas fiestas? ¡Andad afuera, a disfrutar del buen día!

Ellos se miran. Germán propone, prudente:

—Si te apetece pasear...

—Me gustará... Pero no por la feria; demasiado jaleo. Bastante estaremos en ella cuando nos reunamos luego con Quina.

Bajan la cuestecilla hacia la calle de la Reina recordando los dos, sin decírselo, la noche de San Fernando. Entran en el Jardín del Príncipe y avanzan hacia la Florera, donde la gente pasea tranquila. Se sientan un rato en las blancas escaleras del embarcadero real, pasan junto al cenador de cipreses pintado por Rusiñol. Cambian comentarios intrascendentes entre silencios que les permiten gozar del ruido de sus pasos sobre la grava, el susurro de las hojas, los extraños gritos de algún pájaro invisible. Llegan hasta la fuente de Narciso: en la rotonda, ante unas piedras a medio labrar, celebran los evidentes dones artísticos de Agustín. Siguen adelante, hacia la fuente de Apolo y las Islas Americanas, por senderos solitarios. Les envuelve el jardín, les aísla del mundo. Se van ahondando sus mutuas confidencias: retazos de sus vidas, deseos, esperanzas. El pasado agosto cumplió Germán veintinueve años; sí, es Leo.

El hombre va desgranando su historia, desde que nació en Jaca: sus padres desplazándose a Barcelona cuando él tenía seis años, buscando mejor trabajo, la amistad allí con Soledad y su marido, la muerte de la madre en accidente laboral mal atendido, sus estudios hasta hacerse perito electricista, el padre asesinado por los pistoleros patronales del Sindicato Libre en 1922, el odioso servicio militar, su acción clandestina obligándole a refugiarse en Francia con un hermano de su madre, su orientación allí hacia el cine, su regreso a la lucha al caer la dictadura... Marta escucha emocionada ese despliegue de una vida que se entrega y le corresponde con su propia historia desde su infancia en Melilla: la orfandad a los ocho años, los apuros maternos en Madrid con la menguada pensión, los estudios a fuerza de becas, dando clases además a bachilleres cuando ella estaba ya en la Universidad... Su voz flota sobre el rumor de los pasos a compás del susurro de los árboles, del borboteo del agua en una cacera... Germán la escucha con pasión.

Un guarda, de pronto, les saca de su encanto porque van a cerrar. Salen por la puerta de la Casa del Labrador pues ya no llegarían a la principal. Al dejar atrás la verja Marta tiene la sensación de haber vivido una tarde en el paraíso, donde todo pasa sin pasar nada.

Caminan silenciosos bajo el crepúsculo por la calle de la Reina. La magia de la tarde ha concluido. Van hacia la feria, el bullicio, el vocerío y las risotadas, el baile con la charanga: eso que llaman divertirse. Se cruzan con los que vuelven de los toros, entusiasmados por un quite de un torero nuevo, un tal Domingo Ortega, de un pueblo cercano, Borox... La Villa les reclama.

MARTA

¿Solamente seis meses? ¡parece imposible! ¡si vivo en otro mundo! aquella fría mañana de febrero, mi llegada, el susto de no ser admitida, mi congoja frente a la araucaria, y en cambio este retorno, ¡que transformación! otro Aranjuez, ahora Real Sitio y Villa, más los compañeros clandestinos, los de la canoa en el río, llegué sola, anteayer todos esperándome, ya tengo hasta dos muertos queridos, raíces en nueva tierra, como si hubiera yo crecido aquí, ¡sólo en seis meses! increíble, sin embargo eso siento, pertenezco a esto, centro de España de Janos, vuelvo a mí misma, en Suiza era extranjera, también en la Magdalena, en el Palacio, hasta extraña en mi casa, esas horas pasadas anoche, estos seis meses me separan de todo, de mi vida anterior, como si fuesen años, otro tiempo, me dolerá la casa de mamá, pero no puedo sostenerla, ya no es la mía, todo ha cambiado, no: he cambiado yo, soy otra, como Agustín, transformado también, ya no es un niño, cómo me ha mirado, antes era cariño, ahora es la rosa, su rosa robada para mí, la guardaré con la malva de Janos, me conmueve, su cara en el espejo, ya lo sabe él también, ya sabe lo que siente, ¿le dolerá mucho renunciar? me da pena y me emociona, ha vivido horas profundas, la muerte de su padre, ¡y su encuentro con Janos! no se me había ocurrido, la influencia de Janos, tanto como en mí misma, Janos revelándome, impulsando mi vida, voy madurando aunque aún me falte mucho, todo me ayuda, haber sido sirvienta, subalterna, comprendo mejor a Germán, su pasión por la igualdad, su odio a las diferencias sociales, también él resulta diferente, aunque no, me lo parece porque hoy se me ha descubierto, el otro Germán, aquel San Fernando sólo vi al jefe, al organizador, ¡hoy ha sido tan dulce, tan sencillo! vacilando a la puerta de mi cuarto, conmovedora timidez; me enterneció verle tan igual a mí, no es inaccesible, ¡qué tarde en el jardín! ¡qué sintonía! y sin embargo es fuerte, lucían sus dientes en la risa, brillaba su mirada, tan suave su mano cuando me ofreció la pluma, recién caída, toda irisada, de un faisán por supuesto, ¡qué paseo! ya conozco ahora lo que descubrí aquel San Fernando, primero la calidad de los compañeros, ¡qué alegría me dio el recuerdo de Amparo y Magdalena!, esa autenticidad tan vigorosa, ese desafío al riesgo, esa fuerza para avanzar, para dar la batalla aunque se pierda, lo que yo no tuve nunca, pero ahora sí, Marta ha cambiado, me siento su compañera, he vivido escaleras abajo, sé de lo que hablan, compañera de Germán, eso es lo que descubrí aquel día, entonces aún no pero ahora lo sé: le quiero, repito esas dos palabras, ahuyentan el sueño, seguir despierta para repetirlas, eso es lo nuevo, en eso soy distinta, haber ascendido a ese mundo, el del amor, donde vive también Feliciano, enamorado humilde, me enternecieron sus palabras, le aconsejé y me reí de mí misma, ¿qué sabía yo de dar achares? pero claro que sé, no es preciso aprenderlo, el amor no se aprende, se descubre de pronto y ya se sabe del todo, no quiero ni pensar que Germán... pero claro que no, todo él se entregaba esta tarde, su manera de acompañarme, ¡incluso su viaje, porque ha venido a verme! no hace falta que lo diga, caminábamos juntos, nos callábamos juntos, eso era todo, el jardín paraíso, nuestro cielo, estos jardines mágicos, el aire diferente, la feria era otra cosa, entre el bullicio se me iban los ojos a la torre norte de Palacio, al refugio de Janos, su nido que aún no he visto, el amante de Bettina, ¡cómo le comprendo ahora! humilde y absoluto, así nos hace el amor, no es tener a Quina como una reina, el pobre Feliciano se equivoca, no es eso sino compañera, caminar y luchar juntos, ser juntos, sencillamente, como lo entiende Soledad, devorar la vida juntos, imposible pensar en otra cosa, no puedo imaginarme como antes, mis otras ambiciones ¡qué pequeñas! la Universidad, es curioso que él me hable de Ribalta, Germán lo sabe todo, tiene razón, el sistema se tambalea, el mundo marcha, ¿por qué Ribalta es un tipo raro? lo sospecho, lo huelo, pero no puedo concretarlo, le noto artificioso, su falsa seguridad, distinto de su imagen, refugiado en documentos y textos, eso no es vivir, encerrado en legajos y archivos, dejar la realidad por los escritos, leer en vez de lanzarse a los hechos, a las gentes, al torrente impetuoso, al color y al sabor de la vida, Germán ¡qué diferente! aunque esté quieto vive, aunque se calle convence, como los árboles y las piedras, estar a su lado enriquece por dentro, ya conozco su vida y no sólo por lo que me ha contado, no sólo hablan las palabras, más los gestos y los cuerpos, sus dientes clavándose en las chuletas de la cena, ¡qué vigor!, y luego el baile: lo que faltaba, la prueba definitiva, los otros dando vueltas, él y yo mirándoles, me pidió perdón por no saber bailar, nunca tuvo tiempo, estábamos iguales, pero Quina se empeñó, ¡todo el mundo al ruedo! nos empujó al pasodoble, lo más sencillo, dijo, ¡qué sabía ella! no podía figurárselo, ni yo tampoco, cuando cogió mi mano, no para un roce furtivo como al darme la pluma, cuando la poseyó, sentí sus huesos y sus nervios, la otra mano en mi cintura, ¡qué sensación! no fue un escalofrío, fue revolución por dentro, como un bautismo, una confirmación, un sacramento, al principio me llevaba separada, su miedo a pisarme, disculpándose cuando no pudo evitarlo, de pronto nos empujaron, había poco espacio, nos unió el torbellino, mi cuerpo contra el suyo, ¡qué sofoco! ¡qué borbotón de sangre por mis venas! también lo sentí en él, como él en mí, seguro, imposible ocultarlo, la prueba final, nunca imaginado, ¿a eso llama sencillo Quina? inmenso, complejo, indecible, aún sigue aquí conmigo, estás aquí conmigo, no me puedes dejar, ni yo dejarte, soy la nueva Marta, y es verdad que es sencillo, consiste en un «te quiero» solamente, pero toda la noche repetido, para toda la vida.

1807: Pasión en libertad

Llaman y Malvina acude a abrir la puerta. En el oscuro descansillo de la escalera aguarda una joven; la dama tarda sólo un instante en reconocerla, antes de cerrar tras ella y hacerla pasar:

—¡Qué alegría, Myrtille! No te esperaba hoy.

—He aprovechado una ocasión. ¡Tenía tantas ganas!

Se besan. Malvina conduce hacia un sillón a la recién llegada.

—Te sienta bien San Ildefonso; estás encantadora. Y muy elegante.

La dama, en efecto, se recrea admirando la esbelta silueta de su visitante, vestida con una túnica verde, de talle muy alto, a la griega. Las mangas cortas y abullonadas descubren los brazos desnudos acabados en manos de artista. Sobre el cabello rubio y liso lleva una graciosa pamela de paja italiana que se ha quitado al entrar.

—He podido venir gracias a tu amigo Alonso. Ha enviado aquí a Roque, su criado, y había una plaza en el coche.

—¿Has terminado ya su retrato? ¿Ha sido difícil para posar?

—Sí, he concluido y estoy contenta... Ha sido facilísimo. Sólo tuvo un capricho: que en un ángulo del cuadro figurase cierta campanita de plata con el mango sustituido por una sirenita. Por lo demás, el buen señor es la cortesía misma. Todo le encanta.

—¡Está enamorado! —ríe Malvina.

—Sí. Es un hombre feliz y quiere que lo sea todo el mundo... He conseguido reflejar esa bondad en su expresión. Le he enriquecido el fondo con unos picachos sobre el mar; el cabo Ortegal de su tierra gallega, tal como me lo ha descrito.

Malvina ofrece a su amiga un polvo de rapé y se desplaza a su pequeña cocina para preparar un té. La gata *Dalila* se muestra conquistada por la visita y de un salto se instala sobre su falda.

Mientras saborean la bebida, Malvina pregunta por las novedades de la Corte y Myrtille describe las ceremonias del veinticinco de agosto, día de gala y besamanos por ser el santo de la reina. Una vez más se han comentado las deferencias de Godoy hacia la condesa de Valduerna, a quien se supone próxima a ser nombrada dama de Su Majestad. Malvina plantea a su amiga temas más serios pues ha recibido carta de Lisboa. La regente Carlota Joaquina le comunica el ultimátum que el representante francés Rayneval presentó al ministro de Estado Araujo, conminándole a declarar la guerra a Gran Bretaña.

—Napoleón quiere completar el bloqueo de toda Europa, reforzado desde que Rusia lo aceptó en Tilsit, y para eso es vital incluir a Portugal. No le han servido de nada a Lisboa los diamantes regalados a los Bonaparte y ahora el rey don Juan propone en secreto a Jorge III de Inglaterra simular hostilidades sin guerrear en serio... Será inútil, nada disuadirá a Napoleón de su objetivo: invadir Portugal. El famoso tratado discutido estos meses está a la firma y ya no importa que ese amigo de Sara no haya podido robárselo a Valduerna. Por cierto, si te quedas te presentaré a Sara.

—Claro que me quedo; para pintar tu retrato. ¿Qué accesorio quieres que pongamos?

—Ya lo he decidido: un abanico muy valioso para mí.

—Excelente... Y te pintaré un lunar prometedor: irá bien a tu rostro, tan sugestivo como siempre.

Malvina protesta del elogio y sigue poniendo a su amiga al tanto de los acontecimientos para cuando deba sustituirla en España. Está mirando por la ventana y se vuelve a Myrtille:

—Ahí pasa tu transportista, el criado de Alonso. Seguro que viene de visitar a Julia y a su tía.

En efecto, de allí acaba de salir Roque, que continúa hacia la casa del Aposentador, donde le aguarda Gertrudis, para viajar con él a San Ildefonso. La anciana se queja de que haya visitado primero a la muchacha y él dice haber cumplido la tajante orden de su señor. Seleccionan luego las cosas que van a llevarse en el coche y Gertrudis señala un rimero de papeles.

—No carguemos con eso —protesta Roque—. Si don Alonso no me los ha pedido es que no los necesita.

—No sé... Hay también un legajo que encontraron unos chiquillos bajo una escalera cuando partió la Corte. Querían romperlo para hacer cometas, porque es un papel muy recio. Mira a ver si es importante.

—Parece una minuta, un borrador de tratado. Nada de la Aposentaduría ni de la Furriela... Lo llevaré al escritorio en Palacio con los demás papeles de archivo... Además, ahora nada le importa salvo lo que llena su alma... No ha sido tan dichoso desde que pasó en su aldea el último permiso de su hijo, antes de que embarcase en el navío de la maldita Trafalgar. Lo repite a todas horas.

Gertrudis sonríe, asintiendo. Estas últimas semanas Alonso es otro. Vive intensamente, pero no con agitada exaltación sino en honda y permanente armonía con el mundo. Hasta los objetos más humildes entonan una secreta canción en torno suyo, creándole una sensación de inmortalidad. Se siente vivo con la misma naturalidad con que vuelan los pájaros. A ratos se obliga a sí mismo a ser realista y recuerda que ella no se ha comprometido del todo, pero su esperanza no se quiebra. Su amor no es la llamarada juvenil ni las brasas de la madurez. Es una cumbre de montaña con el mundo a sus pies, desde donde todo se abarca y el aire estremece los pulmones con su diamantina pureza. En esa cima la vida ya no puede quitarle nada.

Su alejamiento de Julia, por retenerle su cargo en San Ildefonso, refuerza su seguridad al eliminar las menudas contrariedades de toda convivencia. Y justifica, además, sus reiteradas atenciones, remitiendo cartas con cada correo real y aprovechando, como hoy, el viaje de Roque para enviarle un bello chal de las Indias, junto con obsequios más prácticos para doña Úrsula. Roque, a su regreso, habrá de contarle todos los pormenores de la entrevista, desde cómo vestía la muchacha hasta la menos importante de sus palabras. Está ilusionado con el retrato pintado por Myrtille y le ha encargado además una miniatura. Si llega a convertir a Julia en su esposa, la hará retratar por don Francisco de Goya, a quien ha favorecido alguna vez al repartir aposentos.

A veces se imagina su futura llegada con Julia a su tierra natal y entonces se felicita del modestísimo vivir de la muchacha porque así le chocarán menos las escasas comodidades de la aldea y le será más fácil admirar con él las bellezas tan amadas: la ría, con su dulce colmarse y vaciarse según la marea, como un latido cotidiano de la mar; la braveza de los farallones del Ortegal, el ímpetu del viento, el vuelo de las gaviotas sobre la verdura de los prados... Sueña una felicidad imperturbable hasta el fin de sus días en los brazos de Julia y hasta, como suprema ilusión, no excluye la posibilidad de un hijo que corretee a su alrededor.

Julia contesta las cartas agradeciendo los obsequios y no cesa de repetirse cuánto debe a un hombre tan bueno; aunque en el fondo de su pensamiento le incomoda verse obligada a esa gratitud. Su respeto y su sincero afecto por don Alonso le resultaban más fáciles cuando nada la obligaba. Algunas noches, cavilando en la oscuridad de su alcoba, se pregunta si no debería confiar a don Alonso ese vacilante estado de ánimo. Otras veces su insomnio evoca la figura de Lucas y revive el fulgor de su mirada viril, el roce de aquellas manos sobre sus brazos desnudos y hasta el fuego de aquellos besos que llegó Lucas a arrebatarle; hasta que esos tiernos recuerdos quedan eclipsados por la horrible visión de la bestia de dos espaldas sorprendida sobre la cama de doña Elvira... Jamás —se dice— la traicionaría don Alonso tan cruelmente y esa seguridad, en este mundo de falsedades, es buen remedio para sus incertidumbres.

Doña Úrsula, en cambio, no sufre duda ninguna, segura al fin tras tantos esfuerzos. Ignora cuál fue la causa de la ruptura con Lucas, pero da gracias por ella a la Virgen y a San Benito de Palermo, su protector favorito. Procura, por todos los medios, reforzar la decisión provisional de Julia encareciendo las cualidades de tan cumplido caballero, pero lo hace con tal insistencia —cantando las ventajas del matrimonio y, sobre todo, de la pronta viudez equivalente a la libertad– que provoca el rechazo de Julia, al verse convertida en instrumento del egoísmo de su tía. Por fortuna, la conducta de don Alonso está llena de delicadezas y, tras la traición de Lucas, le resulta fácil a Julia creer que la mayoría de los hombres son tan perversos como repiten los confesores, y así se anima a aceptar a don Alonso.

En esas vacilaciones llevaba unas semanas hasta que una tarde, a principios de septiembre, Roque contó a la muchacha, en una de sus visitas, que Lucas estaba en la cárcel, lo que probaba la mala condición del relojero. Lucas había sido detenido en el mismo taller real de San Ildefonso por dos guardias que, sin explicaciones, lo condujeron a los calabozos desde donde, sin tomarle declaración ninguna, fue llevado al día siguiente a la cárcel de Corte, en Madrid. La gente le suponía por eso culpable de algo grave y secreto.

Julia soportó la información con aparente serenidad, pero llegó a su casa con el corazón desaforado. No podía creer la opinión de la gente pues, aun cuando Lucas la hubiese engañado, siempre le había parecido un hombre decidido pero en acción directa y sin torcidas maniobras. Puesto que no se le acusaba de un robo ni de una muerte, pues ello se hubiera solventado en el propio San Ildefonso, Lucas se le aparecía como víctima de alguien que quería perderle, entregándole al secreto de la cárcel de Corte, que ella se imaginaba como Malvina describía la Inquisición. Ese alguien sólo podía ser doña Elvira, temerosa de que Lucas quisiera comprometerla de algún modo, en el terreno de la pasión o en el económico. Con esa creencia Julia acababa compadeciendo a Lucas, disculpándole de haber sido débil ante las indudables provocaciones de la condesa, tan licenciosa como otras damas, según los informes de Narcisa. Sí, Lucas era una víctima, padeciendo cadenas y grilletes para no resultar incómodo a una dama de la Corte.

Lucas pensaba también lo mismo mientras cavilaba en su encierro, pero además le preocupaba otra posibilidad aún más grave: la de que su detención se debiera al robo del tratado que, por otra parte, de tan poco le había servido. Ignorando que la importancia de ese papel había ya caducado, suponía que Valduerna habría echado de menos el documento y sospechado de él. O, peor aún, se sabía engañado por la condesa y quería vengarse en el prisionero. En esas incertidumbres Lucas ansiaba que le tomasen declaración para aclarar sus dudas y defenderse mejor, aunque fuese culpando a la propia doña Elvira. Pero el deseado interrogatorio nunca tuvo lugar. Dos días antes de la llegada de Myrtille a casa de Malvina un guardián apareció en su celda y con la misma falta de explicaciones con que se realizó su detención, le echó a la calle. Su primera idea fue incorporarse al taller, pero antes quería aclarar el misterio de su encarcelamiento y como suponía que los amigos de Sara habrían intervenido en su liberación se dirigió a Aranjuez para pedir a la mujer información y hospitalidad.

No se engañaba del todo Lucas, pues Sara había tenido noticias del encarcelamiento y temió que la relacionasen con el preso. Para prevenirse comunicó el hecho a doña Malvina a fin de que adoptara las medidas pertinentes para quedar ella al margen. Pero la libertad se produjo antes de que la dama hubiera podido intervenir y por eso Sara, en su incertidumbre, decidió ocultar a Lucas fuera de su propia casa. Ese escondite lo tenía bien cercano y alguna vez había sido utilizado por Silvano, el criado de doña Malvina. Se trataba de uno de los varios pajares de las Caballerizas Reales, donde casi nadie entraba cuando las Jornadas terminaban. Provista de una llave usada por Silvano hizo entrar allí a Lucas y regresó a su casa cavilosa y dispuesta a hablar con doña Malvina al día siguiente.

Para acertar, sin embargo, necesitaban saber más que el mero hecho del prendimiento y posterior liberación. El mozo se declaraba en la misma ignorancia pero Sara se negaba a creerlo y estaba convencida de que Lucas le ocultaba la verdad. Cuando él le contó la inexplicable desaparición del documento ella creyó que mentía para no confesarse incapaz de haberlo sustraído. Ahora, en cambio, pensaba que efectivamente lo consiguió y fingía esa desaparición para quedarse con él, pues el mozo ignoraba que ese borrador había perdido interés. Fuera ésa u otra la causa del encarcelamiento, era obvio que Lucas había de sospechar algún motivo. Era preciso sacarle la verdad y eso no iba a lograrse interrogándole directamente.

Lo que no se le ocurrió a Sara, ni podía imaginar Lucas, era que éste debía a doña Elvira no su encarcelamiento sino, por el contrario, su libertad. En efecto, la detención del mozo se produjo en una mañana en que doña Elvira había decidido aprovechar una ausencia del conde para recibirlo en su casa. Para ello envió al taller a Narcisa, que volvió con la noticia del encarcelamiento. Doña Elvira cayó en la más viva inquietud, recordando la desaparición del tratado, de la que su marido se había quejado apenas llegaron a San Ildefonso. Si, como ahora temía, lo había sustraído Lucas, éste ya no era un joven avispado y sensual como tantos, sino un delincuente. Por eso la condesa se agitaba entre el temor de que Lucas le exigiese dinero por guardar silencio o que quisiera obtenerlo del conde a cambio del documento. No se atrevió a preguntar a su marido, muy posible instigador del encarcelamiento, por no mostrarse interesada por el relojero. Le asustaba sobre todo el escándalo: una cosa era satisfacer un deleitoso capricho con cualquiera —aunque algo llegara a rumorearse entre «personas de calidad», muy propicias a comprenderlo y disculparlo— y otra era la intervención de la justicia, la investigación con papel sellado y el escándalo oficial, que muy bien podía acabar a la manera tradicional, encerrándola en un convento y alejándola de sus hijos, con todas sus ambiciones aniquiladas.

En esa angustia le pareció urgente poner en libertad a Lucas y, en lo posible, conseguir su destierro de la Corte para cortar de raíz el peligro. Entre las personas con poder para ello prefirió dirigirse al propio Godoy, aunque fuera a costa de alguna concesión. El ministro dedicaba los miércoles a la audiencia especial para las damas, pero la condesa tuvo a menos encontrarse entre ellas y, por medio de Narcisa, enviada en secreto a Madrid, obtuvo de Godoy una recepción personal en día diferente. El resultado fue la libertad de Lucas, aunque no su destierro, que el ministro se resistió a conceder por el momento, pese al interés de Elvira.

Así ha podido Lucas llegar a Aranjuez y encontrarse oculto en las caballerizas, mientras Sara concibe un plan para hacerle decir lo que sepa, valiéndose de persona intermediaria provocadora de confidencias. Con ese fin aguarda junto a la casa de Julia hasta ver salir a doña Úrsula. Después llama a la puerta y en conversación preliminar averigua que la muchacha conoce el encarcelamiento de Lucas. Le revela el paradero del mozo, describiéndole como un fugitivo acosado y medio enfermo, y Julia se enternece. En sus generosos sentimientos la compasión prevalece sobre el recuerdo del desengaño, al mismo tiempo que la pasión soterrada despierta de su letargo. Lucas se le aparece tan víctima de la sociedad como ella misma y Sara se aprovecha de la situación para afirmar que él sólo desea verla para implorar su perdón.

Poco después llegan ambas hasta las Caballerizas y Sara introduce a Julia en el pajar ocupado por Lucas, mientras ella se oculta en el de al lado, tras la mampara de maderos mal ensamblados que separa ambos recintos. Al verse frente a Lucas, Julia se olvida de la traición, arrebatada por su pasión renacida, mientras él reacciona emocionado, mostrándose con un aspecto más tierno, por la debilidad a causa de su fatiga y por sus temores acerca del futuro. Julia se le acerca afectuosa, estremecida, despertando en él un deseo erótico excitado por sus recientes desventuras. La acoge con un apasionado abrazo y Julia se funde con él. Las brasas encendidas del recuerdo y los planes en común reviven en ella mientras, besada y acariciada, siente las manos ávidas en zonas de su cuerpo vírgenes hasta entonces. Rindiéndose respira en libertad y realiza sin trabas el más hondo afán de su alma. Entregándose al deseo se siente realizada en plenitud y, aunque su razón evoca aquellos cuerpos entrelazados, la pasión los difumina.

No lo piensa con palabras sino que lo vive su carne con sensaciones y caricias, su boca con besos y suspiros, su pecho con jadeos y latidos desatados... Y Sara, que esperaba conocer el paradero del documento y los secretos de Lucas, sólo asiste a una ardiente consumación del amor.

Ya está libre pero no ha vuelto al taller, lo ha sabido Narcisa, ¿imaginará algo? no me fío de ese sujeto, parecía un joven infeliz, con ganas de hembra y nada más, pero no ha vuelto al taller, menos mal que está vigilado, pero mejor hubiera sido desterrado, Godoy no accedió, quiero decir Manolo, me hace gracia llamarle así, como si fuese un majo, se reservó el destierro para tener esa carta en su mano, esa arma frente a mí, porque ése es su intento, llevarme a su cama, es lógico, lleva tiempo poniéndome los puntos, me siento halagada con tantas como hay, le dejé frustrado, si no llego a ir prevenida me goza del todo, yo inclinada sobre su mesa para ver la orden de libertad y su mano ya bajo mi falda, había empezado bien, inclinado detrás de mí, doblado sobre mi espalda, yo entre la mesa y él, su lengua en mi oreja, ¿quién le habrá dicho esa debilidad mía? Pedro la ha olvidado, hace tiempo que no me gasta fantasías, a desahogarse y listo, me sacó un pecho, ¡estos escotes tan accesibles! estaba previsto, lo acariciaba bien, y la otra mano subiendo bajo las faldas, tropezó con mi paño en la entrepierna, noté su respingo, «¿una dama como vos con arreos de vieja?» «me tocan mis días, señor», se cabreó «¡cómo venís así!» yo me divertía, ya él había firmado, no iba a ser tan grosero, estuve bien humilde, mi miedo por Lucas, se le fue aflojando el bulto que le hinchaba el pantalón, «hace meses que os deseo y me tratáis así», le hablé de mi decoro, mi rubor, mi honestidad, claro que ignoraba mi lío con Lucas, le di otra explicación, le calmé prometiéndole otro encuentro, me mostré deseosa, ya habrá ocasiones, en la misma cámara de la reina, una manera de recordarle que me ha ofrecido ese nombramiento, «también en mi tertulia de los jueves», ya he oído hablar de eso, otras francachelas, cuando sea dama de guardia accederé, ahora no, perdería influencia, pasaría a ser una de tantas, después sí, ¿por qué no? había empezado bien, acariciando con maneras, siento curiosidad por saber si es como dicen, si está tan bien dotado y tiene tanta gracia en la cosa, pero ahora no, yo iba a mi negocio, parar los pies a Lucas, y de paso a hacer política, Manolo al tanto de todo, las intrigas fernandinas con el embajador francés, el encuentro en el Retiro el pasado julio, y se cree mi Pedro que era secreto, le advertiré, sus amigos son unos doctrinos, no me extraña si Escóiquiz es el listo, Godoy me lo ha dicho claramente: «el conde nos engaña a los dos» me lo dijo para encelarme, despertar mi venganza, pagando en la misma moneda, ¡como si yo no conociese las historias de Pedro! pero me hice la inocente, escandalizada, «el conde cree engañarme pero sé sus servicios a don Fernando, él fue quien mandó prender a ese relojero, sospechoso de un robo», qué tranquilidad el saberlo, pero aseguré lealtades, me miró burlón: «si no me importa, me tienen sin cuidado esas menudencias, quien me interesa sois vos» me fingí impresionada, como herida por la traición conyugal, me mostré dolida, ofreció consolarme, besa bien, ¿por qué le darán a eso tanta importancia? en ellos lo comprendo, les rebosa y les molesta, pero nosotras no me lo explico, cedemos porque nos cuesta poco y ellos lo valoran mucho, pero en verdad no es nada tras las primeras veces, con Pedro es obligación, ni siquiera con Lucas, pasada la curiosidad, y con éste lo haré para comparar y sacar tajada, ¿seré fría como ellos dicen? pues mejor, ese peligro me quito, muchas caen por debilidad, para medrar en la Corte importa la cabeza, tenerla serena, la pasión ofusca, no más Lucas, ya he visto lo que es y no tan diferente, no comprendo a las damas enchuladas con un majo, con Manolo sacar primero lo que pueda, protegerme con este paño fue eficaz, si hubiera ido sin él no me libro, me tenía bien colocada, doblada sobre la mesa, levantarme las faldas y ya estaba, *à la hussarde* como dicen los franceses, no se le ha ocurrido a Pedro, supongo que con la generala sí lo hará, a ver si así gusta más, probaremos, un aliciente tiene: no verles el miembro, que entre como un espíritu, como el Espíritu Santo... ¡Jesús, María y José, he blasfemado!, la imaginación está loca, y en pecado mortal, Dios mío conservadme la vida esta noche, mañana iré a Madrid a confesarme, aquí no porque nos ven y se interpreta, en Madrid, mañana mismo, ¡cómo ha podido ocurrírseme esa barbaridad! comparar eso con el Espíritu Santo, ¡cuán bien cierto que el demonio nos acecha! *vade retro,* Satanás, perdóname Dios mío, iré a San Nicolás, los servitas, Daniela me ha hablado de uno muy bueno, el padre Storni, es italiano y lo comprende todo, esta blasfemia es lo peor, rezaré un rosario, me arrodillaré en mi cuarto, mañana me confieso, lo de Manolo es menos grave, lo hago por mi marido y el futuro de mis hijos, lo de Lucas está ya confesado y perdonado, así es la carne y la Iglesia lo sabe, Dios es misericordioso.

XIV. CINCO DE NOVIEMBRE

1930: La torre del Norte

—¿Cómo tú por aquí? ¡Y tan guapo!

Agustín acaba de entrar en El Rana Verde hecho un brazo de mar. Viste su pantalón y su chaqueta recién planchados, y lleva los zapatos relucientes. Desde la puerta del restaurante ya vio a Marta en la mesa del rincón, junto al río, sentada con el don Ernesto ese de Madrid. Hubiese fingido no verles de no ser porque un gesto de Ribalta hizo a Marta volver la cabeza y saludarle. Agustín se aproxima, sonriendo al dirigirse a su amiga.

—Ya ves. Vengo de convidada. Al homenaje a don Santiago.

Ahora se explica Ribalta la larga mesa dispuesta al fondo y adornada con flores. Recuerda entonces el anuncio en la prensa madrileña de cierto homenaje en Aranjuez al pintor catalán y lamenta haber coincidido en la fecha, porque de Madrid vendrá gente conocida y él prefiere no ser visto. Agustín continúa, ya junto a Marta:

—Sí, le dan aquí una fiesta. Vienen pintores, escultores... ¡qué sé yo! Y ya ves, me mandó decir que él me convidaba.

Lo explica ufano y, a la vez, asombrado. No acaba de creerse que Rusiñol y su esposa doña Luisa le hayan cogido cariño. Ahora contempla la desierta mesa del banquete con aire desconcertado.

—Has venido demasiado pronto, chico —le advierte Ribalta.

—He venido cuando me dijeron —contesta Agustín con aire ceñudo.

—Claro, no sabes que los banquetes siempre empiezan tarde —insiste el profesor.

Agustín se encoge de hombros. Marta interviene cariñosa:

—¿Quieres sentarte con nosotros mientras tanto? Anda, acompáñanos hasta que llegue alguien.

Ribalta mira a Marta con mudo reproche por esas confianzas. Ignora que ella hubiera preferido comer sola, porque está preocupada desde anteayer por una carta de Germán, cada día más cariñoso pero dándole a entender que sus actividades le arriesgan a ser detenido y que lo evita desplazándose constantemente. El remite del sobre es falso, sin duda para no comprometerla: la policía recurre a todos los medios. Pero no pudo negarse a la insistencia de Ribalta y ha de esforzarse ahora por atenderle.

Agustín agradece la invitación, pero prefiere dar unas vueltas por ahí.

—Es poco amable ese chico, para ser un botones de hotel —se queja Ribalta.

—Le ofrecía quedarse porque vive en mi pensión.

La llegada del camarero con el primer plato impone una pausa. Ribalta cambia de tema.

—Lamento el banquete porque nos van a molestar conversando a gritos. ¡En este país se vocifera tanto! Sobre todo los discursos nos van a estropear la grata sobremesa que yo me prometía con usted... Además me van a ver y les extrañará que no me haya unido al homenaje.

—Por mí puede hacerlo. Lo comprenderé perfectamente.

—¡Por Dios, amiga Marta, usted es lo primero! Para ser sincero, prefiero no estar ahí... Verá —continúa—, yo aplaudo ese merecidísimo homenaje, pero al mismo tiempo ese acto es un gesto hacia Cataluña y por eso, se quiera o no, tiene un alcance regionalista que puede comprometerme en la delicada situación actual. Aparte de que debo ciertas deferencias a personas importantes recelosas del catalanismo, y eso me aconseja la mayor prudencia. Lo único que haré, con su permiso, será saludar a Rusiñol cuando llegue y testimoniarle mi adhesión. Así estaré y no estaré: los fotógrafos y periodistas sólo se ocuparán de los comensales.

Marta, que ha reprimido una sonrisa ante la alusión al duque de Civantes, descubre esa faceta calculadora del profesor y no puede evitar un alfilerazo:

—Pues celebro servirle a usted de puente de plata para excusar el compromiso.

—Por favor, Marta, no lo interprete así. Yo me honro en su compañía, que jamás pensé tuviera ese objeto, sino el de seguir conversando sobre temas comunes con una valiosa colega.

Marta ha empezado a comer, con la mirada hacia el exterior. Al otro lado de los cristales el día se muestra desapacible, con oscuras nubes removidas por el aire frío de la sierra madrileña. Ribalta sigue disculpándose:

—Hoy no logro explicarme bien, perdóneme. Es que llevo días disgustado. Como sabe, acaban de proveer una plaza de académico que, por méritos probados... usted conoce el rigor con que me exijo a mí mismo, me correspondía. Y lo más doloroso es que no ha prevalecido la justicia, sino influencias en favor de cierto título nobiliario muy apreciado en Palacio... En fin, dejemos este asunto enojoso y hablemos de lo nuestro.

Saberle deprimido por un agravio semejante hace a Marta más amable y la charla se encauza hacia los temas históricos. Entretanto, empiezan a llegar concurrentes al homenaje; algunos de Aranjuez, como los modestos contertulios de Rusiñol en el Café de la Unión y el coronel Romero de Tejada, que dirige la Yeguada de Soto Mayor y es antiguo amigo del pintor.

Van instalándose en la mesa cuando aparece el coche de Rusiñol, que se apea de él con su mujer y su amigo el caricaturista Bagaría. Doña Luisa descubre a Agustín en el exterior y le llama, entrando con él al restaurante. Ribalta se acerca al artista y Marta le ve hablándole expresivamente unos instantes, tras lo cual saluda a otros asistentes al acto. Entretanto, un magnífico automóvil, que recuerda a Marta el de Saignac, deja ante la puerta a alguien muy popular: el famoso actor Enrique Borrás, con su mujer y la damita joven de su compañía Carmen de Pomés.

Ribalta vuelve a su mesa y sigue insistiendo en su manía de que el motín de Aranjuez fue obra de la masonería inglesa, aprovechando la enemistad de los fernandinos contra Godoy y la venganza personal del conde de Teba. Marta le escucha a trozos mientras capta miradas de Agustín, que está sentado junto a doña

Luisa y le dice con los ojos: «¿Qué haces tú ahí con ése?». Le divierte y conmueve a la vez esa actitud mientras le llegan frases sueltas, suficientes para seguir la conversación: «Desorganizar la Península aceleraría la emancipación criolla en las Indias»... «en los nuevos países independientes invertiría con provecho la burguesía inglesa»... «expansión de la marina británica»... «compensar la pérdida de los Estados Unidos»... «esa Malvina estaba sin duda metida en el asunto: por medio británica y medio portuguesa».

—Pues, la verdad, no he encontrado documentos en apoyo de esa tesis. Esa señora vivía en aposentos reales por haber educado a la infanta Carlota Joaquina, pero ya iba poco por Palacio. Salvo sus viajes y su vida poco convencional, la Inquisición no le reprochaba otra cosa.

En la mesa del banquete crecen las risas y las voces. Tenía razón Ribalta pues, además, la política está presente: algunos comensales discuten acerca del mitin republicano del pasado septiembre y la polémica se encrespa. Ribalta comenta ese resonante acto.

—No ha tenido secuelas importantes; a mi juicio, es un hecho aislado. Los españoles somos muy dados a los gestos espectaculares, pero no perseveramos en la acción. Concurrió mucha gente, sí, pero España no se reduce a Madrid y las provincias siguen siendo monárquicas y tradicionales. Sólo quien conozca mal este país, como el amigo Saignac, ¿recuerda usted?, puede esperar la caída del rey.

«¿A qué viene ahora Saignac? ¿Por qué lo menciona este hombre?», piensa Marta que, contrariamente al profesor, quedó impresionada por aquel mitin, con la plaza de toros abarrotada, y un amplio abanico de oradores, desde el viejo federalista doctor Cárceles hasta incluso un ex ministro de la Corona, como Niceto Alcalá Zamora. Aunque para Soledad el acto no significaba mucho, pues eso no iba a cambiar el dominio burgués, Marta no duda de que ha dado nuevos ánimos a la oposición clandestina, que sin duda redobla sus actividades y de ahí la comprometida situación de Germán. Como para darle la razón, por delante de

El Rana Verde, camino del Puente Colgante, pasa una pareja de guardias civiles, con su capa de invierno, el tricornio acharolado y el fusil en bandolera.

Para Marta resultan una muda amenaza y se le encoge el ánimo. Como si la pareja hubiera impresionado también a los comensales de Rusiñol, la discusión política sube de punto y en un extremo de la mesa dos personas, medio levantadas, parecen encararse. Por eso desde el centro, Bagaría trata de restaurar el buen humor, aludiendo al *Himno al Puente Colgante,* que él y Rusiñol escribieron una noche de tertulia en el Café de la Unión, entre el tableteo de las fichas de dominó contra el mármol de las mesas.

—¡Que lo canten, que lo canten! —reclaman algunas voces.

Borrás y Bagaría, uno a cada lado de Rusiñol, que sonríe frente al vaso de leche de su dieta, entonan el himno:

—«No hay en España / puente colgante / más elegante / que el de Aranjuez. / Fue construido / hace ya un siglo, / el treinta y cuatro / o el treinta y tres...»

Gracias a la broma, muy aplaudida, la querella política queda sofocada. Uno de los organizadores se pone en pie y saca del bolsillo unas cuartillas.

—Empiezan los discursos —comenta Ribalta, dejando la servilleta, pues ambos han terminado de almorzar—. Al menos a ver si alguno es divertido. Rusiñol escribe muy bien.

Pero Marta está cada vez más angustiada internamente. La discusión política, los civiles, y la siempre presente carta de Germán la tienen en vilo. La alegría final del banquete, con algunos un poco achispados, le resulta intolerable cuando recuerda que hay gentes en peligro por el «delito» de querer para todos justicia y libertad. Se excusa con el profesor:

—No me encuentro bien. Me duele la cabeza.

—Claro. Con ese ruido... ¡Este país está por civilizar!

Pero, comprensivo, propone a la muchacha acompañarla a su casa. Ella se levanta, recibiendo una última mirada de Agustín, y sale con el profesor. Pasan por delante del contiguo Embarcadero, desde donde la saluda con un gesto el botero Ignacio, recordándole aquel memorable paseo en barca con los anarquistas. Llegan en silencio a Casa Sole y allí se despide el profesor deseándole un alivio de su jaqueca. Marta le ve alejarse hacia el Jardín del Príncipe quedándose con una sensación de descanso. Además de haberle disgustado la insistencia de Ribalta en invitarla –¿qué pretendía?– y de haberle visto mezquinamente cauteloso, cada vez discrepa más de su tesis británica sobre el motín, no confirmada por nadie. Y como ha aprendido de Germán a perderle respeto a la autoridad establecida y a sostener con firmeza sus propios puntos de vista, empieza a pensar que su porvenir profesional no tiene por qué estar guiado por ese hombre. Como Germán le dijo una vez: «Ese Ribalta, ni se entera. Me lo ha dicho mi amiga la profesora, que me ha contado ciertos detalles». El pensamiento de Marta no se aparta de Germán y ahora, además, se le despierta otra inquietud: la de quién será esa profesora amiga de Germán.

Horas después Marta, bien abrigada contra el viento, contornea la orilla exterior del Parterre camino del escritorio. Ayer se encontró en su mesa una nota de Janos, siempre escrita con pluma de ave, en su peculiar caligrafía y contestó anunciando hoy su visita. Acude ahora con curiosidad y, también, con cierto remordimiento. Sus preocupaciones y amistades de estos últimos tiempos la han alejado del guardián nocturno, a quien sólo vio una tarde en la biblioteca, después de la extraordinaria cena que él le ofreció antes del verano.

Se había provisto de la linterna, por si ha de andar sola por los corredores, pero no la necesita. Janos la está esperando en la biblioteca, leyendo bajo la lámpara un volumen que luego identificará ella como una edición de Plotino. La recibe levantándose con una agilidad que la tranquiliza acerca de su salud. Viste como la primera vez: sólo la capa sobre un traje actual, con el espadín ceñido y el tricornio, que se quita ceremonioso ante la muchacha. Marta siente súbita alegría y le tiende ambas manos, que él besa una tras otra antes de exclamar:

–¡Por fin!

–Sí, es verdad. No sé cómo se me han pasado tantos días. Es que...

–No te disculpes: tenemos todo un mundo por delante... Deja

que te vea. —La aleja un poco sin soltar sus manos—. Tan hermosa como siempre... Y más tú misma, me alegro... Más morena, incluso, si no me engaña esta luz.

—Todavía me dura del mar. Y el sol de las alturas; de los Alpes.

—¡De los Alpes!... Ah, sí; desde Ginebra viste el Mont Blanc, me lo dijiste aquel rato que nos vimos. Pero la orilla del Lemán no es los Alpes.

—Estuve a punto de adentrarme en ellos, en ruta hacia Viena pero al fin no pudo ser.

Para sorpresa de Marta, la referencia a la ciudad no impresiona al hombre. Se limita a murmurar:

—Era hermosa, Viena... Pero se volvió triste. Ya está en otro sitio. Los signos se mueven.

Marta guarda silencio un momento, tratando de comprender. Después le recuerda que ha prometido llevarla a su celda, como él la llama. O a veces su cubil.

Janos asiente y coge su farol. Salen por la puertecita disimulada y tras remontar la escalera de siempre, él la guía por otros pasillos. Pasan delante del comedor de los criados de corps y de aposentos, con su gran subeplatos empotrado, embocan luego una escalera más estrecha y, en mitad del tramo, Janos se vuelve.

—No había pensado... Supongo que siguen sin asustarte los ratones, como entonces... Muy bien; es que arriba me acompaña mi *Parsifal*. Tengo también uno con alas: un murciélago, pero a estas horas vuela de caza.

Acaban al pie de una escala de madera por la que suben hasta el techo, donde una abertura da acceso al redondo interior de la torre del Norte. Marta se sorprende porque, recordando el lujoso gabinete donde cenaron, esperaba aquí también un ambiente dieciochesco. Pero el recinto es austero; podría ser una celda monacal. Una mesa de pino bajo una de las lucernas redondas de la torre, una butaca y dos sillas, un jergón con manta sobre un poyo de mampostería. Lo único abundante son los libros, en sobrias estanterías. Un armario ocupa un trozo de pared y, al lado de la puerta, un grabado de una vieja revista —acaso la *Ilustración Española y Americana*— representa un buque de guerra de fines de siglo.

—Mi barco, en el que nos hundimos —aclara Janos, al ver a Marta contemplándolo.

La puerta, entrecerrada, se abre sola, sobresaltando a Marta. Pero es sólo *Casanova,* empujándola para entrar. El felino, con un dulce maullido, se acerca a Marta, buscando caricias.

—Aquí convive con *Parsifal*; sólo caza afuera, por esos desvanes bajo los plomos.

—Te encuentro muy bien —afirma Marta, sentándose.

—Sí, aunque estoy desintegrándome, lo noto. Pero eso es bueno: voy a cambiar de piel... Y tú también has cambiado... mejor dicho, estás cambiando. Inquieta, expectante, ¿verdad?

Marta vuelve a asombrarse de la penetración de Janos que, como suele, sigue hablando para sí mismo.

—Todo está en el aire. Está cuajando un gran cambio. Estamos en otra frontera; el momento es propicio para saltar, ¿comprendes?... Ya pronto, hasta el murciélago lo huele. A veces hasta vacila antes de venir a mi lado, como si no supiera a quién se va a encontrar. Como en la erupción del Monte Pelado en Martinica, el año pasado, cuando los animales silvestres se alejaron del volcán antes de que los hombres sospechasen nada... Es el momento. ¡Pero será preciso saltar bien! Errar nos llevaría a otro desencuentro... Tú no te preocupes: soy yo quien va a saltar. Te prevengo para que me esperes; no ha de ocurrirme lo de entonces: ésta es la tercera vez y ha de ser la decisiva... Pero no sólo se trata de nosotros; el cambio será general. Estallará el Motín, aunque los perdedores aún no lo saben; desde los salones no se atisba lo profundo... No tiene remedio: González Bravo no podrá impedirlo.

—¿Tú también ves venir la revolución? —«Como Germán», se dice a sí misma Marta, desdeñando este otro anacronismo de Janos.

—Sí, y ya tengo experiencia. El Motín de 1808 y la Gloriosa sesenta años después... Se van a repetir. Cuando vino aquí el rey en primavera, ¿recuerdas?, yo les oía por la chimenea. Les dijo a los húsares que contaba con ellos, con el ejército, y le contestaron que hasta la muerte. Pero sonaba a coro de ópera.

—Y ahora ya han pasado otros sesenta años. ¿Es eso?

—Dos generaciones. Los hijos escarmientan en los cambios de los padres, pero los nietos ya no recuerdan... Allá ellos; mi problema es saltar bien: a tu círculo... ¡Cuánto he cavilado desde que volviste! La primera vez, en aquel París, yo era demasiado joven para ti; la segunda éramos demasiado jóvenes los dos y nos derrotaron. Ahora tú has madurado: nos encontraremos. Todos los signos están a favor.

—¿Acaso no nos hemos encontrado ya?

—No como yo quiero, ni como tú quieres sin aún saberlo del todo... Hemos de encontrarnos en el mismo tiempo. Hay muchos; todos creados desde el remoto principio: por eso Dios es omnipotente; es decir, la Eternidad... Es como en los tiovivos de las ferias, ya te lo expliqué una vez. Tú montas un caballito y si yo me subo a otro del mismo círculo no nos encontraremos nunca; siempre nos separará la distancia de los años. Pero si salto a otro corcel más adentro o más afuera, llegaremos a coincidir: ése será el momento.

—¿No pasa, ese momento?

—No lo dejaré pasar. Volveré a saltar, como salté de la casaca a la levita y ahora a esta chaqueta; como antes pude llevar coraza o toga, que de eso no me acuerdo, como tú tampoco recuerdas a Bettina, pero ya vas acercándote...

Se inclina hacia Marta y susurra, imperioso:

—¿Verdad que lo notas, que estás inquieta, que te sientes otra?

Marta no puede negarlo y él se endereza y proclama:

—Ten confianza: iré hacia ti.

Sigue un silencio, en el que Janos parece ausente. Al cabo, como si retornase, continúa:

—Ahora estoy en tu círculo, demasiado adelantado, pero nos encontraremos... Los anillos de Saturno aceleran o retardan unos respecto de otros, ¿lo sabías? Saltaré aprovechando este tiempo fronterizo y nadie podrá impedirlo. En esta revolución van a perder los que entonces nos derrotaron: no podrán separarnos.

Calla. Marta, bajo esa influencia extraña, siente vibrar en su interior cuerdas muy escondidas. Su inteligencia no comprende, pero ella siente. Admite que él lo esté viviendo así.

Hay un aleteo contra el cristal de la lucerna. Janos se levanta y la abre. Un pequeño volador oscuro traza círculos en la rotonda y acaba colgando cabeza abajo. Janos ya está en otro tema:

—Voy a enseñarte algo; cuando llegue el momento te lo dejaré ver: cuando seas por fin quien eres.

Se dirige al armario y lo abre de par en par. Para asombro de Marta, no cuelgan ropas en él; no hay perchas ni cajones, ni divisorias. La tabla de fondo más bien parece un retablo que las puertas ocultan. Hay unas viejas fotografías, un sable algo curvo a un lado, un finísimo chal colgando al otro. Y al pie de las fotos una arqueta como de dos palmos de larga y uno de altura, que Janos coge con cuidado y coloca encima de la mesa. Es de madera clara, labrada toda alrededor con unas arquerías de estilo oriental. En la tapa un bajorrelieve en plata representando dos dioses hindúes entrelazados de pie en un abrazo.

—Madera de sándalo: perfuma el hacha que la hiere... Hace años descubrí esta arqueta en el gabinete de la camarista. Mira:

Levanta la tapa y deja ver unos paquetes de cartas envueltos con cintas de seda y también, más al fondo, algunos manuscritos.

—Esta arqueta es un mundo, está llena de historias... Me las sé todas, las he vivido incontables veces. Aquí leerás ese testimonio directo de quien estuvo en la cámara de los reyes la noche en que fue asaltado el palacio de Godoy; ya te lo anticipé. Pero lo importante son las cartas, las hay incluso mías, por medio de la camarista me las devolvió Malvina... Así sabrás quién fui; es decir quién soy, quién seré... Decidí dártelas la noche de aquella cena, en el gabinete, cuando te hiciste dueña con tanta facilidad del ambiente y del abanico, ¿recuerdas?

—¡Un sueño maravilloso!

Janos rectifica muy serio.

—No, fue un preencuentro. Yo te esperaba; por eso no podía morirme. Ahora no me importaría; es el camino.

Marta siente frío interior. Pero el rostro de Janos resplandece con más vida que nunca.

¡Fuente de mi esperanza, Narciso mi maestro! llegué a ti destrozado, hundido en lo más hondo, me esperabas en tu centro, gran señor del jardín inmarcesible, he de volver a ti cien veces, hacer mía tu grandeza, de lo contrario estoy perdido, me has reconfortado, manantial de seguridad, ¡es tan difícil estimarse cuando todo está en contra! la he perdido, también a ella, no era el día propicio, debí renunciar a ese almuerzo, pero todo es urgente, todo se acelera, necesitaba saber, porque Guiomar ya es pasado, ratas huyendo del barco, el duque y ella en Londres, tantos amigos ingleses, esperando a ver qué pasa aquí, pues no pasará nada señores míos, salvo que ustedes mismos lo provoquen, si no se defienden caerán, pero les da igual, Civantes con capital en Inglaterra, le creí más entero, menos mal que pocos pueden irse, de todos modos Guiomar ya perdida, en verdad no me importaba, pero Marta sí, Marta mi salvación, hoy no era propicio, ella estaba en otra cosa, ese Saignac quizás, ¿habrá algo entre ambos? seguro que le ha escrito desde allí, ha vuelto a ofrecerle el puesto en Toulouse, la quiere tener cerca, se encontraron en Suiza, ¿por azar? las mujeres son astutas, el automóvil la deslumbró, y también la juventud, el atuendo, el desplante, el encanto de lo francés, ese aire presumidillo, ¡todo tan deleznable! a él le gusta, me preguntaba por ella en su última carta, por eso me escribió y no por aquella consulta halagadora, hace falta desvergüenza, preguntármelo a mí, como si no le escribiera a ella, pues Marta se equivoca, mal futuro le espera, allá se las componga, no vale tanto como pensé, y vanidosa, recién salida del aula y se permite discutir mis intuiciones, desdeñar mi experiencia, mi olfato, estoy seguro de mi tesis, está clarísimo, los intereses ingleses, no sólo se aprovecharon del motín, incluso venían empujando a Teba un año antes, aquel plan que presentó al conde de Orgaz, ofrecía movilizar doce mil hombres para acabar con Godoy, no lo aprobaron los fernandinos pero existió, lo cuenta Escóiquiz en sus memorias, Marta no las ha leído, claro, ni las de Ayerbe, pero podía confiar en mí, no valora lo que fue aquella masonería, tampoco ha aceptado ayudarme en mi película sobre el

Motín, quizás mejor así, pero me destroza, no sabe apreciarme, todo en contra mía, la elección en la Academia, la marcha de Guiomar, Marta volviéndome la espalda, y no es capricho, la necesito, no puedo olvidarla saliendo del mar, aquel *maillot* revelador, me encalabriné como nunca, ¡qué muslos tan potentes! vigorosa belleza, con ella sería capaz, pero si no está a mi altura casi es mejor, sería yugo insoportable, peor que mamá, además me engaña, no sólo con Saignac, hay algo más, me oculta algunos hallazgos en la biblioteca, seguro que hay más sobre Malvina, ¡buena era la Inquisición para dejar pista sin seguir! «la dama no iba por Palacio» dice, me oculta cosas, la pierdo pero es mejor, no puedo soportarlo, me hiere ¡maldita sea!, no es orgullo ni alzarme contra la injusticia, como en el caso de la Academia, es traición, la he venido ayudando, enseñando, protegiendo, preparándole un puesto, y ahora esta puñalada, al despedirme hoy me ha destrozado, esa jaqueca un pretexto, tirado en la calle, la puerta en las narices, ¡a mí! a lo peor se está riendo, como otras, el mote que me pusieron para escarnecer a las aplicadas de la primera fila, las que tomaban apuntes, alguien lo inventó, me llamaban el *Flit*, ese insecticida que se pulveriza en el aire con un émbolo, «las atonta pero no las mata», me lo contó mi ayudante riéndose, Alfredo creyendo que me haría gracia, menos mal que Rosita les impresionó de otro modo, me envidiaron esa amiguita, dejaron de reír, ¡si supieran!, no se burlará de mí esta tonta, no tan tonta sino calculadora, pero calcula mal, me enfurece y me aniquila, no me escuchaba en la mesa, pendiente de ese banquete, ¡y el botones sentado junto a la mujer de Rusiñol! ya no hay principios, catalanes sin estilo, Marta cariñosa también con el chico, ¿y por qué no conmigo? se aloja en su pensión, ¡buena será por dentro esa pensión! viviendo con un botones, adónde vamos a parar, y ese cursi homenaje, sin gente distinguida, mucho bohemio, el más conocido Borrás, un cómico anticuado, pero la gente se mata por verle, ahora triunfando en *El cardenal*, un dramón de época en cartón piedra, van a verle manejar con el pie la cola de su sotana del Renacimiento, atraviesa la escena y al llegar a bastidores ¡zas! un golpe de talón y la cola da la vuelta por el suelo ¡qué ridiculez!, mejor lo hace una bailarina flamenca, ¡oh! exclama el público, aplauden y lo repite, otro paseíllo, otro golpe de cola, estamos dejados de la mano de Dios, es natural fracasar en un medio como éste, no es país para mí, para nada serio, un país donde Rusiñol es un gran pintor, donde me rechaza la Academia en favor de un aficionado, sólo ha publicado pergaminos de su archivo, ésos nacen ya con archivo, los comentarios históricos se los hizo Castresana, todo el mundo lo sabe, pero ahí está en su sillón, ¡no importa! ¿y este pueblo va a hacer una revolución? ¡no pasará nada! ni de eso es capaz esta gente en colapso, ahora me faltaba esta mozuela, sin nada y rechazando lo que le ofrezco, buena posición social, carrera universitaria, un marido fiel, porque yo lo sería, y hasta buen marido, con ella podría, lo noto en cómo me hiere su rechazo, en cómo recuerdo su desnudo en la playa, la tela mojada revelándola, conmigo lo tendría todo, ¡y no quiere! ¡se pierde por un capricho! peor para ella, pero tirado en la calle me hundí, sin salvación, la película genial de Griffith, el templo de *Intolerancia* desplomándose sobre mí, ¿nadie me reconoce nada? ¡con lo difícil que ha sido estar a la altura de mi papel! representarlo bien, con lo penoso que es, ¡dadme un cirineo para esta cruz! pensé tirar las cartas, romper la baraja, no jugar, desaparecer, no puedo más, me abruma, la dejé en esa pensión pobretona, ¿adónde ir yo? estaba destruido, mis pasos se fueron al jardín, me atrajo sin yo saberlo la fuente sagrada, el trono de Narciso, ¡a qué genio se le ocurriría! ¡qué dios le inspiraría en mi provecho! Jano seguramente, o el mismo Zeus de las metamorfosis, toro y cisne y lluvia de oro, esa fuente simbólica, esas piedras que me han resucitado, el hermoso joven por encima de los machos musculosos, su fragilidad prevaleciendo, el que se basta a sí mismo, cuya propia belleza no necesita de mujer, tampoco la necesitaba Eon el precursor, el Bautista, ellos no son la impotencia, son al contrario la suprema suficiencia, centrados en sí y para sí, no homosexuales sino egosexuales, consigo mismos les sobra todo, pero es dura la soledad, la mía, me gustaría otra piel, rozarme acariciándola, al parecer imposible, no cabe ignorarlo, estoy herido, ¿de muerte? una injusticia, cruel desigualdad, ¡Narciso, sálvame!

1807: El primer cometa

—¡Ay, Roque, cuántos males nos ha traído el cometa! ¡Ni que fuese llegada la consumación de los tiempos, el Señor nos coja confesados! Desde que estamos en El Escorial todo sale torcido.

—Y usted que lo diga, señora Gertrudis. Ya lo avisaba la *Gazeta* del 27, el mismo día que apareció el papel anónimo, en el atril de Su Majestad, denunciando la infernal conjura. ¡El primer cometa que aparece en este siglo!

—Aviso de Dios por nuestros pecados —confirma el ama, sin dejar de sobar la masa para la empanada—. Ya lo predicó el padre Teófilo de la Cruz en la misa del domingo... ¿Es verdad que según el papel se pensaba envenenar a la reina y que el príncipe don Fernando quería subir al trono quitando a don Carlos, que Dios guarde?

—Eso rezaba el escrito, firmado por «un vasallo anónimo». Pero eran falsas acusaciones, inventadas seguro por el choricero, para malquistar a don Fernando con sus padres.

—¿Cómo falsas? ¡Si tú mismo me has contado que el rey se plantó muy luego en la cámara de su hijo y halló papeles acusadores! ¿Acaso no han hecho proceso al príncipe y le han encerrado?

—Cierto, yo mismo le vi pasar, después de que el rey le pidió la espada, entre su padre, cuatro ministros y una escolta, por la galería del monasterio, ya casi la medianoche... Claro, como que alguien de Godoy metió esos papeles entre los del inocente don Fernando. La prueba es que ya se encuentra libre y perdonado, como se ha publicado hoy mismo.

—Pero si el manifiesto del rey, puesto en las esquinas hace justo una semana, se quejaba de su hijo, le llamaba mal aconsejado y anunciaba castigos a sus cómplices... Me lo leyó el hijo del Repostero... Y si hubo que perdonarle, alguna culpa tendría.

—El manifiesto lo mandó poner el ministro Caballero, hechura de Godoy, para comprometer al príncipe. Pero al día siguiente, el pasado viernes, don Fernando habló con su madre y todo quedó en claro... Es usted muy inocente, señora Gertrudis. Los manejos de la Corte...

Alonso se levanta de su butaca y cierra la puerta del gabinete. No quiere seguir escuchando a Roque, de quien esperaba quizás saber algo nuevo, pero sólo ha repetido las habladurías del pueblo, hostil a Godoy, que ni siquiera estaba en El Escorial, retenido en Madrid por unas fiebres, cuando apareció el anónimo. El asunto está todavía muy confuso, pero a Alonso le consta que los documentos acusadores hallados por el rey en el cuarto de su hijo incluían una correspondencia de Escóiquiz desde su destierro, escrita en clave con nombres supuestos: don Fernando era llamado Hermenegildo como aquel príncipe visigodo castigado por su padre. Y también le consta que Caballero no actuó a gusto de Godoy, quien no hubiera iniciado proceso alguno si hubiese estado en El Escorial. Se lo ha dicho el propio don Manuel, que recibió al Aposentador ayer mismo, en un aparte de las ceremonias por la gala del santo de don Carlos. Llamó a Alonso para conocer las impresiones de alguien tan leal a los reyes.

El Aposentador evoca ahora esa breve entrevista: Godoy se mostró sobre todo interesado en que no aparezca el embajador francés mezclado en la intriga, para no disgustar a Napoleón. Cosa difícil, pues los fernandinos vienen manteniendo contactos con el señor de Beauharnais. Ya en julio el príncipe Fernando había dado a entender al embajador, durante un paseo por el Retiro y mediante unas frases convenidas, que era auténtica su carta a Napoleón pidiéndole como esposa una princesa de su familia. Godoy da la máxima importancia a las relaciones con Francia ahora que, como él mismo dijo a Alonso, se ha firmado en Fontainebleau el tratado para la invasión de Portugal, justo el mismo día del dichoso anónimo y el anuncio del cometa, como si todo concurriese en una fecha fatídica. La caída de Talleyrand, que en París trataba de moderar las violencias de Napoleón, y su sustitución por Champagny en el Ministerio, complica aún más la situación.

Alonso se entristece pensando en la suerte de España, con perspectivas tan sombrías. Godoy es un hombre con debilidades y pasiones, pero vale más que sus rivales, ambiciosos del poder, y tiene más nobles intenciones. Sin embargo, sus numerosos enemigos han conseguido poner al pueblo contra él. La Iglesia le ataca por la merma de sus rentas y por la asignación de bienes eclesiásticos para respaldar la deuda en vales reales; los nobles porque esperan beneficiarse con la subida al trono de don Fernando; los marinos le culpan del desastre de Trafalgar; los generales envidian su rápida carrera hacia la más alta graduación y el pueblo, en fin, le detesta porque se le ha hecho creer que con don Fernando mejorará su suerte y disminuirán el hambre y la carestía. En realidad Alonso está seguro de que el príncipe será más despótico que su padre y de que sus consejeros, empezando por Escóiquiz, no tienen interés por el pueblo y sólo miran a su propio provecho... Y al fondo de todas esas intrigas, las ocultas intenciones de Napoleón, cuyas tropas, al mando del general Laborde, ya han entrado por Irún camino de Portugal, para invadirlo con fuerzas españolas, según el convenio anejo al reciente tratado, bajo el mando conjunto del mariscal Junot, hasta hace dos años embajador francés en Lisboa. ¡Cómo han cambiado de bando los intrigantes! Cuando aún vivía la Princesa de Asturias, doña María Antonia, su esposo don Fernando conspiraba a favor de los ingleses; ahora, por el contrario, los fernandinos confían en Napoleón para ocupar el trono... ¡Qué tristes han de ser para don Carlos estos días en que se celebran su santo y su cumpleaños!

Alonso contempla la repisa que, sujeta a la pared, sostiene sus pipas favoritas. Requiere la de cerezo y la carga cuidadosamente de buen tabaco. Aunque le preocupa la suerte del país su espíritu no ha vuelto a recaer en el desánimo de la pasada primavera. A veces incluso se olvida de hallarse en El Escorial, porque su centro vital es el otro Real Sitio, el de Aranjuez, donde reside Julia, el faro de su existencia. Todas las semanas sabe de ella por los viajes de Roque, a quien manda con obsequios cuya cuidadosa selección, para no faltar a la delicadeza, constituye la más dulce de sus ocupaciones actuales. Todo lo ajeno a su amor lo vive en segundo plano, como en un borroso entorno.

Mientras disfruta del tabaco dando lentas chupadas, su imaginación le representa una vez más los dos días pasados en Madrid hace tres semanas, en compañía de Julia y doña Úrsula, llegadas de Aranjuez en un coche enviado por él. Cada mañana iba a recogerlas a la fonda de Graziani para mostrarles las grandezas de la capital: el Palacio nuevo, resplandeciente de blancura, el sólido y gran edificio de la Aduana, el Museo recién acabado por Villanueva o las delicias del Buen Retiro, para concluir la tarde entre los paseantes por el Prado, donde los lechuguinos presumían de levita con altísimos cuellos y largos faldones al estilo de París, confeccionados en los colores más fantásticos, desde el verde esmeralda o el gris tórtola hasta el granate ardiente. Incluso consiguió llevarlas al taller de la modista de Palacio para que Julia aceptase un vestido gracias al tacto con que le fue ofrecido.

La muchacha sigue sin haberse comprometido aún, pero Alonso disfrutó esas horas como las mejores de su vida, a pesar de que Julia no mostraba el mismo entusiasmo, sino más bien una actitud pensativa y reservada, que él atribuye al natural pudor. Eso sí, en todo momento se comportó Julia con discreción, con innato buen gusto y su modo de apreciar las novedades, sin admiración palurda pero también sin disimular su asombro. Era una delicia pasear acompañando a las dos mujeres, contemplando el perfil de la muchacha y sorprendiendo miradas masculinas de admiración.

Un rumor de caballos y carruajes bajo la ventana devuelve los pensamientos de Alonso hacia la confusa situación política. El rey sale de caza y ese mismo ruido fue el que, el pasado viernes, indujo al encerrado Príncipe de Asturias a aprovechar la marcha al monte de su padre para requerir la presencia de la reina e implorar su perdón. María Luisa envió en su lugar al ministro Caballero y éste escuchó una plena confesión del príncipe con los nombres de sus asesores y consejeros. Ese arrepentimiento motivó el ulterior perdón real restaurándose así la normalidad en la Corte, al menos externamente.

Mientras Alonso continúa en su aposento, oscilando entre las dulces evocaciones y las incertidumbres políticas, Godoy se encuentra en su despacho y tiene frente a él al conde de Valduerna. Aún acusa el ministro su reciente enfermedad, con cierta vaguedad en la mirada de sus ojos claros y un leve temblor en la mano que, de vez en cuando, lleva a su frente para alisar los rubios cabellos. No es extraño, pues dejó la cama antes de tiempo para acudir cuanto antes junto al rey, a fin de moderar los imprudentes rigores procesales del secretario de Gracia y Justicia don José Antonio Caballero. Godoy habla con Valduerna del tratado cuyo texto definitivo acaba de recibir con la convención aneja, y el conde vuelve a disculparse por el inexplicable extravío del borrador anterior.

—Sigo convencido —concluye Valduerna— de que aquel bellaco de relojero a quien mandé prender lo sustrajo con algún fin. ¡Lástima haberle liberado sin obligarle antes a confesar para quién actuaba, como yo tenía previsto!

Godoy percibe el subrepticio reproche y retiene la sonrisa que iba a escapársele. ¡Si el conde supiera que esa libertad fue solicitada por doña Elvira! El recuerdo de los gratos, aunque frustrados, escarceos galantes con la dama anima interiormente al Príncipe de la Paz.

—La mejor manera de que nos revelase algo no era encarnizarnos con él sino dejarle libre y seguirle para ver adónde nos llevaba. Pero no parece que sea un agente importante, sino sólo un ambiciosillo de bajo nivel. Sólo nos ha conducido hasta su querida en un pajar de Aranjuez —ríe Godoy—. De todos modos, ya da lo mismo: el tratado fue firmado el pasado 27 en Fontainebleau por mi representante Izquierdo con el general Duroc. Aquí tengo el original.

—¿Hace sólo nueve días? —se asombra Valduerna—. ¡Pero si los franceses empezaron a entrar semanas antes por Irún y el propio Junot está ya en España!

—Cierto, no han esperado a la firma: se ve que Napoleón estaba seguro de tener buenos apoyos entre nosotros —dice Godoy intencionadamente, clavando la mirada en Valduerna, a quien sabe ahora adicto al Príncipe de Asturias–. El problema es si esas tropas y las que aún han de entrar están dirigidas sólo contra Portugal o si tienen un más amplio objetivo... Ésta es una cuestión que debería unir a todos los españoles, superando las rivalidades políticas internas –afirma con energía clavando la mirada en Valduerna–. Me pregunto si estaríais dispuesto a viajar a Lisboa para encontraros de nuevo con el agente inglés, ya que veo muy difícil llegar ahora hasta Londres.

–Y aun ir a Lisboa es aventurado, si se quiere conservar el secreto. Portugal acaba de declarar la guerra a Inglaterra por imposición de Napoleón y se ha visto obligado a expulsar a los ingleses. No creo que encontrase ya al agente.

Godoy ha hecho la propuesta sólo para ver la reacción de Valduerna quien, evidentemente, rehúye una gestión que le haría sospechoso ante sus compañeros fernandinos. En realidad, el ministro no necesita esa información. Doña Malvina ha vuelto hace poco de Lisboa y le ha dado cuenta de los temores allí reinantes, así como de la decisión portuguesa de trasladar al Brasil a la real familia, si los franceses se acercan a Lisboa. Por eso se limita a aceptar la objeción de Valduerna y a dar por terminado el despacho. Mientras el conde se inclina y retrocede hacia la puerta, Godoy evoca los secretos encantos de la esposa de ese hombre que cree estar engañándole y acaricia su propósito de gozarlos en la primera ocasión.

Con las cartas de don Fernando pidiendo perdón a don Carlos y a la reina María Luisa, y con el consiguiente decreto real concediéndoselo, cesa todo proceso contra el príncipe, pero no la causa contra sus cómplices en la conjuración. El marqués de Ayerbe, el conde de Orgaz, el gentilhombre Juan Manuel de Villena y Pedro Collado están presos en El Escorial, otros fueron arrestados en Madrid y hay órdenes de detención contra Escóiquiz y el duque del Infantado.

Los sucesos de El Escorial se han difundido también por Aranjuez, donde Julia vive atormentada de un modo que Alonso no podría ni imaginar. Ella sigue viendo en el Aposentador al hombre bueno al que no ama pero a quien admira y respeta, además de contar a su lado con un digno y sosegado porvenir. Pero desde la noche en que una mezcla de piedad y pasión la arrastró hacia el amor carnal en los brazos de Lucas las consecuencias de ese arrebato la torturan, pues ya no podrá nunca darse a Alonso con la integridad que él tiene derecho a esperar. Pero no sólo sufre por la irreparable pérdida de su honra y porque su recta conciencia la impulsa a no engañar a su pretendiente, sino además porque los abrazos de Lucas reavivaron su pasión amorosa hacia ese hombre que logra esclavizarla con su sola mirada. Y lo peor de todo, lo más doloroso para ella, es que esa pasión no quedó satisfecha pues, tres días después de aquella decisiva tarde —durante los cuales ella volvió a las Caballerizas arriesgándose a ser descubierta—, Lucas alegó la necesidad de marcharse, dado el riesgo de permanecer más tiempo en el mismo escondite. Desde entonces, y de ello hace dos meses, Julia no ha vuelto a saber de él, salvo un recado transmitido por Sara, comunicando sus intenciones de aclarar la causa de su detención y su situación legal.

Julia se siente cruelmente engañada e incluso humillada por el compañero en quien confiaba. Ya no disculpa la infidelidad de Lucas con la condesa; ni siente aquella piedad inspirada por la noticia del encarcelamiento. No puede seguir engañándose a sí misma y se repite en sus insomnios, entre silenciosos llantos, que Lucas ha gozado de ella sin escrúpulos y sin ningún propósito honesto, movido sólo por la vanidad y la lujuria. En esa tribulación no sabe a quién confiarse. Su tía es la última persona a quien acudiría y también se resiste a recurrir a doña Malvina, que tanto la ha prevenido contra los hombres. No puede dudar de que Sara lo sabe todo y se pregunta si alguien más conocerá su deshonra. Simular serenidad, ocultando los hechos, supuso para ella un agotador esfuerzo durante el viaje a Madrid en el que tan feliz fue Alonso y ahora, con el paso del tiempo, su angustia es insostenible por el grave retraso de su regla periódica, que debió haberse manifestado poco antes de aquel viaje.

La ignorancia de la muchacha en esa materia es casi total, pero lo poco que sabe le hace temer haber concebido un hijo de Lucas, que sin duda no estará dispuesto a reconocer su paternidad. Por todo ello los ecos de los graves acontecimientos políticos de El Escorial afectan muy poco a Julia. A su alrededor sólo en Sara ve una persona capaz de tenderle una mano, pero el papel jugado al entregarla a Lucas la disuade del intento. Ella se pregunta hasta cuándo podrá resistir y qué ocurrirá entonces. Porque su tía no tardará ya en descubrirlo... Sus noches son insomnes horas de desesperación y sus días un penosísimo esfuerzo para fingir tranquilidad.

PEDRO VALDUERNA

¡Viejo zorro! queriendo probarme con la propuesta de viajar a Lisboa, ¿para qué, si tenía sobre la mesa un informe del embajador Campo Alange? seguro que le han dicho ya que sirvo a don Fernando, no me importa, sus días están contados, él y don Carlos están a extinguir, ¡viejo zorro! más viejo que zorro, bolsas en los ojos, menos pelo, fondón, sólo tiene cuarenta años y ya está gastado, está pagando su vida licenciosa, tanto vivir sobresaltado, y las mujeres le agotan, por muy garañón que sea, ¿habrá logrado algo con Elvira? no habrán pasado a mayores, yo me habría dado cuenta, tengo mucho olfato para eso, Elvira es lista, sabrá no entregarse a ese hombre ya vencido, él mismo lo ha dicho: todos frente a él, aún le sostienen los reyes, pero ese poder pende de un hilo, en estos tiempos hacen falta sólidos cables, el vendaval es recio, cuando sople Napoleón sobre Portugal ¿quién le impide limpiar España? ya tiene manos libres en Rusia y Prusia, sería suya toda la Europa, se entiende con el zar Alejandro, se han repartido el Mediterráneo, como los últimos césares, ¿por qué va a respetar a don Carlos? y menos a Godoy, no le ha perdonado la proclama de hace un año, nunca se la perdonó, habrá de apoyarse en don Fernando, buen trabajo el de Beauharnais, saben además que don Fernando es débil, siempre apocado y retraído, ahora ha delatado a sus amigos como un cobarde, tardó meses en consumar su matrimonio, pobre María Antonia, y eso que le dicen bien dotado, pero no en política, Escóiquiz le maneja, es nefasto ese cura, ¡qué oda latina será capaz de escribir en elogio de Napoleón! me río sólo de pensarlo, ya le dedicó una a Godoy, el futuro es Fernando, pero por poco tiempo, Napoleón le hará rey pero no se detendrá en eso, no lo hizo en Nápoles ni en otros sitios, pondrá en el trono a un mariscal, no a su hermano Luciano, porque le disgustó cuando trató con Godoy en Badajoz, quizás al mismo Junot que manda las tropas invasoras, habré de acercarme a él, hay que pensar a lo lejos, cuando Napoleón prescinda de Fernando yo ya estaré situado con los franceses, Godoy es historia pasada, ya no le vale ni su hipocresía, «el amor que profeso a Sus Majestades», ¡monsergas del viejo! ése no ama a nadie, ni al vejestorio ni a la reina, ni siquiera a la Tudó, ¿por qué iba a amarla más que a tantas?, a ver por dónde sale ahora, debo estar muy atento, ¿proyectará Godoy hacer como los portugueses? ¿partir con los reyes a las Indias?, no me vendría mal, esto quedaría limpio de incapaces, no volverían, que no cuenten conmigo para ese viaje, nada de vivir entre micos de la selva, esos criollos provincianos que asoman por acá de vez en cuando, aquéllas son tierras para hacenderos y botánicos, no para gentes de calidad, éste es mi sitio, con Fernando o con el francés, siempre leal pero a mí mismo, ¿a quién mejor? la situación es clara, en Londres me lo dijeron sin reparos, «es inútil, Valduerna, con España se podrá negociar pero no con Godoy, no vale la pena, ha llegado nuestra hora, la lucha será larga pero acabaremos con Napoleón, desde el mar le bloquearemos, cuando esté debilitado le atacaremos por Portugal», allí me descubrieron el juego de Malvina, con Godoy pero cruzando el Océano, es natural, como Carlota Joaquina su educanda, el mismo futuro portugués, me tenía desconcertado esa mujer, pero ya no cuenta, un enigma menos, lo que sigue siendo un misterio es la desaparición del borrador, no importa una vez firmado, pero queda un vacío, saber cómo desapareció, no debieron soltar al relojero, ¿por qué lo liberó Godoy? Sólo pudo robarlo él o Elvira y ella no sé para qué, lo tenía en casa y podía copiarlo sin problemas, hubo de ser ese Lucas, para eso entraba en mi casa, pero ¿quién le mandaba? ¿acaso gente de don Fernando desconfiando de mí? ¿acaso querían hacerme fracasar ante Godoy? pero si fue Lucas, ¿cómo se atreve a volver por aquí? le vi ayer, se escabulló tras una esquina pero era él, ya no pertenece al taller, no tiene derecho a estar en el Real Sitio, he de aclarar ese misterio, hay que quitar a ese hombre de enmedio, puedo acusarle de habernos robado alguna joya, de eso no se libraría, a no ser que... ¿habrá tenido algo con Elvira? ¿se habrá encaprichado ella? ahora las engatusa la plebe, y ése tiene buena planta, ¡eso sí que no se lo consiento! si hay algo con Godoy se justifica, todo queda entre personas de calidad, ella no podría negarse, he de observarla, se está despabilando, se ha hecho más cortesana, pregunta mucho, incluso por las reuniones galantes, ese Lucas venía por casa demasiado, el dichoso reloj, nunca había funcionado tan mal, pero sería sin duda por Julia, alguna vez les sorprendí juntos por la calle, ¡bien apetitosa está la moza! ésa la tengo en mi lista, caerá la próxima Jornada, fino bocado, y con su orgullo tonto, así gusta más gozarlas, creyéndose con dignidad, pero no sirven para otra cosa, si no era por Julia habría de ir por Elvira, mi derecho a matarles, ¡qué barbaridad! ¡qué antigualla! eso cuando los Austrias, ahora somos europeos, las buenas maneras, me río sólo de pensarlo, después de todo yo también tengo a mi Claudine, claro que no es lo mismo, el hombre es otra cosa, pero mientras no se sepa, y además tiene ventajas, prefiero a Elvira más experta, que sepa manejar a Godoy y a quien sea, encandilarlo sin concesiones, y si al ceder aprende algo nuevo ya lo disfrutaré yo también, una mujer sabiendo mucho es el mejor aliado, se sostienen en los mares revueltos como no nos sostenemos nosotros, se les perdona todo, ¡hay que ver cómo sigue flotando la Cabarrús! y tantas otras, con una mujer de acción el mundo es nuestro, los dos somos jóvenes, hay que pensar a lo lejos, incluso más allá del propio Napoleón, no es inmortal.

XV. VEINTIOCHO DE DICIEMBRE

1930: Albores republicanos

Los últimos días de noviembre trajeron de verdad el invierno, con unos cierzos fuertes que se llevaron las últimas hojas de los árboles, dejando los jardines desnudos y tristes. Desde la vega llegaban a la Azucarera, junto a la estación, los camiones y carros de remolacha, mientras en las huertas disminuían las labores. Pero la tristeza en la gente no se debía al mal tiempo invernal sino a la impresión causada por las víctimas en el trágico hundimiento de la casa en construcción, en la madrileña calle de Alonso Cano, debido a las escandalosas deficiencias de las viviendas baratas.

—Como esa casa hay en Madrid cientos o miles —comentaba furiosa Soledad—. ¡Las casas para los pobres han sido siempre de tente mientras cobro! Mirad lo que dice la *Estampa*.

La había comprado Quina y traía una fotografía de los restos del edificio, con el siguiente pie: «Las vigas metálicas dobladas, incapaces de resistir el peso de la construcción».

—Escatiman el material —continuaba la mujer—, los arquitectos no hacen comprobaciones, cobran sus planos y ni siquiera van por la obra, si acaso el aparejador, ellos son demasiado señoritos... Todo es rebajar costes, ahorrar cemento y, claro, otras casas duran algunos años pero ésa se ha hundido antes de acabarla... ¡Y nadie va a la cárcel, joder!

Pero las deficiencias fueron tan evidentes que la indignación se extendió por todo Madrid. Se empezó a hablar de una huelga general de protesta y Marta se inquietó pensando que Germán estaría sin duda muy activo, corriendo mayores riesgos. Recibía alguna carta suya de vez en cuando, casi siempre breves aunque cariñosas y por aquellos días le llegó una tranquilizándola y asegurándole la imposibilidad de ir a verla. Le retenía sin duda la huelga que, en efecto, estalló el día veintidós, por cuarenta y ocho horas, con un éxito completo. Aunque los comunicados oficiales le quitaron importancia y la prensa conservadora insistió en la falta de incidentes, lo cierto es que en las primeras planas aparecieron impresionantes fotografías de las masas descendiendo hacia el centro por la calle de Bravo Murillo. Más expresivas aún eran las fotos de las esquinas donde habían sido apostadas fuerzas de orden público; no sólo guardias municipales con tercerola sino parejas de la guardia civil con los alarmantes tricornios y el mauser a punto. Se habló incluso de declarar el estado de guerra por un gobierno a todas luces preocupado. Hasta Soledad olvidó su escepticismo habitual y llegó a admitir que la conciencia obrera revivía, tras el letargo impuesto por la opresión dictatorial. Porque como escribía Germán en uno de los pasajes de su carta, leído por Marta para todos a la hora de la cena, «esta vez andamos hombro con hombro junto a la UGT, para abrir brecha en el enemigo común».

Las persecuciones policiales de activistas, para yugular futuras acciones análogas y frenar el empuje creciente de las fuerzas obreras, repercutieron directamente sobre los habitantes de Casa Sole. Tres días después de cesar la huelga Quina llegó llorando por haberse enterado de que la guardia civil había detenido a Feliciano. Ese hombre de quien ella se había reído tantas veces la tenía ahora acongojada por su suerte, tratando de encontrar medios para hacer algo en su ayuda. Ni ella ni sus amigos se explicaban ese encarcelamiento porque Feliciano no es Germán, no se le conocían actividades políticas y el hecho de haber tenido que ir a Madrid el segundo día de la huelga, por urgentes problemas de familia, no justificaba su prisión. Marta, instada por Quina que le atribuía cierta influencia en las alturas, se decidió a hablar con don Celestino, asegurándole tratarse sin duda de un error y que, al menos, se procurase averiguar de qué se le acusaba. Don Celes comenzó adoptando una actitud gruñona, con reproches grandilocuentes a los perturbadores del orden, pero acabó haciendo alguna gestión. Mientras tanto, Quina había pasado del llanto a la indignación más violenta y luego, aconsejada por Soledad, veterana en esos trances, se acercó al cuartelillo con ánimo de hacer llegar hasta el detenido unos bocadillos, tabaco y una manta. Pero a pesar de su labia y palmito, y de encontrar un guardia benévolo que la había piropeado más de una vez, no consiguió saber los motivos de la detención y sólo la noticia de que al día siguiente trasladarían al joven a Madrid, lo que la hizo retirarse más llorosa todavía.

Por fortuna, el traslado no llegó a producirse. Las gestiones de don Celestino desde el Patrimonio permitieron aclarar las cosas y reconocer que se trataba de una confusión, debida a que las señas personales de Feliciano coincidían con las de alguien que el primer día de huelga había sido visto, entre otros francotiradores, disparando contra la fuerza pública en Vallecas. Al aportarse testigos de que hasta el día siguiente no había ido Feliciano a Madrid, fue puesto en libertad. A la puerta del cuartelillo, previo aviso telefónico a don Celestino, esperaba a Feliciano, acompañada por Marta, una Quina todavía de ojos enrojecidos que le dejó paralizado al echarle los brazos al cuello y prodigarle besos en las mejillas. Feliciano, en el séptimo cielo, hubo de desprenderse del abrazo para acoger a su madre que, avisada por Agustín, llegaba en ese momento corriendo. Cuando soltó el hijo a su madre, ésta se abrazó a Quina, lagrimeando las dos de alegría, mientras Marta y Agustín sonreían. Todos se encaminaron a la casa del joven, escuchando por el camino sus comentarios acerca del día y medio de calabozo, y luego Marta se llevó a Quina, con Agustín, a su casa. Contándole el acontecimiento a Soledad, acabó transcribiéndole el contento de Feliciano, que daba por bien empleado lo ocurrido, pues gracias a la guardia civil había conseguido por fin a Quina. «¡Benditos sean los civiles!», había exclamado en su casa.

—¡Pues delante de mí que no lo diga! —se sulfuró Soledad—. Que dé gracias porque no han tenido tiempo de interrogarle a palos, para hacerle confesar lo que no hizo.

Quina ya no volvió a disimular su cariño por Feliciano, ni tuvo más ganas de amargarle la vida con fingidos rechazos. Mientras tanto, entrado ya diciembre, Marta recibió un aviso de su habilitado, reclamándole una fe de vida y otros papeles para seguir cobrando la pensión al año siguiente. Su inquietud por Germán le hizo ver en esa indispensable gestión una oportunidad para tratar de encontrarle. Por eso pidió permiso para un día y salió de Aranjuez en un tren tempranero. A medida que se acercaba a la estación de Atocha vacilaba más en ir al encuentro de Germán pues ignoraba si a él le podría resultar expuesto, dadas sus actividades clandestinas.

En su compartimiento la conversación de dos hombres traslucía la inquietud general porque, entre frases sobre los precios en el campo, comentaron la fuga del comandante Franco —el aviador— semanas atrás, rompiendo una reja de la capilla de Prisiones Militares. «Y ese hombre tiene agallas para cualquier cosa», afirmó uno de los interlocutores.

Llegó a Madrid demasiado pronto para gestión alguna. En la estación de Atocha, fría, hostil y oliendo a humo, Marta volvió a preguntarse si sería posible encontrar a Germán. Por de pronto, con la oficina del habilitado aún cerrada, nada le costaba acercarse al barrio desde donde le escribía y conocer su ambiente cotidiano. Se metió en el Metro, en un vagón ocupado sobre todo por obreros, algún soldado, criadas y mujeres de mantón y alpargatas, que la contemplaban con disimulada sorpresa. Emergió a la superficie en la Glorieta de Cuatro Caminos, donde daban la vuelta los chirriantes tranvías, con casas bajas edificadas del lado de Madrid y un par de merenderos hacia la parte de Tetuán de las Victorias. En uno de ellos servían café de recuelo y en el otro, un jardincillo raquítico mostraba, pintado en verde, el alto cajón de madera para el juego de la rana. En los alcorques de las desnudas acacias había una placa de hielo y Marta se subió el cuello de su gabancillo.

Un poco más allá entró por la calle de los Artistas, a la que correspondían las señas de Germán. El número de la dirección postal caía frente a una Casa de Comidas Vegetarianas sobre cuya entrada, en un balcón ya bajo el alero, colgaba un letrero de Círculo Naturista. Marta se hallaba detenida en mitad de la calle, frente al número de Germán, cuando un carro la obligó a subirse a la acera. Mirando alrededor se sintió desplazada, casi intrusa. Una vieja, sentada en una silla de anea, procuraba avivar un brasero recién encendido con la chimenea de hojalata encima del montón de cisco. Dos niños jugaban a las chapas vestidos con baberos, calcetines caídos y alpargatas. Más lejos un mozo tostaba café dándole vueltas, sobre brasas, a la gran bola agujereada que contenía el grano. Marta tenía la sensación de que hasta las casas la observaban y, convencida de que Germán debía ya de haber salido de la vivienda, se atrevió a subir al primer piso.

Le abrió la puerta una mujer de aspecto imposible para ella de asociar con Germán: una cuarentona de pelo teñido de rubio y grandes pechos mal sujetos por una bata rosa, que la miró con asombro al ser preguntada.

—Ese hombre no vive aquí —respondió la mujer observándola de arriba abajo con desconfianza.

—Perdone, pero yo tenía estas señas.

—Son sus señas, sí, pero no vive... Si quiere dejarle un recado, se lo puedo dar.

—No, muchas gracias. Siento haberla molestado.

La mujer se quedó en la puerta, mirándola, mientras Marta bajaba la escalera casi huyendo, lo que la hizo sentirse rabiosa contra sí misma, no sabía si por esa huida o por pensar que pudiera existir alguna conexión entre Germán y la dudosa rubia. Pero ¿por qué la consideraba dudosa? ¿Qué podía achacarle a la mujer? Se reprochaba la confusión de su pensamiento, su propia conducta que ahora juzgaba absurda, «¿Qué me pasa?», se preguntaba volviendo hacia el Metro, pero no encontraba la respuesta o no la quería encontrar. La recepción por el habilitado, antiguo compañero de su padre, serenó su estado de ánimo y la tramitación de papeles no planteó problemas.

Volvió a sentirse confusa en el tren de regreso. Traqueteada sobre los listones de madera, que formaban los bancos de tercera clase, revivía con asombro el Madrid de Cuatro Caminos al que se había asomado esa mañana, tan distinto del suyo habitual. No era capaz de asimilarlo, le resultaba otra ciudad. Sin embargo, ella y su madre habían vivido siempre con escasez, pero la de los Artistas era otra pobreza. El carro de trapero que la hizo subirse a la acera, la vieja del brasero, los chiquillos, el tostador de café y, sobre todo, la rubia de la bata rosa, pertenecían a los márgenes de la ciudad, no eran Madrid ni eran pueblo, sino una excreción rechazada por la capital y coagulada en sus bordes. ¿Era el mundo de Germán? Le habían dicho que no vivía allí pero ¿sería cierto? ¿No habría mentido aquella individua? Quizás esa dirección sólo servía para recoger cartas, mientras él se escondía en lugar diferente. Pensó que a Soledad no le hubiese chocado tanto ese medio infraurbano.

Desde el compartimiento situado a su espalda le llegaba la conversación de dos estudiantes toledanos que comentaban procazmente los atractivos femeninos en la revista *Me acuesto a las ocho,* recién estrenada en el Romea: Amparo Taberner estaba cojonuda y había una vicetiple morenaza con un culo monumental. Al otro lado del pasillo dos mujeres de mantón con grandes cestas de doble tapadera se repartían unas monedas que guardaban en el nudo de un pañuelo de yerbas sacado de la faltriquera bajo las sayas. En el compartimiento de delante se movían como dos cigüeñas las grandes tocas de corneta de unas monjas silenciosas, quizás del asilo de Aranjuez. Y por el pasillo vio pasar a tres soldados de húsares soltando grandes risotadas.

Ese mundo heterogéneo rodeándola, sobre el ritmo de las ruedas al golpear las junturas de los raíles, y el ligero olor a humo y carbonilla, contribuían a confundir más aún los pensamientos de Marta. «Tiene razón Germán —pensaba—, son tiempos de cambio.» La casa de Soledad ha sido el pórtico por donde ella ha entrado, sin darse cuenta al principio, en el mundo de la calle de los Artistas, las vicetiples, las monjas y los soldados, las mujerucas con la calderilla bajo las sayas... El popular es un universo abigarrado, disonante, germinal; un agitado caldo de cultivo para el futuro. ¿Y ella? Ella acercándose a Germán; es decir, a ese otro universo.

A los pocos días Marta recibió una carta de él doliéndose de no haber sido encontrado y rogando que en lo sucesivo avisara con tiempo cualquier viaje a Madrid. Daba explicaciones como si él hubiese tenido el deber de estar esperándola a todas horas y confirmaba que, en efecto, no tenía domicilio fijo, pues las señas postales eran sólo para recoger las cartas. No aclaraba quién era ni qué relación tenía con la rubia de la bata, pero la cariñosa carta tranquilizó a Marta.

Seguía inquieta, sin embargo, porque la calma no se había restablecido en el ánimo de la gente. Flotaba en el ambiente la impresión de que algo iba a pasar y Marta sabía que en el centro de ese algo estaría Germán con otros compañeros. A mediados de diciembre recibió en el escritorio por la mañana una llamada telefónica inesperada, pues nadie solía telefonearle allí. Oyó la voz de Germán, disculpándose por recurrir a ese medio, pero quería tranquilizarla si en algún tiempo no recibía noticias suyas. Por razones urgentes había de salir de viaje hacia el Pirineo.

La llamada le hizo temer algún nuevo incidente. Su miedo se confirmó cuando el veinte de diciembre, cuando sólo pensaba la gente en las inmediatas Navidades, a pesar de una huelga en Valencia y otras muestras de agitación, estalló por la mañana en la radio la noticia de la sublevación militar en Jaca. Los primeros rumores fueron muy exagerados, asegurando otros levantamientos e incluso la proclamación de la república en algunos lugares, pero ya a la tarde quedó reducido todo a un hecho local, aunque de gravedad suficiente para haberse registrado choques armados entre las fuerzas que acudían desde Huesca a sofocar la sublevación y los soldados dirigidos por el capitán Fermín Galán. Parecía inexplicable que se hubiera pretendido lograr resultados importantes con tan pocos medios militares en un rincón del Pirineo.

¡El Pirineo! Apenas surgió esa palabra quedó convencida Marta de que el viaje de Germán estaba relacionado con los acontecimientos y que podía estar ahora preso, si no le había ocurrido algo peor. Aun tratando de aparecer serena, en la casa se dieron cuenta de su angustia y Quina entró a acompañarla en su habitación, donde la encontró en lágrimas. Ella y su amiga, ya novia formal de Feliciano, se confiaban sus temores y proyectos, a veces acompañadas de Soledad, que se esforzaba por tranquilizar a Marta, recordándole las veces que ella había pasado por angustias semejantes:

—Volverás a tenerlo, muchacha. Es valiente y listo, habrá sabido escapar cuando todo se vio perdido. No va a sacrificarse tontamente; tiene mucho que hacer.

—¡Pero no puedo vivir así, sin saber nada!

Soledad la mira muy de frente, sonrisa en los labios y dolor en sus ojos:

—¡Ay, moza, si le quieres, así es como vivirás! Germán es como mi hombre. Cabales, fieles, valientes, pero locos por la Idea a fuerza de ser buenos. Te quieren muchísimo y te lo hacen sentir, pero sacrifican al ideal lo que haga falta... Es hermoso pero muy duro... Y sin embargo, ¡ojalá pudiera volver a vivirlo todo!

Marta sabía que tenía razón porque ya lo sentía así. Por eso mismo temía más por él. Y así se acercaba a la Nochebuena, sin ningún ánimo de fiesta, cuando la víspera llegó corriendo Agustín desde el Hotel y preguntó por Marta en el escritorio. Ella le recibió en el vestíbulo donde la hicieron esperar el día de su llegada. El muchacho estalló excitado:

—¡Ha telefoneado, ha telefoneado!... ¿Quién va ser? ¡Germán! Está bien y llegará cualquier día, que te lo dijera a ti... Le hago en Francia; antes habló alguien en franchute.

Marta le abrazó convulsiva, con lágrimas en sus ojos.

—¡Qué alegría me das! ¡Bendito seas!

—Ya sabía que te alegrarías; por eso vine enseguida.

Pero él no sonreía ya, después del estrecho abrazo. Miraba serio a Marta que, de pronto azorada, guardaba silencio.

—Adiós —se despidió Agustín bruscamente, dando media vuelta y saliendo al jardín.

Marta se quedó pensando en el muchacho con melancólica ternura. Aunque ellas tres habían procurado no hablar delante de él estaba claro que sabía el amor a Germán. Incluso tal vez antes que los demás, pensó Marta, recordando la aguda sensibilidad con que ella misma observaba ciertas cosas a la edad de Agustín. Pero su melancolía duró muy poco; el gozo estalló poderoso. Sólo con verla regresar del vestíbulo, Quina adivinó la noticia y compartió el júbilo. No se había atrevido Germán a llamarla al Patrimonio, pero seguro que había estado en Jaca luchando y había logrado cruzar la frontera... Lo importante era que estaba a salvo. Así la Nochebuena no fue tan triste y Quina pudo irse satisfecha con su Feliciano a la misa del Gallo, no tanto por el rito cuanto por la bulla subsiguiente. Agustín se acostó pronto y Marta acompañó un rato a Soledad, hablando ambas de lo mismo: cada una de su hombre.

Como eligiendo la fecha, Germán ha aparecido el día de Inocentes. Está ahora en la puerta del jardín cuando ellas dos salen del escritorio. Marta se queda parada, suspensa; él avanza y coge con sus dos manos las de ella sin atreverse a abrazarla allí, como hizo con Feliciano Quina, que se lo reprocha riendo.

—Mujer —se excusa Marta, sintiéndose abrazada por fin—, es que éste no sale de la cárcel.

—Sale de algo peor. Es un resucitado.

Marta se estremece. Germán quita importancia. Invita a las dos a comer, pero Quina se niega, risueña:

—No quieres tú, si no sí. Vamos, que no estoy yo para teneros la vela. Ahí os dejo; que os aproveche. La comida... y todo.

Marta se ruboriza; no puede remediarlo, mientras ve alejarse a Quina con unos contoneos intencionadamente exagerados. Don Celes sale en ese momento después de recoger sus papeles, se quita el sombrero ante Marta y mira con curiosidad a Germán. Éste echa a andar con ella a su lado, camino de una casa de comidas en lo alto de la calle del Almíbar, cerca de la Plaza de Toros. Un establecimiento frecuentado por gentes del campo, sobre todo trajineros de Ocaña y vinateros de Noblejas.

Marta come lo que le ponen por delante, sin enterarse; toda su atención está en el rostro de Germán, las manos de Germán —que a veces rozan las suyas—, la enérgica barbilla de Germán con un matiz azulado a pesar del afeitado a fondo y las palabras, sobre todo, de Germán, oyéndole contar su aventura. El levantamiento de Jaca formaba parte de una sublevación más general, preparada desde el verano y prevista para ese día, pero las vacilaciones de otra guarnición aconsejaron a última hora un aplazamiento. Como era imprudente comunicarlo a Jaca por teléfono, los dirigentes decidieron enviar unos mensajeros, eligiendo para ello a dos del Comité que disponían de un automóvil. Salieron la víspera por la mañana de Madrid, pero una avería y su reparación les retrasó, además de una copiosa cena en Zaragoza y, cuando llegaron a Jaca pasada la medianoche, en vez de buscar a Fermín Galán de inmediato, resolvieron echarse a dormir y dar la noticia al amanecer. «Eran demasiado señoritos», comenta Germán.

Cuando se despertaron ya era tarde. Galán había puesto en pie a la tropa todavía de noche y cuando los mensajeros salieron del hotel ya sonaban los disparos frente a la casa-cuartel de la guardia civil y la comandancia de carabineros, que se defendía. En la calle dos carabineros fueron muertos al resistirse a entregar sus armas. A partir de ese momento, ya lo han contado los periódicos. El avance en columna, el choque en Cillas contra las tropas mandadas por el general Las Heras, que resultó herido, y la derrota por fuerzas superiores, provistas incluso de artillería de campaña. Se produjo la dispersión, sobre todo por parte de los escasos civiles incorporados a la acción: «algunos señoritos pero con corazón», reconoce Germán. Él escapó con otros dos a campo traviesa, escondiéndose en parideras durante el día; aguantando el hambre hasta que por fin pudieron cruzar la frontera con ayuda de unos pastores simpatizantes, que les confiaron a amigos del otro lado.

—¡Buena gente! Nos trataron como a sus hijos, dándonos de todo y sin admitir nada... Con uno de ellos bajé al pueblo y conseguí telefonear a Agustín. No quería comprometerte de ninguna manera.

Marta le mira, con los ojos húmedos, y afirma categórica:

—Yo ya estoy comprometida.

Él le coge una mano por encima de la mesa y dice, conmovido:

—¿No te arrepentirás? —Humilde, inquieto, vulnerable, desarmado de su seguridad—. Eres todo para mí, pero no sé si la vida que te ofrezco...

Como un relámpago evoca Marta las advertencias de Soledad. Bajo su mirada feliz brota un pliegue melancólico en sus labios. Alza los hombros con resignación apenas perceptible mientras contesta con firmeza:

—Más me arrepentiría de perderte. Quiero esa vida.

Pasan la tarde en el Parterre y por el Jardín del Rey. Más de una vez eleva Marta la mirada hacia la torre del Norte, a la lucerna del refugio de Janos. Cuando casi anochece, bien temprano en este diciembre, él se aleja hacia la estación rechazando su compañía para no ser vistos juntos a esas horas.

Por la noche, tendida en su cama, con el embozo bien subido porque el frío se deja notar, Marta es un cuerpo arrebatado de felicidad. Sonríe recordando que la declaración de amor en la casa de comidas no tiene nada que ver con las fórmulas leídas en las novelas de Quina. ¿De dónde salió su decisión, de dónde tanta audacia súbita? ¿Ha madurado en sus días de angustia? ¿Es ese «saltar», anunciado por Janos?

De pronto recuerda el día en que fue a Madrid en busca de Germán. Caminando hacia Atocha para tomar el tren vio, bajo un árbol en el Paseo del Prado, a un obrero de gorrilla que, junto a su mujer, comía el almuerzo recién traído por ella en una cesta. El hombre daba un ávido mordisco a la media libreta de pan, mientras contemplaba a su compañera gozosamente. «¿Le llevaré alguna vez el puchero a Germán?» Comprende que no sería lo mismo hacerlo en medio de un rodaje de cine y que su hombre no es un obrero sino un profesional cualificado, pero la idea dilata su sonrisa, a punto de hundirse en el sueño.

SOLEDAD

Al fin se ha destapado Agustín, esta noche, llevaba días diferente, viene cambiando hace tiempo, de antes de morir su padre, pero ahora era distinto, más urgente, varias veces a punto de decirme algo, al fin me lo ha soltado, ni que fuera inocentada, muy triste pero decidido, se marcha, se quiere ir a Madrid, me hizo daño oírselo «¿tan mal estás con nosotras?», se echó en mis brazos, no es eso, es otra cosa, una oportunidad, sucedió en el banquete, un amigo de Rusiñol le vio dibujar, supo que Agustín modela bien, le ofreció trabajo, tiene una fábrica de figuritas, porcelanas y eso, le dará un jornal y tiempo para ir a aprender, Bellas Artes o no sé qué, me lo decía casi llorando, «¡no puedo seguir así, señora Sole!», le ponía muy triste dejarme, «¡pues no me dejes!», me salió de pronto, de las entrañas, como siempre me sale, «¿qué dice?» «me voy contigo, nos vamos juntos, si tú me dejas ¿quién me cuidará en mi vejez? ¿o es que no quieres cuidarme?», me abrazó feliz, «toda la vida como un hijo, pero... ¿y esto?» esto se acaba, se ha rematado ya, lo comprendió, ¡qué remedio! así es la vida, nos junta y nos desjunta, Marta ya decidida, su destino, quién se lo iba a decir, compañera de ácrata como yo, no me lo hubiese creído aquella mañana, cuando entró por esa puerta, la vida se divierte con nosotros, ¡pero también nosotros con ella, joder!, ya estás atada, cordera, lo pasarás muy mal y vivirás muy contenta, ese hombre lo vale, igual que el mío, y ella de buena madera, se hizo a nosotras bien pronto, mi pobre madre lo decía, «esa moza es de ley», llegó sin saber nada de la vida, ni siquiera de los viejos a pesar de su madre, pero cuidaba bien a la mía cuando yo faltaba, hasta limpiarle el culo, la mierda une mucho, cariñosa pero sin saber nada, no comprendía ponerle una toalla sobre la almohada, no sabía que a los viejos se les cae la baba de noche, una baba sucia, a veces rojiza, ¡mi madre tan limpia! le daba vergüenza la almohada manchada, no sabía nada y aprendió pronto, y lo que aún ha de aprender, vivir con Germán no le ahorrará nada, ¡qué gusto hablar con ella ahora! me vuelve joven, como yo entonces, bien parejas estamos, ¡también junta la angustia! cuando Feli en prisión las tres unidas, al fin se rindió Quina, reconoció quererle, las mujeres siempre entregándonos, ¡puta vida! Quina al revés de Marta, cambiando haciéndose fina, si no la estropea eso del cine, veremos cómo se le da con el Feliciano, buen chico pero ella es más fuerte, lo mangoneará, alguna ha de salir así, él quiere poner una papelería, ella sus fantasías, espero que se le pase, las dos han cambiado en estos meses, y yo también, me he ganado a Agustín, ¿tendrá algo esta casa? dice Marta que Aranjuez es mágico, un centro mágico, lo aprendió de su duende de Palacio, también Agustín transformado, sobre todo desde el banquete, misterioso hasta conmigo, llegando del Hotel mucho más tarde, como si evitara estar en casa, qué sé yo, y a veces casi huraño, pobrecillo, recién salido de niño y ya penas de amor, anoche se levantó a la cocina, seguro que duerme mal, ¡cómo mira a Marta cuando ella no se da cuenta!, ahora es fácil, ella siempre ida, en lo suyo, ¡qué cosas! tan joven y ya el corazón, apenas le está saliendo el bozo, le dije que yo se la regalaré, la primera maquinilla de afeitar, de esas con hojitas que se cambian, mi Ramón con navaja siempre, «la necesitas ya» «lo que necesito son años», lo soltó con rabia, no tengas prisa en crecer, disfruta de tus días, no la olvidarás nunca, se te quedará dentro siempre, yo no tuve más amor que mi hombre, pero él me hablaba de su primera novia, y ya ves: me daba gusto de oírle, era algo tierno, hermoso, llegará tu momento, hijo, el de la verdad entera, ahora es el momento de Germán, se ha arriesgado viniendo, aún pueden cogerle, estos peligros y amores me hacen joven, porque esto se mueve, lo de Jaca es un principio, han derramado sangre y eso pide sangre, han hecho mártires, Galán y García Hernández, otros militares les seguirán, como ese Ramón Franco escapándose, dicen que iba a bombardear el Palacio Real, ¡haberlo hecho, puñeta! pero no lo hizo, no me fío de los militares, ni siquiera de los republicanos, acaban mandando ellos, los crían para eso, y de casta señoritos, pero esto se mueve, ¿llegará la república? el mitin fue gordo, ¡si mi Ramón viviera! se acabó la dictadura y fue abrirse las compuertas, esto es una riada, aprovéchate, Marta, goza también de tus días, no hay más tiempo que éste, el que nos dan para vivirlo, me ha gustado tenerte aquí, no olvidarás esta casa, ninguno la olvidaremos, ahora la vida nos desjunta, ¡qué cosas! ellas dos cada una con el suyo, a volar que ahora empiezan, Agustín conmigo, todavía le hago falta, hasta que encuentre la suya, ¡pues claro que se le pasará Marta! pero sin olvidarla, un rescoldo en el pecho, aquí no hacemos nada, en Madrid tendrás campo, tú el hombre de la casa, el que trae el jornal, yo seguiré cosiendo mientras pueda, pero tú adelante, a tus Bellas Artes, a hacerte lo que vales, con tu dignidad, que ya la tienes, te la enseñó la vida, has vivido más que otros, ya no eres ningún niño, nos iremos juntos.

1807: Confesión

Violentos golpes en la puerta. Insistentes.

Malvina se levanta de su butaca, preparándose para todo. Esos golpes intimidantes no pueden ser sino la Inquisición o la justicia. No los esperaba ahora, pero no descartaba su irrupción cualquier día.

Al abrir, sin embargo, gran sorpresa: quien así llama es Alonso. ¿Alonso? ¿El Aposentador Mayor, ese hombre sin tricornio, con la peluca ladeada, cuyos ojos desorbitados se clavan en ella como si no la viera? Sí, Alonso que pasa a su lado sin una palabra, entra al saloncito y se deja caer en el diván. Ella cierra la puerta y le sigue anhelante.

—¡Alonso!... Por favor, ¿qué te pasa?

Él quiere hablar, pero no puede. Los sollozos rompen su pecho. La mujer, consternada, se sienta a su lado y le coge del hombro estrechándole contra ella. Acongojada, trata de adivinar qué desgracia puede haber herido a su amigo, derribado en el llanto. Al fin, Alonso prorrumpe en incoherencias:

—Perdona... No lloraba desde... Y ésta es otra muerte, la mía... desde Trafalgar... pero ¡qué distinta muerte!... Ver el paraíso, estar a su puerta y perderlo... ¡Ojalá me hubiese muerto antes!... Ahora ¿qué?... ¿Para cuándo el ataque al corazón? Si no se ha roto hoy ya nunca... ¿Para cuándo mi final?

Sollozos más tranquilos mientras Malvina calla, le deja seguir, esperando. Él empieza a contarlo todo, la desgracia se concreta.

—Llamó... Julia, claro. Apareció en mi puerta, en el marco, sin entrar... Había abierto yo mismo, Gertrudis de compras, acabábamos de llegar de Madrid... Una estatua de cera; tan pálida estaba... Me asusté ¡y eso que aún no sabía!... Venía sola... La invité a entrar; no se movió... No podía hablar, tampoco ella... Por fin... ¡es horrible, no puede ser!... Hube de escucharlo de sus labios: «Olvídeme, don Alonso y perdóneme; soy indigna de usted»... Quise saber, pregunté... Ella repetía: «¡Soy mala, no le merezco!»... ¡Qué esfuerzo le costaba, pero lo dijo!: «Voy a tener un hijo»... Vio que yo no comprendía, sus palabras no entraban en mí, lo repitió: «Voy a tener un hijo»... La voz se le quebró en sollozo... Bajó los ojos, yo tampoco podía hablar, sus palabras, puñaladas, no se borrarán nunca... La oí decir: «Perdóneme, Dios le bendiga»... Yo petrificado... No sé cómo, pero pude extender una mano hacia la suya... Vi el terror en sus ojos y ella misma agarró el tirador y cerró la puerta dejándome dentro... Tardé un instante antes de abrir, pero ya no la vi, sólo sus pisadas escaleras abajo... ¡Se me iba; como se me iba mi sangre!... La hubiera seguido, alcanzado, saber más, pero me temblaban las piernas... Y ¿para qué saber más? ¡Un hijo y no es mío, Malvina!... Pero eso es imposible, ¿verdad? ¡Dímelo, Malvina, dímelo! ¡He venido!... No sé...

Hunde la cabeza entre las manos, los codos sobre las rodillas, su peluca cae al suelo y eso le transforma. Se esfuma el palaciego y reaparece el Alonso tan querido por Malvina, con su pelo corto de hombre de mar. La mujer pasa la mano afectuosa sobre esa cabeza, entristecida por el derrumbamiento de tanta ternura viril y se pregunta si, como ella espera, él será capaz de no naufragar del todo, de seguir proa avante por la vida. Y, en cuanto a Julia, ahora comprende Malvina que no obraba por cálculo o comodidad, sino por juvenil inexperiencia. «Otra víctima del abuso del macho... La prefiero así; digna y arrastrada por una pasión, en vez de seguir el despreciable camino de su tía... Y ha tenido la nobleza de confesarse a Alonso; tuvo valor para eso... Mis prevenciones contra los hombres no la pusieron en guardia. Ahora el desengaño la acerca a nosotras; cuando vuelva Myrtille las haré amigas. No, no me engañé al descubrir a esta muchacha y cultivarla.»

El hombre alza la frente, se pasa el dorso de la mano sobre las lágrimas, intenta una sonrisa y ofrece una mueca patética.

—¿Y sabes lo más increíble? Allí, clavado en mi puerta, oyendo todavía sus pisadas... ¡casi las sigo oyendo!... sentí crecer mi amor, arrollarme, hacerse absoluto... Debía despreciarla, lo sé, me había engañado, ¡pero mientras pensaba así, como es debido, la quería más! ¿Tú lo comprendes?

Malvina le estrecha de nuevo, asintiendo en silencio.

—Volví a mi cuarto, desfallecía... En unos instantes pensé locuras... ¿Habrá sido mi culpa? ¿Habré fallado en hacerla sentirse querida? ¡Pero si lo hice todo!... ¿Ocurrió antes, o después de nuestro viaje a Madrid?... ¡Dios mío, si lo viví con ella en el cielo!... ¿Con ella? No, ahora lo veo: fue amable, delicada, pero nada más... ¿Me engañaba ya?... No, no era engaño, nunca dijo amarme... Lo pensé todo: si nuestra santa religión no nos prohibiera matarnos... Pierdo la razón, estalla mi cabeza...

Y de pronto, en un sordo grito rebelde:

—¡La quiero, Malvina! ¡Ahora sé lo que es querer; nunca lo supe antes! Me lo enseña este dolor, este corazón desgarrado, sólo soy dolor... Es lo único vivo en mí —continúa, vencido después del grito—. Lo demás está muerto; hasta mi sueño de paz en mi aldea: tampoco allí me dejará la pena... ¡Y no poder hacer nada por ella!... ¡Pero sí: buscar al canalla! —Vuelve a rebelarse—. Al que la ha engañado, al que la forzó... Hallarle y obligarle a casarse.

—¿Para qué?

Alonso la mira atónito. Tanto, que sus lágrimas cesan de repente.

—¿Para qué? Ya es sabido. ¡Para que le devuelva la honra! ¡Para que el hijo tenga un apellido!

La réplica fría, sardónica, choca todavía más a Alonso:

—¿Y después? —suena burlona.

—¿No comprendes? ¿En qué mundo vives, Malvina?... Así ella podrá llevar alta la cabeza, sin avergonzarse.

—¿De modo que un canalla puede dar honra?... ¡Cuánta necedad os enseñan a los hombres! —Alonso la mira incrédulo, «las extrañas ideas de Malvina», piensa—. Todo eso es palabrería. ¿Vas a obligar a Julia a vivir junto a un malvado, a someterse a él? ¿Vas a condenarla a esa cadena perpetua? ¿Tan culpable te parece ella?

Alonso protesta, desconcertado:

—¿Culpable? ¡Nunca lo creeré!... No habrá tal condena. Él le dará su nombre y desaparecerá. Le obligaré yo. Matándole si es preciso.

—¿Lo arreglaría todo ese crimen? Te condenarían porque no eres su padre ni su esposo y ella perdería su último apoyo... ¡No desvaríes; nada de muertes! Piensa con sensatez o, al menos, como el cristiano que dices ser: perdona.

—¡A él nunca! A ella, sólo puedo quererla. Como jamás antes a nadie, ni siquiera a ella. Mi amor era tranquilo y ahora me arrebata. Como ya no podré decírselo, como no tengo esperanza, como no puedo ofrecérselo, todo mi amor se me repliega dentro, está aquí, me mata y me mantiene vivo... ¿Cómo me hizo esto, si ella es buena? ¿Por qué me alentó? Pues ella es buena, ¿verdad, Malvina? Tú la has tratado, habéis hablado entre mujeres, la conoces bien.

Malvina le obliga a mirarla y clava en él sus ojos:

—Tú tienes la prueba. ¿Crees que una mala hembra te hubiera confesado la verdad? Ha sido muy valiente y muy honrada, reconócelo.

Por primera vez, aunque amarga, muestra el hombre una sonrisa. Se esfuma enseguida.

—¿Qué va a ser de ella, Señor? Soltera y madre, sin recursos apenas... ¿Qué va a ser de ella?

—Ya lo descubrirás, Alonso, cuando reflexiones... Entretanto, que hable Julia conmigo, quizás pueda ayudarla.

Alonso se ilumina.

—¿Harás eso? ¿Le hablarás? ¿Averiguarás todo?

—Veremos... Mándale recado de mi parte con Gertrudis. Que venga a verme; yo iría, pero es mejor aquí... ¿Qué te pasa? Estás temblando.

—Siento frío.

—La emoción... Voy a hacerte una tisana, añadiré unas gotas de cordial, tengo uno excelente.

Después de unos sorbos las palabras de Alonso son más razonables. Juntos analizan la situación. Tiene razón Malvina, el Evangelio manda otra cosa, Jesús defendió a la adúltera, pero el buen nombre, el honor, la dignidad... Aún se pregunta Alonso por sus deberes: no es padre ni es esposo de Julia pero le ofreció ampararla y ella no tiene otro hombre, a él le toca obrar en su favor contra el villano...

Malvina le comprende, pero ella piensa de otro modo. Condena las bárbaras creencias elevadas a dogma, la religión que no es el Evangelio del amor aunque lo invoque... Aún no ha cuajado la nueva sociedad, donde mande la vida, porque eso fue lo creado por el Supremo Arquitecto y no las leyes represoras del placer de vivir... Pero, por el momento, decide no combatir directamente esos dogmas e insiste ante Alonso en la conveniencia de escuchar a Julia antes de tomar ninguna decisión. Y por ello repite a su amigo que Gertrudis le traiga a la muchacha.

Pero no será necesaria el ama de Alonso; la propia tía de Julia será quien precipite ese acercamiento. Doña Úrsula, que había dejado a su sobrina sola en casa para ir a concertar con Sara el modo de forzar a Julia a aceptar la intervención capaz de librarla del niño y de la vergüenza —e incluso, tras tan duro desengaño, de inclinarla definitivamente a Alonso—, se encuentra su aposento vacío. Alarmada, se dispone a salir de nuevo en busca de la muchacha cuando ésta llega, alterada aún por el esfuerzo de su confesión a Alonso, y se deja caer en una silla. La tía la ve tan pálida que, por un momento, espera que algún fuerte disgusto venga a resolver el problema, provocando un aborto espontáneo, pero Julia la desengaña al declararle que viene de confesarle a Alonso la verdad.

Doña Úrsula pierde los estribos, desaforada, llena de impotente ira:

—¿Qué has hecho, estúpida? ¡Ahora sí que todo está perdido! ¡Tiraste tu suerte por la ventana!... Yo luchando por colocarte bien, por arreglar tu locura con ese sinvergüenza y tú destrozando mi obra... ¡Toda mi vida educándote, sacrificándome para empujarte hacia arriba y ahora...! ¡Estás loca, ingrata! ¡San Benito, ayúdame en este trance! ¿Qué hacer con esta descarriada?

Julia sigue impasible. Su tía va y viene, enjaulada en su furor más que en la pequeña alcoba. Se detiene, mira a la muchacha y continúa. Glacial, sarcástica, aún más hiriente:

—Los virgos se recomponen, majadera. Lo sé muy bien, he restaurado más de uno. Tuve que hacerlo, había que vivir, y no se me cayeron los anillos. Salí de aquel pozo, empezamos a levantar cabeza, a ser señoras, teníamos ya la suerte en las manos... ¡y la señorita que no se ha pringado nunca se abre de piernas con un cualquiera!... Pero aún tenía arreglo, sí, porque don Alonso no se hubiera enterado, ninguno se da cuenta del remiendo, ¡si lo sabré yo! Una vez en la cama se ponen ciegos, creen que nos desvirgan ¡cómo van a imaginar ellos otra cosa!... Ésa es la verdad de la vida, necia, y no tus novelerías... Te mimé demasiado, te protegí de esas verdades y ahora lo pago. Eso es el mundo: mierda en bolsa de seda y hay que convertirla en oro... Ahora sí que estás perdida: te abrirás de piernas para quien pague porque hay que comer, ¿entiendes?... Y ninguno te pagará lo que te iba a dar don Alonso, ese bobalicón tan noble... ¡Ahora que Sara iba a librarte de lo que ese maldito te metió dentro y yo te iba a poner nueva! Además...

Julia empieza a oír esa voz desgarrada, esas palabras sucias y se estremece como bajo un latigazo. Se levanta de un salto y, sin dejarse detener por su tía, sale a la calle poniéndose el manto.

Camina como sonámbula. Piensa en el río, en seguir hasta caer muerta, avanza ciega... De pronto se ve en la plaza de San Antonio, frente al Patio de Caballeros. Sus pasos sin rumbo la han llevado adonde vive Alonso. Retrocede aterrada, pero al lado, en el de Oficios, habita doña Malvina, su bienhechora, su maestra... Nada decide su voluntad, pero sus pies la llevan al patio. Lo cruza hasta la conocida escalera del ángulo y sube al piso.

Así es como Úrsula ha empujado a Julia hasta Malvina, que le abre la puerta, escondiendo su sorpresa al verla llegar tan pronto, y la hace pasar cariñosamente hasta el saloncito. La invita a sentarse donde hace bien poco sollozaba Alonso y donde ahora —piensa Malvina— llorará la muchacha. Pero Julia no empieza con lágrimas: sus ojos arden y a la vez están vacíos, sin vida. La recobran pronto, en cuanto Malvina le ofrece unas palabras muy sinceras de apoyo, asegurándole salidas para su problema y, sobre todo, cuando hace innecesaria toda confesión al revelarle que está enterada por Alonso. Entonces sí, brotan lágrimas de Julia al saber que ocupa ahora el mismo diván, aunque llora más por el dolor del hombre que por el suyo propio. Empieza a explicarse, pero oye pisadas en la escalera y reconoce las de su tía. Malvina introduce a Julia en su alcoba. Desde la cama, la enroscada *Dalila* contempla a la intrusa con la raya esmeralda de sus ojos.

Es, en efecto, doña Úrsula. Malvina la hace pasar, como si fuese una visitante habitual y reconoce que Julia ha estado en la casa, pero que la ha mandado a un recado. Ante la extrañeza de la visitante, aclara:

—¡Ah!, ¿no se lo dijo ella? Se ha colocado conmigo, va a ser mi acompañante. Ya voy teniendo edad, no puedo seguir sola.

El tono es natural pero la sonrisa es tan burlona que doña Úrsula, desconcertada al principio, se da cuenta de que se le escapa su sobrina. Alza la voz, asegura ser la tutora de Julia, tener derechos, poder reclamarla a la justicia... Doña Malvina la interrumpe, la voz más suave que antes:

—¿Piensa usted convertirla en su pupila, como aquellas de alquiler que tuvo en tiempos?

Doña Úrsula se queda cortada, mientras la dama continúa:

—¿Qué se creía, que no iba yo a informarme? Estimo en mucho a don Alonso y cuando me expresó su interés por su sobrina di los pasos necesarios... Tengo datos de aquella mancebía de Segovia, ¿quiere que se la recuerde?... Eso sí, reconozco que las mozas eran de calidad, para la mejor clientela...

Desde la alcoba Julia oye los pasos precipitados de su tía hacia la salida y luego el portazo que da tras ella al huir. Sale y se abraza nerviosa a una Malvina sonriente, a la que debe el haberla liberado de ese peso. Pero ¿dijo en serio lo de quedarse de acompañante o fue una improvisación para salvar el momento?

Mientras Malvina le explica su proyecto, otros en distinto lugar del Real Sitio tratan igualmente de planes para el futuro inmediato. Lucas comunica los suyos a Sara, que le está viendo acabar de aviarse para salir de la caballeriza, pues no puede utilizar más tiempo ese lugar poco seguro. Es la tercera vez que se refugia allí y ha pasado el tiempo entre El Escorial y Madrid trampeando con conocidos para hallar trabajo. Al fin lo ha encontrado de ayudante de relojero en la casa del Príncipe de Asturias, a cuyo peluquero tuvo ocasión de componer un reloj que estimaba en mucho.

—Es un puesto muy bueno, se tratan allí muchas cosas.

—¿Y no temes encontrarte con el conde de Valduerna?

Lucas sonríe, seguro de sí mismo:

—Ya me ha encontrado. Se enteró de mi acomodo y me mandó llamar. Me dijo que no volviese a componer ningún reloj en su casa y añadió que a la condesa le faltaba una pulsera de brillantes heredada de su madre. ¡Lo dijo con una intención! No sabía si denunciar el robo y declarar de quién tenía sospechas, porque no quería escándalo, pero aún estaba a tiempo... Luego me despidió, seguro, dijo, de que yo había comprendido... Claro, con esa acusación me mandan a galeras.

—¡Vaya! ¿Te quedaste con la alhaja?

—Me regaló otras cosas, pero ésa no la tengo. ¿Qué les importa? Si ellos lo afirman y ponen testigos, que los pondrían, mi condena es segura.

—Entonces, ¿se acabó doña Elvira?

—Se ha quedado aún con ganas y si alguna vez se pone a tiro, no te diré que no... Pero para mí ya dio de sí lo que me interesaba. Y el marido puede fastidiarme, el muy cabrón, aunque me pareció que no le interesaba demasiado.

—Y a tu novia ¿cómo es que no la has vuelto a ver?

—No es mi novia.

—Pues bien que la dejaste preñada.

—Tú me la pusiste delante. Igual lo esperabas.

—Puede —sonríe Sara burlona—. No me gustan las niñas melindres. Hacen falta en estos tiempos mujeres sabidas... Pero veo que no te gusta hablar de eso. Claro, no quieres que te caiga encima don Alonso. A lo mejor ya se ha enterado de la zalagarda y sabrá que has sido tú... Ándate con cuidado. Es hombre de temple y tiene poder.

—No le tengo miedo —afirma fanfarrón.

Pero Lucas sabe que eso no es cierto. Y además en los últimos meses ha descubierto que ante Julia se sintió a su pesar humillado, por eso no volvió a verla en sus posteriores visitas a Aranjuez. Con la muchacha que se le entregaba sin reservas, se sentía ajeno, aunque la hiciera gozar y derretírsele entre los brazos. Ella le hablaba en sus encuentros de amor y de libertad. «Me haces libre», le decía. Para Lucas era hablar otra lengua: ¿qué tiene que ver la libertad con el gusto? Y sentía que no estaba a su altura.

—Te preocupa, ¿eh?

—Basta del tema. La gocé y ya está. Como te gozaría a ti o a cualquier otra.

—No estoy ahora en eso —se burla Sara—, pero ya te avisaré si me apetece... Bueno, me alegro de que hayas terminado con ella.

—¿Ves como acabaremos en la cama?

—No lo digo por eso, necio; es que con ella no hacías carrera y los tiempos son buenos para hacerla. La gente no se da cuenta, pero los franceses entran a chorros, hasta la *Gazeta* lo anuncia. Ya se han comido Portugal y no cogieron a sus reyes porque ya estaban embarcados y sólo alcanzaron a ver la salida de las naves hacia alta mar. ¡Y aquí celebrando el cumpleaños de la reina hace once días, con gala de uniforme y besamanos!... Ahora los franceses hablan de llegar hasta Cádiz... ¿Para qué: se van a comer al moro o pasar a las Indias?... No, muchacho. Bonaparte quiere la Europa entera, ya le ha quitado a nuestra Infanta María Luisa la corona de Etruria y sólo le falta España. Aquí caerán los que ahora mandan y habrá terreno libre para quien sepa moverse. Esa niña no era la mejor compañera para esos lances.

—En cambio tú... —El tono es jactancioso.

—Sí que lo soy, pero hace falta ver si tú llevas bien el paso. Tienes planta para pisar a las claras, a la luz. Yo me muevo mejor por lo oscuro. Nos complementaríamos bien, si estás conmigo. ¡Pero no me conformo con poco, quiero ir lejos! A ver qué sacas de la casa del Príncipe de Asturias.

—Napoleón viene a darle la corona; eso dicen allí todos.

—Puede. Pero luego pondrá uno de los suyos. Lo ha hecho siempre.

—Estaré al tanto. Y cuento contigo.

—Gracias, señor —contesta irónica.

—Te lo digo de ley —responde sincero. Se da cuenta de que esa mujer tiene algo dentro.

—Ya lo sé. Somos aliados.

Lucas se ciñe bien el cinturón, se encasqueta el sombrero y coge el morral con sus avíos para estos viajes. Sara le despide en la puerta y le ve alejarse por la calle de árboles al campo, camino del Puente Largo, donde cogerá la posta a Madrid, que tiene allí parada, si no encuentra algún carro que le lleve más barato. Así evita ser visto saliendo de Aranjuez.

«Ese mozo hará carrera si le guío», piensa Sara, viéndole pisar airosamente.

JULIA

No necesitó preguntar, me abrazó y rompí a hablar, ¡me hacía tanta falta! en cuanto se fue mi tía con el rabo entre las piernas, ¡qué revolcón recibió! doña Malvina la dejó aplastada ¡qué mujer! me ha vengado, me da su amparo, me libra para siempre, ahora aún más admirable, ¡qué historia la suya! en pocas frases me asombró, su ejemplo y su vida me devuelven el ánimo, no olvidaré nunca sus confidencias, ¡y haciéndome su igual, acercándose a mí! aunque jamás llegaré a ser como ella, ¡qué lección de vivir! elogió mi confesión a don Alonso, me llamó valerosa, ¡si supiera cuánto me costó! pero claro que lo sabe, me conoce mejor que yo, ella sí que es valiente, increíble parece su hazaña en París, una simple mujer, ese temple, esa serenidad, ese ver claro, «la cuestión es si quieres tú a ese hijo, aunque tenga ese padre», puso el dedo en la llaga, pero no tendrá padre, le haré sólo hijo mío, nada más que mío, me salieron de golpe esas palabras, sin haberlas pensado ni decidido antes, me sonrió: «¡así se habla! ¡no necesita padre! ¡casarte con él, jamás! ¿me oyes?, ¡ni aunque te lo pidiera!», no hace falta decírmelo, no quiero saber de él, le pregunté por don Alonso, si sufre mucho, si me juzga mala, si me desprecia, «te quiere» ¡cómo me miró al decírmelo! muy adentro, como buscando en mí, me dio más pena todavía, yo le quiero pero de otro modo, acababa de estar donde yo me sentaba, llorando como yo, se me partía el alma, nunca quise causarle daño, al revés, todo el bien que se merece, «¿y qué podías hacer? ¿casarte engañándole como cualquier otra?» eso nunca, eso lo quería mi tía, ¡qué vergüenza! más que la de confesárselo todo, no se miente a un hombre bueno, yo no he tenido la culpa, no era dueña de mí, quería demasiado bien, aunque me acusara el confesor, no me ayudó nada, sólo repetía lo del pecado carnal, gravísimo, la pureza de María y esas cosas, doña Malvina se reía: «la carne no peca, Dios la creó así... ¡qué saben ellos fuera de sus libros, los que ellos mismos han escrito y llaman palabra de Dios! Dios no usa palabras sino obras», ella no me cita libros sino su propia vida, su boda un engaño, fue suerte no tener hijos, el marido ya demasiado podrido, por suerte murió pronto, engañada pero no se rindió, y más tarde su gran esperanza, extraordinario amor, como ningún otro, no he comprendido bien con quién, alguien que no estuvo a su altura, «ellos nunca lo están, ni siquiera aquél», no respondió a su fe, «pudo haber sido grande, para una nueva era», pero se engañó, «nada que hacer con ellos, soportarlos mientras todo cambia, y no darles nuestra libertad, mientras los liberamos de sí mismos» me dejaba confusa, «lo entenderás algún día, este mundo está desviado, defiéndete de sus redes, contra su opresión tu libertad, al menos dentro de ti, y amando como quieras, a quien quieras, no renuncies, aprende a luchar por otro mundo nuevo» no soy capaz de seguirle hasta esas alturas, pero su palabra es pasión, «y ten el orgullo de tu hijo, los hombres no pueden hacerlos, edúcalo tú para el mañana» ¿qué mañana? no entiendo pero es verdad, por eso me consuela y me calma, ¿cómo habré de educarle?, «yo sé cómo, sé adónde vamos, no te inquietes, te guiará Myrtille, es como yo, una compañera, la conocerás pronto, vuelve dentro de unos días» estoy deseando, ¡una como ella! me siento esperanzada, llegué aquí sin rumbo, entré aniquilada en esta casa, aquí he resucitado, ¡y ella me aguardaba! me pareció increíble, le había pedido a Alonso que Gertrudis me trajese, no hizo falta, «mejor: así te guió el destino, buena señal, ahora cuento contigo», ¿para qué?

¿qué puedo darle yo?, habla como si conociese ya el futuro, el del mundo y el mío, por de pronto ha orientado mi vida, ha decidido sacarme de la Villa antes de notárseme el vientre, hemos de pensar en don Alonso, me acompañó tanto que podrían murmurar, sobre todo me conviene a mí, tranquilidad en el campo, va a llevarme a vivir con los guardas de Soto Mayor, le deben favores, hijos de los tiempos de su padre en la yeguada, me hace falta pasear, bueno para mi hijo, ¡mi hijo!, mi tía le llamaba una desgracia, yo ya le quiero, sólo me entristece don Alonso, el daño que le he hecho, pero allí no me verá, olvidará, ¡ojalá me desprecie! sufrirá menos, lo demás tiene razón doña Malvina, ¿cómo corresponderé a su ayuda? su risa al oírmelo, «algún día podrás hacerlo, pero no te inquietes, no estás obligada a nada, el amor no se paga, se recibe y se da» ella irá a verme, suele galopar al Soto con Silvano, ¡y yo que pensé acabar con mis penas en el río!, «¿esa cobardía se te ocurrió? ¿a una valiente como tú? ¡a vivir, Julia, a vivir! ¡hacia otro mañana para tu hijo y para todos!»... cuando mira al futuro se ilumina, ¡claro que voy a vivir! con mis amigos nuevos en el Soto, en casa de mi tía imposible, un infierno, ahora es diferente, no muero, no me ahogo, ya respiro...

XVI. VEINTE DE FEBRERO

1931: El Guardia de la Real Persona

La Nochevieja fue, en Casa Sole, mucho más alegre que la Nochebuena. Germán se presentó desde Madrid para acompañar a sus amigos y Feliciano se unió al grupo llevando un par de botellas y unos aperitivos.

—¡Ahí va, champán! —exclamó Agustín.

—¿No lo has probado nunca? —presumió Feliciano.

—¡Anda éste, ya lo creo! Más de un culo de botella ha quedado alguna vez en el Hotel. Y no es para tanto: como una sidra, más o menos.

En el cuarto de estar añadieron la mesa de la cocina a la camilla y le quitaron a ésta las faldas para que la tibieza del brasero llegara a todos. A pesar de haberse llevado la máquina de coser al dormitorio de Soledad, casi no cabían alrededor, lo cual venía bien a las dos parejas, encantadas de la proximidad, sobre todo Quina, la más alborotadora, arrastrando a Feliciano. Marta y Germán se mantenían discretos, pero brillantes los ojos. Agustín, sentado entre Quina y Soledad, les observaba a hurtadillas. Germán había aportado el besugo y el pavo, las muchachas habían corrido con los postres y Agustín se había encargado de las uvas. La conversación fue animada, optimistas todos con la evolución política. Soledad sentía cierta melancolía, pensando que al año siguiente ya no estarían juntos, pero aún no había confiado a nadie su proyecto con Agustín. Tampoco éste, que asistía a la cena más bien distante, aunque procurando participar en la animación.

Cuando se acercaron las doce entreabrieron la ventana, desafiando el frío, para estar seguros de oír las doce campanadas de la iglesia de Alpajés. Poco después, al mismo ritmo de los toques, se fueron todos tomando las uvas, entre risas que amenazaban atragantarles. Ya en el nuevo año Germán ofreció un brindis, mientras Quina cerraba la ventana, por la que había empezado a colarse la niebla.

—Por que este 1931 nos traiga lo que más deseamos y los cambios que necesita este país.

Soledad y Agustín se abrazaron. Feliciano besó a Quina en la boca. Germán al verles hizo lo mismo con Marta.

—Es el primero —murmuró luego ella.

—No será el último —repuso Germán, provocando el aplauso de Quina.

Aún continuaron un rato charlando, entre evocaciones y proyectos. Al cabo, Feliciano se puso su gabán y Germán su pelliza y su bufanda, para irse ambos a dormir a la casa del primero, que disponía de acomodo para su amigo. Al abrir la puerta entró una ráfaga helada y las dos parejas se besaron de nuevo. Las muchachas acudieron a la ventana para verles alejarse. Por la calle circulaba algún grupo jaranero a pesar del frío.

—Son de primera —proclamó Quina, ciñendo a Marta por la cintura—. No se parecen en nada y ya ves qué amigos se han hecho.

—No, no se parecen... Es curioso, resulta como si Germán te fuera mejor a ti y Feliciano más de mi estilo. Pero ya ves...

—¡No te lo cambio!

—¡Ni te atrevas! ¿Qué te has creído?

Se miran, se abrazan y ríen, deseándose en voz baja, de oído a oído, la realización de sus sueños ya iniciados. Están animadas por la compañía y también por la bebida. Desde su silla, junto a Agustín, al que ha echado su mano cariñosa sobre un hombro, Soledad las mira complacida, recordando su propia vida. Ha visto el primer beso para Marta; evoca el suyo en el campo, al fondo el tajo de roca coronado por el caserío de Cantavieja. Al fin se levanta para acostarse; Agustín hace lo mismo. Las jóvenes les siguen más tarde.

Los Reyes Magos, días después, pasaron por la casa, tras años de haberla tenido olvidada. Se debió a la insistencia de Marta, que nunca había dejado, viviendo su madre, de sorprenderse una a otra haciendo aparecer regalos esa mañana. Quina encuentra unos preciosos zapatos que necesitaba y que, si no le están bien, puede cambiar en la tienda de Varón. Soledad, una buena cafetera de filtro. Agustín, una gorra nueva, un magnífico libro sobre pintura española y un caballete. Pero la gran sorpresa, dejada para lo último, es el paquete para Marta. Parece una gran bola y pesa bastante. Quitada la envoltura, la muchacha se queda atónita: es su propio busto, su cabeza modelada en barro cocido. El parecido es grande, el artista ha acertado además en la expresión habitual, entre soñadora y sonriente. Una incisión, en la base, delata al autor aunque no haga falta: «Agustín».

Marta mira a su amigo y se sorprende ante la expresión madura, superior y al mismo tiempo tierna, con que ella es contemplada. No sabe qué decir. Le abraza y él se deja abrazar, sin moverse.

—¡Agustín! ¡Qué maravilla!... ¡Eres un talento!... ¿Cómo has podido sin que yo posara? ¿Alguna foto?

—¿Foto? —La voz es desdeñosa y luego se vuelve intensa, emocionada—. Me sé tu cara de memoria.

Marta siente un nudo en la garganta. Se calla, porque la delataría un sollozo. Por fortuna, Soledad interviene:

—¿Has visto, chica, qué artistazo? ¡Y yo que me preocupaba pensando qué hacía este hombre por las tardes, luego de salir del Hotel! Preparando esto... No creas, ha dado trabajo. El día que me fui a Madrid con él era para llevar el barro a la fábrica de figuritas de un amigo de Rusiñol, para que lo cocieran allí. Y luego ya nos lo volvió a traer el recadero.

Soledad no dice que en la fábrica hablaron con el patrón, asombrado ante el busto en barro, y que Agustín quedó contratado para empezar en mayo. No quiere todavía decir a las muchachas que va a levantar la casa. Le entristece.

—Trabajaba en un desván del Hotel —añade Quina, que estaba en el secreto.

La emoción de Marta se va calmando. Se siente rodeada de cariño. El amor de ese muchacho, el afecto profundo de las dos mujeres... ¡Qué suerte la suya con su trabajo en Aranjuez, que además le ha dado a Germán!... Ya puede hablar:

—Ven, te lo mereces todo.

—¡Si ya me han puesto ese libro tus Reyes!

—Es poco. Ven.

Se lleva a Agustín a su cuarto. Le cogería por los hombros, le abrazaría, pero debe reprimirse. Señala sus cosas:

—Coge el libro que quieras. ¡Todos si te apetecen!... No dudes; lo que prefieras.

Agustín vacila. Al fin, tímido:

—¿Puede ser esto? —Señala el frasquito de perfume Houbigant en la repisa tocador.

Marta no lo esperaba. Todo es más hondo de lo que ella piensa. ¡Qué muchacho! ¡Qué hombre! No le advierte que no es perfume masculino porque ya sabe que no es para usarlo él, para usarlo nadie, sino para después, cuando él se quede solo...

—Gracias —dice otra vez, conmovida.

—¿Tú a mí? —se asombra ahora Agustín. Y añade, abriendo los brazos—: ¿Puedo?

—¡Claro! —exclama Marta echándose en ellos y apretándole contra su corazón.

—Ya soy como tú de alto —dice Agustín al separarse, sonriendo a pesar de la melancolía en su voz. Coge el frasquito y se va sin más palabras. Su mano izquierda, cerrada dentro del bolsillo, oprime la navaja regalada por Germán.

Marta exhala un suspiro que la venía ahogando. Cuando vuelve luego al cuarto de estar Agustín ya se ha ido al Hotel. Pero sobre la mesa se encuentra la cabeza de Marta, intacta para siempre, más fuerte el barro y la mano de Agustín que la erosión del tiempo. «¡Qué razón tiene Janos! —piensa Marta—, no sólo hay desencuentros, sino destiempos.»

A media mañana volvió Agustín del Hotel inesperadamente. Había vomitado allí, tenía el estómago revuelto. Soledad le preparó una manzanilla con Agua del Carmen y le acostó. Aunque el muchacho no quiso que avisaran al médico, ella llamó al doctor Sampedro. Vino por la tarde y encontró al muchacho con fiebre, pero el reconocimiento no indicó nada anormal. Quitó importancia a la cosa. «A veces, a esa edad, se tienen sacudidas bruscas. De crecimiento, de madurez», dijo a Soledad al marcharse. Al día siguiente mandó a su hijo, ya muy amigo de Agustín, a preguntar si eran necesarios sus servicios, pero el chico estaba mucho mejor. Se había despertado limpio de fiebre aunque exhausto. Se pasó el día en la cama y eso fue todo. «Cosas del crecimiento», se dijo Soledad, comprobando una vez más el buen saber del doctor.

Germán no volvía por Aranjuez. En sus cartas, no muy largas pero sí frecuentes, se excusaba con sus obligaciones. Cuando no estaba en su trabajo le faltaba tiempo para atender a sus actividades más importantes. «El momento es decisivo, ahora podemos ganar terreno» «Los burgueses van a lo suyo, quieren sacar más tajada sin perder posiciones; tenemos que sorprenderles» «No conseguiremos ahora lo que es justo, eso va para largo, pero iremos avanzando» «No podemos estarnos quietos: cuando arriba se pelean entre ellos se les puede arrancar algo»... Marta devoraba esos párrafos de las cartas casi tanto como los llenos de ternezas, porque le hacían admirar a su hombre. Pero tenía ansia de verle y lo consiguió trasladándose a Madrid, con motivo de otra gestión administrativa, en el día de San Antón, la fiesta en que las caballerías, bajando por la calle de Hortaleza frente al colegio de ese nombre, comen bollos de manteca.

Marta no vio el desfile. Pasó el día en las nubes del brazo de Germán y, para su alegría, almorzando con un grupo de correligionarios. Entre ellos alguno de los que iban en la canoa el día del paseo por el Tajo, como Exiquio, el joven rubiales palentino y, sobre todo, las dos muchachas con las que ella se entendió tan bien: Amparo y Magdalena. La primera triste, porque su compañero Mateo estaba entre los recientes detenidos, pero ambas la acompañaron por Madrid mientras Germán atendía a lo suyo. Marta volvió a revivir, con el grupo, el ideal y la esperanza, la pasión y la aceptación de los riesgos con alegría jovial. En el merendero de Cuatro Caminos Amparo le recordó el incidente de la pamela naufragada en el Tajo. Esta vez Marta llevaba una boina verde muy ladeada que la preservaba del frío y le hacía, según Germán, «una carita muy graciosa, de estudiante».

A los pocos días empezó a circular por Aranjuez un rumor que soliviantó a Quina: lo de Hollywood en el Real Sitio iba por fin en serio. Se hablaba de un grupo financiero que había constituido una sociedad con gente importante, como el conde de Vallellano. Una noticia en la prensa hablaba de una próxima reunión informativa en el teatro de Aranjuez, para comunicar al pueblo las características de los futuros estudios y para ofrecer acciones, a precios accesibles, a los ribereños que lo desearan. Se hablaba ya de planos, de una posible ubicación más allá de la parroquia de Alpajés, a lo largo del camino de las Moreras... En el mercado de abastos todo eran rumores que, por su importancia local, apagaron temporalmente los comentarios políticos.

Quina, por supuesto, sorbía esas informaciones mientras Feliciano torcía el gesto en silencio, temeroso de que deslumbraran a su novia. Ésta, entretanto, tenía otra ocupación más inmediata. Con la colaboración de Soledad había mandado a la revista *Estampa* un envío para el concurso del *Vestido a cinco pesetas.* Se trataba de confeccionarlo con un coste total no superior a esa cantidad, incluido el hilo, botones y todos los detalles. Quina puso la idea, basada en su constante contemplación de figurines, y ayudó en la obra; Soledad realizó el corte y juntas consiguieron el triunfo de lograr el tercer premio, remunerado con quinientas pesetazas, además de una invitación a la creadora para acudir a Madrid y ser fotografiada con el vestido premiado con objeto de publicar un reportaje en la revista. Quina quedó entusiasmada y vio en ese éxito un buen presagio.

—Total —le aseguró Agustín—, que te lo dan todo hecho. Te llevan al plató, te dan publicidad gratis... ¡Te veo de estrella de cine!

—¡No me lo digas, no me lo digas!

—Y el Feliciano a la cuneta —apostilló sombrío el interesado, allí presente.

—Eso nunca, mi amor. Antes cuelgo el cine.

—Y si eso falla —insistió Agustín, risueño—, Germán te contrata.

Pues Germán, con su experiencia y relaciones cinematográficas venía trabajando en un proyecto inspirado por sus visitas a Aranjuez: rodar sobre el Motín una película de inspiración revolucionaria, como en el cine ruso, anticipándose a los promotores de un Hollywood a la americana en Aranjuez. Su propósito era mostrar que si el pueblo se une puede imponer su voluntad a sus opresores e incluso derribar coronas; mensaje muy para el momento. Artísticamente sería fácil lograr un gran resultado: los escenarios insuperables están a mano en el Real Sitio, con los jardines y los edificios históricos. Marta no pudo por menos de recordar, leyendo la carta de Germán sobre el proyecto, que ese plan coincide con la idea de Ribalta, aunque con una intención política contraria. Si Germán consigue esa realización el profesor sufrirá otro fracaso más, pero Ribalta y sus pretensiones ya no ocupan los pensamientos de Marta.

A Quina, por supuesto, le encantaría trabajar con Germán o con quien sea. Y por si hiciera falta algo para animarla, se publica en la revista *Estampa* el 7 de febrero un largo reportaje contando las vicisitudes de una muchacha que aspira a peliculera, contra la oposición de su familia. Por fortuna, Quina siempre conserva el suficiente sentido de la realidad como para reírse de sí misma en sus charlas con Marta y asegurarle que el valioso pájaro en mano del refrán es su Feliciano, sin estar dispuesta a cambiarlo por ciento volando. Pero le divierte tener en vilo a su novio y, por otra parte, las quinientas pesetas del vestido premiado son tan reales como el mismo Feliciano.

Entretanto, el proceso de cambio político se acelera, provocando la dimisión del general Berenguer. La crisis es laboriosa; pocos son los que se atreven a asumir la responsabilidad de la Presidencia y han de desistir por falta de colaboradores. Finalmente se forma el gobierno del almirante Aznar que motiva comentarios irónicos de Soledad:

—Es al revés que el refrán: ahora otros perros con los mismos collares. Un marino siempre es un militar y, por si no estuviera claro, Berenguer se queda en el Ministerio de la Guerra. Además los de siempre: el dichoso Romanones en Estado, La Cierva en

Fomento, García Prieto, y así por el estilo... Germán dirá lo que quiera, moza, pero las cosas siguen lo mismo.

Marta está convencida de que no es así, de que el fracaso de Berenguer en llevar adelante sus criterios significa que la corona cada vez encuentra menos soluciones, y la prueba es que ya se habla de elecciones inmediatas. Pero la política no es su obsesión y, por el momento, es absorbida por los preparativos para un buen disfraz de carnaval, porque Quina ha decidido que las dos parejas celebren esas fiestas por todo lo alto. Con eso siguen la corriente general pues el pueblo llano, quizás para olvidar tantas incertidumbres, ha decidido lo mismo. En Aranjuez se anuncia un baile popular en el teatro y otro, allí mismo pero más restringido, organizado por el Casino. Está ensayando además una «murga musical», con nuevas letras para canciones conocidas, de las que se dice van a levantar ronchas con críticas políticas y contra algunos gestores locales. Lo más divertido, como todos los años, será la gente en la Plazuela de San Antonio, donde ya se están disponiendo puestos de caretas, *confetti*, serpentinas y otros accesorios, así como chocolate y churros, entre otras bebidas y golosinas. El tiempo favorece el jolgorio porque se ha suavizado el frío y aunque el cielo está cubierto de nubes grisáceas y los árboles siguen sin hojas, no se anuncia lluvia.

El primer día de carnaval ya se llena la Plazuela de gentes y vocerío. Algunos se han disfrazado más o menos convencionalmente, aunque sin excesivo costo, con un dominó, un pierrot o trajes de arlequín, de paleto con boina, de talaverana y análogos; pero la gran mayoría recurre a la inveterada costumbre ribereña: disfrazarse de «guarrillo». Es decir, hacerse irreconocible con la careta y cualquier envoltura, sea una sábana, unos sacos, una tela de colchón, una toalla a modo de turbante. Con eso ya se puede embromar, a veces con excesiva pesadez, a los amigos no disfrazados. Y más todavía a las amigas.

La juventud de Casa Sole no acude ese día porque Germán no ha podido llegar y esperan al siguiente para incluirle en la diversión, que acabará cenando juntos y yendo al baile en el teatro. En cambio, entre toda esa abigarrada multitud destaca una persona que se mueve con mesura y viste, con sorprendente propiedad, cierto antiguo uniforme militar que sólo es identificado por un asombrado comandante de húsares de la Princesa, aficionado a la historia del ejército. El uniforme es el de los Guardias de la Real Persona que daban escolta a Fernando VII: casco con cimera negra y pluma blanca; casaca azul con el cuello, la solapa, la vuelta y el forro encarnados; calzón azul, bota alta; botones, bandolera y galones de plata, y sable de caballería. Lo viste un hombre alto y delgado con un andar lleno de arrogancia. El antifaz deja ver una barbilla enjuta y labios finos, un delgado bigote y unos ojos oscuros de penetrante mirar. La singularidad del personaje, y quién sabe qué secreta cualidad, crean a su alrededor un pequeño círculo vacío que se desplaza con él y disuade a los curiosos de embromarle. Es tan verdadero que, paradójicamente, parece irreal, como si hubiera salido de su época para irrumpir en el presente.

A pesar de ello no pasa mucho rato sin que se le acerque un «guarrillo», muy joven a juzgar por sus movimientos y por su audacia, que llama la atención del guardia de Fernando VII tocándole el brazo. El disfrazado se vuelve bruscamente y se lleva su mano izquierda a la empuñadura del sable.

—¡Hola! —saluda Agustín desde debajo del trapo que le tapa la cara, con dos agujeros para poder ver.

—¡Hola, buen mozo! ¿Eres tú?

—Va usted muy majo. ¿Lo ha sacado de allí?

—¡Claro! ¡De dónde va a ser!

—¿No decía usted que nunca salía?

—Hay que estar enterado y muy alerta. Estos días revueltos son propicios para todo... ¿No lo notas tú? ¿A que tienes ganas de cambiar, de irte lejos? Seguro; tú no eres como toda esta gente... Son bultos, borregos... No van, los llevan.

Agustín tarda en contestar, impresionado por esa clarividencia.

—Es verdad, voy a irme... Oiga, usted tampoco es como ésos. Podíamos irnos juntos.

—¿Cómo? —Brota una fina sonrisa bajo el antifaz.

—Por el río —fantasea el muchacho, estimulado por el soberbio uniforme y por la ocasión—. ¡Botaríamos una real falúa y hala, río abajo!

—Sería la de Alfonso XIII, que es la más ligera. —Tras breve pausa añade muy serio—: ¿Por qué lo dices? ¿Es que tú también estás en destiempo?

—¿Cómo?

—Entonces sería preciso que la falúa nos llevase a un Niágara, para dar un gran salto a otro plano, a unas aguas nuevas, más allá... Pero tú eres muy joven para necesitar ese cambio. Tienes tu vida por delante y no dejas nada detrás.

—Ahí se equivoca. Sí que dejo, ¡vaya si dejo! Y eso es lo malo, soy demasiado joven... Pero ¿sabe usted?, la pena que tenía se me ha vuelto ganas, unas ganas... ¡no sé cómo decirlo! De hacer, de hacer y que lo vean, y refrotárselo a alguno y alegrarme. No sé si está bien, pero es lo que me pasa... No se lo he dicho a nadie.

—Gracias... Pues haz tu vida y que la vean; para algo eres artista. Te lo digo yo, que conozco de arte. Soy yo el que tiene que saltar la catarata del tiempo, y cuando lo haya hecho me alegrará ayudarte. Seguro que a Marta también.

—No, Marta ya no. Pero me ha enseñado mucho. En el museo, en sus libros... Yo no sabía nada de eso, no tenía ni idea; ahora sé mejor adónde voy.

Les interrumpe un par de pelmazos encubiertos, pero el guardia de Fernando VII los aleja con un gesto.

—¿No andará por ahí ella?

—Vendrán mañana. Es que hoy no había llegado el Germán.

—¿Quién? Ah, sí, ya me hablaste de él. Uno que sólo se ocupaba de política.

Agustín replica con amargura:

—Eso creía yo, pero al tío le dio tiempo para todo.

—¿Es que no es amigo tuyo?

—Sí que lo es; no puedo hablar mal de él, pero es que Marta...

—¿Cómo Marta? ¿Amiga de ese Germán?... ¿Mucho?... No puede ser... He de atajarlo, darme prisa.

—¿Para qué?

—No puedes comprenderlo pero es urgente... Menos mal que ya llegamos a la catarata, ya oigo su estrépito... Ella también ha de oírlo, no es posible que se equivoque otra vez, ya casi está recordando... Voy a verla ahora mismo.

—¡Pero si hoy no sale!

No bien lo ha dicho, cuando Marta ha aparecido frente a ellos, como obedeciendo al conjuro. Más atrás quedan Quina y Feliciano. Aunque sin disfrazarse, como se proponen hacer mañana, los tres decidieron dar una vuelta antes de cenar para ver el ambiente.

Janos, dueño de la situación, pues Marta no esperaba encontrarle, la saluda juntando los talones con un golpe seco y llevándose la mano al botón del casco, con una leve inclinación de cabeza. La muchacha vence su asombro y pregunta:

—¿Tú en la calle?

—Charlando con este amigo... Como Mahoma no viene a la montaña, la montaña va a Mahoma.

—Es verdad, he estado muy atareada... ¡Pero te he recordado mucho!

Un ademán elegante ataja las explicaciones:

—No tiene importancia; sé que estoy a tiempo: todo sucederá según lo previsto... Pero no te retrases: he de darte el cofre de los papeles, ¿recuerdas? ¡Ahora sí que es el momento!

—¿Los del Motín? No son tan urgentes.

—Al contrario, son indispensables. Ahora todo apremia. El Motín es lo de menos; lo importante es mi vida entera y los otros tiempos. Para que acabes de recordar; para que recuerdes del todo.

Otro saludo, con una inclinación también para Agustín, y la uniformada máscara gira y retrocede entre la gente. Por encima de los «guarrillos» ve Marta cómo se aleja hacia el portillo del Parterre el casco con la cimera negra y la pluma blanca.

—¿Era el duende, verdad? —inquiere Quina, acercándose fascinada.

No es duende pero como si lo fuera, me quedé sin habla, dijo «voy a verla» y allí apareció ella, como en los cuentos, palabras mágicas, ¿y qué es lo que pasa? ¿de qué salto habla? se tomó en serio lo de la falúa, lo dije por decir, por ser tan raro como él, y también sabe que me voy a Madrid, lo sabe todo, también sabrá algo de Germán, si no ¿por qué le enfada lo de él y ella? lo hablaré con la señora Sole, conoce a Germán desde niño, claro que han estado alejados mucho tiempo, ¿será un espía de la policía? ¿nos habrá contado un cuento con lo de Jaca? igual fue allí por el gobierno, igual es un espía y todo lo de cruzar el monte es filfa, pero no lo creo, me vendría chipén pero no lo creo, Germán parece lo que es, y de todos modos tampoco me vendría chipén, eso no arreglaría los años, hay que aguantarse, como siempre, tirar p'alante, a ver si ya se declara la señora Sole y dice que nos vamos, de todas maneras nos separamos todos, cada oveja se irá con su pareja, ¡mira que si a Quina le sale bien lo de peliculera! salero no le falta, ni simpatía, y es guapa pero no tiene comparación, pobre Feliciano si se queda como yo, pero sin la excusa de los años, y Marta se irá a Madrid, con el otro, alguna vez nos veremos digo yo, me gustará, ella no tiene la culpa, ni yo tampoco, así son las cosas, he de pensar hacia otro lado, cómo nos irá en Madrid, en la fábrica les llamó la atención el busto, cuecen bien pero las figuras no son gran cosa, ahora mismo algunos animalillos que yo vendía valían más, y teniendo material fino aún me saldrán mejor, me da pena haberle regalado el busto, lo hubiese querido para mí, pero sería peor, cuando se acaba se acaba, pero verla alguna vez eso sí, por fin no le enseñé el desván, no tiene nada de particular, pero ella hubiera visto algo allí, con lo que sabe de historia, cómo se escondió el Godoy, cómo lo sacaron, en el *Episodio* que me dejó de Galdós se cuenta muy majo, ¡mira que si lo hacen ahora en el cine! además en ese desván he trabajado, ahí he modelado su cabeza, era acariciarlo, ¡que si me fijé en su foto! ¿para qué? ¡como si no me supiera yo su cara! ¡años pasarán y me acordaré! ¡maldita sea! ¡y dale: piensa en otra cosa, Agustín! en cómo nos las arreglaremos la señora Sole y yo, el jornal no es mucho pero me dejan ir a Bellas Artes, apretadillos andaremos, ella coserá por lo menos al principio, ¡se da una maña! y ese vestido del premio les salió jamón, enseñándolo en la revista le harán encargos, mientras yo iré ganando más, qué suerte he tenido con ella, y con don Santiago, del banquete salió todo, ¿para qué convidaría a Marta el Moriarty ese? sería capaz de pensar que podía camelarla, creyó que estarían solos, en invierno pocos comensales hay en El Rana, pues aunque no hubiera nadie, límpiate que estás de huevo, Marta a ti ni caso, vale mucho más que tus pamplinas, me dijo que había llegado pronto, ¡como si yo no hubiese visto ningún banquete antes! y mejores: en el Hotel, pero yo soy formal, voy cuando me dicen, es un desgraciao, era gente curiosa la del homenaje, para ser artista no hace falta ser como algunos, lo que importa es trabajar, eso dice don Santiago y tiene razón, Marta le llama bohemio, me ha contado cosas de broma, él y sus amigos, será verdad pero trabaja un rato, no puede andar y pinta que te pinta, al final en el banquete un grupo aparte le criticaba, cuchicheando y riéndose, ¡serán guarros! ¿para qué van entonces? decían que tomaba morfina o que la había tomado, parece que eso es muy malo, vuelve loco, pues de loco nada, don Santiago es bueno, su señora todavía más, gracias a él voy a salir del hoyo, si viviera en Madrid me echaría una mano, ¡pero Barcelona está tan lejos! ya me ha ayudado bastante, con verle pintar, con su amigo el de la fábrica, en eso tengo que pensar, en el porvenir, no en fantasías, pero ya lo dice Quina, ¡son tan bonitas las fantasías!

1808: Hacia el Nuevo Mundo

Suena en la calle el estrépito de una tropa de caballería y aunque es frecuente el paso de Guardias de Corps por delante de La Valenciana, situada frente al cuartel, algunos parroquianos se asoman a la puerta porque en los últimos días han llegado nuevas fuerzas al Real Sitio y, como corren los más varios rumores, la gente está siempre alerta.

—Son los de escolta para la cacería de Su Majestad —comenta uno de los mirones.

—¡Esa puerta, Benito! —grita alguien desde dentro.

Los curiosos vuelven al interior cerrando contra el frío viento de febrero, con rachas de llovizna.

—No sé ni cómo don Carlos sale de caza, ¡si yo fuera rey ni lo pensaba!

Pero todos saben que el monarca no pierde día de matar unas reses por los sotos de Legamarejos, de las Conejerías o de Soto Gordo. Hace casi seis semanas que la Corte se trasladó a Aranjuez, casi inmediatamente después de la corta estancia en el Palacio Nuevo de Madrid para recibir, el 26 de diciembre, a los señores de los Consejos y a los Embajadores, siguiendo poco después los días del infante don Antonio Pascual y, luego, la festividad de Año Nuevo.

En la horchatería, a pesar de su nombre, no se sirven ahora bebidas frescas, sino recios tintos de Noblejas y de La Mancha, que atraen una buena concurrencia de guardias del cuartel vecino, con otros militares, artesanos y labriegos, inactivos estos días por la inclemencia de febrero. Entre los grupos circula con sus jarras la propia Felisa y un par de mozas que la ayudan a las horas de más público. Frente a la gran chimenea se ha formado un semicírculo de conversadores que comentan los temas propios de estos revueltos tiempos: los movimientos de tropas, las comidillas de Palacio, las esperanzas puestas en el Príncipe de Asturias para llevar a cabo cambios muy deseados pues el hambre es cada vez mayor y las perspectivas del año. El cometa y el eclipse a finales del anterior y el hecho de que este 1808 sea bisiesto, inspiran el temor de acontecimientos aciagos.

En una mesa aparte tres sujetos inclinan las cabezas sobre un papel que uno de ellos lee en voz baja, a la luz de la vela sujeta en el cuello de una botella. De vez en cuando lanzan miradas recelosas alrededor, porque comentan un panfleto político; pues aunque la Inquisición y los censores redoblan sus esfuerzos, la entrada constante de tropas francesas ha multiplicado la existencia de estos libelos, la mayoría más o menos revolucionarios. La prohibición de importarlos y tenerlos, establecida hace años, a raíz del Terror en Francia, es ahora imposible de aplicar y las normas contra la penetración de ideas no funcionan.

En otra mesa discretean Sara y Lucas, que ya no tiene inconveniente en ser visto por el Real Sitio, pues sus nuevos amigos en la casa del Príncipe de Asturias lograron informarse en las covachuelas judiciales de que Valduerna no había formulado denuncia ninguna y, por tanto, no pesaba sobre él ningún cargo. Tan sólo procura no tropezarse con el Aposentador, cosa nada difícil porque éste se encierra en su casa cuando no está en su escritorio y, en cuanto a Julia, no tiene problemas pues no está en la Villa.

—¿Sabes que el señor de Bonaparte ya no respeta ni al Papa? —añade Lucas, continuando el intercambio de información entre ambos—. En Roma han entrado sus tropas como Pedro por su casa. Ya no le falta más que nuestra España porque en Portugal ya han decretado el primero de este mes el fin de los Braganza y ahora manda Junot mientras no se decida algo.

—Me parece que el tratado ese que se te perdió va a servir para poco, aunque tengamos todavía tres generales españoles mandando tropas en Portugal. ¡Poco nos van a querer los portugueses con esa colaboración, después de los malos recuerdos que guardan de cuando Godoy les hizo la guerra!... Pero allá se las compongan. Para ti y para mí lo importante es lo de acá.

—Pues la gente del Príncipe de Asturias cada vez está más convencida de que los franceses van a ponerlo en el trono. Viene un general Murat a mandar los soldados que han entrado ya, y se comenta que hasta el propio Napoleón nos hará una visita, quizás trayendo una novia para nuestro viudo don Fernando.

Se abre la puerta de la calle y, dejando colarse una racha de viento, penetran tres militares. Lucas, que está aprendiendo a distinguirlos, reconoce en ellos a carabineros reales, por el gancho para la carabina en la bandolera y por el cartucherín, que los Guardias de Corps no llevan. Se lo comunica a Sara.

—Entonces son de los nuevos que han traído —comenta ella—. Algunos ya no tienen aquí alojamiento y parece que se situarán en Ocaña. ¿Qué falta hace tanta fuerza? ¿Temerán algo en Palacio? Por la Villa la gente está agitada.

—Hay quien sospecha que el choricero piensa hacer como los reyes de Portugal: partir de aquí si los franceses vienen contra don Carlos.

—¿Se irían los reyes a las Indias?

—Por de pronto a Andalucía, luego ya se proveerá. Por eso están situando fuerzas en Ocaña y más abajo, por el camino real. Pero don Fernando no está dispuesto a irse. ¡Como espera tanto de Napoleón!

—A la Villa no le conviene nada que se marche la Corte. Aquí casi todos viven de ella, en el comercio y en las huertas.

—Por eso la gente murmura y está descontenta. Además, parece que hay ciertos sujetos propalando rumores que soliviantan al pueblo. Yo creo...

Sara hace una discreta señal a Lucas para que no continúe, pues se ha dado cuenta de que desde otra mesa cercana un recién llegado, todavía embozado en su capa, parece estar escuchándoles. Lucas recoge la indicación e inicia un comentario intrascendente sobre la inminente llegada de la destronada reina de Etruria, la infanta viuda María Luisa.

En el gabinete de Malvina se encuentra a esas horas su amigo el Aposentador, calentándose junto al brasero alimentado con brasas traídas por Silvano de la Casa de Fogones. Alonso se pregunta cuál será la cuestión que ha inducido a la dama a rogarle su presencia y teme que pueda tratarse de otra pesquisa inquisitorial contra ella. Pero han empezado comentando los mismos temas que en La Valenciana, pues a Malvina le afectan a fondo los acontecimientos de Portugal. Se extraña de que Alonso no conociese los términos del tratado de Fontainebleau y le explica el proyectado reparto en tres zonas de distinta soberanía.

—Pero parece que Napoleón ya ha cambiado de idea y ahora ofrece Portugal entero a España, a cambio de nuestras tierras fronterizas con Francia, Navarra, Aragón y Cataluña, hasta la línea del Ebro.

Alonso la escucha sin demasiado interés. Murmura un comentario adverso, débilmente escandalizado, pero ella se da cuenta de que no se centran en la política las preocupaciones de su amigo, en cuyo rostro y gestos cansados se advierte un desánimo mayor aún que el de la pasada primavera. A sus pesares íntimos se suma su identificación con los problemas de los reyes, cuyo círculo, al margen del protocolo, cada día se reduce más a unos cuantos leales, pues otros cortesanos están ya adhiriéndose al bando del príncipe don Fernando.

Malvina ha observado en estas semanas cómo el rostro de su amigo enflaquecía, dándole un aspecto ascético. Aunque precisamente ahora, mirándole atenta, parece percibir una nueva chispa en esos ojos apagados que contemplan el excelente retrato de Malvina colgado en la pared del saloncito.

—Te gusta, ¿verdad? —pregunta ella, mientras remueve el brasero—. Fue una buena idea posar con ese abanico.

—Ha quedado muy bien; tu amiga es una buena pintora. También me gusta mucho el mío.

—Supo reflejar tu expresión de hombre bueno. ¿Dónde lo has colgado?

—En mi escritorio de Palacio... Acabará en manos de Julia —concluye Alonso tras una vacilación.

Malvina se interesa con viveza:

—¿Qué significa eso? ¿Has vuelto a verla?

—Desde que, gracias a ti, aceptó recibirme el pasado día de mi santo, he vuelto otra vez a Soto Mayor.

—Lo sospechaba. Silvano te vio a caballo.

—Y lo del retrato significa que la he convencido y ha aceptado mi propuesta.

—¡Bravo; ya te notaba yo hoy otra mirada! ¿De modo que reconocerás al niño?

—Sí, seré su padre oficial. Llevará mi apellido... Julia acabó llorando... de alegría, claro. ¡Quería besarme la mano!

—Lo comprendo. Es hermoso por tu parte, pero en ti no me extraña. —Alonso hace un gesto para acallar las alabanzas, pero Malvina insiste—: No, no menosprecies tu conducta. Sabes que te criticarán. Unos por no casarte si es tu hijo; otros por reconocerlo sin que te obligue nadie.

—Me tiene sin cuidado.

Malvina le mira jugueteando con el borde del chal con que se envuelve y por fin se decide:

—Alonso, ¿por qué no te casas con ella?

El hombre muestra una expresión embarazada.

—¿Eso es lo que querías decirme? Para eso me has llamado, ¿verdad?

—¿Te molesta?

—De ningún modo. Comprendo tus ideas y razones, pero...

—¿No confías en ella?

—¿Confiar? ¡Ciegamente! A ella irán todos mis bienes, salvo unas mandas para Gertrudis y Roque, y para misas por mi alma en la aldea.

—¿Entonces? Si la quieres... No será por creerla culpable al haber sido de otro, no te creo capaz.

—No es por eso. Sé que fue víctima de un desalmado. Para mí es tan digna como una viuda, que también fue de otro. Es porque la quiero. Tanto, que me resisto a atarla a mí sin que ella me ame. ¿Comprendes?

—¡No voy a comprender! Pero te equivocas. Ella no se sentiría atada, siendo tú como eres. Al contrario, le harías un gran bien y te lo harías a ti... ¿Sabes? Creo que tienes miedo: miedo a la vida.

—Para decirlo todo, algo tengo. —Alonso la mira casi desafiante, preparado para una dura réplica—. Aunque todavía soy hombre, ya no soy el que fui.

La réplica llega de una Malvina irritada:

—Eso ya no te lo consiento; es impropio de ti. ¿Qué crees tú que es lo importante? ¿Lo que pensáis los hombres? Ni te conoces, ni conoces a Julia; a la Julia de ahora, que ha aprendido ya mucho de la vida y va a ser madre. Tú le darás un amor y ella te dará otro, puedes estar seguro. Mayor del que piensas... Parece mentira, un hombre tan sensato como tú... Escúchame bien: perderás tu gran oportunidad si no te casas con ella. Arruinarás tu vejez y a ella le harás daño, porque la ofendes reconociendo al niño pero rechazándola... Sí, no me interrumpas; la mantienes a distancia. Ahora mismo pensará que la desprecias, que das tu apellido por caridad... ¿No se te ha ocurrido? Por eso se resistía a tu adopción; creyéndola inspirada por lástima cuando, en realidad, yo lo sé, lo haces por amor. ¿O no?

—Sí, es cierto. Pero no puedo decidirme. Soy lo que soy.

—Exacto, un hombre. Para ciertas cosas, como todos. ¿La quieres o no?

—Como a nadie, ya te lo dije.

—Pues entonces entrégate a la vida de una vez... Si crees en mi visión de las cosas y las gentes, como has dicho tantas veces, escúchame y cásate; no te lo repito más... —Tras un silencio continúa—: Cierto, te había llamado para eso, pero también para anunciarte mi marcha.

Ante el tono conmovido de esa voz Alonso yergue la cabeza, inclinada bajo la cariñosa recriminación. Todavía no quiere creerlo y bromea:

—Eso es normal en ti: marcharte. Sólo que esta vez me avisas.

—Porque esta vez, querido Alonso, mi más querido amigo en España, es mi despedida. Dudo que volvamos a vernos. Habrían de suceder cosas poco probables y tengo muchos años. No, esta despedida es un adiós. Mi cuerpo caerá en otra tierra. Será semilla nueva en el Brasil.

—¿Te vas con doña Carlota Joaquina? —pregunta Alonso, entristecida su voz.

—Estaré algún tiempo en Lisboa, preparando cosas. Me aloja una hermana del marqués de Marialva, la duquesa de Lafoes, ya te dejaré la dirección. Porque me escribirás mucho, ¿verdad?... Después, sí, me iré al Brasil, al nuevo mundo.

—Te escribiré, por supuesto... Y ¡qué voy a decirte! No tengo a nadie como tú; bueno, Julia y su hijo, pero ¡son algo tan diferente!

—También a mí me duele dejarte; lo sabes. Quiero que seas mi albacea.

Se levanta y va hacia su dormitorio. De allí vuelve con una arqueta que deposita sobre la mesa. Es de madera clara, con una arquería de estilo oriental tallada en sus cuatro costados, con animales y lotos entre cada dos columnitas. Sobre la tapa aparecen incrustadas, en plata labrada en relieve, dos figuras abrazadas, una masculina de frente y la otra sin duda femenina: medio pecho asoma bajo el brazo que rodea el cuello de su pareja.

—¡Qué bien huele! —exclama Alonso, tomándola en sus manos. La arqueta está cerrada con un curioso candado, también de plata.

—Es madera de sándalo. Ya sabes, la que perfuma el hacha que la hiere. Me la regaló el caballero d'Eon, que la había recogido después de un combate. La dejó abandonada un oficial inglés que, sin duda, había servido antes en la India.

—¿Qué son esas dos figuras?

—Eon lo averiguó después y los adoptó como sus verdaderos dioses. El varón, de frente, con sus bigotes y su tercer ojo vertical en la frente, encarna la Suprema Compasión, la ternura. Y en cambio la diosa de espaldas, abrazada a él con esa pierna derecha apresando el muslo izquierdo de su pareja, es quien encarna la Suprema Sabiduría, el rigor de la verdad...

Tras un silencio, añade:

—Quiero que lo guardes tú. Contiene documentos y cartas, los más importantes de mi pasado. Entre ellos unas cartas que te sorprenderán, del caballero d'Eon. Sí, tuve con él una relación más intensa de la que sospechabas. Conviene que las leas. Aprenderás que el amor tiene muchos más rostros, más encarnaciones de las que tú te figuras. Quizás te ayuden a ser con Julia más humano y menos... macho. Verás cómo amaba Eon, que era hombre y se esforzó por serlo e incluso por ser más todavía: lo que realmente era. No es mujer, como tú has creído siempre... Léelas: son mi vida más íntima, pero pueden servirte... También hay otras de las amigas que te mencioné, de nuestra sociedad secreta. Y las de mi primo Jean. Y por supuesto las tuyas, las que me has escrito en tantos años.

—Mis pobres cartas... —empieza Alonso a explicar, conmovido por saberlas apreciadas. Malvina le ataja.

—No pobres, sino tus reveladoras cartas. Y me seguirás escribiendo alguna, sabré de ti y de España, si estos revueltos tiempos no nos incomunican... Silvano, que no quiere separarse de mí, llevará el cofre a tu aposento cuando yo me marche. Guárdalo; si en algún momento no pudieras retenerlo más o temieras su pérdida, déjaselo a mi sobrina, Carolina. Pero sólo tú y ella podéis tener acceso a esos papeles; quemadlos si pudiesen caer en otras manos.

—Haré como dices, pero aún espero volver a verte —asegura Alonso, tomando la mano de la dama y besándola con ternura—. No olvidaré nunca esta conversación y meditaré tu consejo. El hecho de que me lo hayas dicho en esta circunstancia, en este día de adiós, no sé... me impresiona.

—Eso me consuela. ¡Ojalá mi partida sirva al menos para que no dejes pasar esta oportunidad!... Porque es la última, Alonso, no puedes esperar otra...

—Sí, es el último amor. Por eso es como es, por eso es todo... El resplandor final: no el sol dorado de mediodía, sino el rojo del ocaso. Más patético, más hondo. El puerto de arribada.

Callan. La luz de la tarde ha desaparecido ya. Malvina se levanta a encender las bujías. Cuando vuelve a sentarse Alonso continúa:

—No me acostumbraré a tu ausencia... Ya en tus viajes te

echaba mucho de menos... ¿Con quién hablaré de tantas cosas? ¡Nadie con tu sabiduría, ni con tu cariño! Ahora mismo, después de lo que me has dicho, ardo en curiosidad sobre Eon... ¿De modo que era varón?

—Lo es; sigue viviendo en Londres, aunque penosamente. Viejo y pobre; le vi la última vez que estuve, pero no quise saludarle... Ya leerás sus cartas. Lo sabrás todo.

—¿Por qué te vas?

—También eso lo averiguarás en esos papeles. Me voy porque allí amanece el futuro. Ahora no puedo decirte más.

Callan. La luz suave de la bujía crea una penumbra propicia a ensoñaciones. *Dalila* asoma silenciosa como una aparición y se acerca a su ama.

—¿Recuerdas —evoca Alonso— aquella noche de París en que nos conocimos?

—Pronto se cumplirán treinta y un años.

—Tres veces coincidimos en París; tú siempre allí tan misteriosa... Cuántos recuerdos, cuántos encuentros...

—Y desencuentros.

—Sí, y desencuentros.

Figuras en la sombra, nostalgias y melancolías, pueblan para ambos la habitación.

MALVINA

No entienden nada, prisioneros del dogma, cegados por las normas, por «lo que se debe hacer», un hombre como Alonso, tan sano de juicio, tan bondadoso y comprensivo, tan por encima de lo establecido, que todos acatan porque les conviene y les tranquiliza, porque ser borrego es más fácil que ser libre, un hombre como Alonso sin ver claro, parece mentira, mis cartas le van a dar un pasmo, cuando sepa de mis compañeras, las más avanzadas, las que tienen por santas a Dalila y Judith, castradoras y decapitadoras, qué pensará cuando descubra que el capitán de dragones fue mi amada, que el oficial condecorado por su valor fue mi hembra sin ser sodomita, que yo fui su dueño y señor, los dioses indios nuestra representación, Eon la ternura femenina, yo el riguroso saber, nosotros encarnando esa pareja, imposible explicárselo a Alonso, la transgresión invirtiendo los papeles establecidos, ésos son mis dioses, la mujer la sabiduría, la verdad, ¿cómo iba a entender que yo fui el dueño y señor? que su *Monsieur* no era suyo sino nuestro, de ambos juntos, cordón umbilical uniendo nuestros cuerpos, dos andróginos gozándose, ¿podrá Alonso ni siquiera imaginarlo? y sin embargo así fue, ¿qué pensará de mí? poco me importa, ¡hace tantísimos años que me libré de esa atadura: la opinión ajena! mi suerte fue mi padre, no me encadenó a los usos, me libró de esas cadenas para la mujer que son los encajes y los *paniers*, los corsés y los lazos, claro que actuó por egoísmo de macho, deseoso de un hijo varón, pero me hizo ese bien, toda mi infancia en libertad campestre, el caballo, la esgrima, tan libre como aquellas muchachas campesinas que retozaban, si mi padre no me hubiese preparado yo hubiera sido otra del rebaño, cuando me cayeron encima los arreos del matrimonio yo era ya libre por dentro, pero por fuera como todas, las faldas, las apreturas en el talle, los pechos en balconcillo, desnudos casi hasta el pezón, mostrando la mercancía, todas vendidas en los escaparates de los saraos, ofrecidas al marido propietario, autorizado a verterse en el pocillo que somos, evacuatorios desahogantes, menos mal que Brías murió pronto, mi tirano, eso me salvó, hubiese acabado matándolo yo, me asqueaba, tuvo el mismo fin que el príncipe de Lamballe, en tres licenciosos años agotó su vida, Marie-Thérèse aún no tenía veinte, esas semejanzas nos unieron, dos viudas jóvenes y archidesengañadas del hombre, con ella me encontré en las anandrinas, siguió siéndolo hasta su horrible muerte en las calles, yo las abandoné pronto, no luchaban por un verdadero cambio, se quedaban en el mero placer, me defraudaron como luego Eon, otras me siguieron, ¡cómo ha crecido nuestra red secreta! pocas pero resueltas y capaces, en marcha hacia otra sociedad, sobre todo Myrtille, seguirá mi obra, convertirá a Julia, vuelvo a creer en ella, será una adquisición, creo haber persuadido a Alonso, esa boda hará a Julia más segura, después quedará libre, buena compañera, ha mostrado entereza, su sangre ama la libertad, será de las nuestras, adelantadas al tiempo que vivimos, amará libremente, según su preferencia, todo amor es humano: de lo contrario no se manifestaría, en la naturaleza cabe todo, Buffon se lo decía a Marie-Thérèse, muy amigo de la princesa, en animales y plantas todas las combinaciones imaginables, con sexo o asexuadas, bisexuales o no, infinitos rumbos para el amor, germina en todo y lo penetra todo, también amor a objetos y lugares, a animales y rocas, y el amor a uno mismo, ferozmente condenado por menosprecio de la carne, el de la pareja es sólo uno posible, capaz de variantes, pero todas prohibidas menos una, nos dicen que por precepto divino, pero el veto lo imponen los hombres, libros escritos por hombres, ¡y qué hombres! los incapacitados para saber, los que se han negado el goce y se organizan contra el placer, sólo admiten resignados la generación, deber y no deleite, como si se obligara a un único calzado para todos de hierro y de siete pulgadas para cualquier pie, así es la represión antinatural, hay algo peor que la ignorancia, es la orgullosa sabiduría de los voceros de Dios, castrados y castradores, asesinos de la libertad, hasta sobre Eon prevalecieron, no alcanzó a liberarse, por eso triste su vejez que pudo ser tiernísima, nueva delicada adolescencia, cuando la piel y boca se descubren, ejercen manos sapientísimas, justo la edad de Alonso, si me hace caso lo descubrirá, se lo merece junto a Julia, querido Alonso, quizás ella le asome a mi futuro, al que gozamos ya libres por dentro, a pesar de las leyes carcelarias, viviendo en nuestra mente el luminoso, encendido mañana, con una verdadera libertad, abierta a cuanto el mundo ofrece, la libertad de la carne sin amos.

XVII. CATORCE DE ABRIL

1931: La arqueta india

Tendida en su cama cierra Marta los ojos, dejando de lado la carta que leía, y trata de ordenar sus pensamientos, pero las impresiones recibidas son tan violentas como contradictorias y, durante un rato, se limita a dejarlas cruzar por su imaginación. Al cabo vuelve la mirada al papel, de dobleces a la antigua para ser cerrado con oblea, y lamenta su ignorancia de la grafología, que acaso la iluminaría sobre la inverosímil personalidad del firmante, sin embargo muy real: el caballero d'Eon.

Marta jamás hubiera imaginado un amor tan ardiente y extraño a la vez como el que expresa Eon, en primera persona femenina, al escribir a Malvina como su enamorada esclava, evocando momentos de compartido erotismo, tan insospechados que turban a Marta. En su primera lectura del paquete de cartas escritas por el caballero, ella no comprendía muchas de las alusiones y descripciones: tan ajenos a su ingenuidad eran los rebuscados juegos sexuales de la pareja. Después de leerlas todas ya cree irse enterando, de asombro en asombro. Ya ha descubierto, por ejemplo, «qué» es —y no «quién» es— ese *Monsieur* que «sólo sabe resucitar y erguirse para mi dueña», que «une en el éxtasis nuestros cuerpos» y que «no me impide ser tu amada y poseída».

Marta cierra los ojos y desiste de imaginar lo que no alcanza del todo. Prefiere pensar en otros papeles, aún más valiosos para ella y para su formación histórica, de los muchos contenidos en la arqueta de Janos. Pues al fin le fue entregada; todavía no acaba de creérselo.

Hace un par de semanas creyó que la recibiría cuando Janos la invitó a su torre. Al llegar arriba todavía entraba por la lucerna cierta claridad crepuscular, creando un ambiente de misterio en el recinto. También Janos se mostró aquella tarde misterioso e inestable, saltando en la conversación del recelo a la certeza, de la inquietud a la esperanza. Tan pronto le pareció a Marta el más sabio de los magos como el más frágil ser humano. La sorprendió, sobre todo, interrogándola de pronto sobre Germán, tratando de conocer qué clase de persona era, y Marta se preguntó qué sabría el Guardián por Agustín, único capaz de haberle informado acerca del joven. Contestó ella con cautela, pero en el acto se desinteresó Janos, como si en la breve respuesta hubiera recibido toda la información deseada. ¿O acaso se había propuesto tan sólo hacer ver a su amiga que estaba enterado?

Evocando aquella extraña entrevista Marta recordó, sobre todo, la insistencia de Janos en que ella se preparase bien, porque él ya estaba dispuesto para el inminente cambio. Además, sus extrañas sensaciones a la salida, por los corredores en compañía de un Janos silencioso: nunca se le hicieron más semejantes a los pasadizos secretos de una pirámide esos pasillos que seguían pareciéndole siempre diferentes. Al final, en la puertecilla del Parterre, donde ya flotaba en el aire nocturno el aroma primaveral, Janos inesperadamente se inclinó para besarle la mano.

Transcurrió una semana cuando una tarde, a punto ya Marta de retirarse de su trabajo, irrumpió el Guardián en la biblioteca llevando bajo la capa un bulto que depositó sobre la mesa de la joven: la arqueta de los dioses hindúes. Casi sin palabras previas, declaró:

—Ha llegado el momento. Aquí la tienes.

—¿Qué pasa? —preguntó Marta alarmada.

—No te inquietes, Bettina. Pasa que cada vez estamos más cerca. Ahora conviene que lo sepas todo. Aquí está.

—¿Y tú?

—Yo no lo necesito; voy a cambiar de piel. En todo caso, luego dará igual que esté en tus manos.

—Pero...

—Las palabras ya sobran. Hasta pronto.

Tras una mirada afectuosa y una sonrisa tan cordial que compensaba la sequedad del diálogo, Janos desapareció por su puertecilla. Marta se llevó a su casa la arqueta, impaciente por abrirla. Aparte de algunos documentos y de una preciosa edición de los sonetos de Shakespeare, contenía sobre todo paquetes de cartas del siglo XVIII y principios del siguiente fechadas en París, Londres, Lisboa, Madrid y otras ciudades europeas. La rápida ojeada a unas cuantas bastó para dejar asombrada a la joven historiadora por el interés de los mensajes, por su relación a veces con sucesos históricos notables y, en otros casos, por revelar actividades políticas secretas, cuando no pasiones intensas y sentimientos conmovedores. Cerró la arqueta y se quedó pensativa hasta la hora de la cena, sin dejar de cavilar sobre su adquisición. Se acostó, venciendo la tentación de seguir leyendo cartas, porque prefería hacerlo más sistemáticamente, pero tardó en dormirse: el hallazgo mantenía en tensión sus pensamientos.

Pasó días enteros abismada en aquellas lecturas. No lograban sacarla de su obsesión ni Quina ni Soledad, que de vez en cuando se asomaban, inquietas al principio, al cuarto donde ella permanecía inclinada sobre los documentos y tomando notas para relacionarlos entre sí. Agustín, en cambio, asomaba poco: aunque se mostraba siempre cariñoso con Marta, ahora permanecía más tiempo fuera, por los jardines, con su cuaderno de apuntes, como si quisiera retener el Real Sitio en sus dibujos para llevárselo.

El primer resultado de esas lecturas fue comprender a Janos y a sus «recuerdos» de épocas pasadas. Aquellas «evocaciones» personales de las Cortes de Madrid y París, en torno a 1800, se explicaban como resultado de tantos años de encierro voluntario en la torre y el Palacio secreto, leyendo y releyendo esas correspondencias hasta apropiarse su contenido e identificarse con uno de los personajes: el primo parisino de Malvina, Jean d'Orbans. Sus cartas, siempre enamoradas a lo largo de toda una vida, no sólo arrojaban luz sobre la historia de la dama, sino que estaban llenas de detalles curiosos. Además se complementaban con otras cartas reveladoras de las actividades secretas de Malvina que, después de haber pertenecido a la asociación de las anandrinas y a la logia masónica femenina La Candeur, del Gran Oriente de Francia, dejó atrás a unas y otras y creó una organización femenina propia más ambiciosa todavía, aunque conservara contactos de apoyo entre sus anteriores compañeras, sobre todo con las más importantes damas de la Logia, como la princesa de Lamballe o Madame de Polignac. Todo eso, con valiosos datos políticos desconocidos, lo fue encontrando la lectora en las cartas de Myrtille —sin duda un nombre de guerra— según las cuales Malvina había logrado crear en la Europa de entonces una red de pequeñas células, sin nombre colectivo para mejor infiltrarse cada miembro en cualquier organización útil, cuyo fin último era reforzar la influencia femenina en la sociedad, para purificarla de la barbarie y las injusticias heredadas de un abusivo estado patriarcal. En las cartas de Myrtille se apreciaba la creciente confianza de sus compañeras en que, si bien por el momento su influencia era mínima, el acceso de muchas a centros políticos y sociales de decisión iba creando las bases para una red ya eficazmente informativa y capaz de ofrecer orientaciones y sugerencias a personalidades bien situadas e incluso a gobernantes, como en el caso de la regente Carlota Joaquina.

Además de descubrir a Marta esa desconocida organización secreta, las cartas de Myrtille le resolvieron un enigma importante para ella, al permitirle identificar al personaje del retrato a quien había venido llamando «Capitán». Ese caballero de ojos bondadosos, vagamente parecido a su propio padre, fue el Aposentador Mayor de Carlos IV, don Alonso Vázquez de Andrade, y los acantilados al fondo del retrato no eran melillenses sino los farallones del cabo Ortegal, en la tierra natal del personaje. Por si fuera poco, la correspondencia entre el caballero y Malvina descubrió a Marta que don Alonso añoraba la hija perdida: el dato la conmovió como si se refiriese a ella y casi le explicó sus misteriosas sensaciones primeras ante el retrato. Aun considerando irracional la idea, Marta se decía que aquel Aposentador añorante de una hija y la Marta privada de padre tempranamente, eran seres complementarios a través del tiempo, pese a existir, como diría Janos, en círculos distintos.

Marta encontró además cartas de la regente portuguesa, doña

Carlota Joaquina, con detalles históricos muy útiles para sus trabajos. En el campo de las vivencias sentimentales los desaforados encuentros eróticos de Malvina y Eon se eclipsaban, para Marta, ante la ternura del último amor de Alonso hacia esa Julia con la que al fin se casó. Leyendo así, día tras día, la alcoba de Marta iba pareciéndole a ella como un recinto gemelo de la torre de Janos: la misma austeridad en los enseres, idéntica blancura de las paredes, análoga iluminación diurna por una lucerna, aunque en su caso cuadrada. Marta creía respirar a veces aquel aire de 1800, hasta tal punto que echaba de menos, entre las cartas, las escritas en su día por Bettina, perdidas sin duda por Janos antes de poseer la arqueta, en los turbulentos años de su abandono de la Armada. Si esas cartas hubiesen aparecido —pensaba ella, a su pesar, arrastrada por la obsesión de Janos— quizás hubiera llegado a «recordar» como él deseaba. Sonreía ante esa fantasía, pero la acariciaba mentalmente: «¿Y si fuera posible?...».

Para llegar hasta el fondo de lo que significaba la entrega de la arqueta por Janos, Marta se decidió a consultar con don Mario Daza de Campos, profesor de sánscrito de la Facultad con la esperanza además de ver a Germán. Con esa intención acompañó a Soledad a Madrid, adonde iba en busca de una vivienda para ella y Agustín. Marta no consiguió encontrar a Germán, pero en cambio el profesor Daza, tras escuchar la descripción de la arqueta y a la vista de un dibujo —realizado por Agustín— de las dos figuras de la tapa, explicó a Marta que no representaban a dos dioses diferentes en unión carnal, sino una doble manifestación de Buda, realizándose en ellos, a la vez, en su naturaleza masculina y femenina. A Marta le sorprendió que, a la inversa de la simbología en nuestra cultura, el varón oriental encarne la compasión, mientras la hembra divina es la sabiduría. «Ambos son el absoluto —concluyó Daza de Campos—, él en la acción y ella en reposo.»

Soledad, por su parte, regresó de Madrid encantada pues, gracias a su amiga Flora, había alquilado por treinta reales una buhardilla bastante aceptable en la calle Barbieri, además de volver con la noticia de que Gustavo, el compañero de Flora, tenía grandes esperanzas de volver al ejército. Eso alegró en Casa Sole, donde

Quina seguía cada día más encariñada con su Feli, aunque sin renunciar a sus ambiciones artísticas ni dejar de discutir con él de vez en cuando por ese motivo. Agustín, por su parte, dedicaba mucho tiempo al dibujo y al modelado, deseoso de empezar en su nuevo empleo con la mayor soltura posible.

La única contrariedad era la de Marta, siempre con insuficientes noticias de Germán, hasta que hoy se ha producido lo inesperado, al presentarse él después de comer y llevarse luego de paseo a la muchacha. Ahora está la pareja sentada en El Rana Verde, donde Marta ha exhibido el documento de la arqueta que más inmediato interés tiene para Germán: la larga carta del Aposentador a Malvina, relatándole el Motín de Aranjuez.

—¡Esta carta es un tesoro! —exclama Germán, entusiasmado—. Ese rey en calzoncillos, descrito por un testigo, mientras la reina llora porque le matan a su Manuel, resulta utilísimo. La aparatosa majestad se convierte así en un pobre cornudo, se derrumba la actitud reverencial con que nos presentan a la realeza... Así quiero el Motín en mi película: los de arriba apeados de su pedestal, el pueblo recuperando su fuerza. Trataré ese tema como sea, Marta; si me niegan medios para el cine lo montaremos en teatro. Aquí mismo tenemos ya el escenario: la plaza de Palacio. Y los actores, gente del pueblo, menos dos o tres profesionales, manejaremos las masas en escena como los rusos, como los alemanes... El teatro acabará sustituyendo a las iglesias como templos del pueblo. ¡Será fantástico!

—¿Te dejarán representar el Motín? ¡Recuerda la censura!

—¡Para lo que va a durar! La Corona se tambalea. Va a perder las elecciones; el poder se les escapa de las manos. No van a ocuparse del Motín de 1808 cuando se enfrentan a problemas mucho más graves.

Esos primeros días de abril tienen ya sabor de primavera. Sobre las lentas aguas del Tajo las frondas de la arboleda ribereña crean un tembloroso encaje de sombras que el sol, filtrado por las hojas, mezcla con espacios luminosos. Flotan en el aire cantos de aves, susurros y perfumes. El olor vegetal del jardín próximo parece difundir la fuerza de la savia en el ambiente y envolverles en su ímpetu.

Marta habla a Germán de otras cartas, que explican los supuestos recuerdos «vividos» por Janos.

—Total, como don Quijote con los libros de caballerías —ironiza Germán—. Un tipo curioso; algún día me gustaría verle.

Marta piensa que no se entendería con Janos y recuerda, en cambio, lo bien que se compenetró el Guardián con Agustín. Germán continúa:

—Mi película enseñará dos lecciones. La primera que el protagonista del Motín fue el pueblo de Aranjuez.

—Según Ribalta —opone Marta—, todo fue montado por Teba y sus amigos impulsados por los intereses de la masonería inglesa.

—Deja a Ribalta con sus ideas: es un fósil. La segunda será que aquel esfuerzo popular fue desviado por los nobles para seguir explotando el país en su provecho bajo el reinado de Fernando... Desengáñate, el cambio lo hace la gente, como está ocurriendo ahora. En el Motín de Aranjuez, antes que en el Dos de Mayo, nació la España moderna. Allí se vivió lo que ya habían experimentado los revolucionarios franceses: la revelación de que el poder real no es invencible ni protegido de Dios y que la historia la hacen los pueblos... Ahora es el momento de filmar nuestra película, porque aquel cambio lo estamos repitiendo.

—¿No te ilusionas demasiado sobre la situación política?

Germán casi se enfada.

—¿Ilusionarme? ¡Pero si nunca se han acumulado tantos acontecimientos subversivos como ahora!... Parece mentira que aceptes las ideas de ese Janos sobre el tiempo y no percibas que está sucediendo como si aquel Motín se insertara en nuestra época para llevarnos a la misma meta: la libertad humana.

«Es decir, que coinciden los círculos del tiempo, dando la razón a Janos», piensa Marta, pero prefiere cambiar de tema para referirse a algo más importante: ellos mismos, su porvenir. En eso no tiene dudas: su futuro es Germán, no concibe otro, todo lo demás palidece ante ese hombre que tiene delante. Reconoce la razón de Soledad cuando la previene, pero eso no la disuade porque ella, con su Ramón, le señala el camino hacia Germán. «Quizás no me cree con fuerza suficiente para sostener esa vida», piensa Marta, pero hasta eso la anima a afrontar el riesgo de ser la compañera de ese rostro enérgico, esas manos que acarician las suyas, esa convicción en la voz, esa pasión en todas sus fibras. ¡Sobre todo esa pasión!

Finalmente regresan a la casa y vuelven sobre la actualidad política. Soledad se muestra ilusionada aunque no espera ver realizada la Idea.

—Mientras el dinero sea como es continuarán mandando los burgueses. Habría que imponer los bonos para impedir acumularlo. O por lo menos, que las monedas de un duro pesen un cuarto de kilo cada una; que sólo haya dinero metálico y la gente tenga que ir cargada con él.

Germán y Marta ríen; Quina se escandaliza, Agustín escucha.

—Todo se andará. Por de pronto la monarquía está acabada, aunque todavía se tenga en pie. El Consejo de Guerra no se ha atrevido a condenar a los políticos, ni siquiera presidiéndolo un general. La absolución ha sido un éxito y ha levantado la moral de la calle.

—En cambio fusilaron a Galán y a García Hernández porque no eran líderes importantes —tercia Soledad—. Son unos canallas.

—Lo van a pagar caro y pronto.

—Ayer en el Hotel —aporta Agustín— el chófer de unos viajeros contaba lo de la Facultad de Medicina. Los estudiantes en el tejado, tirando piedras y tejas a los municipales. Hubo que mandar a la Guardia Civil y se armó un tiroteo... ¡Lo que me hubiera gustado estar allí!

Marta contempla al que hace poco era un niño. Agustín le devuelve la mirada. No, ya no es un niño, y ella se entristece ante el adiós próximo. Soledad anuncia a Germán su próxima residencia en Madrid.

—Me parece que nos iremos todos —afirma Quina.

—¿De peliculera? —bromea Germán.

—¿Por qué no? El que me hizo las fotos con mi vestido para *Estampa* me dijo que yo era muy eso, muy fotogénica.

—No te enfades. Ya ves si estoy convencido que cuento contigo para mi Motín.

—¿De veras? ¡Si no estuviera Marta delante, te besaba!

—¡Bésale, chica! —ríe Marta—. No le vas a gastar la cara.

—Y si no me das un papel —continúa, más seria, Quina— me hago socia de Sole. Con mis ideas y sus manos íbamos a marchar bien, ¿verdad usted?... Después de todo, aquí me voy a quedar sin trabajo. Igual cierran la oficina.

—¿La de Palacio?

A Marta no le asombra. Para los demás Quina explica que en el escritorio todo está en suspenso. Don Celes no sabe qué decidir, o da órdenes como si no fueran a cumplirse, aplazando los asuntos. El administrador del Real Sitio apenas llama ya por teléfono; se ve que anda preocupado con otros problemas. Claro que no lo reconocen: ayer mismo don Celes, ante un comentario algo imprudente de Teodoro, afirmó enérgico que en las elecciones del domingo siguiente se iba a demostrar el amor de los españoles a la Corona.

—¡Pero si hasta el presidente del Consejo de Ministros es sospechoso! —ríe Germán—. ¿No visteis en la *Estampa* de Quina ese reportaje preguntando a unos cuantos personajes cuál es el libro que más les ha impresionado en su vida? Pues bien, el almirante Aznar, jefe del gobierno, no recurrió al *Quijote* ni a las vulgaridades de otros. Dijo que su libro decisivo ha sido *Mi vida,* de León Trotsky. ¡Vaya una preferencia, para ser la del elegido por el rey para capear el temporal político! ¿Con qué moral va a defender ese pobre hombre la monarquía? Han perdido el norte y perderán las elecciones el domingo.

Los comicios del doce dieron la razón a Germán, arrojando una arrolladora mayoría republicana en las grandes ciudades. El presidente Aznar, ese lector de Trotsky, formuló a la mañana siguiente una declaración demostrativa de que Germán le había juzgado bien. Con una total carencia de visión aseguró a los atónitos periodistas:

—No pasa nada, señores: que España se acostó ayer monárquica y se ha despertado republicana.

Aznar no se había enterado. Pero la gente ya se había echado a la calle esperando la república, dándose cuenta de que la monarquía se hallaba en coma. Mientras en Palacio el Consejo de Ministros del lunes se mostraba incapaz de decisiones adecuadas, el alcalde de Éibar, como el de Móstoles en 1808 frente a Napoleón, proclamaba la república, y hasta el general de la temida Guardia Civil reconocía la realidad popular. Al fin Alfonso XIII anunció su marcha en un comunicado, empezó el éxodo de nobles al extranjero y, en la tarde del martes, los políticos indultados por el Consejo de Guerra semanas antes constituían el Gobierno provisional de la República, entraban en el Ministerio de la Gobernación e izaban la bandera tricolor en la mismísima Puerta del Sol, entre un gentío y un entusiasmo delirantes. «No se ha marchao, que le hemos echao», gritaban grupos por las calles, refiriéndose al rey.

Marta vive ese momento histórico allí mismo, al pie del balcón donde acaban de izar la bandera tricolor, con la franja morada sustituyendo a una de las dos rojas, y sin el escudo real. Abrazada por Germán, la emoción le impide hablar, las lágrimas empañan su vista. Es una emoción multitudinaria. Los dos vibran con miles de seres, convertidos todos en un solo corazón, y eso para ella es tan nuevo, tan sin precedentes, que le parece volver a nacer en ese momento y comprende como nunca el entusiasmo de Germán por la Idea. Sus sensaciones dieciochescas de los últimos días quedan barridas por el fuerte vendaval del histórico presente.

Está en la Puerta del Sol porque el mismo lunes por la mañana, tan pronto conoció el resultado de las elecciones, cogió el tren a Madrid para reunirse con Germán. Necesitaba compartir su júbilo. Desdeñando las consecuencias en la oficina, voló a vivir el gran cambio con él, a sentir como él, a una compenetración total. No la movieron su voluntad ni su raciocinio sino algo mucho más fuerte: su sangre, sus miembros, su corazón. Y en las horas siguientes le acompañó a las reuniones políticas, a los centros de enlace, a la transmisión de instrucciones, a los planeamientos de la acción callejera. Fue una más en atender los teléfonos, a los mensajeros e informadores... Preparó cafés, anotó encuentros... Se movió entre rostros innumerables, siempre sonrientes y felices, activos, ilusionados... vivió la realización de un sueño, respiró la libertad en la acción y, mientras cooperaba con todos, recordaba las compañeras activistas de Malvina y volvía a sentirse atraída por aquellos ideales, convencida de que dignificar a la mujer y darle nuevos objetivos sería una magnífica tarea en la nueva España republicana... Animada por esos estímulos se dirigió hacia la Puerta del Sol con Germán, por Infantas, saliendo por delante de la Dirección General de Seguridad —cerrada, protegida— a la calle de Alcalá cuando el tenor Fleta, al frente de una manifestación, cantaba a todo pulmón *La Marsellesa.* Y ahora, viendo ondular la nueva bandera en el mástil de Gobernación, se sabe otra persona, fundida en el inmenso clamor de la plaza. La Puerta del Sol es un crisol gigante donde nacen unos españoles de nuevo metal y ella es una molécula de tanta pasión incandescente. Pertenece definitivamente a la Villa, al pueblo; lo mismo que Agustín, a quien descubre subido en el techo de uno de los tranvías inmovilizados por la multitud. El Real Sitio se aleja en el pasado. El presente es un vivir verdadero, expansivo, vertido a la realización con los demás. Una vida redoblada, multiplicada, llenando a Marta de indecible felicidad.

Sí, de felicidad a pesar de que en esas horas comprueba cuánta razón tiene Soledad y cómo conoce a esos hombres. Porque en ese día y medio en Madrid, aun durmiendo ella en el mismo piso refugio de Germán y sus compañeros, viéndole a todas horas, comprende no haber sido para él lo más importante. Ha estado a su lado como otro camarada más, con la única diferencia de recibir de cuando en cuando una palabra cariñosa o una mirada encendida... Ella ha ido hacia Germán tirando por la borda todas las convenciones que hasta entonces la habían encorsetado; se ha alistado a fondo bajo las banderas de la libertad y del amor, para encontrarse con alguien exclusivamente dedicado a la primera. Hasta el punto de preguntarse qué representa ella para él, qué sentimientos le dedica ese hombre. Porque en esas horas, caldeada por el entusiasmo general, por las calles ebrias de vida, viendo incluso a alguna pareja de compañeros retirarse a gozar en la intimidad, Marta ha sentido deseos de tenerle plena y exclusivamente para ella. Pero Germán, entregado a la acción, fumando sin cesar, agotado a la noche hasta rendirse al sueño en una butaca, no ha parecido darse cuenta ni sentir lo mismo.

Esa espina es lo único que ahora, apretados uno contra otro al pie de la nueva bandera, ensordecidos por el clamoreo, las bocinas de los coches, los timbres de los tranvías, empaña el apogeo vital de Marta. Pero no mucho rato porque, acabadas las breves arengas del nuevo gobierno desde el balcón de piedra, Germán se vuelve hacia ella y la mira intensamente, como si en ese instante la descubriera. Sí, la está descubriendo, y hay en su semblante una luz de asombro, que en el acto se transforma en decisión.

—¡Vamos! —dice, ronca la voz, imperiosa—. Vámonos.

Y ya está tirando de ella y luchando por abrirse paso entre la gente.

—¿Ya? ¿No estás a gusto aquí? ¿Adónde?

—¿Adónde? A ser más feliz. ¡A casa, a nuestro cuarto!

Inclina la cabeza y añade, en la deliciosa oreja próxima, sintiendo en sus labios el cosquilleo de los cabellos femeninos:

—Vamos a nuestras bodas.

ERNESTO

Ahí jugaba yo, bajo esos hermosos plátanos, en esa plaza, oasis de paz en la ciudad, ya habría montado su puesto de horchata el alicantino de la tienda de esteras, ya estaría dando vueltas el barquillero, las niñas saltando a la comba o con el diávolo, ahora desierta, la gente tiene miedo, ese griterío en la calle, por la Gran Vía y más lejos, esos pasos rápidos por la acera, el rey se ha ido ¿habrá ya gobierno? la radio es confusa, España a la deriva, es la nave de los locos, ¡certera metáfora medieval! normas contradictorias, ya desde hace semanas, por un lado justificando los fusilamientos de Jaca, por otro absolviendo a los políticos que empujaron a Galán a sublevarse, hasta anteayer en Palacio con su ceremonial concediendo el Toisón de Oro mientras los guardias se tiroteaban en

Medicina con los estudiantes, ahora vacío de poder, ¿qué va a pasar? en Pidoux sólo quedaban dos señoritas, los camareros dicen que la República cerrará el local, la Universidad un caos hace ya tiempo, chicas con escarapelas republicanas, estudiantes pegándose entre sí, el Ateneo no se sabe si abierto o cerrado, la nave de los locos, el sistema republicano preferible al monárquico, nunca lo he dudado, pero no este desbarajuste, esta ignorante vulgaridad mandando en la calle, pagamos aquel error del rey, aceptar el golpe de Primo de Rivera, infringir la Constitución, aquello trajo esta anarquía desgreñada, estos *sans culottes* sin tomar la Bastilla, sin la grandeza revolucionaria de París, esta calle asustada, esta plaza desierta, ¡qué tristeza! y el miedo, los de arriba desertando, Civantes se anticipó, ahora todos, el sudexpreso de Irún atestado cada noche, estoy decidido, quedarse es sacrificio inútil, imposible vivir así, esta República no será libertad sino revancha, acabará en puerto de Arrebatacapas, no tiene enmienda, me iré pero no al exilio, no a esperar que otros arreglen el país, no soy un paniaguado de Palacio, nunca lo fui, me iré a trabajar serenamente, la invitación desde Buenos Aires, ¡qué a tiempo la carta del rector Tardini!, no todo ha de ser mala suerte, un curso entero allí, después veremos, algo me saldrá en Chile o en Perú, tengo colegas conocidos, es fácil una vez cruzado el charco, ese Tardini es un cursi, me invita para presumir, para hacerme respaldar sus teorías sobre los jesuitas en Paraguay, son disparatadas, pagan poco pero estaré a salvo del naufragio, no quiero ver España desgobernada, el vulgo al timón, esa gentuza aprisa por la calle, como esa pareja que baja, sin decoro, se detienen para besarse, en la boca, en público, pero... ¿será posible?... ¡eso no, eso no! ¡es Marta! ¡Marta, Dios mío! ¡este cáliz me faltaba! y lo peor es él, el que la besa, reconozco su foto en *El Liberal,* el que ahora va a dirigir la película sobre el Motín, Marta con él, besándose, riendo calle abajo, no puedo soportarlo, no puedo...

...¡qué susto! sentado estoy mejor, este galope de pronto en el pecho, otra vez corazón desbocado, tremendas palpitaciones, y este ahogo, sigo respirando, pero ese golpeteo ahí dentro, ¿angina cardiaca?, espero que no, taquicardia como otras veces, pero cada vez más frecuentes, no he resistido el golpe, ese mazazo, ¿me verían ellos? no, estaban a lo suyo, ¡qué impudor! ¡cómo me ha engañado! llegar despacito hasta mi cama, tendido me aliviaré, porque esto continúa, el corazón sobresaltado, parece sosegarse, he hecho bien en acostarme, en cuanto pueda iré al teléfono, llamaré a Jaime, que me recete algo, ahora no me atrevo, la mala suerte de ocurrirme por la tarde, cuando no está Engracia, pero no fue mala suerte, fue el ver esa traición, cruel destino, mejor no pensar en ello, pero lo tengo clavado, por eso me rechazó, no por discrepancias históricas, ni siquiera por Saignac, con él sería tolerable, un colega, un caballero, pero ese advenedizo, ese tipo sin cultura, traicionarme con él, ¡qué modo de rebajarse!, inconcebible, y además regalándole mi idea, mi proyecto sobre el Motín, a él nunca se le hubiera ocurrido, burlando mi confianza, ya lo pagará, la esclavizará, ya ha empezado a explotarla, porque ella asesorándole, llenarán la película de disparates, ella no comprendió el Motín, en mis manos hubiera sido revelador, y mi corazón sin calmarse, demasiada impresión, un rayo para aniquilarme, una víbora con cara de ángel, todos en contra, es que soy diferente, no pertenezco a esa gente, reniego de todos, de los académicos, de los Civantes, de ese populacho, y yo creí no saber querer, no tener corazón, ¡cómo me lo siento ahora! su galope implacable, estoy en la frontera, morir lo acabaría todo, está en mi mano, levantarme y correr por la escalera, caería fulminado, pero ¿es seguro? ¿y si sólo una hemiplejía? quedar medio paralítico, ¡un despojo, jamás! vendrían a apiadarse, no darles ese gusto, ¡verme ella vencido! y además no lo estoy, el corazón aguanta en su galope, no pueden conmigo, me iré pero sin rendirme, a ser allí más aún, ya se va calmando, he vuelto de la muerte, soy otro, resucitado, por eso me sosiego, he abierto los ojos, a los demás y a mí, ahora me doy cuenta, soy otro desde antes, ya desde aquel banquete a Rusiñol, cuando ella me cerró su puerta, ya nada me importa la opinión de nadie, ¡tantos años acatándola! queriendo ser como ellos dicen, varón convencional y respetable, ¡se acabó! ahora soy yo mismo, *ego sum qui sum*, bendita esta traición, me alegro del descubrimiento, ese individuo le va, ¡qué horror unirme a ella! me han hecho un favor, agradezco la puñalada, ahora he vuelto a mí, a mi único centro, imitaré a mi maestro, Narciso, ofrecí amor y no lo merecían, a mamá que me manipulaba, se sacrificaba por mí para esclavizarme, y aquella María Jesús, aquellas relaciones sin sentido, y ahora Marta la traidora, no necesito a nadie, como Narciso, reivindico mi apodo: «Ni las mata ni las deja», ¡porque no me hacen falta! ninguna, me estorban, lo dijo aquella *cocotte*, «en amor siempre hay uno que besa y otro que pone la cara», se equivocaba, eso son ellos y ellas, yo ajeno a ese círculo siniestro, ni lo uno ni lo otro, ¡quizás en América será distinto! países nuevos, otras costumbres, otra libertad, se me pasó el dolor, no era angina de pecho, pero llamaré a Jaime, aún tengo mucha obra por hacer, allí seré quien soy, instalado en mi piel, Narciso por encima de los atlantes, mirando al abismo y encontrándome en él, hundiéndome en mí mismo, aquí nada que hacer, todo podrido, ¡ah, si fuera posible otro salto! ¡uno mayor que el océano! no en la geografía sino en la historia, pasar al siglo XVIII, haber vivido entonces, cuando Europa era grande, con herencia clásica y con revoluciones modernas, entre la razón y la sensualidad, entonces se podía vivir como se era, como vivió Eon, completo en sí mismo, ánimo varonil y exterior femenino, seda sobre su piel, sintiéndose él y ella, andrógino amándose a sí mismo, hoy ya es inconcebible, se interpretaría mal, heroico Eon, necesitó más valor para eso que para la barbarie de las guerras, gran ejemplo, cada cual vivir según su ser verdadero, con su propio evangelio, ahora imposible, aquí censurado, los gusanos ignoran la tercera dimensión, no comprenden, ni son dignos, volar por encima de ellos, dejarlos atrás, ya mi corazón más tranquilo, porque me he centrado, estoy en la verdad, en la mía, la de Narciso, ahora al teléfono, llamar a Jaime, oír su diagnóstico, y yo conmigo, lo demás ¡qué importa! allá ellos, en su nave de los locos...

1808: La Villa contra el Real Sitio

Por la ventana penetran los olores vegetales en una tibia tarde primaveral. El sol se acerca a su ocaso tras los jóvenes árboles que flanquean la calle de los Camellos y sus últimas luces avivan la plata de la campanita con la sirena. El caballero, sentado ante su escritorio, dispone el papel, el tintero y la salvadera y termina de tallar la pluma de ganso con un tajo certero. Comienza a escribir:

«Querida, inolvidable amiga:

»Me pediste al partir que no dejara de enviarte mis noticias de este Real Sitio tan de tu querencia y yo estaba en vivo ánimo de dártelas, no sólo por satisfacer el natural deseo sino por merecer así relaciones de tu nueva vida, y saber de persona de quien tan cerca por el corazón me siento. Pero nunca pensé que mi primera carta iba a ser portadora de tan imprevistos y dolorosos acontecimientos como los que han conmovido el Real Sitio y aún le tienen suspenso y desconcertado. Mentira parece que en las pocas semanas transcurridas desde nuestra separación hayamos podido presenciar, en este centro de las Españas, algo en verdad asemejable a una nueva oleada de aquella Revolución que tú y yo vimos juntos adueñarse de París. Cierto que la Divina Providencia no ha permitido que la sangre española corra como en aquellos ríos, pero sí hemos presenciado un destronamiento, un vuelco político e incluso la tempestad de las turbas humanas enloquecidas por el arrebato. Como habrás adivinado, me refiero a los sucesos de mediados de marzo que nos dieron a los españoles nuevo monarca y que a no tardar, sin duda van a darles otro Aposentador Mayor, para gran alivio mío, pues espero de un momento a otro mi cese; ya me explicaré.

»He de confesar que, concentrado como estaba yo cuando partiste en mis propios sentimientos y en mi preocupación por Julia y su porvenir, no concebí sospechas de cuanto por eso me sorprendió como un rayo y que ya van llamando las *Gazetas* y libelos el "Motín de Aranjuez". Ni siquiera los movimientos de tropas ni, en mi propia casa, los confusos rumores recogidos por Roque, me prepararon para el estallido. Sólo después, envuelto ya en la galerna de los acontecimientos, fui sabiendo cómo crecía el descontento popular y el recelo ante la creciente presencia de tropas francesas en nuestra tierra, que ya provocó hostilidad en Burgos y otras ciudades desde principios de marzo; en cuyo día trece, bien lo recuerdo, tras haber tenido su habitual recepción en la calle del Barquillo, el Príncipe de la Paz (ahora llamado oficialmente el reo Manuel Godoy) vino al Real Sitio y se le notó preocupado, descompuesto y fuera de su talante habitual, según me contó Roque, sin que yo prestara atención a ese extraño comportamiento de quien bien solía guardar las formas cortesanas. Por eso fue grande mi sorpresa cuando, en mi siguiente despacho con Su Majestad, don Carlos me manifestó con la mayor reserva que estaba casi determinado a emprender viaje a Sevilla, con la real familia, ante la pronta arribada de tropas francesas a Madrid, a fin de mejor defender, si preciso fuera, la independencia de su real potestad, si bien no tenía motivos para creer aviesas las intenciones del Emperador. No supe qué decir, sino retirarme muy inquieto a mi escritorio para considerar disposiciones que, sin dejar traslucir el secreto, facilitaran un viaje de tanto aparato como es el de la real familia y su séquito.

»Los dos días siguientes fueron de muchas idas y venidas, órdenes y contraórdenes, cuyo pormenor no interesa ahora. Lo importante es que ni el ministro Caballero, ni el señor infante don Antonio Pascual ni, menos aún, el señor Príncipe de Asturias, estaban conformes con el pensado viaje: el último sobre todo ansiaba la llegada de los franceses pues de ellos esperaba su pronta elevación al trono. Entretanto, no se pudo evitar que la noticia del real viaje se difundiera, primero como sospecha, luego casi como certeza, entre el pueblo que, favorable a don Fernando, se oponía además a ese traslado de la Corte pues con él perdería la Villa los ingresos proporcionados por la presencia de tantas personas pudientes, necesitadas de aprovisionamientos y servicios. La intención real se vio confirmada cuando, hacia las siete de la mañana del 16 de marzo, llegaron al Real Sitio nuevas tropas de las hasta entonces acuarteladas en Madrid, sin duda tras haber pernoctado en Valdemoro. Desde mi ventana vi pasar, al mando del Sargento Mayor señor Marqués de Rochena y camino de los cuarteles de Guardias Españolas y Walonas, a fuerzas de los Carabineros Reales, de Granaderos Provinciales y de la Guardia de Honor de Godoy que, no bastando dichos cuarteles a alojarles, se instalaron en el portazgo de la Cuesta de Salinas o siguieron hacia Ocaña, como otras dotaciones llegadas en días anteriores. Me trasladé a Palacio y allí supe de las entrevistas del embajador francés con el Príncipe de Asturias y de la nerviosa conducta del Príncipe de la Paz, a ratos cabizbajo y a ratos asegurando con violencia que, si era preciso, acabaría midiendo su espada con la del francés duque de Berg, jefe de las tropas napoleónicas. Allí andábamos indecisos cuantos habíamos de preparar, o suspender según se nos ordenase, el viaje de la Corte.

»En ese estado, al pairo y sin rumbo, estuvimos ese día y gran parte del siguiente en que, a la tarde, hallándome en la antecámara, el señor conde de Villariezo, capitán de la compañía americana de Guardias de Corps y tan adicto a don Fernando como sabes, me informó excitado que se le había preguntado si estaría dispuesto a ponerse al frente de sus hombres al darse el toque de "a caballo", para salvar a Sus Majestades del inicuo plan –así lo dijeron– concebido por Godoy con ese viaje. El conde estaba, por supuesto, dispuesto a cumplir con su deber, pero la frase refleja la tensión del momento, acrecentada cuando, ya a las diez de la noche y quedando yo aún en Palacio en espera de órdenes, llegó Godoy a reunirse en la cámara de la Reina con los Reyes y los Secretarios de Hacienda y de Gracia y Justicia. En el cuarto de la marquesa de Perijáa, contiguo al de doña María Luisa, me hallaba yo con Villariezo y otros oficiales, y allí nos llegaba toda suerte de informaciones, a veces por mensajeros tan desusados como servidores de Lencería o de Ramillete, que desde escaleras abajo nos traían noticias sobre la salida hacia Ocaña de sesenta hombres del Escuadrón de Godoy escoltando unas carretas o sobre los movimientos del Embajador francés andando de capa por las calles. Al cabo el Príncipe de la Paz se retiró a su palacio con aire sombrío, mientras los Reyes quedaban en su cámara y el Príncipe de Asturias permanecía en la suya con sus fieles, ajeno al parecer a tanta agitación, aunque era de suponerle muy atento a los acontecimientos.

»De pronto sonó el toque de "a caballo". Aún hoy no se sabe quién lo ordenara, pero toda la máquina formada respondió a él. En los cuarteles de Españolas y Walonas tocaron a generala, mientras los de Corps formaban en la plaza de Palacio y los Granaderos emplazaban media compañía a la puerta de Godoy y otra media a la espalda de su palacio en la calle de la Reina. Ante tales medidas la agitación y hostilidad incubadas desde tiempo atrás entre el pueblo estallaron con violencia, espoleadas además las masas, como luego se supo, por gentes llegadas de fuera, dirigidas por un hombre con un parche en un ojo que daba instrucciones y consignas desde el figón de La Valenciana. En un santiamén las masas populares, como aquellas de París, querida amiga, confluyeron como torrentes hacia el palacio del Príncipe de la Paz.

»Como la mayoría de los oficiales se habían incorporado a sus unidades, me sentí en el deber de acompañar a los Reyes, sin poder alejar de mi mente el recuerdo de otro viaje real trágicamente frustrado: el de Luis XVI, que tú contribuiste a preparar. Hallé a Sus Majestades a solas en el cuarto de la Reina; el Rey en bata, chinelas y calzoncillos, como acabado de salir de la cama y la Reina cubierta sólo con un camisón. Don Carlos me preguntó alarmado qué era ese toque de "a caballo" y los tiros disparados en la parte guarnecida por los Granaderos Provinciales, e incluso dos o tres cañonazos de la batería del Rey. Le respondí que el Real Sitio se hallaba amotinado, pero Sus Majestades no habían de temer, defendidos como estaban por los Guardias, a más que el motín no iba contra sus Reales Personas, sino contra el señor Príncipe de la Paz. Al oírme, el Rey quedó suspenso, pero la Reina prorrumpió en doloroso llanto, clamando fuera de sí ser todo una infamia, causada porque Manuel era el mejor amigo de los Reyes.

»No acierto a transmitirte lo penoso de la escena, cuya rememoración todavía me atribula. Recuerdo bien las palabras de la Reina: "A nuestro Manuel le van a sacrificar. Es preciso un escarmiento, Carlos, contener al pueblo, sostener a Manuel que tanto ha hecho por nosotros; debemos ahora salvarle" y por ese estilo, toda ella en lágrimas. Mandáronme encargar a Villariezo que acudiese al palacio de Godoy a tomar providencias y, habiéndole hallado, le acompañé un trecho por entre las turbas callejeras, alumbradas siniestramente por las teas encendidas de algunos y multiplicándose los clamores que exigían la muerte del "choricero" y la entrega de su cabeza. Entre aquellos vesánicos me pareció ver a tu conocida Sara animando a un grupo, pero los movimientos de las masas eran tan arrebatados que no pude cerciorarme. También oí decir a algunos que el Príncipe de Asturias había prometido tierras del Real Sitio para los huertanos de la Villa, tan pronto fuese rey, lo que impulsaba a la gente. No pude soportar tanta locura y retrocedía cuando ya oía el ruido de los cristales del palacio de Godoy rotos a pedradas. Por la plaza de Parejas, a donde me llevaron mis pasos, y donde no hace tanto tiempo vimos elevarse jubiloso aquel aerostato, todo era en cambio soledad y silencio; sólo un lejano rumor como de mar alborotado llegaba a mis oídos, con el estrépito de aisladas detonaciones. ¡Cómo expresar mi tristeza mientras caminaba al azar aquella noche viendo a mi patria a las puertas de otra revolución! La amarga perspectiva se mezclaba con mi preocupación por Julia y por el niño en su seno; fue en aquel trance cuando comprendí cuán variable es la fortuna y cómo era menester asegurar mejor la suerte de la desgraciada muchacha. ¡Más de una vez, querida amiga, alcé la mirada hacia tu ventana del Patio de Oficios y eché de menos tu presencia! Con tu experiencia de las revueltas parisinas y tu sabiduría de la vida me darías sin duda los más atinados consejos.

»Al fin retorné a Palacio cuando ya había regresado Villariezo, y allí me encontré a los Reyes decentemente vestidos. El rugido del pueblo alborotado penetraba hasta la estancia, donde se congregaban bastantes personas, aunque seguía ausente el Príncipe de Asturias, y a poco llegó un oficial relatando la entrada de las masas en el palacio de Godoy, después de forzar la guardia, temiéndose que el favorito pudiera estar ya muerto o a punto de ello. Al Rey se le saltaron las lágrimas, pero la Reina, siempre más enérgica, cambió sus lamentos por furiosas frases repitiendo que ya lo había anunciado desde el principio de tan aciaga noche: "es preciso sujetar a todo riesgo y sangre al pueblo, es menester cortar muchas cabezas, estamos rodeados de traidores y todo dirigido por nuestro infame hijo y por el embajador de Francia". Así calificó al Príncipe de Asturias y luego recordó que Godoy hacía tiempo había querido dejar sus empleos por saberse el blanco de esas ambiciones.

»La voz chillona de la Reina restallaba en el aire mientras paseaba la mirada sobre el grupo, haciéndonos sentir culpables... En esos momentos, por extraño que parezca, me chocaban observaciones sin importancia: ver entreabrirse la disimulada puertecilla para acceso del servicio por un lacayo o camarista que desde la sombra del estrecho corredor querían asomarse a la tragedia; percibir que el Rey, ya vestido, se había dejado poner una media de color, lo que delataba también el nerviosismo de su ayuda de cámara; notar el chisporroteo de una bujía que humeaba y que nadie acudía a despabilar... Al cabo el Rey llamó a todos los Secretarios de despacho y a los oficiales de Guardias, señores Sangro y Valparaíso, y pidió parecer sobre medidas inmediatas: hubo acuerdo en que por el momento cualquier represión violenta podría ocasionar que el pueblo se volviera contra los monarcas, acaso recordando muchos, como yo mismo, los sucesos de Francia. La Reina nos miró entonces con altanero desprecio y estaba a punto de retirarse indignada cuando por el balcón creció el resplandor de las teas en la calle y, asomándonos, vimos acercarse un tropel de gentes que temimos trajese ya el cadáver de Godoy, lo que puso a los Reyes fuera de sí, mandándonos bajar para evitarles tal espectáculo. Fui de los que obedecieron, pues no sufría más tiempo presenciar el desconsuelo de mis Señores, pero afortunadamente eran unos paisanos escoltando con el mayor respeto a la Princesa de Borbón, esposa de Godoy, y a su hija, que no debían continuar, explicaron ellos, "junto a aquel infame traidor". También nos dijeron que Godoy no había sido hallado, sospechándose su huida por la comunicación de su palacio con el contiguo de Osuna. Sentí verdadero alivio y, pensando haber pasado ya el peor momento de la terrible noche, me retiré a descansar algún tanto.

»Me tendí vestido sobre mi cama pero no pude dormir y, al amanecer del viernes dieciocho, volví a Palacio y supe que al fin el Príncipe don Fernando, llamado por sus padres, estaba con ellos en la cámara de la Reina. Villariezo, presente en la entrevista, me contó luego que ambos reprocharon a su hijo ser la causa impulsora del motín. Entretanto, el tumulto callejero proseguía, irritadas las gentes por no haber hallado a su víctima para sacrificarla, y las masas se aglomeraban en la Plazuela de Palacio. Don Carlos, aturdido, daba órdenes contradictorias, la Reina guardaba agresivo silencio. Ante la confusión alguien propuso que el Príncipe de Castelfranco, como Capitán General, tomara el mando de todas las fuerzas y así lo aceptó el Rey. Allí supe que el hermano de Godoy, don Diego, coronel de las Guardias Españolas, había sido llevado con arresto a su cuartel. El pueblo, desde la plazuela, empezó a reclamar la aparición de los Reyes, que se asomaron al balcón y fueron vitoreados, arrojando algunos, en su entusiasmo, sus sombreros por el aire. Poco a poco aquella gente se dispersó y el resto del día transcurrió sin incidentes, aunque algunos gritaban contra el Patriarca y contra el ministro Soler, que decidió refugiarse en Palacio, donde aquel día no hubo ceremonias de Corte ni paseo real.

»Parecía así todo resuelto pero aún nos esperaba lo más doloroso porque a las siete de la mañana del sábado, gloriosa fiesta de nuestro Patriarca San José, fue hallado el Príncipe de la Paz saliendo de su ocultación en su propio palacio. A duras penas, entre dos Guardias montados, y aun así sufriendo palos y pedradas, fue llevado al cuartel de Guardias de Corps y se convirtió en reo. Para mi triste recuerdo estuve presente también cuando los Reyes fueron informados: inmóviles, y sin poder articular palabra la Reina, don Carlos declaró no poder soportar más el peso del gobierno. Daba compasión verles pasar del miedo y el recelo a la cólera y la rabia, que les impulsó a hacer venir al Príncipe de Asturias a su real presencia. Don Fernando se resistió, pero al fin acudió, besó la mano de su padre, sentado con frac pero sin corbatín, y con trémulas frases grabadas en mí para siempre, le dijo: "¿No te compadeces, Fernando, de este desgraciado Rey tu padre, próximo a su última hora? Tú nos has perdido, te han aconsejado mal, si tienes el deseo de reinar no sabes lo amargo que es el trono...". No pudo continuar por las lágrimas, el Príncipe callaba y todos deseábamos concluyera tan penosa escena. Doña María Luisa increpó a su hijo, pero ya no tenía fuerzas para la violencia sino sólo para llorosas recriminaciones, pidiendo sobre todo al Príncipe por la vida de Godoy y algún retiro para ellos en España, proporcionado para la ancianidad del Rey, donde ambos pudiesen vivir con Manuel, alejados del mundo... El Príncipe al fin convino en perdonar la vida de Godoy, pero expatriado de todas las Españas; partió luego y he sabido que habló altaneramente al caído en el aposento del cuartel donde éste yacía, tras haberle atendido los cirujanos enviados por los Reyes.

»La mañana y mediodía pasaron con nuevas agitaciones populares por el rumor de que trasladaban a Godoy a Granada como, en efecto, así se pensó, desistiéndose por la actitud de la gente. Y entonces, querida amiga, sobrevino el golpe de timón que ha cambiado el rumbo de la monarquía, pues hacia las cuatro de la tarde, fuimos llamados a la cámara de la Reina los Ministros, Mayordomo Mayor, Capitán General con otros, y allí el Rey, con solemne dignidad aunque con manifiestas señales de desesperada resignación, mandó al Ministro Caballero nos leyese su recién firmado decreto por el que renunciaba a la corona motivado por sus achaques y dolencias, abdicándola en el Príncipe de Asturias a quien así se comunicó en su cuarto. Todos quedamos suspensos, inquietos ante la sombría novedad y temerosos de las resultas, si bien en mi caso me sentí liberado de la permanencia en mi empleo, pero, reponiéndonos, besamos la mano de los Reyes. La Reina, digna y tristemente, nos mandó acudir al cuarto del Príncipe, ya Rey, como así lo hicimos, hallándole con su gentilhombre y, para mi sorpresa, con el conde de Valduerna. Don Fernando expresó su resistencia a tomar la corona pero, como hijo obediente, dijo no podía dejar de hacerlo, con lo cual le besamos la mano y el capitán de Cuartel marqués de Valparaíso le preguntó si quedaría en su empleo, pero don Fernando le asignó al servicio de don Carlos, quedándose él con Villariezo como capitán. Otros hicimos la misma pregunta, pero don Fernando declaró que ya proveería con menos urgencia, pues lo inmediato era restablecer el sosiego en el Real Sitio y tranquilizar a la nación, para lo cual llamó a sus fieles y se dispuso a dictar sus primeras medidas.

»Así ha comenzado en España un nuevo reinado que Dios quiera termine menos lamentablemente que el anterior. Las revolucionadas masas se convirtieron, como por magia, en tumultos jubilosos que acudían con ramos y panderos a la plazuela de Palacio a vitorear al ya nombrado Fernando VII. Algunos portaban extrañas escarapelas azules y encarnadas que los Guardias de Corps retiraban y que se dice fueron distribuidas por una mujer que, por las señas, sospecho fuese nuestra conocida Sara. Y los mismos vítores, ramos y aclamaciones se registraron cuando, cinco días después, el nuevo Rey entró triunfante en Madrid por la puerta de Atocha, a eso de las once de la mañana. Quienes lo presenciaron hablan de la locura popular, pues las gentes se abrazaban a las piernas del monarca a caballo y besaban sus pies e incluso alguno se tendió en el suelo para que la montura pasara sobre él.

»Desde entonces el Real Sitio quedó como desamparado, con sólo en Palacio don Carlos y doña María Luisa como personas reales hasta que, la víspera del domingo de Ramos, fueron llevados a El Escorial para mejor seguridad. El desánimo era tal que algunos días el Rey ni siquiera salió de caza, que es cuanto hay que ponderar. Yo le acompañé más de lo acostumbrado, pues Su Majestad me retenía cuando pedía la venia y el pobre viejo me daba compasión. Me manifestó varias veces su protesta por la forzada abdicación, pero más me expresó su nostalgia de tiempos felices en Nápoles, y de las penalidades que está sufriendo su amado Godoy, ahora prisionero en el castillo de Villaviciosa de Odón, donde aún no había curado de sus heridas. ¡Qué pronto da la vuelta la rueda de la Fortuna!... Yo le hice saber, desde luego, que nada me retenía ya en mi empleo pues, a más de ser mi sincero deseo, ciertos indicios me muestran que don Fernando va pronto a reemplazarme. ¿Adivinas por quién, amiga mía? Pues sí: por el conde de Valduerna.

»Adivinarás también que no comparto la alegría popular, sino que cada vez veo más clara la aviesa intención napoleónica al hacer entrar sus tropas en España. Ya están presentes incluso en el Real Sitio: ahora mismo oigo charlar en francés abajo en la plaza de Parejas. A poco de la abdicación llegó un general Monthion, ayudante de Murat, y ahora manda un general Wathier. Los uniformes extranjeros animan ahora paseos y alamedas que sin ellos estarían desiertos, aunque es justo reconocer su correcto comportamiento hasta el presente. ¡Ojalá nuestros Reyes hubieran decidido partir como los monarcas portugueses, pues la manera en que Murat dispone todo a su capricho (ha exigido ya la entrega de la espada de Francisco I) hace pensar que Napoleón nos considera simples vasallos del Imperio, aunque tengamos un monarca propio! Y ya don Fernando ha partido hacia Burgos y Vitoria para recibir a Napoleón.

»Vivo así con la pesadumbre de ver ofendida la patria y maltratados los Reyes por su propio hijo, pero en cambio la situación me permite pasar días enteros en Soto Mayor con Julia; quiero decir: con mi prometida esposa. Sí, querida amiga, nos casaremos dentro de una semana. ¡Te he reservado la sorpresa para el final de esta larga carta! Aquella noche de desolación, errando sin rumbo por la plaza de Parejas y calles adyacentes, comprendí cuánta razón te asistía al aconsejarme ese enlace y cómo esa decisión es lo mejor que puedo hacer por mi amada Julia e incluso por mi propia vejez; aunque te aseguro que no me mueve lo último, pues para morir tranquilo en la aldea no es menester mucha ayuda. Con todo, me dará vida el tenerla a mi lado, aunque sólo sea la apacible compañía que de ella espero, pues bien me consta su falta de pasión hacia mí y no he de pedirle nada contrario a su gusto, por grande que fuera mi deseo. No te extrañarás si añado su inicial resistencia a mi petición de mano, alegando haber recibido ya demasiado de mí, con mi reconocimiento de su hijo, por lo cual hasta el fin de sus días guardará gratitud vivísima; pero al fin logré persuadirla, en uno de esos hermosos atardeceres del Soto, a la vista del río que mansamente se deslizaba, como pienso discurra igual la vida que me quede. Por aquellas riberas paseo despacio con Julia, como a su estado conviene, y es un gozo oírle contar menudos detalles de su breve vida, distrayéndola a mi vez con historias de mi pasado en la mar y en Sargadelos. Me escucha atenta y me interrumpe con breves comentarios llenos de buen sentido. Parece que los cuidados de la maternidad, que acepta con serena alegría, la aureolan de sabiduría vital. Cierto día, alabando yo ese buen juicio me contestó sonriendo: "No soy yo la juiciosa, sino él", refiriéndose al niño en su seno.

»En nuestras emotivas tardes tu nombre se pronuncia con frecuencia. Ignoro si continúas en Lisboa, en casa de la duquesa de Lafoes a donde te dirijo la presente, o si has embarcado ya para el Brasil, pero yo te describo a Julia moviéndote siempre activa por la Lisboa que conozco, e incluso quizás recogiendo papeles de tu Carlota Joaquina dejados en el palacio de Queluz, si te lo permite el francés ocupante. Y a propósito de papeles: dada la agitación política y la inquina que me profesan los fernandinos por mi lealtad a don Carlos, he juzgado conveniente depositar el cofre con los tuyos en manos de tu sobrina Carolina (a quien también dejaré copia de esta carta, por si ella puede hacértela llegar cuando conozca tus nuevas señas). No me fiaba de tener tus documentos en mis aposentos pues pueden ocuparlos inesperadamente, mientras que a ella su puesto de camarista gobernanta la mantiene en Palacio todo el año. Espero tener más pacífica ocasión de leer tus papeles, pues excitaste mi curiosidad, pero si así no fuese Julia me dirá su contenido, puesto que recibió tus confidencias mientras tuviste la generosidad de ampararla en tu casa, lo que sin duda ha contribuido a su actual y segura sensatez. No me extraña, pues yo te he admirado siempre y te sigo admirando, pero te lo menciono porque, al saber mi propósito de escribirte hoy, Julia me ha encarecido muy de corazón te transmita su devoto recuerdo y su vivo afecto (así se expresó), sentimientos en los que la acompaño.

»Espero con impaciencia carta tuya, aunque si has cruzado la mar tardará meses. La próxima mía será escrita, pienso, ya desde la aldea y con la pluma de un hombre casado. ¡Cuánto me gustará saber de ti en ese Ultramar por donde navegué en mi marinera juventud! De nadie más voy a lamentar tanto la lejanía como de quien mucho nos beneficiaría en el amistoso trato, a Julia y a mí. Pero así corren las cosas en estos azarosos tiempos y yo sólo puedo enviarte, con esta larga crónica sobre tanta mudanza, la cariñosa amistad de Julia y mía, con nuestro invariable recuerdo y el vivo deseo de saber de ti. ¡Que el Señor te proteja en tus nuevas andanzas, pues todos necesitamos ahora que nos tenga de su mano!»

JULIA

Como un ciclón, esas galernas de las Antillas, de las tierras calientes y las islas ¡qué bien las pinta don Alonso! acostumbrarme a llamarle Alonso, se ha ido a escribir a doña Malvina, como un ciclón girando rapidísimo, columna movediza hasta las nubes, alrededor la vorágine, pero en el centro la calma, todo como suspenso, él estuvo así una vez en el *Habanero,* el mar alrededor como una balsa, «la mar» la llama él, como a una mujer, la adora, también yo en esta calma del Soto habito en otro mundo, afuera el revuelto motín, los franceses invasores, reyes destronados, Godoy en prisión, ¡qué sé yo! nada de eso me alcanza, le sucede a otros, lo sé por contarlo Alonso, lo sé pero ocurre afuera, en la vorágine, aquí la serenidad, la casa pobre y tranquila, ¡qué familia más sólida! viven como los árboles, cada día su afán, encender la lumbre, traer agua, dar pienso a los animales, salir de ronda contra los furtivos, dejar en paz a los que no abusan, también ellos tienen que vivir, poner algún cepo, encender los candiles, nada les altera, y han sufrido desgracias, al abuelo le quitó un brazo la guerra, pero eso le valió la guardería por veterano, y no le quitó la risa, ni el gozo de la vida, ni la palabra sensata, esta casa es la paz, más que un convento, no me dejan ayudarles, mi tarea es el niño, lo demás no importa: dar la vida sí, ¡qué lejos queda Lucas! también se encuentra afuera, me lo recordó Gertrudis, metido en el motín dando dinero, azuzando a la gente contra Godoy, agitador sí le veo, amante mío no, ¿le tuve amor? ¿o fue sólo estallar, no poder más? agarrarme con ansia a sus mentiras, me abrían la cárcel de mi tía, ¿es cierto que pensé arrojarme al río? ahora es increíble pero me sentía destruida, hasta eso aquí es distinto, a la nieta de esta casa le pasó lo que a mí, no se le ocurrió morir, asombrada de que yo desesperase, por el prado corre su chiquillo, feliz de tenerlo, también era azafata y fue su señor, la recibieron tranquilos, «lluvias y heladas caen del cielo», «casamiento y mortaja del cielo bajan» palabras del abuelo, aceptar todo y vivirlo, secreto de su calma, y yo en el mismo centro, llevando mi propio centro, el niño en mi seno, dependo de ese niño que todavía no es, ¡pero vaya si es! su rebullir, sus pataditas, condiciona mi vida, a gusto se la doy, mi vida y mi libertad, ¡nunca me sentí más libre! además este campo, primavera tan suave, los arbolados cerros, las nubes reflejadas en el río, Alonso no para de contemplar, de señalarme el mundo, no dudo de su amor, no le mueve compasión, no lo hace por piedad, es que me quiere, y no es hombre de Corte sino como el abuelo, un amparo seguro, anteayer me di cuenta, mi tropiezo en aquella raíz, no caí por sus brazos, siempre alerta a mi lado, me encantó estar en ellos, me hubiera quedado así, viéndole pálido del susto pero al quite, también esos brazos son la paz, de pronto enrojeció, se separó del abrazo, «¡mira dónde pisas, que llevas a tu hijo!», me divirtió esa regañina, disimular su confusión, tenía razón doña Malvina: es como un niño, me hace hablarle de ella, él no ha tenido tiempo de leer sus papeles, esa mujer le intrigó siempre, no le contaré sus raros amores, no los comprendería y a mí me avergonzaría hacerlo, yo tampoco los comprendo, amándose con aquel Eon pero al revés, ella el hombre de la pareja, tratándole a él como mujer, le pregunté quién era *Monsieur,* soltó la carcajada: «¡lo tuviste bien dentro, muchacha!», ese amor no es el mío, también pertenece a la vorágine, me lo notó en la cara, me explicó que no hay un solo amor, tiene muchas maneras, eso sí lo entiendo, el amor de Alonso no es el que tuve a Lucas, si es que aquello era amor pero así lo viví, el suyo es diferente, pertenece al centro, a esta calma del Soto, también como los árboles, tranquilo e imparable como el río, suavemente seguro, a veces le sorprendo vuelto a mí, su mirada calienta y no quema, no es la de la serpiente al pajarillo, es la del padre al hijo, o del hijo a la madre, o del cristiano al cielo, pero siempre de hombre, desvía en el acto los ojos, me conmueve su apuro, también él vive el ahora como yo, ajeno a la vorágine, feliz por dejar el empleo, nunca pensó en medrar, lo opuesto a la Malvina de tantas intrigas, siempre en acción, dando su vida presente por el futuro, Alonso ahora me habla de su aldea, teme que no me guste, que me parezca pobre, le tranquilizo, la imagino también con esta calma, «sí, pero con mucha lluvia, aunque en cambio tiene la mar» lo dice con entusiasmo compensando la lluvia, ¿cómo será el mar? ¡cuántas ganas de verlo! a él le enamora, «el mar es la libertad», pues no me digas más, no era libertad lo que yo perseguía, camino equivocado, seguir dependiendo, cambiar de amo, librarme de mi tía para entregarme a Lucas, «saltar de la sartén para caer al fuego», sentencia del abuelo, como el pueblo amotinado, salir de Godoy para someterse a Fernando, ya le llaman el Séptimo, libertad es ser sólo del propio centro, como soy ahora, sólo dependo del que está en mí, y soy centro de Alonso, gira en mi obsequio, ¡cómo me abraza con los ojos sin tocarme! y ni siquiera espera de mí lo que desea, aunque podría tomarme, me lo dijo doña Malvina, pero es así de íntegro, así es su lealtad, no comprarme ni atropellarme, no lo hará, me quiere libre, se lo merece todo, el tiempo lo dirá, entretanto sereno, ansioso de cesar en el empleo, ese día quemará sus pelucas, no volverá a usarlas en su vida, la idea le divierte, «tú les prenderás fuego», sus días son dichosos, le apenan los reyes porque les tiene ley, teme guerra con Francia porque ama a su tierra, pero aquí se esponja como las plantas, con la dulce lluvia de ayer mañana, ¡qué fresca y perfumada la ribera! se respiraba abril, y luego estos atardeceres, cada día se alargan, tardan en apagarse las brasas del poniente, se remonta el olor de las hierbas, la fresca mareílla del río, todo oscurece en paz, volvemos a la casa los tres, asida de su brazo sé que no me va a pasar nada, o mejor: que me va a pasar lo que quiero.

XVIII. ONCE DE MAYO/CATORCE DE JUNIO

1931: El reencuentro

–¡Vamos corriendo! ¡Han llegado los del cine! ¡En la plaza de Palacio!

La noticia se ha propalado rápidamente y la chiquillería callejera, más algunos ociosos, corre hacia el espacio abierto entre las dos alas del Palacio Real, donde dos camiones están siendo descargados por varios hombres llegados en un autobús. Un municipal vigila junto a la puerta central de la hermosa verja existente entre ambas alas y cierra el paso a los simples curiosos, que miran por entre los barrotes. Algo más tarde empiezan a llegar hombres y mujeres del pueblo porque, desde un automóvil recorriendo las calles de la Villa, se ha anunciado por altavoz la contratación de extras para la película y muchos aspiran a sacarse un bocadillo y un duro diario, además de verse después en la pantalla. Unos creen que los recién llegados son de la productora de los futuros estudios, otros lo niegan. Con la novedad se olvidan los problemas de la naciente república; todos comentan las ventajas que traerá al pueblo esa actividad cinematográfica.

El proyecto empezó a cuajar hace un par de semanas, cuando Germán presentó el guión y los detalles financieros en la Dirección General de Bellas Artes y en el Ayuntamiento de Madrid cuyo nuevo alcalde, Pedro Rico, se mostró especialmente entusiasta, por conocer la experiencia de Germán como ayudante de dirección. Entretanto, se proyectó en un cine madrileño el *Acorazado Potemkin* de Eisenstein y Marta, que fue a verla con Germán, quedó entusiasmada pensando en que pueda conseguirse algo parecido con el tema de las masas amotinadas en Aranjuez. Le resultó curioso que esa película rusa se la hubiera recomendado Ribalta, de quien ha oído que marchará a la Universidad de Buenos Aires, como profesor visitante, en cuanto termine el curso académico. No ha vuelto a verle desde antes del catorce de abril y no le extraña que se ausente, como tantos otros de su mundo. Los periódicos comentan a diario esas salidas de personas acomodadas, que muchos relacionan con la creciente evasión de capitales. El dinero, como dice Soledad, teme a la república y eso es buena señal.

Germán no pretende alcanzar, con su primera película, la calidad del cine soviético, pero confía en lograr algo digno que además, dada la participación popular en el rodaje, sirva de precedente a un ulterior espectáculo anual de interés turístico, integrado en la Fiesta de Mayo —así se llama ahora oficialmente la de San Fernando— o en la feria de septiembre.

Presentado el proyecto, surgieron dificultades en Bellas Artes donde todavía quedan personas del pasado régimen, poco propicias a fomentar la educación política. Arguyen, como pretexto, dudas sobre la capacidad de Germán, y por eso éste ha decidido filmar un par de escenas importantes a fin de despejar esos prejuicios y obtener el apoyo oficial y los recursos financieros necesarios. Está en Aranjuez desde muy temprano, con sus colaboradores y operarios, y se mueve de un camión a otro, del electricista al decorador y de la maquilladora a los de vestuario, seguido de la *script* con su libreta de notas en la mano. Sólo los protagonistas son actores profesionales; los demás actuantes saldrán del propio Aranjuez. Cuenta además con Quina y con Marta, pues ha ofrecido a la primera un número de tonadillera en la taberna donde el conde de Teba, disfrazado de tío Pedro, maneja con sus esbirros los hilos del motín. Germán vio las pruebas hechas a la muchacha con motivo de su vestido premiado y quedó encantado con su fotogenia. En cuanto a Marta, quiere asociarla a este su primer ensayo cinematográfico serio y le ha dado un breve papel como damita de la Corte que sorprende por azar, oyendo una conversación, el proyecto del motín y acude a denunciarlo a los reyes, pero se da cuenta de que es seguida por uno de los conjurados. Para esquivarle sale a un balcón pero su perseguidor lo adivina y va tras ella dispuesto a retenerla como sea hasta que haya estallado el motín horas después. La dama quiere avisar al centinela que hace guardia ante la puerta de Palacio, pero su agresor le tapa la boca y forcejea con ella llevándola hacia dentro. Esa escena es la que va a ser filmada desde el exterior.

En la gran plaza Elíptica, con hermosos bancos de piedra labrada alrededor, se ha congregado ya bastante gente. Uno de los hombres de Germán saca a la puerta de la verja una mesita y una silla y allí va seleccionando extras de la cola que se forma de inmediato. Entretanto, se va organizando el aparente caos de vestuario, utillaje, pantallas luminosas y equipo, dejando libre toda la franja delantera del Palacio. La cámara se instala, a falta de grúa, sobre el techo del autobús, para filmar la escena casi a la misma altura del balcón donde se desarrolla. Dos mozos del pueblo, vestidos de guardias reales, ensayan su paseo y se cruzan haciendo de centinelas a la puerta del edificio. Los encargados del vestuario van repartiendo prendas a los seleccionados como extras, que luego reciben un ligero maquillaje y algunos postizos para su caracterización. El sol ya está casi en lo alto, pero todavía queda en sombra la fachada. Germán propone a sus colaboradores inmediatos irse todos a almorzar en espera de que el sol avance e ilumine la fachada, orientada hacia poniente.

Camino de El Rana Verde el pequeño grupo, con Marta, se felicita del magnífico día de mayo, con unas nubes cuya blancura y redondez hacen las delicias del cámara. En el restaurante se encuentran con Quina, que estaba en la oficina y se ha probado ya su vestido de manola y su redecilla de madroños para el pelo. Se instalan todos en una gran mesa preparada al fondo y Marta recuerda el día del banquete a Rusiñol. Ahora son ellos los del ágape; quién iba a decir entonces, cuando Ribalta aseguraba todavía la permanencia del rey, que en tan poco tiempo tendrían la república.

Quina pregunta a sus amigos por Soledad y Agustín, ya instalados en Madrid. En cambio, les cuenta las novedades en el ex Real Patrimonio.

—Nadie da pie con bola; todo es provisional. Están los asuntos pendientes de un delegado del Ministerio de Hacienda, llegado de

Madrid para hacerse cargo, y no descansa pidiendo datos, estadillos, inventarios y documentos, sospechando de todos. Don Miguel, el administrador, ha dimitido de su cargo por no estar a las órdenes del nuevo y don Celes aguanta como puede. Se está quedando en los huesos, pobrecito mío. Asegura a cada paso que acabará marchándose como don Miguel, porque su honorabilidad no puede mancharla con calumnias esa gentuza. Pero pensando en su mujer y sus hijos sigue tragando sapos día tras día... ¡Ya ni me mira las pantorrillas, figuraos cómo estará!

A otro lado de la mesa se habla de política. El nuevo régimen, opina uno, se va consolidando. Se adhieren personas importantes: Ortega, Pérez de Ayala, Marañón y otros han creado una Asociación al Servicio de la República, y Unamuno estuvo en primera fila de la manifestación del Primero de Mayo.

—Sí, pero también se organizan los del clero —arguye otro—. Han creado la Acción Nacional para defender la religión y la propiedad... ¿Habéis visto la pastoral del cardenal Segura? ¡Es una provocación! Menos mal que el gobierno le va a meter mano.

—Pues no veáis lo que pasó en el cuartel de húsares —añade Quina, completando la información local—. ¡El escándalo que se armó la semana pasada! Vino un general de Madrid a tomarles a todos juramento a la bandera de ahora y les soltó un discurso, formados en el patio. De pronto, cuando iba a empezar el juramento rompió filas el capitán Renovales, ¿te acuerdas, Marta?, el que había estado en África y ahora le decían liado con la *vedette* del teatro Romea. Conque se fue a la tarimilla donde estaba subido el general, le recordó a voces que de antes todos tenían jurada fidelidad al rey y gritó: «Éste es mi juramento». Oye, y fue y sacó el sable, y el general echó mano al suyo creyendo que le atacaba, pero Renovales lo partió contra su rodilla gritando: «¡Viva el rey! ¡Mueran los cobardes y traidores!»... ¡La que se armó! Otros oficiales murmuraron, pero ninguno se atrevió a más y acabaron jurando. El capitán fue arrestado y se lo han llevado a un castillo... Será monárquico, pero los tiene bien puestos, el tío...

No se entretienen demasiado en la sobremesa, para aprovechar al máximo la luz. Por el camino de vuelta comentan la inauguración del nuevo aeropuerto de Madrid en Barajas, desde donde se puede llegar a Barcelona en poco más tiempo que a Segovia: sólo tres horas dura el vuelo. Llegan a la plaza Elíptica y se abren paso entre la gente cada vez más numerosa. Dentro de la cerrada verja, entre el blanco de las losas de piedra y el algodón de las nubes en lo alto, la fachada se alza con su hermoso color ladrillo bajo una franja azul de cielo.

Todo el equipo se pone en movimiento y, mientras tanto, Marta se coloca su vestido de Corte en el camión de guardarropía. Las baratas telas con que está confeccionado le hacen recordar los damascos y encajes del que aquella noche, para cenar en el gabinete, le facilitó Janos. Ya sabe que en las imágenes no se advertirá la mala calidad, pero ¿cómo podrán las actrices sentirse en su papel y parecer auténticas, envueltas en ese simulacro?

Germán, echando hacia la nuca la visera de su gorra, se ha subido al techo del autobús, junto al cámara, y desde allí da las últimas órdenes con una bocina. Los centinelas están otra vez cruzándose en su guardia frente a la puerta. Se manda retirar a algunos empleados del Patrimonio asomados a las ventanas. La expectación hace callar a la gente. Marta y el cortesano que la persigue en la ficción ensayan sus forcejeos en el balcón. Tras varias tentativas, Germán queda satisfecho y grita:

—¡Preparados!... ¡Silencio! ¡Vamos a rodar!... ¡Acción!

La expectación de la gente llega al colmo. Marta, desde dentro, abre la puerta de cristales y sale al balcón situándose, con gesto temeroso, de manera que no se la vea desde dentro. Pero su perseguidor abre a su vez y la mira con expresión amenazadora. Marta grita y tiende un brazo hacia el centinela, pero el hombre tapa su boca y la coge por la cintura para arrastrarla al interior. Están así forcejeando cuando, inesperadamente, aparece otro caballero de calzón, casaca y tricornio, blandiendo la fina hoja de su espadín.

Germán, asombrado, lo toma por uno de los extras, surgido por error, y le manda retirarse. El cámara sigue dándole vueltas a su manivela. Sólo Marta reconoce en el acto al aparecido:

—¡Janos! ¡Por Dios, qué haces!

—¡Salvarte, Bettina!... ¡Atrás, bellaco! —ordena al desconcertado actor—. ¡Dejad a esa mujer! ¡Esta vez no me la quitaréis!

—¡Janos, esto es cine!

—¡Te engañan, son muy astutos!... ¡Vamos, defendeos!

La punta del acero amenaza el pecho del actor, de espaldas contra la balaustrada del balcón. No sabe qué hacer pero, al ver la agresiva crispación en el rostro de su agresor, se echa a un lado bruscamente en el momento en que Janos se tira a fondo. El actor se salva, pero Janos es víctima de su propio ímpetu, que le hace bascular sobre la barandilla y caer al vacío, estrellándose contra las losas de la plaza con un sordo golpe.

Estallan gritos de horror. Marta gime desesperada y desaparece hacia el interior de Palacio. El cámara ha dejado de filmar, Germán baja del autobús, los dos centinelas acuden al cuerpo inmóvil... La gente grita, suenan voces pidiendo un médico, un cura...

Marta sale por el portal y corre hacia el yacente. Ha estado a punto de caerse por la escalinata, en su prisa por llegar hasta Janos, cegada por el llanto. Acude hasta el cuerpo tendido, se arrodilla a su lado, no se atreve a moverle. Se inclina sobre él hasta casi tocarle. En los ojos del hombre hay todavía vida; la están mirando, la ven...

—Janos, Janos mío...

Se ha formado a su alrededor un círculo de gente silenciosa pero ella no se entera. Está sola con Janos, abismalmente sola. No puede pronunciar más palabras su garganta. Sólo sabe estar cerca, mirar anhelante esos ojos azules, como si pudiera infundirles vida... Pero en ellos se va haciendo opaca una lúcida serenidad. Los finos labios amagan una crispación que logran contener; al fin se mueven. Marta acerca el oído al hilo de voz:

—Gracias, Bettina... ¿Ves como llegué?... Acabó el desencuentro... Por fin... juntos.

Los ojos se velan, se hacen impasibles. Marta comprende que ya no dirá más. La congoja la ahoga; estalla en sollozos. Se inclina despacio, besa con ternura la boca ya muda. Todavía esos otros labios parecen responder rozando los de Marta.

La tragedia impide seguir filmando. Germán retira a Marta venciendo su resistencia: «¡Déjame, pobrecillo, déjame!». Consigue llevársela y ella se abraza a su hombre y llora contra ese pecho que la comprende. Alguien cubre el cuerpo con una manta de guardarropía. Nadie piensa ya en el médico ni el cura; solamente avisar al juzgado de Chinchón para el levantamiento del cadáver.

El desconcierto reina en la plaza. Algunos curiosos logran entrar, el actor que actuaba en el balcón grita desde allí que él no ha sido, que no ha hecho nada. Los colaboradores de Germán se le acercan para conocer sus decisiones. Marta solloza ahora en los brazos de Quina, mientras una figuranta asegura que eso echará mala suerte sobre la película. Una pareja de guardias civiles se abre paso entre la gente, mira el cuerpo tendido, se dirigen a Germán, saludan e inician un interrogatorio para el atestado.

La vida ha de seguir, toda demora significa costes y el ayudante de Germán está calculando si la otra escena prevista podría filmarse para aprovechar la tarde, cuando el que fue a telefonear a Chinchón cruza corriendo la entrada de la verja y se acerca al grupo de Germán y los civiles. Allí grita la tremenda noticia:

—¡Madrid está ardiendo! ¡Hay luchas callejeras y conventos incendiados!

Estupefacción, incredulidad, alarma... Pero ¿qué pasa hoy, once de mayo, bajo este cielo primaveral de seda azul y redondas blancuras?

El mensajero lo ha oído en el locutorio de la Telefónica: se han sublevado los monárquicos, el pueblo ha reaccionado, están ardiendo casas y conventos, el ejército ha salido a la calle, es otro Dos de Mayo...

Los civiles deciden replegarse a su cuartelillo, delegando en el municipal de la verja la recepción del juez. Germán acude a la oficina de Palacio y llama por teléfono a compañeros de Madrid. La noticia corre como la pólvora y entre la multitud exterior se inician escapadas hacia sus casas para escuchar la radio. El accidente mortal ha pasado a segundo plano.

Del teléfono vuelve Germán con una información más ajustada a la verdad. Todo ha partido en Madrid de una provocación desde el Círculo de Monárquicos Independientes, en la calle de Alcalá, a la que han respondido los transeúntes asaltando ese centro y después, más numerosos, yendo contra el edificio del diario *ABC*. Por desgracia, la multitud enardecida ha asaltado armerías y se han formado grupos dirigidos contra ciertos conventos. Hay llamas en el de Jesuitas de la calle de la Flor y en el contiguo de monjas Bernardas, en el de Carmelitas y hasta en Chamartín, en el colegio del Sagrado Corazón. Los frailes y monjas han salido sin sufrir agresiones. Miguel Maura, ministro de la Gobernación, ha sacado las fuerzas a la calle.

Ahora sí que se acabó el rodaje por hoy. Se recuperan los trajes de los extras y se cargan en los camiones con el equipo y utillaje. Han de esperar todavía al juez de Chinchón, que al fin llega en un automóvil con su secretario y toma declaración. Anota las direcciones de Germán y otros testigos y ordena el levantamiento del cadáver. Los peliculeros van ocupando sus asientos en el autobús que les trajo. De la Funeraria de Varón, avisada no se sabe por quién, ha llegado un coche que se lleva los restos mortales al depósito. Parten los camiones y el autobús, pero Marta se niega obstinadamente a dejar solo a Janos y Germán permanece con ella. Juntos, acompañados por Quina, ven partir a sus compañeros, mientras hacia poniente, sobre los árboles de la plaza Elíptica, el sol en su ocaso enrojece las nubes como si quisiera reflejar los incendios desatados en Madrid.

Caminan los tres hacia el depósito de cadáveres. Germán se lamenta de los excesos populares en la capital, pero se alegra de la provocación monárquica:

—Así no olvidaremos su violencia, la de ellos, la de siempre. Si hubiese habido algún muerto el catorce de abril no estarían tan pronto envalentonados. Hay que cortarles las alas. Probarles que ya no es como antes. Ahora manda el pueblo; a tiros, si es menester.

Marta no escucha, absorta en su dolor. Llegan hasta el depósito, se identifican y les dejan paso. En el lóbrego recinto recuerda Quina a Lorenzo yacente; le parece volverlo a ver en esa forma cubierta por un lienzo sobre la mesa de mármol. Germán procura consolar a Marta.

—También padezco yo; por tu dolor y por el pobre guardián... Pero ha sido una suerte para él; no ha sufrido apenas y ha muerto en tus brazos. Piensa lo que le esperaba, seguramente le echarían a la calle ¿y entonces?... En tus brazos... ¡Ojalá estuviera yo seguro de morir así!

Marta tiene un movimiento de espanto.

—En estos tiempos revueltos nunca se sabe —se disculpa Germán.

«¿Estos tiempos? —piensa Marta, dolorida, desconcertada—... ¿Hay otros? ¿Tenía razón Janos?»

14 de junio: MARTA

De repente llego al fondo de todo aquí en lo alto, descubro, comprendo, veo, oculto en mí tanto tiempo, me lo revela este sitio, este centro de centros, pudieron llevárselo todo, pero no este aire, no las paredes tapizadas de tus cavilaciones, de años y años viviendo tu fe, estas paredes sagradas, en círculo, de repente me doy cuenta, nada más entrar, como cuando penetré en la biblioteca, primero un asombro ¿qué es esto? luego la visión, pero allí tardé más, no estaba preparada, ahora sí, venía cuajando dentro, sin yo saberlo, nuestros encuentros, tu sabiduría, la luz de tu misterio, y por si fuera poco el murciélago, se dejaron la lucerna abierta, ahí arriba colgado, en su sueño tranquilo, de repente me doy cuenta, decidí este retorno al Real Sitio para despedirme, no había vuelto desde tu caída, tu ascensión, creí venir a un adiós, pero estás aquí, sigues aquí, eres de «los otros» y estarás siempre, yo no los percibía ¿recuerdas?, ahora sí: a ti, estamos juntos, verdaderas tus últimas palabras, «acabó el desencuentro», juntos de otra manera, en otro círculo, venía en el tren equivocada, recordando mi llegada, ¡qué diferencia! de la lluvia al sol, ¡cuántas cosas en estos quince meses! yo como los insectos, metamorfosis, del limbo al Real Sitio y a la Villa, para ascender aquí, entre ellos y contigo, descubriendo mi morada secreta, preparada por ti, por tus cartas ¡las releo tanto! casi como tú mismo, por eso dialogamos ahora, pero aun así no sabía, ha hecho falta subir a tu torre, ascender a este aire, lo dejé para lo último, guiada por ti, primero al cementerio con Quina, flores para Lorenzo y Juana, y para ti, ella conmovida, yo me sentía ajena, «¿le pondrás una lápida?», tardé en comprenderla, no estás allí, le dije que sí, luego en Palacio faltaba don Celes, enfermo de disgustos según Quina, en su mesa la luz del primer día, la centelleante campanita, me la ofreció Teodoro, «¿por qué?», «me lo encargó don Celes, dijo que siempre le gustó a usted, que se la lleve», me negué a ese robo, «¿por qué no, si estos nuevos se lo están llevando todo? y quien roba a un ladrón... ya sabe, señorita» no, no, Quina riéndose de mí, «si no se la lleva usted irá a parar a cualquier sitio», lo dijo Dionisia reunida con nosotros, eso me decidió, aquí la tengo, no la hago sonar por el murciélago, quedé con Teodoro para volver esta tarde, Feliciano convidándonos a almorzar, ya están preparando su boda, «¿y tú?», con Germán no habrá boda, no me quiere atada, ¿para qué?, ya somos compañeros, Feliciano escandalizado, disimulándolo, al fin me dejaron sola, los jardines respirando por todas sus hojas, impávidos, olorosos a magnolia, eternos con todas sus muertes y resurrecciones, ¡si fuésemos como los árboles! sucesivas primaveras, la araucaria de mi primera tristeza erguida esplendorosa, rica de susurros y de pájaros, su sombra dando vida, cerré los ojos, oía las *Castañuelas*, como ahora por la lucerna, pero aún no me di cuenta, no llegaba esta revelación, sólo una etapa de mi madurez, Teodoro me dio la llave, la que fue mi llave, «no encontrará usted nada, señorita; se lo han llevado todo, sólo dejaron los libros de abajo», recorrí los pasillos, abrí mi puerta, era verdad, nada sobre mi mesa, los cajones vacíos, ni siquiera la guía de Viena, mi Capitán ausente, la mayor herida, en la pared la huella como una cicatriz, otro color donde él estuvo, cerré los ojos y le vi, su mirar bondadoso, su sonrisa, el uniforme, los acantilados, me costó trabajo despegar, de él sí me he despedido, por fuerza, como me despedí de mi padre en el hospital de Melilla, abrí tu puerta, me adentré en tu palacio, por los corredores oscuros, podría haber comprendido, los pasillos familiares, no me perdí, era también mi palacio, el nuestro, pero aún no me di cuenta, pasé por el gabinete, también vacío, ella se ha ido, con su abanico, y al fin aquí, entonces sí, de repente, no vine de despedida sino de encuentro, se lo llevaron todo pero no este aire, tus estanterías, tu jergón sobre el poyo circular de la pared, ¿tan destructivas han de ser las revoluciones? pero no pueden con lo indestructible, sentada donde dormías dejo pasar el tiempo, el tiempo que no pasa, no pienso, no produzco estas ideas, en este centro nacen solas, vuelan a su capricho, Germán no comprendería, ni se lo pido, le quiero como es, de una pieza, seguro y firme, pero tú y yo diferentes, tenemos más niveles, círculos del espíritu, no son del tiempo, o acaso en nuestro espíritu los tiempos, girando en nosotros, comprendo mejor, ahora del todo, no hace falta encontrarte: estás en mí, en Bettina, estoy en tu arca contra el diluvio, la de tus papeles, por eso estoy contigo, conocí a Alonso y a Malvina, quisiera saber más de ellos, ¡magnífica tesis con ella y sus amigas! pero eso es secundario, el doctorado sólo un instrumento, para hacer como ellas querían, continuar su tarea, como Victoria Kent y otras, luchar junto a Germán, liberar este país, que sus mujeres no sean anónimas, no mueran en cadalso por ser libres, Mariana Pineda hace justo un siglo, la utopía de Malvina ¿qué hizo ella en Brasil? ¿y Julia? ¿y Alonso? ya ves ¿oyes sus nombres? estamos todos, aquí contigo, tu gente, me hacen Bettina, alguien más la nombra ¿sabes quién? ¡pues claro! Agustín, sí, le vi en su buhardilla con la señora Sole, hoy estará muy triste, se ha quedado sin maestro, como yo sin ti, ayer murió aquí Rusiñol, de él habla todo el pueblo, en la prensa esta mañana, ahora aún eres más para él, estás en Agustín también, le has dejado huella, «Janos me habló de Bettina», así me lo dijo en la buhardilla, no olvida ni una palabra tuya, ¿qué le contaste de mí? me miraba de otra manera, al fin se atrevió a preguntarme: «¿eres tú?», no pronuncié palabra, no hice un gesto, sólo le miré a los ojos, comprendió, ya le conoces, tan sensible, y mira: me pareció aliviado, saber que estás en nosotros, aunque ahora haya de irme te llevaré conmigo, Teodoro espera abajo para cerrar, pero seguimos juntos, aunque sigas aquí, es en nosotros donde giran los círculos, así no hay desencuentros, de pronto lo decido, pondré una lápida, no por ti pues no te importa, sino por quien la mire, haré labrar en ella tres círculos concéntricos, este centro de centros, y debajo tu nombre, tu verdadero nombre:

JANOS

y debajo tu vida, tu verdadera vida:

1751-1931

1808: Al encuentro

El sol de la tarde, próximo a ocultarse tras Pena Marela, deja resbalar su luz sobre el tierno verdor del prado, que desciende desde la casa hasta la orilla del agua. Un hombre y una mujer, cada uno con su guadaña, siegan la hierba acompasadamente y tras ellos el verdor clarea y deja entrever el color tostado de la tierra. De vez en cuando se detienen, sacan del cuerno colgado de su cintura la piedra mojada en agua y afilan su herramienta. En el sereno atardecer y con sus pausados gestos, mordiendo la hierba en semicírculo y dejándola tendida, no parecen afanosos trabajadores sino graciosas figuritas en un cuadro de género. Tras ellos, abajo, el ancho espejo azul-gris de las aguas tranquilas. La ría de Ortigueira, a estas horas de marea alta, semeja un lago de montaña entre alturas cubiertas de robles y castaños. En la orilla opuesta, el apretado caserío de Santa Marta despliega sus viviendas de piedra con oscuros tejados de pizarra. Entibia la tarde un sol primaveral y sólo el zumbido de los insectos y algún piar de ave o gañido de gaviota, adentrada desde el mar, se mezclan con el rítmico rasguido de las guadañas cortando la hierba.

A la sombra del frondoso *castiñeiro* junto a la puerta de entrada está sentado un hombre cuya mirada es atraída por la relumbre del sol sobre un objeto de plata abandonado en una cuna infantil vacía. Es un bonito sonajero, recién adquirido en una platería de Compostela, aunque a él le haya parecido, encendido por el fulgor solar, una añorada campanita con una sirena. Nadie diría que hasta hace poco ha sido un influyente caballero en la corte del anterior rey don Carlos IV, junto a quien ejercía las funciones de Aposentador Mayor. Nada de casaca a la antigua ni de levita a la moderna: viste calzón de pana, botas, camisa con las mangas recogidas hasta el codo y el sombrero, en la hierba a su lado, que es lo único que le distingue de los aldeanos. Pasándose ahora sobre los labios el tallo de una hierbecilla recién arrancada contempla ensoñador el panorama: los segadores, la ría, la villa, las montañas del otro lado...

—¿No ha regresado aún Gertrudis?

Se vuelve al oír la voz; sus ojos se hacen tiernos, adorantes. En la puerta ha aparecido Julia, llevando en sus brazos el pequeño bulto de su hijita. También su vestido difiere poco del uso local: *saia,* blusa y pañuelo triangular sobre los hombros. Solamente el calzado es de ciudad, pues no se habitúa a las zuecas de abedul.

—No, pero aún no es tarde.

—Le habrá sido penoso. Ya tiene sus años.

—No te preocupes. Es de esta tierra... Acércate, mira qué hermosura.

El hombre ciñe con su brazo la cintura de la mujer y con el otro, en un gesto circular como el de los segadores, abarca el panorama con ademán de hacerlo suyo.

Gertrudis salió ayer para el santuario de San Andrés de Teixido, cuya fama de milagrero crece cada año en la comarca. Cumple así el voto formulado aquella terrible noche del treinta de mayo —ninguno de los tres olvidará nunca ese día de San Fernando— en que, sin duda por el accidente sufrido al quebrarse el eje de la berlina cerca de Compostela, se anticipó en unos días el parto de Julia, poniendo en peligro su vida y la de su hijita. Gertrudis está convencida de que las salvó su voto y por eso ha ido a cumplirlo lo antes posible, sobre una mula de Alonso y acompañada por un espolique.

El hombre contempla conmovido a la niña en los brazos de su madre, sólo visibles las diminutas facciones, con los ojitos aún cerrados. Evoca el orgullo con que meses atrás, cuando ella sólo admitía su cortejo, paseó a Julia con doña Úrsula por las calles madrileñas. Ese orgullo se ha transformado en una entrañable sensación vital, porque aquello era sólo un incierto comienzo mientras que ahora, en esta paz ganada con decisión, se sabe acompañado para siempre.

Se casaron discretamente el veintidós de abril, con Roque y Gertrudis como padrinos, en la capilla del Palacio del Real Sitio, ya abandonado por los viejos reyes. Dos días antes, el Aposentador había recibido, de la Junta Suprema de Gobierno, un cese redactado en términos casi descorteses, que Alonso atribuyó a la ojeriza desde siempre manifestada hacia él por el bobo y avieso infante don Antonio Pascual, nombrado presidente de la Junta durante la ausencia de Fernando VII. El nuevo Aposentador, conde de Valduerna, se mostró sin embargo caballeroso, aunque haciéndose cargo del sello y del despacho con la urgencia exigida por el oficio de cese. Alonso llevó a su aposento todos sus efectos personales, aunque hubo de dejar provisionalmente en el escritorio su retrato, obra de Myrtille, con propósito de recobrarlo en cuanto le fuera posible.

No pudo hacerlo, sin embargo, en los días siguientes, abrumado de quehaceres y diligencias para la liquidación de algunos asuntos y para el envío a la aldea, en varios carros, de sus mejores muebles y otros bienes, tanto de su aposento en el Real Sitio como de su casa de Madrid, a donde ya no pensaba volver. Fueron precisas además otras gestiones, como el acomodo y la dote de doña Úrsula para ingresar en el convento de las monjas de Góngora, donde era ecónoma una lejana parienta. Retenido por esos asuntos, Alonso se halló por azar en Madrid el dos de mayo siguiente.

Había llegado la víspera a su casa, tan próxima al palacio nuevo. Desde ella pudo oír perfectamente los gritos y los primeros disparos, cuando empezó el alzamiento popular al resistirse el infante don Francisco de Paula a ser llevado a Francia. Alonso se echó a la calle, se dio cuenta de la situación y toda su amargura por la solapada invasión napoleónica estalló en coraje. Volvió a su casa, se ciñó a la cintura su sable de marino, cargó dos pistolas y se mezcló con el pueblo en armas, soportando la presión de los jinetes franceses por la calle Mayor hacia la Puerta del Sol. Noticioso luego de la resistencia organizada en el parque de Monteleón, se dirigió hacia allí, pero llegó cuando ese esfuerzo había sido aplastado. Al cabo percibió la inutilidad de la lucha y, pensando en Julia y en el hijo esperado, al atardecer reunió el dinero y varios objetos de valor y a caballo salió hacia el Real Sitio, a donde llegó avanzada la noche, con un brazo mal vendado para cubrir un tajo recibido, por fortuna sin gravedad. Julia, que había pasado horas inquietísima, desde conocer por la tarde las alarmantes noticias de Madrid, arregló el vendaje de Alonso, feliz por su regreso a salvo.

Al día siguiente llegaron informes sobre la dura represión y los fusilamientos en masa ordenados por Murat y, pocas jornadas después, la noticia desde Bayona de la cesión del trono de España a Napoleón. A pesar del avanzado embarazo de Julia, ella reconoció con Alonso la necesidad de partir hacia la aldea, para alejarse cuanto antes de una lucha empeñada ya sin cuartel. Iniciaron la marcha en la berlina, dando un rodeo para evitar Madrid, viajando sólo media jornada y descansando la otra media en las plazas donde pernoctaban, para mitigar las molestias de Julia, bien acomodada en el carruaje con Gertrudis, mientras Roque y Alonso ocupaban el pescante.

Llegaron sin percance hasta Galicia donde, a las puertas de Compostela, se rompió el eje del coche. Gracias a que Alonso saltó rápidamente y pudo coger a Julia en sus brazos se libró ella de unos golpes que hubieran sido fatales. Pero el sobresalto y quizás las inevitables sacudidas de la ruta, hicieron que aquella misma noche diera a luz, unos días antes de tiempo, aunque por fortuna bien atendida por un excelente médico, a quien Alonso atribuyó la supervivencia de madre e hija, tanto por lo menos como Gertrudis se lo agradecía a San Andrés. Unas fiebres de la madre, pronto aliviadas, y lo azaroso del parto les obligaron a permanecer unos días en la ciudad pero, al cabo, el doctor autorizó el ya corto desplazamiento a Ortigueira, llevando a Julia tendida en un sólido carro campesino, con un toldo sobrepuesto y hierba bajo el colchón. Seis días atrás llegaron así a la acogedora casa natal de Alonso y en ese tiempo el aire sano, la segura paz, la leche y los alimentos habían repuesto por completo a Julia y tranquilizado a ambos sobre la vida de la niña, que poco a poco aumentaba sus movimientos y apretaba los puñitos. Sólo deseaban ya que abriese los ojos, para sentirse tranquilos por completo, pero un médico de la Facultad, lejano pariente de Alonso, que descansaba en Santa Marta administrándose sus tierras, aseguraba no existir ningún temor.

Por eso ahora la pareja se deja envolver por la suave paz del paisaje y por la dorada luz declinante. Ya la sombra de la Pena ha alcanzado la casa y se acerca al castaño bajo el cual descansan cuando, por el camino de Outeiro, ven subir la caballería, guiada por el espolique y montada por Gertrudis. Concluye así su espera y se entregan, a corazón abierto, al goce de ese mundo marino y campesino, plácido y poderoso a la vez, desplegado ante ellos como el belén napolitano que don Carlos montaba en Palacio, con sus caseríos lejanos. Y en ese momento, doblando Punta Uchiña, aparece una lancha cuya blanca vela oscila al escaso viento y cuya estela persiste largamente en las aguas tranquilas.

ALONSO

Me he salvado de aquel mundo, vivo en otro, esta paz, esta armonía, nosotros sobre la tierra con la mar y el cielo, tanta hermosura alrededor, mayor todavía en mi casa, mientras allá afuera se preparan matanzas, las gentes se arman, se espían, se denuncian ¿cómo es posible? ¿cómo no aprenden a vivir sin más codicias, respirando felices? pero aquí también, los paisanos llegados ayer a hablarme, por lo visto yo les resultaba sospechoso, pensaban que por algo no me había retenido en la Corte el nuevo rey, me suponían hechura de Godoy, ¡pobre Príncipe de la Paz!, llegaron dirigidos por Moncho, mi amigo de la infancia, ¡cuántas pedreas juntos! luego se explicó, él no dudaba de mí, pero había de convencer a los otros, incitados por un mal vecino de mis tierras, por eso la pregunta: «¿y tú de quién eres?», después de muchas vueltas y palabras, estos paisanos míos como siempre, «pues claro que de España», «¿y luego no eres de la Francia?», me salió del alma: «¡No, por Francia perdimos la marina en Trafalgar!», con eso les bastó, por Moncho sabrían sin duda la muerte allí de mi hijo, se fueron contentos pero volverán a buscarme, quieren luchar, ya empezaron celebrando San Fernando en La Coruña con un motín contra los soldados franceses, he sido artillero y me necesitan, lo haré aunque piense en Julia, precisamente porque pienso en ella, despejar su futuro en este país, ¡Dios mío, si no pienso en nada más! de noche ella en el cuarto de al lado, tan hermosa despierta mi hombría, pero tan respetada como en la noche de bodas, su estado lo impedía, no sé si ella desea, eso me retiene, podría ser su padre, me mira como a un padre, casi su abuelo ¡pero no soy un viejo! los paisanos lo saben «aquí somos unos cuantos con agallas», me buscarán para acciones de hombre, lo soy pero no me impondré a ella, no estaba enamorada, sin Malvina no me hubiese decidido, al principio me sublevaba el maldito Lucas ¡si yo hubiese agarrado a ese canalla! he ido comprendiendo, ¡cómo no, si el amor me mueve! pero mi piel tan diferente, la suya puro nácar y seda, ¿quién sería su padre? no quien declaraba la tía, Malvina me lo dijo, probablemente un noble, pero ¿qué importa eso? ahí dentro de noche los dos, apenas un tabique, una puerta entreabierta, y ese prodigio en su cuna, quise llamarla Malvina, Julia se negó, «a ella le debo mucho, pero era muy especial», le dio el nombre esta tierra, la villa de enfrente, nuestra santa: Marta, alguna noche la mecí cuando Julia aún débil, ¡qué dulcísimo peso en mis brazos! como mi Martín, ésta también será hija mía, pero más bien mi nieta, ¡tantos años nos separan! no te hace sombra hijo mío, tengo corazón para los dos ¿sabes? a veces pienso que tu campanilla no la perdió Roque sin querer, ¡aquella barahúnda de la casa con la prisa de alejarnos! no desapareció por descuido, te la habrás llevado tú para que no fuese de nadie más, así dispone Dios las cosas, pero no era preciso, nadie te sustituirá en nada, al contrario, con Martita te recordaré mejor, cuando vaya creciendo te irá reviviendo, de todos modos no le iba una campana, su toque ordenando maniobras a bordo, menos le iba una sirena seductora, por eso le he comprado un sonajero, su cascabeleo alegre, para mejores tiempos, regalo de un hombre enamorado de su madre, que le debe a ella el último incendio de su corazón, por ambas bajaré a La Coruña a ofrecerme, a servir como me pidan a este país desgraciado, no soy viejo para eso, podré vigilar la mar, preparar desembarcos ingleses, seguro que aprovecharán esta guerra, iré a Sargadelos, hay que defenderlo si los franceses quieren utilizar las ferrerías, no las instalamos para dar armas contra nosotros, ¿qué tiempos conocerá esta niña? Dios los haga mejores, nos haga dignos de tardes como ésta, de una paz como ésta, de una vida sencilla y amorosa, fraterna, mejor que la del Real Sitio, no había paz allí, todo facciones en lucha, sus ambiciones nos han traído a Napoleón, no añoro aquel lugar como don Carlos añoraba Nápoles, no siento saudade ninguna, sin embargo era mágico, las noches un hechizo, bajo la luna vivían las estatuas, los dioses se hacían carne, se enardecían los perfumes vegetales, se movían como ninfas las sombras rumorosas... pero no lo añoro, quiero esta paz redonda y sólida, voy a defenderla, ganarla para ellas, para Julia y Martita, para la hoguera final de mi vida, para estas brasas que son mi última, decisiva, suprema ternura...

JULIA

Temí que en esa lancha volvieran los paisanos, pero es sólo un pulpero, los otros llegaron misteriosos, se me llevaron a Alonso por los prados, «daremos una vueltiña, ¿recuerdas los tus campos?» seguro que a enredarle en la guerra, maldita guerra, ¿no saldremos de males? ¿y qué será de mi niña? tan preciosa, ¡cómo la quiere Alonso! no hay hombre mejor, ¡y yo dudaba en aceptarle! gracias a Malvina, la vida de esa mujer habrá sido extraña pero le debo mucho, y más aún a Alonso, aquel dos de mayo comprendí lo que es para mí, llegaron las noticias de Madrid y adiviné que él luchaba, que se arriesgaba en la calle con ese sable tan pesado, me sentí en un abismo, supe que me perdía si le perdía, ¡qué horas de angustia! cuando apareció con la venda ensangrentada descubrí que le quiero, ¿cómo no quererle con ese corazón? no tiene nada que ver con mi sofoco por Lucas, ya este nombre no me dice nada, tenía razón Malvina, hay muchos amores, y ahora mi amor es necesitarle como el aire, adivinarle, vivir por él, ¿y su amor, cómo es? de su verdad no dudo, de que le llena el alma, pero querría saberlo para hacerme más suya, para hacerle olvidar su respeto, ¿le frenará el recuerdo de mi error? lo que llaman amor a los pocos años, ese fuego de sarmientos y pronto la ceniza, pero ¿cómo aman los hombres a los sesenta? según Malvina el deseo no se acaba, es verdad, tras mi desgracia pensé en no volver a desear, pero ya lo siento, ese hombre en el cuarto de al lado, fuerte, animoso, sano, ¿me desea?, ayer segaba al sol para divertirse, torpe con la guadaña, pero su torso desnudo atraía, ni gordo ni fofo, para siempre curtido por la mar, me miraba, no hay duda: me desea, ¡pero es tan leal! no la mirada del conde, ¡su odioso desnudarme con los ojos babosos! la mirada de Alonso me acaricia, entibia mi cuerpo, me envuelve una suavidad como un perfume, me desea pero no sé más, acabaré sabiendo su amor, pero ahora piensa en su «deber», ese «deber» de los hombres: arreglar el mundo, ¡y van y lo desarreglan! bajará a La Coruña, seguro que lo retienen, ¡con lo que vale! de construcción, de cañones, sabe de todo, pensando en mi futuro, ¿y mi presente? ¿acaso no hay que vivirlo? ¿me lo van a quitar el tiempo que le quede? no quiero perderme ni una hora, ya lo dije al casarnos y bien alto: «¡sí quiero, sí me otorgo!» y luego el dos de mayo, entonces dejó atrás su deber para salvarme, ¡cuánta solicitud en el viaje! para quererle si no le quisiera ya, y ahora le conozco mejor, pues conozco la mar, su mundo verdadero, llegamos de noche y no había luna, no se veía nada en la orilla de la ría, apenas allá lejos las reflejadas luces de la villa, pero ¡qué húmedo el aire, qué cargado de olores!, con la marea baja embriagaban, aromas de marisco y de algas, de lodos marinos, de fermentaciones, fuertes como el olor del vino haciéndose en las tinajas, se me ensanchaba el pecho, no pude sospechar antes tanta fuerza, y luego al día siguiente, ante la mar abierta, entonces la inmensidad, el infinito a la vista, el horizonte y el abismo, la espuma contra las rocas, lleno de ondulaciones e impasible, me quedé clavada en la peña, admirada, absorbida ¡cómo te comprendo, Alonso! también por esto te quiero, ¿habré tenido marinos en mis abuelos? le encantaba oírme, me llevará al cabo Ortegal, a los farallones orgullo de estas gentes, pintados en el escudo de la villa, los que hizo poner al fondo de su retrato, ¿lo recuperaremos algún día? seré para él en esta orilla la sirena que perdió, por algo dije «¡sí quiero!» hablaba el cura de una sola carne, él no dará ese paso hacia mí pero lo sueña, ellos son menos valientes que nosotras, bravos frente a la pólvora, encogidos frente a la vida, salvo el que no tiene escrúpulos, pero ese paso se dará, me quedan pocos días de posparto, me mirará asombrado cuando llegue hasta su lecho, ¡imagino sus ojos, jubilosos y atónitos! yo ocultaré mi miedo a equivocarme, porque no conozco los sesenta, pero lo siento dentro, «vengo a ti» le diré, a ti que no me compraste, que no me atropellaste, que me esperas sin esperar, que renunciaste con esperanza, que ardes sin consumirte, vengo porque no soy tu hija, porque eres el más digno de ser querido, vengo a recoger todo el amor que me das, a que me enseñes cómo es a tu edad, lo adivino como el mar, con embates y espumas, abismal y risueño, todo hondura de amor, todo silencio fecundo, vengo a recogerlo, a beber en ti fuerzas para alzar a mi hija hasta las nubes, para que la nueva Martita viva en un mundo nuevo, porque aquí está ya el futuro, Malvina se equivoca, no hay que cruzar el Océano, aquí empieza un mundo nuevo, hecho para hombres como tú, para hombres de mar y amor.

NOTA DEL AUTOR

Los Círculos del Tiempo

Cuando, hace treinta años, comencé a escribir mi novela *Octubre, Octubre* ignoraba que era sólo la primera de una trilogía. Tampoco me di cuenta mientras construía la segunda parte, titulada *La vieja sirena,* entre 1985 y 1990. Pero ya adentrado en este *Real Sitio* descubrí, sin premeditación ninguna, que después de haber presentado los oscuros laberintos de la iniciación y las asumidas certezas de la madurez, estaba aquí cerrando el tríptico con la vital aceptación del ocaso. Y en el mismo instante también se me apareció el título común para esas tres etapas: LOS CÍRCULOS DEL TIEMPO.

Ya al publicar *La vieja sirena* me pareció necesario ofrecer a los lectores algunas observaciones complementarias. Ahora he de hacer lo mismo, pero no para precisiones sobre la abundante bibliografía relativa a la época del Motín de Aranjuez, sino para cumplir un gustoso deber de gratitud hacia las principales instituciones y personas que me han aportado algo sobre el tema de este libro, ya que a todas me es imposible pues vengo trabajando en el relato desde hace más de cuarenta años. Entre esas personas destacaré a las bibliotecarias y bibliotecarios de la Academia de la Historia, de la Real Academia Española y de la excelente Biblioteca Histórica de Madrid. Como era de esperar, ha sido sobre todo en el propio Aranjuez donde he encontrado más facilidades, desde el Ayuntamiento —que me confirió el honor de ser Amotinado Mayor en las fiestas de septiembre que evocan el acontecimiento— hasta numerosas personas, facilitándome sus recuerdos o sus datos.

Además existen en el Real Sitio y Villa ciertos entusiastas y capaces ciudadanos que con la ayuda de entidades públicas y privadas, estudian la historia y los problemas locales trabajando en torno a la Fundación Puente Barcas, la editorial Doce Calles y la pequeña pero ejemplar Librería Aranjuez. A ellos se debe, entre otros actos culturales, la creación de dos premios anuales de investigación y unas cuantas publicaciones de alta calidad (alguna premiada por el Ministerio de Cultura) entre las que vale la pena destacar los estudios publicados en la colección *Riada*, cuyo número 3 contiene, por ejemplo, la más asequible y mejor presentada cartografía histórica de Aranjuez.

De todas esas personas he recibido aliento y aportaciones valiosas, pero es justo destacar entre ellas la labor de Ángel Ortiz Córdoba, investigador de primera mano y conocedor como nadie de la historia del Real Sitio. Su libro *Aldea, Sitio, Pueblo: Aranjuez 1750-1841*, publicado en 1992, es ya referencia imprescindible, con el acierto de concentrarse más en la vida del pueblo que en la historia palaciega y las anécdotas cortesanas. De él he tomado, por ejemplo, el episodio de la niña muerta en los incidentes producidos al querer unas pobres mujeres conseguir alguna leña para sus hogares, y el de la matanza de gamos al ordenar Carlos IV dispararles con metralla, que algún lector podría encontrar inverosímil.

El famoso Motín ha sido narrado muchas veces y abundan las fuentes coetáneas, siendo popular el archiconocido «Episodio Nacional» de Galdós. Si en mi narración presento esa famosa noche al rey en calzoncillos y pongo en boca de la reina ciertas palabras no crean que es exageración mía. Todo mi relato sigue casi textualmente el contenido en un manuscrito que a fines de los años cuarenta logré adquirir en el Rastro madrileño, ya con idea de utilizarlo algún día. Con el título *Sucesos de la revolución de España* lo presenta el Conde de Villariezo, capitán de Guardias de Corps de servicio aquella noche, y ofrece una descripción que no aporta novedades importantes, pero tiene el encanto de ser, creo, desconocida, y por eso la he aprovechado para la carta que atribuyo a mi imaginario don Alonso.

Otro hecho que quizás sorprenda y que tampoco es melodramática invención mía, es el de la carterita que solía llevar Godoy en el bolsillo y que en cierto pasaje de mi novela queda abierta, mostrando a otro personaje su contenido: cuatro retratos de niños que son los tres hijos del Príncipe de la Paz y otro que no lo era oficialmente: el infante don Francisco de Paula, hijo de los reyes. Podrá interpretarse o no como yo lo hago, pero el dato lo hallé en un artículo de Pérez de Guzmán titulado «Reparaciones a la vida e historia de Carlos IV y de María Luisa», incluido con otros trabajos suyos en el volumen *Estudios varios*, que puede consultarse en la biblioteca de la Academia de la Historia.

Tampoco brotó de mi fantasía el caso del naranjo impúdico —capítulo VI—. Supe de ese árbol histórico, florecido cerca de Ortigueira y condenado realmente por el obispo de Mondoñedo, gracias a mis amigos de aquella tierra y a la documentación facilitada por don David Fojo, editor de *La Voz de Ortigueira.* Yo me limité a trasplantarlo a Aranjuez.

Para la parte de esta novela transcurrida entre 1930 y 1931 me he basado en mi propia memoria, aunque procurando confirmarla y completarla con revistas, crónicas y otras fuentes coetáneas. No las he necesitado mucho porque yo gocé el inmenso privilegio de que mi vida, en la decisiva edad de la adolescencia, transcurriera en el Real Sitio. Mi paraíso terrenal está situado en esas riberas del Tajo y quizás toda esta novela ha brotado de mí para transubstanciar la nostalgia de ese paraíso. De él fui expulsado por mi edad y por las consecuencias en mi caso de la mal llamada Guerra Civil, sin que en vida me sea posible ya volver porque al tiempo no se le da la vuelta como al mundo. Por eso he hecho todo lo posible por acabar creyendo, como Janos, en los Círculos del Tiempo, con la esperanza de que, cuando me llegue la hora del salto definitivo, pueda ir al reencuentro de aquellos otros jardines que siguen floreciendo, invisiblemente, concéntricos a los actuales.

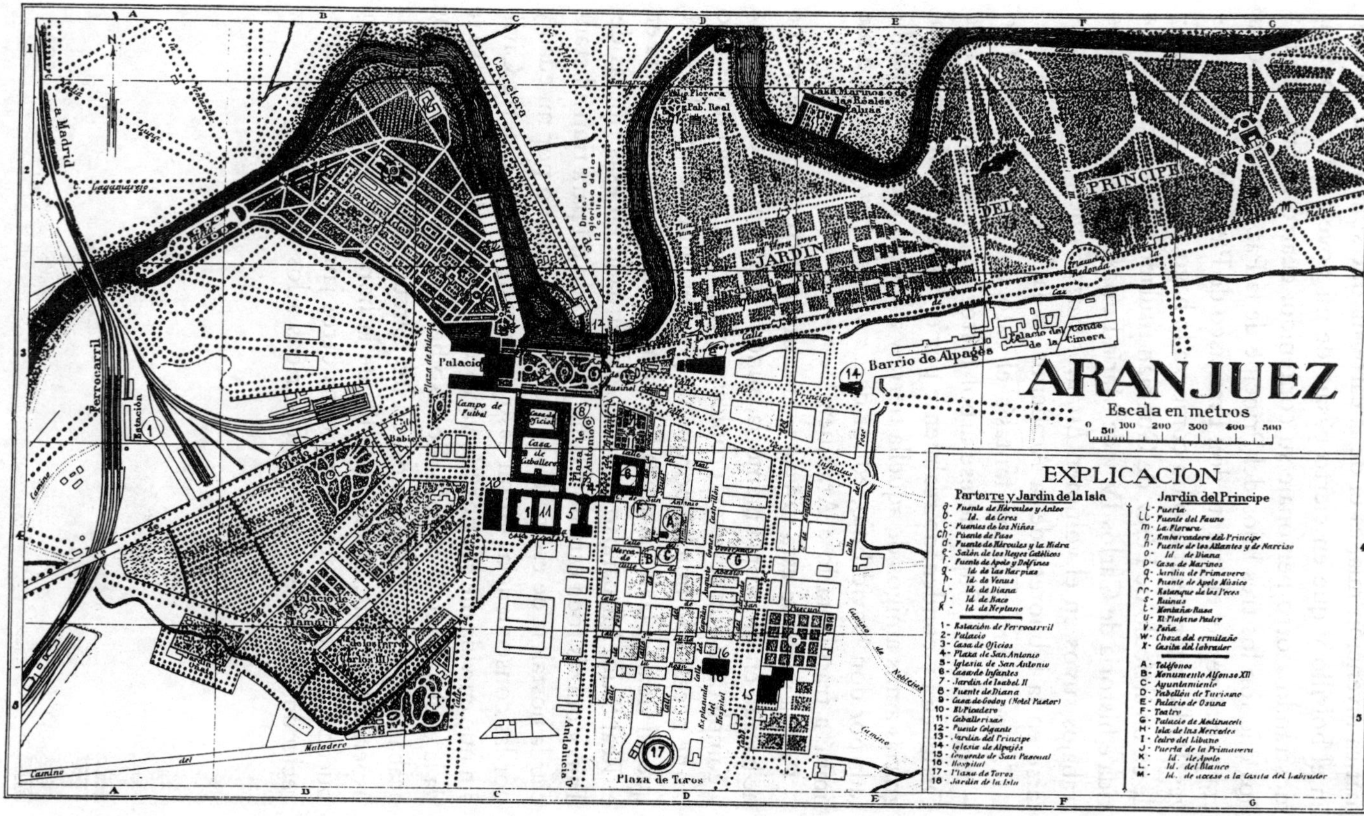
ARANJUEZ
Escala en metros
0 50 100 200 300 400 500
EXPLICACIÓN
Parterre y Jardín de la Isla
a - Fuente de Hércules y Anteo
b - Id. de Ceres
c - Fuentes de los Niños
ch - Fuente de Paso
d - Fuente de Hércules y la Hidra
e - Salón de los Reyes Católicos
f - Fuente de Apolo y Delfines
g - Id. de las Harpías
h - Id. de Venus
i - Id. de Diana
j - Id. de Baco
k - Id. de Neptuno
1 - Estación de Ferrocarril
2 - Palacio
3 - Casa de Oficios
4 - Plaza de San Antonio
5 - Iglesia de San Antonio
6 - Casa de Infantes
7 - Jardín de Isabel II
8 - Fuente de Diana
9 - Casa de Godoy (Hotel Pastor)
10 - El Picadero
11 - Caballerizas
12 - Puente Colgante
13 - Jardín del Príncipe
14 - Iglesia de Alpajés
15 - Convento de San Pascual
16 - Hospital
17 - Plaza de Toros
18 - Jardín de la Isla
Jardín del Príncipe
l - Puerta
ll - Fuente del Fauno
m - La Florera
n - Embarcadero del Príncipe
ñ - Fuente de los Atlantes y de Narciso
o - Id. de Diana
p - Casa de Marinos
q - Jardín de Primavera
r - Fuente de Apolo Músico
rr - Estanque de los Peces
s - Ruinas
t - Montaña Rusa
u - El Plátano Padre
v - Peña
w - Choza del ermitaño
x - Casita del labrador
A - Teléfonos
B - Monumento Alfonso XII
C - Ayuntamiento
D - Pabellón de Turismo
E - Palacio de Osuna
F - Teatro
G - Palacio de Medinaceli
H - Isla de las Mercedes
I - Cedro del Líbano
J - Puerta de la Primavera
K - Id. de Apolo
L - Id. del Blanco
M - Id. de acceso a la Casita del labrador
Palacio
Plaza de Palacio
Campo de Futbol
Casa de Oficios
Casa de Caballeros
Plaza de San Antonio
Barrio de Alpagés
Palacio del Conde de la Cimera
Carretera
a Madrid
Ferrocarril
Estación
Plaza de Toros
Andalucía
Explanada del Hospital
Camino del Matadero
JARDIN DEL PRINCIPE
Plaza Redonda
Camino de Noblejas

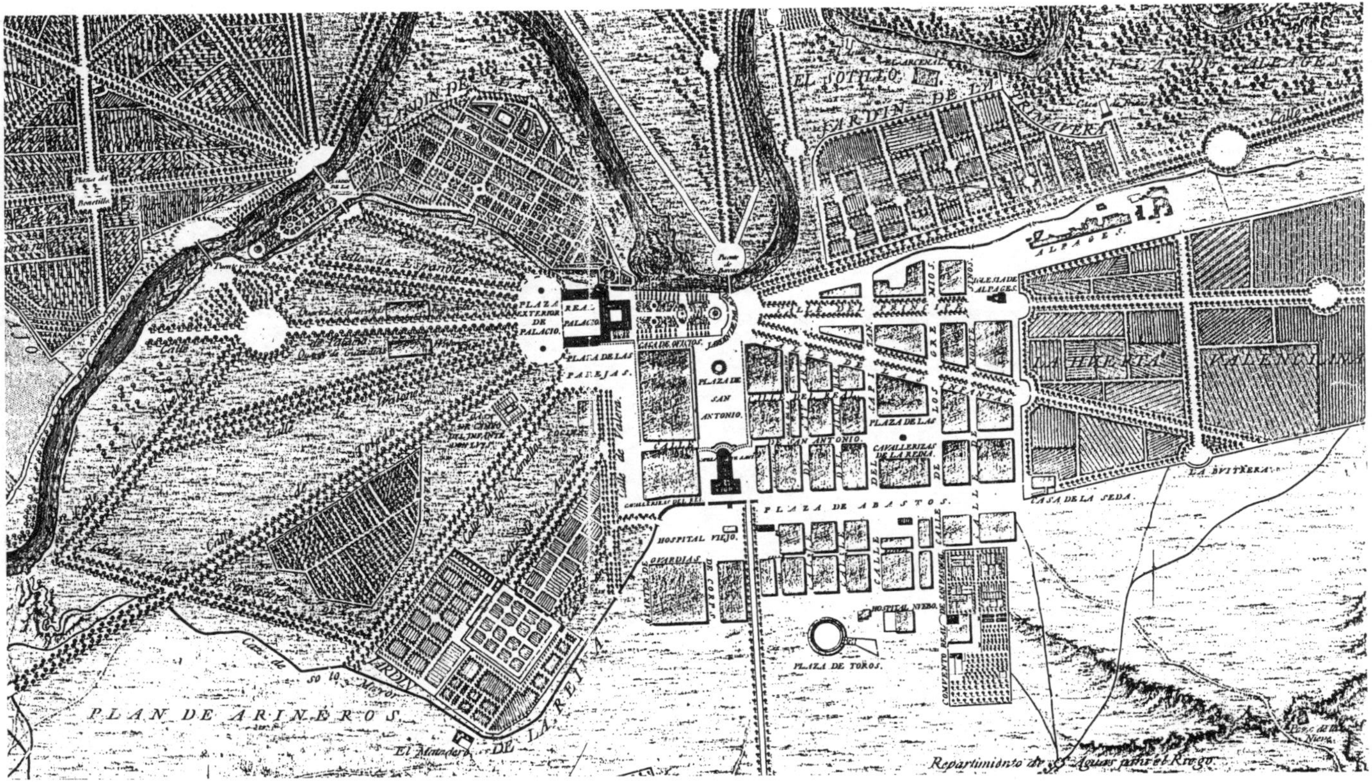

Aranjuez en 1807 (de la «Topografía del Real Sitio de Aranjuez», por don Domingo de Aguirre, capitán de infantería, ingeniero ordinario de las R. EG. P. Y E.).

ÍNDICE

Diseño: Winfried Bährle
Foto de solapa: Santos Cirilo/El País

Círculo de Lectores, S.A.
Valencia, 344, 08009 Barcelona
3 5 7 9 5 9 0 2 8 6 4

Licencia editorial para Círculo de Lectores
por cortesía del autor.

Depósito legal: B. 511-1995
Fotocomposición: gama, s.l., Barcelona
Impresión y encuadernación: Printer industria gráfica, s.a.
N. II, Cuatro caminos s/n, 08620 Sant Vicenç dels Horts
Barcelona, 1995. Printed in Spain
ISBN 84-226-5306-0
N.º 39321